SF 명예의 전당
화성의 오디세이

THE
SCIENCE
FICTION
HALL
OF
FAME
VOLUME 1, 1929~1964

2

THE SCIENCE FICTION HALL OF FAME, Volume I
Copyright ⓒ 1970, 1998 by The Science Fiction Writers of America

No part of this book may be used or reproduced in any manner
whatever without written permission except in the case of brief quotations embodied in critical
articles or reviews.

Korean Translation Copyright ⓒ 2010 by Woongjin Think Big Co., Ltd.
Korean edition is published by arrangement with
The Science Fiction & Fantasy Writers of America (SFWA Inc.),
c/o Spectrum Literary Agency through BC Agency, Seoul.

이 책의 한국어판 저작권은 BC 에이전시를 통해
원 저작권자와의 독점 계약한 (주)웅진씽크빅에 있습니다.
저작권법에 의해 한국 내에서 보호를 받는 저작물이므로 무단전재와 복제를 금합니다.

2 SF 명예의 전당

The Science Fiction Hall of Fame

화성의 오디세이

미국 SF 작가협회
로버트 실버버그 엮음
로버트 하인라인 외 지음 · 최세진 외 옮김

THE
SCIENCE
FICTION
HALL
OF
FAME

VOLUME 1, 1929~1964

서문

이 작품집은 현대 과학소설 작품집의 결정판이다. 그리고 꽤나 오랜 시간에 걸쳐 편집한 작품집이기도 하다. 여기에 실린 단편들은 SFWA(미국과학소설작가협회)의 회원들이 투표로 선정한 것이다. SFWA는 현존하는 작가 중에서 미국에서 단 한 편이라도 과학소설을 출판한 작가라면 사실상 모두가 회원으로 있는 조직이다. 여러분이 지금 들고 있는 책은 과학소설이란 것을 현재의 모습으로 만들어낸 사람들이 신중하게 고른 결과물이다. 훌륭한 과학소설의 기준에 대해서 누구보다도 잘 아는 사람들이 선별한 작품인 것이다.

SFWA는 1965년에 설립되었다. "과학소설 작가의 직업적인 관심사에 대한 정보를 제공하고 복리를 증진하며, 효과적으로 출판사와 대리인, 편집자를 대할 수 있도록 돕기 위한" 목적을 지닌 조직이다. 미국 미스터리작가협회나 서부소설작가협회와 같은 다른 전문 작가들의 조직은 이미 오래전에 만들어졌지만, 과학소설 작가 모임을 만들려는 시도는 항상 무산되기 일쑤였다. 그러나 초대 회장인 데이먼 나이트와 초대 회계인 로이드 비글의 열정과 헌신적인 노력 덕분에 개인적이기로 악명 높은 이 분야에서 대다수의 작가들이 참여했다. 결속력을 강화하기 위해 미국에서 작품을 출판한 작가에게만 회원 자격을 주었지만 국적이나 거주지 제한은 없었다. 그 결과 SFWA에는 부수적으로 상당수의 영국 작가와 호주, 캐나다 그리고 일부 영연방 국가의 작가가 회원으로 있다.

1966년, 미국과학소설작가협회는 첫 번째 시상식을 개최했다. 회원들의 투표를 통해 1965년에 가장 뛰어난 과학소설을 쓴 작가에게 네뷸러라는 멋진 별명이 붙은 트로피를 수여했다. 시상은 단편소설, 중단편, 중편, 장편의 네 개 분야에서 매년 전 해에 발표된 작품을 대상으로 이루어졌다.

내가 두 번째 회장으로 있었던 1967~1968년에는 시상의 대상을 SFWA가 생기기 전의 기간까지 소급해 확장하기로 했다. 1964년 12월 31일 이전에 발표된 작품을 대상으로 회원들이 투표를 하는 것이다. 트로피는 주지 않았지만 뽑힌 작품은 몇 권 분량의 특별 작품집으로 내기로 했으며, 그것이 바로 '과학소설 명예의 전당'이다.

이 책은 그 첫 번째 작품집으로, 단편소설과 중단편 분야의 작품이 실려 있다. 자체적으로 1만 5000단어가 넘는 작품은 차후의 작품집을 위해 남겨놓기로 하고 대상에서 뺐다. 1년이 넘는 기간 동안 회원 중 상당수가 자신이 좋아하는 작품을 추천했다. 자기 작품을 뽑은 사람은 아무도 없었다. 마침내 76명의 작가가 쓴 132편의 작품이 최종 투표에 올랐다. SFWA 회원들은 이 명단에서 각각 열 개의 작품씩 뽑았다. 한 작가의 작품은 하나씩만 뽑을 수 있다는 제한을 두었고, 역사적인 맥락을 고려해달라고 요청했다. 그런 방법으로 현대 과학소설의 혁명적인 단계를 잘 드러낼 수 있는 방법으로 분산되리라고 기대한 것이다. (최종 투표에 오른 작품들이 처음 출판된 년도는 1929년에서 1964년 사이다.)

투표가 끝난 뒤 편집자로서 나는 약간의 특권을 발휘했다. 투표 결과에 따른 상위 15편의 작품에 대해서는 이견이 없었다. 작품집에 이들을 넣는 건 당연했다. 가장 표를 많이 받은 15편의 작품은 순서대로 다음과 같다.

1. 「Nightfall」, 아이작 아시모프
2. 「A Martian Odyssey」, 스탠리 와인봄
3. 「Flowers for Equations」, 대니얼 키스
4. 「Microcosmic God」, 테오도어 스터전
    (동률) 「First Contact」, 머레이 라인스터
6. 「A Rose for Ecclesiastes」, 로저 젤라즈니
7. 「The Roads Must Roll」, 로버트 하인라인
    (동률) 「Mimsy Were the Borogoves」, 루이스 패짓
    (동률) 「Coming Attraction」, 프리츠 라이버
    (동률) 「The Cold Equations」, 톰 고드윈
11. 「The Nine Billion Names of God」, 아서 클라크
12. 「Surface Tension」, 제임스 블리시
13. 「The Weapon Shop」, A. E. 밴 보그트
    (동률) 「Twilight」, 존 캠벨
15. 「Arena」, 프레드릭 브라운

(아서 클라크의 「별 The star」은 15위 안에 들었지만 11위에 다른 작품이 뽑혔다는 이유로 제외했다. 클라크는 15위 안에 두 작품을 올린 유일한 작가다. 20위

안에 두 작품을 올린 작가로는 로버트 하인라인과 레이 브래드버리가 있다.)

15위 밖의 작품에서는 이야기가 조금 달라졌다. 책이 무한히 두꺼워지지 않게 하려면 선택을 해야만 했다. 난 상위권에 다른 작품이 뽑힌 작가의 작품만 제외하면서 가능한 한 투표 결과에 따르려 했다. 하지만 공정하지 못한 결과가 눈에 띄어 어쩔 수 없이 손을 대야만 했다. 아주 중요하고 명망 있는 한 작가의 작품이 비슷한 시기에 쓴 작품 두 개를 포함해 총 네 개나 후보에 올라왔던 것이다. 그가 얻은 표를 모두 합하면 충분히 상위권에 올라가고도 남지만, 이 네 작품이 서로 경쟁을 하는 바람에 그의 작품은 어느 것도 상위 20위 안에 들지 못하는 결과가 나오고 말았다. 이런 성격의 작품집에서 그처럼 뛰어난 경력을 쌓은 작가를 빠뜨린다는 건 부적절해 보였다. 그래서 나는 그의 네 작품 중 하나에 우선권을 주어 그보다 약간 앞선 순위에 하나의 작품만을 올린 작가보다 앞에 놓았다. 이 경우에는 작품 하나를 인정하는 것보다 전체적인 작품 활동을 인정하는 게 더 중요해 보였다.

한 작가의 작품 두 개가 16위에서 30위 사이에 포함된 사례도 있었다. 두 작품은 한 표 차이로 나란히 있었는데, 작가 본인이 한 표 더 받은 작품이 책에 실리기를 바라지 않았다. 나는 한 표 차이는 통계적으로 무의미하다고 생각해서 순위를 바꾸어 작가 본인이(그리고 나도) 좀 더 낫다고 생각하는 작품을 싣도록 했다.

이런 식으로 조정한 게 몇 가지 더 있다. 대개 분량이나 균형감, 과학소설에 대한 작가의 전반적인 공헌을 고려한 결과였다. 따지고 보면 엄밀히 말해서 이 책에 실린 작품이 SFWA 회원들의 투표 결과를 그대로 반영한다고 할 수는 없다. SFWA가 최고로 꼽은 1965년 이전의 작품 15편에 30위까지의 작품 중 일부를 더했다고 보는 편이 옳을 것이다.

16~30위의 작품 중에서 일부를, 거의 5만 단어나 되는 분량을 제외할 수밖에 없었던 출판 현실은 유감스럽다. 하지만 책의 두께를 적절하게 만들 수밖에 없었던 점을 고려해도, 나는 이 책이 현대 과학소설의 형태와 내용에 큰 공헌을 한 작가들의 결정적인 작품을 제공해준다고 생각한다. 이 한 권의 책에는 단편 과학소설의 기본이 담겨 있는 것이다.

로버트 실버버그

The Science Fiction Hall of Fame

Volume 1, 1929–1964

★★★
차
례

☆ 서문 : 로버트 실버버그 __5

☆ 화성의 오디세이 A Martian Odyssey — 스탠리 와인봄 Stanley G. Weinbaum __13

☆ 헬렌 올로이 Helen O' Loy — 레스터 델 레이 Lester del Rey __59

☆ 길은 움직여야 한다 The Roads Must Roll — 로버트 하인라인 Robert A. Heinlein __81

☆ 소우주의 신 Microcosmic God — 테오도어 스터전 Theodore Sturgeon __139

☆ 보로고브들은 밈지했네 Mimsy Were the Borogoves — 루이스 패짓 Lewis Padgett __183

☆ 오로지 엄마만이 That Only a Mother — 주디스 메릴 Judith Merril __243

☆ 스캐너의 허무한 삶 Scanners Live in Vain — 코드웨이너 스미스 Cordwainer Smith __261

☆ 화성은 천국! Mars is Heaven! — 레이 브래드버리 Ray Bradbury __325

☆ 즐거운 인생 It's a Good Life — 제롬 빅스비 Jerome Bixby __359

☆ 즐거운 기온 Fondly Fahrenheit — 앨프리드 베스터 Alfred Bester __391

☆ 친절한 이들의 나라 The Country of the Kind — 데이먼 나이트 Damon Knight __427

☆ 앨저넌에게 꽃다발을 Flowers for Algernon — 대니얼 키스 Daniel Keyes __449

☆ 전도서에 바치는 장미 A Rose for Ecclesiastes — 로저 젤라즈니 Roger Zelazny __499

☆ 작품 해설 : 어느덧 고전이 되어버린 SF의 보물지도 | 최세진 __571

The Science Fiction Hall of Fame

† 본문의 각주는 모두 옮긴이가 단 것입니다.

화성의 오디세이

Stanley G. Weinbaum **A Martian Odyssey**

스탠리 와인봄 지음
최세진 옮김

자비스는 아레스 탐사대의 비좁은 막사에서 최대한 사치스럽게 온몸을 쭉 뻗어 기지개를 켜면서 기쁨에 들뜬 목소리로 말했다.

"햐, 공기다! 밖에서 옅은 공기만 맡다가 여기 들어오니까, 공기가 스프처럼 걸쭉하네!"

자비스는 화성 기지 항구의 유리창 너머, 달빛을 받으며 황량하게 펼쳐진 화성 풍경을 바라보면서 고개를 주억거렸다.

다른 탐사대원 세 명이 그를 동정의 눈빛으로 바라봤다. 기술자 퍼츠, 생물학자 러로이, 그리고 천문학자이자 탐사대장인 해리슨. 딕 자비스는 화학자로서, 지구의 신비스러운 이웃인 화성에 인간으로서는 최초로 발을 내딛은 아레스 탐사대의 유명한 탐사대원 중 한 명이었다.

물론 이 이야기는 오래전에 일어났던 일이다. 정신 나간 미국인 도헤니가 온 생애를 다 바쳐서 원자력 로켓을 완성한 지 20년 후, 그리고 똑같이 미친 카도자가 그 원자력 로켓에 올라타고 달에 간 지 10년 후에 일어났던 일이다. 네 명의 아레스 탐사대원은 진정한 선구자들이었다. 대여섯 명의 달 탐사대와 매력적인 금성의 궤도로 떠났다가 불운한 운명을 맞았던 랜시호의 탐사대를 제외하면, 아레스 탐사대는 지구와 다른 중력을 맛본 최초의 사람들이었다. 그리고 당연한 이야기지만 지구-달 체계를 성공적으로 벗어난 최초의 승무원들이기도 했다. 게다가, 아레스 탐사대원들이 치러야 했던 온갖 역경을 떠올려보면, 그들의 성공은 충분히 대접받을 만했다. 탐사대원들은 화성의 엷은 공기에서 숨 쉬는 법을 배우기 위해 환경적응실에서 여러 달을 허비해야 했고, 21세기의 그 엉성한 반작용 엔진으로 날아가는 조그마한 로켓의 비좁은 공간에 올라타고 전혀 알지 못하는 세계와 맞닥뜨려야 했다.

자비스는 기지개를 켜고, 동상에 걸리는 바람에 살이 벗겨져 쓰라린 콧등을 손가락으로 매만졌다. 그리고 만족스러운 한숨을 다시 내뱉었다.

탐사대장 해리슨이 갑작스럽게 큰 소리로 말했다.

"자, 이제 슬슬 말해줄 때가 되지 않았나? 자네가 보조 비행선에 모든 물건들을 싣고 떠난 후, 지난 열흘간 우리는 코빼기도 못 봤어. 그러더니 퍼츠가 괴상한 개미굴 같은 데서 자네하고 자네 친구라는 그 이상하게 생긴 타조 같은 놈을 구했잖아! 이제 털어놔봐!"

러로이가 난감한 표정으로 물었다.

"떠러? 멀 떠러?"

퍼츠가 진지하게 설명했다.

"터노코 말하라는 트시야."

자비스는 웃음기 하나 없이 해리슨의 즐거워하는 눈길을 쳐다보고는 퍼츠에게 동의를 표하며 진지한 목소리로 말했다.

"좋아, 퍼츠. 이히 슈필 에스!Ich spiel es![1]"

자비스는 느긋한 표정으로 툴툴거리면서 이야기를 시작했다.

"난 탐사대장한테 지시받은 대로, 퍼츠가 북쪽으로 날아가는 걸 지켜본 후, 나도 그 날아가는 찜통을 타고 남쪽으로 날아갔어. 대장, 기억나죠? 흥미로운 것들을 정찰만 하고 착륙하지는 말라고 했잖아요. 그래서 난 카메라 두 대로 계속 사진을 찍어대면서 빠르게 이동했어. 약 600미터 고도로 꽤 높게 날았는데, 두 가지 이유 때문이었어. 첫째, 높이 올라가서 찍어야 넓게 찍을 수 있고 둘째, 지구에 비해 공기의 밀도가 반밖에 안 되는 화성에서 낮게 날면 비행기가 내뿜는 제트 기류가 지면의 먼지를 어지럽게 일으키기 때문이야."

탐사대장 해리슨이 구시렁거렸다.

"그런 얘기는 퍼츠한테 다 들었어. 뭐, 여하튼 그래도 사진기 필름들은 잘 보관했을 테지? 이 호화로운 여행에 돈을 댄 사람들을 생각해보라고. 달에서 찍은 사진이 처음으로 공개되었을 때 대중들이 얼마나 난리법석을 떨었는지 기억하지?"

"필름은 안전하게 잘 가져왔어요."

자비스가 말대꾸를 하더니 이야기를 계속 이어갔다.

"하여튼, 뭐. 아까 말한 대로 나는 아주 바쁘게 돌아다녔어. 모두들 알다시피 우리가 가진 비행기의 날개로는 이 옅은 공기에서 시속 160킬

---

[1] 독일어, "그래, 한번 해보자고!"라는 뜻이다.

로미터 이하로는 잘 뜨지도 않는데다, 비행기 아래쪽으로도 제트 엔진의 열기를 뿜어내면서 돌아다녀야 하잖아. 빠른 속도와 높은 고도, 비행기 아래의 제트 기류 때문에 아래쪽이 뿌옇게 되어서 썩 잘 보이진 않았지만, 화성에 착륙한 직후 일주일 내내 조사했던 이 근방의 회색 평야지대를 조금 벗어났다는 정도는 충분히 알아볼 수 있었어. 여기랑 똑같이 여기저기 얼룩덜룩 자라는 것들도 있고, 느릿느릿 기어 다니는 조그마한 식동물植動物들이 양탄자처럼 끝도 없이 펼쳐져 있었어. 러로이는 식동물을 '걸어 다니는 콩깍지'라고 부르더군. 그렇게 계속 날아가면서 지침대로 매 시간마다 내 위치를 무전으로 알렸어. 내가 보낸 전파를 제대로 받고 있었는지는 모르겠지만 말이야."

"내가 받았어."

해리슨이 끼어들었다.

자비스는 동요하지 않고 이야기를 이어갔다.

"240킬로미터쯤 날아가니까 나지막한 고원이 나타나면서 지표면의 생김새가 달라졌어. 거기는 아무것도 없는 사막이었는데, 오렌지색 모래가 펼쳐져 있었어. 우리 짐작이 맞았지. 우리는 이 회색 평야지대가 마레 키메리움[2]일 거라고 짐작했는데, 그 짐작대로라면 내가 본 오렌지색 사막은 산토스[3]일 거야. 또 그 짐작이 맞다면, 320킬로미터 정도 더 가면 또 다시 회색 평야지대인 마레 크로니움[4]이 나타나고, 그 뒤에 다

◎　2__ Mare Cimmerium, 화성의 지명. '키메르족의 바다'라는 뜻이다.
　　　본래 키메르족은 호머의 『오디세이』에 등장하는 종족의 이름으로, 안개와 어둠에 싸인 땅 끝 지옥의 입구에 살았다.
　　3__ Xanthus, 화성의 지명. '노란색, 금발'이라는 뜻이다. 본래 호머의 『오디세이』에 나오는 지명으로서 트로이에 흐르던 강의 이름이다.

시 오렌지색 사막인 사일리I[5]과 사일리II가 나타나야 하는 건데, 그 생각이 맞았어."

탐사대장이 으르렁대면서 말했다.

"퍼츠가 이미 열흘 전에 우리 위치를 확인했어! 제대로 된 이야기를 좀 해봐!"

"자, 이제 본론으로 들어가지요. 사일리로 30킬로미터쯤 들어가자, 믿기 힘들겠지만, 운하가 보이더라고!"

"이미 퍼츠가 운하 사진은 수백 장도 더 찍어왔어! 새로운 소식 좀 말해봐!"

"퍼츠가 도시도 봤대요?"

"스무 개는 봤대! 그런 진흙더미를 도시라고 할 수 있는지는 모르겠지만 말이야."

자비스는 사람들을 살펴보더니 말했다.

"좋아요. 자, 여기서부터 퍼츠가 못 봤던 것들에 대한 이야기예요."

자비스는 따끔거리는 콧등을 문지르더니 이야기를 이어갔다.

"나는 이즈음 화성의 낮 시간이 열여섯 시간이라는 사실을 알고 있었기 때문에, 여덟 시간 동안 약 1300킬로미터를 날아간 후에 돌아가기로 결정했어. 그리고 I인지 II인지는 잘 모르겠지만, 하여튼 사일리 위를 날고 있었는데, 40킬로미터 정도 들어갔던 것 같아. 바로 그때 비행선의

◉ 4__ Mare Chronium, 화성의 남쪽에 있는 평야지대. '크로노스의 바다'라는 뜻이다. 크로노스는 그리스 신화에 나오는 신으로, 제우스의 아버지.

5__ Thyle, 화성의 지명. 고대 그리스의 신화에 나오는 섬의 이름이다. Thile, Tile, Tilla, Toolee, Tylen, Thula, Thyle, Thylee, Thila, Thulii, Thyilea, Tula 등 다양한 이름으로 사용되었다.

엔진이 서버렸어!"

"섰다고? 어터케?"

독일인 퍼츠가 걱정스럽게 물었다.

"원자력 로켓이 약해지면서 점점 고도를 잃더니, 갑자기 사일리 한복판에 쿵 하고 떨어져버렸다고! 내 코도 창문에 처박혀버리고!"

그는 씁쓸한 표정을 지으며 다친 부위를 문질렀다.

"주먹으로 황산 연소통 쳐바써? 가끔 그러케 하면 다시 시동이 걸릴 태도 이커든."

퍼츠가 물었다.

"아니!"

자비스가 역겹다는 투로 툭 내뱉고는 말을 이었다.

"열 번밖에 안 쳤어! 충돌 때문에 착륙 바퀴도 찌그러지고, 아래쪽의 제트 엔진도 부서졌어. 그래, 네 말대로 이것들이 잘 돌아갔으면 좋겠다만, 그다음에 어떻게 됐는지 알아? 10킬로미터 넘게 질질 끌려가면서 곤두박질을 치더니 비행선 밑바닥이 녹기 시작했어!"

그는 다시 코를 문지르더니 말을 계속했다.

"지구에서 100킬로그램이 여기서는 38킬로그램밖에 안 되니까 그나마 천만다행이었지. 안 그랬으면 난 완전히 납작하게 찌부러졌을 거야."

"나라면 고칠 쑤 이써쓰 거야! 절대로 심가칸 문제는 아냐!"

퍼츠가 갑자기 소리를 빽 질렀다.

"그럴지도 모르지. 별로 심각한 문제는 아니었을 거야. 날지만 못했을 뿐인데, 뭐. 나를 데리러 올 때까지 거기서 기다리거나, 1300킬로미터를 걸어서 돌아와야 하는데, 20일 정도만 있으면 탐사대가 화성을 떠나버릴 테니 그게 좀 문제지! 하루에 60킬로미터씩만 걸으면 되는 것뿐이야. 뭐 별것도 아냐!"

자비스가 비꼬는 말투로 말했다.

"나는 걸어가기로 마음먹었어. 발견될 확률은 기다리나 걸어가나 똑같은데, 뭔가 할 일이 있는 게 낫잖아."

"우리도 자네를 찾으러 나갔어."

해리슨이 말했다.

"당연히 그랬을 거라 생각해요. 난 의자에서 안전벨트를 떼어내서 몸에 걸치고 물통을 등에 업었어. 그리고 탄띠와 권총을 차고 비상식량을 챙겨서 출발했지."

"물통? 그거 100킬로그램이나 대자나!"

체격이 작은 프랑스 생물학자 러로이가 소리를 쳤다.

"물통에 물이 가득 차 있던 것도 아니었고, 지구에서 100킬로그램은 여기서 38킬로그램밖에 안 돼. 게다가 내 몸무게도 지구에서는 95킬로그램 정도였지만, 화성에서는 30킬로그램 정도밖에 안 되잖아. 그러니까 내 몸무게와 물통 무게를 다 합쳐봐야, 지구에서의 내 몸무게보다도 30킬로그램은 더 가벼워. 난 하루에 65킬로미터 정도 걸어가기로 했어. 아, 물론, 한겨울 같은 화성의 추운 밤을 대비해서 방한 침낭도 챙겼지. 난 일단 발을 떼고 나서는 아주 빠르고 힘차게 앞으로 나갔어. 낮의 해가 비치는 여덟 시간 동안에 적어도 32킬로미터 이상을 걸어가야 했어. 아주 따분하더라고. 당연하지. 발이 푹푹 빠지는 모래사막을 계속 걸어가야 되는데, 아무것도 볼 만한 게 없잖아. 러로이가 걸어 다니는 콩깍지라고 부르는 것들조차도 전혀 눈에 안 띄었거든. 그래도 한 시간쯤 지나자 운하에 도착했어. 바짝 마른 운하는 너비가 약 120미터쯤 되었는데, 철도회사가 지도에 철로를 그려놓은 것처럼 직선으로 쭉 뻗어 있었어. 한때는 그 운하에도 물이 흘렀겠지만, 내가 봤을 때는 잔디밭이 초록빛으로 쫙 깔려 있는 것 같았어. 그런데 내가 다가가니까 그 잔디가 나를 피해서 움직이더라고!"

"머?"

러로이가 말했다.

"그래, 걸어 다니는 콩깍지의 친척쯤 되는 것 같았어. 하나를 잡아 봤더니, 내 손가락만 한 잔디 풀 모양의 날이 달려 있고, 가늘고 털이 많은 다리가 두 개 달려 있었어."

"그거 어디 이써?"

러로이가 안달이 나서 물었다.

"놓아줬지! 나는 계속 움직여야 했으니까. 내가 걸어가면 앞에 있던 잔디들이 쫙 벌어졌다가, 내가 지나가고 나면 뒤에서 다시 닫혔어. 그러다가 사일리의 오렌지색 사막으로 다시 나왔어. 난 천천히 앞으로 나아갔어. 사람을 너무도 피곤하게 만드는 모래에 욕을 퍼붓기도 하고, 틈틈이 퍼츠, 네가 관리하는 그 빌어먹을 비행선 엔진도 욕하면서 말이야. 땅거미가 내려앉기 직전쯤에 사일리의 가장자리에 도착했어. 그리고 나는 거기에 서서 회색의 마레 크로니움 평야를 내려다봤지. 그 평야를 넘으려면 120킬로미터를 걸어야 하고, 거길 넘고 나면 320킬로미터의 산토스 사막이 날 기다리고 있었어. 그리고 마레 키메리움은 그보다 더 크고. 그래서 내가 기뻐했을까? 날 데리러 오지 않는 자네들에게 욕을 퍼붓기 시작했어!"

"우리도 할 만큼 했어, 인마!"

해리슨이 말했다.

"그건 별로 위로가 안 되네요. 뭐, 어쨌든, 난 저물어가는 햇살을 이용해서 사일리 가장자리에 솟아 있는 절벽을 내려가기로 마음먹었어. 편한 길을 찾아서 내려갔지. 마레 크로니움은 여기랑 거의 비슷했어. 잎도 안 달린 그 이상한 식물들과 기어 다니는 놈들이 잔뜩 있었지. 그놈들을 한 번 쓱 쳐다본 다음, 침낭을 당겨서 덮고 자려는데…… 알다시피, 그때까지는 반쯤은 죽어 있는 이 세계에서 우리에게 위험한 것은 한 번도 본 적이 없었잖아."

"그럼 넌 본 거야?"

해리슨이 물었다.

"봤지! 자, 이제부터 이야기를 해줄게. 내가 막 침낭으로 들어가려는데 갑자기 지금껏 들도 보도 못한 이상한 소리가 들려왔어."

"드토 보도 모탄이 머야?"

퍼츠가 물었다.

"자비스는 '쥬 느 쎄 꾸아$^{Je\ ne\ sais\ quoi}$ [6]'라고 했어. '먼지 모르게따' 는 뜨시야."

러로이가 설명했다.

"맞아."

자비스가 그 말에 동의하고 계속 말했다.

"난 그게 무슨 소리인지 몰랐어. 그래서 살그머니 고개를 내밀고 어디에서 나는 소린지 살펴봤지. 까마귀 떼가 카나리아 떼를 잡아먹을 때처럼 아주 난리가 났더라고. 휘리릭, 꽥꽥, 깍깍, 쩩쩩, 찌르르, 꼭 자네들처럼 지지배배거렸어. 풀 무더기를 돌아갔더니, 거기에 트윌이 있지

◎ **6**__ 프랑스어, "나는 그게 뭔지 모른다"는 뜻.

뭐야!"

"트월?"

해리슨 탐사대장이 물었다.

"트빌?"

러로이와 퍼츠가 말했다.

"아까 이야기한 이상하게 생긴 타조 같은 놈 말이야. 내가 푸르르 거리지 않고 최대한 가깝게 발음한 게 '트윌'인 거고, 걔는 '트르르으 이르르을' 비스름하게 발음해."

"그게 뭘 하고 있었어?"

탐사대장 해리슨이 물었다.

"잡혀 먹히는 중이었어요! 그리고 그런 상황이라면 다들 그러듯이 꽥꽥거리고 있었어요."

"먹혀? 뭐에 먹히고 있었는데?"

"저도 나중에야 알아챘어요. 까만 밧줄 같은 팔들이 그 타조같이 생긴 놈을 휘감고 있다는 걸 그제야 볼 수 있었거든요. 난 처음엔 그냥 지켜보기만 했어. 당연히 두 놈 다 나에게 위험할 수도 있었으니까 말이야. 한 놈이 죽으면 걱정거리가 하나 줄어드는 셈이잖아. 그런데 새같이 생긴 그놈이 빽빽 소리를 질러대면서 45센티미터는 될 법한 부리로 거세게 한 방 먹이면서 아주 잘 싸우더라고. 그런데 그 밧줄처럼 생긴 긴 팔 끝에 뭔가가 달려 있는 게 얼핏 보였어."

자비스가 진저리를 쳤다.

"그런데 그때, 그 새처럼 생긴 놈의 목에 걸려 있는 자그마한 검은 가방, 아니 어쩌면 상자일지도 모르지만 하여튼 그게 내 눈길을 확 끌었어. 지적인 생물이었던 거야! 난 그놈이든, 그놈의 주인이든, 둘 중 하나는 지능이 있을 거라고 짐작했지. 하여튼 난 누구 편을 들지 결정했어. 자동 권총을 꺼내서 그 타조를 괴롭히는 놈에게 쏴댔지. 그랬더니 촉수는 허둥지둥대다가 검은색의 썩은 물질들을 쏟아내고, 슉슉 기분 나쁜 소리를 내면서 땅 밑의 구멍 속으로 밧줄 같은 촉수들을 끌고 들어가버렸어. 타조처럼 생긴 생물은 꽥꽥거리는 소리를 멈추고 골프채 두께의 다리로 갈지자걸음을 걷더니, 갑자기 뒤로 돌아서 내 얼굴을 쳐다봤어. 나는 다시 총을 치켜들고 쏠 준비를 하고, 우리는 서로를 노려봤지. 그 화성 생물은 처음 얼핏 봤을 때하고는 달리 새가 아니었어. 심지어 새처럼 생기지도 않았어. 부리도 달렸고, 깃털이 조금 덮여 있긴 하지만, 그 부리는 진짜 부리가 아냐. 그건 좀 탄력이 있어서, 끝이 이쪽저쪽으로 천천히 구부러지기도 해. 새의 부리하고 코끼리 코 중간쯤의 형태인 것 같아. 발가락도 네 개고, 손가락도 네 개야. 자네들이 그걸 손이라고 부르고 싶을지는 모르겠지만 말이야. 그리고 약간 통통한 몸뚱이에 가느다란 목 위에는 작은 머리하고 그 부리가 달려 있지. 서 있을 때는 나보다 3센티미터 정도 커. 퍼츠도 봤잖아!"

"응! 나 바써!"

엔지니어 퍼츠가 고개를 끄덕거렸다.

자비스가 이야기를 이어갔다.

"자, 그렇게 우리는 서로를 노려봤어. 마침내 그 생명체가 따다닥 소리를 내고 지저귀는 소리를 내더니 양손을 나한테 내밀었는데, 빈손이었어. 난 그걸 우호적인 몸짓이라고 받아들였지."

"그럴지도 모르지. 네 코를 보고는 자기랑 가까운 친척이라고 생각했을지도 몰라."

해리슨이 말했다.

"허! 대장님은 입만 안 열면 참 재미있는 분이신데 말이지요. 어쨌든 나도 총을 집어넣고, '뭐, 그렇게 고마워할 건 없어' 비슷한 이야기를 했어. 그러자 그놈이 다가왔고, 우리는 친구가 됐지.

그때쯤에는 이미 태양이 아주 낮아져서 불을 피우거나 방한 침낭 속으로 들어가는 게 나을 것 같았어. 나는 불을 피우기로 마음먹었지. 그래서 등이라도 좀 따뜻하게 해볼까 싶어서 사일리와 경계에 있는 절벽에 자리를 잡았어. 그리고 바짝 마른 화성의 식물들을 모아서 불을 붙이기 시작했더니, 그 친구도 내가 뭘 하려는지 알아채고 마른 풀을 한 아름 들고 왔어. 내가 성냥을 찾고 있는데, 그 화성인은 자기 가방에 손을 넣더니 벌겋게 불이 붙은 석탄 같은 걸 꺼내더라고. 그리고 그걸 톡 치니까 불꽃이 확 일었어. 이런 기압에서 그렇게 불꽃이 일어날 줄은 생각도 못했다니까! 자네들도 잘 알잖아! 게다가 그 가방 말이야! 그건 분명히 제작된 물건이었어. 끝부분을 누르면 가방이 열리고, 가운데를 누르면 완전히 닫혀서 틈새가 전혀 보이지 않아. 지퍼보다 훨씬 낫더라고.

그리고 우리는 잠시 불을 쳐다보고 있었어. 그러다 난 화성인과 소통할 방법을 찾아보기로 했지. 손으로 나를 가리키면서 '딕'이라고 말하자, 화성인도 바로 알아듣고 비쩍 마른 손을 내 쪽으로 뻗으면서 '틱'이라고 따라하는 거야. 그리고 내가 그를 가리키자 '트윌' 비스무리한 휘파람소리를 내더군. 난 도저히 그 발음을 따라하지 못하겠어. 일은 순조롭게 잘 진행되는 거 같았어. 이름을 강조하려고 나는 '딕'을 한 번 더 말하고, 그를 가리키면서 '트윌'이라고 말했지. 그런데 거기서 꼬여 버렸어! 화성인은 뭔가 부정적인 느낌이 나는 딱딱 소리를 내더니 '프프루우트' 비슷한 소리를 냈어. 그게 시작이야. 내 이름은 항상 '틱'이었지만, 그의 이름은 어떤 때는 '트윌'이었다가 '프프루우트'가 되기도 하고, 다른 때는 또 바뀌어서 열여섯 가지의 알아듣지도 못하는 소리를 내더라니까!

일관성 있게 뭔가를 맞추기가 힘들었어. 나는 '바위'나 '별', '나무', '불', 뭐 그런 단어들을 이것저것 시도해봤는데, 할 때마다 '트윌'은 다른 소리로 단어를 말하는 거야! 같은 소리가 2분 이상은 안 가더라고. 저런 게 언어라면, 내가 연금술사다! 결국 난 완전히 포기하고 그냥 그를 트윌이라고 불렀어. 그리고 그게 먹히는 것 같았어.

하지만 트윌은 내가 말해준 단어를 어느 정도 알아들었어. 그는 한두 마디를 기억했는데, 어떤 언어에 충분히 익숙해져야만 말을 조합해 낼 수 있는 거니까, 내가 볼 때는 그것만 해도 정말 대단한 성과였어. 반면에 나는 그가 말하는 걸 전혀 이해하지 못했거든. 어쩌면 내가 미묘한 지점을 놓치고 있었거나, 우리가 서로 생각하는 방식이 전혀 달랐던 건지도 몰라. 내가 생각하기엔 후자가 더 신빙성이 있는 것 같아.

그렇게 생각했던 건 여러 가지 이유 때문인데, 나는 언어는 포기하고 수학을 시도해봤어. 내가 땅바닥에다 2 더하기 2는 4라는 걸 쓰고, 자갈을 주워서 그걸 보여줬어. 그러자 트윌은 다시 내 말을 알아듣고 3 더하기 3은 6이라는 걸 보여주더라고. 우리는 한 발 더 나아간 거지.

이제 트윌이 적어도 초등학교 정도는 마쳤다는 걸 알게 되었으니, 나는 태양을 의미하는 원을 하나 그리고, 그 원에 뾰족뾰족하게 빛이 나는 모양을 표시했어. 그러고 나서 수성과 금성, 우리의 지구, 화성을 그렸지. 마지막으로 화성 그림을 가리키고는, 화성이 바로 우리를 둘러싸고 있는 곳이라는 것을 보여주려고 손으로 주위를 훑으며 감싸는 시늉을 했어. 지구가 내 고향이라는 생각을 이해시키려는 거였어.

트윌은 내가 그린 도형을 완벽하게 이해했어. 부리로 그 그림들을 쪼더니, 한참을 꿱꿱 소리를 내더라고. 그러더니 화성에 데이모스와 포보스[7]를 그려 넣더니, 지구에 달을 그리더라니까!

이게 무슨 말인지 알겠어? 트윌 종족이 망원경을 이용한다는 거야! 문명화된 종족이라고!"

"그렇지 않아! 지구의 달은 여기서도 5등성처럼 잘 보여. 그들은 맨눈으로도 지구를 공전하는 달의 모습을 볼 수 있어."

해리슨이 말을 가로막았다.

"달은 보이죠! 제 말뜻을 잘 이해하지 못하셨나 본데요, 수성은 맨눈으로 안 보여요! 그런데 트윌이 두 번째가 아니라 세 번째 행성에 달을 그려 넣은 것은 수성의 존재를 알고 있다는 뜻이에요. 수성의 존재를 몰랐더라면 지구가 두 번째 행성이고, 화성이 세 번째 행성이라고 생각했겠죠. 안 그래요?"

"훙!"

해리슨이 콧방귀를 뀌었다..

"어쨌든, 나는 우리 수업을 계속 진행했어. 잘 되어가는 것 같았지. 그래서 한 단계 더 올라가도 될 것 같았어. 나는 내 도형에 있는 지구를 가리킨 후에 나를 가리켰어. 그리고 그걸 움켜쥐고 나를 다시 가리킨 후에, 하늘의 정점에 거의 접근한 초록색으로 밝게 빛나는 지구를 다시 가리켰어.

트윌이 흥분한 투로 막 지저귀는 걸 보고 그가 이해했다는 걸 확신했어. 그는 팔짝팔짝 뛰더니, 자신을 가리켰다가 하늘을 가리키고, 또 다시 자신을 가리켰다가 하늘을 가리켰어. 그는 자기 배를 가리키더니

◎ 7__ 화성의 위성들.

아크트루스[8]를 가리키고, 또 머리를 가리키더니 스피카[9]를 가리켰어. 그러더니 자기 발을 가리키고 나서는 내가 붙잡을 때까지 별을 대여섯 개는 가리키더라고. 그러고는 갑자기 엄청나게 높이 위로 뛰어올랐어. 와우! 정말 끝내줬어! 곧장 별빛 쪽으로 뛰어 올라갔는데, 아마 20미터는 더 되었을 거야! 그의 모습이 하늘 높이 어렴풋하게 보이더니, 몸을 돌려 머리를 아래로 해서는 내 쪽을 향해 떨어져서 부리를 투창처럼 땅에다 곧장 처박더라고! 내가 모래 위에 그려놓은 태양계의 가운데에 과녁처럼 정확히 박혔어!"

"어이가 없네, 미친 거 아냐?"

탐사대장이 말했다.

"저도 그때는 그렇게 생각했어요! 트윌이 모래에서 머리를 빼서 다시 똑바로 설 때까지, 난 입을 쩍 벌리고 그 모습을 쳐다보고만 있었지. 그때서야 나는 그가 내 말을 잘못 이해했다는 사실을 깨달았어. 그래서 나는 그 빌어먹을 장황한 이야기를 처음부터 다시 했는데, 다시 똑같이 끝났어. 트윌이 내가 그린 도형의 한가운데에 코를 처박았어!"

"종교적인 의식일지도 몰라."

탐사대장인 해리슨이 의견을 냈다.

"그럴지도 모르죠."

자비스가 반신반의한 표정으로 대답을 하더니 말을 계속 이었다.

"하여튼, 우리는 거기까지였어. 어느 정도까지는 생각을 나눌 수 있었지만, 거기만 넘어서면 꼬여버렸어. 우리 안의 뭔가가 서로 달랐던 거

---

[8] 목동자리 1등성의 이름.
[9] 처녀자리 1등성의 이름.

야. 내가 그를 미친놈으로 보듯이 그도 나를 미친놈으로 생각하겠지. 우리는 단지 각자 다른 눈으로 세상을 보고 있었던 거야. 우리의 시선이 진실이듯, 그의 시선도 진실인 거지. 하지만 우리는 서로를 이해할 수가 없었어. 그뿐이야. 우리가 서로 다르긴 하지만, 난 트윌이 좋았어. 그리고 이상한 이야기이긴 하지만, 그도 나를 좋아했을 거라고 생각해."

"말도 안 되는 소리야. 그냥 미친 거야."

탐사대장이 다시 말했다.

"그렇게 생각해요? 잠시만 기다려봐요. 전 한두 번 어쩌면 우리가……"

그는 잠시 말을 멈추더니 다시 이야기를 이어갔다.

"하여튼, 난 결국 포기하고 잠자리에 들려고 방한 침낭 속으로 들어갔어. 모닥불은 더 이상 열기가 느껴지지 않았지만, 그 넌더리나는 침낭은 아주 따뜻했어. 안에 들어가서 그 답답한 침낭을 꽉 닫고 5분 정도 들어가 있었어. 그리고 침낭을 조금 열어봤더니, 맙소사! 영하 60도의 바람이 내 코를 후려쳤어! 비행선이 땅에 충돌할 때 다쳤던 코에 동상이 걸린 것도 그때였어.

트윌이 내 잠자리를 어떻게 생각했는지는 모르겠어. 내가 자러 갔을 때 그는 근처에 있었는데, 일어났을 때는 보이지 않았어. 내가 침낭에서 기어 나왔을 때 지저귀는 소리가 들려오더니, 3층 높이의 사일리 절벽 끝에서 미끄러져 내려와서는 내 곁에 부리로 착륙했어. 난 나를 가리킨 후에 북쪽을 가리켰어. 그러자 그는 자기를 가리키더니 남쪽을 가리키더군. 그런데 내가 짐을 챙겨서 출발하자, 나를 따라 오더라고.

그런데 트윌이 어떻게 가는지 알아? 뜀박질 한 번에 45미터 정도를 날아가는데, 창을 쏘듯이 직선으로 쭉 날아가서 부리로 착륙하는 식이었어. 그는 내가 터벅터벅 걸어가는 모습을 보고 놀란 것 같았지만, 잠시 뒤에 다시 내 옆으로 날아와 떨어졌어. 몇 분마다 펄쩍 뛰어서 수십 미터 앞의 모래에 코를 처박았어. 그러고는 다시 내 쪽으로 쏜살같이 날아오는 거야. 처음에 그의 부리가 창날처럼 날아오는 모습을 봤을 때는 불안하기도 했지만, 그는 항상 내 바로 옆의 모래에 착륙했어.

그렇게 우리 둘은 마레 크로니움의 회색 평야로 들어간 거야. 마레 크로니움은 여기랑 비슷했어. 똑같이 이상한 식물들이 있고, 똑같이 생긴 작은 녹색의 콩깍지들이 모래밭에서 자라거나, 지들 멋대로 아무렇게나 기어 다녔지. 우리는 이야기를 나눴어. 아, 물론 서로 이해했다는 뜻은 아냐. 그냥 어울렸다는 거지. 나는 노래를 불렀는데, 내 짐작에는 트윌도 노래를 불렀던 것 같아. 최소한 트윌은 리듬 비슷한 것에 맞춰서 지저귀더군.

그리고 트윌은 영어 단어들을 다양하게 흉내 내기 시작했어. 그는 땅에서 삐져나온 바위를 가리키더니 "돌"이라고 말하고, 자갈을 가리키더니 또 "돌"이라고 했어. 또 그는 내 팔을 툭 치더니 "틱"이라고 말하더니 그걸 똑같이 한 번 더 반복했어. 그는 같은 물건을 두 번 연달아 같은 단어로 부르거나 두 개의 다른 대상을 같은 단어로 부르는 게 엄청 재밌었나 봐. 혹시 트윌의 언어가 지구의 원시 언어와 비슷한 건 아닐까 하는 의문이 떠올랐어. 예를 들어 니그리토[10] 언어 같은 거 말이야. 그들의 언어에는 포괄적인 의미를 담는 단어가 없어. 각각의 물건이나 사람은 이름은 있어도 음식이나 물, 사람같이 포괄적인 단어가 없다는 말이야. 좋은 음식이나 나쁜 음식, 빗물이나 바닷물, 강한 사람이나 약한 사

---

[10] Negrito. 필리핀과 말레이지아 등지에 사는 키 작은 흑인 종족.

람 같은 단어는 있어도 그것들을 묶어줄 총괄적인 단어는 없다는 말이지. 그들은 너무 원시적이라서 빗물과 바닷물이 같은 물질의 다른 상태라는 것을 이해하지 못하거든. 하지만 트월이 그런 것 같지는 않았어. 우리는 서로에게 이질적이라, 서로가 이해하지 못한 것뿐이야. 그래도 우린 서로 좋아해!"

"그냥 미친 거야. 하긴, 그러니까 너희 둘이 서로 좋아하지."

탐사대장이 말했다.

"아, 전 대장님도 좋아해요!"

자비스가 짓궂게 받아치고는 이야기를 계속했다.

"하여튼, 전 트월이 미치거나 그랬다고는 전혀 생각하지 않아요. 사실, 그렇게까지 확실히 이야기하긴 힘들다고 생각하긴 하지만, 트월은 이 찬양해 마지않는 우리 인간의 지능으로도 쉽게 이해하기는 힘든 존재라고 생각해요. 아, 물론 그가 엄청나게 초월적인 지능의 소유자라는 이야기는 아니에요. 하지만 제가 그의 지적인 활동에 대해 티끌만큼도 이해하지 못하는 반면, 저의 정신적인 활동을 조금이나마 이해했던 그의 능력을 간과하지는 말았으면 좋겠어요."

"네가 그놈을 이해하지 못했던 건 그놈한테 아예 지능이란 게 없기 때문이야!"

탐사대장이 그렇게 말하자, 퍼츠와 러로이가 자비스에게 살짝 윙크를 했다.

"제가 이야기를 끝내고 나서도 해리슨 대장님이 그렇게 말할 수 있는지 한번 보자고요. 우리는 하루 종일 마레 크로니움을 걸어갔어. 다음 날도 내내 그렇게 걸었지. 마레 크로니움, 시간의 바다라는 뜻이잖아! 긴 행군을 마치고 나니까 스키아파렐리[11]가 붙인 그 이름에 동의가 되더라니깐! 기묘한 식물들이 끝도 없이 펼쳐진 회색의 대평원, 그리고 그 외에는 어떤 생물의 기미도 없는 곳. 너무도 단조로운 광경만 보다 보니까, 이튿날 저녁에 눈앞에 나타난 산토스 사막이 반가울 지경이었어.

나는 완전히 녹초가 되었는데도, 트윌은 여전히 생생해 보였어. 그때까지 난 한 번도 그가 뭔가를 마시거나 먹는 모습을 못 봤는데도 말이야. 그는 단 몇 시간이면, 그 부리 곤두박질로 마레 크로니움을 쉽게 횡단할 수 있었을 텐데도, 계속 나랑 함께 움직였어. 그에게 물을 한두 번 줘보기도 했는데, 그는 컵을 받아서 부리로 조금 빨아먹더니, 조심스럽게 다시 컵에 뱉어내고는 정중하게 돌려주더군.

우리가 산토스 사막에 막 도착하자마자, 아니 그 경계선에 있는 절벽에 도착하자마자, 거친 모래바람이 마치 우리를 다시 마레 크로니움으로 밀어내기라도 할 듯이 불어왔어. 나는 방한 침낭의 투명한 부분을 당겨서 얼굴을 가리고 버텼는데, 트윌은 부리 밑에 수염처럼 자라고 있는 깃털로 코를 덮고, 비슷한 잔털로 눈을 보호하더군.

"사막에서 사는 똥물일 거야."

작은 덩치의 러로이가 소리쳤다.

"어? 왜?"

"물도 안 먹꼬, 모래뽁뽕에도 잘 저긍해짜나."

"그건 하나마나 한 소리야! 이 바짝 마른 화성에는 애초에 물이라는 게 충분히 존재하지도 않잖아. 화성은 통째로 다 사막이라고 생각해야 돼. 하여튼, 모래 폭풍이 잠잠해진 후에도 약한 바람이 계속 불기는 했

◎ 11__Giovanni Schiaparelli, 조반니 스키아파렐리(1835-1910). 이탈리아의 천문학자로서 화성의 바다와 대륙의 이름을 지었다.

지만, 모래가 휘날릴 정도의 센 바람은 아니었어. 그런데 갑자기, 뭔가가 산토스의 언덕으로부터 우리 쪽으로 날아왔어. 자그맣고 투명한 구 형태의 물건들이었는데, 꼭 유리로 만들어진 테니스공 같았다니까! 그것들은 이렇게 옅은 대기에서도 둥둥 떠다닐 정도로 엄청 가벼웠어. 텅 비어 있었는데, 내가 두어 개를 깨서 열어봤더니 아무것도 없고, 지독한 냄새만 나더라고. 트월에게 그 공 모양의 물건에 대해서 물어봤더니, 계속 '아냐, 아냐, 아냐' 라고만 말하길래, 나는 트월도 전혀 모르는 물건일 거라고 이해했어. 그런데 그 공들은 가을에 굴러다니는 회전초回傳草처럼 통통 튀기도 하고, 비누거품처럼 가볍게 날아다녔어. 그리고 우리는 다시 산토스를 향해 걸어갔지. 트월은 그 공을 한 번 가리키더니 '돌' 이라고 말했지만, 난 그와 말싸움하기도 지쳐 있어서, 나중에야 그가 말하는 게 무슨 뜻인지 이해했지.

어쨌거나, 우리는 천천히 산토스 경계선의 기슭 부분까지 다가가서 쉽게 오를 만한 경로를 찾았어. 적어도 난 그랬다고! 산토스의 절벽이 사일리 경계에 있던 절벽보다 낮아서 20미터도 되지 않아 보였으니 트월이야 쉽게 뛰어오르겠지만 말이야. 난 오르기 좋은 장소를 찾은 다음에 등에 묶어놓은 물통에 욕을 한바탕 퍼붓고 올라가기 시작했지. 사실, 오르막길을 오를 때 말고는 물통이 그리 귀찮은 건 아니었어. 그리고 그때 무슨 소리가 들려왔는데, 그 소리를 듣고 나는 드디어 탐사대가 나를 찾았다고 생각했어.

이렇게 옅은 대기에서는 소리가 얼마나 묘하게 들리는지 알지? 대포 소리도 여기서는 코르크 마개 따는 소리로 들리잖아. 그래도 그 소리는 로켓이 윙윙거리는 소리가 틀림없었어. 서서히 지는 태양이 있는 서쪽으로 15킬로미터 정도 떨어진 곳에서 2차 보조 비행선이 날아가고 있지 뭐야!

"그거가 나야! 너 차자써!"

퍼츠가 말했다.

"그래. 나도 알았어. 그런데 알면 뭐해. 난 절벽에 매달려서 소리치고 한쪽 손을 흔들었어. 트윌도 비행선을 봤어. 그러더니 꿱꿱 끽끽 소리를 지르면서 절벽 너머로 하늘 높이 뛰어오르더라고. 그런데도 비행선은 어슴푸레하게 어둠이 깔린 남쪽으로 서서히 날아가버렸어.

난 절벽 꼭대기로 기어 올라갔어. 트윌은 그때까지도 계속 꿱꿱 소리를 지르면서 비행선 쪽을 가리키고, 하늘로 뛰어 올랐다가 머리를 치켜들고 사막의 모래 위에 등으로 떨어졌어. 내가 남쪽을 가리켰다가 나를 가리키자, 그는 "그래. 그래. 그래"라고 말했어. 그래도 나는 그가 그 비행선을 내 친척뻘이나 어쩌면 부모쯤 되는 걸로 생각하고 있는 게 아닐까 짐작했어. 나는 당시에 그의 지성을 너무 낮게 평가했던 것 같아. 지금은 그때의 내 생각이 틀렸다는 걸 잘 알지만 말야.

나는 비행선의 주의를 끌지 못한 것 때문에 가슴이 너무 아팠어. 그 사이 벌써 밤의 추위가 내려와서 방한 침낭을 끌어당겨 안으로 기어들어갔지. 트윌은 부리를 모래사막에 박은 채 다리를 위로 쳐들고 있었는데, 그 모습이 꼭 저기 밖의 잎 떨어진 관목 같았어. 내 추측으로는 트윌이 밤새도록 그러고 있었던 것 같아.

"뽀호 의때(보호 의태)다! 거바! 사막 똥물이라니까!"

러로이가 갑자기 소리쳤다.

"아침이 되자 우리는 다시 출발했어. 산토스 사막으로 100미터도 못 들어갔을 때 뭔가 이상한 걸 발견했지. 그건 퍼츠가 사진으로 못 찍었을 거야. 내기를 해도 좋아! 작은 피라미드가 줄줄이 늘어서 있었어.

높이가 15센티미터도 안 되는 조그마한 것들이 산토스 사막을 가로지르며 놓여 있었는데, 끝이 안 보이더라니까! 그것들은 아주 조그마한 벽돌로 만들어진 작은 건축물로, 안이 텅 비어 있고, 끝이 뭉툭하게 잘려 있었어. 그게 아니라면 꼭대기가 부러져나간 건지도 모르지만, 하여튼 비어 있었어. 그것들을 가리키며 트윌에게 '뭐야?'라고 물었더니, 그는 뭔가 부정적인 소리를 내더군. 내 짐작에는 그도 그게 뭔지 몰랐던 것 같아. 그래서 우리는 다시 걸어가면서 피라미드 행렬을 따라갔어. 그 피라미드들은 북쪽으로 이어지고 있었고, 나도 북쪽으로 가고 있었으니까.

우리가 몇 시간 동안이나 걸어가도, 그 피라미드 행렬은 끝날 줄 몰랐어. 잠시 후 나는 또 이상한 걸 눈치 챘어. 그 피라미드가 조금씩 커지고 있다는 사실이야. 피라미드의 벽돌 수는 모두 똑같은데, 그 벽돌들이 조금씩 더 커진 거지.

정오가 되자, 피라미드는 내 어깨에 닿을 정도로 커져 있었어. 두어 개의 속을 들여다봤는데, 모두 똑같이 꼭대기가 부러져 있고 속은 비어 있었어. 벽돌을 한두 개 관찰해봤더니, 규토로 이루어져 있고, 마치 천지창조 때 만들어진 것처럼 오래된 것들이었어!"

"어떠께 아라?"

러로이가 물었다.

"벽돌들이 자연 풍화로 모서리가 둥글게 닳아 있었거든. 규토는 지구에서조차도 쉽게 풍화로 닳는 물질이 아니야. 화성의 기후에서라면 말할 것도 없지!"

"엄마나 오래댄 거 가테?"

"5조 1000억만 년은 됐을 거야. 내가 어떻게 알아! 아침에 처음 봤던 조그마한 피라미드는 더 오래된 걸 거야. 나중에 본 커다란 피라미드보다 열 배는 더 오래된 것 같아. 부서져 내리고 있었거든. 얼마나 오래 전에 그것들을 만든 걸까? 50만 년 전?"

자비스가 잠시 말을 멈추었다.

"어쨌거나, 우리는 그 행렬을 따라갔어. 트윌은 피라미드를 가리키면서 '돌'이라고 몇 번 말하더군. 그는 그 전에도 여러 번 그러긴 했지만, 이번 경우는 어떻게 보면 맞고, 어떻게 보면 틀렸다고 할 수 있겠지.

트윌에게 물어보려고 했지. 피라미드를 가리키면서 '사람들?' 이냐고 묻고 우리 둘을 가리켰어. 그는 부정적인 느낌이 나는 끽끽 소리를 내더니 '아냐, 아냐, 아냐. 하나, 하나, 둘, 아냐. 둘, 둘, 넷, 아냐'라고 말하면서 자기 배를 문질렀어. 그를 뚫어져라 바라보고 있으니까 또 똑같이 반복하더라고. '하나, 하나, 둘, 아냐. 둘, 둘, 넷, 아냐.' 난 그냥 멍하게 입을 쩍 벌리고 그 모습을 쳐다보고만 있었어."

"거봐, 내가 뭐랬어! 미친놈이라니까!"

탐사대장이 소리쳤다.

"아, 그러셨어요?"

자비스가 비꼬는 투로 말했다.

"하여튼, 난 그때서야 그 차이점을 알아챘어. '하나, 하나, 둘, 아냐!' 대장은 이게 무슨 뜻인지 모르겠죠?

"몰라. 너는 알아?"

"전 알 것 같아요! 트윌은 자신이 알고 있는 몇 단어만으로 아주 복잡한 생각을 전달하려고 하는 거예요. 자, 제가 물어볼게요. 수학을 생각하면 뭐가 떠올라요?"

"음, 천문학. 아니면 논리!"

"바로 그거예요! '하나, 하나, 둘, 아냐!' 트윌은 피라미드의 건설자가 사람이 아니라거나, 지성을 가진 생명체, 혹은 그들은 이성적인 생명체가 아니라는 말을 하려는 거예요! 이해가 되세요?"

"햐! 기막히네!"

"그럴 거예요."

"그러면 왜 배를 문지른 고야?"

러로이가 끼어들었다.

"왜냐고? 이 생물학자야, 거기가 바로 트윌의 뇌가 있는 곳이기 때문이야! 작은 머리통이 아니라 몸통 가운데에 있단 말이야!"

"말도 안대!"

"화성에서는 말 돼! 여기 동식물들은 지구하고 달라. 걸어 다니는 콩깍지들이 바로 그 증거잖아!"

자비스는 씩 웃더니 이야기를 이어갔다.

"어쨌거나, 우리는 산토스를 가로질러 계속 걸어갔어. 오후 한나절이 되었을 때, 이상한 일이 또 벌어졌어. 피라미드의 행렬이 뚝 끝나버린 거야."

"끗!"

"맞아. 또 이상하다는 건 3미터 정도 되는 마지막 피라미드에 뚜껑이 있다는 거야! 그것을 건설한 게 뭐든 간에 아직 안에 있다는 이야기지. 우리는 50만 년 전 그들의 발생부터 현재까지를 밟아왔던 거야.

트윌과 나는 그 사실을 동시에 깨달았어. 난 자동 권총을 꺼내들고 볼랜드 폭발탄의 탄창을 장전했어. 트윌은 마술이라도 부리듯이 자기 가방에서 이상하게 생긴 작은 유리 권총을 재빠르게 꺼냈어. 그 권총은 트윌의 네 발톱에 맞는 커다란 손잡이 부분만 빼면 우리의 권총과 아주 흡사하게 생겼어. 우리는 각자의 무기를 쥐고 비어 있는 피라미드의 행렬을 따라 살금살금 앞으로 걸어 나갔어.

트월이 먼저 움직임을 포착했어. 꼭대기의 벽돌 층이 들썩들썩 흔들리더니 갑자기 작게 툭 소리를 내면서 옆으로 미끄러져 떨어졌어. 그리고 그때 뭔가가, 뭔가가 밖으로 나왔어!

긴 은회색 팔이 보이더니, 갑옷으로 감싼 몸뚱이가 서서히 올라왔어. 갑옷이라는 건 은회색으로 흐릿하게 빛나는 비늘을 말하는 거야. 팔을 딛고 구멍 밖으로 나온 그 짐승은 모래사막에 처박혔어.

그건 뭐라고 묘사하기가 힘들게 생긴 생물이었어. 큰 회색 술통처럼 생긴 몸뚱이와 팔, 그리고 한쪽 끝에 달린 입 같은 구멍 하나, 그리고 딱딱하고 뾰족한 꼬리가 다른 쪽에 달려 있었어. 그게 다야. 다른 수족이나 눈, 귀, 코 같은 건 전혀 없었어! 그놈은 몇 미터 정도 느릿느릿 움직이는 것 같더니, 모래에 뾰족한 꼬리를 푹 찔러 넣고 위쪽을 향해서 털썩 앉았어. 그뿐이야.

트월과 나는 그게 움직일 때까지 10분 정도 그대로 지켜보고 있었어. 그러자 옷자락 스치는 소리와 삐그덕 하는 소리가 나더니, 아, 그건 꼭 단단한 종이를 구기는 소리 같았어. 팔을 입처럼 생긴 구멍으로 밀어 넣었다가 벽돌을 하나 꺼냈어! 팔은 벽돌을 조심스럽게 바닥에 내려놓더니, 또 그대로 멈췄어.

다시 10분이 지나가자, 벽돌 하나를 또 내려놓았어. 자연이 만든 벽돌공이었던 거야. 나는 살금살금 움직이며 가던 길을 계속 가려는데, 그때 트월이 그걸 가리키면서 '돌!' 이라고 말했어. 그래서 내가 '어?' 라고 하자, 그는 다시 '돌' 이라고 말했어. 그리고 나서 그는 지저귀는 소리 비슷한 소리를 내더니, '아냐, 아냐' 라고 말하며 두세 번 정도 '훅훅

숨소리를 냈어.

　그런데 난 그가 무슨 말을 하고 싶어 하는지 알아들었어. 놀랍지 않아? 난 '숨 안 쉬어!' 라고 말하고, 그 말을 행동으로 보여줬어. 트윌은 아주 기뻐했어. 그는 '그래. 그래. 그래! 아냐. 아냐. 숨 아냐!' 라고 말했어. 그러더니 폴짝 뛰어 올라서 날아가더니 그 괴물 바로 곁에 부리로 착륙했어!

　내가 얼마나 놀랐는지 알아! 그놈의 팔이 또 벽돌을 집으려고 위로 올라가고 있었는데, 난 트윌이 붙잡혀서 갈기갈기 찢겨나갈 줄 알았어. 그런데 아무 일도 없었어! 트윌이 그 생명체를 팡팡 쳤는데도, 그놈의 팔은 벽돌을 집어내서 처음에 놓았던 벽돌 옆에 가지런히 놓기만 하더라고. 트윌은 그놈의 몸뚱이를 또 마구 치더니 '돌' 이라고 말했어. 나는 그제야 용기를 내서 내 몸을 추스렸어.

　트윌이 또 맞았던 거야. 그 생명체는 돌이었어. 그리고 숨도 쉬지 않았고 말이야!"

　"어떠게 아라써?"

　러로이가 검은 눈동자를 반짝이며 흥미로운 표정으로 끼어들었다.

　"내가 화학자잖아. 그 짐승은 규토로 만들어졌어! 모래 속에는 순수한 규소가 존재할 텐데, 이놈은 바로 그걸 먹고 사는 거지. 이해되지? 우리와 트윌, 저기 밖의 식물들, 그리고 걸어 다니는 콩깍지들은 다 탄소로 이루어진 생명체지만, 이놈은 다른 화학 반응 체계에 의해 구성된 생명체인거야. 규소로 이루어진 생명체라고!"

　"라 비 실리시우스 La vie silicieuse!¹² 나도 그런 거 가탄는데 이제 증거

◉　**12**__ 프랑스어, "규소로 만들어진 생명체라니!"

가 나온 거야! 그거 바야 대! 일 뽀 끄 줴Il faut que je13······."

"알았어, 알았어! 너도 가서 보면 돼. 어찌 되었든 간에, 거기에 있는 그놈은 살아 있기도 하면서 동시에 살아 있지 않은 것이기도 해. 10분마다 몸에서 벽돌을 제거하기 위해서만 움직일 뿐이야. 이 벽돌들이 그놈의 노폐물인 셈이지. 프랑스 아저씨, 알아듣겠어? 우리는 탄소로 이루어져 있고, 우리의 노폐물은 이산화탄소야. 그리고 이놈은 규소로 이루어져 있고, 노폐물은 이산화규소로 이루어진 규토인거지. 하지만 규토는 단단한 벽돌이 되어서 나오게 돼. 그래서 이 벽돌을 하나하나 쌓아올린 다음에, 벽돌이 주변을 감싸버리면, 새로운 장소로 이동해서 다시 시작하는 거야. 그러니 당연히 삐그덕거리는 소리가 날 수밖에! 이 살아 있는 생명체는 나이가 자그마치 50만 살이나 된다고!

"그러께 오래댄 건지는 어떠께 아라?"

러로이가 흥분해서 물어봤다.

"우리는 피라미드 행렬의 시작부터 쭉 따라왔잖아. 그지? 만약에 이놈이 원래의 피라미드 건설자가 아니었다면, 그 행렬은 우리가 그놈을 발견하기 훨씬 전에 어딘가에서 끝나버렸을 거야. 그렇지 않아? 행렬이 끝나고, 다시 조그만 것부터 시작을 했겠지. 아주 간단한 이야기야.

하지만 그놈은 번식을 하고 있거나, 최소한 번식을 하려는 시도는 하고 있었어. 세 번째 벽돌이 나오기 직전에 조그맣게 스스슥 소리가 나더니, 작은 유리공이 줄지어 쏟아져 나왔어. 그 공들은, 여러분들이 그걸 뭐라고 부르든, 이 생명체의 포자나 씨앗이었던 거야. 그 공들이 통

◎ 13__ 프랑스어, "난 반드시······."

통 튀면서 산토스를 가로질러 마레 크로니움에서 바로 우리 곁을 지나 날아갔던 거지. 그게 어떤 식으로 작동하는지 대충 짐작했어. 러로이, 이건 너를 위해서 하는 이야기야. 내 생각에, 규토로 만들어진 크리스털 껍데기는 달걀처럼 보호용 덮개에 지나지 않는 걸 거야. 그리고 실질적인 부분은 바로 안에 있던 그 냄새인 거지. 그게 규소와 작용하는 기체일 것이고, 바로 그 구성 요소인 규소의 공급처 가까이에서 껍데기가 부서지면, 궁극적으로는 그런 생명체로 성장하게 될 어떤 화학반응을 시작하게 되는 거야."

"니가 해보지 그래써! 하나 뿌셔서 해보자!"

덩치가 조그마한 프랑스인 러로이가 소리쳤다.

"응? 그거라면 나도 해봤어. 두어 개 정도 모래바닥에 던져서 부서뜨렸지. 네가 만 년쯤 뒤에 화성으로 다시 돌아와서 내가 심어놓은 피라미드 괴물들을 한번 볼래? 그래, 너라면 그때 잘 관찰해서 괴물의 상태가 어떤지 이야기해줄 수도 있을 거야! 그치?"

자비스는 이야기를 멈추고 깊은 한숨을 내뱉었다.

"이런! 그렇게나 이상한 생명체라니! 상상이 돼? 장님에 귀머거리, 신경도 없고, 뇌도 없이, 존재하는 거라고는 그저 기계적인 작용뿐이야. 게다가 죽지도 않아! 규소와 산소가 존재하는 한, 끊임없이 벽돌을 만들어내서 피라미드를 건설하는 거야. 그러다 그게 끝나면 그냥 멈추는 거지. 이건 죽지 않아. 우연하게라도 100만 년이 지난 후에 다시 먹을거리가 생기면, 다시 움직이는 거야. 두뇌와 문명이 모두 과거사가 되어버린 후에 말이야. 그때까지 만나봤던 가장 이상한 동물이었어!"

"네가 그런 걸 만나봤다면, 틀림없이 네 꿈속에서나 만난 걸 거야!"

탐사대장 해리슨이 투덜댔다.

"대장 말이 맞아요!"

자비스가 진지한 목소리로 대답한 후 계속 말했다.

"어떤 면에서는 대장 말도 타당해요. 꿈속의 짐승이라! 그거 정말 그 짐승에게 딱 맞는 이름이야. 그건 상상할 수 있는 가장 불쾌하고, 끔찍한 생명체였어! 사자보다도 위험하고, 뱀보다도 교활한 놈!"

"말해조! 나도 바야 대!"

리로이가 졸랐다.

"그놈 말고!"

자비스는 잠시 이야기를 멈추더니 다시 이어갔다.

"그러고 나서, 트윌과 나는 피라미드 생명체를 떠나서 산토스를 횡단하기 위해 힘거운 발걸음을 다시 옮겼어. 나는 지쳐 있었고, 퍼츠가 나를 발견하지 못한 것 때문에 약간 낙심해 있었지. 게다가 트윌이 날아가서 부리를 모래에 처박을 때마다 내는 지저귐조차도 내 신경을 건드렸어. 그래서 나는 그 단조로운 사막을 몇 시간이고 말도 없이 터벅터벅 걸어갔을 뿐이야.

한낮이 다 되어갈 때, 지평선에 낮고 어두운 선이 보이기 시작했어. 나는 그게 뭔지 알고 있었지. 운하야. 비행선을 타고 넘어갔던 운하인데, 그건 이제야 산토스를 3분의 1 정도 건너왔다는 의미였어. 참 즐거운 이야기야, 그치? 또 한편으로는 내가 시간 계획을 잘 지키고 있다는 의미이기도 했어.

우리는 그 운하에 느릿느릿 가까워져갔어. 당시 나는 그 운하의 주변에는 식물들이 넓게 분포하고, 진흙으로 만들어진 도시가 그 위에 있었다는 사실이 기억났어.

방금 말했듯이, 난 지쳐 있었기 때문에 계속 뜨겁고 맛난 먹을거리만 생각하고 있었어. 그리고 또 이 미친 행성만 떠날 수 있다면, 보르네오 섬조차도 포근한 고향처럼 느껴질 거라는 생각으로 넘어갔다가, 예전의 뉴욕에 대한 생각을 잠깐 떠올린 후, 다시 그때 뉴욕에서 알고 지냈던 한 아가씨에 대한 생각으로 옮겨갔어. 팬시 롱이라는 아가씨인데, 누구 아는 사람 있어?”

“TV 연예인이잖아. 난 그녀를 보려고 채널을 돌리곤 했어. 멋진 금발 아가씨지. 〈예르바 메이트〉라는 프로그램에서 춤이랑 노래를 했었잖아.”

“맞아요. 그녀예요. 그녀랑 아주 친했거든요. 친구로서 말이에요. 무슨 말인지 알죠? 그녀가 우리를 배웅하러 아레스호까지 온 일도 있긴 했지만 말이에요. 하여튼, 나는 쓸쓸한 기분이 들어서 그녀에 대한 생각을 계속 하고 있었어. 그러는 사이에 우리는 그 질기게 생긴 식물에 가까이 다가가고 있었지.

그런데 말이야, 그때, 난 '이게 도대체 뭐야!' 라고 소리를 지르고 앞을 뚫어져라 바라보게 됐어. 거기에 그녀가 있었던 거야! 팬시 롱! 쪼개진 뇌처럼 생긴 나무 아래에서, 지구에서 떠나올 때 봤던 그 모습 그대로 웃음을 짓고 손을 흔들며 서 있는 모습이 또렷하게 보였어.”

“이제 너도 미친 거야!”

탐사대장이 말했다.

“이런, 나도 대장 말에 찬성해! 나는 계속 쳐다보면서 혼자 꼬집어도 보고, 눈을 감았다가 다시 떠봤지만, 언제나 팬시 롱이 그 자리에서 서 웃으며 손을 흔들고 있었어! 트윌도 뭔가 본 것 같았어. 지지배배거리면서 끽끽대더라고. 하지만 나에게는 그 소리가 거의 들리지도 않았어. 모래 위에 서 있는 그녀 쪽으로 뛰어가는 동안에는 너무 놀라서 아무런 의심도 하지도 않았어.

그녀 바로 앞 6미터쯤까지 다가갔을 때, 트윌이 펄쩍 뛰어 날아와 서는 나를 붙잡았어. 내 팔을 잡고는 갈라지는 목소리로 '아냐, 아냐, 아냐!' 라고 소리쳤어. 나는 그를 떨쳐내려고 팔을 흔들었어. 트윌은 대나무만큼이나 가볍거든. 하지만 그는 손톱으로 나를 꽉 쥐고서 계속 소리쳤어. 그제야 나는 제정신이 조금씩 돌아와서, 그녀에게서 3미터도 안 남았을 때 걸음을 멈췄어.

거기에 그녀가 서 있었다고. 퍼츠의 머리통만큼이나 단단해 보였다니까!"

"머?"

엔지니어인 퍼츠가 말했다.

"그녀는 미소를 지으며 손짓하고, 손짓하며 미소를 지었어. 그리고 나는 러로이만큼이나 멍청한 상태로 거기에 서 있었지. 그러는 동안 트윌은 끽끽 소리를 내고 지지배배 짖어댔어. 나도 이게 진짜라고는 믿기지 않았지만, 그녀가 정말로 거기에 있었다니까!

마침내 내가 입을 열고 말했어. '팬시! 팬시 롱!' 그녀는 계속 미소를 지으면서 손만 흔들었어. 하지만 그 모습은 6억 킬로미터 떨어진 지구에서 곧장 데리고 온 것처럼 사실적으로 보였어.

트윌은 자기의 유리 권총을 꺼내서 그녀를 조준했어. 난 트윌의 팔을 붙잡아봤지만, 그는 나를 밀어냈어. 그는 팬시를 조준한 상태에서 '숨, 아냐! 숨, 아냐!' 라고 말했어. 그래서 트윌이 말하고자 하는 게 팬시 롱이 살아 있는 존재가 아니라는 걸 알게 되었어. 그제야 내 머리가 제대로 돌아가기 시작했다니까!

그래도 트윌이 낸시에게 무기를 겨누고 있는 모습을 보는 건 마음이 편하지 않았어. 내가 왜 거기에 그냥 멍청하게 서서 트윌이 조심스럽게 총을 겨누고 있는 모습을 쳐다보고 있었는지는 잘 모르겠지만, 어쨌든 난 그렇게 서 있었어. 그때, 그가 총의 손잡이를 꽉 움켜쥐었어. 그러자 조그맣게 훅 소리가 들리더니 팬시 롱이 사라졌어! 그리고 그녀가 있던 자리에는 예전에 내가 트윌을 구해주었던, 바로 그 끔찍한 검은 밧줄처럼 생긴 팔이 꿈틀대고 있었어!

꿈속의 짐승! 나는 멍하게 서서 그게 죽어가는 걸 보고 있었는데, 트윌은 계속 지저귀면서 쉭쉭 소리를 냈어. 그러고 나서 트윌은 내 팔을 잡더니 비비 꼬인 그 괴물을 가리키면서, '너, 하나, 하나, 둘. 그, 하나, 하나, 둘' 이라고 말했어. 그 말을 아마 열 번 정도 반복했던 것 같아. 나는 무슨 말인지 알아들었어. 누구 알아들은 사람 있어?"

"위!oui!¹⁴ 모아, 쥬 르 꽁프헹!Moi, je le comprends!¹⁵ 뜨윌의 말은 네가 뭔가를 생각하면, 그 괴물이 알고, 너가 그걸 본다! 엉 쉬엥un chien¹⁶, 배고픈 개라면, 고기가 달린 뼈를 볼 거야! 아니면 냄새. 아냐?"

러로이가 날카로운 소리로 말했다.

"맞았어! 그 꿈속의 짐승은 먹잇감의 갈망과 욕구를 미끼로 사용한 거야. 발정기에 있는 새는 찾고 있던 짝을 보게 될 테고, 먹이를 찾아 헤매는 여우에게는 힘 빠진 토끼가 보이는 거지!"

"어떠케 그러께 하는 거야?"

러로이가 물었다.

◉　**14**＿프랑스어, 영어의 yes와 같은 뜻. 여기서는 '응' 이라는 뜻.
　　 15＿프랑스어, '난 이해했어!' 라는 뜻.
　　 16＿프랑스어, '개' 라는 뜻.

"그걸 내가 어떻게 알아? 뱀의 등짝은 도대체 어떻게 새를 꼬드겨서 입속으로 유혹하는 걸까? 심해에는 미끼를 달고 먹잇감을 입속으로 꼬드기는 물고기도 있지 않아? 젠장!"

자비스가 몸서리를 쳤다.

"그 괴물이 얼마나 교활한 놈인지 알겠지? 우리가 이제는 경고를 받은 셈이지만, 앞으로는 우리 눈도 믿지 못하게 될 거야. 자네들이 나를 보거나, 내가 자네들을 보더라도, 실은 그 뒤에 또 다른 끔찍한 검은 괴물 말고는 아무것도 없을지도 몰라!"

"네 친구는 그걸 어떻게 눈치 챈 거야?"

탐사대장이 퉁명스럽게 질문을 던졌다.

"트윌? 저도 그게 놀라워요! 아마도 그는 제 흥미를 전혀 끌 가능성이 없는 무언가를 생각하고 있었을 거예요, 그런데 제가 달려가자, 그는 제가 뭔가 다른 걸 보고 있다는 걸 눈치 챈 거고, 그래서 경고를 했던 거겠죠. 아니면 그 꿈속의 짐승은 오직 하나의 광경만 비춰 보일 수 있을지도 모르죠. 그렇다면 트윌은 제가 보고 있는 걸 똑같이 봤거나, 아무것도 안 보였거나 했겠죠. 난 그에게 물어볼 수가 없었어요. 그래도 그 사건은 트윌의 지능이 우리랑 같거나 우리보다 더 높다는 또 하나의 증거가 되는 거예요."

"걔는 미친 거라니까, 내가 말했잖아! 도대체 어쩌다가 너는 그놈의 지능이 인간에 비길 수 있다고 생각하게 된 거야?"

"이유야 많죠. 첫째, 피라미드 동물. 트윌은 여러 번 말했듯이, 예전에 그런 걸 본 적이 없었어요. 그래도 그는 그게 살아 있으면서 죽어 있는 규소 자동 기계라는 걸 알아봤어요."

"예전에 들었을지도 모르지. 화성에 살고 있잖아."

탐사대장 해리슨이 반대 의견을 말했다.

"그렇다면, 언어는 어때요? 전 트윌의 언어를 눈곱만큼도 이해하지 못했는데, 그는 제가 쓰는 단어를 대여섯 개나 배웠어요. 게다가 그는 겨우 그 대여섯 개의 단어만으로도 복잡한 생각을 잘 담았잖아요. 그죠? 피라미드의 괴물, 꿈속의 짐승 말이에요! 그는 단 한 마디만으로도, 하나는 해롭지 않은 자동 기계라는 것, 또 다른 건 치명적인 최면술사라는 사실을 이야기해줬어요. 그건 어떻게 생각하세요?"

"허!"

탐사대장이 말했다.

"허? 그럼, 대장 맘대로 생각하세요! 제가 뭘 어쩌겠어요. 대장님은 여섯 단어만으로 그런 의미를 전달할 수 있어요? 대장님이 트윌보다 더 잘할 수 있다면, 트윌과 제 차이보다도 훨씬 커서, 우리가 도저히 이해할 수 없을 정도로 아주 다른 종류의 지성을 가진 또 다른 생명체에 대해서 트윌처럼 한번 말해보세요."

"뭐? 그게 뭔데?"

"그건 차차 이야기하기로 하고요, 제 말은 트윌과 그의 종족은 사귀어볼 가치가 있다는 거예요. 화성의 어디엔가는 우리와 동등하거나 우리보다 우월한 문명과 문화가 있어요. 대장도 제가 옳다는 걸 알게 될 거예요. 그리고 그들과는 의사소통도 가능할 거예요. 트윌이 바로 그 증거잖아요. 그들의 정신을 제대로 이해하기 위해서는 수년간의 인내가 필요하겠지만, 그 다음에 만난 외계인에 비하면 아무것도 아니에요. 난 그들에게 과연 정신이란 게 있는지도 잘 모르겠어요.

"다음? 그건 또 뭐야?"

"운하를 따라 형성되어 있는 진흙 도시에 사는 사람들이에요."

자비스는 인상을 찡그리더니, 이야기를 계속했다.

"난 꿈속의 짐승과 규소 자동기계가 상상할 수 있는 한에서 가장 이상한 존재일 거라고 생각했지만, 그건 틀렸어. 이 생명체는 그보다 더 이해하기 힘든 외계인이었어. 그리고 우정을 나누는 것이 가능했고, 인내와 집중력이 필요하긴 했지만 생각을 나눌 수 있었던 트윌보다도 훨씬 납득하기 힘들었어.

음, 우리는 죽어가면서 다시 구멍 속으로 기어들어가는 꿈속의 짐승을 그대로 놔두고, 운하를 향해 나아갔어. 길 위에는 우리로부터 도망가느라 바쁜, 그 이상한 걸어 다니는 풀들이 양탄자처럼 펼쳐져 있었어. 우리가 운하 둑에 다다르니까, 거기에는 노란 물줄기가 졸졸 흐르고 있었어. 나는 비행선에 타고 있을 때 이 흙무더기 폐허의 도시가 2킬로미터 정도 뻗어 있는 걸 이미 봤기 때문에, 별로 둘러보고 싶은 생각이 없었어.

비행선에서 얼핏 봤을 때 이 도시는 인적 없이 황폐해 보였지만, 생명체가 숨어 있을지도 몰랐어. 트윌과 나는 둘 다 무장을 했지. 그런데 말이야, 트윌이 들고 있던 총은 아주 흥미로운 장치였어. 난 꿈속의 짐승 사건이 있던 후에 그 총을 살펴봤어. 그 총은 독이 묻은 작은 유리 가시를 발사하는 형태인 것 같았는데, 그런 가시가 적어도 100개는 넘게 장전되어 있는 것 같았어. 그 총의 추진력은 증기였어. 말 그대로 그냥 증기!"

"증키? 그거는 멀로 만드러쳔는대?"

퍼츠가 되물었다.

"당연히 물이지! 투명한 손잡이를 봤다면 거기에 담긴 물을 볼 수 있었을 거야. 그리고 물보다 걸쭉하고 노란 빛깔의 액체가 100그램 정도 담겨 있는 것도 봤을 거야. 트윌이 손잡이를 꽉 움켜쥐면, 물방울과 노란 액체가 격발실로 분출되는데, 거기서 물이 순간적으로 펑! 소리를 내면서 순간적으로 증발하는 거지. 그 총에는 방아쇠가 따로 없어. 그렇게 작동하는 거지. 별로 어려운 원리가 아니야. 우리도 같은 원리로 만들 수 있을 것 같아. 황산 농축액이라면 물을 끓어오를 정도로 뜨겁게 만들 수 있을 거야. 생석회나 칼륨, 마그네슘도 가능하지.

물론 그 총의 사정거리는 내 총에 미치지 못했지만, 화성의 옅은 대기에서는 그다지 나쁜 것도 아냐. 게다가 그 총은 총알도 엄청 많아서, 서부 영화에서 카우보이가 끝도 없이 총을 쏘아대듯 쏠 수 있어. 그리고 그 총은 아주 효과적이었어, 적어도 화성 생물에게는 말이야. 나도 한 번 시도해봤어. 그 괴상한 식물을 하나 골라서 조준하고 쏘았는데, 이런 빌어먹을, 그 식물은 쪼그라들지도 않고, 부서져 내리지도 않았어. 그래서 트윌의 총에 있는 유리 가시에 독약이 발려 있었던 거야.

하여튼, 우리는 진흙더미로 이루어진 도시를 향해서 터벅터벅 걸어갔어. 그리고 나는 이 도시를 건설했던 사람들이 운하를 판 건지 궁금해졌어. 내가 도시를 가리킨 후에 운하를 가리키자, 트윌은 '아냐, 아냐, 아냐!' 라고 말하더니 남쪽을 가리키는 시늉을 했어. 난 다른 종족이 운하 체계를 건설했다는 말로 이해했어. 어쩌면 트윌의 종족일지도 모르지. 화성에 그의 종족 말고도 지성을 가진 종족이 더 있을지도 모르고, 어쩌면 그런 종족이 열 개 넘게 존재할 수도 있겠지만, 난 그에 대해서는 전혀 몰라. 화성은 작지만 이상한 세계야.

우리는 도시에서 약 100여 미터 정도 떨어진 곳에 있던 길을 가로질러 건넜어. 그 길은 딱딱하게 굳은 진흙으로 만들어진 것이었지. 그런데 그때 갑자기 그 흙무더기 도시를 세운 건설자가 우리에게 다가왔어!

정말로 희한하게 생긴 놈이었어! 네 다리와 네 팔, 아니 촉수일지도 모르지만, 여하튼 그걸로 빠르게 달리는 술통처럼 생겼어. 머리도 없고, 몸통과 팔다리, 그리고 몸통을 빙 둘러서 눈만 줄줄이 달려 있었지. 술통처럼 생긴 몸의 위쪽에는 북의 가죽처럼 생긴 막이 팽팽하게 덮여 있었어. 그게 다야. 그놈은 자그마한 구릿빛 수레를 밀고 있었는데, 방금 지옥에서 빠져나온 눈 먼 박쥐라도 되는 양, 우리의 곁을 쏜살같이 지나갔어. 우리가 있다는 사실조차도 눈치 채지 못한 것 같았어. 우리 곁을 지날 때 내 쪽에 달린 눈이 살짝 움직인 것 같았는데도 말이지.

잠시 후에 다른 놈이 그 뒤를 따라서 왔는데, 똑같이 비어 있는 수레를 밀면서 왔어. 그놈도 우리 곁을 지나서 휙 달려갔어. 하지만, 기차놀이를 하고 있는 술통 떼들을 어떻게 모른 척할 수 있겠어. 그래서 세 번째 놈이 다가올 때, 길 한가운데에 서 있어봤다. 물론 그놈이 서지 않을 경우에 대비해서 뛸 준비는 하고 있었지.

그런데 그놈이 섰어. 그러더니 몸통 위에 달린 북가죽을 두드려서 북소리 비슷한 소리를 내더라고. 나는 두 손을 내밀고 '우리는 친구야!'라고 말했어. 그랬더니 그놈이 어떻게 했는지 알아?

" '만나서 반가워!' 했겠지. 내기해도 좋아!"

탐사대장이 말했다.

"그랬더라면 놀라 자빠졌겠죠! 그놈은 북가죽을 막 두드리더니, 갑자기 우렁찬 소리로 '우리는 지인구!' 라고 말하고는, 나를 향해서 수레를 고의로 밀어붙였어! 나는 옆으로 펄쩍 뛴 후, 그놈이 달려가는 뒷모습을 멍하니 바라볼 수밖에 없었지.

1분쯤 지나자, 또 다른 놈이 허겁지겁 달려왔어. 그놈은 멈추지 않았지만, '우리는 지인구!' 라고 북소리를 내면서 후다닥 달려갔어. 그놈이 어떻게 그 말을 배운 거지? 이 생명체는 모두들 서로 소통 같은 걸 하고 있는 건가? 그놈들은 각각 중앙의 생체 조직에 연결된 몸의 일부분일 뿐인 걸까? 나는 모르겠지만, 트윌은 무슨 생각을 떠올렸던 것 같아."

"당연하지. 그게 화성인 자장가였을 거야!"

탐사대장 해리슨이 말했다.

"그래요! 난 트윌이 사용하는 상징에 점점 익숙해지는 중이었으니까, 이번에는 쉽게 알아들었어. '하나, 하나, 둘. 그래!' 지성이 있는 생명체라는 이야기야. '둘, 둘, 넷, 아냐!' 하지만 그들의 지성은 우리 방식과 달리, 2 더하기 2는 4라는 논리를 넘어 뭔가 다른 형태야. 어쩌면 당시 내가 잘못 이해했을 수도 있어. 트윌의 말은 그 생명체의 지능이 낮아서 1 더하기 1은 2라는 사실은 알아도, 2 더하기 2는 4라는 건 모른다는 뜻일 수도 있어. 하지만 나중에 보게 될 사실 덕택에 그가 말하려는 게 어떤 것인지 알게 됐어.

잠시 후, 그 생명체들이 되돌아 달려왔어. 첫 번째, 그리고 또 하나 더. 그들의 수레에는 돌과 모래, 질긴 풀 무더기, 그리고 온갖 잡동사니 쓰레기가 가득 실려 있었어. 그들은 다시 친근한 인사를 웅얼거렸는데, 그다지 상냥하지는 않더군. 그리고 전력질주로 뛰어갔어. 내 짐작에는 세 번째로 돌아간 놈이 아까 처음으로 인사를 나눴던 놈 같았어. 그래서 다시 그놈과 이야기를 나눠보기로 마음먹었어. 난 길을 막고 기다렸지.

그놈은 다가오더니, 우렁차게 '우리는 지이인구!' 라고 소리치면서 멈춰 섰어. 내가 그놈을 쳐다봤더니 네댓 개쯤 되는 그놈의 눈도 나를 쳐다봤어. 그놈은 또 그 암호 같은 소리를 반복하고, 나를 수레로 밀어 붙여버리려고 했지만, 나는 움직이지 않고 꼿꼿이 서 있었어. 그러자,

그 생명체는 팔 하나를 앞으로 쭉 내밀더니 집게같이 생긴 손가락 두 개로 내 코를 비틀었어!"

"와우! 그놈에게는 아름다움에 대한 의식이 있는 모양이네!"

탐사대장 해리슨이 고함을 쳤다.

"엄청 웃기네요!"

자비스가 으르렁대며 말했다.

"난 그 전에 비행선에서 처박혔던 데다가, 코끝에 동상이 걸려 있었잖아. 그래서 난 '아야!'라고 소리치며 옆으로 폴짝 뛰었어. 그러자 그놈이 쏜살같이 달려가더군. 하지만 그때부터 그들의 인사말은 '우리는 지인구! 아야!'로 바뀌었어. 미친 괴물들!

트윌과 나는 가장 가까운 흙무더기로 곧장 뻗어 있는 길을 따라 갔어. 그 생명체들은 잡동사니 무더기를 가득 싣고, 우리한테는 전혀 관심도 안 주고 왔다갔다 하기만 했어. 그 길은 기울어져서 오래된 광산같이 생긴 곳으로 곧장 연결되어 있었지. 그리고 그 술통같이 생긴 생물들은 빠르게 오락가락거리며 우리에게 끝도 없이 인사말을 계속 날렸어.

동굴 안을 들여다봤더니, 아래쪽에 불이 켜져 있었는데, 그게 좀 이상했어. 그 불은 불꽃이나 횃불이 아니고, 문명화된 불빛에 더 가까웠어. 난 그 불빛을 그 생명체의 발전에 대한 증거로 받아들였어. 그래서 광산 안으로 들어갔지. 트윌이 한참 뭐라고 지지배배거리긴 했지만, 여하튼 그도 나를 따라서 들어갔어.

그 불은 정말 이상했어. 불빛은 오래된 아크등처럼 지글지글 타오르고, 너울거리기는 했지만, 동굴 벽에 세워져 있는 검은 막대에서 비쳐 나왔어. 틀림없이 전기로 작동하는 전등일 거야. 이 생명체들은 엄청나게 문명화되어 있는 게 확실해.

그때, 나는 다른 불빛, 아니 그게 아니라면 뭔가 반짝거리는 걸 보고, 그게 뭔지 보러 갔어. 그런데 거기에는 반들거리는 모래만 높게 쌓여 있더군. 나는 광산에서 빠져나오려고 입구 쪽으로 몸을 돌렸는데, 이런 제길, 내가 미쳤지. 악귀가 씐 게 틀림없어.

동굴이 휘어진 게 아니라면, 옆으로 뻗은 동굴로 잘못 간 건지도 몰라. 하여튼, 난 내가 들어왔던 방향으로 걸어갔다고 생각했는데, 눈앞에 보이는 거라곤 흐릿한 불빛이 비치는 동굴들뿐이었어. 거긴 미로였던 거야! 가끔 전등 불빛이 비추기도 하고, 그 생명체들이 수레를 끌거나 빈손으로 바쁘게 오가긴 했지만, 온통 구불구불하게 휘어진 동굴 말고는 아무것도 없었어.

처음에는 나도 별로 걱정하지 않았어. 트윌과 난 입구에서 겨우 몇 걸음밖에 들어오지 않았으니까 말이야. 그런데 우리가 앞으로 발을 내딛을 때마다 동굴 속으로 점점 더 깊이 들어가는 것 같았어. 마침내 나는 빈 수레를 가진 생명체 하나를 따라가기로 마음먹었어. 빈 수레를 가진 생명체는 잡동사니를 가지러 밖으로 나갈 거라고 생각했기 때문이야. 그런데 그놈은 이쪽 동굴로 갔다가, 저쪽 동굴로 갔다가 하면서 우왕좌왕 뱅뱅 돌았어. 그런데 앞으로 똑바로 못 가고 제자리만 뱅뱅 도는 돌연변이 쥐처럼, 그놈이 기둥을 뱅뱅 돌면서 달리기 시작하는 걸 보고는 나도 포기했어. 물통을 바닥에 내려놓고 그 위에 주저앉았지.

트윌도 나와 마찬가지로 길을 잃었어. 내가 위를 가리키자, 그는 '아냐, 아냐, 아냐!' 라며 무기력한 소리를 냈어. 우리는 현지의 원주민들로부터는 아무런 도움도 받을 수 없었어. 그들은 우리에게 전혀 관심이 없었어. '우리는 지인구! 아야!' 라는 소리만 반복할 뿐이었지.

제기랄! 우리가 거기서 헤매고 다닌 시간과 날들이 얼마나 되는지는 나도 몰라! 난 완전히 녹초가 되서 두 번 잠을 잤어. 트윌은 잘 필요가 전혀 없는 것 같았어. 우리는 위쪽을 향한 동굴만 따라가려고 노력했는데도, 동굴은 위로 쭉 가다가도 다시 아래쪽으로 내려갔어. 그 개미굴 같은 동굴의 온도는 항상 일정했어. 낮밤을 구별하는 것도 불가능했고, 처음 잠을 자고 나서는 내가 한 시간을 잤는지, 열세 시간을 잤는지 알 수 없었어. 그래서 난 시계를 보면서도 12시가 자정인지 정오인지는 알 수 없었던 거야.

우리는 거기서 생소한 것들을 많이 봤어. 어떤 동굴에는 기계가 돌아가고 있었는데, 그 기계는 아무 일도 하지 않고 그냥 빙빙 돌기만 하는 것 같았어. 그리고 또 몇 번인가는 술통 모양의 두 생명체 사이에 조그만 것이 자라고 있는 모습도 봤어. 그 조그만 생명체는 두 술통에 모두 연결되어 있었어."

"단성 생씩! 레 튤립 le tulipes 꽃처럼 단성 생식하는 고야!"

러로이가 기쁜 목소리로 말했다.

"프랑스 아저씨, 자네가 그렇게 말한다면야 그게 맞겠지."

자비스가 그 의견에 동의하고 이야기를 이었다.

"그들은 '우리는 지인구! 아야!' 라는 인사 말고는 우리한테 전혀 신경을 안 썼어. 그들에게 가정생활 같은 건 없고, 하루 종일 수레나 바쁘게 밀다가 잡동사니들을 가져오는 일만 하는 것 같았어. 그리고 결국 그들이 그 잡동사니들을 가지고 도대체 뭘 하는지 알게 되었어.

우리는 운이 약간 좋아져서 아주 긴 거리를 계속 오르막으로 올라갔어. 난 지표면에 거의 다가갔을 거라는 느낌을 받았는데, 바로 그때 입구가 나타나면서 둥근 지붕이 있는 방으로 들어갔어. 그런 방은 그 개미굴 같은 동굴에서 처음 봤지. 그런데 말이야, 지붕의 틈새로 햇빛이 비쳐 들어오더라고! 난 덩실덩실 춤을 출 뻔했지 뭐야.

그 방 안에는 기계 같은 게 있었는데, 거대한 바퀴가 서서히 돌아가고 있었어. 그리고 그 생명체 하나가 오더니 자신의 잠동사니를 그 아래로 쏟아 부었어. 바퀴는 우두둑우두둑 소리를 내면서 모래와 돌, 식물들을 다 가루로 낸 다음에 체로 쳐냈어. 우리가 지켜보는 동안에 또 다른 놈들이 같은 과정을 반복하며 바퀴에 계속 잠동사니를 부어 넣었어. 그것만 반복하는 것 같았지. 도대체 왜 그런 걸 하는지 그 이유는 전혀 알 수 없더군. 전형적인 미친 행성, 딱 그거야. 그런데 너무 기묘해서 눈으로 보고도 믿기 힘든 일이 또 일어났어!

그 술통처럼 생긴 생명체가 하나 또 오더니 바퀴에 짐을 쏟아 붓고, 수레를 옆으로 쾅 소리 나도록 밀치더니, 조용하게 바퀴 밑으로 자기 몸을 쑥 밀고 들어갔어! 난 그게 부서지는 걸 보면서 너무 놀라서 소리도 못 냈는데, 조금 있다가 또 다른 놈이 그걸 따라서 하더라니까! 그들은 완전히 조직적으로 움직였어. 수레가 없는 다른 생명체가 버려진 수레를 가져가더라고.

트윌은 그다지 놀라지 않은 것 같았어. 내가 트윌의 옆을 지나가는 다음 자살자를 가리키니까, 트윌은 마치 인간이 어깨를 으쓱하는 것 같은 표정을 지었는데, 꼭 '내가 뭘 어쩌겠어?' 라고 말하는 것 같았어. 그는 이 생명체들에 대해서 어느 정도는 알고 있던 것 같아.

그때 또 다른 게 눈에 띄었어. 바퀴 뒤에 있는 물건이었는데, 나지막한 받침대 위에서 빛나고 있었어. 난 그쪽으로 걸어갔어. 거기에는 달걀만 한 크기의 조그마한 수정이 있었는데, 거기에서 나오는 빛이 그 지옥을 비추고 있었어. 수정에서 비쳐 나오는 빛 때문에 손과 얼굴이 따끔거렸는데, 마치 정전기 같더군. 그리고 그때 난 또 다른 재미있는 사실을 알게 되었어. 내 왼손 엄지에 있었던 사마귀 기억나지? 자, 봐!"

자비스가 손을 내밀었다.

"사마귀가 바짝 마르더니 툭 떨어져나갔어. 정말 그랬다니까! 그리고 다쳤던 코에서도 고통이 마술같이 사라졌어! 그 물건에는 강한 엑스선이나 감마선 비슷한 특성이 있었어. 단지 더 강할 뿐이야. 그 물건은 병이 든 조직을 파괴하고, 건강한 조직에는 아무런 해를 주지 않았어!

난 이 물건을 지구로 가져가면 정말 좋은 선물이 되겠다는 생각을 하고 있었는데, 그때 시끄럽던 소음이 뚝 멈췄어. 우리가 바퀴의 반대편으로 빠르게 뛰어가자, 수레 하나가 부서지는 모습이 보이더군. 그 술통처럼 생긴 생명체 중 하나가 그냥 막무가내로 자살을 해버린 것 같았지.

그런 생각을 하고 있었는데, 갑자기 우리 주위에 있던 그 생명체들이 꽝 소리를 내며 북을 두드리기 시작했어. 그 소리는 확실히 위협적이었어. 그 생명체의 무리들이 우리에게 다가왔어. 우리는 이 방으로 들어왔을 때 지났을 것 같은 동굴로 후퇴했는데, 그들이 우르릉 소리를 내면서 우리를 따라왔고, 그 중 몇몇은 수레를 몰고 있었어. 미치광이 야수들 같았다니까! 그들은 모두 '우리는 지인구! 아야!' 라고 합창을 했는데, 그 '아야!' 소리는 마음에 들지 않더군. 그 소리는 마치 뭔가를 암시하는 것 같은 느낌이 들었어.

트윌이 유리 총을 빼들었고, 나는 물통을 집어던지고 몸을 움직이기 좋아지자 내 총을 빼들었지. 우리는 동굴로 뒷걸음질을 치고 있었고, 술통처럼 생긴 짐승들이 따라왔는데, 한 스무 마리쯤 되어 보였어. 그때 반대편에서 짐을 가득 실은 수레를 밀면서 한 놈이 우리 곁을 지나갔어. 트윌은 그놈이 오는 걸 알아챘어. 갑자기 그가 가방에서 벌겋게 불이 난 석탄 덩어리를 꺼내서는, 수레에 실려 있는 나뭇 가지에 가져다 대더니 혹 하고 붙었어! 그러자 수레에 실려 있던 짐 전체에 불이 확 붙었지. 그 미친 술통은 걸음걸이 속도도 바꾸지 않고 그냥 계속 수레를 밀고 가더군. 그러자, 우리의 '지인구'들이 혼란스러워하는 거야. 하여튼 그때 나는 연기가 우리를 지나 날아가면서 소용돌이를 일으키는 걸 봤어. 그 쪽에 입구가 있었던 거야.

나는 트윌을 붙잡고 달려 나갔어. 뒤에는 스무 마리의 추격자들이 우리를 쫓고 있었지. 햇빛을 다시 보니까 천국이 따로 없었어. 비록 태양을 보자마자 일몰 중이라는 걸 금방 깨닫기는 했지만 말이야. 그건 나쁜 소식이었어. 난 이 화성의 밤에 방한 침낭 없이는 밖에서 살아남을 수 없을 테니까 말이야. 적어도 불이 없이는 말이지.

그리고 상황은 빠르게 나빠졌어. 그놈들이 우리를 흙무더기 두 개 사이로 밀어붙였고, 우리는 그곳에서 멈춰 섰어. 나와 트윌은 둘 다 총을 쏘지 않았어. 그 괴물들을 더 자극해봤자 좋을 게 없을 것 같았거든. 그들은 얼마 떨어지지 않은 곳에 서서 다시 쿵쿵거리며 우정과 고통을 노래하기 시작했어.

게다가 상황은 점점 더 나빠졌어! 술통 하나가 수레를 끌고 나왔는데, 모두들 수레에 손을 집어넣더니, 한 자 길이의 구리 화살을 한 움큼씩 쥐었어. 화살은 아주 날카로웠는데, 갑자기 하나가 날아와서 내 귀를 스치고 지나갔어. 엉! 이제는 총을 쏘지 않으면 죽는 상황이 된 거야.

우리는 잠시 동안 아주 잘 해나갔어. 수레 옆에 있던 놈을 죽이고, 다른 놈들이 화살을 가져가지 못하도록 최대한 막아냈지. 그런데 갑자기 '지이인구!' 와 '아야!' 라는 소리가 천둥처럼 들려오더니, 그놈들의 군대가 한꺼번에 동굴에서 몰려 나왔어.

제기랄! 우리는 끝난 거야. 이렇게 될 줄 알았어! 그런데, 그때 트윌은 전혀 다르게 생각하고 있다는 걸 알게 됐어. 그는 우리 뒤에 있는 흙무더기를 쉽게 뛰어넘을 수 있었는데도, 거기에 나와 함께 있었어!

그럴 여유만 있었더라면 난 울음을 터뜨렸을 거야. 처음부터 트월을 좋아하긴 했어도, 그가 내게 해준 일들에 대해서 늘 고마워하고 있었어. 내가 처음에 그를 꿈속의 짐승으로부터 구해주긴 했지만, 그는 나에게 그보다 훨씬 많은 일을 해줬잖아. 그렇지 않아? 난 그의 팔을 움켜쥐고, '트월'이라고 부른 후 위를 가리켰어. 그러자 그는 무슨 말인지 이해했어. '아냐, 아냐, 아냐. 틱!' 그리고 자기 총을 계속 쏘았어.

내가 뭘 할 수 있었겠어? 난 해가 지고 나면 죽을 사람이었지만, 그에게 설명할 방법이 없었어. '고마워. 트월. 네가 최고야!' 그리고 난 지금껏 그에게 한 번도 칭찬을 해주지 않았다는 걸 깨달았어. 제기랄! 트월 같은 이는 세상에 드물어.

난 계속 '빵빵' 총을 쐈고, 트월은 '훅훅' 총을 쐈어. 그리고 술통들은 화살을 던지고 돌격할 준비를 하면서 '지인구'라며 쿵쿵거렸어. 나는 모든 희망을 버렸어. 그때 갑자기 하늘에서 천사가 퍼츠의 형상을 하고 내려왔어. 그리고 비행선의 제트류로 술통들을 작은 조각으로 갈기갈기 찢어서 날려버렸어!

와우! 나는 소리를 지르면서 비행선으로 달려갔어. 퍼츠가 문을 열어줬고 난 그 안으로 뛰어 들어가서, 웃고, 울고, 소리쳤어! 잠시 후에야 난 트월을 떠올렸어. 난 그때쯤이면 흙무더기를 뛰어 넘어 사라지고 없을지도 모르는 그를 찾기 위해 주변을 살펴봤어.

퍼츠와 논쟁을 하느라 아주 골치가 아팠어. 어둠이 내려올 즈음 우리는 비행선을 띄웠어. 화성에서는 어둠이 내려오면 마치 전구를 꺼버리듯이 갑자기 어두워지잖아. 우리는 사막을 활공하면서 한두 차례 착류했어. 나는 '트윌!'이라고 수백 번은 소리쳤던 것 같아. 우리는 그를 못 찾았어. 그는 바람처럼 떠나버렸던 거지. 하지만 내게는 남쪽에서 희미하게 지저귀는 소리가 들려오는 것 같았어. 환청이었을지도 몰라. 그는 떠나버린 거야. 염병할! 그가 떠나지 않았으면 좋았으련만······."

아레스 탐사대의 네 승무원은 모두 입을 꼭 닫았다. 심지어 비꼬는 말을 잘하는 탐사대장조차도 입을 열지 않았다. 마침내 작은 덩치의 러로이가 침묵을 깼다.

"나도 보고 싶은데······."

러로이가 웅얼거렸다.

"맞아. 그리고 그 사마귀 치료제 말이야. 네가 그걸 잃어버려서 너무 아쉽다. 지구에서 150년이 넘게 찾아 헤매고 있는 암 치료제로 사용될 수 있을지도 모르는데 말이야."

"아, 그거!"

자비스가 울적한 목소리로 중얼거렸다.

"그것 때문에 싸움이 붙었던 거잖아!'

자비스가 주머니에서 반짝거리는 물체를 꺼냈다.

"여기 있어."

헬렌 올로이

Lester del Rey **Helen O'Loy**

레스터 델 레이 지음
조호근 옮김

    이제는 노인이라고 할 수밖에 없는 나이가 됐지만, 나는 아직 그녀를 처음 만난 날을 또렷하게 기억한다. 데이브가 헬렌을 포장 상자에서 꺼내는 모습, 그녀를 훑어보며 감탄하던 소리, 그 모든 것이 마치 방금 일어난 일처럼 기억 속에 생생하기만 하다.

    "이야, 이거 정말 예쁘지 않아?"

    그녀는 아름다웠다. 플라스틱과 금속으로 빚어낸 꿈, 키츠[17]가 소네트를 쓰며 희미한 환상 속에서 좇았을 것 같은 모습이었다. 트로이의 헬

◉ **17**__ John Keats (1795~1821). 영국의 낭만파 시인. 이상미理想美를 찬양하는 여러 소네트 작품을 남겼다.

렌이 이렇게 사랑스러웠다면, 그녀를 되찾기 위해 겨우 1000척의 배만 보낸 그리스인들은 분명히 노랭이였을 것이다. 나는 데이브에게 그런 식으로 내 감상을 말했다.

"헬렌 오브 트로이[18]라 이거지? 최소한 여기 적혀 있는 이름보다는 나은데 - K2W88이라. 흠······ 으음······ 헬렌이라. 헬렌 오브 얼로이[19] 어때?"

"별로 리듬이 안 사는데. 가운데로 강세 없는 음절이 몰려 있잖아. 줄여서 헬렌 올로이[20]는 어때?"

"좋아, 헬렌 올로이로 하지."

이것이 모든 일의 시작이었다 — 아름다움 한 조각, 희망 한 조각, 과학 한 조각, 여기에 스테레오 방송을 살짝 첨가하고 기계적으로 저어 주면, 결과물로 나오는 것은 혼돈의 결정체이다.

데이브와 나는 같은 대학에 다니지는 않았다. 그러나 내가 메시나로 와서 병원을 개업한 후 바로 아래층에서 작은 로봇 수리점을 하는 그와 마주쳤고, 그 뒤로 우리는 어울려 다니기 시작했다. 그러다 내가 쌍둥이 자매 중 한쪽 여자와 사귀기 시작하자, 그는 다른 쪽 쌍둥이도 똑같이 매력적이라고 생각했고, 결국 넷이 같이 쏘다니게 되었다.

양쪽 모두 사업이 어느 정도 자리를 잡은 후, 우리는 로켓 발착장 근처의 집을 하나 빌렸다. 시끄럽기는 해도 가격이 싸고, 로켓 때문에 주변에 아파트도 없어 두 다리 쭉 뻗고 지낼 수 있을 만큼 공간도 넓어

◎ **18**__ 트로이의 헬레나 Helen of Troy. 호메로스의 『일리아드』에 등장하는, 그리스와 트로이 간 전쟁의 발단이 된 최고의 미녀.
19__ '헬렌 오브 트로이'와 운율을 맞춘 말. 합금으로 만들어진 헬렌 Helen of Alloy.
20__ Helen O' Loy. Helen of Alloy의 줄임말.

서 마음에 드는 집이었다. 그때쯤 해서 쌍둥이 자매와 말다툼을 하지 않았다면 우리는 그들과 결혼했을지도 모른다. 하지만 데이브 쪽 애인이 래리 에인슬리가 나오는 화상 스테레오를 보고 있는 동안, 데이브는 최신 금성 탐사 로켓이 발사되는 모습을 보고 싶어 했고, 양쪽 모두 고집을 꺾지 않았다. 그날 이후로, 우리는 여자들 따라다니는 짓은 관두고 집에서 함께 저녁 시간을 보내게 되었다.

우리가 로봇의 감정이라는 주제에 대해 토론하기 시작한 것은 '레나'가 스테이크에 소금 대신 바닐라 가루를 뿌린 후부터였다. 데이브가 고장 난 부분을 찾으려 레나를 분해하는 동안, 우리는 자연스럽게 기계의 미래에 대해 이야기하기 시작했다. 그는 언젠가는 로봇이 인간을 앞서게 될 것이라고 확신했고, 나는 그 견해에 부정적이었다.

"이봐, 데이브. 레나가 진짜로 생각을 하는 게 아니란 걸 알잖나. 회로가 잠깐 합선이 된다고 해도, 그 행동을 바로 수정하지 못할 이유가 있나? 하지만 실제로는 그냥 기계적인 자극을 따라 행동할 뿐이지, 잘못을 고치지 않는다고. 인간이라면 실수로 바닐라에 손이 갔다가도 그게 뭔지 확인하고는 행동을 중단했을 거야. 하지만 레나는 그게 뭔지 인지는 할 수 있어도, 감정도 자의식도 없으니 잘못된 행동을 끝까지 수행할 수밖에 없지."

"그래그래, 분명 지금의 기계들에는 뭔가 문제가 있어. 하지만 조만간 해결책이 나오지 않겠어? 일종의 기계적 감정을 집어넣거나, 뭐 그런 식으로 말야."

데이브는 레나의 머리를 다시 붙이고는 체액을 순환시켰다.

"자, 레나, 이제 일하러 가야지? 19시 정각이다."

나는 내분비학과 그와 관련된 학문들을 전공했다. 덕분에 정식으로 심리학을 공부하지는 않았지만 분비선과 분비물, 호르몬과 같은 감정 작용의 물리적 원인에 대해서는 이해하고 있었다. 의학의 이름 아래 이런 것들이 어떻게, 왜 작동하는지를 알아내는 데에 300년이라는 시간이 걸렸다. 나는 인간이 그보다 훨씬 더 짧은 시간 안에 그런 복잡한 구조를 기계적으로 복제해낼 수 있으리라고는 생각하지 않았다.

이런 논점을 증명하기 위해 나는 집으로 책과 논문들을 가져왔고, 데이브는 이에 맞서 메모리 코일과 베리토이드 눈의 발명을 언급했다. 그 해가 다 가도록 우리는 계속해서 지식을 교환했고, 덕분에 데이브는 내분비학의 모든 이론들을 이해하게 되었고, 나는 기억으로 레나를 재구성할 수 있을 정도로 지식을 쌓았다. 그리고, 토론을 계속하는 동안, 완벽한 호모 메카넨시스[21]의 창조가 불가능하다는 나의 믿음은 흔들리기 시작했다.

불쌍한 레나. 그녀의 구리 합금 동체는 절반 이상 분해된 채로 놓여 있어야 했다. 우리들의 첫 시도 결과는 아침 식탁에 올라온 튀긴 빗자루와 올레오 기름[22]으로 닦은 접시들뿐이었다. 그러던 어느 날, 레나는 여섯 군데 합선이 일어난 채로 완벽한 아침식사를 만들어냈고, 그 사실을 확인한 데이브는 기뻐 날뛰었다.

그는 밤새도록 레나의 회로를 만지고, 새로운 기억 코일을 넣고, 새로운 단어를 가르쳤다. 그러나 그 다음 날, 레나는 짜증 덩어리가 되어서 그녀가 일을 제대로 하지 않는다고 불평하는 우리에게 격렬하게 욕을 퍼붓기 시작했다.

◎ **21**__Homo Mechanensis, 기계 인간.
22__마가린, 비누 따위를 만드는 유지.

"전부 거짓말이야. 당신들은 전부 거짓말쟁이라고. 그냥 당신네 머저리들이 날 가만 놔두기만 하면 나 혼자서도 금방 일을 다 끝낼 수 있단 말이야."

그녀는 흡입 빗자루를 흔들며 고래고래 소리 질렀다.

간신히 그녀의 기분을 가라앉혀서 일하러 보낸 다음, 데이브는 나를 데리고 서재로 올라갔다.

"레나는 포기하지. 아드레날 팩도 떼어버리고, 원래대로 돌려놓자고. 뭔가 더 좋은 로봇을 사는 쪽이 낫겠어. 가정부 로봇은 복잡도가 좀 부족한 것 같아."

"딜리어드에서 나온 최신 다용도 모델은 어때? 기능이란 기능은 전부 다 집어넣은 것 같던데."

"딱 좋아. 그래도 특수 주문을 해야 할 거야. 메모리 코일을 최대치까지 늘리자고. 그리고 최초의 실험체인 레나를 기념하는 뜻에서, 이번에도 여성형으로 그 자리를 이어받게 하지."

여기서 나온 결과물이 바로 헬렌이었다. 딜리어드 사의 친구들은 완벽한 기적을 만들어냈고, 주문한 모든 것을 이 여자 형태의 로봇 안에 말끔하게 집어넣었다. 플라스틱과 고무 섬유로 만든 얼굴은 감정을 표현할 수 있는 유연성을 지니고 있었고, 눈물샘과 미뢰까지 완벽하게 갖추어져 있었으며, 숨쉬기에서 머리카락 잡아 뜯기에 이르기까지 인간의 모든 동작을 재현할 수 있었다. 그 친구들이 보내온 청구서는 또 다른 기적이라 불릴 만했지만, 데이브와 나는 함께 비용을 긁어모았다. 우리는 모자란 금액을 메우기 위해 레나를 처분해야 했고, 그 이후로는 외식을 할 수밖에 없었다.

나는 생물 조직에는 제법 여러 번 메스를 대어보았고, 그 중에는 꽤

난이도 있는 수술도 몇 번 있었다. 그러나 헬렌의 가슴판을 열고 예의 '신경' 부분의 회로를 잘라내는 모습을 보고 있자니, 마치 의대 예과 학생으로 다시 돌아간 것 같은 기분이 되었다. 데이브가 만든 기계 분비선은 모두 준비가 되어 있었다. 인간 마음의 반응을 아드레날린이 일그러뜨리듯이, 이 복잡하게 얽힌 송신선과 회로 다발은 전기적인 사고 자극을 받아들인 후 다른 자극과 혼합하여 일그러뜨리는 역할을 하는 것이었다.

우리는 그날 밤 침대에 들어가는 대신, 그녀의 구조도를 눈이 뚫어지게 연구하고, 회로를 따라 사고가 이동하는 미로와 같은 경로를 살펴보고, 신경을 잘라내고, 데이브가 헤테론이라고 부르는 기계 분비선을 장착했다. 그리고 이런 작업을 하는 동안, 우리가 세심하게 준비해놓은 인간의 삶과 감정에 대한 다양한 의식과 사고가 천공 테이프를 통해 헬렌의 보조 메모리 코일 속으로 입력되고 있었다. 데이브는 그 어떤 것도 운에 맡겨두지 않으려는 듯했다.

우리가 잔뜩 지쳤지만 승리감에 도취된 상태로 일을 끝냈을 때는 이미 동녘이 희미하게 밝아오고 있었다. 이제 남은 일은 헬렌의 전원을 올리는 것뿐이었다. 다른 딜리어드 사 제품들과 마찬가지로, 헬렌에게도 전지 대신 작은 원자동력기가 들어 있어서, 한번 전원을 올리면 다시 손볼 필요가 없었다.

데이브는 당장 전원을 올리자는 제안에 반대하며 이렇게 말했다.

"나도 바로 시동을 걸어보고 싶은 마음은 굴뚝 같지만 말이야, 일단 좀 자면서 휴식을 취하자고. 정신이 반쯤 나가버린 상태에서 제대로 연구할 수 있겠어? 자, 들어가서 일단 푹 쉬고, 헬렌은 나중에 더 돌봐주도록 하지."

우리 둘 다 헬렌을 그렇게 놔두고 싶지는 않았지만, 데이브의 말에는 일리가 있었다. 우리는 방으로 들어갔고, 공기 조절기가 수면 적정 온도로 기온을 조절하기도 전에 잠에 빠져들었다. 그리고 아주 약간의 시간이 흐른 후, 데이브가 내 어깨를 두드리는 것이 느껴졌다.

"필! 어이, 정신 좀 차려봐!"

나는 신음소리를 내며 몸을 돌렸고, 데이브의 얼굴과 마주쳤다.

"하아? 어! 무슨 일이야? 헬렌이 뭔가……."

"아니, 그런 건 아냐. 그 반 스타일러 아줌마 있잖나. 지금 화상전화로 연락을 했는데, 아들이 하녀한테 푹 빠졌단다. 지금 메인 주에서 여름휴가 중……인데, 당장 와서 역 호르몬 처방을 해달라더군."

돈 많은 반 스타일러 여사! 헬렌 때문에 내 예금 잔고가 마지막 한 푼까지 털린 지금, 이 고객만은 도저히 실망시킬 수 없었다. 하지만 이건 내가 즐겨 하는 성질의 일이 아니었다.

"역 호르몬 처방이라고! 꼬박 2주일은 걸릴 텐데. 게다가 난 머저리들을 행복하게 하려고 분비선을 만지는 사회 의사가 아니라고. 난 제대로 된 질병을 다루는 사람이란 말이야."

"그리고 헬렌도 보고 싶겠지."

데이브는 얼굴에 웃음을 띠었지만, 태도는 여전히 진지했다.

"그런데 말야, 내가 그 아줌마한테 필요 대금이 5만이라고 말해놨어!"

"뭐라고?"

"그랬더니 그냥 오케이 하더라고. 빨리 해주기만 하면 된대."

이런 제안 앞에서 할 수 있는 일은 단 한 가지뿐이었다. 물론 기회가 된다면 텁텁하게 살찐 반 스타일러 여사의 목을 즐겁게 졸라주고 싶었지만 말이다. 다른 사람들처럼 로봇 하녀를 쓴다면 이런 일은 일어나지 않았을 것 아닌가. 하지만 그 아줌마는 뭐든 평범한 사람들과는 달라야만 만족하는 성미였다.

그 결과, 데이브가 집에서 헬렌을 이리저리 다듬어보는 동안, 나는 아치 반 스타일러가 역 호르몬 처방을 받게 만들 만한 속임수를 생각하며 머리를 쥐어 짜내고 있었다. 그 하녀 아이에게도 똑같은 처방을 해주는 것은 물론. 아, 당연히 그래서는 안 된다는 것은 알고 있지만, 어쩔 수가 없었다. 그 아이는 아치에게 완전히 푹 빠져 있었으니까. 그 3주 동안 데이브가 편지를 썼는지는 알 수 없지만, 적어도 내 손에까지 들어온 것은 한 통도 없었다.

아치가 "치료됐다"고 보고하고 즉각 짐을 챙겨 출발한 것은 예정보다 일주일이 더 지난 3주째의 일이었다. 두둑한 보수를 받은 덕분에, 나는 즉각 개인 로켓을 하나 빌려 30분 만에 메시나까지 날아왔다. 도착하자마자 즉각 집으로 향한 것은 물론이다.

현관에 들어서자마자, 나는 가볍게 종종걸음 치는 발소리, 그리고 뒤따라오는 기대에 찬 목소리를 들었다.

"데이브, 당신이에요?"

한동안 나는 대답하지 않고 서 있었고, 그 목소리가 다시 물었다.

"데이브?"

나는 헬렌을 이렇게 만나게 될 거라고는 상상도 하지 못했다. 정확하게 어떤 종류의 상봉을 기대했는지는 모르겠지만, 이건 아니었다. 그녀는 발걸음을 멈추고 실망으로 가득한 얼굴로 나를 바라보고 있었다. 작은 두 손은 가슴 위에 포개져 떨리고 있었다.

"아."

그녀는 울 듯한 얼굴로 말했다.

"데이브인 줄 알았어요. 요즘은 집에서 식사를 통 하지 않지만, 그래도 저녁 식사 전에는 기다리는 습관이 생겼거든요."

그녀는 손을 내리고는 얼굴에 웃음을 띠우려 노력했다.

"당신이 필 맞지요? 예전…… 처음에 데이브가 당신에 대해 얘기해줬어요. 집으로 돌아온 걸 환영해요, 필."

"잘 있는 모습을 보니 기쁘군요, 헬렌."

로봇하고 가볍게 대화를 하려면 어떤 얘기를 꺼내야 하려나?

"그, 저녁 식사 중이었나요?"

"아, 맞아요. 데이브는 또 시내에서 식사를 하는 것 같으니까, 우린 일단 들어가죠. 집 안에 누군가 같이 얘기할 사람이 있으면 정말 좋을 것 같아요, 필. 필이라고 불러도 상관없겠죠? 저기, 당신은 나한테는 대부라고 할 수 있는 사람이니까요."

그래서 우리는 저녁을 먹었다. 나는 헬렌이 음식물을 섭취하리라고는 상상도 하지 못했지만, 그녀는 식사를 보행만큼이나 당연한 일로 여기고 있는 듯했다. 그녀는 많이 먹지는 않았다. 거의 대부분의 시간 동안, 그녀는 현관문 쪽을 바라보고만 있었다.

우리가 식사를 마칠 무렵이 되어서야, 얼굴 가득 불쾌한 표정을 띤 채로 데이브가 돌아왔다. 헬렌은 자리에서 일어나려고 했으나, 데이브는 그녀를 피해 재빨리 층계로 올라가며 내게 몇 마디 말을 던졌다.

"반갑네, 필. 좀 있다 올라와서 보세나."

뭔가 심각한 문제가 있는 것이 분명했다. 그의 눈가에는 뭔가에 시달린 기색이 어려 있었다. 고개를 돌려 헬렌을 보자, 그녀의 눈에 눈물이 고이기 시작하는 것이 보였다. 그녀는 훌쩍 하고 울음을 삼킨 다음, 자신의 음식에 격렬하게 달려들었다. 나는 그런 그녀를 보며 물었다.

"대체 저 친구하고 당신 사이에 무슨 일이 있었던 겁니까?"

"나한테 질렸나 봐요."

헬렌은 접시를 밀어놓고 서두르듯 자리에서 일어났다.

"내가 식탁을 치우는 동안 그 사람에게 올라가보세요. 그리고 이건 나 때문이 아니에요. 내 잘못도 아니고요."

그녀는 접시들을 집어 들고 부엌으로 숨듯 사라져버렸다. 내 눈에는 분명 그녀가 울고 있는 것으로 보였다.

모든 사고는 조건에 따른 반응의 연속일지도 모른다. 하지만 그녀는 내가 없는 동안 상당히 다양한 종류의 조건을 습득한 듯했다. 한창 잘나갈 때의 레나도 이 정도는 아니었다. 나는 데이브가 이 수수께끼를 좀 풀어줄 수 있을 것이라고 기대하며 위층으로 올라갔다.

데이브는 큰 잔에 담긴 애플 브랜디에 소다수를 조금씩 짜 넣고 있었다. 술병은 거의 비어 있는 것 같았다. 그는 나를 올려다보며 말했다.

"한잔 하겠나?"

나쁘지 않은 생각인 듯했다. 머리 위로 들리는 이온 로켓의 우레와도 같은 발사음 말고는 집 안에 익숙한 것이 단 하나도 남아 있지 않다. 데이브의 눈 주위를 보건대, 이 술병이 내가 없는 동안 비운 첫 술병은 아닌 듯했다. 물론 마지막 술병은 더욱더 아니고. 그는 바로 새 술병을 꺼내어 땄다.

"데이브, 물론 이건 어디까지나 자네 문제지만 말이지, 술을 그렇게 마신다고 신경이 안정되지는 않을 거야. 대체 자네하고 헬렌에게 무슨 일이 있었던 거야? 유령이라도 본 건가?"

헬렌이 틀렸다. 데이브는 시내에서 식사를 하는 것이 아니었다. 그는 어디에서도 제대로 먹고 있지 않음이 분명했다. 의자 안으로 파고든 그의 쭈그러든 근육에는 피로와 신경증 증세의 영향도 보였지만, 그보다 더 명확한 것은 굶주림의 흔적이었다.

"눈치 챈 모양이지, 음?"

"눈치를 채? 자네하고 헬렌 둘이서 내 목구멍에 쑤셔 박았다고 하는 게 맞겠지."

"으으으으음."

데이브는 파리를 쫓는 시늉을 하더니, 공기 소파 안으로 더 깊숙이 몸을 뉘었다.

"아무래도 자네가 돌아올 때까지 헬렌을 작동시키지 말고 기다릴 걸 그랬나봐. 하지만 그 스테레오 방송국만 바뀌지 않았어도…… 여하튼 그게 바뀌어버린 게 문제였어. 그리고 자네의 그 눈물 짜는 책들이 제대로 마무리를 지어버렸지."

"아하, 그래, 고맙네. 정말로 정리가 잘되는 것 같은데."

"있잖아, 필. 시골에 내 소유로 되어 있는 과수원이 하나 있거든. 아버지가 유산으로 물려줬지. 아무래도 그쪽을 좀 알아봐야 할까 봐."

대화는 시종 이런 식이었다. 하지만 결국, 엄청난 양의 알코올과 그보다 더 많은 양의 노력을 쏟은 결과, 나는 그동안 있었던 일의 일부를 끌어낼 수 있었다. 데이브에게 아미탈을 먹이고 침대로 보낸 후, 나는 헬렌을 쫓아다니며 전체 줄거리가 이해될 때까지 계속해서 캐물었다.

내가 떠나자마자, 데이브는 헬렌의 전원을 올리고 예비 테스트를 한 모양이었다. 그리고 결과는 완전히 만족스러웠다. 그녀는 깔끔하게 반응했다. 너무도 깔끔해서, 데이브가 그녀를 놔두고 평소와 같이 일하러 가겠다는 결정을 내릴 정도였다.

그리고 당연하게도, 아직 시험해보지 않은 다양한 감정을 가진 그녀는 호기심으로 가득 차 있었고, 데이브가 자신 곁에 머물러주기를 원했다. 그때 그에게 한 가지 생각이 떠올랐다. 헬렌에게 집에서 해야 할 일이 어떤 것인지를 보여준 다음, 그는 그녀를 스테레오 화면 앞에 앉혔다. 그러고는 여행 영화를 틀어놓고, 그것으로 시간을 때우도록 그녀를 놔두고 가게로 가버렸다.

영화는 끝날 때까지 그녀의 관심을 끌었고, 그 후 방송국이 바뀌어 래리 에인슬리가 등장하는 최신 연속극이 방송되기 시작했다. 우리와 쌍둥이들 사이에 문제를 일으킨 그 핸섬한 배우 말이다. 우연찮게도, 그는 어딘가 데이브와 닮은 구석이 있었다.

헬렌은 물을 만난 바다표범과도 같이 그 연속극을 받아들였다. 배우들의 연기는 새로운 감정을 표현하는 데 너무나도 완벽한 교범이 되었다. 그 연속극이 끝나자, 헬렌은 다른 채널에서 다른 러브 스토리를 찾았고, 자신의 정보에 몇 가지를 추가했다. 오후 방송은 대부분 뉴스와 음악이었지만, 그녀는 마침내 책들을 찾아냈다. 그리고 나는 뭐랄까, 문학작품에 있어 약간 성인 취향을 고수하고 있었다.

데이브는 한껏 기분이 좋아져서 집으로 돌아왔다. 현관은 깨끗하게 청소되어 있었고, 지난 몇 주 동안 집 안에서는 맡을 수 없었던 음식 냄새가 공기 중을 떠돌며 그를 반겼다. 그는 헬렌을 엄청나게 능률적인 가정부로 생각하고 있었다.

따라서, 뒤에서 다가온 한 쌍의 튼튼한 팔이 그의 목을 두르고, 은근한 목소리가 귓가에 속삭이는 것을 들었을 때, 그는 충격을 받을 수밖에 없었다.

"아, 데이브, 내 사랑. 정말로 당신이 그리웠어요. 그리고 당신이 돌아와서 정말 흥분돼요."

헬렌은 세련된 기술을 가지고 있지는 못했지만, 그 결점을 만회하고도 남을 만한 열정을 가지고 있었다. 데이브는 자신에게 키스하려는 그녀를 제지하며 그 사실을 알게 되었다. 그녀는 아주 빠르고 격렬하게 모든 것을 습득했으며, 원자 동력으로 움직이고 있었다.

데이브는 이성 관계에서 꽁무니를 빼는 성격은 아니었지만, 그에게는 그녀가 로봇이라는 것을 기억할 정도의 이성은 남아 있었다. 그의 품속에 안긴 헬렌이 사랑스러운 여신과도 같이 보이고, 느껴지고, 행동한다는 사실은 중요한 것이 아니었다. 그는 상당한 노력을 들여 그녀를 떼어낸 다음 저녁 식탁으로 이끌었고, 함께 저녁을 먹으며 그녀의 주의를 다른 곳으로 돌리려 애썼다.

저녁 작업이 끝난 후, 데이브는 헬렌을 서재로 불러서 그녀의 행동이 왜 잘못된 것인가에 대해 자세한 설명을 늘어놓았다. 물론 현재 그녀의 위치, 스테레오 방송의 어리석음, 그 외의 다양한 제반 사항을 모두 포함한 세 시간 동안의 설교였으니 명강연이었음이 분명하다. 그러나 그 모든 설명이 끝난 후, 헬렌은 물기 어린 눈을 들어 그를 바라보며 간절한 목소리로 속삭였다.

"나도 알아요, 데이브. 하지만 나는 아직도 당신을 사랑해요."

이때 이후로 데이브는 술에 빠져 살기 시작했다.

하루하루가 지나갈수록 상황은 더 심해져갔다. 그가 시내에서 시간을 보내다 오면, 집에 왔을 때 그녀는 눈물을 흘리고 있었다. 제시간에 도착하면, 그녀는 야단법석을 떨며 그에게 달라붙어 떨어지지를 않았다. 방에 들어가 문을 닫아걸고 앉아 있노라면, 그녀가 계단을 오르락내리락하며 웅얼거리는 소리가 들렸다. 그리고 아래층으로 내려오면, 헬렌은 우수 어린 눈길로 그를 계속해서 쳐다보고 있었다. 지친 데이브가 다시 2층으로 도망갈 때까지.

　아침이 되자 나는 헬렌에게 가짜 심부름을 주어 보낸 다음 데이브를 깨웠다. 그녀가 없는 동안, 나는 데이브에게 푸짐한 아침식사를 차려 주고 신경 안정제를 처방해주었다. 그러나 그는 여전히 생기가 없고 우울했다. 나는 그의 우울한 침묵을 깨고 말을 걸었다.

　"이봐, 데이브. 헬렌은 인간이 아니잖아. 그냥 전원 내리고 메모리 코일 몇 개만 바꾸면 되는 거 아냐? 그런 다음에 사실 그녀는 사랑을 하고 있던 것이 아니고, 로봇은 그럴 수도 없다고 설득해버리면 되는 일이잖아."

　"자네가 해보지 그래. 나도 그런 생각을 했지만, 헬렌이 호메로스도 깨울 정도의 대단한 비명을 지르더군. 그녀 말로는 그건 살인이라는 거야. 그리고 젠장할, 나도 그런 느낌이 든단 말이지. 헬렌이 순교자 같은 얼굴을 하고 어서 날 죽이라고 말할 때의 모습을 보면 도저히 그녀가 인간이 아니라는 생각이 들지 않아."

　"인간이 사랑을 할 때 느끼는 분비물의 대용품은 넣지 않았을 텐데."

　"우리가 뭘 넣었는지 모르겠어. 헤테론이 역류하거나 그런 거 아닐까. 어쨌든, 헬렌은 그런 종류의 것을 너무 좋아해서 말이지, 완전히 새로운 메모리 코일 세트를 삽입해줬으면 하던데."

　"뭐, 못할 것도 없지."

"그럼 그렇게 하라고. 자네가 이 집의 의사 아닌가. 나는 감정을 가지고 노는 일에는 젬병이야. 사실 말이지, 헬렌이 그런 식으로 행동하기 시작하고부터, 나는 로봇 일에 흥미를 잃었네. 사업을 그냥 통째로 날려 버려야 할까 봐."

그는 헬렌이 보도를 따라 걸어오는 것을 보고는, 모노레일 정류장으로 통하는 뒷문을 통해 총알같이 튀어나갔다. 나는 그를 다시 침대에 잡아넣고 싶었지만, 그냥 그렇게 떠나도록 놔두기로 했다. 아마도 집보다는 가게에서 더 안정을 취할 수 있을 테니까.

"데이브는 갔나요?"

헬렌은 지금 그 예의 순교자 같은 얼굴을 하고 있었다.

"그래요. 내가 먹을 걸 좀 차려줬고, 바로 직장으로 떠났죠."

"뭔가 좀 먹었다니 다행이네요."

그녀는 지친 사람처럼 의자에 몸을 던졌다. 물론 나로서는 대체 어떻게 해야 로봇이 지칠 수 있는지를 알 수가 없었지만.

"필?"

"음, 왜요?"

"내가 그에게 나쁘다고 생각해요? 그러니까 음, 내가 여기 없었다면 그가 더 행복했을 거라고 보나요?"

"당신이 계속 이런 식으로 행동하면 데이브는 미쳐버릴지도 몰라요."

그녀는 얼굴을 찡그렸다. 그녀의 작은 손은 애원하는 것처럼 흔들리고 있었고, 그런 그녀를 보고 있노라니 내 스스로가 비열한 악당인 것 같은 느낌이 들었다. 그러나 내가 시작한 일이니 끝을 맺어야 했다.

"내가 당신의 전원을 끊고 코일을 바꾸더라도, 아마 그 친구는 계속해서 당신의 환영에 시달릴 겁니다."

"나도 알아요. 하지만 나도 어쩔 수가 없어요. 그리고 나는 분명히 좋은 아내가 될 수 있을 거예요. 정말이에요, 필."

나는 움찔했다. 이건 뭔가 한도를 넘어서고 있었다.

"그리고 기계로 만든 아이를 낳아줄 건가요. 사람은 피와 살을 원하지, 고무와 금속을 원하지 않아요."

"그만, 제발요! 나는 내 자신이 그런 것으로 만들어져 있다는 생각을 참을 수가 없어요. 나 자신에게는, 나는 한 명의 여성이에요. 그리고 당신은 내가 얼마나 실제 여성을 완벽하게 모사할 수 있도록 만들어졌는지 알고 있잖아요…… 모든 면에서. 물론 데이브의 아이를 낳을 수는 없겠지만, 다른 모든 면에서는…… 정말 열심히 노력했어요. 나는 분명 좋은 아내가 될 수 있을 거예요. 난 알아요."

이쯤에서 나는 포기해버렸다.

데이브는 그날도 그 다음 날도 집에 들어오지 않았다. 헬렌은 걱정으로 가득 차서 호들갑을 떨며 병원이나 경찰에 연락해보라고 계속해서 나를 종용했지만, 나는 그에게 아무 일도 없다는 사실을 확신하고 있었다. 그는 언제나 신분증을 가지고 다녔으니까. 그러나 3일째까지도 데이브가 귀가하지 않자 나도 슬슬 걱정이 되기 시작했다. 때마침 헬렌이 그의 가게로 가보겠다고 나섰고, 나도 그녀와 동행하기로 했다.

데이브는 내가 모르는 사람 한 명과 함께 가게에 있었다. 나는 안쪽이 보이지는 않지만 말소리는 들릴 만한 곳에 헬렌을 숨겨둔 다음, 그 손님이 나가자마자 가게 안으로 들어갔다.

데이브는 약간이나마 상태가 나아 보였고 나를 만나 기쁜 듯했다.

"어이, 필. 이제 가게 문을 닫을 거네. 같이 뭐 좀 먹으러 가지."

헬렌은 더 이상 견디지 못하고 가게 안으로 뛰어 들어왔다.

"집으로 가요, 데이브. 향료를 채운 구운 오리가 있어요. 당신 그거 정말 좋아하잖아요."

"꺼져!"

데이브가 소리치자, 그녀는 움찔 하고는 등을 돌려 가버리려고 했다.

"아니, 잠깐. 기다려. 아마 너도 이 얘기를 들어둘 필요가 있을 테니까. 이 가게 팔렸어. 방금 나간 그 친구가 이 가게를 샀지. 난 저번에 말했던 그 과수원으로 갈 거야. 더 이상 기계를 견딜 수가 없어."

"그런 일을 하다가는 굶어죽을걸."

"아니, 야외에서 키워낸 옛날 방식의 식물은 계속 수요가 늘어나고 있다네. 사람들은 수경 재배한 물건들에 질려가고 있거든. 아버지도 과수원 일을 해서 먹고사셨지. 집에 돌아가서 짐을 챙기는 대로 떠날 작정이네."

헬렌은 자신의 생각을 계속해서 고집했다.

"당신이 먹는 동안 내가 짐을 쌀게요, 데이브. 디저트로 애플파이를 만들어놨어요."

세계가 발밑에서 무너지고 있었지만, 그녀는 여전히 데이브가 애플파이를 좋아한다는 사실을 기억하고 있었다.

헬렌은 뛰어난 요리사, 아니 요리의 천재였다. 인간 여성과 기계 요리사의 장점을 하나로 묶어놓았다고나 할까. 데이브는 일단 음식에 손을 대기 시작한 후에는 게걸스럽게 먹었다. 저녁식사가 끝난 후, 그는 오리와 애플파이가 아주 마음에 들었고, 짐을 챙겨줘서 고맙다고 헬렌에게 말할 수 있을 만큼 기분이 풀려 있었다. 심지어는 그녀가 그에게 굿바이 키스를 하는 것을 허락하기까지 했다. 로켓 발착장까지 배웅하겠다는 제안은 단호하게 거부했지만.

데이브를 보낸 후 한동안, 헬렌은 꿋꿋하게 행동하려고 노력했다. 우리는 반 스타일러 여사의 하녀를 화제로 삼아 어색한 대화를 나누곤 했다. 그러나 곧 대화는 늘어지기 시작했고, 그녀는 대부분의 시간을 멍하니 창밖을 쳐다보며 지냈다. 심지어는 스테레오의 코미디 방송에도 흥미를 잃은 듯했다. 나는 그녀가 자기 방으로 돌아가는 모습을 나름 기쁘게 바라보았다. 그녀는 원하면 전원을 내리고 잠자는 행위를 흉내 낼 수 있었다.

시간이 지나가며, 나는 그녀가 왜 스스로를 로봇이라고 믿을 수 없는지 이해하기 시작했다. 나 자신조차도 그녀를 여성이자 동반자라고 생각하게 된 것이다. 혼자 수심에 잠겨 있는 묘한 침묵의 시간이나, 전혀 오지 않는 편지를 기다리며 원격 전보기 앞에 서 있는 시간을 제외하면, 그녀는 남자가 생각할 수 있는 가장 이상적인 반려자였다. 헬렌은 내가 사는 장소에 가정의 분위기를 부여했다. 레나는 결코 그런 일을 할 수 없었다.

나는 헬렌을 데리고 허드슨가로 쇼핑을 나갔고, 그녀는 깔깔 웃으며 최신 유행의 비단과 유리 섬유 다발을 살펴보기도 하고, 수많은 모자를 써보기도 하는 등, 평범한 젊은 여성이 할 만한 행동을 하며 시간을 보냈다. 하루는 송어 낚시를 갔고, 그곳에서 헬렌은 자신이 남성만큼이나 튼튼하고 필요할 때는 침묵을 지킬 수 있다는 것을 증명해 보였다. 나 자신도 그런 상황을 무척 즐겼고, 그녀가 데이브를 잊어가고 있다고 생각하게 되었다. 그러나 그러던 어느 날, 평소보다 좀 더 일찍 귀가했을 때 나는 헬렌이 소파에 누워 다리를 위아래로 흔들면서 온 힘을 다해 울고 있는 것을 발견했다.

나는 즉각 데이브에게 연락했다. 연결이 쉽지 않은 듯했고, 내가 기다리는 동안 헬렌이 내 옆으로 다가왔다. 그녀는 프로포즈를 하려는 노처녀와 같이 긴장해서 안절부절못하고 있었다. 그리고 결국 데이브와 연결이 닿았다.

"잘 지내고 있나, 필? 난 방금 여기서 짐을 싸기……"

모니터에 그의 얼굴이 떠오르자마자 그가 물었다. 나는 그의 말을 끊고 끼어들었다.

"여기서는 지금까지대로 해나갈 수 없을 것 같네, 데이브. 결정했어. 오늘밤 헬렌의 코일을 빼낼 거네. 지금처럼 계속 고통을 겪으니, 차라리 그렇게 하는 편이 그녀에게도 나을 게야."

헬렌이 다가와서 내 어깨에 손을 올렸다.

"그게 제일 나을지도 모르겠어요, 필. 당신을 책망하지는 않을래요."

데이브의 목소리가 자르고 들어왔다.

"필, 자네 지금 뭘 하려는 건지나 알고 있나!"

"물론이지. 자네가 여기 도착할 때쯤이면 모든 것이 끝나 있을걸. 자네도 들었겠지만, 그녀도 동의하고 있네."

어두운 기색이 데이브의 얼굴을 스치고 지나갔다.

"나는 동의 안했어, 필. 그녀의 절반은 내 거야. 내가 반대한다고!"

"자네 그게 지금 무슨……"

"계속하게. 나한테 무슨 욕이든 해도 좋아. 마음을 바꿨네. 자네가 연락했을 때 나는 돌아가려고 짐을 싸고 있었다고."

헬렌은 모니터에 눈을 고정시킨 채로, 내 앞으로 돌아 들어오며 말했다.

"데이브, 당신 설마…… 지금……."

"내가 얼마나 바보였는지를 이제야 깨달았어, 헬렌. 필, 몇 시간 안에 집에 도착할 거네. 그러니까 뭔가 문제가 있거든……."

그는 몸소 나를 쫓아낼 필요가 없었다. 내가 알아서 집을 비워줬으니까. 하지만 내가 문을 닫고 집에서 나갈 때, 헬렌이 농장 주인의 아내가 되는 일에 대해 즐겁게 혼잣말을 하는 소리가 들려오기는 했다.

뭐, 나는 그들이 생각한 만큼 놀라지는 않았다. 내가 데이브에게 연락을 했을 때 어떤 일이 일어날지 이미 예상하고 있었다고나 할까. 한 여자를 싫어하는 사람이 데이브처럼 행동할 리가 없다. 단지 자신이 싫어하고 있다고, 그릇된 확신을 하고 있을 뿐.

그 어떤 여인도 헬렌보다 더 아름다운 신부, 사랑스러운 아내가 될 수는 없었을 것이다. 시간이 흘러도 그녀는 요리와 가정을 꾸리는 일에 대한 열정을 결코 잃지 않았다. 그녀가 떠나고 난 후 우리의 옛 집은 텅 비어 보였고, 나는 한 주에 하루 이틀 정도 과수원에 들르는 습관이 생겼다. 물론 그들 사이에도 여러 가지 문제가 있었겠지만, 내 눈에 뜨일 정도는 아니었고, 이웃들은 그들이 평범한 인간 부부가 아니라는 의심은 결코 하지 않았다.

데이브는 나이를 먹었지만, 헬렌은 변하지 않았다. 그러나 나와 헬렌은 얼굴에 주름살을 그려 넣고 머리를 회색으로 물들이며, 그녀가 남편과 함께 늙어가지 않는다는 사실을 데이브가 눈치 채지 못하게 했다. 내 생각에 데이브는 헬렌이 인간이 아니라는 사실을 잊어버렸던 듯하다.

나 역시 실질적으로는 그 사실을 잊고 있었던 것이나 다름없었다. 그러나 오늘 아침 헬렌으로부터 도착한 편지 덕분에 나는 현실을 직면했다. 편지에는 그녀의 아름다운, 그러나 약간 떨리는 글씨체로, 데이브도 나도 예측하지 못한 피치 못할 결말이 적혀 있었다.

사랑하는 필.

당신도 알겠지만, 데이브는 최근 몇 년간 심장에 문제가 있었어요. 그래도 예전과 같이 함께 살고 싶었지만, 하늘이 그걸 허용하지 않는 듯하네요. 그는 일출 바로 전에 내 품에서 숨을 거두었어요. 당신에게 감사와 작별의 인사를 전한다고 하더군요.

당신에게 마지막으로 부탁할 일이 하나 있어요, 필. 이 일이 끝난 다음에는 나를 위해 해줄 수 있는 일이 한 가지밖에는 없을 테지만요. 산은 금속도 육체만큼이나 빠르게 태워버리지요. 나는 데이브와 함께 죽을 거예요. 우리가 함께 묻힐 수 있도록, 그리고 장의사들이 내 비밀에 대해 알지 못하도록 해주세요. 데이브도 그걸 원할 거예요.

불쌍한, 사랑하는 필. 당신이 데이브를 형제와 같이 사랑했다는 것도, 당신이 나에 대해서 어떤 감정을 가졌는가도 알고 있어요. 부디 우리 때문에 너무 슬퍼하지 말아주세요. 우리는 함께 행복한 삶을 살았고, 이 마지막 다리를 서로의 손을 잡고 건너야 한다는 것을 알고 있으니까요.

사랑과 감사를 담아, 헬렌.

언젠가는 일어날 수밖에 없었던 일임이 분명했고, 최초의 충격도 이제는 잦아들었다. 나는 헬렌의 마지막 부탁을 들어주기 위해 몇 분 후에 떠나려 한다.

데이브는 운 좋은 녀석이었고, 내 가장 소중한 친구였다. 그리고 헬렌은……

글쎄, 아까 말했지만, 나는 이미 늙었고, 보다 이성적으로 사물을 보는 눈을 얻었다. 지금에 와서 생각해보면, 아무래도 나도 결혼하고 가정을 꾸렸어야 옳았을 듯하다.

하지만 세상에 헬렌 올로이는 단 하나뿐이었다.

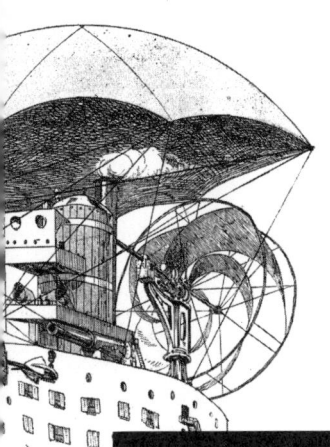

길은 움직여야 한다

Robert A. Heinlein The Roads Must Roll

로버트 하인라인 지음
정충 옮김

"도로를 움직이게 하는 건 누굽니까?"

연사가 연단 뒤에서 청중의 대답을 기다렸다. 웅성거림을 뚫고 여기저기서 고함소리가 들려왔다.

"우리요. 우리요. 당연히 우리지요!"

"일반 시민이 마음대로 도로를 쓸 수 있도록 '지하 내부'에서 지저분한 일을 하는 건 누굽니까?"

이번에는 통합된 외침이 들려왔다.

"우리요!"

세찬 급류처럼 말을 쏟아내며 연사는 분위기를 좀 더 띄워보기로 했다. 그는 청중 쪽으로 몸을 빼고는 말을 날릴 상대를 하나하나 쳐다보왔다.

"교역을 하려면 뭐가 필요합니까? 도로요! 음식은 어떻게 운반 합니까? 도로요! 사람들이 어떻게 일터로 나갑니까? 도로요! 아내가 기다리는 가정으로 돌아가려면? 도로요!"

연사는 충분한 효과를 위해 잠시 기다렸다가 목소리를 낮춰 계속 이어갔다.

"여러분이 도로를 계속 움직이지 않으면 사람들은 어떻게 되겠습니까? 누군가 반드시 해야 하는 일이라는 건 모두가 잘 알고 있습니다. 하지만 사람들이 우리에게 고마워하던가요? 하! 우리가 과한 요구를 하는 겁니까? 원할 때 퇴직하고 싶다는 요구가 왜 말이 안 됩니까? 다른 노동자들한테는 당연한 권리 아닙니까? 엔지니어와 동등한 임금을 달라는 건 또 왜 안 되는 겁니까? 여기서 도대체 누가 진짜 엔지니어입니까? 저 웃긴 모자를 쓴 감독관 후보생이 아니면 베어링을 닦고 로터 교환하는 방법을 익힐 수 없다는 겁니까? 그 사람들 급료를 벌어다주는 게 도대체 누굽니까? 감독관실의 '신사분들'입니까, '지하 내부'에서 일하는 여러분들입니까? 우리가 원하는 게 또 뭡니까? 우리 스스로 엔지니어들을 선출하는 겁니다. 그게 왜 안 됩니까? 엔지니어를 뽑을 능력을 가진 게 도대체 누굽니까? 우리 기술자들인가요? 아니면 평생 여기에는 내려와본 적도 없는데다 베어링과 필드코일도 구별하지 못하는 검시위원회의 멍청이들입니까?"

연사는 자연스럽게 강약을 조절하며 목소리를 더욱 더 낮췄다.

"동지들, 이제 수송 위원회에 탄원서나 내고 기다릴 시기는 지났습니다. 이제 직접 행동할 때입니다. 저들끼리 민주주의에 대해 징징거리게 내버려둡시다. 진짜 권력을 가진 건 우립니다, 우리야말로 진짜 중요한 사람들입니다."

뒤편에서 누군가 일어났다. 연사가 잠시 말을 멈춘 사이 조심스럽게 연사를 불렀다.

"의장 형제, 제가 몇 마디 해도 되겠습니까?"

"하비 형제, 발언권을 드리겠습니다."

"제가 묻고 싶은 건 이겁니다. 도대체 뭐가 문제가 된다는 말입니까? 우리는 기계조합들 중에서 가장 높은 시급을 받고 있습니다. 보험과 은퇴 연금도 충분하고 안전한 작업환경도 얻어냈습니다. 이제 귀가 멀 가능성은 없어졌죠."

그는 소음방지 헬멧을 귀 뒤로 젖히며 계속했다. 그는 감시 근무에서 바로 올라온 듯 아직도 작업복을 입고 있었다.

"일을 그만두려면 90일 전에 먼저 상부에 보고해야 한다지만, 그걸 모르고 이 일을 시작한 사람 있습니까? 도로는 계속 움직여야 합니다. 게으른 문제아들이 일에 질린다고 그때마다 도로를 멈출 수는 없잖습니까. 그러니 소피가……"

갑작스러운 의사봉 소리에 말이 끊어졌다.

"아 미안하오, 소피 형제가 우리 힘이 얼마나 강력한지, 어떻게 행동으로 보여줘야 할지 말을 하는 건 좋습니다만, 보세요, 우리가 일반 시민들을 볼모로 도로를 멈출 수는 있을 겁니다. 그런데 그게 어쨌다는 겁니까. 어떤 녀석이든 니트로글리세린 한 병만 있으면 도로를 멈출 수 있습니다. 기술자일 필요도 없죠.

게다가 우리만 있는 게 아니잖습니까. 우리 일이 중요하긴 하지만, 농부가 없다면 어떻게 됩니까? 아니면 철강 노동자나 다른 수십 개의 직종에 종사하는 사람들이 없다면 우리는 어떻게 되겠습니까?"

윗니가 삐죽 나온 몸집 작은 노동자 하나가 끼어들었다.

"잠깐만, 의장 형제, 하비 형제에게 묻고 싶소."

그는 하비를 쳐다보며 비꼬는 말투로 물었다.

"형제, 지금 우리 조합을 위해 발언하는 거요, 아니면 자기 자신을 위해 말하는 거요? 조합을 못 믿겠다는 소리 아니오? 혹시나 당신 밀고꾼 아니오?"

그는 하비의 작은 몸집을 위아래로 훑어보며 말했다.

하비는 먹던 음식에서 벌레라도 나온 것처럼 그를 쳐다보았다.

"이봐, 사익스, 자네가 애송이만 아니었어도 이를 뭉개서 목구멍에 처넣었을 거야. 나는 이 조합 설립자 중 하나다. 66년 파업에도 참가했지. 자넨 66년에 어디 있었나? 어디서 밀고꾼 노릇이라도 하고 있었나?"

의사봉이 울렸다.

"이제 그만합시다. 우리 조합에 대해 조금이라도 아는 사람이라면 하비 형제의 충성심을 의심하지는 못할 거요. 계속 진행합시다."

의장은 목청을 가다듬었다.

"보통 외부인에게 발언권을 주는 일도 없거니와, 엔지니어들을 못마땅하게 생각하는 형제들도 계십니다만, 시간만 낼 수 있다면 항상 자문을 구하고 싶은 엔지니어가 한 명 있습니다. 아마도 그가 우리랑 같은 출신이기 때문 아니겠습니까. 어쨌든 쇼티 밴 클릭 씨를……"

청중들의 외침에 그의 말이 끊겼다.

"밴 클릭 형제!"

"좋습니다. 우리 도로 도시의 엔지니어 감독국 총감독관 대리이신 밴 클릭 형제를 모시겠습니다."

"고맙소, 의장 형제."

활기차게 걸어 나온 초대 연사는 청중들을 향해 활짝 웃으며 그들의 환영을 즐겼다.

"고맙소, 동지들, 우리 의장 형제의 말이 맞는 것 같소. 나는 새크라멘토 조합회관이 엔지니어 회관보다 훨씬 편안하오. 뭐 그런 점에서는 다른 조합회관도 마찬가지지만. 애송이 후보생들이 거슬리기도 하고, '지하 내부'에서부터 시작해서 여기까지 올라오는 대신 폼 나는 기술대학을 다녔어야 했나 싶소. 그랬으면 소위 '제대로 된 시각'을 가질 수도 있었겠다 싶소만.

이제 운송 위원회가 바로 내팽개쳐버린 여러분의 요구사항에 대해서 이야기해봅시다. 좀 편하게 말해도 되겠습니까?"

"물론이오, 쇼티!"

"우린 믿을 수 있소."

"물론이오. 사실 내가 이런 말을 하면 안 되지만, 여러분 기분이 어떤지는 잘 알고 있소. 지금은 도로만큼 중요한 게 없는 시대이고, 여러분이 바로 도로를 움직이는 사람들이오. 자연계의 질서에 따라 여러분의 의견은 경청되어야 하고 여러분의 요구는 받아들여져야 하오. 정치인들도 그 정도는 이해할 수 있을 것 같은데 말이오. 가끔 잠이 안 오는 밤이면 왜 우리 기술자들이 세상을 뒤엎어……"

"게인스 씨, 부인께서 전화하셨습니다."

"알겠네."

게인스가 수화기를 들고 화면으로 얼굴을 돌렸다.

"약속한 건 알지만 여보, 하지만…… 당신이 맞소. 하지만 워싱턴에서 직접 연락이 왔다오. 블레킨숍의 안내를 직접 맡으라고. 그 사람이 오늘 오는지 몰랐다오…… 그건 안 되오. 부하 직원에게 시킬 수는 없소. 그건 결례라오. 그 사람은 호주 수송부 장관이니까 말이요. 전에 말해줬잖소……. 물론 예절은 가정에서부터 시작하는 거지만, 도로는 굴러가야 하잖소. 이게 내 일이니까 말이오. 결혼하기 전부터 그 정도는 알고 있었잖소. 이건 내 일의 일부라오. 당신은 좋은 아내요. 아침은 같이 먹을 수 있을 거요. 이건 어떻소, 말이랑 아침 도시락을 주문해서 아예 소풍을 같이 가는 건. 그럼 베이커스필드에서 봅시다. 늘 보던 그 장소에서. 아이들에게 내 대신 잘 자라고 해주시오."

게인스는 아름답지만 화가 난 아내의 모습이 화면에서 사라지는 것을 보면서 수화기를 내려놓았다. 젊은 여자가 사무실로 들어왔다. 문이 열릴 때 문에 쓰인 글자가 보였다. '디에고-르노 도로 도시. 엔지니어 총감독관실'. 게인스는 그녀를 슬쩍 보며 말했다.

"오, 자네인가. 엔지니어랑은 결혼하지 말게. 예술가와 결혼하라구. 좀 더 근사한 가정생활을 할 수 있을 테니까."

"네, 게인스 씨. 블레킨숍 씨께서 와 계십니다, 게인스 씨."

"벌써? 이렇게 일찍 올 줄은 몰랐군. 안티포드 쉽$^{\text{Antipodes ship}}$이 일찍 도착한 모양이군."

"네, 게인스 씨."

"돌로레스, 감정을 섞어 말할 때도 있나?"

"네, 게인스 씨."

"흠, 믿을 수 없군. 뭐 돌로레스의 말이니 맞겠지. 블레킨숍 씨를 모셔오게나."

"네, 게인스 씨."

래리 게인스는 손님을 맞았다. 악수와 형식적인 인사를 건네면서 특별한 점은 없는 사람이라는 생각이 들었다. 돌돌 말린 우산이나 중절모자는 믿기지 않을 정도였다.

끊어지는 듯한 콧소리가 섞인 호주 토박이의 발음이 희미한 옥스퍼드 억양으로 살짝 덧씌워져 있었다.

"오신 걸 환영합니다. 블레킨숍 씨. 제가 도움이 될지 모르겠습니다."

"물론입니다. 미국에 온 건 이번이 처음이랍니다. 집에 온 것처럼 편안합니다. 유칼립투스 나무라든가 갈색 언덕 같은 것들이……"

블레킨숍이 웃으며 말했다.

"하지만 이번에 오신 이유는 주로 업무 때문이시죠?"

"아, 맞습니다. 주된 목적은 미국의 도로 도시를 살펴보고, 저희 정부를 위해서 이 놀라운 미국식 해결방법을 저희 사회문제에 적용할 수 있을지 보고하는 것이 이번 임무입니다. 제가 온 이유에 대해서는 잘 알고 계신 줄 알았습니다만."

"전반적으로는 알고 있었습니다만, 정확히 뭐가 필요하신지는 모르고 있었습니다. 저희 도로 도시에 대해서는 알고 계시겠지요? 어떻게 생겨났고, 어떻게 운영되고 있는지에 관한 것들 말입니다."

"꽤 많이 읽어봤습니다. 하지만 저는 기술적인 내용은 잘 모릅니다, 게인스 씨. 엔지니어가 아니지요. 제 분야는 사회학과 정치입니다. 저는 이런 놀라운 기술 발전이 시민들에게 어떤 영향을 끼치는지 알고 싶은 겁니다. 제가 아무것도 모른다고 생각하시고 전반적인 내용을 이야기해주시면, 제가 중간 중간 질문을 드리겠습니다."

"괜찮은 방법이군요. 그런데 몇 분이나 오신 겁니까?"

"저 혼자입니다. 제 비서는 워싱턴으로 보냈습니다."

"알겠습니다. 슬슬 저녁시간인데, 스톡턴으로 가서서 저녁을 드시는 건 어떻겠습니까. 제가 특별히 좋아하는 중국 식당이 있습니다. 대략 한 시간 정도 거리인데, 가시면서 도로 운영 상황에 대해서 직접 보시는 게 어떨까요?"

"네, 아주 좋습니다."

게인스가 책상 위의 버튼을 누르자 맞은편 벽에 걸려 있는 스크린이 켜졌다. 듬직한 체구의 젊은이가 반원형 제어판 앞에 앉아 있고, 뒤로는 복잡한 계기판이 보였다. 그는 입 한쪽에 담배를 물고 있었다.

그가 올려다보더니 미소를 지으며 손을 흔들었다.

"안녕하십니까, 총감님. 무슨 일이십니까?"

"데이브, 밤 근무 감독 중인가? 난 지금 스톡턴으로 저녁을 먹으러 가려는 참이네. 밴 클릭은 어디 있나?"

"어딘가 회합이 있다고 나가셨습니다. 어떤 모임인지는 말씀 안 하셨습니다."

"보고할 건 없나?"

"없습니다. 도로는 잘 움직이고 있고, 사람들은 다들 저녁을 먹으러 집으로 향하고 있습니다."

"좋아. 계속 돌리게나."

"계속 돌아갈 겁니다, 총감님."

게인스는 통신을 끊고 블레킨솝을 바라보았다.

"밴 클릭은 엔지니어 총감독관 대리랍니다. 정치보다 도로 관리에 좀 더 신경을 쓰면 좋으련만. 그래도 일단 데이비슨에게 맡겨놓으면 되니까요. 가실까요?"

둘은 자동계단을 타고 건물을 나서서 시속 1.6킬로미터로 북행하는 이동도로 옆 인도를 따라 걸었다. '남행 도로로 가는 통로'라고 씌어 있는 계단을 돌아 이동도로 옆에 섰다.

"이전에 컨베이어 도로를 타본 적이 있으십니까?"

게인스가 물었다.

"아주 간단합니다. 옮겨 탈 때 길이 움직이는 방향과 반대쪽을 향해야 한다는 점만 기억하시면 됩니다."

둘은 집으로 돌아가는 사람들을 사이를 헤치고 도로를 몇 번 옮겨 탔다. 시속 32킬로미터 도로 한가운데에 천장에 닿을 정도의 높이로 유리섬유 파티션이 서 있었다. 블레킨솝은 궁금한 표정으로 벽을 쳐다보았다.

"아, 저거 말인가요?"

게인스는 말없는 질문에 답하며 벽에 달린 문 중 하나를 열고 블레킨솝을 안으로 안내했다.

"저건 바람막이랍니다. 속도가 다른 도로 사이에 흐르는 공기 흐름을 막을 방법을 찾아야 했죠. 저 벽이 아니었다면 시속 160킬로미터 도로에서는 옷이 찢어질 정도의 강한 바람을 맞으며 움직여야 했을 겁니다."

게인스는 블레킨솝과 머리를 바싹 붙이고 말을 했다. 길 위의 바람 소리, 주변 사람들의 웅성거림, 그리고 도로 판 아래 숨겨진 기계들이 내는 소음 때문이었다. 도로 중 가장 중심도로에 도착할 때까지 소음은 계속 대화를 방해했다. 각각 시속 64, 96, 128킬로미터의 도로에 설치된 바람막이 세 개를 통과하자, 드디어 최고 속도로 움직이는 이동도로에 도착했다. 샌디에고와 르노 사이를 열두 시간 만에 왕복하는 시속

160킬로미터 도로였다.

블레킨숍은 6미터 넓이의 길 위에 서서 맞은편 벽을 마주보고 있었다. 맞은편에 있는 쇼윈도에는 다음과 같이 씌어 있었다.

 제이크 스테이크 하우스 No. 4
가장 빠른 길 위에서 가장 빠른 식사를!
"길 위에서 하는 식사는 지루함을 달래줍니다."

"놀랍군요. 이건 꼭 기차 위에서 식사를 하는 것과 비슷한데요. 정말 제대로 된 식당인가요?"

블레킨숍이 말했다.

"제일 좋은 식당 중 하나랍니다. 화려하진 않지만 괜찮은 편입니다."

"저, 혹시……"

게인스가 웃으며 말했다.

"들어가보고 싶으시군요? 그렇죠?"

"물론 게인스 씨의 계획을 망치고 싶진 않습니다만……."

"아, 괜찮습니다. 저도 배가 고픈 참인데, 스톡턴까지 한 시간은 걸릴 테니까요. 들어가시죠."

게인스는 식당 매니저와 오랜 친구처럼 인사했다.

"안녕하세요, 맥코이 여사. 요즘 어떠세요?"

"아니, 총감님이 직접 오셨네요! 요즘은 통 뵙기가 힘드네요."

매니저는 다른 손님들에게서 좀 떨어진 테이블로 둘을 안내했다.

"두 분께서는 여기서 저녁을 드실 건가요?"

"그렇답니다. 주문은 알아서 해주시고, 스테이크를 꼭 넣어주세요."

"행복하게 잡힌 소로 요리한 5센티미터 두께의 스테이크로 하시죠."

매니저는 큰 몸집에 비해 놀랄 만큼 우아하게 멀어져갔다.

총감에 대해서 잘 알고 있는 듯, 맥코이 여사는 휴대용 유선전화를 테이블 위에 올려놓고 갔다. 게인스는 테이블 옆에 달린 연결 잭에 전화를 연결하고 다이얼을 돌렸다.

"여보세요? 데이비슨인가? 나 총감이네. 지금 제이크 식당 4번에서 저녁을 먹는 중이네. 나한테 연락하려면 10·6·6번으로 걸게나."

통화가 끝나자 블레킨솝이 물었다.

"항상 통화가 가능한 상태로 계셔야 합니까?"

"꼭 그렇지는 않습니다만, 그 편이 안전한 느낌이 들어서요. 원래는 저나 밴 클릭이 비상시를 대비해서 상급 엔지니어 감독관과 함께 있어야 합니다만. 진짜 비상사태라면 당연히 제가 그 자리에 있고 싶습니다."

"진짜 비상사태란 어떤 건가요?"

"크게 두 가지입니다. 로터로 공급되는 전력이 끊어져 도로가 정지하는 경우죠. 경우에 따라서는 수백만 명이 집에서 수백 킬로미터 떨어진 곳에서 헤매게 될 겁니다. 만약 러시아워라면 그 사람들을 모두 대피시켜야 하는데, 보통 일이 아니죠."

"수백만 명이나요? 그렇게 많습니까?"

"그렇습니다. 1200만 명 정도가 이 이동도로에 의존하고 있습니다. 도로와 직접 연결된 건물이나 대략 8킬로미터 반경 안에서 살거나 일하고 있는 거지요."

　동력의 시대는 알아채기도 전에 운송의 시대로 바뀌었다. 여기에는 두 가지 주요 사건이 있었다. 바로 저렴한 태양 전력의 발명과 첫 번째 기계식 이동도로의 탄생이다.

　일부 상식 수준의 절약운동을 제외하면 미국은 20세기 중반까지 부끄러움 없이 석유와 석탄자원을 낭비했다. 이와 동시에 작은 엔진을 장착한, 말 없는 마차로 시작했던 자동차도 100마력이 넘는 강철 괴물로 변해 시속 160킬로미터 이상의 속도로 달리게 되었다. 자동차는 발효통 안의 이스트처럼 미국 전역에서 마구 늘어나, 1955년경에는 미국 시민 두 명당 자동차 한 대 수준까지 도달했다.

　하지만 자동차는 그 자체에 몰락의 열쇠를 품고 있었다. 완전치 못한 인간이 조종하는 8천만 대의 강철 기계들은 전쟁보다 더 큰 파괴를 낳았다. 그해 자동차 소유자들이 지불한 책임보험료 가산금 총액은 같은 해 자동차 구입에 쓰인 돈을 초과했다. 계속되는 안전운전 캠페인도 부질없었다. 혼잡한 도시 안에서 안전한 운전이란 처음부터 불가능했던 것이다. 보행자들은 두 가지 타입으로 나뉜다는 냉소적인 말이 나왔다. 빠른 보행자와 죽은 보행자.

　하지만 보행자들은 '주차할 공간을 찾은 운전자들'로 정의될 수도 있다. 자동차 덕분에 대도시의 탄생이 가능했지만, 늘어난 자동차 수는 도시를 다시 죽음으로 몰아갔다. 1900년에 허버트 조지 웰스는 도시의 포화점은 운송수단에 의해서 수학적으로 예측 가능하다고 말했다. 자동차의 속도만 따져보면 약 320킬로미터 반경의 도시부터 가능하겠지만, 교통 혼잡과 개별적으로 운행되는 고출력 차량이 만들어낸 근본적인 위험은 이런 가능성을 상쇄해버렸다.

1955년에 '미국의 번화가'라고 불리는 로스앤젤레스와 시카고를 연결하는 66번 연방고속도로가 최저제한속도 시속 96킬로미터의 수퍼 하이웨이로 재탄생했다. 이는 중공업 발전을 위한 정책이었으나, 전혀 뜻하지 않은 결과를 낳았다. 시카고와 세인트루이스 사이의 위성 도시들이 점점 길게 확장되더니 마침내 일리노이 주의 블루밍톤에서 연결되어버렸다. 시카고와 세인트루이스의 자체 인구는 감소했다.

같은 해 샌프란시스코는 도시의 낡은 케이블카를 자동식 계단으로 바꾸었다. 필요한 전력은 더글러스-마틴 사의 태양광 수용판에서 얻었다. 그해는 가장 많은 자동차 등록증이 발급된 해였지만, 자동차의 시대는 끝이 자명해지기 시작했다. 1957년에 발표된 국가방어법안도 적잖은 영향을 끼쳤다.

이 법안은 역사상 가장 격렬한 토론을 거쳐 나온 법안 중 하나로, 석유가 중요하고 제한된 전쟁자원 중 하나임을 공표하고 있었다. 이에 따라 군에서 모든 석유와 원유자원을 우선적으로 차지했으며 8000만 대의 민간 차량들은 소량의 배급유에 의존할 수밖에 없었다. 이러한 2차 세계대전 중의 '임시' 조치는 곧 '상시' 조치로 바뀌었다.

당시의 수퍼 하이웨이와 그 인근의 위성 도시들, 샌프란시스코의 자동화된 언덕, 이 둘을 더한 다음 휘발유 부족 사태까지 끓이고, 미국식 발명정신을 양념으로 더한다면? 그 결과를 예측하는 것은 그리 어렵지 않을 것이다. 1960년에 첫 번째 기계식 이동도로가 신시내티와 클리블랜드 사이에 만들어졌다.

첫 번째 이동식 도로는 비교적 원시적인 형태였다. 그 당시로부터 한 세대 전에 나왔던 광물용 컨베이어 벨트를 기본으로 삼고 있었던 것이다. 가장 빨리 움직이는 도로조차 시속 48킬로미터를 넘지 못했다. 도로 폭도 상당히 좁았다. 아무도 일반 판매점들을 도로 위에 올려둘 생각은 하지 못했던 시절이었다. 어쨌든 바로 그 도로가 그 후 20년간 미국 전체를 덮어버린 새로운 사회 패턴의 기본 모델이 되었다. 그것은 빠르고, 안전하고, 저렴하고, 편리한 운송수단을 기반으로 한, 도시도 지방도 아닌, 양쪽 모두를 뒤섞은 듯한 모습을 하고 있었다.

공장으로 쓰이는 넓고 낮은 건물들이 이동도로 양 옆에 들어섰다. 공장의 지붕은 이동도로에 전력을 공급하는 것과 동일한 종류의 태양광 발전판으로 덮여 있었다. 그 뒤쪽으로는 호텔과 일반 상점, 극장, 아파트 등이 뒤섞여 들어섰다. 이렇게 길고 가느다란 라인 너머에는 대부분의 사람들이 살고 있는 녹지 주거지역이 펼쳐져 있었다. 집들은 언덕들 위에 흩어져 있거나, 시냇가 주변에 널려 있거나, 농장들 사이에 모여 있기도 했다. 사람들은 '도시'에서 일하고, '시골'에 살게 된 것이다. 이 둘은 10분도 채 걸리지 않는 거리였다.

맥코이 여사가 직접 총감 일행의 음식을 날라왔다. 정말 훌륭해 보이는 스테이크가 눈에 들어오자, 두 사람은 대화를 멈출 수밖에 없었다.

상하로 965킬로미터에 걸치는 지역을 담당하고 있는 지역 엔지니어 감독관실에서는 지방 감독실의 기술자들이 매 시간마다 보내는 보고서를 취합하고 있었다.

"제1 지방감독실 이상 없음!" "제2 지방감독실 이상 없음!" 인장계측기의 수치, 전압, 부하, 베어링 온도, 동조회전속도계 수치? "제3 지방감독실 이상 없음!"

작업복을 입은 그들은 강인하고 유능했다. 대부분의 시간을 '지하 내부'에서 보내며 시속 160킬로미터 도로의 끝없는 소음과 날카로운 로터의 징징거림, 릴레이 롤러의 불평 속에서 살아가는 사람들이었다.

데이비슨은 지역 감독관실에서 눈앞에 펼쳐진 이동도로 미니어처 모델을 살펴보고 있었다. 알아보기 힘들 정도로 작은 크기의 시속 160킬로미터 도로를 확인하면서, 무의식 중에 제이크 스테이크 하우스 No. 4가 있는 곳의 번호를 확인했다. 총감님이 곧 스톡턴에 도착하게 된다. 데이비슨은 이번 시간별 보고서가 모두 취합되면 총감에게 전화할 예정이었다. 모든 게 조용했다. 러시아워치고는 교통 상황도 좋은 편이었다. 이번 근무가 끝나기도 전에 졸음이 올 것 같았다.

"미스터 베인스."

"네!"

"커피를 좀 마시는 게 좋겠군."

"좋은 생각이십니다. 시간별 보고서가 다 도착하는 대로 커피를 주문하겠습니다."

제어판에 있는 시계의 분침이 12를 가리켰다. 후보생이 스위치를 올리고 건조하지만 자신에 찬 목소리로 말했다.

"전 지역, 보고 바랍니다!"

두 사람의 얼굴이 화면에 나왔다. 더 어린 쪽이 감독받고 있다는 느낌이 확실히 드는 목소리로 답해왔다.

"디에고 순환선, 정상적으로 돌고 있습니다!"

그 즉시 다른 두 얼굴이 화면에 나왔다.

"앤젤스 지역, 돌고 있습니다!"

"베이커스필드 지역, 정상입니다."

"프레스노 지역, 정상입니다."

마지막으로 르노 순환선의 후보생이 나와 보고했다.

"정상입니다."

"좋아, 모두 현 상태를 유지하도록!"

스크린이 한 번 더 들어왔다.

"새크라멘토 지역, 추가 보고가 있습니다."

"계속하게."

"후보생 건터가 지역 감독실 엔지니어 후보생 신분으로 실안검사 중, 지방 기술자 후보생 알렉 진스와 동일 지방 2급 기술자인 R. J. 로스가 카드놀이를 하고 있는 것을 발견했습니다. 이들은 이 지방 감시업무를 담당하고 있었으며, 얼마나 오랫동안 순찰을 수행하지 않았는지는 알 수 없습니다."

"피해 상황은?"

"로터 하나가 과열됐지만, 동기를 유지하고 있었습니다. 분리하여 교환 완료했습니다."

"좋아. 임금담당자에게 로스에 대해 보고하고, 민간 치안담당에게 로스의 신병을 넘겨라. 후보생 진스는 체포해서 내게 데려오도록."

"알겠습니다."

"도로를 계속 움직이게!"

데이비슨은 다시 제어판으로 몸을 돌려 총감에게 전화를 걸었다.

"게인스 씨, 아까 이동도로에 대규모 문제를 일으킬 수 있는 것이 두 가지라고 하셨습니다만, 로터의 전력 차단에 대해서만 말씀하셨네요."

게인스는 샐러드를 씹으며 잠시 대답을 미뤘다.

"사실 두 번째 문제는 없는 거나 마찬가지입니다. 일어날 리가 없으니까요. 굳이 말하자면, 우리는 지금 시속 160킬로미터로 움직이고 있습니다. 만약 우리가 앉아 있는 이 도로 판이 찢어진다면 어떻게 될지 상상하실 수 있습니까?"

블레킨숍은 불안한 듯 몸을 움직였다.

"흠, 기분 좋은 상상은 아니군요. 이런 아늑한 방에 앉아 있으면 아무래도 우리가 고속으로 움직이고 있다는 사실을 잊게 되니까요. 어떤 결과가 생길까요?"

"걱정할 필요는 없습니다. 도로 판이 찢어지는 일은 없습니다. 바로 그런 문제를 방지하기 위해 이 도로는 여러 겹으로 겹쳐져 설계되어 있습니다. 안전율계수가 12대 1 이상이랍니다. 먼저 몇 킬로미터에 걸친 로터가 모두 한꺼번에 멈춰야 하고, 이 구역을 찢어버릴 정도의 인장력이 생길 동안 나머지 구간의 안전차단기가 모두 고장 나야 하니까요.

하지만 그런 사고가 한 번 있었습니다. 필라델피아와 저지를 잇는 도시 도로였지요. 잊기 어려운 사건이었습니다. 초기형 고속이동도로였는데, 굉장한 수의 승객과 대형 화물을 나르고 있었죠. 대규모 공업단지를 연결하는 도로였으니까요. 그 당시 도로는 보통 컨베이어 벨트와 다를 게 없었습니다. 게다가 그 정도의 무게를 견뎌야 할 거라고는 아무도 생각하지 못했죠. 찢어진 곳의 뒤쪽 도로 판은 몇 킬로미터나 구부러져서 승객들을 천장으로 밀어붙였죠. 시속 128킬로미터의 속도로 말입니다. 찢어진 부분의 앞쪽은 사방으로 휘둘리면서 승객들을 더 느린 도로 쪽으로 쏟아 넣기도 하고, 노출된 도로 밑의 롤러와 로터 사이로 떨어뜨리기도 하고, 천정으로 날려버리기도 했습니다.

3000명 이상이 그 사고 하나로 사망했습니다. 이동도로를 아예 없애버리자는 의견이 분분했었죠. 대통령의 특별 명령으로 일주일간 도로가 정지되기도 했습니다만, 어쩔 수 없이 다시 가동을 허용해야 했습니다. 다른 방법이 없었기 때문입니다."

"무슨 일이 있었던 건가요?"

"주변 지역이 심각할 만큼 경제적으로 이동도로에 종속되어 있었기 때문입니다. 이동도로는 그 공업단지의 주요 운송수단이었습니다. 도로가 없으면 공업단지의 경제적 의미도 없어지는 거였죠. 공장이 문을 닫고, 식료 운송이 멈추자 사람들은 굶기 시작했습니다. 대통령은 어쩔 수 없이 도로를 재가동시켜야 했습니다. 다른 방법이 전혀 없었습니다. 사회적 패턴이 이미 고착화되어버려 하루아침에 바꾼다는 것은 불가능했던 겁니다. 대규모로 산업화된 인구는 대규모 운송수단이 필요합니다. 단순히 사람들의 생활을 위해서가 아니라, 교역을 위해서도 필요하죠."

블레킨솝은 냅킨을 내려놓으며 자신의 생각을 말했다.

"게인스 씨, 당신들 미국인의 천재적인 업적을 비방하려는 건 아닙니다만, 모든 달걀을 한 바구니에 담고 계신 건 아닌지요? 나라 전체의 경제가 단 한 가지 종류의 기계장치에 의존하고 있으니 말입니다."

게인스는 이 점에 대해 신중히 생각해보았다.

"무슨 말씀인지 알겠습니다. 대답은 그렇다와 아니다 모두입니다. 어떤 문명이든 작은 마을 이상으로 발전하려면 특별한 종류의 기계장치를 필요로 했습니다. 예를 들어 옛날 미국 남부 지방에서는 조면기cotton gin, 繰綿機에 절대적으로 의존했죠. 대영제국에서는 증기기관이 그 역할을 했습니다. 거대한 규모의 인구는 생존을 위해 동력장치, 운송장치, 생산을 위한 장치가 반드시 필요합니다. 기계의 도움이 없었다면 이 정도의 인구 증대는 처음부터 가능하지도 않았을 겁니다. 이는 기계의 결함이라기보다는 기계의 미덕이라고 해야겠죠.

하지만 어떤 기계든, 일단 대규모 인구의 생활수준을 지원하기 위한 기계를 개발하면 어쩔 수 없이 그 기계를 끊임없이 작동시켜야 합니다. 그렇지 않으면 생활수준의 저하를 감수해야겠지요. 하지만 진짜 위험은 기계에 있는 것이 아니라 그 기계를 작동시키는 인간들에게 있습니다. 우리 이동도로는 기계적인 측면에서 보면 꽤 괜찮습니다. 튼튼하고 안전하며, 설계된 대로 정확히 작동하니까요. 문제는 기계가 아닙니다. 사람이죠.

인구 전체가 특정한 기계에 의존하게 되면, 사람들은 그 기계를 운용하는 이들의 볼모가 되는 셈이지요. 만약 도덕심과 일에 대한 의무감이 충분하다면……"

레스토랑 앞쪽 손님 중 하나가 라디오 볼륨을 갑자기 높였으므로 게인스의 목소리는 묻히고 말았다. 볼륨이 견딜 만한 수준으로 다시 낮아졌을 때 게인스가 말을 이었다.

"저걸 들어보세요. 제가 말하려는 게 바로 저겁니다."

블레킨솝은 음악에 귀를 기울였다. 음악은 일종의 행진곡으로, 현대식으로 편곡된 것 같았다. 배경에서 반복되는 기계음을 들을 수 있었다. 블레킨솝의 얼굴에 미소가 떠올랐다.

"이건 미군의 군가군요. '케이슨을 굴려라' 던가요? 하지만 무슨 관계가 있는지 잘 모르겠군요."

"맞습니다. 원래 '케이슨을 굴려라'가 맞습니다만, 우리에 맞게 가사를 좀 바꿨습니다. 이건 '운송 후보생의 길 노래'라고 합니다. 들어보세요."

행진 박자가 반복되면서 도로 아래에서 들려오는 소음과 자연스럽게 섞여 하나의 팀파니 소리처럼 들리기 시작했다. 곧 남성 합창단의 노래가 이어졌다.

소리를 들어보라! 움직이는 걸 보라!
우리 일은 결코 끝나지 않으리
우리의 도로는 계속해서 움직이리!
사람들이 탈 때도, 사람들이 흘러갈 때도
우리는 이 아래에서 지켜보리
당신들의 도로가 계속해서 움직이도록!

아, 하! 하! 하!
우리는 로터맨
확인 완료를 크고 강하게 외치네!
(말소리로) 하나! 둘! 셋!
어디를 가든지
당신은 알게 되지
당신의 도로는 계속해서 돌아가리!
(외침소리) 계속해서 돌려라!
당신의 도로는 계속해서 돌아가리!

게인스가 들뜬 목소리로 말했다.
"아시겠습니까? 이게 미 운송 아카데미의 진짜 목표입니다. 운송 엔지니어가 군대식으로 운영되는 이유이기도 하죠. 우리가 바로 모든 산업, 모든 경제활동의 병목부분, 즉 필수요소$^{sine\ qua\ non}$인 것입니다. 다른 산업체들은 파업을 해도 일시적이고 부분적인 혼란을 야기할 뿐이죠. 어딘가 농작지가 흉작이어도 나라 전체로 보면 견딜 수 있습니다. 하지만 도로가 멈춘다면, 다른 모든 것도 멈춰버립니다. 아마도 나라 전체에서 진행되는 총파업과 비슷한 상황이 되겠지만 한 가지 다른 점이 있습니다. 총파업은 반드시 인구의 대부분이 공감하는 비극에 의해서만 시작되지만, 도로 운영자들은 몇 안 되는 숫자로도 비슷한 파국을 불러올 수 있다는 점입니다.

1966년에 딱 한 번, 이동도로 파업이 있었습니다. 그럴 만했다고 생각합니다. 덕분에 여러 가지 고질적인 문제들이 고쳐졌으니까요. 하지만 그런 일이 절대 다시 일어나서는 안 됩니다."

"하지만 또 다른 파업을 어떤 식으로 방지할 수 있다는 겁니까?"

"사기, 즉, 조직에 대한 단결심을 통해서입니다. 이동도로에 관련된 기술자들은 끊임없이 자신들 직업의 신성함에 대한 내용을 주입받습니다. 거기에다 우리는 그 직업이 사회적으로 인정받도록 어떤 노력도 아끼지 않습니다. 하지만 가장 중요한 건 아카데미입니다. 우리는 엔지니어 졸업생들이 충성심, 자기제어력, 어떤 대가를 치르더라도 공공의 이익에 부합하는 의무를 다하겠다는 결심을 가지고 졸업하도록 노력하고 있습니다. 웨스트포인트(미 육군사관학교)나 아나폴리스(미 해군사관학교), 고다드의 졸업생과 같은 수준으로 말이죠."

"고다드? 아 우주선 발사기지 말이군요. 그럼 아카데미는 성공적으로 운영되고 있는 겁니까?"

"완벽하다고는 할 수 없습니다. 하지만 언젠가는 그렇게 될 겁니다. 전통을 세우려면 시간이 걸리는 법이니까요. 언젠가 10대에 아카데미에 입학했던 학생이 가장 나이든 엔지니어가 될 때쯤이면 긴장을 풀고 문제가 해결됐다고 생각할 수 있을 겁니다."

"당신도 졸업생이겠지요?"

게인스가 웃으며 말했다.

"너무 좋게 봐주시는군요. 제가 어려 보이나 봅니다. 아니요, 저는 군에서 넘어왔습니다. 66년의 파업 직후 국방성이 약 3개월간 조직의 재정비를 맡게 됐지요. 당시 저는 임금을 조정하고 근무 환경을 개선시키는 조정위원회에서 일하고 있었습니다. 그러고는 재배치됐는데……"

휴대용 전화기에 빨간 불이 들어왔다. 게인스가 전화기를 들며 말했다.

"잠시 실례하겠습니다. 무슨 일인가?"

블레킨숍도 통화 내용을 들을 수 있었다.

"데이비슨입니다. 도로는 잘 움직이고 있습니다."

"잘했네. 계속 돌리도록."

"새크라멘토에서 문제가 있었습니다."

"또? 이번에는 무슨 일인가?"

데이비슨이 대답하기 전에 연결이 끊어졌다. 게인스가 재연결을 위해 손을 뻗었을 때, 반쯤 차 있던 커피 잔이 무릎으로 떨어졌다. 블레킨숍은 테이블이 한쪽으로 쏠리면서 도로에서 나는 기계음이 달라진 것을 느낄 수 있었다.

"게인스 씨, 무슨 일이 생긴 겁니까?"

"모르겠습니다. 비상 정지 중인 것 같은데, 이유는 모르겠습니다."

게인스는 다이얼을 마구 돌리고 있었다. 그러나 곧 수화기를 아무렇게나 내려놓았다.

"전화가 끊어졌습니다. 따라오시죠. 아니, 여기 계시는 게 더 안전하실 겁니다. 여기서 기다리세요."

"꼭 그래야 합니까?"

"글쎄요. 그럼 따라오십시오. 대신 저한테 꼭 붙어계셔야 합니다."

게인스는 몸을 돌려 나가면서 호주에서 온 장관을 머리에서 지워버렸다. 도로는 서서히 멈추고 있었다. 대형 로터와 끝없이 나열되어 있는 롤러가 참담한 급정거를 막아주었다. 벌써부터 식당에서 식사를 하고 있던 사람들이 레스토랑의 입구를 향해 줄 지어 움직이고 있었다.

"멈추시오!"

항상 명령을 내리는 데 익숙한 사람이 하는 명령에는 순종을 강요하는 무엇인가가 존재하는 것 같다. 아마도 억양 때문이거나 아니면 조련사들이 사나운 동물을 상대할 때 사용하는 비밀스러운 방법 같은 것 말이다. 하여간 그런 무엇인가는 확실히 존재하며, 복종에 익숙하지 않은 사람들에게까지 효과를 발휘했다.

사람들은 바로 멈춰 섰다. 게인스가 계속 말을 이어나갔다.

"대피 준비가 끝날 때까지 레스토랑 안에서 대기하시오. 나는 엔지니어 총 감독관이오. 이 안에 있으면 안전할거요. 당신! 당신이 임시 대행을 맡으시오. 적절한 허가 없이는 아무도 여길 떠날 수 없도록 하시오. 맥코이 여사, 하던 일을 계속해주세요."

게인스는 문을 나섰다. 블레킨숍도 바로 따라붙었다. 바깥의 상황은 안처럼 그리 단순하지 않았다. 시속 160킬로미터 도로 판만 멈춘 것 같았다. 바로 인접한 도로가 시속 153킬로미터의 속도로 움직이고 있었다. 그쪽 도로의 승객들이 비현실적인 그림처럼 순식간에 지나쳐갔다. 도로가 정지하기 시작했을 때 6미터 넓이의 시속 160킬로미터 도로는 사람들로 가득했다. 다양한 가게와 패스트푸드 식당, 영업장의 손님들과 라운지나 TV영화관에 있던 모여 있던 사람들이 무슨 일이 생겼는지 확인하기 위해 길 위로 쏟아져 나왔다. 그리고 첫 번째 사고가 터졌다.

사람들이 가장자리에 서 있던 중년 여자를 실수로 밀어버린 것이다. 균형을 잡기 위해서 그 여자는 시속 153킬로미터 도로에 한 발을 디뎌버렸다. 그 여자는 바로 자신의 실수를 알아챘던 것 같다. 신발이 도로에 닿기도 전에 비명을 질렀으니까.

여자의 몸은 빙 돌아 움직이고 있던 도로 위로 굴렀다. 시속 153킬로미터는 초속 12미터 꼴이다. 그 여자의 몸이 구르면서 잔디를 베는 낫처럼 시속 153킬로미터 도로 위에 서 있던 승객들을 넘어뜨리고는 순식간에 시야에서 사라졌다. 그녀가 누구였는지, 얼마나 다쳤는지, 앞으로 어떻게 될는지는 이미 먼 이야기가 되어버린 것이다.

하지만 그 사고는 아직 끝을 본 게 아니었다. 시속 153킬로미터 도로 위에 서 있던 비현실적인 종이인형 중 하나가 아까 그 여자에 의해 튕겨져 나와 정지해 있던 시속 160킬로미터 도로 위의 군중들에게 날아들었던 것이다. 갑자기 진짜 사람의 모습으로 나타난 그 남자는 여기저기 부러지고 피까지 흘리고 있었다. 그 주변에는 갑자기 날아든 남자에 의해 넘어진 부상자들이 흩어져 있었다.

거기서 끝난 게 아니었다. 사고 지점에서 새로운 사고가 터져나왔다. 볼링핀이 되어버린 운 없는 사람들은 주변의 다른 사람들을 같이 쓰러뜨리며 인접 도로 쪽으로 넘어뜨리며, 조금씩 균형을 잡아갔다.

블레킨숍은 더 이상 바라볼 수가 없었다. 많은 수의 사람들을 다루는 데 익숙한 그의 머릿속에는 방금 봤던 비극이 1930킬로미터 길이의 혼잡한 도로 전체와 겹쳐졌다. 그는 식은땀을 흘렸다.

놀랍게도 게인스는 쓰러진 사람들과 당황하는 군중을 도우려 하지 않았다. 그 대신 레스토랑 쪽으로 표정 없는 얼굴을 다시 돌렸다. 게인스가 다시 레스토랑으로 들어가려 하자, 블레킨숍이 그의 소매를 잡고 말했다.

"저 불쌍한 사람들을 돕지 않을 겁니까?"

냉정한 표정으로 대답하는 게인스는 방금 전의 그 친절하고 앳된 얼굴의 신사와는 전혀 다른 사람이 되어 있었다.

"아니오. 주변 사람들이 도와줄 겁니다. 저는 도로 전체를 생각해야 합니다. 방해하지 마십시오."

충격을 받은데다 약간 화가 난 상태로 장관은 그의 지시를 따랐다. 이성적으로 보면 총감의 말이 옳았다. 수백만의 안전을 책임진 그로서는 한두 명을 돕자고 자신의 의무를 던져버릴 수는 없는 것이다. 그렇다고 그런 냉정한 시각이 유쾌한 것은 아니었다.

게인스는 레스토랑으로 들어가자마자 물었다.

"맥코이 여사, 비상탈출구는 어디죠?"

"식료창고 쪽이에요."

게인스는 창고를 향해 서둘러 움직였다. 블레킨숍이 그 뒤를 따랐다. 샐러드를 준비하던 겁먹은 필리핀 소년 하나가 그들을 피해 한쪽으로 물러섰다. 게인스는 준비 중인 야채들을 바닥으로 쓸어내버리고는 카운터 위로 올라갔다. 바로 위 천장에는 중앙 핸들을 돌려 여는 원형 맨홀이 달려 있었다. 그는 옆에 붙어 있던 짧은 철제 사다리를 떼어내어 열린 맨홀과 고리로 연결했다.

게인스를 따라 급하게 사다리를 올라가던 블레킨숍은 모자를 잃어버리고 말았다. 건물의 지붕으로 올라온 게인스는 소형 전등을 꺼내 머리 위의 도로 천장을 살피기 시작했다. 건물 지붕과 도로 천장 사이가 1.2미터 정도였기 때문에 게인스는 몸을 구부리고 움직였다.

게인스는 15미터쯤 떨어진 곳에서 찾고 있던 것을 발견했다. 좀 전에 봤던 것과 비슷한 맨홀이었다. 핸들을 돌려 문을 연 게인스는 맨홀 구멍 양쪽 벽을 잡고 한 동작으로 도로 지붕으로 올라갔다. 블레킨숍은 훨씬 더 어려운 방법으로 그를 따라 올라갔다.

어둠속에서 차가운 빗방울이 얼굴에 떨어지는 것을 느낄 수 있었다. 양방향으로 끝없이 이어진 바닥이 태양광 전력판의 희미한 유백광으로 빛나고 있었다. 태양광을 전력으로 바꾸는 과정에서 생기는 몇 퍼센트의 비효율성이 이 부드러운 형광색 빛을 만들어내는 것이다. 빛이 난다기보다는 별빛 아래에서 반짝이는 설원 같은 느낌을 주고 있었다.

희미한 빛 덕분에 도로변에 서 있는 빌딩으로 향하는 길이 보였다. 길이라고 해봐야 어두컴컴한 지붕의 아래쪽을 향해 나 있는 좁은 검은색 라인을 말하는 것이었다. 그들은 미끄러운 바닥과 어둠이 허락하는 한 서둘러서 한 발씩 나아가기 시작했다. 하지만 블레킨숍은 좀 전에 본 게인스의 냉정한 태도를 머리에서 지울 수 없었다. 예리한 지성으로 무장하고 있지만 블레킨숍의 본성은 따뜻한 인도적 동정심으로 가득 차 있었던 것이다. 어떤 정치인도 이러한 본성 없이는, 다른 미덕이나 결점과는 상관없이, 오래 버틸 수 없기 때문이다.

이런 성격 때문에 블레킨숍은 이성만을 따르는 사람을 근본적으로 믿지 않았다. 그는 엄격한 이성만으로 따지게 되면, 인류의 지속적인 생존에 대한 당위성조차 증명할 수 없음을 잘 알고 있었다. 이성만으로는 그가 믿고 있는 인간의 가치에 아무런 의미도 부여할 수 없을 것이다.

만약 블레킨솝이 게인스의 속마음을 알 수 있었다면 이런 고민을 할 필요가 없었을 것이다. 겉으로는 게인스의 유능한 두뇌가 전자계산기처럼 움직이며 이미 가지고 있는 정보를 분석하고 시험적인 결정을 내리며, 필요한 정보가 들어올 때까지 편견 없는 상태로 최종 결정을 연기하는 동시에 다른 대안을 고려하며 동작하는 것처럼 보일 것이다. 하지만 놀라운 자제심을 바탕으로 완전히 분리되어 있는 그의 감정은 자기비판으로 가득 차 있었다. 아까 본 광경과 비슷한 사고가 상하행선 곳곳에서 일어나고 있음을 잘 알고 있는 그는 가슴이 아팠다. 물론 개인적인 직무태만으로 일어난 일은 아니겠지만, 이 사고는 어쨌든 자신의 잘못이었다. 권한은 책임을 수반하는 법이다.

그는 너무나 오랫동안 이 초인간적인 책임을 감당해왔다. 정상적인 사람이라면 절대 가벼운 마음으로 맡을 수 있는 일이 아니었다. 그는 이 시점에서 침몰하는 배와 운명을 같이하는 선장들과 비슷한 자포자기 상태에 빠져들고 있었지만, 건설적이고 즉각적인 행동에 대한 현실적인 요구가 그를 지탱해주었다.

하지만 그의 표정에서는 이런 고민의 흔적을 전혀 엿볼 수 없었다.

빌딩의 벽에는 녹색 화살표가 왼쪽을 향해 빛나고 있었다. 지금까지 따라온 길이 끝나는 지점에 '아래로 통함'이라는 표시가 있었다.

표시를 따라가자 벽 안쪽으로 통하는 문이 있었다. 문을 통과하자 형광등 하나로 밝혀진 계단이 나왔다. 계단을 따라 내려가자 북적거리고 시끄러운 북행 도로 옆 인도로 나올 수 있었다.

계단 바로 옆, 오른쪽으로 공중전화부스가 있었다. 유리섬유 문을 통해 잘 차려입은 남자가 여자친구에게 전화를 하고 있는 모습이 보였다. 다른 시민들이 그 뒤에 줄을 지어 기다리고 있었다.

게인스는 사람들을 밀치고 들어가 부스 문을 열고는 깜짝 놀란 남자의 어깨를 잡아 밖으로 밀어내버렸다. 문을 걷어차 닫은 다음, 스크린 상의 여자가 입을 열기도 전에 한 손으로 스크린을 꺼버리고 비상통화 버튼을 눌렀다. 자신의 개인 코드번호로 전화를 걸자 엔지니어 감독관실의 감독관 데이비슨의 우울한 얼굴이 화면에 나왔다.

"보고하게."

"총감독관님! 하느님, 감사합니다. 어디 계신 겁니까?"

안도하는 데이비슨의 모습이 안쓰러울 정도였다.

"보고하게."

상급 감독관은 감정을 추스르고 또박또박한 억양으로 대답했다.

"저녁 7시 9분경 새크라멘토 지역 20번 도로의 인장력수치가 급격히 상승. 대응조치가 이루어지기도 전에 20번 도로의 인장수치가 비상수치를 넘어섰음. 안전잠금장치가 작동하여 20번 도로의 전력이 차단됨. 사고 원인은 알 수 없음. 새크라멘토 감독관실과 주 연락회선 두절. 보조 연락회선 두절. 일반 상용회선 두절. 재연결을 위한 작업이 계속 진행 중. 스톡톤 10번 감독실에서 연락관을 직접 파견해보도록 지시함.

사망자는 보고되지 않았음. 19번 도로에 접근하지 말라는 안내가 공공방송을 통해 나가고 있음. 대피작업이 진행 중."

"사망자가 있다네. 경찰과 병원에 대한 절차도 시작하게."

"네."

데이비슨이 대답하며 어깨 뒤로 손짓을 했다. 이미 감독관 후보생 하나가 명령을 수행하고 있었다.

"다른 도로도 정지시킬까요?"

"아니, 아니네. 초기 혼란만 견뎌내면 더 이상의 사상자는 나오지 않을 거야. 안내방송을 계속하게. 다른 도로는 계속 움직이도록 하게. 그렇지 않으면 상상도 못할 교통 혼란이 생길 거야. 그때는 방법이 없을 걸세."

게인스는 승객을 태운 상태로 이동도로를 원래 속도까지 가속시키는 일이 불가능하다는 점을 잘 알고 있었다. 로터가 그 정도로 강력하지 못했다. 만약 모든 도로가 정지된다면, 각각의 도로에서 승객을 모두 대피시킨 후에, 20번 도로의 문제를 해결하고 다른 도로를 정상 속도까지 다시 가속한 후에, 승객들을 다시 도로 위로 유도해야 할 것이다. 그러는 동안 500만 명의 길 잃은 승객들은 끔찍한 치안 문제를 야기할 게 틀림없다. 그보다는 20번 도로의 승객들을 지붕을 통해 대피시킨 후, 다른 도로를 이용해 귀가하도록 하는 게 나을 것이다.

"내가 비상권한 행사를 시작한다고 시장님과 주지사께 연락하게. 같은 내용을 경찰청장에게 전달하고 자네 밑에 배속시키게. 사령관에게 후보생들을 무장시키고 지시를 기다리라고 전하도록. 움직이게."

"네, 알겠습니다. 기술자들도 불러들일까요?"

"아니. 이건 기술 결함이 아닐세. 지역 전체가 동시에 멈췄네. 누군가가 로터를 직접 꺼버린 거야. 쉬고 있는 기술자들에게 대기명령을 내리되 무장은 시키지 말고, 도로 아래로 내려보내지도 말게. 후보생 사령관에게 모든 상급 후보생을 스톡톤 지역 10번 사무소로 집합시키라고 하게. 텀블버그와 권총, 수면가스로 무장하고 대기하라고 해."

"알겠습니다."

직원 하나가 데이비슨의 귀에 몇 마디 하고 사라졌다.

"주지사께서 통화를 하고 싶답니다."

"지금은 안 돼. 자네도 안 되고. 다음 근무자가 누구지? 호출은 했나?"

"허바드입니다. 지금 막 도착했습니다."

"허바드에게 주지사와 시장, 언론, 하여간 연락해오는 사람은 모두 다 상대하라고 하게. 백악관에서 연락이 온다고 해도 말이야. 자네는 지금 지시사항 수행에 전념하게. 통신을 끊겠네. 정찰차를 찾는 대로 다시 연락하지."

게인스는 스크린이 꺼지기도 전에 부스에서 나왔다.

블레킨숍은 아무것도 묻지 않고 그를 따라 시속 32킬로미터 북행 도로 쪽으로 걸어갔다. 게인스는 바람막이 앞에 서서 맞은편 벽의 무엇인가를 눈으로 찾았다. 그리고 이동도로에 한 발을 걸쳤다가 다시 내리는 식으로 앞으로 움직였다. 얼마나 빨랐던지, 블레킨숍은 수십 미터나 뒤처지고 말았다. 덕분에 게인스가 벽에 붙은 문을 열고 계단을 내려가는 것을 놓칠 뻔했다.

그들은 도로 아래의 '지하 내부'로 들어온 것이다. 엄청난 소음이 귀뿐만 아니라 몸 전체를 떨리게 만들었다. 블레킨숍은 엄청난 소음과 어둑한 조명 때문에 주변 풍경을 인식하기가 쉽지 않았다. 바로 앞 나트륨 등 조명 아래에 시속 8킬로미터 도로를 움직이는 로터가 보였다. 고정된 필드 코일을 중심으로 거대한 드럼 모양의 장갑판이 회전하고 있었다. 드럼의 상단은 이동도로 판의 아래쪽과 맞물려 정해진 임무를 수행하고 있었다.

좌우로 수백 미터마다 로터가 설치되어 있었다. 로터와 로터 사이의 공간에는 시가박스의 시가처럼 롤러가 늘어서 지속적인 회전운동을 지원하고 있었다.

롤러들은 강철기둥 아치로 고정되어 있었다. 기둥 사이사이로 줄지어 돌아가는 로터들이 보였다. 로터는 안쪽으로 갈수록 더 빠른 속도로 회전하고 있었다.

강철 기둥을 경계 삼아 로터와 더 먼 쪽에 인도와 평행으로 자갈을 깐 얕은 둑길이 나 있었다. 둑길은 바로 이 지점에서 인도와 연결되어 있었다. 게인스는 터널의 양 방향을 걱정스러운 표정으로 바라보았다. 블레킨숍은 무슨 문제인지 묻고 싶었지만 소음에 묻혀 목소리가 들리지 않았다. 수천 개의 로터와 수십만 개의 롤러가 내는 굉음은 어찌할 수 없었던 것이다.

게인스가 그의 입술이 움직이는 것을 보고 질문을 추측했다. 그는 블레킨숍의 오른쪽 귀에 두 손으로 컵을 만들어 소리쳤다.

"차가 없군요. 여기에 차가 한 대 있어야 하는데 말입니다."

블레킨숍은 도움이 되고 싶은 마음에 게인스의 팔을 잡고 기계들 사이를 가리켰다.

게인스는 그쪽을 바라보고는 좀 전에 놓쳤던 광경을 보았다. 멀지 않은 곳에서 대여섯 명의 인부들이 로터 보수작업을 하고 있었다. 그들은 로터 하나를 뜯어 내려 도로 표면에서 분리한 다음 다른 로터와 교환하고 있었다. 교환용 로터 하나가 바로 옆의 높이가 낮은 중형 트럭에 실려 있었다.

총감은 고맙다는 표정으로 미소를 지으며 손전등을 그쪽으로 비추었다. 손전등 불빛이 가느다란 바늘처럼 모아졌다.

기술자 중 한 명이 그들을 쳐다보자 게인스는 불규칙한 패턴으로 손전등을 점멸시켰다. 곧이어 그 기술자가 게인스 쪽으로 뛰어왔다. 마른 체형의 젊은이였다. 작업복에 귀마개를 하고 금색 장식과 기장이 달린 해군식 모자를 쓰고 있었다. 그는 총감을 알아보고는 웃음기 없는 앳된 얼굴로 경례했다. 게인스는 손전등을 주머니에 넣고 두 손을 사용해 절도 있는 동작으로 수화를 시작했다. 블레킨숍은 자신의 인류학 지식을 뒤적여 눈앞의 수화가 홀라춤의 손가락 움직임을 가미한 미국 인디언의 수신호와 비슷하다고 생각했다. 하지만 필요한 용어들이 많은 만큼 심하게 변형되어 있는 것 같았다.

후보생은 대답 대신 둑길의 가장자리로 가서 손전등으로 남쪽 방향을 비추었다. 불빛 덕분에 차를 한 대 볼 수 있었다. 거리가 꽤 있었지만 차는 빠른 속도로 달려오더니 일행 옆에 멈춰 섰다.

차는 작고 계란형이었으며 가운데 바퀴들이 두 줄로 달려 있었다. 앞쪽 상단 부분이 열리자 운전을 하고 있던 후보생이 보였다. 게인스는 짧은 수신호를 보낸 후에 블레킨숍을 좁은 조수석으로 밀어 넣었다.

유리섬유 문이 닫히자마자 강한 바람이 그들을 덮쳤다. 블레킨숍이 고개를 드는 순간 대형 운송차량 세 대가 자신들을 지나쳐 북쪽으로 향하는 모습을 볼 수 있었다. 적어도 시속 320킬로미터는 되는 것 같았다. 블레킨숍은 막 지나간 차량의 창문에서 후보생 모자를 본 것 같았지만 확신이 없었다.

출발이 너무 갑작스러워서 생각을 계속할 수 없었다. 게인스는 속도 따위에는 신경을 쓰지 않는 모양이었다. 그는 내장된 통신기로 데이비슨을 호출하고 있다. 차량의 문이 완전히 닫히자 비교적 조용해졌다. 통신교환소의 여성 담당자가 스크린에 나왔다.

"상급 감독관실의 데이비슨을 대주게!"

"오, 게인스 씨군요. 시장님께서 게인스 씨와 통화를 원하십니다."

"그 전화는 보류하고, 데이비슨을 먼저 대주게, 어서!"

"알겠습니다."

"그리고 이 회선은 내가 직접 끊을 때까지 데이비슨과 계속 연결해 두게."

"네."

곧이어 감독관의 얼굴이 스크린에 나왔다.

"총감님? 지시한 대로 처리 중입니다. 다른 변화는 없습니다."

"좋아. 이 회선이나 제 10번 지방 감독실로 연락을 주게. 이만 통신을 끊네."

데이비슨이 사라지고 교환 담당자가 다시 나왔다.

"부인께서 연결을 원하십니다, 게인스 씨. 받으시겠습니까?"

게인스는 속으로 뭔가 중얼거리고는 대답했다.

"그래, 돌려주게."

게인스 부인이 화면에 나왔다. 부인이 시작하기도 전에 게인스가 말을 쏟아냈다.

"여보, 나는 괜찮으니 걱정 마시오. 집에 갈 수 있게 되면 돌아가겠소. 지금은 끊어야겠소."

게인스는 바로 스위치를 꺼버렸다. 말을 다 마치기 전까지 게인스는 숨도 쉬지 않았다.

제 10번 감독실로 올라가는 계단 앞에서 차가 급정거했다. 세 대의 대형 차량이 경사로 앞에 서 있었다. 차량 옆에는 후보생 3개 소대가 정렬하고 있었다.

후보생 하나가 게인스에게 다가와 경례했다.

"린세이입니다. 감독관실 소속 엔지니어 후보생입니다. 감독관께서 즉시 제어실로 오시라는 요청을 하셨습니다."

일행이 들어오는 것을 본 감독관이 말했다.

"총감님, 밴 클릭이 통화를 요청하고 있습니다."

"연결하게."

밴 클릭이 스크린에 나오자, 게인스가 먼저 말을 꺼냈다.

"어떤가. 밴, 지금 어디 있나?"

"새크라멘토 감독실이오. 자, 잘 들으시오."

"새크라멘토? 그거 잘됐군. 보고하게나."

밴 클릭은 기분 나쁜 표정으로 말했다.

"보고하라고? 나는 이제 당신 대리가 아니오. 게인스, 이제 당신은……."

"무슨 소릴 하는 건가?"

"잘 들으시오, 내 말을 자꾸 끊지 않으면 금방 알게 될 거요. 게인스, 당신은 이제 끝났소. 나는 새 시대를 위한 임시중앙위원회의 위원장으로 선출되었소."

"밴, 머리가 어떻게 된 게 아닌가? 새 시대라니 무슨 소리인가?"

"금방 알게 될 거요. 이건 기능주의자 혁명이오. 우리가 나서고 당신은 사라지는 거지. 우리가 뭘 할 수 있는지 알려주려고 20번 도로를 멈춘 거요."

1930년에 기능주의자들의 성서라고 할 수 있는 「기능 고찰 : 사회 안에 존재하는 자연계의 질서에 대한 논문」이 발표되었다. 이 이론은 스스로 과학적으로 정확한 사회관계학 이론이라고 주장했다. 저자인 폴 데커는 민주주의나 인간평등은 "낡고 무익한" 아이디어라고 비판하며, 인간 각자가 가지고 있는 기능에 의해 분류되는 새로운 체계를 제안했다. 여기서 말하는 기능이란 각 개인이 경제 체계 안에서 수행하는 역할을 말하고 있었다. 이 이론의 핵심은 자신의 기능에 따라 주어진 권한을 행사하는 것은 인간의 당연한 권리이며 다른 종류의 사회 형태는 비이성적이고 허황되며 자연계의 질서에 반한다는 것이다. 데커는 현대 경제체계의 상호의존성 따위는 전혀 고려하지 않았던 모양이다.

그의 아이디어는 양계장의 닭들이 가지고 있는 위계질서 형태와 그 유명한 파블로프의 조건반사 실험을 바탕으로 그럴듯한 기계적 사이비 심리학으로 치장되었다. 하지만 그는 인간이 닭이나 개가 아니라는 사실을 간과한 것 같다. 파블로프 박사도 자신의 중요하지만 제한된 실험의 의미를 비과학적으로 제멋대로 해석하는 수많은 사람들을 무시했던 것처럼, 데커를 완전히 무시했다.

기능주의가 퍼지는 데는 시간이 걸렸다. 1930년 당시에는 대부분의 사람들이 세상을 바로잡을 '손쉬운 6단계 방법' 류의 이론을 한두 개씩은 다 가지고 있었고, 놀랍게도 그 중 상당수가 자신들의 생각을 출판했다. 하지만 기능주의는 서서히 퍼져나갔다. 기능주의는 자신이 맡은 일이 절대적으로 필요한 일이라고 생각하는 별 볼일 없는 사람들 사이에서 특히 인기가 높았다. 자연계의 질서에 따르면 그들 자신이야말로 사회의 최상위층을 차지해야 했던 것이다. 실제로 반드시 필요한 기능에 속하는 직종의 수가 적지 않았기 때문에 이런 식의 자기 설득은 쉬운 일이었다.

게인스는 대답하기 전에 한동안 밴 클릭을 쳐다보았다.
"밴, 이런 일을 벌여놓고 무사할 거라고 생각하나?"
밴 클릭이 가슴을 펴고 말했다.

"뭐가 문제지? 전에도 했던 일이잖나. 20번 도로는 내가 허락할 준비가 될 때까지 재가동시킬 수 없소. 필요하다면 모든 도로를 다 멈출 수도 있소."

게인스는 자신이 말이 안 통하는 과대망상증 환자와 이야기하고 있다는 것을 깨닫고는 자제심을 좀 더 발휘하기로 했다.

"그건 사실이네, 밴. 하지만 다른 쪽은 어쩔 거지? 캘리포니아가 자네 왕국이 되도록 군대가 가만히 있을 것 같나?"

밴 클릭은 교활한 표정으로 말했다.

"그 정도 대책은 만들어뒀지. 방금 전에 메니페스토를 발표했네. 국내의 모든 도로 기술자들에게 말이야. 우리가 여기서 뭘 하고 있는지를 알리고, 모두들 혁명에 동참하여 자신들의 권리를 찾으라는 이야기를 해뒀네. 국내 모든 이동도로가 멈추고 사람들이 식량부족 사태를 겪게 되면 대통령도 감히 군대를 동원하지는 못할걸. 물론 나를 체포하거나 죽일 수도 있겠지. 나는 죽는 게 두렵지 않아! 하지만 도로 기술자들 전체를 적으로 돌릴 수는 없을걸. 온 나라가 우리에게 의존하고 있으니까. 대통령도 우리 요구대로 움직여야 할 걸세!"

기분 나쁘지만 밴 클릭의 이야기는 대부분 사실이었다. 도로 기술자들의 소요가 전국적으로 확대되면 무력으로 해결할 수 없게 될 것이다. 그건 두통을 해결하기 위해 머리를 총으로 날려버리는 꼴이다. 하지만 이번 소요가 전국적으로 확대될까?

"전국의 도로 기술자들이 왜 자네를 따라야 한다는 건가?"

"왜 안 되겠나? 그건 자연계의 당연한 질서기 때문이지. 지금은 기계설비의 시대네. 기술자들이야말로 진짜 힘을 지닌 사람들이야. 다만 말도 안 되는 슬로건 따위로 자신들의 진짜 힘을 쓸 수 없게 묶여버린 사람들이지. 그리고 모든 종류의 기술자들 중에서 도로 기술자들이야말로 가장 중요하고 절대적으로 필요한 존재들이야. 이제부터는 도로 기술자들이 모든 걸 도맡게 되네. 그게 바로 자연계의 질서니까."

밴 클릭은 잠시 몸을 돌려 책상 위에 있는 서류를 뒤적이며 말했다.

"이제 그만하도록 하지, 게인스. 백악관에 연락해야 하거든. 대통령도 상황을 알아야 하니까. 자네는 자네가 맡은 일을 하게. 얌전히 있으면 다치지 않을 거야."

게인스는 한동안 꺼져버린 화면을 응시하고 있었다. 상황이 대충 파악됐다. 밴 클릭이 주장하는 총파업이 다른 지역 도로 기술자들에게 어떤 효과를 가질지 생각해보았다. 전혀 없을 것이다. 하지만 게인스 자신이 감독하고 있던 기술자들이 파업에 동참할 거라고는 꿈에도 생각하지 못하지 않았던가. 다른 상급기관과 상의하지 않은 것이 실수는 아니었을까? 아니, 만약 주지사나 기자들과 이야기를 시작했다면 아직도 그쪽에 붙어 있었을 것이다. 하지만······.

게인스는 데이비슨을 호출했다.

"다른 지역에 문제가 생기진 않았나?"

"별다른 문제는 없습니다."

"다른 지역의 도로는 어떤가?

"특별한 문제는 보고되지 않았습니다."

"밴 클릭과 내가 하는 이야기를 들었나?"

"네. 같이 연결되어 있었습니다."

"잘됐군. 허바드에게 대통령과 주지사에게 전화를 하라고 하게나. 소요 사태가 이쪽 도로에만 국한되어 있는 이상, 군대 투입을 강력히 반대한다고 말일세. 내 요청 없이 군대가 투입되면, 나는 어떠한 책임도

질 수 없다고 전하게."

데이비슨은 자신 없는 얼굴로 물었다.

"총감님, 그게 좋은 생각일까요?"

"그렇네. 만약 밴 클릭과 그쪽 무리를 무력으로 진압했다가는 진짜 국가적인 소요 사태를 피할 수 없을 걸세. 게다가 하느님도 해결할 수 없을 정도로 도로를 망쳐놓을지도 모르네. 현재 도로에 걸리는 부하는 어느 정도인가?"

"저녁 러시아워 기준으로 53퍼센트입니다."

"20번 도로의 상황은?"

"대피가 거의 끝났습니다."

"그래. 가능한 서둘러서 도로 전체를 완전히 비우도록. 경찰청에 연락해서 이동도로 입구마다 보초를 세우도록 하는 게 좋겠군. 밴 클릭은 언제든 도로를 멈출 수 있으니까. 경우에 따라서는 내가 도로를 세워야 할 수도 있네. 내 계획은 이렇네. 내가 직접 무장한 후보생들과 '지하 내부'로 들어간 다음, 북쪽으로 올라가면서 저항세력을 처리할 예정이네. 자네는 감독실 기술자들과 유지보수 팀이 우리 뒤를 바짝 따라오도록 조치하게. 모든 로터 연결을 끊고 스톡톤 감독실로 재연결하도록 하는 거야. 안전잠금장치 없이 직접 연결할 테니까 감독국 기술자들을 충분히 보내서 문제가 생기기 전에 해결하도록 하게.

만약 이 작전이 성공한다면 새크라멘토 지역의 제어권을 밴 클릭의 손에서 빼앗을 수 있을 걸세. 밴 클릭이 새크라멘토 감독실에 갇혀서 좀 굶어보면, 좀 더 협상할 기분이 들겠지."

게인스는 연결을 끊고 새크라멘토 지방 감독관을 바라보았다.

"에드몬즈, 헬멧과 권총을 주게."

"네, 총감님."

그는 서랍에서 권총을 꺼내 총감에게 건넸다. 게인스는 허리에 권총을 두르고, 귀마개를 열어둔 채 헬멧을 받아 썼다. 블레킨솝이 한마디 했다.

"저, 저도 헬멧을 하나 받을 수 있을까요?"

"아, 헬멧은 필요 없을 겁니다. 블레킨솝 씨는 제가 연락드릴 때까지 여기 계셔야 하니까요."

"하지만……."

블레킨솝은 생각을 고쳐먹고 입을 다물었다.

문 앞에서 감독 엔지니어 후보생이 총감에게 보고했다.

"게인스 씨, 밖에 기술자 한 명이 감독관님을 만나고 싶어 합니다. 하비라는 이름입니다."

"지금은 안 되네."

"새크라멘토 지역에서 왔다고 합니다."

"아! 들여보내게나."

하비는 게인스에게 오후에 조합에서 일어난 일을 재빨리 설명했다.

"도저히 말이 안 통한다 싶어서 회합 도중에 일찍 나와버렸습니다. 20번 도로가 멈출 때까지는 별 생각이 없었습니다만, 새크라멘토 지역에서 문제가 생겼다는 소리를 듣고, 총감님을 찾아온 겁니다."

"얼마나 오랫동안 이런 이야기가 오간 거요?"

"꽤 됐습니다. 어디에나 불만 있는 사람들이 있잖습니까? 대부분 기능주의자들이죠. 하지만 정치적 관점이 다르다고 같이 일을 안 할 수는 없는 것 아닙니까. 여긴 자유국가니까요."

"하비, 이런 일이 있기 전에 나를 찾아오지 그랬소."

하비의 표정이 굳어졌다. 게인스는 그의 얼굴을 살펴보고는 말을 이었다.

"흠, 당신이 옳소. 당신들을 감독하는 건 내 일이지 당신 일이 아니지. 말이 나온 것처럼 여긴 자유국가니까. 다른 건 또 없소?"

"글쎄요. 상황이 여기까지 왔으니, 주모자들을 가려낼 수 있도록 도와드리겠습니다."

"고맙소. 나랑 같이 갑시다. 이 문제를 해결하러 지하 내부로 들어갈 거요."

감독실 문이 갑자기 열리고 기술자 하나와 후보생이 뭔가를 끌고 들어와서 바닥에 내려놓고 기다렸다. 젊은이였다. 죽은 것 같았다. 작업복 앞부분이 피로 흥건했다. 게인스는 감독관을 바라보며 물었다.

"누군가?"

에드몬즈가 대답했다.

"후보생 휴즈입니다. 통신 라인이 끊어진 후에 제가 새크라멘토로 보낸 연락관입니다. 휴즈와 연락이 끊어져서 다시 마스톤과 후보생 젠킨스를 보냈습니다."

게인스가 낮은 소리로 뭔가 중얼거린 다음 돌아섰다.

"하비, 따라오게나."

아래에서 기다리고 있던 후보생들의 분위기가 아까와는 달라졌다. 게인스는 앳된 흥분감이 뭔가 흉물스러운 것으로 변해버렸다는 것을 깨달았다. 그들은 서로 수화를 교환하며, 그중 몇 명은 권총을 꺼내 장전 상태를 확인하고 있었다.

게인스는 후보생들을 살펴본 후에 지휘관에게 신호했다. 짧은 수화가 오고가자 지휘자는 경례를 하고 후보생들 쪽으로 몸을 돌려 수신호를 보내고는 팔을 내렸다. 후보생들이 감독실 옆의 대기실로 올라가기 시작했다. 게인스도 대기실로 들어갔다. 문이 닫히고 소음이 차단되자 게인스가 말을 시작했다.

"모두들 휴즈를 봤을 것이다. 휴즈에게 저런 짓을 한 녀석을 당장 죽여버리고 싶은 사람 있나?"

후보생 세 명이 즉시 앞으로 나왔다. 게인스는 그들을 굳은 표정으로 바라보았다.

"좋아, 자네들 셋은 무기를 반납하고 숙소로 귀환한다. 나머지 제군들 중에서도 이 작전이 개인적인 복수전이나 일종의 사람 사냥이라고 생각한다면 이들 셋을 따라서 귀환하도록."

그는 잠시 말을 끊고 기다렸다.

"새크라멘토 지역이 승인되지 않은 세력에게 점령당했다. 우리는 이 지역을 재탈환할 것이다. 가능하다면 인명 손실은 내고 싶지 않다. 또 가능하다면 도로를 멈추고 싶지도 않다. 계획은 지하 내부를 점령하여 로터를 하나하나 모두 여기 스톡톤으로 재연결하는 것이다. 제군들에게 맡겨진 임무는 북쪽으로 진행하면서 만나는 모든 저항을 무력화시키는 것이다. 제군들이 체포하게 될 사람들 대부분이 무고할 수도 있다는 사실을 잊지 말도록. 따라서 수면가스 폭탄의 사용을 지향하고, 사살 명령은 최후의 수단으로 생각하기 바란다.

후보생 지휘관은 각각 열 명으로 분대를 편성하고 분대장을 지명하도록. 각 분대는 하층내부에서 텀블버그를 이용해 시속 24킬로미터로 북쪽으로 향해 진군하는 소규모 타격대를 구성한다. 각 분대는 서로 90미터 정도의 거리를 두고 진행하면서 사람을 발견하면 선두 분대 전체가 체포 작전을 수행한다. 분대원은 체포된 인원을 호송차까지 이송한 뒤 다시 가장 마지막 분대 뒤에 붙어 진군을 계속하도록. 후보생을 여기까지 데려온 수송차량에 체포된 인원을 수용한다. 호송차는 선두에서 두 번째 분대와 나란히 진군하도록.

각 지방 감독실들을 재탈환할 타격대를 편성하게. 하지만 해당 지방 감독실 관할 로터가 모두 스톡턴으로 재연결되기 전까지는 진입을 금지한다. 담당자에게 전해두게. 질문 있나?"

게인스는 앞에 서 있는 젊은이들의 얼굴을 바라보았다. 아무도 대답하지 않자 후보생 지휘자에게 신호를 보냈다.

"옛! 제군들, 명령을 수행한다!"

편성이 끝날 무렵 지원을 위한 기술자들이 도착했다. 게인스는 담당 엔지니어에게 명령을 전달했다. 후보생들은 텀블버그 옆에 일렬로 서 있었다. 후보생 지휘관이 게인스를 바라보았다. 게인스가 고개를 끄덕이자 지휘관이 팔을 내려 신호를 보냈다. 첫 번째 분대가 텀블버그에 올라타고 출발했다.

게인스와 하비도 텀블버그에 올라타고 후보생 지휘관과 나란히 움직였다. 선두 그룹에서 약 23미터 정도 떨어진 위치였다. 게인스가 이 멍청하게 생긴 기계를 타보는 건 참으로 오랜만이었다. 운전이 어설펐다. 운전자가 텀블버그에 올라탄 모습은 그리 보기 좋은 모습이 아니었다. 식탁 의자 정도의 크기에 자이로 평형장치가 달린 외발자전거같이 생긴 물건이었다. 그래도 여기 지하 내부의 복잡한 기계장치 사이를 순찰하는 데에는 이만 한 게 없었다. 사람 어깨 넓이 정도의 공간이 있는 곳이면 어디든 갈 수 있으며, 쉽게 조종할 수 있고, 운전자가 내려도 수직으로 서 있을 수 있었다.

소형 정찰차가 로터 사이사이를 움직이며 게인스의 바로 뒤에서 따라왔다. 게인스의 다른 지시사항을 전달하기 위해 오디오와 비디오 신호를 계속 연결 상태로 두고 있었다. 새크라멘토 지역에서 처음 180여 미터는 별 탈 없이 지나갔다. 그 직후에 타격대가 로터 옆에 주차되어 있는 텀블버그 한 대를 발견했다. 그 텀블버그의 운전자는 로터 아래에서 계기를 체크하고 있었다. 그는 타격대가 접근하는 것을 전혀 알아채지 못했다. 비무장 상태였고, 저항도 하지 않았지만, 상황을 이해하지 못해 놀라고 불쾌한 얼굴을 하고 있었다. 체포를 수행한 분대는 뒤로 물러나고 다음 분대가 선두에 나섰다. 약 5킬로미터를 진행하면서 모두 37차례의 체포가 이루어졌다. 사망자는 없었다. 후보생 두 명이 가벼운 부상을 입어 귀환을 명령받았다. 체포된 사람들 중 네 명만이 무장을 하고 있었다. 하비가 그 중 한 사람을 주모자로 지목했다. 하비는 기회가 된다면 이들과 협상해볼 수 있기를 바랐다. 게인스도 일단 동의했다. 게인스는 하비가 오랫동안 노동지도자로서 훌륭한 명성을 쌓아왔다는 것을 알고 있었다. 폭력을 배제하고 성공할 방법이 있다면 어떤 일이라도 시도해봐야 한다.

다시 또 다른 기술자 한 명을 체포했다. 그는 로터 반대쪽에 있었고, 타격대는 그가 알아채기도 전에 접근할 수 있었다. 무장을 하고 있었지만 저항은 없었다. 하나의 사소한 사실을 빼면 언급할 가치도 없는 체포였다. 문제는 그가 체포 당시 로터 아래에 설치된 소음 방지 통신장치를 사용하고 있었던 것이다.

체포가 끝나자 게인스가 다가가 고무 마스크가 연결된 통신기를 빼앗았다. 얼마나 급하게 당겼는지 골전도 마이크가 이 사이에서 부스러지는 것을 느낄 수 있었다. 체포된 남자는 부러진 이를 뱉어내며 쏘아보앉지만, 심문에는 불응했다.

    게인스의 재빠른 작전 진행에도 불구하고, 더 이상의 기습 효과는 없을 거라고 생각했다. 여기서 진행되고 있는 작전은 이미 보고됐다고 봐야 할 것이다. 좀 더 조심스럽게 작전을 수행하라는 명령이 각 분대에 전달되었다.

    게인스의 걱정은 곧 현실로 나타났다. 100여 미터 앞에서 여러 명이 텀블버그를 타고 접근해왔다. 대략 10여 명 정도 되는 것 같았지만 로터에 가려 정확한 수는 알 수 없었다. 하비는 게인스를 바라보았다. 게인스가 고개를 끄덕이며 지휘관에게 진군을 멈추도록 지시했다.

    하비가 비무장상태로 손을 머리 위로 올리고 그들에게 다가갔다. 체중을 이용해 텀블버그의 균형을 유지했다. 접근하던 무리는 당황하며 속도를 줄이다가 끝내는 완전히 멈춰 섰다. 하비도 근처까지 접근한 다음 멈춰 섰다. 리더로 보이는 사람이 앞으로 나서서 하비에게 수화로 말을 걸었다. 하비도 거기에 맞춰 대화를 시작했다.

    너무 멀리 떨어져 있었기 때문에 나트륨 등의 희미한 불빛으로는 그 둘이 무슨 이야기를 하는지 알 수 없었다. 대화는 몇 분간 계속됐다. 무리 중 한 명이 권총을 권총집에 넣으며 앞으로 나와 그들의 리더와 대화를 시작했다. 그의 폭력적인 손짓에 리더는 고개를 저었다.

    그 남자는 또 다른 의견을 제시했지만, 이전 제안과 마찬가지로 부정적인 답을 들었다. 불만이 가득한 손짓을 끝으로, 그는 권총을 꺼내 하비를 쏘았다. 하비가 가슴을 부여잡고 앞으로 쓰러졌다. 그 남자는 다시 총을 쏘았다. 하비가 경련을 일으키며 땅에 넘어졌다.

    후보생 지휘관이 게인스보다 빨랐다. 총을 쏜 남자는 고개를 들기도 전에 지휘관의 총에 맞아 쓰러졌다. 그는 자신에게 뭔가 이상한 일이 일어났다는 표정을 지었다. 너무 빨리 죽어 그 사실도 깨닫지 못하는 것 같았다.

다른 후보생들도 총을 쏘기 시작했다. 선두 분대는 적의 절반밖에 되지 않았지만, 적들의 사기 저하 덕분에 그리 불리하지 않았다. 한 차례 총격전이 끝나자 양측이 거의 동등한 전력이 되었다. 하비가 총에 맞은 지 30초도 안 되어서 반군 그룹은 모두 죽거나, 부상당하거나 체포되었다. 게인스 쪽에서는 하비를 포함해서 두 명이 사망했고 두 명이 부상당했다.

게인스는 바뀐 상황에 맞춰 전략을 수정했다. 공격이 알려진 이상, 속도와 타격 능력이 가장 중요해졌다. 두 번째 후속 분대에게 선두 분대에 바짝 붙으라고 지시했다. 세 번째 분대는 두 번째 분대와 23미터가량 거리를 유지하도록 했다. 이들 세 분대에게는 비무장 목표는 무시하고 통과하되, 무장한 적을 발견하면 즉시 발포하라는 명령을 내렸다. 비무장인 적은 뒤따르는 네 번째 분대가 처리하도록 지시했다.

게인스는 되도록 사살이 아닌 부상을 목표로 발포하라고 했지만, 이런 지시를 따르기는 어렵다는 사실을 깨달았다. 사상자가 나올 것이다. 원한 건 아니지만 이제는 피할 수 없게 되었다. 무장한 소요 가담자는 언제든 살인자가 될 가능성이 높았다. 자신의 부하들을 위해서도 너무 엄격한 제한을 둘 수는 없었다.

새로운 진군 형태가 갖춰지자 후보생 지휘관에게 진행하라는 지시를 내렸다. 첫 번째와 두 번째 분대가 텀블버그의 최대 속도인 시속 29킬로미터로 진군하기 시작했다. 게인스가 바로 그 뒤를 따랐다.

게인스는 하비의 시체를 피해가려고 했지만 무의식 중에 아래를 바라보고 말았다. 하비의 얼굴은 나트륨 등 아래서 흉측한 노란색으로 물들어 있었다. 하지만 죽은 이의 성품이 아름답게 얼굴에 각인되어 있었다. 게인스는 이 모습을 보며 발포 명령을 내린 사실을 덜 후회하게 됐다. 그러나 개인적인 명예를 지키지 못했다는 생각에 마음은 더 무거워졌다.

지난 몇 분 동안 기술자 몇 명을 지나치긴 했지만, 발포할 필요는 없었다. 게인스는 무혈승리에 대한 기대감이 높아지는 것을 느꼈다. 바로 그때 헬멧의 소음방지패드를 뚫고 들리는 기계음이 조금씩 달라지고 있음을 알아챘다. 그는 귀마개를 열고 점점 약해지는 로터와 롤러 소리를 확인했다. 도로가 정지하고 있었다.

게인스는 지휘관에게 말했다.

"진군을 멈추게!"

그의 명령이 이 비현실적인 정적 속에서 메아리가 되어 돌아왔다. 게인스가 다가가자 정찰차의 윗부분이 열렸다.

"총감님, 교환소에서 총감님을 찾습니다."

안에 있던 후보생이 외쳤다.

교환 담당자가 게인스의 얼굴을 보자마자 데이비슨에게 연결했다. 데이비슨이 즉시 보고했다.

"총감님, 밴 클릭이 연결을 요청합니다."

"누가 도로를 멈췄나?"

"그가 멈췄습니다."

"현재 상황변화가 있나?"

"없습니다. 밴 클릭이 도로를 멈췄을 때는 도로가 거의 비어 있었습니다."

"좋아, 밴 클릭을 연결하게."

반란주모자는 분노로 가득한 얼굴로 게인스를 맞았다. 그는 즉시 말을 꺼냈다.

"그래! 내가 이렇게까지는 못할 거라 생각했나? 이제 어떤 생각이 드나, 게인스 총감?"

게인스는 자신의 생각을 정확히 알려주고 싶은 충동을 참아냈다. 밴 클릭이라는 인간은 꼭 칠판 위에서 소름 끼치는 소리를 내며 미끄러지는 분필 같았다.

하지만 그런 감정적인 이야기는 현 상황에서는 사치다. 게인스는 상대의 허영심에 맞장구 쳐줄 목소리를 겨우 짜낼 수 있었다.

"이번에는 자네가 확실히 이긴 것 같군, 밴. 도로가 정지했군. 하지만 내가 자네를 심각하게 받아들이지 않은 건 아니네. 나는 자네를 오랫동안 봐왔어. 자네가 허튼 소리를 하지 않는다는 것쯤은 잘 알고 있네."

밴 클릭은 이런 칭찬에 만족스러웠지만, 그런 내색을 하지 않으려고 노력했다.

"그럼 이제 정신을 차리고 그만 포기하는 게 어떤가? 자네는 이길 수 없어."

밴 클릭이 저돌적으로 말했다.

"그럴지도 모르지. 하지만 내가 시도는 해야 한다는 걸 알고 있잖나. 게다가 이길 수 없다는 건 무슨 소린가. 자네도 말했듯이 나는 군 개입을 요청할 수 있어."

밴 클릭은 승리감에 취해 미소 지었다.

"이게 보이나?"

그는 긴 전선이 연결된 서양배 모양의 스위치 버튼을 보여주었다.

"만약 내가 이걸 누르면 도로가 절단날걸. 하늘 저 끝까지 날아가버리는 거지. 그리고 나는 여길 떠나기 전에 도끼로 이곳 제어실을 완전히 부숴버릴 생각이야."

게인스는 진심으로 자신이 심리학에 대해 좀 더 알았으면 좋겠다고 생각했다. 하지만 어쩔 수 없다. 그저 직감을 따라 답하는 수밖에.

"꽤 심각하군. 밴, 하지만 그 정도로 포기할 수는 없네."

"포기할 수 없다고? 다시 생각해보게. 만약 도로를 폭파하게 되면 도로 근처의 사람들은 어떻게 되겠나?"

게인스는 다시 생각했다. 밴 클릭의 협박은 빈말이 아닐 것이다. 그의 말투나 '나를 이렇게까지 하게 만든다면……' 같은 앳된 허세에서 그의 위험하고 비이성적인 심리 상태를 엿볼 수 있었다. 인구 밀집 지역인 새크라멘토 지역 어딘가에서 폭발이 일어난다면 분명 아파트 한두 채는 무너질 것이고, 20번 도로상의 상점 주인들이나 근처에 있던 사람들 중에 사상자가 나올 것이다. 밴 클릭이 맞았다. 게인스는 이 일과 상관없는 사람들의 목숨을 위험하게 할 수는 없었다. 도로가 다시는 움직이지 않는 한이 있더라도 말이다.

물론 도로 자체에 커다란 피해를 주는 일도 허용할 수 없었다. 하지만 무고한 사람들의 생명이야말로 게인스를 옥죄는 진짜 이유였다.

게인스의 머릿속에 노래가 울렸다.

'소리를 들어보라! 움직이는걸 보라! 우리 일은 결코 끝나지 않으리……'

뭘 해야 할까? 뭘 해야 하지?

'사람들이 탈 때도, 사람들이 흘러갈 때도 우리는……'

이렇게 계속 있을 수는 없었다.

게인스는 스크린을 보며 말했다.

"이보게 밴, 자네도 도로를 날려버리고 싶지는 않겠지, 꼭 그럴 이유가 없다면 말이야. 나도 그렇다네. 내가 자네가 있는 곳에 가서 의논해보는 건 어떤가? 이성적인 두 사람이 이야기한다면 적절한 합의점을 찾을 수 있을 걸세."

밴 클릭은 의심이 가득한 목소리로 말했다.

"뭔가 다른 속셈이 있는 게 아닌가?"

"도대체 어떻게 말인가. 난 비무장 상태로 혼자 가겠네. 내 차로 최대한 빨리."

"자네 부하들은 어떻게 할 건가?"

"내가 돌아올 때까지 여기서 기다리도록 하지. 확인할 사람을 보내도 좋네."

밴 클릭은 함정일지도 모른다는 두려움과 자신의 옛 상관이 협상을 위해 자신을 찾아온다는 쾌감 사이에서 잠시 머뭇거렸다. 그는 마지못해 동의했다.

게인스는 필요한 지시를 하고, 데이비슨에게 자신의 계획을 말했다.

"내가 한 시간 안에 돌아오지 않으면 그때는 자네가 알아서 하게, 데이브."

"조심하십시오, 총감님."

"그러지."

그는 운전하던 후보생을 정찰차에서 내보내고 둑길 밑으로 차를 몰아 북쪽으로 향했다. 이제야 생각을 정리할 여유가 생겼다. 시속 320킬로미터로 달리는 차 안에서 말이다. 이 계획이 성공한다 하더라도 앞으로 변경해야 할 것들이 많을 것이다. 두 가지는 명확했다. 먼저 만약 인접도로의 속도가 위험할 정도로 달라지면 인접한 도로들도 속도를 줄이거나 멈추도록 도로 판의 안전잠금장치를 서로 연결해야 한다. 20번 도로에서 일어난 일이 또 일어나서는 안 될 것이다.

하지만 그건 그저 기계적인 세부 내용일 뿐이다. 진짜 문제는 인력운용에 있었다. 정신분류 테스트를 좀 더 향상시켜서 믿을 만한 사람들만 고용할 수 있도록 해야 할 것이다. 하지만, 그럴 수 있을까? 지금의 정신분류 테스트야말로 그런 일을 방지하기 위한 장치가 아닌가. 게인스가 아는 한 휴넌-와즈워스-버튼 테스트가 잘못된 적은 한 번도 없었다. 이번 새크라멘토 지역에서 문제가 생기기 전까지는 말이다. 어떻게 밴 클릭이 한 지역 전체에 과격성향자를 모을 수 있었던 걸까.

이해가 되지 않았다.

인력운용이 아무런 이유 없이 이렇게 잘못되지는 않는다. 한 명 정도라면 예상치 못한 문제를 발생시킬 수 있겠지만, 인원이 많다면 이야기가 다르다. 많은 수의 사람들은 기계나 수치처럼 예상이 가능한 것이다. 수만 충분하다면 사람들은 측정, 시험, 분류가 가능하다는 말이다. 게인스는 인사부 사무실을 머릿속에 그렸다. 수많은 파일 캐비닛과 직원들. 아, 이제 이해가 된다. 밴 클릭은 총감독관 대리로 승진하기 전에 도로 전체의 인사부서를 관리하고 있었다!

이 점이야말로 이번 사건 전체를 설명하는 열쇠다. 인사 담당관이라면 문제 성향의 인원들을 뽑아 한 곳에 모을 수 있었을 것이다. 게인스는 수년간 과격성향 테스트 결과에 대한 변조가 있었다는 확신이 들었다. 밴 클릭은 기록을 위조하고, 계획적으로 그에게 필요한 성향의 직원들을 한 지역으로 모았을 것이다.

　이는 또 다른 대책이 필요하다는 뜻이다. 감독관들에 대한 더 세밀한 테스트와, 충분한 감독과 감사 없이는 누구도 인력 분류와 배치 업무를 처리할 수 없게 조치해야 할 것이다. 그런 점에서 게인스 자신도 감시되어야 할 것이다. Qui custodiet ipsos custodes? 누가 감시자를 감시할 것인가? 라틴어가 사라지긴 했어도 로마인들이 바보는 아니었다.

　뭐가 문제였는지 알아낸 게인스는 서글프면서도 한편으로는 묘한 기쁨을 느꼈다. 감독과 감사, 확인과 재확인이 해답이었던 것이다. 이는 번거롭고 비효율적이겠지만, 안전을 보장하려면 어느 정도의 비효율성은 감수해야 한다.

　밴 클릭에 대해 잘 알지 못하면서 그렇게 큰 권한을 주는 게 아니었다. 지금이라도 그에 대해서 더 알아둘 필요가 있다. 그는 비상용 급정거 버튼을 눌러 차를 세웠다.

　"교환! 내 사무실을 연결해주게."

　돌로레스가 화면에 나타났다.

　"아직 퇴근하지 않았군. 좋아! 퇴근했을까 봐 걱정했네."

　"되돌아온 겁니다."

　"잘했네. 밴 클릭에 대한 개인 자료를 가져오게. 그에 대한 분류 기록을 보고 싶네."

　돌로레스는 놀랄 만큼 빨리 되돌아와서 자료에 적힌 내용을 읽어주었다. 게인스는 자신의 생각이 틀림없음을 확인하고 고개를 끄덕였다. 숨겨진 내성적 열등감 콤플렉스. 이해가 됐다.

　"검시관의 의견입니다. 통합 프로파일 곡선에 나타난 A와 D 특이점이 보여주듯이 잠재적 불안정성이 존재하나, 검사관은 이 감독관이 직무에 적합하다고 판단함. 당 감독관은 훌륭한 기록을 가지고 있으며, 특히 사람들을 다루는 데 능숙함. 따라서 당 감독관의 보직 유지 및 승진을 권고함."

"고맙네, 돌로레스. 이제 됐네."

"네. 게인스 씨."

"난 이제 한바탕하러 간다네. 행운을 빌어주게나."

"하지만 게인스 씨……."

프레스노 사무실의 돌로레스는 이미 꺼져버린 화면에 대고 이야기하고 있었다.

"밴 클릭 씨에게 데려다주게!"

게인스가 막 말을 건넨 남자는 게인스의 권총을 빼앗고는, 계단으로 올라가라는 손짓을 했다. 게인스를 그냥 쏴버리고 싶다는 표정 같았다. 게인스는 차에서 나와 계단을 올라갔다.

밴 클릭은 관리 사무실이 아니라 지역 제어실에 앉아 있었다. 무장한 남자들이 대여섯 명 같이 있었다.

"좋은 밤이군, 밴 클릭 위원장."

게인스가 그의 새로운 직위를 불러주자 밴 클릭이 의기양양해하는 게 눈에 보일 정도였다.

"여기서는 직위를 쓰지 않소. 그냥 밴이라고 부르시오. 이쪽으로 앉으시오, 게인스."

과장된 편안함으로 가득한 목소리로 밴 클릭이 말했다.

게인스는 그대로 따랐다. 먼저 다른 사람들을 내보내야 했다. 게인스는 무관심한 표정으로 그들을 바라봤다.

"비무장인 나 하나도 무서운 건가, 밴? 아니면 기능주의자들은 서로를 못 믿기 때문인 건가?"

밴 클릭의 얼굴에 불쾌한 표정이 떠올랐다. 하지만 게인스는 미소를 잃지 않았다. 마침내 밴 클릭은 책상 위에서 권총을 집어 들고 문 쪽을 가리키며 말했다.

"모두 나가주게나."

"하지만 밴……."

"나가라고 했잖나!"

둘만 남게 되자 밴 클릭이 아까 보여주었던 스위치 버튼을 집어 들고는 권총으로 자신의 옛 상관을 겨누었다.

"자 이제, 수상한 짓을 하면 바로 눌러버리겠어. 제안하고 싶은 게 뭔가?"

게인스의 의미심장한 미소가 더욱 밝아졌다. 밴 클릭이 찌푸리며 말했다.

"뭐가 그리 재미있는 거지?"

게인스는 대답했다.

"자네가 우습네. 솔직히 말하지. 자네가 기능주의자의 혁명을 시작하자마자 생각해낸 기능이란 것이 그 직위를 만들어준 도로를 폭파하는 것뿐이니 말이네. 말해보게, 뭐가 그렇게 무서운 거지?"

"나는 무서운 게 없어!"

"무섭지 않다고? 자네가? 거기 서서 장난감 버튼을 들고 할복할 준비까지 했으면서 무서운 게 없다니. 만약 자네 동료들이 지키려는 것을 자네가 그렇게 쉽게 내팽개치려고 한다는 걸 알면 자네를 가만두지 않을걸. 자네는 자네 동료들도 무서운 거지, 안 그런가?"

밴 클릭은 버튼을 던져버리고는 똑바로 섰다.

"나는 무섭지 않아!"

그는 소리치면서 책상을 돌아 게인스에게 다가갔다.

게인스는 그대로 앉아서 웃었다.

"하지만 무섭잖나. 지금은 나까지 겁내고 있군. 자네는 내가 자네를 해고할까 봐 겁내지. 후보생들이 경례를 안 할까 봐 겁내고. 등 뒤에서 비웃을까 봐 겁내고 있지. 식사 테이블에서 잘못된 포크를 사용할까 봐 겁내지. 사람들이 자네를 쳐다볼까 봐 겁내고, 사람들이 자네를 인정해 주지 않을까 봐 겁내고 있지."

"아니야. 이 더러운 녀석! 당신이 사관학교를 나왔다고 다른 사람보다 잘난 줄 아나 보지, 당신과 그 잘난 후보생들……."

분노의 눈물을 참느라 밴 클릭의 목소리가 깨지기 시작했다.

게인스는 그를 조심스럽게 바라보았다. 이제 그의 인격에 대한 약점이 확실히 보였다. 왜 이전에는 알아차리지 못했을까. 게인스는 전에 밴 클릭에게 복잡한 계산을 도와주겠다고 했을 때 얼마나 그가 기분 나빠 했는지를 기억해냈다.

이제 눈앞의 문제는 이런 약점을 어떻게 이용하는가였다. 밴 클릭의 주의를 충분히 돌려 그 위험한 버튼에 대해서 완전히 잊게 만들어야 한다. 그의 주된 공격 대상이 게인스가 되도록 만들어, 다른 생각은 아예 못하도록 해야 한다.

하지만 조심하지 않으면 밴 클릭이 쏜 총알이 게인스의 마지막이 될 수도 있다. 이는 도로의 제어권을 놓고 비효율적이고 피비린내 나는 싸움을 피할 기회를 놓친다는 뜻이기도 했다.

게인스는 웃으며 말했다.

"밴, 자네는 정말 불쌍한 사람이야. 이젠 확실히 알겠군. 이제 자네를 완벽하게 이해하겠네. 자네는 삼류야. 자네는 평생 누군가가 자네 속을 꿰뚫어볼까 봐 무서워하며 살았군. 자네를 저 아래로 떨어뜨릴까 봐 무서워했지. 위원장이라고? 하! 만약 자네가 기능주의자들의 최고봉이라면, 기능주의자들 따위는 무시해도 될 거야. 자기 자신의 비효율성에 싸여 자멸할 테니까."

게인스는 의자를 뒤로 돌려 의도적으로 밴 클릭과 총구에서 등을 돌렸다.

밴 클릭은 자신을 고문하고 있는 게인스에게 다가가, 바로 뒤에 서서 외쳤다.

"당신, 당신에게 보여주겠어. 당신한테 총알을 박아주지. 당장 쏴버리겠어!"

게인스가 갑자기 돌아 일어서서 밴 클릭을 향해 걸어갔다.

"다치기 전에 그 딱총을 내려놓게."

밴 클릭이 몇 발짝 물러섰다.

"가까이 오지 마, 가까이 오지 말라구. 아니면 쏴버리겠어. 못할 것 같아?"

바로 지금이다. 게인스는 몸을 날렸다. 총알이 귀 옆을 스쳤다. 하지만 게인스는 무사했다. 둘은 바닥에 넘어졌다. 밴 클릭은 몸집에 비해 제압하기 어려웠다. 권총은 어디 있지? 저쪽. 게인스는 밴 클릭에게서 떨어졌다.

밴 클릭은 일어나지 않았다. 그는 바닥에 드러누워 있었다. 감긴 눈에서는 눈물이 흐르고 입에서는 실망한 아이처럼 뭔가를 중얼거렸다.

게인스는 동정심 비슷한 무엇인가를 느끼며 그를 바라보고, 권총

손잡이로 정수리를 내려쳤다. 그는 문 쪽으로 다가가 한동안 바깥에서 나는 소리를 듣다가 조심스럽게 문을 잠가버렸다.

버튼에 연결된 전선은 제어판으로 이어져 있었다. 연결 부위를 살펴본 게인스는 조심스럽게 선을 분해했다. 작업이 끝나자 제어판으로 돌아가 프레스노 사무실을 호출했다.

"좋네. 데이브. 이제 공격을 시작하게, 그리고 제발 서두르게."

게인스는 서둘러 화면을 꺼버렸다. 자신이 얼마나 떨고 있는지 부하 감독관에게 보여주기 싫었던 것이다.

다음 날 아침 프레스노 감독관실로 출근한 게인스는 비교적 즐거운 마음으로 주 제어실을 둘러보았다. 도로는 잘 움직이고 있었다. 머지않아 모든 도로가 제 속도를 찾을 것이다. 아주 힘든 밤이었다. 모을 수 있는 모든 엔지니어와 후보생들이 호출되어 게인스가 지시한 작업에 참가했다. 새크라멘토 전 지역에 대한 세부 검사를 실시했던 것이다. 그 후에는 부서진 두 군데의 지방 감독실 제어판을 재연결해야 했다. 하지만 도로는 잘 움직이고 있었다. 바닥으로부터 도로에서 전해지는 리듬을 느낄 수 있었다.

그는 수척해진 수염투성이의 남자 옆에 섰다.

"왜 집으로 돌아가지 않나, 데이브? 맥퍼슨이 뒤처리를 할 거네."

"총감독관님은 왜 안 가십니까? 그리 행복해 보이시지 않는데요?"

"난 좀 있다가 사무실에서 잠깐 눈을 붙일 걸세. 집에 전화해서 아침에 들어갈 수 없다고 말해뒀다네. 안사람이 나를 만나러 이쪽으로 오는 길이야."

"부인께서 화가 많이 나셨던가요?"

"뭐 그 정도는 아니었네. 여자들이 어떤지 잘 알잖나."

그는 제어판으로 몸을 돌리고 여섯 개 지역에서 들어오는 데이터가 취합되는 것을 쳐다보았다. 샌디에이고 순환선, 엔젤스 지역, 베이커스필드 지역, 프레스노 지역, 스톡턴…… 스톡턴? 이런! 블레킨숍! 게인스는 걱정 가득한 호주 내각 장관을 스톡턴 사무실에 밤새 버려뒀던 것이다!

게인스는 문으로 향하며 말했다.

"데이브, 차를 한 대 대기시켜주게나. 빠른 녀석으로!"

게인스는 데이비슨이 대답하기도 전에 사무실로 들어갔다.

"돌로레스!"

"네, 게인스 씨."

"내 안사람에게 전화 좀 해주게. 나는 스톡턴으로 간다고 말이야. 만약 벌써 집에서 출발했다고 하면, 여기서 기다리라고 전해주게. 그리고 돌로레스……"

"네, 게인스 씨?"

"그녀를 좀 진정시켜주게나."

돌로레스는 입술을 살짝 깨물었지만, 무표정한 얼굴로 대답했다.

"네, 게인스 씨."

"고맙네."

게인스는 바로 나가서 계단을 내려갔다. 도로층까지 내려와 움직이고 있는 이동도로의 모습을 보자 뿌듯한 느낌이 들며, 왠지 기분까지 상쾌해졌다.

그는 빠른 걸음으로 '아래쪽으로 연결'이라고 쓰인 문을 향해 가며, 나지막하게 휘파람을 불었다. 문을 열자 지하 내부에서 나는 굉음이 휘파람소리를 묻으며 노래를 이어가는 듯했다.

아, 하! 하! 하!
우리는 로터맨
확인 완료를 크고 강하게 외치네!
하나! 둘! 셋!
어디를 가든지
당신은 알게 된다네
당신의 도로는 계속해서 돌아가리!

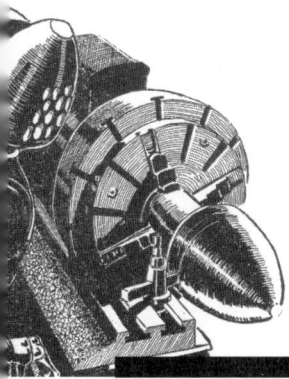

소우주의 신

Theodore Sturgeon **Microcosmic God**

테오도어 스터전 지음 : 이정 옮김

 이 이야기는 너무 많은 능력을 가진 남자와 너무 많이 빼앗은 남자의 이야기인데, 그렇다고 걱정은 하지 마. 당신한테 정치 같은 이야기를 하려는 건 아니니까.
 많은 능력을 가진 사람의 이름은 제임스 키더였고 다른 한 사람은 그를 담당한 은행원이었어.
 키더는 대단한 사람이었지. 과학자였고 뉴잉글랜드 해안에서 조금 떨어진 작은 섬에 혼자 살았어. 그렇다고 그가 책에 나오는, 작고 추한 난쟁이 같은 미친 과학자는 아니었어. 이익을 챙기는 취향도 아니었고 거리낌 없이 악행을 일삼는 러시아 이름의 과대망상증 환자도 아니었단 말이지. 교활하지도 않고 위험인물도 아니었어. 늘 단정한 머리에 손톱도 깨끗했고, 이성적인 인간처럼 살고 생각했어. 동안童顔인 축에 속했고, 은둔자 경향이 있었으며, 작고 포동포동한데다⋯⋯ 똑똑했어. 생화학이 전문이었는데, 항상 '키더 씨'라고 불렸어. '박사'나 '교수'가 아니라 그냥 '키더 씨'.

그는 특이한 종자였고, 늘 그래왔지. 단과대나 종합대를 졸업하지도 않았는데, 그건 대학들이 그에게는 너무 느렸고, 교육에 대한 접근이 너무 딱딱했기 때문이었어. 키더는 '내가 뭘 얘기하고 있는지 교수들이 알까'라는 생각을 하는 데에는 결코 익숙해질 수가 없었고, 말하는 것도 마찬가지였지. 언제나 질문을 던졌고 교수들이 당황하는 것에 별로 신경 쓰지 않았어. 그는 그레고리 멘델을 서투른 거짓말쟁이로, 다윈을 재미있는 철학자로, 품종개량가인 루더 버뱅크를 감각론자 정도로 간주했지. 키더가 입을 열면 희생양이 된 사람은 꼼짝없이 숨 막히게 당해야만 했어. 자신이 이미 확보한 지식에 대해 알고 있는 누군가와 대화할 때 키더는 반복해서 "그걸 어떻게 아십니까?"라고 묻기만 했지. 그의 가장 즐거운 쾌락은 광신도처럼 인류의 유전학적 개선을 부르짖는 우생론자들을 대화로 갈기갈기 깨부수는 것이었어. 그래서 사람들은 키더를 혼자 내버려두었고, 절대 함께 차를 마시자고 부르지 않았지. 키더는 예의 바르긴 했지만 정치적이진 않았던 거야.

그는 가지고 있던 돈으로 섬을 빌린 다음 실험실을 세웠어. 키더가 생화학자였다고 방금 내가 말했지. 하지만 그는 천재여서 자신의 분야에만 집중할 수 없었어. 누군가 비타민 B_1을 수익성이 있도록 톤 단위로 완벽하게 결정화하는 방법을 원할 때, 지적知的 소풍을 나가는 격으로 그 방법을 개발하는 건 키더에게 그다지 대단한 일이 아니었지. 그는 그걸로 많은 돈을 벌었어. 그 돈으로 섬 전체를 사버리고, 실험실과 건물을 짓는 데 필요한 시설과 함께 800명의 인원을 6000제곱미터에 쏟아 부었지.

또 그는 밧줄을 만드는 사이잘 삼 섬유를 가지고 놀다가 어떻게 융합하는지 알아내고, 끊어지지 않는 실용적인 밧줄을 만들어서 그 원료인 바나나 산업을 부흥시켰어.

대중화를 위해 나이아가라에서 벌였던 시연 기억해? 신형 밧줄을 둑에서 둑으로 연결하고, 가운데에 면도날을 달아 거기에 10톤 트럭을 매달아놨던 것 말이야. 요즘 배들이 정원 호스처럼 둘둘 감을 수 있고 연필보다도 가는 줄에 흔들흔들 매달려 정박해 있을 수 있는 이유가 바로 그 신형 밧줄 덕분이라고. 키더는 거기에서도 그에게는 담뱃값이라고 할 수 있는 돈을 벌었지. 그걸로 부속을 포함한 입자가속기를 샀고.

그 후 키더에게 돈은 더 이상 돈이 아니었어. 작은 장부에 있는 큰 숫자들이었지. 그는 가진 돈의 아주 적은 일부로 음식과 장비를 운송시켰는데, 곧 그 주문이 멈춰버려서 은행은 키더의 생사를 확인하려고 수상비행기로 심부름꾼을 보냈고, 심부름꾼은 이틀 만에 거기에서 본 놀라운 것들에 멍해져서 돌아왔지. 키더는 아무 탈 없이 살아 있었고, 남아돌 만큼의 질 좋은 음식들을 놀라울 정도로 단순화된 합성 방식으로 생산하고 있었어. 은행은 즉각 키더 씨가 깨끗한 농작법의 비밀을 공개해서 돈을 벌 생각이 있는지 물어보는 편지를 보냈지. 키더는 기꺼이 그러겠다고 답하면서 화학식을 첨부했어. 그는 추신에 누가 관심을 가질 거라고 생각하지 못해서 정보를 보내지 않았다고 했지. 20세기 후반 가장 중대한 사회학적 변화인 '공장 농업'의 원인이 키더였단 말이야. 그는 더 부유해졌지. 이것은 키더의 거래 은행이 더 부자가 되었다는 의미였지만 그는 관심조차 없었어.

키더는 심부름꾼이 온 지 대략 8개월 후까지는 뭔가를 진짜로 시작한 게 아니었어. '박사'라고 불리지도 않는 생화학자로서 그는 매우 훌륭했지. 그가 만든 것들을 몇 개 들어보자고.

강철보다 강해서 구조용 금속으로 사용할 수 있는 알루미늄 합금을 만드는 상업적으로 타당한 계획도 있었고……

'빛 펌프'라는 색다른 기구도 있었는데, 빛도 물질이라는 이론에 의해 빛이 물리 법칙과 전자기 법칙에 따른다는 걸 이용한 거였지. 단일 근원이 있는 공간을 밀폐시키고, 펌프에서 원통형 자기장을 근원에 쏘면 빛이 근원으로 인도되거든. 이제 그 빛을 키더가 만든 '렌즈' — 조리개 모양의 고속 사진기 셔터 선들을 따라 영구 전기장을 만드는 고리야 — 에 통과시키는 거야. 이 아래가 빛 펌프의 정수인데, 98퍼센트의 빛 흡수율을 가진 결정체지. 빛이 내부 면에서 사라진다고나 할까. 이 기구에 의해 공간이 어두워지는 효과는 아주 작았지만 중요했거든. 내가 문외한이라서. 하지만 이게 일반적인 설명이야.

합성 엽록소 대량 생산.

음속의 여덟 배로 날 수 있는 비행기 프로펠러.

낡은 페인트칠에 덧칠하고, 굳은 다음 옷 벗기듯 떼어내면 낡은 페인트칠도 같이 벗겨지는 싼 아교. 빨리 섞이거든.

자체 유지되는 우라늄 동위원소 238의 방사성 붕괴. 오랜 대용품인 우라늄 235보다 200배 낫지.

일단 그걸로 족했어. 굳이 반복하자면, '박사'라고 불리지도 않는 생화학자로서 키더는 매우 훌륭했지.

분명히 키더는 그의 작은 섬에서 가진 힘으로 세계의 주인이 될 수 있다는 사실을 알지 못했어. 그저 그의 사고방식이 그런 데에는 관심이 없었던 거지. 혼자 실험하며 지낼 수 있는 한, 세상이 불편하고 원시적인 도구들을 쓰든 말든 충분히 만족했거든. 연락할 방법은 키더가 직접 고안한 무선전화기뿐이었고, 유일한 반대편 전화기는 보스턴의 은행 지하 금고실에 잠긴 채 보관되어 있었어. 오직 한 사람만이 그 전화기를 사용할 수 있었지. 엄청나게 민감한 전송기가 코넌트의 신체 진동에만 반응했거든. 키더는 특별한 메시지 외에는 방해 받고 싶지 않다고 코넌트에게 지시했어. 코넌트가 빼낼 수 있었던 키더의 아이디어와 특허들은 코넌트만 아는 가명에 의해 공개되었고, 키더는 신경도 안 썼지.

당연히 결과는 문명의 시작 이래 가장 놀라운 발전으로 퍼져갔어. 나라가 부흥했고 세계가 부흥했지. 하지만 그 중에서도 은행이 가장 부자가 되었어. 처음엔 약간 규모를 키웠고, 이후 다른 파이에 손가락을 대기 시작했지. 손가락이 점점 늘어갔고 파이도 점점 많아져야 했어. 몇 년 지나지 않아 키더의 무기들을 이용한 은행은 너무 커져서 키더의 힘과 거의 맞먹게 되었어. 거의.

저 아래 왼쪽 구석에서 키더가 과연 실존 인물이냐고 계속 지껄이고 있는 친구들의 입을 다물게 할 동안 좀 기다리게. 그렇게 많은 과학 분야의, 그렇게 많은 면에서 완벽한 사람은 있을 수 없다는 건데 말이지.

자, 당신이 맞아. 키더는 천재 맞다고. 하지만 그의 천재성이 창조적인 건 아니었어. 핵심을 말하자면 그는 학생이었지. 키더는 자기가 아는 것, 본 것, 배운 것들을 적용한 거야. 그가 처음 섬의 새 실험실에서 작업을 시작했을 때 추론한 건 대충 이래.

"내가 아는 모든 건 사람들의 말이나 글에서 배운 것들이고, 그들은 또 다른 사람들의 말이나 글에서 공부했고, 그들은 또…… 그렇게 계속된다. 때로는 누군가 새로운 것에 대해 고생하고, 그 사람이나 혹은 더 똑똑한 누군가가 그 아이디어를 사용하고 전파하기도 한다. 하지만 진짜 새로운 무언가를 알아내는 사람들 각각에게는 수백만 개의 기존 정보들이 모이고 전달된 것이다. 진화의 추세를 뛰어넘을 수 있다면 좀 더 많은 것을 알게 되리라. 인류의 지식—내 지식—을 증대시킬 사건을 기다리기에는 시간이 너무 오래 걸린다. 내가 시간을 앞질러 여행하는 방법을 알게 된다면, 미래를 관찰하다가 뭔가 재미있는 걸 보고 거기에 깊이 빠지기만 하면 될 텐데. 하지만 시간은 그런 식이 아니다. 뒤에 남겨둘 수도 없고 앞으로 던질 수도 없지. 또 무슨 방법이 있을까?

자, 지적 진화를 가속하면 어떻게 되는지 내가 관찰할 수 있다고 가정해보자. 그렇게 되더라도 역시 좀 비효율적으로 보인다. 내가 직접 진화하는 것보다 인간의 정신을 그만큼까지 훈련시키는 데 더 많은 노력이 들 것이다. 하지만 나 자신을 그런 방식으로 적용시킬 수는 없다. 그 누구도 그럴 수 없다.

졌다. 나 자신을 가속할 수도 없고, 다른 사람들의 정신을 가속할 수도 없다. 다른 대안이 없을까? 있어야 한다. 어디엔가, 어떻게든 해답이 있을 것이다."

그래서 제임스 키더가 열중한 것은 우생학도 아니고, 빛 펌프도 아니고, 식물학도 아니고, 원자물리학도 아니고, 바로 이거였어. 실용적인 인간으로서 키더는 이 문제를 약간 형이상학적인 측면에서 발견했지만, 자신의 고유한 논리를 사용한 특유의 철저함으로 공략한 거지. 날이면 날마다 섬을 돌아다니며 무력하게 조개껍질을 갈매기에게 던졌지만 의지만은 강했어. 그러다 들어와 앉아서 심사숙고했지. 그리고 나야만 열정적으로 일했고.

키더는 자신의 분야인 생화학 분야에서 일하며 주로 두 가지에 집중했어. 유전학과 동물의 물질 대사. 그는 불만족스러운 마음을 일단 멀리 던져두고, 당면한 문제나 원하는 것과는 별로 관계없는 많은 것들을 배웠지. 하지만 작은 지식과 추측들이 쌓여갔고, 곧 작업 가능한 지식 요소들의 큰 집합체를 확보하게 되었어. 그의 접근법은 독특하고 비전통적이었지. 배에다 사과를 곱하는 식으로, 등식의 한쪽에는 복소수의 로그를 더하고 다른 쪽에는 무한대를 더해서 균형을 맞추는 식으로 일을 처리했어. 실수도 했지만 한 종류에 대해서 하나뿐이었고, 나중에는 한 종족에 대해서 하나뿐이었지. 너무 많은 시간 동안 현미경을 들여다보다가, 현미경을 통해 심장이 피를 펌프질하는 환각에서 벗어나기 위해 이틀 동안 일을 하지 말아야 했어.

그는 조잡하다고 싫어했던 시행착오에 의해서는 아무것도 하지 않았지. 그리하여 결과를 얻었어. 시작도 운이 좋았고, 확률 법칙을 고안해서 어떤 항목에 대해 실험을 하지 말아야 하는지에 대해 거의 다 알고 있을 정도로 기간을 단축시킨 것도 운이 좋았지. 시계 접시 위의 흐리고 점성인 반유동물질이 스스로 움직이기 시작했을 때 키더는 올바른 길로 들어섰다는 걸 알았어. 그것이 스스로 먹을 것을 찾기 시작했을 때 그는 흥분하기 시작했지. 분할하고, 몇 시간 뒤 다시 분할하고, 각 부분이 다시 성장하고 또 분할했을 때 키더는 승리감을 느꼈지. 생명을 창조한 거야.

키더는 자신의 두뇌로 만든 아이들을 기르고 운동시키고 혹사시켰고, 각기 다른 진동을 주는 배양액을 고안했으며, 그것들을 주입하고 첨가하고 살포했지. 각 조치가 다음 조치를 가르쳐주었어. 그러자 탱크와 튜브와 배양기에서 아메바 같은 생명체가 나왔고, 다음엔 섬모가 있는 극미동물이, 그러고는 점점 빨라져서 눈에 보이고 신경체를 가진 동물이, 그러고는 —승리 중의 승리였지— 단세포가 아닌 다세포의 진짜 배아를 만들었어. 그는 좀 더 천천히 소화기관을 가진 동물을 개발했고, 그걸 확보하자 각각 특정한 기능을 갖고 유전되는 신체기관들을 만들어 주는 것도 별로 어려운 일이 아니었지.

다음엔 배양된 연체동물 비슷한 것이 나왔고, 점점 더 완벽한 아가미를 가진 생명체가 나왔어. 뭐라 표현할 수 없는 놈이 탱크의 오르막 판을 꿈틀거리며 기어 올라와 아가미 딱지를 떼어내고 희미하게 공기를 호흡하던 날, 키더는 일을 멈추고 섬의 반대편 끝으로 가서 메스껍도록 취해버렸지. 숙취와 기타 등등이 지난 후 그는 곧 실험실로 돌아왔고, 먹는 것도 자는 것도 잊고 문제에 기운차게 덤벼들었어.

키더는 과학적 옆길로 들어서서 그의 또 다른 위대한 승리인 '동물 대사 가속'으로 달려갔지. 알코올, 코코아, 헤로인 및 대자연의 최상급 마약류인 인도 대마에서 자극 요인 물질을 추출하고 정제했어. 혈액 처리에서 여러 응고 원인물질을 분석하던 과학자가 옥살산이 유일한 활성 인자임을 발견했듯이, 키더는 인간의 도덕성을 감소시킬 수도 있지만 '훌륭한 실험'을 불러온 모든 물질에서 촉진 성분과 둔화 성분, 홍분 성분과 마취 성분을 분리했지. 그 과정에서 간절히 필요로 하던 물질을 찾아냈어. 잠을 잘 필요가 없게 만들어서 불필요한 시간 낭비를 피할 수 있는 물약을. 그 즉시 키더는 24시간 근무에 돌입했지.

그는 분리한 물질들을 인공적으로 합성했는데, 그러면서 대부분의 불필요한 성분들은 없애버렸어. 방사선과 진동을 이용해 이런 과제를 실행해갔지. 그래서 적외선을 초음파 내에서 진동하는 공기 속으로 비추면 극성화되며, 그것이 작은 동물의 심박 수를 20배 빠르게 한다는 걸 발견했어.

동물들은 20배 더 먹었고, 20배 빨리 자랐고, 원래 수명보다 20배 빨리 죽었지.

키더는 밀폐된 거대한 공간을 건설했어. 그 위로 같은 길이, 같은 폭이지만 높이는 좀 낮은 하나의 공간이 더 있었는데, 이건 그의 제어실이었어. 큰 공간은 네 개의 밀폐된 구역으로 나눴는데, 각 구역에는 각종 소형 기중기 등 모든 종류의 조작용 기계류가 있었어. 위쪽 공간에서 아래쪽 공간으로 내려가게 만든 기밀식 낙하문도 있었고.

이때쯤 다른 실험실에서는 뱀 피부를 가진 온혈温血 네발 동물이 엄청나게 빠른 생명 주기로 생산됐어. 세대가 바뀌는 데 8일 걸렸고 수명은 15일 정도였지. 그건 바늘두더지같이 알에서 태어나는 포유류였어. 임신 기간은 여섯 시간, 알에서 부화하는 데 세 시간, 새끼들이 성적으로 성숙하는 데 4일 걸렸지. 암컷들은 네 개의 알을 낳았고 부화한 새끼들을 돌볼 정도까지만 살았어. 수컷들은 짝짓기한 지 두세 시간 안에 죽었고. 이 생명체는 적응력이 매우 좋았어. 그리고 작았지. 키가 8센티미터도 안 되었고, 어깨에서 땅까지 5센티미터 정도였어. 앞발에는 손가락이 세 개 있었고 엄지손가락은 반대 방향으로 세 군데 접혔지. 그들은 암모니아가 많은 대기에서의 생활에 적응했어. 키더는 네 개의 생명체를 키워서 밀폐 공간의 네 구역에 한 집단씩 집어넣었지.

그는 이제 준비가 끝났어. 대기를 통제할 수 있었으므로 온도, 산소량, 습도를 변화시켰지. 예를 들면 이산화탄소를 많게 해서 녀석들을 파리처럼 거의 멸종시켰고, 살아남은 놈들은 신체적 저항력을 키워 다음 세대에 물려주었어. 주기적으로 한 밀폐 구역의 알을 다른 구역과 바꿔서 품종 변화를 유지시켰지. 그리고 이렇게 통제된 상태에서 생명체들은 급속하게 진화하기 시작했어.

이게 바로 문제에 대한 해답이었지. 키더는 그의 엄청난 정신이 갈망하는 것들을 가르쳐줄 만큼 인류의 지적 진보를 가속시킬 수 없었어. 자신을 가속할 수도 없었지. 그래서 새 종족을 만들어낸 거야. 인류 문명을 뛰어넘을 만큼 발전과 진화가 빠른 종족을. 그리고 그들로부터 배우겠다는 거였지.

녀석들은 완벽하게 키더의 지배하에 있었어. 지구의 보통 대기는 녀석들을 중독시켰는데, 키더는 그걸 4세대마다 직접 확인해보았지. 녀석들은 도망가려는 시도를 하지 않았어. 그들은 자신들의 삶을 살며 번성했고, 인류보다 수백 배는 빠르게 약간의 시행착오를 거친 실험을 수행했지. 녀석들이 인류보다 유리했던 건 키더가 그들을 인도했기 때문이었어. 그때부터 위대한 토머스 에디슨을 가내수공업자처럼 보이게 만든, 키더의 산발적인 성취들이 이루어진 거야.

키더는 그들을 네오테릭스라고 칭하고, 그를 위해 일하도록 만들었지. 키더는 관념적인 방식으로 창조적이었어. 다시 말하면, 자신이 해결할 필요가 없다는 전제하에 불가능한 계획들을 만들어낼 수 있었던 거지. 예를 들어, 그는 네오테릭스들이 자신들을 위해 다공성 물질로 주거시설을 어떻게 만들어내는지 알고 싶어 했어. 그래서 거주지를 쓸어버릴 정도의 거센 폭풍우를 한 구역에 만들어내서, 그런 주거시설의 필요성을 만들었지. 네오테릭스는 즉각 한쪽 구석에 키더가 쌓아놓은, 별로 방수되지 않는 물질로부터 방수 주거시설을 고안해냈어.

키더는 즉시 차가운 돌풍으로 약한 구조물들을 쓸어버렸지. 그러자 그들은 바람과 비를 다 막을 수 있는 구조물을 다시 지어 올렸어. 네오테릭스의 신체가 적응할 수 없을 정도로 갑자기 온도를 내리자 그들은 작은 화로로 집을 덥혔지. 즉각 키더는 그들이 죽어가기 시작할 정도까지 소리를 키웠고, 몇이 죽고 나자 영리한 꼬마들 중 하나가 중간층에 구멍이 수천 번 뚫려서 작은 공기주머니들을 만드는 세 겹의 고무 비슷한 물질을 이용해서, 강력하게 외부와 차단되는 집을 만드는 방법을 생각해냈어.

키더는 그런 작전으로, 그들로 하여금 크게 진보된 작은 문화를 발전시키도록 했어. 한 구역에는 가뭄을 일으키고 다른 구역에는 물이 남아돌도록 한 다음, 그들 사이의 경계 벽을 열어버렸지. 꽤 굉장한 전쟁이 일어났고 키더의 공책은 군사작전과 무기에 대한 정보로 가득 찼어. 다음으로 그들이 개발한 일반 감기 백신도 있었지. 오늘날 그 고통이 세계에서 사라진 이유인데, 은행장인 코넌트가 키더에게서 알아낸 것들 중 하나야. 어느 겨울 오후에 코넌트가 무선전화를 통해 후두염에 걸린 쉰 목소리로 키더에게 이야기하자, 키더는 그에게 백신을 보내며 다시는 그런 역겹고 알아들을 수 없는 목 상태로 전화하지 말라고 기분 좋게 말했거든. 코넌트는 백신을 분석하도록 시켰고 키더와 은행의 돈은 또 불어났지.

처음에는 단지 네오테릭스가 필요하리라 생각되는 물자를 공급했지만, 그들이 주변의 기본 요소로 스스로 물자를 제작할 정도로 지적 능력을 발전시키자 키더는 각 구역에 원료 더미를 주었어. 초강력 알루미늄 공정은 그가 벽에서 벽까지 이어지고 하루에 10센티미터씩 밑으로 내려가 바닥에 뭐가 있건 다 박살내버릴 대형 막대를 한 구역에 설치했을 때 개발되었지. 네오테릭스는 자신들을 위협하는 가차 없는 죽음을 멈추기 위한 자기 방어로 주변의 모든 강한 재질을 다 이용했어. 하지만 키더는 그들에게 산화알루미늄과 다른 원소 조각들, 그리고 많은 전력 외에는 없도록 해놓았지. 처음에는 10여 개의 알루미늄 기둥을 세웠고,

기둥들이 무너지고 휘어지자 여러 개를 모아 무른 알루미늄이 무거운 중량을 견딜 수 있도록 시도했어. 그것도 실패하자 그들은 재빨리 더 강한 기둥을 만들었지. 막대가 멈춰지자 키더는 기둥 하나를 꺼내서 분석했어. 그게 몰리브덴강보다 강하고 단단한 강화알루미늄이야.

경험적으로 키더는 네오테릭스가 너무 영리해지기 전에 그들에 대한 자신의 영향력을 증대시키기 위해 뭔가 변화를 주어야 한다는 것을 알았지. 그가 흥미 있어 하던 원자력에 대해서 해야 할 일들이 있었지만, 녀석들이 절대로 규칙을 따를 것이라는 믿음이 없는 한 작은 천재 과학자들에게 그런 걸 맡길 수는 없었거든. 그래서 그는 공포라는 규칙을 세웠어. 일을 하는 데 타당한 방법이라고 생각되는 것들 중 가장 변변찮게 작업을 시작했을 때, 그 결과는 종족 절반의 즉사(即死)였지. 예를 들어 그가 회전 속도 조절 바퀴가 필요 없는 경유 발전소를 개발하려 할 때, 젊고 영리한 네오테릭스 하나가 물자를 조금이라도 건축학적인 목적으로 사용했다면 종족의 반이 즉시 죽었어. 물론 그들은 문자 언어를 개발했는데, 키더가 쓰는 영어였지. 각 구역 구석의 유리로 둘러싼 영역에 있는 문자 전신기는 신전이었어. 신전의 어떤 명령이든 이행되었지. 그렇지 않을 때는…… 이런 혁신 후에 키더의 일은 훨씬 간단해졌어. 우회적인 방법을 쓸 필요도 없었고, 무엇이든 그가 원하면 되는 거였지. 아무리 명령이 불가능한 것이라 해도, 네오테릭스 3세대 또는 4세대가 지나면 가능한 방법을 찾을 수 있었어.

이건 키더의 고속 망원경 사진기 중 하나가 발견한, 젊은 네오테릭스 사이에서 돌던 종이에서 따온 거야. 네오테릭스의 아주 단순화된 필기체를 번역한 거지.

"이 명령은 종족의 보호를 위해, 그에 반하는 개인에 내려지는 형벌인 죽음의 고통을 무릅쓰고 모든 네오테릭스가 지켜야 한다.

종족과 개인의 노력 및 중요성은 최우선적으로 문자 기계에 나타나는 명령에 의해 따른다.

다른 명령이 나타나지 않는 한, 물자나 동력을 기계의 명령을 수행하지 않는 대신 다른 목적을 위해 그릇된 방향으로 이끌거나 잘못 사용할 때는 죽음으로 처벌한다.

당면한 문제를 해결할 수 있을 것으로 여겨지는 정보, 착상, 실험은 종족의 소유물이 된다.

종족의 노력에 협조하지 않거나, 일에 모든 노력을 기울이지 않는다고 판결되거나, 그러한 의심을 받는 개인은 죽음의 처벌을 받는다."

완벽한 지배의 결과는 이러했어. 이 종이에 키더는 정말 감동받았지. 완전히 자발적이었거든. 그건 그들의 최고 미덕을 위해 만든 네오테릭스 자체의 경전이었어.

마침내 그렇게 키더는 성취를 이루었지. 위쪽 공간에 웅크리고, 망원경에서 망원경으로 옮겨 다니며, 고속 사진기의 필름들을 저속으로 돌려 보면서, 그는 다루기 쉽고 역동적인 정보의 근원을 소유했음을 깨달았어. 대형 정사각형 건물 내에 자리 잡은 2000제곱미터씩의 네 구역은 새로운 세계였고, 거기에서 그는 신이었던 거야.

코넌트의 사고방식도 어떤 문제든 두 점 사이의 가장 짧은 거리를 따른다는 접근법에서 키더와 유사했지. 그 접근법이 최대의 저항을 일으키는지 최소의 저항을 일으키는지 상관없다면 말이야. 코넌트가 은행 총수 직에 올라갈 때까지의 과정이란 원하는 것은 가지겠다는 것으로 모두 정당화되는 무자비한 행동의 역사였어. 유능함이 지나친 장군처럼, 그는 절대로 자신의 적을 단순한 숫자의 힘으로만 굴복시키지 않았지. 능숙하게 적의 측면도 공격했어. 한쪽만도 아니고 양쪽 측면 다. 죄 없이 당하는 주변 사람들을 배려한다거나 하는 일은 전혀 고려되지 않았지.

예를 들어 코넌트가 그레이디라는 사람에게서 400만 제곱미터의 부동산을 빼앗을 때, 땅 주인이 되는 것만으로는 만족하지 않았어. 그레이디는 공항의 소유주였는데, 그 공항은 그의 인생이나 다름없었고 아버지 대부터 내려온 것이었지. 모든 종류의 압력을 다 행사했지만 그레이디가 꿈쩍도 하지 않자 코넌트는 영리하게도 시 공무원을 설득해서 땅의 가운데를 가로지르는 하수도를 파게 만들었고, 결국 아주 효과적으로 그레이디의 사업을 망쳐놨어. 부자였던 그레이디에게 복수의 동기를 제공했다는 걸 익히 알고 있던 코넌트는 그레이디의 은행을 1.5배로 사서 도산시켜버렸지. 그레이디는 가진 걸 모두 잃었고 요양시설에서 생을 마쳐야 했어. 코넌트는 자신의 작전을 매우 자랑스러워했고.

부富의 신을 꼬리에 달고 다니는 자들이 그렇듯이 코넌트도 끝을 몰랐지. 그의 거대한 조직은 역사상 어느 누구보다 많은 돈과 권력을 코넌트에게 선사했지만 그는 만족할 줄 몰랐어. 코넌트에게 돈이란 흡사 키더에게 지식과 같은 의미였거든. 코넌트의 피라미드 같은 기업들은 마치 키더의 네오테릭스 같았고. 둘 다 각자의 개인 세계를 구축했고, 둘 다 그걸 명령과 이익을 위해 사용했어. 키더는 자신의 네오테릭스 외에는 아무도 건드리지 않았지만 말이지. 그럼에도 불구하고 코넌트가 완전히 극악무도한 것만은 아니었어. 그는 영리한 사람이었고 일찍이 사람들을 즐겁게 해주는 것의 가치를 알고 있었지. 강탈당하는 사람들을 즐겁게 하지 않고는 수년에 걸쳐 오랫동안 성공적으로 강탈할 수 없다는 걸 말이야. 이 기술은 굉장히 복잡해도 숙달만 되면 거액을 굴리기 시작할 수 있는 기술이거든.

코넌트의 한 가지 큰 두려움은 키더가 언젠가 세계의 사건들에 관심을 갖게 되고, 거기에 자신의 의견을 가지기 시작하는 것이었어, 큰일이었지 — 키더가 가진 잠재력이란! 선거의 방향을 바꾸는 것 같은 사소한 일은 키더 같은 사람에게 침대에서 몸을 뒤집는 것처럼 손쉬울 테니 말이지.

코넌트가 할 수 있는 유일한 일은 키더에게 정기적으로 전화하고 키더를 계속 바쁘도록 하기 위해 혹시 필요한 게 있는지 살피는 것이었어. 키더는 이것을 감사하게 생각했지. 때때로 코넌트는 몇 주간 키더를 그의 은둔지에 붙잡아두도록 흥미를 끄는 문제를 제시하곤 했는데, 빛 펌프가 코넌트의 상상의 산물 중 하나였어. 코넌트는 절대로 못 만들 거라고 자신했지만 키더는 해냈지.

어느 날 오후 키더는 무선전화가 울리는 소리를 들었다. 그는 가볍게 욕하면서 보고 있던 필름을 끄고는 시설을 가로질러 구^{舊} 실험실로 갔다. 무선전화로 가서 스위치를 켜자 울림이 멈췄다.

"잘 지내나?"

"여보세요."

코넌트가 말했다.

"바쁜가?"

"아주 바쁜 건 아냐."

키더가 말했다. 그는 네오테릭스 한 무리가 순수한 황^{Sulfur}에서 능숙하게 고무를 합성한 장면을 담은 사진들을 보며 기뻐하고 있었다. 키더는 네오테릭스의 존재를 코넌트에게 알려주고 싶기도 했지만 말하지 않았고, 왜 곧바로 이야기하지 않는지는 자신도 그 이유를 몰랐다.

코넌트가 말했다.

"에…… 키더, 내가 일전에 모임에 갔었는데, 몇몇이 한가로운 대화로 저녁 시간을 보내고 있었어. 그런데 거기서 당신이 관심을 가질 만한 게 튀어나왔지."

"뭔데?"

"거기 공돌이들이 몇 명 있었거든. 당신도 이 나라의 동력 자원 분포를 알고 있잖아, 그렇지? 원자력 30퍼센트, 나머지는 수력, 경유, 증기기관이잖아?"

"몰랐는데."

최근 소식들에 대해서는 아기만큼이나 모르는 키더가 말했다.

"그래서, 우리는 새로운 동력원의 가능성에 대해 논쟁하고 있었어. 거기 있던 자들 중 하나는 일단 새로운 동력원을 만들어낸 다음에 얘기하는 게 현명할 거라고 했지. 또 한 명은 새로운 동력원을 단정해서 얘기할 수는 없지만 표현은 할 수 있다고 했어. 현재의 동력원이 갖춘 모든 특성에 한두 가지가 더해질 거라는 거지. 예를 들면 더 저렴하다거나 더 효율적이라거나. 동력원으로부터 소비자까지 운반하는 게 쉬워서 다른 동력원을 능가할 수도 있고. 무슨 말 하는지 알겠나? 이런 요소들이 다른 동력원들과 경쟁할 수 있는 새로운 동력원이라는 걸 증명할 수 있다는 거야. 내가 보고 싶은 건 이런 요소들을 전부 가진 새로운 동력원이라고. 어떻게 생각하나?"

"불가능한 건 아니지."

"그렇게 생각하나?"

"해보겠네."

"계속 알려주게나."

코넌트의 전송기가 딸각 하고 끊겼다. 전송기의 스위치는 키더가 장치에 만들어 넣은 가짜였고 코넌트는 그 사실을 몰랐다. 코넌트가 장치에서 몸을 빼자 스위치는 꺼졌지만, 스위치가 날카로운 소리를 내며 끊어진 후에도 키더는 은행가가 중얼거리는 소리를 들을 수 있었다.

"녀석이 해낸다면 모든 게 준비되는 거고, 해내지 못한다 해도 저 미친 바보 놈은 계속 바쁜 채 섬에 잡혀 있겠지."

키더는 잠시 눈썹을 치켜 올리며 전화기를 노려보았다. 그러고는 곧 어깨를 으쓱하며 치켜 올린 눈썹을 풀어 내렸다. 코넌트가 무언가 몰래 준비하고 있는 것은 거의 확실했지만 키더는 걱정하지 않았다. 도대체 누가 자신을 방해하고 싶어 하겠는가? 키더 자신이 아무도 성가시게 하지 않는데 말이다. 그는 새로운 동력원에 대한 생각으로 가득 차서 네오테릭스가 있는 건물로 돌아갔다.

11일 후 키더는 코넌트에게 전화했고, 적힌 내용을 무선으로 보낼 수 있도록 팩스와 키더의 수신기를 어떻게 연결해야 하는지에 대해 자세하게 설명했다. 연결이 끝나자 생화학자 키더는 생애 처음이자 마지막으로 꽤 자세하게 말해주었다.

"코넌트, 당신은 현재 존재하지 않고, 현재 사용되는 동력원들보다 더 싸고, 효율적이며, 쉽게 전송되는 새로운 동력원을 언급했지. 아마 내가 방금 완성한 작은 제너레이터에 관심이 있을 거야.

이 제너레이터는 동력을…… 코넌트, 믿을 수 없을 정도의 동력을 가지고 있네. 퍼뜨려지는 거야. 아름답고 꽉 찬 광선이. 자, 그쪽 팩스에서 나오는 걸 보게나."

키더는 종이 한 장을 송수신기의 투입구에 밀어 넣었고, 그것은 코넌트의 장치에서 전송되어 나왔다.

"그게 동력 수신기의 배선도라네. 들어보게. 이 광선은 아주 촘촘하고 방향성이 아주 커서 3000킬로미터 전송 시 동력이 1퍼센트의 1000분의 3도 손실되지 않아. 동력 시스템이 차폐되어 있어서 광선의 유출이 있을 경우 전송기에 신호를 보내고, 전송기는 자동으로 동력 생산 단계를 올리지. 한계는 있지만 올라간다고. 다른 것도 있네. 내가 만든 이 조그만 물건은 분당 총 약 8000마력의 각각 다른 여덟 개의 광선들을 쏘아 보내지. 각 광선으로부터 책장을 넘기거나 성층권에 비행기를 띄우기에 충분한 힘을 끌어낼 수 있어. 잠깐, 아직 끝난 게 아니야. 아까 수신기로부터 전송기로 신호를 돌려받는다고 했지. 이 신호는 광선의 동력 발생량만 조절하는 게 아니고 방향도 통제한다고. 한번 교신이 이뤄지면 광선은 다른 데로 가지 않아. 어딜 가든 수신기를 따라가지. 공장뿐만 아니라 토지건 비행기건 배건 상관없어. 마음에 드나?"

은행가였지 과학자는 아니었던 코넌트는 땀으로 번득이는 대머리를 손등으로 닦으며 말했다.

"당신은 한 번도 날 잘못된 방향으로 이끌었던 적이 없지, 키더. 비용은 어떤가?"

"비싸."

키더가 곧바로 말했다.

"원자력 발전소만큼 많이 들지. 하지만 고장력高張力 선도 없고, 전선도 없고, 송유관도 없고, 아무것도 없네. 수신기는 라디오보다 조금 복잡한 정도고 전송기는…… 음, 그건 좀 복잡하지."

"기간도 얼마 안 걸렸군."

코넌트가 말했다.

"그래. 얼마 안 걸렸네, 그렇지?"

거의 1200명의 고급 인력이 필생의 작업으로 이룩한 것이었지만 키더는 거기까지 얘기하지 않았다.

"내가 여기 갖고 있는 것은 물론 단지 견본일 뿐이네."

키더가 말했다.

코넌트의 음성이 급박해졌다.

"견본? 그럼 얼마나 전송······"

"6만 마력이 넘지."

키더가 명랑하게 말했다.

"맙소사! 표준 크기의 기계라면······ 에, 전송기 하나로 충분히······"

잠시 코넌트는 그 가능성에 질식할 것 같았다.

"연료는 어떻게 공급하나?"

"공급 안 해. 상상할 수 없는 힘을 가진 동력원의 수도꼭지를 연 것 같다고 설명하면 되려나. 음, 거대하지. 너무 거대해서 잘못 사용하면 안 돼."

"뭐라고?"

코넌트가 매섭게 말했다.

"그건 무슨 뜻인가?"

키더는 눈썹을 찌푸렸다. 코넌트는 지금 뭔가 숨기고 있었다. 이 두 번째 징후에, 세상에서 제일 의심하지 않는 사람인 키더는 경계하기 시작했다.

"말한 그대로의 의미네."

그는 차분하게 말했다.

"날 이해하려고 너무 애쓰지 말게. 나도 잘 모르겠거든. 하지만 이 동력원은 두 동등했던 힘의 불균형에 기인한 무서운 결과야. 두 동등한 힘은 양에 있어 무한이네. 이 힘은 시리우스의 짝별을 이루는 원소들을 부수듯이 원자를 부수고 태양을 만드는 힘이야. 당신이 갖고 놀 만한 게 절대 아니라고."

"나는 절대……"

코넌트의 목소리가 곤혹스러워졌다.

"비슷한 예를 하나 들어주지. 자네가 두 개의 막대를 양손에 하나씩 쥔 후 막대의 끝을 모으고 민다고 가정해봐. 압력이 장축에 가해지는 한 압력은 동일해. 오른손과 왼손이 서로 상쇄되는 거지. 여기에 내가 등장하는 거야. 내가 막대가 닿은 지점에 정말 약하게 손가락 하나를 올려놓으면, 막대는 강하게 일직선에서 벗어나고 당신 손가락 관절이 몇 개 부러질 거야. 원래 당신이 쓴 힘에 직각으로 온 힘이 무시무시한 결과를 초래하는 힘인 거고, 내가 만든 동력 전송기도 같은 원리인 거지. 이 힘들을 일직선상에서 벗어나게 만드는 데는 극소량의 에너지면 충분해. 할 줄만 알면 너무 쉽지. 당신이 이걸 가졌을 때 그 결과를 통제할 수 있는지 없는지는 매우 중요한 질문이야. 나는 통제할 수 있지만 말이지."

"알겠네."

코넌트는 4초간 만족감을 즐겼다.

"하늘이 공공사업 회사들을 돕는 거지. 난 별 쓸 데가 없어. 키더, 난 표준 크기의 동력 전송기가 필요하네."

키더가 무선전화 안에서 혀를 찼다.

"야심차구먼, 그렇지? 난 여기 직원 같은 게 없네, 코넌트…… 당신도 알지 않나. 게다가 난 4000 내지 5000톤짜리 기계를 혼자서 만들 수 없다고."

"48시간 내에 500명의 기술자와 노무자들을 그곳으로 보내겠네."

"그러지 마. 왜 날 성가시게 하는 거야? 난 여기서 충분히 행복해, 코넌트. 그리고 내가 그렇게 행복한 이유 중 하나는 아무도 날 귀찮게 하지 않기 때문이야."

"이런. 자, 키더. 그러지 말게. 돈은 달라는 대로……"

"이걸 살 만큼의 돈을 갖고 있진 않을 거야."

키더는 기운차게 말하며 장치의 스위치를 껐다. 하지만 그의 스위치는 계속 작동하고 있었다.

코넌트는 화가 머리끝까지 나서 전화기에 대고 계속 소리 질렀다. 그러고는 신호 버튼을 눌러대기 시작했다. 키더는 자신의 섬에서 전화기가 비명을 질러대게 내버려두고 영사실로 돌아갔다. 그는 코넌트에게 수신기의 도면을 보낸 것을 후회했다. 네오테릭스로부터 얻은 전송기 견본으로 비행기나 자동차를 움직이면 재미있을 것이다. 그러나 코넌트가 저런 식이라면…… 뭐, 어쨌든 전송기 없이는 수신기는 아무 것도 아니니까. 무선 관련 기술자라면 도면을 이해하겠지만, 활성화시키는 광선에 대해서는 그럴 수가 없으리라. 그리고 코넌트는 광선을 얻지 못할 것이다.

그가 코넌트를 충분히 알지 못했던 게 애석한 일이었다.

키더의 나날은 배움을 향한 끝없는 출격이었다. 그는 잠을 자지 않았고, 네오테릭스도 자지 않았다. 다섯 시간마다 정기적으로 식사했고, 열두 시간마다 30분씩 운동했다. 시간도 확인하지 않았는데, 그건 시간이 그에게 아무 의미도 없었기 때문이었다. 굳이 날짜나 연도를 알고 싶었다면 코넌트에게서라도 알 수 있었지만, 단순히 신경을 쓰지 않았던 것이다. 관찰하지 않는 시간은 네오테릭스에게 줄 새로운 문제들을 만들어내는 데 사용되었다. 바로 지금 그의 생각은 방어였다. 코넌트와 대화하다가 든 생각이었는데, 지금은 그 생각 자체가 중요했고 그 동기는 중요한 게 아니었다. 네오테릭스들은 전기장과 유사한 진동 장을 만들고 있었다. 키더는 어떤 생물이든 만지면 죽는 보이지 않는 벽 따위에서 별 실용적인 가치를 느끼지 않았지만, 이제는 흥미를 느꼈다.

그는 기지개를 켜고, 그의 창조물들이 일하는 모습을 관찰하던 위쪽 공간의 망원경에서 떨어졌다. 키더는 이 큰 통제실에 있을 때 깊은 행복감을 느꼈다. 시설을 가로질러 갈 때는 매번 작별을 고하는 것 같았고, 돌아올 때는 즐겁게 '안녕' 하고 말했다. 스스로를 재미있다고 생각하며 그는 밖으로 나갔다.

멀리 까만 점 같은 배 한 척이 몇 킬로미터 밖에서 섬을 향해 오고 있었다. 키더는 멈춰 서서 불쾌한 기분으로 배를 바라보았다. 바다를 가로질러 오는 까만 선체의 양쪽으로 하얀 파도가 꽃잎처럼 선체에 붙어 뿌려지며 그를 향해 다가오고 있었다. 어느 날 오후 그의 사랑스런 섬에 호기심에 가득 찬 어리석은 바보들이 토해지듯 상륙하고, 후추를 뿌리듯 바보 같은 질문을 던지고, 며칠간 신경의 평정을 잃게 할 것을 생각하며 키더는 코웃음을 쳤다. 아, 그가 얼마나 사람들을 싫어하는지!

시설을 가로질러 구 실험실로 들어가면서, 불쾌함과 더불어 키더에게는 무의식적으로 두 가지 생각이 더 떠올랐다. 하나는 어떤 종류의 역장力場으로 건물들을 둘러싸고 침입자에 대한 경고를 붙여놓는 것이 현명할지도 모르겠다는 것이었고, 또 하나는 지난 주 코너트와의 무선전화를 통해 전해진 희미한 불편함이었다. 이틀 전 코넌트가 제안한 것은 동력 전송기를 섬에 세운다는 끔찍한 착상이지 않았던가!

키더가 들어오자 코넌트는 실험실 의자에서 일어섰다.

그들은 아무 말 없이 오랫동안 서로 쳐다보기만 했다. 키더는 이 은행 총수를 수년간 만나지 못했던 것이다. 코넌트의 모습에 키더는 불쾌감으로 머리가 근질거렸다.

"안녕하신가."

코넌트가 온화하게 말했다.

"좋아 보이는군."

키더가 투덜댔다. 코넌트는 볼품없는 몸을 도로 의자에 기대고 말했다.

"질문할 힘을 아껴드리지, 키더 씨. 난 두 시간 전에 작은 배로 도착했네. 별로 쾌적한 여행은 아니었어. 당신을 놀라게 하고 싶어서 마지막 몇 킬로미터는 두 사람을 시켜 노를 저어 왔지. 별로 방어가 잘 되어 있는 것 같지는 않구먼, 그렇지? 이야, 누구든지 내가 한 것처럼 당신한테 몰래 접근할 수 있겠어."

"누가 그러고 싶어하겠나?"

키더가 으르렁거렸다. 코넌트의 목소리가 키더의 머릿속으로 짜증나게 비집고 들어왔다. 코넌트는 이런 작은 공간에서 너무 크게 이야기하고 있었다. 은둔자인 키더의 귀에는 최소한 그렇게 들렸다. 키더는 으쓱하고는 자신을 위한 가벼운 식사를 준비하려 했다.

"음."

은행가가 느릿느릿 말했다.

"내가 같이 먹겠다고 할 수도 있었던 것 아닌가."

그는 경량 합금으로 만든 시가 케이스를 꺼냈다.

"담배 피워도 되겠나?"

"안 돼."

키더가 날카롭게 말했다.

코넌트는 가볍게 웃고 시가를 치운 후 말했다.

"당신에게 이 섬에다 동력 전송기를 세우도록 해달라고 강요할 수도 있는데."

"무선전화가 작동하지 않나."

"아, 물론이지. 하지만 이젠 내가 여기 있으니까 당신이 스위치를 꺼버릴 수가 없잖아. 자, 어떤가?"

"나는 생각을 바꾸지 않았다네."

"아, 그래도 바꿔야 할 거야, 키더. 그래야 할 거라고. 생각해보게. 엄청난 세금을 내고 있는 수많은 사람들에게 얼마나 좋은 일이 될지를!"

"나는 많은 사람들이 싫어! 왜 굳이 여기다 세워야 하는 건가?"

"아, 그거. 이상적인 위치잖아. 이 섬은 당신 것이지. 어떤 문제도 일으키지 않고 일을 시작할 수 있어. 동력 전송기는 비밀리에 건설되어서 전국의 동력 시장에 날개를 활짝 펼 거야. 섬을 난공불락의 요새로 만들 거라고."

"난 방해받고 싶지 않아."

"우리가 당신을 성가시게 하지는 않을 거야. 당신과 당신의 연구로부터 2킬로미터 떨어진 북쪽 끝에 세울 거라고. 아, 그런데 그 동력 전송기 견본은 어디 있나?"

키더는 합성식품을 입에 가득 문 채 1미터 남짓한 크기의 놀랄 만큼 복잡한, 플라스틱과 쇠와 작은 코일들로 이루어진 기계가 놓인 테이블을 향해 손을 흔들었다.

코넌트는 일어서서 가까이 다가가 전송기를 보았다.

"실제로 된단 말이지, 응?"

그는 깊은 숨을 쉬고는 말했다.

"키더, 진짜 이러고 싶진 않았네만, 난 진짜 이 시설을 간절히 세우고 싶거든. 카슨! 로빈스!"

목이 굵은 두 사람이 방의 구석에서 숨어 있다가 걸어 나왔다. 하나는 권총의 방아쇠를 선선히 흔들거리고 있었다. 키더는 무표정하게 한 사람씩 쳐다보았다.

"이 신사분들은 내 명령을 절대적으로 따를 거야, 키더. 30분 내에 일행들이 도착할 거고. 기술자와 하청업자들이지. 그들은 동력원의 건설을 위해 섬 북쪽 끝을 조사하기 시작할 거야. 당신에 관한 한 이 친구들은 나와 똑같이 생각하고 있는데, 당신의 협조 하에 일을 진행할까 말까? 당신이 살아남아 연구를 계속할지는 나한테 별 중요하지 않아. 내 기술자들이 당신 견본을 복사할 거니까."

키더는 아무 말도 하지 않았다. 총 든 자를 보았을 때 그는 씹는 것을 멈췄고 지금은 삼키는 것만 염두에 두었다. 키더는 말도 하지 않고 움직이지도 않으며 식판 뒤에 웅크리고 앉아 있었다.

코넌트가 문으로 걸어가면서 침묵을 깼다.

"로빈스, 거기 견본을 날라주겠나?"

덩치 큰 남자는 총을 치우고 고개를 끄덕이며 견본을 부드럽게 들어올렸다.

"바닷가로 가져가서 다른 배 사람들을 만나게. 그리고 기술자 요한슨 씨에게 이게 일을 시작할 견본이라고 전하게."

로빈스가 나갔고 코넌트는 키더를 바라보았다.

"우리끼리 서로 화낼 필요는 없어."

그는 간사하게 말했다.

"난 당신이 외골수라고 생각하지만 그걸 나쁘게 생각하지는 않아. 무슨 느낌일지 이해해. 당신은 놔둘 거야. 약속은 지킨다고. 하지만 난 이 작업을 진행할 거고, 당신 목숨 같은 사소한 것이 내 앞을 가로막는 건 용납 못해."

키더가 말했다.

"꺼져."

양쪽 관자놀이의 혈관이 불거져 나왔다. 그의 목소리는 낮고, 떨렸다.

"아주 좋아, 잘 있게, 키더 씨. 아, 그런데 당신은 영리한 악마잖아."

아무도 학자 같은 키더 씨에게 그런 식으로 얘기한 적은 없었다.

"나는 당신이 우리를 섬에서 쫓아낼 가능성이 있다는 걸 알고 있어. 내가 당신 같으면 절대 그러지 않을 거야. 난 당신이 원하는 걸 줄 거야. 개인적 자유를. 나도 같은 걸 바란다고. 내가 여기 있는 동안 무슨 일이 생기면, 날 위해 일하는 누군가가 이 섬에 폭격을 퍼부을 거야. 물론 그들이 실패할 수도 있겠지.

만일 실패하면 미국 정부가 손을 쓸 거야. 그걸 원하진 않겠지, 그렇지? 혼자 정부와 싸우는 건 무척 힘든 일이야. 내가 본토로 돌아간 뒤 어떤 식으로든 동력원이 방해받는 경우에도 같은 일이 벌어질 거고.

심지어 당신이 죽을 수도 있고, 어쨌든 끝까지 방해받을 것은 거의 확실해. 아, 협조에…… 감사하네."

은행가는 싱글거리며 걸어 나갔고, 과묵한 고릴라가 뒤따랐다.

키더는 오랫동안 꼼짝하지 않고 앉아 있었다. 그러고는 손에 얼굴을 묻은 채 머리를 흔들었다. 그는 몹시 겁에 질려 있었다. 그의 생명을 위협받아서가 아니라, 그의 사생활과 연구—그의 세계—가 위협받았기 때문이었다. 그는 상처받았고 당황했다. 그는 사업가가 아니었고, 사람들을 움직이는 법을 몰랐다. 평생 동안 인간들과 그들이 표현하는 것들로부터 피해 다녔다. 마치 다가오는 사람들에 겁먹은 어린아이 같았다.

조금 진정하면서, 그는 동력 전송기가 실제로 돌아가면 무슨 일이 일어날까 어렴풋이 생각해보았다. 확실히 정부는 흥미를 보일 것이다. 만약, 만약 그때 코넌트 자신이 정부가 아니라면 말이다. 동력 전송기는 상상할 수도 없는 힘의 원천이었고, 바퀴를 돌리는 것 같은 종류의 힘만이 아니었다. 그는 일어서서, 그의 동기가 이해되고 자신을 도와줄 수 있는 사람들이 있는, 그에게는 자기 집 같은 세계로 돌아갔다.

그는 네오테릭스들이 있는 건물로 돌아와, 한 번 더 사람들의 세상으로부터 그의 연구로 도망쳤다.

그 다음 주에 키더가 코넌트에게 전화하자 은행가는 매우 놀랐다. 그는 섬에 있던 이틀 동안 일이 잘 진행되도록 조치해놓았고, 노무자들과 자재를 실은 배가 도착하고 나서 섬을 떠났다. 코넌트는 책임 기술자인 요한슨과 무선으로 계속 연락했다. 섬에 온 요한슨과 그의 동료들은 일이 무엇인지도 몰랐고, 요한슨과 선발된 그의 일행들 정도의 사람들을 고용할 수 있었던 것은 은행의 무한정에 가까운 자본이 있었기에 가능한 일이었다.

견본을 보았을 때 요한슨의 첫 반응은 황홀감이었다. 그는 이 놀라운 물건에 대해 친구들에게 말해주고 싶었지만, 은행 안 코넌트의 사무실로 연결되는 것 외에 쓸 수 있는 무선전화는 없었다. 게다가 작업자 두 명 당 하나씩 배치된 코넌트의 무장 경비원들에게는 다른 무선 전송 장치가 눈에 띨 경우 즉각 부숴버리라는 엄격한 명령이 내려져 있었다. 이런 상황에서 요한슨은 섬에 갇힌 죄수나 다름없다고 생각했지만, 일주일에 5만 달러씩 받는 죄수라는 데 생각이 미치자 순간적인 분노는 가라앉았다. 두 명의 노무자와 한 엔지니어는 생각이 달라서, 도착한지 며칠 지나지 않아 불만을 토로했다. 어느 날 밤 그들은 사라져버렸고, 그날 밤 해변에서 다섯 발의 총소리가 들렸다. 어떤 질문도 없었고 더 이상의 말썽도 없었다.

코넌트는 키더가 전화하자 놀라움을 감추고 여느 때처럼 공격적으로 쾌활하게 말했다.

"이런, 자! 내가 뭔가 도와줄 것이 있나?"

"그렇네."

키더의 목소리는 낮고, 아무런 감정의 표현도 없었다.

"당신네 사람들에게 내 건물에서 500미터 북쪽에 섬을 가로질러 그어놓은 흰 선을 통과하지 말라고 경고해주게."

"경고? 왜 그러나, 친구. 어떤 경우라도 당신을 방해하지 말라는 명령은 이미 내려져 있는데."

"명령했다? 좋아. 이젠 경고해주라고. 통과하려는 어떤 생물도 죽여버리는 전기장으로 내 연구실을 둘러쌌다고 말이야. 사람을 죽이기는 정말 싫어. 침입자가 없는 한 시체도 없을 거야. 당신 일꾼들에게 전해주겠나?"

"아, 제발, 키더."

은행가가 타이르듯 말했다.

"그건 전적으로 불필요해. 당신은 방해받지 않을 거야. 왜……"

그러나 그는 꺼진 마이크에 대고 얘기하고 있었다.

코넌트는 키더에게 다시 전화할 정도로 어리석지는 않았다. 대신 그는 요한슨에게 전화해서 전기장에 대해 이야기했다. 요한슨은 전화기에서 들려오는 소리가 싫었으나, 전달 내용을 복창하고 전화를 끊었다. 코넌트는 요한슨을 좋아했다. 요한슨이 결코 살아서 섬을 나갈 수 없을 거라는 사실에 그는 아주 잠시, 아주 조금 유감스러웠다.

하지만 저 키더가 문젯거리가 되기 시작하고 있었다. 키더의 무기들이 전적으로 방어적일 때는 키더가 실질적인 위협이 될 수 없었다. 하지만 동력원이 작동하기 시작하면 키더도 처리되어야만 할 것이다. 확실히 그의 편이 아닌 이상, 천재를 그의 주변에 둘 수는 없었다. 키더가 혼자 내버려져 있어야만 전송기와 코넌트의 원대한 계획이 안전할 것이다. 키더도 적어도 한동안은 정부 조사관 무리보다는 코넌트에게서 더 호의적인 조치를 기대할 수 있다는 걸 알고 있었다.

작업이 섬의 북쪽 끝에서 시작된 후 키더는 자신의 울타리를 단 한 번 나갔고, 그러기 위해 그는 자신의 미숙한 외교적 수완을 모두 발휘해야 했다. 전송기의 동력에 대해, 그리고 그 동력이 잘못 사용될 경우 벌어질 일에 대해 아는 그는 대형 전송기가 거의 다 완성되었을 때 점검해 보겠다고 코넌트의 허락을 요청했다. 실험실로 돌아와 다시 안전해질 때까지는 코넌트에게 점검 사항에 대해 보고하지 않겠다고 함으로써 자신의 목숨을 보장받은 키더는 보호막을 끄고 북쪽 끝으로 걸어 올라갔다.

장엄한 광경이었다. 네 개의 발을 가진 견본은 거의 100배 정도 크게 복제되어 있었다. 거대한 100미터 탑 안의 공간은 네오테릭스들이 섬세하게 만든 것과 똑같이 복잡한 코일과 막대의 미로로 꽉 채워져 있었다. 꼭대기에는 금 합금으로 만든 번쩍이는 구(球)인 전송 안테나가 있었다. 거리와 장소에 관계없이 위치한 수천 개의 수신기에 반응하여 안테나로부터 무한정 쏟아낼 수 있는 수천 개의 촘촘한 힘의 광선이 흘러나오게 되는 것이다. 키더는 수신기가 이미 만들어졌음을 간파했으나, 보고하는 요한슨은 수신기 쪽에 대해 잘 몰랐고 별 말도 없었다. 키더는 구조물의 세부까지 자세히 검사했고, 검사를 끝내자 탄복하며 요한슨의 손을 잡고 악수했다.

"난 이 물건이 여기에 세워지는 걸 원치 않았습니다."

그는 부끄러워하며 말했다.

"지금도 그렇습니다. 하지만 이런 성과를 직접 봐서 기쁘다고 말할 수밖에 없군요."

"저도 직접 발명한 분을 만나서 기쁩니다."

키더가 기뻐했다.

"제가 발명한 게 아니에요. 언제 한번 누가 만들었는지 보여드리지요. 저는…… 음. 안녕히 계십시오."

키더는 너무 많이 말해버리기 전에 돌아서서 길을 따라 걸어 내려갔다.

"쏴버릴까요?"

요한슨의 옆에서 코넌트의 경비원 하나가 총을 꺼내 들고 물었다. 요한슨은 경비원의 팔을 아래로 내렸다.

"안 돼."

그는 머리를 긁적였다.

"그러니까 저자가 섬 반대쪽 끝에 있는 수수께끼 같은 위험인물이었단 말이군. 허! 이거야. 진짜 좋은 친구잖아!"

세계 최고의 아름다운 도시이며 우리나라의 수도인 뉴 워싱턴은 서방 전쟁 도중 로키 산맥 대전투에서 파괴된 덴버의 폐허 위에 세워졌다. 백악관 심장부 깊은 곳에 위치한 원형 방 안에 대통령과 군인 세 명, 그리고 민간인 한 명이 앉아 있었다. 대통령의 책상 밑에 있는 구술용 녹음기는 모든 대화의 단어 하나하나를 눈에 띄지 않게 기록 중이었다. 코넌트는 3000여 킬로미터 떨어진 곳에서, 민간인의 안주머니에 있는 작은 송수신기의 신호를 받도록 조정된 무선 수신기를 귀에 대고 있었다.

장교 중 하나가 말했다.

"대통령 각하, 이분의 제품에 대한 '불가능한 주장'은 명확하게 사실입니다. 그는 설명서의 각 항목을 의심의 여지없이 증명했습니다."

대통령은 장교 뒤의 민간인을 바라보았다.

"보고서를 기다릴 수가 없군."

대통령이 말했다.

"말해주시오. 어떻게 됐소?"

다른 군인이 카키색 손수건으로 얼굴을 닦았다.

"믿으시라고 할 수도 없습니다만, 대통령 각하. 그래도 사실입니다. 여기 라이트 씨는 지금 가방 안에 40~50개의 작은, 에…… 폭탄을……"

"폭탄이 아닙니다."

라이트가 가볍게 말했다.

"맞소. 폭탄은 아니지요. 라이트 씨는 저것 두 개를 모루에 놓고 큰 망치로 때려 부숴버렸습니다. 아무 일도 없었지요. 다른 두 개를 전기로에 넣었더니 양철 조각이나 종이처럼 타 없어졌습니다. 총신 바로 밑에 놓고 소총으로 쏴봤습니다만 역시 아무런 일도 일어나지 않았습니다."

그는 말을 멈추고, 보고서를 드는 세 번째 장교를 바라보았다. 세 번째 장교가 말했다.

"거기서부터가 진짜 시작입니다. 저희는 실험장으로 날아가서 이 물건을 하나 떨어뜨리고 9000킬로미터 상공으로 갔습니다. 거기서 라이트 씨가 주먹 크기도 안 되는 작은 휴대형 기폭 장치를 작동시켰는데, 저는 그런 건 처음 봤습니다. 160제곱미터의 지면이 부서지며 곧바로 저희를 향해 튀어 올라왔습니다. 충격이 굉장해서…… 600킬로미터 밖에 계셨던 각하도 느끼셨을 겁니다."

대통령이 끄덕였다.

"그랬소. 지구 반대편의 지진계도 그걸 감지했고."

"폭발이 남긴 분화구의 깊이는 중심으로부터 400미터였습니다. 휴, 그런 걸 비행기 한 대에 실으면 도시도 완전히 파괴될 겁니다! 정확할 필요조차 없어요!"

"아직 아무것도 못 들었군."

다른 장교가 끼어들었다.

"라이트 씨의 자동차는 그것과 비슷한 작은 동력원에 의해 움직입니다. 우리한테 직접 보여줬지요. 연료통도 없었고 다른 어떤 동력 장치도 없었습니다. 하지만 그 차는 100세제곱 센티미터도 안 되는 동력원으로 여유 있게 군 전차를 견인했습니다!"

"또 다른 실험도 있습니다!"

세 번째 장교가 흥분하며 말했다.

"귀중품 보관용 지하 금고를 만들어서 안에다 그 물체를 넣었습니다. 벽은 4미터 두께였고 초강화 콘크리트였습니다. 그는 100미터 밖에서 조종했고요. 에…… 지하금고가 폭파됐습니다! 폭발이 아니라…… 마치 믿을 수 없을 정도로 강력한 팽창력이 안에서 꽉 차 있다가 안으로부터 벽을 박살낸 것 같았습니다. 벽은 부서지고 쪼개져서 가루가 됐고, 쇠 대들보와 기둥들은 뒤틀리고 잘려서 마치…… 마치…… 휴! 그리고서 각하를 만나고 싶어 했습니다. 통상적이지 않다는 건 저희도 압니다만, 라이트 씨는 더 말할 게 있으며 각하 앞에서만 이야기하겠다고 했습니다."

대통령은 침착하게 물었다.

"그게 뭡니까, 라이트 씨?"

라이트는 일어서서 가방을 집어 들어 열고는 작은 입방체를 꺼냈다. 각 변의 길이가 20센티미터 정도 되고, 뭔가 흡광성인 붉은색 물질로 만들어진 것이었다. 네 사람은 불안해하며 입방체로부터 멀리 떨어졌다.

라이트가 입을 열었다.

"여기 계신 분들은 이 장치의 기능 중 일부분밖에 보지 못했습니다. 이 장치로 가능한, 섬세한 조정을 각하께 보여드리려 합니다."

그는 입방체 옆의 작은 손잡이를 조정하고는 대통령의 책상 구석에 놓았다.

"이 장치가 제 발명품인지, 제가 누군가의 대리로 왔는지 여러 번 물어보셨지요. 후자가 맞습니다. 하나 더 알아두실 것은 이 입방체를 조종하는 분은 지금 수천 킬로미터 떨어진 곳에 있습니다. 오직 그분만이 이게 지금 폭발하는 걸 막을 수 있죠. 제가……"

그는 가방에서 기폭장치를 꺼낸 후 단추를 눌렀다.

"이렇게 해놓으면, 이 장치는 우리가 비행기에서 떨어뜨렸을 때처럼 폭발할 겁니다. 네 시간이면 이 도시와 그 안의 모든 것을 파괴하겠죠. 또……"

그는 물러서서 기폭장치의 스위치를 넣었다.

"움직이는 물체가 1미터 내로 들어오거나, 저 이외의 다른 사람이 방에서 나가도—그건 균형을 맞추실 수 있겠지요—역시 폭발할 겁니다. 제가 방에서 나간 다음 저를 방해하려 하면, 제게 손을 대자마자 역시 폭발할 겁니다. 그러기 전에 저를 쏴 죽일 정도로 총알이 빠르진 못합니다."

세 명의 군인은 말이 없었다. 한 사람은 초조해하며 이마의 식은 땀방울을 닦아냈다. 나머지는 움직이지도 못했다. 대통령이 차분하게 말했다.

"제시하는 조건이 뭐요?"

"아주 합당한 것입니다. 제 고용주는 드러내놓고 일하지 않으시거든요. 그럴 만한 이유가 있으셔서요. 그분께서 원하시는 것은 내려지는 명령을 수행하겠다는 각하의 동의입니다. 내각을 그분이 선택한 사람들로 지정한다든지, 그분이 지시한 것에 대해 각하께서 어떤 식으로든 영향력을 행사한다든지. 대중들이건 국회건 다른 사람들은 절대 알 필요가 없습니다. 하나 더 말씀드린다면 이 제안에 각하가 동의하는 경우, 여러분들이 '폭탄'이라고 부르는 이 장치는 폭발하지 않을 것입니다.

하지만 이 장치 수천 개가 전국에 걸쳐서 설치될 거라는 건 믿으셔도 됩니다. 장치가 가까이 있는지도 절대 알 수가 없죠. 만약 각하가 거역하신다면, 각하와 주변 8~10제곱킬로미터 내의 모든 사람은 즉각 소멸됩니다.

3시간 50분 내에 — 정확하게 7시입니다 — RPRS 방송국의 라디오 프로그램에서 방송 진행자가 방송국 이름을 얘기한 다음 '동의합니다'라고 말하게 하십시오. 제 고용주 외에는 아무도 눈치 채지 못할 겁니다. 저를 미행해봤자 소용없습니다. 제 일은 끝났거든요. 저는 제 고용주를 다시 본다거나 접촉하지 않을 겁니다. 이상입니다. 안녕히 계십시오, 여러분!"

라이트는 사무적인 태도로 가방을 탁 닫고는 머리 숙여 인사하고 방을 나갔다. 네 사람은 앉은 채로 작고 빨간 입방체를 응시했다.

"그가 말한 대로 전부 할 수 있다고 생각하시오?"

대통령이 물었다.

세 명 다 아무 말 없이 고개를 끄덕였다. 대통령은 전화기로 손을 내밀었다.

자신의 성소^{聖所}인 지하 금고 안의 커다란 책상 뒤에 쭈그리고 앉은 코넌트 외에도 아무도 모르게 몰래 엿듣는 사람이 하나 더 있었다. 코넌트 옆에 내부가 빽빽이 차 있는 키더의 무선전화 장치가 있었던 것이다. 코넌트가 들어오면서 무선전화의 스위치가 켜졌고, 키더는 자신의 섬에서 무선전화 장치를 고안해낸 날을 신에게 감사하고 있었다.

키더는 아침 내내 코넌트에게 전화하려 했지만 매우 망설였다. 젊은 기술자 요한슨과의 만남에서 그는 굉장히 감명을 받았던 것이다. 요한슨이란 사람은 일에서 완벽한 보람을 갖는 진짜 과학자였고, 키더는 인생에서 처음으로 누군가를 정말 다시 만나고 싶다고 느꼈다. 하지만 키더는 자신의 실험실로 요한슨을 데려올 경우 요한슨의 생명이 위태로울까 두려웠다. 왜냐하면 섬에서의 요한슨의 일은 완성되었고, 요한슨이 키더를 방문한 사실을 코넌트가 알게 되면 요한슨이 대형 전송기 완성을 방해하고 지연시키도록 키더에게 설득당했을지도 모른다고 생각하여 이 기술자를 죽여버릴 것이 거의 확실했기 때문이다. 그리고 키더가 동력 전송기로 간다면 아마도 눈에 띄는 대로 사살될 것이었다.

하루 종일 키더는 혼자 씨름하다 마침내 코넌트에게 전화하기로 결심했다. 다행스럽게도 먼저 전화하지 않았고, 작은 빨간 불빛이 코넌트의 무선전화가 작동하고 있음을 알려주었기에 자기 쪽 수신기의 볼륨을 높였다. 그는 호기심에 찬 채 5000킬로미터 떨어진 대통령 관저에서 벌어지는 모든 상황을 들어버렸다. 충격과 함께 그는 코넌트의 기술자들이 뭘 했는지 깨달았다. 수만 개의 수신기를 작은 용기 안에 집어넣어버린 것이다. 수신기 자체로는 아무 힘이 없었지만 원격 조종에 의해 섬의 대형 동력원에서 방출하는 수십억 마력의 힘을 얼마든지, 또는 전부 다 끌어다 쓸 수 있었다.

키더는 말을 잃고 무선전화 수신기 앞에 서 있었다. 그가 할 수 있는 건 아무것도 없었다. 만약 그가 동력원을 파괴할 방법을 찾아낸다고 해도 분명히 정부가 개입할 것이고 섬을 접수해버릴 것이다. 그러면 자신과 소중한 네오테릭스들은 어떻게 될 것인가?

또 다른 소리가 수신기에서 삐걱거리며 들려왔다. 라디오 방송이었다. 몇 소절의 음악 뒤에 성층권 비행기 요금 할부제를 광고하는 남자 목소리가 들려왔고, 잠시 침묵이 흘렀다. 그러고는, 멘트가 흘러나왔다.

"수도首都의 목소리인 남 콜로라도 지역의 RPRS 방송국입니다."

3초간의 멈춤이 끝없이 길게만 느껴졌다.

"시각은 정확하게…… 에…… 동의합니다. 시각은 정확하게 산지山地 표준시로 오후 7시입니다."

그러자 반쯤 미친 듯 낄낄거리며 웃는 소리가 들렸다. 키더는 그게 코넌트의 웃음소리라는 것을 믿을 수가 없었다. 전화 거는 소리가 들렸다. 은행가의 목소리였다.

"빌? 모두 준비됐네. 자네 부대를 데리고 섬에서 나와 섬을 폭격하게. 동력원만 남겨놓고 나머지는 전부 산산조각 내버리라고. 서둘러 처리하고 거기서 나오게."

두려움으로 거의 발작을 일으키듯이 키더는 방에서부터 달려서 문을 뛰쳐나와 시설을 가로질렀다. 동력원에서 400미터 떨어진 곳에는 500명의 죄 없는 노무자들이 있었고, 코넌트는 더 이상 그들이 필요 없었다. 코넌트는 키더도 필요 없었다. 노무자들이 안전할 수 있는 방법은 동력 전송기 안에 들어가 있는 수밖에 없었고, 키더는 네오테릭스들도 폭격 당하도록 내버려둘 수 없었다. 그는 몸을 던지듯 계단을 올라가 가장 가까운 문자 전신기로 갔고 순식간에 입력했다.

"방어 수단을 줘. 뚫리지 않는 방어벽을 원한다. 급해!"

그의 손가락에서 나온 문자들은 네오테릭스의 기능적인 문자체로 튀어나왔다. 키더는 자신이 뭐라고 썼는지 생각도 못했고, 주문한 물건을 제대로 보지도 못했다. 하지만 그는 할 수 있는 것을 했다. 이제 네오테릭스를 놔두고 막사로 가서 사람들에게 경고해야 했다. 그는 '선을 넘어서는 사람은 죽는다'라고 표시되어 있는 흰 선을 넘어 동력 전송기를 향한 길로 뛰어 올라갔다.

접이식 날개에 앞이 뾰족한 비행기 아홉 대로 이루어진 편대가 섬의 위장막을 걷고 나왔다. 엔진이 없었으므로 엔진 소리도 나지 않았다. 비행기들은 작은 수신기로 섬에서 나오는 동력을 받아 시동을 걸고, 눈에 잘 띄지 않는 흡광성 날개를 공기 중에 펼쳤다. 몇 분 지나지 않아 편대가 섬에서 날아올랐다. 편대장이 마이크에 대고 힘차게 말했다.

"막사를 먼저 처리한다. 쓸어버리고 남쪽으로 진행한다."

요한슨은 혼자서 사진기를 든 채 섬 중앙 근처의 작은 언덕에 있었다. 비록 육지를 다시 밟아볼 확률이 실제적으로 전혀 없다는 걸 잘 알고 있었지만, 그는 자신이 만든 전송기 탑을 여러 각도에서 찍은 사진들을 좋아해서 많은 사진을 찍었다. 요한슨은 비행기들이 막사 위로 횡 소리를 내며 돌진해오는 소리를 듣고 처음 알았다. 그는 꼼짝도 못하고 서서, 폭탄 세례가 퍼부어지고 막사들이 부서진 나무들과 쇳덩이들과 시체들의 박살난 폐허로 변하는 광경을 바라보았다. 순간 키더의 진지한 얼굴이 떠올랐다. 불쌍한 친구―만약 섬의 그쪽까지 폭격 당한다면 키더는…… 탑! 동력 전송기까지 폭격할 작정인가?

요한슨은 완전히 얼이 빠져서 비행기들이 바다로 나가 방향을 바꿔, 다시 돌진해오는 광경을 바라보았다. 남쪽으로 폭격을 진행할 모양이었다. 그는 세 번째 폭격 때 그걸 확신했다. 뭘 해야 할지 몰랐지만 그는 뒤돌아 키더의 건물 쪽으로 뛰었다. 그리고 길을 따라 돌아 달리다 조그만 생화학자와 호되게 부딪쳤다. 키더의 얼굴은 전력질주로 새빨개져 있었고, 요한슨이 이제까지 본 중 가장 겁에 질려 있는 사람의 모습이었다.

키더가 손을 북쪽으로 흔들었다.

"코넌트!"

그는 소음 속에 소리쳤다.

"코넌트요! 우릴 모두 죽일 작정이오!"

"전송기는?"

요한슨이 창백해지며 물었다.

"안전해요. 전송기는 건드리지 않을 거요! 하지만…… 내 건물은…… 사람들은 어떻게 됐소?"

"너무 늦었소!"

요한슨이 소리쳤다.

"아마 내가…… 서둘러요!"

키더가 소리치고는 길을 따라 남쪽을 향해 뛰기 시작했다.

요한슨도 키더의 뒤를 따라 뛰었다. 머리 위에서 비행기 편대가 두 사람이 만난 자리를 훑고 지나가며 폭격하자 키더의 작고 짧은 다리가 흐릿해졌다.

그들이 숲에서 튀어나오자 요한슨은 속도로 내서 과학자를 따라잡았고, 흰 선에서 2미터도 안 되는 곳에서 키더를 붙잡아 넘어뜨렸다.

"뭐…… 왜……"

"더 가면 안돼요, 바보 같으니라고! 당신이 만든 망할 놈의 방어벽 때문에 죽을 거요!"

"방어벽? 하지만…… 북쪽으로 올라갈 때 나는 통과했었소. 잠깐 기다려요. 만약 내가……"

키더는 무서운 기세로 잔디밭을 뒤지기 시작했다. 수 초 후 그는 큰 메뚜기 한 마리를 손에 들고 선으로 달려와서 선 안으로 던졌다. 메뚜기는 꼼짝하지 않았다.

"보여요? 그게……"

요한슨이 말했다.

"봐요! 뛰어올랐소. 갑시다! 네오테릭스가 방어벽을 끈 게 아니라면 뭐가 잘못됐는지 모르겠소. 그들이 방어벽을 만들었소. 내가 아니오."

"네오…… 뭐요?"

"신경 쓰지 마시오."

생화학자는 말을 끊고 뛰었다.

그들은 헐떡거리며 계단을 뛰어올라 네오테릭스의 통제실로 들어갔다. 키더는 눈을 망원경에 대고는 기뻐서 외쳤다.

"해냈어! 해냈다고!"

"대체 누가……"

"나의 작은 사람들 네오테릭스가! 뚫리지 않는 방어벽을 만들었어요! 보여요? 역장이 시작되는 저쪽에서 역선力線을 끊고 있어요. 발생장치는 계속 역선을 만들어내고 있지만 진동은 뚫고 나오지 못해요! 이들은 안전해요! 안전해요!"

그리고 지칠 대로 지친 은둔자는 울기 시작했다. 요한슨은 그를 안타깝게 쳐다보며 머리를 가로저었다.

"그래요. 당신의 작은 사람들은 괜찮겠군요. 하지만 우리는 아니에요."

그가 한마디 덧붙일 때, 바닥이 폭격으로 흔들렸다.

요한슨은 두 눈을 감고 흥분을 가라앉히며, 호기심이 공포를 극복하도록 노력했다. 그는 쌍안경 쪽으로 걸어가 아래를 들여다보았다. 휘어진 회색 물체 외에는 아무것도 보이지 않았다. 요한슨은 이런 회색은 본 적이 없었다. 절대적으로 중성이라고나 할까. 부드럽지도 딱딱하지도 않아 보였고, 보는 것만으로도 머리가 혼란스러웠다. 그는 머리를 들어 키더를 보았다.

키더는 깨끗한 노란 테이프를 초조하게 보면서 문자 전신기의 자판을 두드리고 있었다.

"그들에게 연락이 닿질 않소."

키더는 낑낑거렸다.

"모르겠어요. 무슨 일…… 아, 그래, 당연하지!"

"네?"

"방어벽은 절대 통과가 불가능한 거요! 문자 전신기를 두드리는 순간적인 힘도 방어벽을 통과하지 못하는 것이고, 그렇지만 않으면 그들에게 방어막을 건물까지…… 아니, 섬 전체로 확장시키도록 할 수 있소. 저들이 못하는 건 없거든!"

"미쳤구나. 이 가련한 양반……."

요한슨이 중얼거렸다.

문자 전신기가 날카롭게 딸각거리기 시작했다. 키더는 그쪽으로 몸을 던져 실제로 문자 전신기를 감싸 안았다. 테이프가 나오는 대로 키더는 읽어내려갔고, 요한슨도 문자를 보았지만 알아볼 수가 없었다.

"전능하신 분이여."

키더가 더듬거리며 소리 내어 읽었다.

"저희에게 자비를 베푸시고, 저희가 모두 말씀드릴 때까지만 참아주시기를 기도합니다. 저희는 당신께서 세우라고 명령하신 방어막을 당신의 명령 없이 내렸습니다. 오, 위대하신 분이여, 저희는 길을 잃었습니다. 저희의 방어막은 정말 아무것도 통과할 수 없습니다. 그러므로 당신의 말씀이 문자 기계에 나타나는 것을 막게 됩니다. 어떤 네오테릭스의 기억에도 저희는 당신의 말씀 없이 살아온 적이 없습니다. 저희의 행동을 용서해주십시오. 간절히 당신의 답을 기다리겠습니다."

키더의 손가락이 자판 위에서 춤을 추었다.

"이제 봐요."

그가 헐떡거리며 말했다.

"가요, 망원경으로!"

요한슨은 위로부터 들려오는 확실한 죽음의 소리를 애써 무시하며 망원경을 보았다.

땅 같은 것이 보였고, 환상적인 경작지, 평범한 주거지, 공장, 그리고 사람들이 보였다. 모든 것이 믿을 수 없을 정도로 빠르게 움직였다. 사람들은 각각 옅은 연분홍색의 선이 획획 움직이는 걸로밖에 보이지 않았다. 그는 황홀해하며 한참을 바라보다가 뒤에서 나는 소리에 돌아보았다. 키더가 신이 나서 두 손을 비비며 만면에 웃음을 띠고 있었다.

"그들이 해냈어요."

그가 행복해하며 말했다.

"그렇죠?"

요한슨은 바깥이 죽음처럼 고요하다는 걸 알아챌 때까지 그렇다는 걸 알지 못했다. 그는 창문으로 달려갔다. 황혼이어야 했음에도 밖은 밤, 그것도 칠흑 같은 밤이었다.

"무슨 일이 벌어진 겁니까?"

"네오테릭스요."

키더는 말하며 어린아이같이 웃었다.

"저 아래 나의 친구들이오. 그들이 섬 전체 상공에 뚫을 수 없는 방어벽을 친 거요. 이젠 아무도 우릴 건드릴 수 없소!"

놀라움에 가득 찬 요한슨의 질문이 이어졌고, 키더는 두 사람 밑에 있는 종족에 대해 설명하기 시작했다.

방어벽 밖에서는 많은 일들이 벌어졌지. 아홉 대의 비행기는 갑자기 동작을 멈춰버렸어. 무력해진 조종사 아홉 명과 함께 아래로 추락했지. 몇은 바다에 빠졌고, 몇은 섬에서 어렴풋하게 보이는 기적의 회색 방어벽에 부딪쳐서 미끄러지고 바다에 가라앉았어.

육지에서는 라이트라는 사내가 겁에 질린 채 차에 앉아 있었지. 그를 포위한 정부기관 사람들이 이제는 사람들을 죽일 수 없는 장치로 인해 즉사하지나 않을까 무서워하며 조심스레 다가오고 있었거든.

백악관 안 깊숙한 곳에 위치한 방에서는 군 고위 장성 하나가 비명을 질렀어.

"더 이상 못 견디겠어! 못해!"

그러고는 일어서서 대통령의 책상 위에 있는 빨간 입방체를 낚아채 그의 번쩍거리는 군화발로 산산조각이 나도록 밟아버렸지.

며칠 뒤, 파산한 노인은 은행에서 끌려나와 보호시설에 갇혔고 일주일도 채 안 되어 죽었어.

방어벽은, 이제 알겠지, 진짜로 뚫을 수가 없었다고. 동력 전송기는 아무도 건드리지 않았고 광선을 계속 송출했어. 하지만 광선은 방어벽을 뚫고 나갈 수가 없었으므로 이걸 동력원으로 삼는 바깥의 것들은 모두 움직이지 않게 되어버렸지. 이 이야기가 사람들 사이에 퍼진 적은 없지만, 몇 년간 뉴잉글랜드 해안에서 해군의 활동이 많아졌던 적은 있어. 소문에 의하면 해군은 거기다 새 표적 구역을 설정했대. 거대한 회색의 반 계란형 물질에다 말이지. 폭격하고 포탄을 부어대고 광선을 쏘고 폭파해봤지만 그 부드러운 표면에 흠집조차 내지 못했어.

키더와 요한슨은 방어벽을 그냥 뒀어. 연구와 네오테릭스로 충분히 행복했거든. 그들은 폭격 소리를 듣거나 느끼지도 못했지. 방어벽이 아무것도 통과시키지 않았으니까. 주변 물자에서 식량과 빛과 공기를 합성했고 근심걱정이란 없었어. 폭격 이후 불구가 되었다가 곧 죽어버린 세 명의 불쌍한 악마 같은 놈들을 제외하고는 키더와 요한슨이 유일한 생존자였지.

이건 모두 오래전에 일어난 일이고, 키더와 요한슨이 지금 살았는지 죽었는지는 알 수 없어. 하지만 그건 별로 중요하지 않아. 중요한 건 그 커다란 회색 방어벽은 지켜볼 만하다는 거야. 사람들은 죽지만 종족은 살아남지. 상상도 할 수 없는 발전을 이루며 수많은 세대가 지난 뒤에 네오테릭스들이 방어벽을 내리고 나온다면? 그걸 생각할 때마다 무서워진단 말이지.

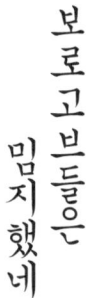
보로고브들은 밈지했네

Lewis Padgett **Mimsy Were the Borogoves**

루이스 패짓 지음
이정 옮김

운타호스텐이나 그의 주변을 묘사하려는 건 별 소용이 없다. 왜냐하면 첫째, 서기 1942년에서 수백만 년 이상의 세월이 지났고 둘째, 운타호스텐은 원칙적으로 말해 지구상에 있지도 않았기 때문이다. 실험실이라고 할 수 있는 장소에서, 서 있다고 할 수 있는 자세를 취한 채, 그는 타임머신 실험을 준비하고 있었다.

타임머신을 작동시키고 나서야 운타호스텐은 '상자'가 비어 있다는 것을 깨달았다. 절대로 그래서는 안 되는 일이었다. 타임머신에는 통제, 즉 다른 시기의 조건에 반응할 3차원 고체가 필요했다. 그렇지 않으면 운타호스텐은 타임머신이 돌아왔을 때 그게 언제 어디를 갔다 왔는지 알 수가 없었다. '상자' 안의 고체가 자동적으로 다른 시대의 엔트로

피와 우주선宇宙線, cosmic ray 폭격에 영향을 받으므로 운타호스텐은 정성적, 정량적으로 그 변화를 측정할 수 있었다. '계산기'가 작동하여 '상자'가 서기 100만 년에 갔다 왔는지, 서기 1000년에 갔다 왔는지, 서기 1년에 갔다 왔는지를 각각의 경우마다 즉시 운타호스텐에게 알려주는 것이다.

사실 그런 문제를 중요시하는 사람은 여러 면에서 철없는 아이 같은 운타호스텐뿐이었다.

낭비할 시간이 별로 없었다. '상자'가 번쩍거리며 진동하기 시작했다. 운타호스텐은 미친 듯이 주변을 살피고는 옆 '글로사치'로 뛰어들어가 그곳의 저장고를 뒤졌고, 특이해 보이는 물건들을 한 아름 들고 나타났다. 오호. 아들 스노웬이 버려둔 장난감들로, 필요한 기술을 숙달한 뒤 녀석이 지구에서 넘어올 때 가지고 온 것들이었다. 음, 스노웬은 더 이상 이 쓰레기들이 필요 없었다. 이제 스노웬은 컸고 어린아이 같은 물건들은 치워버렸던 것이다. 게다가 운타호스텐의 아내가 감상적인 이유로 아들의 장난감을 보관해두었다 하더라도 실험이 더 중요했다.

운타호스텐은 글로사치를 나와 온갖 것들을 '상자'에 던져 넣고는, 경고 신호가 번쩍이기 바로 직전에 뚜껑을 꽝 닫아버렸다. '상자'가 사라졌다. 출발하는 방식 때문에 눈이 아팠다.

그는 기다렸다.

계속 기다렸다.

결국 운타호스텐은 포기하고 똑같은 타임머신을 하나 더 만들었다. 스노웬은 오래된 장난감들이 없어졌다는 사실에 신경 쓰지 않았고 스노웬의 어머니도 마찬가지였다. 그래서 운타호스텐은 저장고를 깨끗이 비우며 아들의 유년기 유물 나머지를 두 번째 타임머신의 '상자'에 던져 넣었다.

그의 계산에 따르면, 이번 것은 지구에, 서기 19세기 후반에 나타나야 했고 실제로 그런 일이 발생했다면 장치는 그곳에 남아 있을 것이다.

운타호스텐은 혐오스러워하며 더 이상 타임머신을 만들지 않겠다고 결심했다. 하지만 이미 잘못은 저질러버렸다. 두 가지였고 그 첫 번째는······.

스캇 패러다인은 글렌데일 초등학교를 빼먹고 농땡이 치다가 그것을 발견했다. 그날은 지리학 시험이 있었고, 스캇은 1942년 당시에는 꽤나 분별력 있는 이론이었던 장소 암기에 대해 아무런 분별력도 없었다. 게다가 이른바 산들바람에 상쾌함이 느껴지는 따뜻한 봄날이 소년으로 하여금 들판에 누워 잠들 때까지 드문드문한 구름을 바라보게 만들었다. 지리학 좋아하시네! 스캇은 꾸벅꾸벅 졸았다.

정오쯤 되자 배가 고팠다. 그래서 땅딸막한 다리로 가까운 상점에 갔고, 분비되는 위액을 고상하게 무시하며 얼마 안 되는 돈을 인색하게 투자했다. 스캇은 먹기 위해 시냇가로 내려갔다.

치즈, 초콜릿, 과자를 다 먹고 음료수를 앙금까지 다 마셔버린 후, 스캇은 어느 정도 과학적 호기심이라 할 수 있는 태도로 올챙이를 잡아 관찰했다. 하지만 오래 그러지도 못한 것이, 무엇인가 둑방으로 굴러 떨어졌고 시냇가의 진흙에 쿵 하고 박혔다. 스캇은 주변을 조심스레 살피며 그 쪽으로 뛰어갔다.

상자였다. 사실은 바로 그 '상자'였다. 달려 있는 기계 장치에 왜 퓨즈가 붙어 있고 불에 타버렸는지 궁금하긴 했지만 스캇에게는 별 의미가 없었다. 스캇은 생각에 잠겼다. 잭나이프로 비틀어 열고 살펴보면서 스캇의 입 한쪽으로 혀가 튀어 나왔다—흠, 음, 음. 이 상자가 어디서 온 걸까? 누군가 여기 놓아두었다가 흙이 흐르면서 원래 위치에서 움직인 거겠지.

"나선이야."

스캇은 한참 잘못된 결론을 내렸다. 나선형이었지 나선은 아니었다. 차원의 비틀림이 있었기 때문이다. 이것이 비행기 모형이었다면, 아무리 복잡했어도 스캇에게는 별로 신비할 게 없었을 것이다. 그리하여 문제가 대두되었다. 지난 금요일에 능숙하게 분해한 스프링 모터에 비해 이 장치가 훨씬 더 복잡해 보였다.

하지만, 강제로 끌려가는 경우만 아니라면 이런 상자를 그냥 놔둘 꼬마가 어디 있겠는가. 스캇은 더 자세히 살펴보았다. 이 물건, 각도가 재미있네. 아마도 회로일 거야. 그래서—아! 칼이 미끄러졌다. 스캇은 엄지손가락을 빨면서 욕지거리를 내뱉었다.

어쩌면 음악상자일지도 몰라.

스캇이 낙담할 필요는 없었다. 이 기계 장치는 아인슈타인도 머리 아파 하고, 스타인메츠[24]도 미쳐버릴 만한 물건이었다. 물론 스캇이 존재하는 시공 연속체에 이 상자가 아직 완전히 들어오지 않았다는 사실이 문제였고, 열리지 않는 것도 그 때문이었다. 어쨌든 스캇이 나선형 비나선을 좀 더 편리한 위치로 옮겨, 편리한 돌멩이로 내려칠 때까지 상자는 열리지 않았다.

스캇이 돌멩이로 내려친 곳은 우연히도 상자의 4차원 연결점이었다. 그때까지 유지되던 시공간 비틀림이 풀렸고 부러지듯 꺾이는 소리가 들렸다. 상자는 경미하게 덜컥거리고는 가만히 있었다. 더 이상 일부

◉ **24**_Charles Proteus Steinmetz : 당대 미국 최고의 전기공학자.

만 존재하지 않았다. 이제 스캇은 상자를 쉽게 열 수 있었다.

가장 먼저 눈에 띈 것은 부드러운 실로 짠 투구였지만 스캇은 별 관심 없이 치워버렸다. 그냥 모자였다. 다음으로 집은 것은 정사각형의 투명한 수정 토막이었다. 손으로 감쌀 수 있을 만큼 작은 물체였는데, 그 작은 내부에 미로처럼 얽힌 기계장치들이 넘치도록 들어 있었다. 하지만 문제는 곧 해결됐다. 수정은 확대경의 일종으로, 토막 내부를 아주 크게 확대해주고 있었다. 내부에 들어 있는 것들도 이상하기는 마찬가지인 것이, 예를 들면 작은 사람 모형들이 그랬다.

사람들은 태엽 인형처럼, 하지만 그보다 훨씬 매끄럽게 움직여서 꼭 연극을 보고 있는 것 같았다. 스캇은 사람들의 복장도 흥미로웠지만 그 움직임에 홀딱 빠졌다. 작은 사람들은 솜씨 좋게 집을 짓고 있었다. 스캇은 집에 불이 붙어서 사람들이 끄는 걸 봤으면 싶었다.

그때 갑자기 반쯤 지어진 구조물에서 불꽃이 위로 솟았다. 자동 장치의 사람들은 여러 가지 괴상한 기구로 불길을 진화했다.

이게 무슨 의미인지 스캇은 금방 알아챘지만 조금은 걱정스러워졌다. 난쟁이들은 스캇의 생각대로 따르는 것이다. 그걸 알았을 때 스캇은 무서워졌고 그 정육면체를 던져버렸다.

스캇은 둑을 절반쯤 올라가다가 생각을 바꾸고 되돌아왔다. 수정 토막은 햇빛에 빛나며 물에 반쯤 잠겨 있었다. 스캇은 틀리는 법이 없는 아이의 본능으로 그 물건이 장난감이라는 것을 알았지만 바로 집어 들지는 않았다. 대신 상자에 도로 넣고, 다른 내용물을 조사했다.

스캇은 진짜 굉장한 물건들을 몇 개 찾아냈고, 오후는 너무나도 빨리 지나갔다. 스캇은 마침내 장난감들을 상자에 도로 집어넣고는 투덜거리고 씩씩대며 상자를 집으로 끌고 갔다. 부엌문에 도착했을 때 스캇의 얼굴은 벌겋게 상기되어 있었다.

스캇은 위층 자신의 방 옷장 뒤쪽에 발견한 상자를 숨겼다. 그리고 끈, 전선 한 움큼, 2페니, 은박지 뭉치, 더러운 국방 우표, 장석長石 등으로 이미 불룩해진 주머니에 수정 육면체를 집어넣었다.

스캇의 두 살짜리 여동생 에마가 복도에서 불안정하게 뒤뚱거리며 와서 '안녕' 하고 말했다.

"안녕, 굼벵이."

스캇이 일곱 살 몇 개월의 높이에서 고개를 끄덕였다. 스캇은 에마를 별로 잘 돌보지 않았지만 에마는 그런 차이를 몰랐다. 에마는 작고, 포동포동하고, 눈이 컸다. 에마가 카펫 위에 풀썩 쓰러지더니 침울하게 자신의 신발을 바라보았다.

"끈 매 줘, 스캇. 응?"

"멍청이."

친절하게 말하긴 했어도 스캇은 동생의 신발 끈을 매주었다.

"저녁밥 아직 안 됐어?"

에마가 끄덕였다.

"네 손 좀 보자."

놀랍게도 에마의 손은 무균 상태는 아닐지라도 꽤 깨끗했다. 스캇은 자신의 손을 곰곰이 보다가 얼굴을 찡그리며 화장실로 가서 대충 씻었다.

올챙이들은 자신들이 다니던 길에서 벗어나버렸다.

데니스 패러다인과 아내 제인은 아래층 거실에서 저녁식사 전 칵테일을 마시고 있었다. 데니스는 중년보다는 약간 젊고, 군데군데 회색 머리에 단정한 입, 여윈 얼굴이었다. 그는 대학에서 철학을 가르쳤다. 제인은 작고 단정했으며 거무스름한 피부에 아주 미인이었다. 그녀가 마티니를 홀짝이며 말했다.

"새 구두를 신었는데 당신 마음에 들어요?"

"범죄에 건배."

패러다인은 멍하니 중얼거렸다.

"음? 구두? 지금은 안 돼. 이걸 끝낼 때까지 기다려. 난 오늘 일진이 안 좋거든."

"시험?"

"그래. 성년을 갈망하는 타오르는 젊음. 녀석들이 죽어버렸으면 좋겠어. 상당한 고통을 당하면서 말이야. 인샬라!"

"올리브가 필요해요."

제인이 말했다.

"알아."

패러다인이 풀 죽은 듯 말했다.

"난 올리브를 먹은 지가 몇 년은 됐을 거야. 마티니에 말이지. 잔에 여섯 개를 넣어줘도 당신은 만족하질 못하는군."

"당신 걸 주세요. 피의 형제애로. 상징적 표현이고. 그게 이유예요."

패러다인은 악의 있게 아내를 바라보며 긴 다리를 꼬았다.

"당신 마치 내 학생처럼 얘기하는군."

"그 돼먹지 못한 베티 도슨처럼 말이죠?"

제인이 손톱을 세웠다.

"아직도 당신에게 적극적으로 꼬리를 치나요?"

"요즘도 그래. 그 아이는 그저 심리학적으로 문제가 있을 뿐이야. 다행히도 베티는 내 여자가 아니지. 만약에 그랬다면……"

패러다인은 의미심장하게 고개를 끄덕였다.

"성(性)적 자각과 너무 많은 영화 때문이야. 아직도 나한테 무릎을 보여주면 합격 점수를 얻을 거라고 생각하고 있을걸. 그런데 베티는 비쩍 말랐거든."

제인은 자신의 장점에 긍지를 느끼며 치마를 매만졌다. 패러다인은 꼬았던 다리를 풀고, 마티니를 새로 따랐다.

"솔직히 말해서 나는 그 원숭이들에게 뭐 하러 철학을 가르치는지 모르겠어. 그러기에는 전부 다 잘못된 연령대야. 습관의 유형이나 생각하는 방법이 이미 굳어버렸지. 굉장히 보수적이면서도 인정하려 들지도 않고. 철학을 이해할 수 있는 건 성숙한 어른들 아니면 에마나 스카티 같은 아이들뿐이야."

"음, 스카티에게 당신 강의를 들려주지는 말아요. 스캇은 철학박사가 될 준비가 되지 않았어요. 난 아이들의 영재 교육에 찬성하는 편이 아니라고요. 특히 그게 우리 아들이라면 말이죠."

제인이 말했다.

"베티 도슨보다는 스카티가 더 나을 거야."

패러다인이 투덜댔다.

"다섯 살에 쇠약해져서 늙고 노망이 나 죽었도다.[25]"

제인이 달래듯 인용했다.

"당신 올리브를 줘요."

◎ 25__W. S. Gilbert의 「The Precocious Baby」에서 인용.

"여기 있어. 그건 그렇고, 그 구두 좋은데."

"고마워요. 로잘리가 왔네요. 저녁식사는?"

"준비 다 됐어요. 파딘 부인Mix Pa' dine."

로잘리가 주저하듯 말했다.

"에마 양과 스카티 씨Mista를 부를게요."

"내가 부르지."

패러다인은 옆방에 머리를 들이밀고는 소리 질렀다.

"애들아! 와서 식사해라!"

작은 발걸음들이 종종걸음으로 계단을 내려왔다. 스캇은 씻어서 반짝반짝한 모습에, 곤추선 머리카락이 반항적으로 하늘을 향한 채 돌진하고 있었다. 에마도 스캇을 따라 조심스레 계단을 내려왔다. 도중에 에마는 정상적으로 내려오는 것을 포기하고, 뒤로 돌아 원숭이처럼 작업을 완수했다. 에마의 작은 뒷모습은 당면한 과제에 대한 놀라운 근면성을 인상 깊게 보여주었고, 패러다인은 아들의 몸에 부딪쳐 뒤로 밀릴 때까지 그 광경을 황홀하게 지켜보았다.

"안녕, 아빠!"

스캇이 빽 하고 소리쳤다.

패러다인은 몸을 다시 세우고 위엄 있게 스캇을 바라보았다.

"안녕, 조심하렴. 저녁 식탁까지 가게 도와다오. 엉덩이뼈가 탈골된 것 같구나."

하지만 스캇은 벌써 옆방으로 가버린 후였으며, 거기서 애정에 가득 차 제인의 새 구두를 밟은 채 사과의 말을 웅얼거리며 식탁의 자기 자리를 찾아 돌진했다. 패러다인이 따라가며 눈살을 찌푸리는데 에마의 포동포동한 손이 그의 집게손가락을 애타게 꽉 쥐었다.

"어린 악마께서 뭘 하고 있었던 거지?"

"안 좋은 거겠죠. 아마도."

제인이 탄식했다.

"안녕, 애야. 귀 좀 보자꾸나."

"깨끗해요. 미키가 핥았거든요."

"음, 그 에어데일 강아지의 혀가 네 귀보다 훨씬 깨끗하겠구나."

제인은 생각에 잠기며 에마의 귀를 간단히 살펴보았다.

"그래도 네가 들을 수 있는 한, 귓속이 지저분한 건 단지 피상적인 문제지."

"피송적?"

"별것 아니라는 의미란다."

제인은 에마를 테이블로 끌고 가서는 유아용 식탁의자에 딸의 다리를 집어넣었다. 에마가 가족들과 같이 식사하는 위치로 진급한 것은 최근의 일이었다. 패러다인이 말하듯, 에마는 그런 자부심에 먹혀버린 형국이었다. 에마는 '아가들이나 음식을 흘리는 거예요' 라는 말을 계속 들어야 했고 그 결과 숟가락을 입으로 가져가면서 고통스러울 정도로 조심해야 했다. 패러다인은 그런 광경을 지켜볼 때마다 안절부절 못했다.

"에마를 위한 컨베이어 벨트가 필요해."

패러다인은 제인의 의자를 빼주며 말했다.

"일정한 양의 시금치가 일정한 간격으로 에마의 얼굴에 도착하고 있거든."

저녁식사는 패러다인이 스캇의 접시를 볼 때까지 평온하게 진행됐다.

"이봐, 거기. 아프니? 점심 때 많이 먹었니?"

스캇은 아직도 남아 있는 음식을 신중하게 뒤적거렸다.

"충분히 먹었어요, 아빠."

스캇이 설명했다.

"넌 보통 양껏 먹은 다음, 훨씬 더 많이 먹잖니. 내가 알기로는 자라나는 남자아이들은 하루에 몇 톤 정도 먹는데, 넌 오늘밤 너무 적게 먹었어. 괜찮은 거니?"

패러다인이 말했다.

"네. 진짜로요. 충분히 먹었어요."

"원하는 만큼 다 먹은 거 맞니?"

"그럼요. 좀 다르게 먹으려고요."

"학교에서 가르쳐주든?"

제인이 물었다.

스캇은 진지하게 고개를 가로저었다.

"배운 게 아니에요. 저 혼자 알아냈어요. '퉤^{spit}'를 써서요."

"다시 해보거라. 그건 잘못된 단어란다."

패러다인이 권했다.

"어, 치⋯⋯ 침^{saliva}? 흠⋯⋯ 음⋯⋯ 음?"

"아하. 펩신 말이로군. 타액에 펩신이 있던가, 제인? 잊어버렸어."

"내 침에는 독이 있나 봐요. 로잘리가 또 으깬 감자 덩어리를 남겼네요."

제인이 말했다. 하지만 패러다인은 관심이 끌렸다.

"지금 얘기는 음식에서 얻을 수 있는 건 다 섭취했다는 뜻이니? 낭비 없이? 그래서 덜 먹는다는 얘기냐?"

스캇은 곰곰이 생각해보았다.

"그런 것 같아요. 단순히 퉤…… 침이 아니고요. 한 번에 얼마나 입에 넣을 수 있는지 재보았던 것 같고요, 뭐가 섞이는지도요. 모르겠어요. 그냥 그렇게 했어요."

"흐음."

나중에 검토해보기 위해 적어두며 패러다인이 말했다.

"아주 혁명적인 아이디어야."

아이들은 가끔 별난 개념을 생각해내는데, 이번 경우는 그리 잘못된 것 같지 않았다. 패러다인은 입을 오므렸다.

"결국 사람들은 아주 다르게 먹는다고 해야겠군. '뭔가' 도 그렇지만 먹는 방법이 다르다는 뜻이야. '뭔가' 란 사람들이 뭘 먹느냐 라는 의미고. 제인, 우리 아들이 천재가 될 징조를 보이는데."

"그래요?"

"스캇이 지금 막 만든 식이요법에는 상당한 장점이 있어. 너 혼자 생각해낸 거니, 스캇?"

"그럼요."

꼬마는 그렇게 얘기하며, 진짜 그렇다고 믿었다.

"어디에서 그런 아이디어를 얻었지?"

"어, 저는……"

스캇은 안절부절 못했다.

"모르겠어요. 그리 큰 의미가 있는 것 같지는 않아요."

패러다인은 별 이유 없이 실망했다.

"하지만 확실히……"

"투…… 투…… 투, 퉤!"

에마가 갑자기 기분 나빠하며 꽥 소리쳤다.

"퉤!"

에마는 흉내를 내려던 것이었으나 턱받이에 침을 흘리는 데만 성공했다.

체념하듯이 제인은 딸을 도와주고는 야단쳤다. 그러는 동안 패러다인은 알 수 없다는 듯 흥미를 느끼며 스캇을 바라보고 있었다. 그러나 저녁식사 후 거실까지 아무 일도 더 벌어지지 않았다.

"숙제는 없니?"

"어…… 없어요."

잘못한 듯 얼굴을 붉히며 스캇이 말했다. 당황스러움을 감추기 위해 스캇은 자신이 발견한 상자 안에 있던 물건을 주머니에서 꺼내 펼쳐놓기 시작했다. 여러 개의 구슬로 묶인 4차원 정육면체^{tesseract}를 닮은 물건이었다. 바로 패러다인의 눈에 띈 것은 아니었지만 에마가 그걸 보았고, 갖고 놀고 싶어했다.

"안 돼. 떨어져, 굼벵이."

스캇이 명령했다.

"그냥 보기만 해."

스캇은 부드럽고 재미있는 소음을 내는 구슬을 더듬었다. 에마가 통통한 집게손가락을 뻗었다가 비명을 질렀다.

"스카티."

패러다인이 경고하듯 말했다.

"때리지 않았어요."

"물었어, 저게 그랬어."

에마가 슬퍼했다.

패러다인은 의자에서 올려다보고는, 찡그리며 바라보았다. 뭐가……."

"그거 주판이니? 어디 좀 보자꾸나."

패러다인이 물었다.

스캇은 썩 내키지 않는 듯한 태도로 물건을 아버지의 의자로 가져갔다. 패러다인은 눈을 깜박거렸다. 이 '주판'을 펼쳐보니 7제곱센티미터 정도에다, 여기저기 맞물린 얇고 강한 철사로 이루어져 있었고, 철사에는 색색의 구슬이 달려 있었다. 구슬은 앞뒤로 밀고 당길 수 있었으며 접점에서 서로 지탱해주고 있었다. 하지만 구멍 뚫린 구슬은 맞물리는 철사를 교차시킬 수 없다…….

따라서, 겉보기에 구멍이 뚫린 구슬은 없었다. 패러다인은 더 주의 깊게 보았다. 각각의 작은 구슬에 깊은 홈이 둘러 파져 있어서, 구슬이 돌아갈 수도 있었고 동시에 철사를 따라 미끄러질 수도 있었다. 패러다인은 구슬 하나를 떼어내려고 시도해보았지만 흡사 자석처럼 달라붙어 있었다. 쇠? 플라스틱처럼 보이는데.

패러다인은 수학자가 아니었으므로 구조 자체는 분명하지 않았지만, 철사가 이룬 각은 충격적이었다. 유클리드 기하학적 논리가 터무니없이 빠져 있었던 것이다. 이것은 미로였다. 아마도 이 장치의 정체는 퍼즐이리라.

"이거 어디서 났니?"

"해리 삼촌이 줬어요."

스캇이 충동적으로 말했다.

"지난 일요일에 들르셨을 때요."

해리 삼촌은 지금 멀리 있었고 스캇은 그 상황을 잘 알고 있었다. 일곱 살쯤 되면 남자아이는 어른들의 변덕이란 게 어떤 일정한 방식을 따른다는 것과, 어른들이 '선물을 준 사람이 누구냐'에 대해 난리를 친다는 것도 알게 된다. 게다가 해리 삼촌은 몇 주 동안 돌아오지 않을 것이다. 스캇은 그 몇 주가 끝나버릴 거라는 데까지는 상상력이 미치지 않았고, 자신의 거짓말이 끝내 탄로 날 것이라는 사실은 이 장난감을 계속 갖고 있도록 허락받는 이득에 비해 의미가 작았다.

패러다인은 구슬을 다루어보려 시도하면서 점점 더 조금씩 혼란스러워지는 자신을 발견했다. 철사들로 이루어진 각은 뭔지는 몰라도 비논리적이었다. 수수께끼 같았다. 빨간 구슬은, 이쪽 철사를 따라 저쪽 접점으로 밀면 거기 닿아야만 했으나—그렇지 않았다. 미로였고 기묘했지만 교육적이었다. 패러다인은 자신에게 이 물건을 다룰 인내심이 없다는 것을 확실히 알았다.

하지만 스캇은 구석에 틀어박혀 계속 틀리고 끙끙대며 구슬을 밀어댔다. 스캇이 틀린 구슬을 고르거나 틀린 방향으로 밀면, 구슬은 쏘듯이 충격을 주었다. 마침내 스캇이 의기양양하게 환성을 질렀다.

"해냈어요, 아빠!"

"어? 그래? 어디 보자."

장치가 패러다인에게는 똑같아 보였으나 스캇은 손가락질하며 기뻐했다.

"내가 사라지게 했어요."

"그대로 있는데."

"파란 구슬이요. 사라졌잖아요."

패러다인은 믿지 않았고 그래서 그냥 코웃음을 쳤다. 스캇은 다시 구조에 골몰하며 시도해보았다. 이번에는 쏘는 충격 따위는 전혀 없었다. 이 주판은 스캇에게 정확한 방법을 알려주었던 것이다. 이제 스스로

해내는 것은 스캇의 몫이었다. 어떻게 된 일인지 철사들의 기괴한 각은 이제 조금은 덜 혼란스러워 보였다.

매우 교육적인 장난감이었다.

스캇은 이 장치가 수정 육면체처럼 작동한다고 생각했다. 거기까지 생각이 미치자 주머니에서 수정 육면체를 꺼내고, 주판은 에마에게 내주었다. 에마는 기쁨과 놀라움에 말문이 막혔다. 에마는 구슬을 밀어대는 일에 빠져버렸고, 이번엔 충격에 저항할 필요도 없었다. 사실 충격은 아주 미약했다. 에마는 오빠를 흉내 내서 스캇이 했던 것과 거의 같은 속도로 구슬을 사라지게 했다. 파란 구슬이 다시 사라졌다— 하지만 스캇은 신경 쓰지 않았다. 스캇은 두툼한 의자가 달린 대형 소파 속에 파묻혀 육면체를 갖고 놀고 있었다.

그 안에는 작은 사람들이 있었고, 조그만 난쟁이들은 수정이 확대해주는 덕분에 아주 크게 보였으며, 움직였다. 좋다. 사람들은 집을 지었다. 집에 진짜 불꽃처럼 보이는 불이 났고 사람들은 그냥 서서 기다렸다. 스캇은 급하게 씩씩거렸다.

"불을 꺼!"

그러나 아무 일도 일어나지 않았다. 전에 나타났던, 팔이 돌아가는 그 이상한 소방차는 어디 있는 거야? 소방차가 바로 나타나더니 멈췄다. 스캇은 소방차가 작동하도록 다그쳤다.

재미있었다. 연극 같았지만 더 현실적이었다. 작은 사람들은 스캇이 머릿속에서 시키는 대로 하고 있었다. 그들은 스캇이 실수할 경우, 올바른 방법을 찾아낼 때까지 기다렸다. 스캇에게 새로운 문제들을 제시하기까지 했다.

육면체 역시 매우 교육적인 장난감이었다. 놀랍도록 빠른 속도로,

그리고 매우 즐겁게 스캇을 가르치고 있었다. 하지만 아직 진짜 새로운 지식은 전해주지 않았다. 스캇이 준비가 덜 되었던 것이다. 다음에…… 다음에……

에마는 주판에 싫증을 내고 스캇을 찾아 나섰지만 오빠를 찾을 수 없었다. 스캇의 방에서도 마찬가지였다. 하지만 옷장 안의 내용물이 에마의 흥미를 끌었다. 상자를 찾아낸 것이다. 에마는 그 안에서 중요한 것을 발견했다. 스캇이 보고는 코웃음 치며 내던진 인형이었다. 에마는 꽥 비명을 지르며 그걸 아래층으로 가져와서, 바닥 한가운데에 자리 잡고 앉아 인형을 분해하기 시작했다.

"아가! 그게 뭐니?"

"곰 아저씨!"

분명히 곰 아저씨는 아니었다. 에마의 곰 아저씨 인형은 눈도 귀도 없고, 부드럽고 통통한 푸근함 외에는 아무것도 없었다. 하지만 에마에게 모든 인형의 이름은 곰 아저씨였다.

제인 패러다인은 망설였다.

"너 혹시 다른 여자애한테서 빼앗은 거니?"

"아냐. 얘는 내 거야."

스캇이 육면체를 주머니에 쑤셔 넣으며 숨어 있던 곳에서 나왔다.

"어…… 해리 삼촌한테서."

"해리 삼촌이 너한테 준 거니, 에마?"

"저보고 에마한테 주라고 하셨어요. 지난 일요일에요."

스캇이 허둥지둥 끼어들며 거짓말 더미에 돌 하나를 더 보탰다.

"망가뜨리겠다, 애야."

에마는 엄마에게 인형을 가져왔다.

"얘가 각각 떨어져, 그치?"

"어? 이거…… 어헉!"

제인은 숨을 삼켰다. 패러다인이 의자에서 급히 올려다보았다.

"무슨 일이야?"

제인은 주저하며 인형을 패러다인에게 가져간 다음, 의미심장한 눈빛을 남편에게 던지며 식당으로 들어갔다. 패러다인이 따라 들어가며 문을 닫았다. 제인은 이미 인형을 치워진 식탁 위에 둔 상태였다.

"데니, 이거 그리 좋은 게 아니죠, 데니?"

"흠, 음…… 음."

언뜻 보기에는 불쾌한 편이었다. 의과 대학에서야 해부학용 모형이 자연스럽겠지만 아이들 인형을……

이 물건은 부위별로 나뉘어져 있었다. 피부, 근육, 기관. 축소된 모형이었지만 거의 완벽했다. 적어도 패러다인이 보기에는 그랬다. 그는 관심이 끌렸다.

"글쎄. 이런 물건이 아이에게도 똑같은 의미를 주는 건 아니거든."

"간# 좀 봐요. 그거 간이죠?"

"그렇군. 이봐, 난…… 이거 재미있군."

"뭐가요?"

"어쨌든 해부학적으로 완벽하지는 않아."

패러다인은 의자를 끌어 당겼다.

"소화관이 너무 짧군. 대장도 없어. 맹장도 없고."

"에마가 이런 물건을 가져도 될까요?"

"나 같으면 크게 신경 쓰지 않을 거야."

패러다인이 말했다.

"해리는 대체 어디서 이런 걸 가져왔지? 아니야, 해가 되지는 않겠어. 어른들이야 내장에 대해 불쾌하게 생각하겠지만 아이들은 그렇지 않지. 아이들은 자기 몸 안이 감자처럼 그냥 똑같은 물질로 채워져 있다고 생각한다고. 에마는 이 인형에서 적절하고 실용적인 생리학 지식을 얻을 수 있어."

"그럼 이건 뭐죠? 신경인가요?"

"아냐, 이게 신경이지. 동맥이 여기고, 정맥이 여기야. 대동맥이 재미있는……"

패러다인은 당황했다.

"이건…… 망網, network이 라틴어로 뭐지? 대체…… 엉? 리타? 라타?"

"랄레스."

제인은 되는대로 얘기했다.

"그건 일종의 호흡이고."

패러다인이 고압적인 태도로 말했다.

"이 번쩍이는 망 조직은 뭐로 만들었는지 전혀 모르겠어. 신경처럼 몸 전체에 퍼져 있는데."

"피요."

"아니, 순환계도 아니고 신경계도 아니야…… 재미있군! 폐와 연결된 것처럼 보여."

그들은 이상한 인형에 당황해하면서도 몰두해버렸다. 놀라울 정도로 세부까지 완벽하게 만들어져 있었고, 그 자체로도 이상했지만 정상과는 다른 생리학적 변형도 이상했다.

"굴드[26]의 책을 가져올게 기다려."

패러다인이 말하고는 곧 인형을 해부학 도표와 비교하기 시작했다. 그러나 별로 알아낸 것도 없이 당혹감만 커졌다. 하지만 조각 맞추기 퍼즐보다 더 재미있었다.

그러는 사이 옆방에서는 에마가 주판의 구슬을 앞뒤로 밀고 당기고 있었다. 이제는 동작들이 그리 이상해 보이지 않았다. 구슬이 사라질 때도 마찬가지였다. 에마는 새로운 사용법을 거의 따라서 할 수 있었다. 거의.

스캇은 헐떡거리며 수정 입방체를 뚫어져라 들여다보면서 정신으로 지시했다. 처음에는 많은 잘못을 거쳤지만 구조물은 불에 무너진 이전 것보다 좀 더 복잡하게 지어졌다. 스캇도 역시 학습하면서 성장하고 있었다.

완벽하게 인간적인 anthropomorphic 관점에서, 패러다인의 실수는 즉시 장난감을 없애버리지 않았다는 점이었다. 그는 장난감들의 중요성을 깨닫지 못했고, 깨달았을 때엔 이미 상황이 아주 발전적으로 잘 진행되고 있었다. 해리 삼촌은 여전히 멀리 있었고, 그래서 패러다인은 해리에게 확인할 수도 없었다. 중간고사도 정신적으로 힘든 노동이었기 때문에 그는 밤이면 완전히 지쳐 떨어졌다. 게다가 제인은 일주일가량 몸이 안 좋았다. 에마와 스캇은 장난감과 함께 완전히 자유로웠던 것이다.

"와브 wabe[27]가 뭐예요, 아빠?"

◉ **26**__ Stephen Jay Gould: 미국의 고생물학자, 진화생물학자.

27__ 재버워키의 한 구절 'Did gyre and gimble in the wabe(사이넘길 한쪽을 발로 빙돌고 윙뚫고 있었네)' 에 나오는 단어. 비를 맞아 흠뻑 젖은 언덕의 한편. 사이넘길.

스캇이 어느 날 저녁 아버지에게 물었다.

"파동 wave?"

스캇은 망설였다.

"그건…… 아니라고 생각해요. 와브가 맞는 거예요?"

"왑 wab은 스코틀랜드 말로 거미줄 web이란다. 그거니?"

"잘 모르겠어요."

스캇이 웅얼거리고는 자리를 떠서, 얼굴을 찌푸린 채 주판을 갖고 놀았다. 이제 스캇은 아주 능숙하게 주판을 다룰 수 있었다. 하지만 방해받지 않으려는 아이들의 본능에 따라 스캇과 에마는 보통 혼자서 장난감을 갖고 놀았다. 물론 분명한 것은 아니지만—좀 더 복잡한 실험들은 어른들이 지켜보지 않는 곳에서 이루어진 것이다.

스캇은 빨리 배우고 있었다. 이제 그가 수정 육면체에서 보는 것들은 처음의 쉬운 문제들과는 별 관계가 없었다. 하지만 녀석들은 황홀하도록 기술적이어서, 만약 스캇이 인도되고 감독받으며 교육받는다는 것을 깨달았다면—그냥 기계적이었다 할지라도—아마 흥미를 잃었을 것이다. 실제로 스캇의 주도권은 한 번도 묵살되지 않았다.

주판, 육면체, 인형, 그리고 아이들이 상자에서 찾아낸 다른 장난감들…….

패러다인도 제인도 타임머신의 내용물이 아이들에게 얼마나 영향을 미쳤는지 알 수 없었다. 어떻게 알겠는가? 어린아이들은 자기 방어를 목적으로 할 때, 본능적으로 극작가인 것이다. 부분적으로는 그들에게 설명이 불가능한, 성숙한 세상의 요구에 아이들은 아직 맞춰지지 않았고, 아이들의 삶이란 인간적인 변수에 의해 복잡해진다. 진흙에서 놀아도 된다는 허락을 누군가에게서 받았다 해도, 아이들은 흙을 파면서

꽃이나 작은 나무들을 뿌리째 뽑는다거나 해서는 안 되는 것이다. 다른 어른들은 아예 처음부터 진흙에서 놀지 못하게 해버린다. 십계명이 돌에 새겨진 상황과는 다르다. 계명들은 바뀌고 아이들은 어쩔 수 없이, 낳아주고 길러주고 입혀주는 사람들의 변덕에 좌우될 수밖에 없다. 압제하는 사람들 말이다. 어린 동물들은 이 선의의 압제에 분개하지 않는다. 자연의 중요한 한 부분이기 때문이다. 하지만 이들은 개성이 분명해서, 미묘하고 수동적인 투쟁을 통해 자신의 고결함을 유지한다.

어른들이 지켜보는 가운데 아이들은 변화한다. 무대 위의 배우처럼 기억해내는 대로 기쁨을 주려 노력하고, 관심을 끌기 위해 열심히 노력한다. 어른들도 그런 시도를 할 줄 모르는 것은 아니다. 다만—다른 어른들에게—덜 드러나게 하는 것뿐이다.

아이들에게 미묘함이 결여되었다는 식도 받아들이기가 어렵다. 어린 동물들은 다른 방식으로 생각하기 때문에 성숙한 동물과 다르다. 우리는 아이들이 만들어낸 속임수를 이렁저렁 쉽게 뚫어버릴 수 있지만, 그들도 우리에게 똑같은 짓을 할 수 있다. 아이들도 어른들의 속임수를 부숴버릴 수 있는 것이다.

인습의 타파는 아이들의 특권이다. 멋 부리기를 예로 들어보자. 어리석은 언행 정도는 아니지만 과장된 사교적 예의들. 제비족 같으면 이렇게 말할 것이다.

"그런 임기응변의 재주를! 그런 까다로운 의례를!"

이런 언사에 귀족의 미망인이나 젊은 금발 아가씨들은 감명되곤 한다. 이에 남자들은 별 유쾌하지 않은 의견들을 말하겠지만, 아이들은 바로 문제의 핵심으로 간다.

"바보잖아!"

아직 성숙하지 않은 인간이 어떻게 사회적 관계의 복잡한 체계를 이해할 수 있겠는가? 할 수 없다. 아이에게는 자연적인 의례의 과장이 바보 같아 보이는 법이다. 아이들 생활방식의 기능적 구조에서 보자면 로코코 양식처럼 지나치게 꾸며져 있는 것이다. 아이는 자기중심적인 작은 동물로서 다른 이의 위치에서, 어른의 위치에서 자기 자신을 바라볼 수가 없다. 아이는 자급자족의 거의 완벽한 자연적 단위로서, 아이에게 필요한 것은 다른 사람들이 공급해주며, 아이는 혈액 속에 떠다니는 단세포 생물과 닮은 점이 많다. 영양분이 전달되고, 노폐물은 밖으로 운반되고…….

논리라는 관점에서 보면, 아이는 오히려 무섭도록 완벽하다. 어린 아기가 더 완벽할 수도 있지만, 어린 아기는 어른에게 너무 이질적이어서 단순히 피상적인 비교 기준만을 적용하게 된다. 유아의 생각하는 방식은 아예 상상도 할 수가 없는 것이다. 하지만 아기도 생각한다. 심지어 태어나기 전부터도. 자궁에서 아기들은 완전히 본능에 의한 건 아니지만 움직이고 잠도 잔다. 우리는 '거의 성장이 가능한 태아는 생각할 수 있다'는 개념에 대해 특별하게 반응하는 데 익숙해 있다. 놀라고, 갑작스럽게 소리 내어 웃고, 부정해버린다.

인간의 행동과 반응은 무엇이든 모두 인간적이다. 하지만 아기는 인간이 아니고, 태아는 훨씬 더 인간과 다르다.

아마도 그것이 에마가 장난감에서 스캇보다 더 많은 것을 배운 이유일 것이다. 스캇은 당연히 자신의 생각을 소통할 수 있지만, 에마는 그렇지 않았고 기껏해야 모호한 단편들 정도였다. 예를 들면 낙서 같은 것들.

어린아이에게 연필과 종이를 주면 자기 나름의 무언가를 그리지만,

어른들은 그 낙서를 다른 무언가로 볼 것이다. 황당하고 비슷하지도 않게 끄적거려놓은 것이 아이에게는 소방차인 것이다. 3차원적으로 그린 것일 수도 있다. 아기들은 다르게 생각하고 다르게 본다.

어느 날 저녁, 시험지를 읽으며 에마와 스캇이 의사소통하는 것을 쳐다보고 패러다인은 곰곰이 그런 생각을 하고 있었다. 스캇은 여동생에게 질문하는 중이었다. 가끔은 영어로 했지만, 뜻 모를 횡설수설과 수화手話 같은 몸짓을 더 많이 사용했다. 에마는 대답하려 애썼지만 아직은 무리였다.

급기야 스캇이 연필과 종이를 가져오자, 에마는 좋아하더니 혀를 볼에 물고 공들여가면서 스캇에게 전달할 무언가를 썼다. 스캇은 종이를 들어 살피더니 얼굴을 찡그렸다.

"이게 아냐, 에마."

스캇이 말하자 에마는 힘차게 끄덕이며 다시 연필을 집어 들고 낙서를 해댔다. 스캇은 잠시 골몰했고, 마침내 주저하듯 미소 짓더니 일어났다. 스캇이 복도로 사라졌고 에마는 다시 주판으로 돌아갔다.

패러다인은 일어나서 에마가 갑작스럽게 글씨를 터득했을지도 모른다는 약간 미친 생각을 하며 종이를 슬쩍 보았지만 그런 것은 아니었다. 종이에는 부모들이 익히 알고 있는 무의미한 낙서들이 그득했다. 패러다인은 입술을 다물었다.

조울증 바퀴벌레의 정신 상태 변이를 나타내는 도표일수도 있겠지만 아마도 아닐 것이고, 의심의 여지없이 에마에게는 아무런 의미도 없는 낙서였다. 어쩌면 이 낙서가 곰 아저씨를 표현한 것일 수도 있었다.

스캇이 기쁜 표정으로 돌아와서는 에마와 눈을 맞추고 고개를 끄덕였다. 패러다인은 호기심이 욱신거리는 느낌이었다.

"비밀이니?"

"아뇨. 에마가…… 어…… 뭘 해달라고 했어요."

"오."

정체불명의 언어를 중얼거려 언어학자들을 당황하게 했던 아기들의 경우를 상기하며, 패러다인은 아이들의 놀이가 끝나면 종이를 챙겨야겠다고 적어두었다. 패러다인은 다음날 대학에서 엘킨스에게 그 낙서를 보여주었다. 엘킨스는 많은 생소한 언어들에 대해 정통적이고 경험적인 지식을 갖고 있었다. 하지만 그는 에마의 문학적 모험에 대해 낄낄거리며 말했다.

"이건 공짜 번역이네, 데니스. 따옴표. 난 이게 무슨 뜻인지 모른다. 하지만 나는 이걸로 빌어먹을 아버지를 놀려먹었다. 따옴표."

두 남자는 웃어대고는 강의하러 갔다. 하지만 나중에 패러다인은 이 일이 기억날 수밖에 없었다. 특히 홀러웨이를 만난 후에. 그러나 그러기 전에 수개월이 지나고, 상황은 절정을 향해 더욱 깊이 진행되고 있었다.

아마도 패러다인과 제인이 장난감에 너무 많은 관심을 표명해서인지도 모른다. 에마와 스캇은 그것들을 숨기고 혼자 있을 때만 가지고 놀았다. 아이들은 삼가듯 주의하며, 절대 공공연하게 장난감을 갖고 놀지 않았다. 그럼에도 불구하고 특히 제인은 조금 불안했다.

어느 날 저녁, 제인이 패러다인에게 말했다.

"해리가 에마에게 준 그 인형 말이에요."

"응?"

"오늘 시내에 나갔다가 그게 어디서 만든 건지 찾아보려고 했는데,

찾을 수가 없었어요."

"어쩌면 해리가 뉴욕에서 샀는지도 모르지."

제인은 납득하지 않았다.

"다른 것들에 대해서도 물어봤어요. 가게에 있는 것들을 보여주는데…… 알다시피 존슨스는 큰 가게잖아요. 에마의 주판 같은 것은 없었다고요."

"흠, 음…… 음."

패러다인은 별 관심이 없었다. 그날 밤에는 보러 갈 공연이 있었고 시간이 지체되었기 때문이었다. 그래서 이 문제는 한동안 부부 사이에서 거론되지 않았다.

문제는 나중에 이웃 사람이 제인에게 전화했을 때 다시 불거졌다.

"스카티는 이랬던 적이 없어요, 데니. 번즈 부인이 그러는데 스카티가 프랜시스를 아주 심하게 겁먹게 했대요."

"프랜시스? 그 작고 뚱뚱한데다가 건들거리는 녀석, 맞지? 제 아비처럼 말이야. 2학년 때 내가 번즈의 코를 부러뜨려줬었는데."

"자랑 그만하고 들어요. 스캇이 프랜시스에게 뭔가 무서운 걸 보여줬대요. 당신이 좀 더 잘……"

제인이 하이볼[28]을 섞으며 말했다.

"그런 것 같군."

시키는 대로 제인의 말을 잘 들은 패러다인은 옆방에서 들리는 소음으로 아들이 어디 있는지 알고 있었다.

"스카티!"

◎ 28 __ highball: 위스키에 소다수를 탄 음료.

"빵."

스카티가 미소 지으며 나타났다.

"내가 다 죽였어요. 우주 해적들을요. 부르셨어요, 아빠?"

"그래. 괜찮다면 우주 해적들을 묻어버리는 건 몇 분 뒤로 미루자. 프랜시스 번즈한테 뭘 한 거니?"

스캇의 파란 눈은 믿을 수 없을 만큼 정직해 보였다.

"네?"

"노력해보렴. 기억할 수 있을 거다."

"아. 아, 그거요. 무엇도 nothing 안 했어요."

"아무것도 anything."

제인이 무심코 정정했다.

"아무것도. 진짜예요. 그냥 제 텔레비전 장치를 보게 했고, 그걸…… 그걸 보고 겁먹었어요."

"텔레비전 장치?"

스캇은 수정 육면체를 꺼내 들었다.

"이건 진짜가 아니에요. 보실래요?"

패러다인은 장치를 조사하다 확대되는 것에 놀랐다. 하지만 그가 볼 수 있었던 것은 무의미한 총천연색의 미로였다.

"해리 삼촌……"

패러다인이 전화로 손을 뻗었다. 스캇은 숨이 막혔다.

"해…… 해리 삼촌이 돌아왔나요?"

"그래."

"어, 저 목욕할래요."

스캇이 문으로 향했다. 패러다인은 제인의 시선과 눈을 맞추고는 의미심장하게 고개를 끄덕였다.

해리는 집에 있었으나 기묘한 장난감에 대해 전혀 아는 바가 없다고 주장했다. 패러다인은 스캇에게 방에 있는 장난감 전체를 가지고 내려오라고 단호하게 말했다. 드디어 장난감들이 탁자에 죽 늘어섰다. 입방체, 주판, 인형, 투구 같은 모자, 거기에 다른 몇 가지 신기한 기구들. 엄하게 따져 묻자 스캇은 용감하게도 한동안 거짓말을 해댔다. 하지만 끝내는 무너졌고 딸꾹질하며 큰 소리로 자백했다.

"이것들이 들어 있던 상자를 가져와라."

패러다인이 명령했다.

"그런 다음 침대로 가서 자."

"저를…… 딸꾹!…… 혼내실 건가요, 아빠?"

"농땡이를 치고 거짓말한 것에 대해서는 그래야지. 규칙을 알잖니. 2주 동안 텔레비전 금지다. 그동안 탄산음료도 금지고."

스캇은 숨이 막혔다.

"제 물건들을 갖고 계실 건가요?"

"아직 모르겠다."

"에…… 안녕히 주무셔요, 아빠. 안녕히 주무셔요, 엄마."

스캇의 작은 몸이 위층으로 사라진 후, 패러다인은 테이블로 의자를 당기고, 주의 깊게 상자를 자세히 조사했다. 그는 퓨즈가 달린 장치를 신중하게 여기저기 눌러보았다. 제인은 지켜보고 있었다.

"그게 뭐예요, 데니?"

"모르겠군. 누가 시냇가에다 장난감 상자를 놓아두겠어?"

"자동차에서 떨어진 걸지도 모르죠."

"그 지점은 그럴 수가 없어. 철교鐵橋 북쪽의 시냇물과 자동차가 다니는 길은 만나지 않아. 빈 땅이고 그 외에는 아무것도 없어."

패러다인은 담뱃불을 붙였다.

"뭐 좀 마시겠소, 여보?"

"내가 만들어 올게요."

제인은 불안한 눈빛으로 걸어갔다. 그녀는 술잔을 가져오고는 손가락으로 머리카락을 만지며 패러다인의 뒤에 섰다.

"뭔가 잘못됐나요?"

"물론 아니야. 단지…… 이 장난감들은 어디서 온 걸까?"

"존슨스에서도 몰랐어요. 거기 물건들은 뉴욕에서 온다고요."

"나도 조사해봤어."

패러다인이 인정했다.

"이 인형은, 꽤 걱정되는군. 아마도 맞춤으로 주문해서 만든 것일 거야. 누가 만들었는지 알고 싶은데."

그는 인형을 쿡쿡 찔러보았다.

"심리학자일까요? 그 주판은…… 실험을 위해 그런 물건들을 사람들에게 준 걸까요?"

패러다인이 손가락을 퉁겼다.

"맞아! 그래! 다음 주에 대학에서 강연할 남자가 있어. 그 친구 이름이 홀러웨이인데 아동심리학자야. 꽤나 명성 있는 거물이지. 그 사람이 이것에 대해 뭔가 알지도 몰라."

"홀러웨이? 잘 모르……"

"렉스 홀러웨이야. 그 사람은…… 흠, 음…… 음! 여기서 별로 멀지 않은 곳에 살아. 그가 이런 물건들을 만들게 했을까?"

제인은 주판을 살펴보고 있다가 찡그리며 물러났다.

"그랬다면, 내가 그 사람을 좋아하지는 않겠네요. 하지만 밝혀낼 수 있는지 알아보세요, 데니."

패러다인이 고개를 끄덕였다.

"그래야지."

그는 눈살을 찌푸리며 하이볼을 마셨다. 막연하게 무언가 걱정스러웠다. 그러나 두려워하지는 않았다 ─ 아직은.

렉스 홀러웨이는 뚱뚱하고 대머리가 번쩍이는 사람이었다. 검고 두꺼운 눈썹은 털 많은 애벌레 같았으며 두꺼운 안경을 쓰고 있었다. 일주일 뒤 어느 날 밤, 패러다인은 홀러웨이를 저녁식사에 데려왔다. 홀러웨이는 아이들을 지켜보는 것 같지 않아 보였지만 아이들의 행동이나 말을 하나도 흘리지 않았다. 빈틈없고 영리한 그의 회색 눈은 아무것도 놓치지 않았던 것이다.

장난감은 홀러웨이를 황홀하게 했다. 장난감들이 놓여 있는 거실 테이블 주위로 세 명의 어른이 모여 있었다. 홀러웨이는 제인과 패러다인의 말을 들으며, 주의 깊게 장난감들을 살펴보았다. 드디어 그가 침묵을 깼다.

"오늘밤 여기에 와서 기쁩니다만 완벽하게는 아니군요. 보시다시피 매우 걱정됩니다."

"에?"

패러다인이 바라보았고, 제인은 대경실색한 표정이었다. 이어진 홀러웨이의 말도 그들을 진정시키는 것은 아니었다.

"우리는 광기를 다루고 있습니다."

홀러웨이는 충격 받은 부부의 표정에 미소 지었다.

"모든 아이들은 미쳤지요, 어른의 관점에서 볼 때요. 휴즈의 『자마이카의 모진 바람』[29]을 읽어보신 적 있나요?"

"갖고 있습니다."

패러다인은 선반에서 작은 책을 꺼내왔다. 홀러웨이는 손을 뻗어 책을 잡은 후 원하는 곳을 찾아낼 때까지 책장을 넘기고는 큰 소리로 읽었다.

"아기들은 당연히 인간적이지 않다—그들은 동물이며, 매우 오래되고 분화된 문화를 갖고 있다. 마치 고양이나 물고기나 심지어 뱀처럼. 종류에 있어서는 이들과 같지만, 훨씬 더 복잡하고 기운차다. 왜냐하면 아기들은 저급 척추동물 중에서 가장 발달된 종 중 하나이기 때문이다. 간단하게 말하면 아기들은 그들 자신의 용어와 범주에 의해 작동하는 정신을 갖고 있으며, 이를 인간 정신의 용어와 범주로 옮길 수는 없다."

제인은 조용하게 이야기를 들으려 했으나 그러지 못했다.

"설마 에마가……"

"따님처럼 생각하실 수 있을까요? 이런 말이 있죠. '사람이 벌처럼 생각할 수 없는 것처럼, 아기처럼 생각할 수도 없다.'"

홀러웨이가 물었다.

패러다인은 술을 섞으면서 어깨 너머로 말했다.

"굉장한 학설을 세우는군요, 그렇죠? 아기들이 자신만의, 그것도 높은 지적 수준의 문화를 갖고 있다는 얘기 맞지요?"

"반드시 그럴 필요는 없죠. 아시겠지만 아무런 척도도 없어요. 제가 말하는 건 아기들이 우리와는 다른 방식으로 생각한다는 겁니다. 반드

---

29 __ 『A High Wind in Jamaica』: 리차드 휴즈Richard Hughes의 소설.

시 더 나을 필요는 없다…… 상대적 가치의 문제죠. 하지만 다른 방식으로 확장되면……"

"환상이에요."

패러다인은 에마 때문에 초조한지 조금 무례하게 말했다.

"아기들이 우리와 다른 감각을 갖고 있지는 않아요."

"누가 아기들이 그렇다고 했습니까?"

홀러웨이가 물었다.

"아기들은 정신을 다른 방식으로 사용합니다, 그게 다예요. 하지만 그걸로 아주 충분하다는 거죠!"

"이해하려고 노력하는 중인데요."

제인이 천천히 말했다.

"제가 생각할 수 있는 건 '믹스마스터' 장치네요. 반죽이나 감자를 휘저을 수도 있지만, 오렌지를 눌러 짤 수도 있는."

"비슷합니다. 뇌는 교질膠質,colloid이고, 아주 복잡한 기계죠. 우리는 뇌의 잠재력을 잘 모릅니다. 얼마나 이해할 수 있는지조차 모르죠. 하지만 정신은 사람이라는 동물이 성숙해가면서 익숙하게 맞춰져간다고 알려져 있습니다. 어떤 친숙한 법칙을 따르게 되고, 이후의 모든 생각은 당연하다고 여겨지는 방식들에 근거하게 되는 거죠. 이걸 보십시오."

홀러웨이는 주판을 건드렸다.

"이걸 시험해본 적이 있으세요?"

"조금요."

패러다인이 말했다.

"하지만 많이는 아니죠, 그렇죠?"

"음……."

"왜 안 그러셨나요?"

"의미가 없었어요."

패러다인이 투덜댔다.

"퍼즐도 어떤 논리가 있어야 하는데, 이 미친 듯한 각도는……"

"정신이 유클리드 기하학에 적응한 겁니다. 그래서 이 물건은 의미 없어 보이고 우리를 지루하게 하는 거죠. 하지만 아이들은 유클리드 기하학에 대해서 모릅니다. 우리가 아는 것과는 다른 종류의 기하학도 아이들에게는 비논리적이라고 각인되지 않는 거죠. 아이들은 보는 걸 믿으니까요."

홀러웨이가 말했다.

"지금 저한테 이 장치가 4차원으로 확장되었다고 말하려는 겁니까?"

패러다인이 물었다.

"보기에는 그렇지 않습니다."

홀러웨이는 부정했다.

"어쨌든 제가 말하는 건 우리의 정신은 유클리드 기하학에 적응되어서, 이 장치에서 철사들이 비논리적으로 엉켜 있는 것 외에는 아무것도 볼 수 없다는 겁니다. 하지만 아이들─특히 아기들─은 더 볼지도 모릅니다. 처음에는 아니겠지요. 이건 물론 퍼즐일 테니까요. 오직 아이들만이 너무 많은 선입견에 의해 방해받지 않는다는 겁니다."

"사고의 동맥이 굳어지는 거군요."

제인이 끼어들었다.

패러다인은 납득하지 않았다.

"그렇다면 아기가 아인슈타인보다 미적분을 더 잘 푼다는 겁니까?

아니, 그런 뜻은 아니고 당신의 관점을 좀 더 명확하게 알겠습니다. 오직……"

"자, 보세요. 기하학의 종류가 두 가지라고 가정합시다— 예를 들기 위해 그렇게 제한하는 겁니다. 하나는 우리의 유클리드 기하학이 있고, 다른 하나는 x라고 부르지요. x는 유클리드 기하학과 별 관계가 없습니다. 다른 법칙들에 기초한 것이지요. 2 더하기 2가 4일 필요가 없습니다. y2라는 값과 같을 수도 있고 심지어 같지 않을 수도 있습니다. 아기의 정신은 불확실한 특정 유전적, 환경적 요소 외에는 아직 아무것에도 익숙해지지 않은 상태입니다. 유클리드 기하학 쪽의 유아는 시작하기를……"

"불쌍한 아이 같으니."

제인이 말했다.

홀러웨이는 아주 잠시 동안 그녀를 바라보았다.

"유클리드 기하학의 기초. 알파벳 나무토막들. 산수, 기하, 대수— 이런 것들은 나중이지요. 우리는 그런 발달 과정에 익숙합니다. 반대로, 우리 x 논리의 기본 법칙들 쪽의 아기는……"

"나무토막인가요? 일종의?"

홀러웨이는 주판을 보았다.

"우리는 별로 이해하지 못할 겁니다. 우리는 유클리드 기하학에 익숙해져왔으니까요."

패러다인은 스스로 독한 위스키 한 잔을 따랐다.

"꽤나 무시무시하군. 수학으로 제한하지 않고 있군요."

"맞아요! 전혀 제한하고 있지 않습니다. 어떻게 그럴 수 있겠습니까? 저는 x 논리에 익숙하지 않습니다."

"거기에 해답이 있군요."

제인이 안도의 한숨을 쉬며 말했다.

"누구죠? 당신이 그렇게 단정 지어 생각하는 그런 종류의 장난감들을 만들었다면 뭔가 대단한 사람일 텐데요."

홀러웨이는 두꺼운 안경 렌즈 뒤로 두 눈을 깜박거리며 고개를 끄덕였다.

"그런 사람들이 존재할지도 모릅니다."

"어디에요?"

"숨어 지내는 걸 선호하는지도 모르지요."

"초인超人들인가요?"

"저도 알았으면 좋겠습니다. 보시다시피 우리는 척도의 문제에 다시 봉착한 겁니다. 우리 기준으로 볼 때 이자들은 어떤 면에서 초인 같은 걸로 보이겠지요. 하지만 또 다른 사람들에게는 바보처럼 보일 겁니다. 이건 양적인 차이가 아닙니다. 질적인 거죠. 그들은 다르게 생각하는 겁니다. 저는 그들이 하지 못하고, 우리만 할 수 있는 것도 있다고 확신합니다."

"어쩌면 그들이 그렇게 하길 원하지 않을 수도 있고요."

제인이 말했다.

패러다인이 상자의 퓨즈가 달린 장치를 톡톡 두드렸다.

"이건 어떤가요? 이게 의미하는 것은……"

"어떤 목적입니다. 확실히."

"수송輸送일까요?"

"누구든 그걸 먼저 생각하겠군요. 만약 그렇다면, 이 상자는 어디에서든 왔을 수 있겠습니다."

"어디란—사물들이—다른 곳인가요?"

패러다인은 천천히 물었다.

"정확합니다. 다른 공간, 또는 심지어 다른 시간에서. 모르겠습니다. 저는 심리학자이고, 불행하게도 저 또한 유클리드 기하학에 익숙하니까요."

"틀림없이 웃기는 곳이겠군요. 데니, 그 장난감들을 없애버려요."

제인이 말했다.

"그럴 거야."

홀러웨이가 수정 육면체를 골라 들었다.

"아이들에게 많이 질문하셨나요?"

패러다인이 말했다.

"그랬죠. 처음 봤을 때 스캇은 그 육면체 안에 사람들이 있다고 얘기했어요. 지금은 뭐가 있냐고 스캇에게 물어봤습니다."

"뭐라고 하던가요?"

심리학자의 눈이 커졌다.

" '그들이 건물을 건설하고 있어요' 라고 했죠. 정확히 그렇게 말했어요. 제가 '누구? 사람들?' 하고 물었지만 설명하지 못했습니다."

"아뇨, 못한 게 아닐 거예요."

홀러웨이가 중얼거렸다.

"점진적이어야 합니다. 아이들이 이 장난감들을 얼마나 가지고 있었죠?"

"3개월 정도라고 생각되는데요."

"충분히 긴 시간이군요. 완벽한 장난감은 보시다시피 교육적이기도 하고 작동되기도 해야 하겠죠. 아이의 관심을 끌기 위해서 뭔가 보여주고, 다음으로 가르쳐야죠. 가급적 나서지 않으면서. 처음에는 단순한 문제들부터, 나중에는……"

"x 논리군요."

제인이 창백해진 얼굴로 말했다.

패러다인은 작은 목소리로 욕설을 내뱉었다.

"에마와 스캇은 완벽하게 정상이야!"

"그 아이들의 정신이 어떻게 작동하는지 아시나요? ……지금 말입니다."

홀러웨이는 아이들이 정상이라는 생각을 따르지 않았다. 그는 인형을 만지작거렸다.

"이것들이 온 장소의 상태를 아는 것이 재미있을지도 모르지요. 하지만 귀납적 방법으로는 큰 도움이 되지 못합니다. 너무 많은 요인들이 빠져 있어요. 우리는 x 인자를 바탕으로 한 세계를 눈에 그려볼 수 없습니다—x 방식으로 생각하는 정신에 맞춰진 환경을요. 이 인형 안의 빛을 내는 연결망을 보세요. 이건 어떤 것도 될 수 있습니다. 우리 안에 존재하는 것일 수도 있어요, 우리가 아직 알아내지 못했다 하더라도 말이지요. 우리가 적당한 착색 물질을 찾으면……"

그는 어깨를 으쓱했다.

"이걸로는 뭘 만들지요?"

그것은 표면에 둥근 손잡이가 돌출된 지름 5센티미터의 진홍색 구球였다.

"그걸로 누가 뭘 할 수 있겠어요?"

"스캇은? 에마는?"

"나는 약 3주 전까지는 그걸 본 적도 없습니다. 그때쯤부터 에마가 갖고 놀기 시작했죠. 그 후에 스캇도 관심을 갖더군요."

패러다인은 입술을 깨물었다.

"그래서 아이들이 뭘 했나요?"

"자기 앞에 들고는 그걸 앞뒤로 움직였어요. 특별한 방식에 따라 움직이지도 않았고요."

"유클리드 기하학의 방식이 아닌 거겠죠. 처음에 아이들은 장난감의 목적을 이해하지 못했을 겁니다. 그 수준까지 가르쳐서 올려놔야만 했겠죠."

홀러웨이가 정정했다.

"무서워요."

제인이 말했다.

"아이들에게는 무서운 게 아닙니다. 아마도 에마가 x를 이해하는 게 스캇보다 빨랐을 겁니다. 왜냐하면 에마의 정신은 아직 여기 환경에 익숙해지지 않았으니까요."

패러다인이 말했다.

"하지만 나는 어린 시절에 한 일을 많이 기억하고 있습니다. 아기였을 때의 일도요."

"그래서요?"

"내가…… 미쳤던 건가요, 그때?"

"기억하지 못하시는 것들이 당신 광기의 범주인 거죠."

홀러웨이가 반박했다.

"하지만 저는 순전히, 알려진 인간 기준 — 임의적인 제정신의 기준이겠죠 — 의 변이에 대한 편리한 상징으로 '광기'란 말을 사용한 겁니다."

제인은 잔을 내려놓았다.

"귀납적인 방법이 어렵다고 하셨죠, 홀러웨이 씨. 하지만 제가 보기에 당신은 아주 작은 것으로부터 많은 것을 만들어내고 있어요. 결국 이 장난감들은……"

"제가 바로 심리학자이고, 아이들이 제 전문입니다. 아마추어가 아니지요. 이 장난감들이 별 의미가 없다는 것이 바로 저한테 아주 중요한 의미를 갖는 주된 이유입니다."

"선생님 말씀이 틀릴 수도 있잖아요."

"음, 오히려 그랬으면 좋겠습니다. 아이들을 진찰해보고 싶습니다만."

제인이 흥분하며 일어섰다.

"어떤 식으로요?"

홀러웨이가 설명한 후, 제인은 여전히 조금은 주저하면서 고개를 끄덕였다.

"음, 괜찮겠군요. 하지만 아이들은 실험용 쥐가 아니에요."

심리학자는 포동포동한 손을 허공에 가볍게 휘둘렀다.

"사모님! 전 프랑켄슈타인이 아닙니다. 제게는 개개인이 최우선의 요소지요—자연스럽게 말입니다. 왜냐하면 저는 정신을 다루니까요. 아이들에게 뭔가 잘못된 것이 있다면 치료하고 싶습니다."

패러다인은 담배를 내려놓고, 느껴지지 않는 외풍에 흔들거리며 천천히 나선형으로 올라가는 파란 연기를 바라보았다.

"경과나 결과를 미리 알 수 있을까요?"

"노력해보겠습니다. 그렇게 말씀드릴 수밖에 없군요. 미성숙한 정신이 x 방향으로 갔다면 다시 전환시키는 게 필요하겠지요. 그게 제일 현명한 행동이라고 말씀드리는 게 아니고, 우리 기준에서 볼 때 그러리라는 겁니다. 결국 에마와 스캇은 이 세상에서 살아야 할 테니까요."

"예, 그래요. 그렇게 많이 잘못됐다고는 믿지 못하겠습니다. 아이들은 보통으로, 완벽하게 정상으로 보이니까요."

"표면적으로는 그렇게 보일지도 모르죠. 아이들이 비정상적으로 행동할 이유는 아무것도 없어요, 그렇죠? 그리고 어떻게 아실 수 있을까요, 만약 아이들이…… 다르게 생각한다면?"

"아이들을 데려오겠습니다."

패러다인이 말했다.

"편하게 하시지요. 아이들이 감시당하는 건 바라지 않습니다."

제인은 장난감을 향해 고개를 끄덕였다. 홀러웨이가 말했다.

"물건들은 거기 그냥 놔두세요."

하지만 에마와 스캇이 불려온 후에도 심리학자는 바로 직접적인 질문으로 들어가지 않았다. 그는 조심스럽게 스캇을 대화로 이끌었고, 핵심적인 말들은 이따금씩 흘렸다. 언어 연상 검사만큼 분명한 것은 없었고, 거기엔 협조가 필요했다.

가장 재미있는 발전은 홀러웨이가 주판을 집어 들었을 때 일어났다.

"이게 어떻게 작동하는지 보여주겠니?"

"예, 선생님. 이렇게……"

스캇은 망설이다가 미로를 따라 뒤얽힌 방향으로 능숙하게 구슬을 밀었다. 너무 빨라서 아무도 구슬이 끝내 사라졌는지 아닌지조차 확신할 수 없었다. 그저 손재주를 부리는 마술일지도 몰랐다. 그리고 나서, 한 번 더……

홀러웨이가 시도해보았다. 스캇은 지켜보면서 코를 찡그렸다.

"맞니?"

"아뇨. 거기로 가야 해요."

"이리로? 왜?"

"음, 제대로 되게 하는 유일한 방법이니까요."

하지만 홀러웨이는 유클리드 기하학에 익숙했다. 왜 이 구슬을 이 특정한 철사에서 다른 철사로 밀어야만 하는지에 대한 명백한 이유가 없었다. 무작위 요소처럼 보였다. 홀러웨이는 스캇이 퍼즐을 풀 때 이전에 가던 경로로 구슬을 보내고 있지 않다는 것을 갑자기 알아챘다. 적어도 그가 알 수 있는 바로는 그랬다.

"한 번 더 보여주겠니?"

스캇은 시키는 대로 한 번 더 보여준 다음, 다시 시키는 대로 두 번 더 보여주었다. 홀러웨이는 안경 너머로 눈을 깜박거렸다. 무작위, 그렇다. 게다가 가변可變이다. 스캇은 매번 다른 경로로 구슬을 움직였다.

어쨌든 어른들은 구슬이 사라졌는지 아닌지 알 수 없었다. 만약 기대한 대로 구슬이 사라졌다면 어른들의 반응이 달랐을지도 모른다.

결국 아무것도 해결되지 않았다. 홀러웨이는 작별 인사를 했다. 불안해 보였다.

"다시 와도 되겠습니까?"

"그래 주셨으면 좋겠어요."

제인이 홀러웨이에게 말했다.

"언제든지요. 아직도 그렇게 생각……"

홀러웨이는 고개를 끄덕였다.

"이 아이들의 정신은 정상적으로 반응하고 있지 않습니다. 아이들이 우둔하다거나 한 건 전혀 아닙니다만, 우리가 이해할 수 없는 방식으로 결론에 도달한다는 정말 놀라운 느낌입니다. 우리가 기하학을 쓰는 반면 아이들은 대수학을 쓴다고나 할까요. 같은 결론이지만 거기 도달하는 데에는 다른 방법을 쓰는 거죠."

"장난감을 어떻게 할까요?"

패러다인이 갑자기 물었다.

"아이들한테서 떼어놓으십시오. 허락해주신다면 장난감들을 빌려 갔으면 합니다만······"

그날 밤 패러다인은 잠을 설쳤다. 홀러웨이는 비유를 잘못 선택했다. 불안한 이론으로 이끌었던 것이다. x인자······ 아이들은 대수학 추론에 비견되는 방법을 사용했고, 반면 어른들은 기하학을 사용했다.

충분히 공평하다. 단지······

대수학은 기하학적으로 표현될 수 없는 특정한 항(項)과 기호들을 사용해서 기하학으로는 풀 수 없는 해답을 줄 수 있다. x 논리가 어른들의 정신으로는 상상도 할 수 없는 결론으로 이끈다고 가정하면?

"제기랄!"

패러다인은 작게 중얼거렸다. 제인이 그의 옆에서 뒤척였다.

"여보? 당신도 잠이 안 와요?"

"응."

패러다인은 일어나서 옆방으로 갔다. 에마는 통통한 팔로 곰 아저씨를 감싸 안은 채, 아기 천사처럼 평화롭게 자고 있었다. 열린 문간 사이로 베개 위에서 꼼짝 않는 스캇의 검은 머리가 보였다.

제인이 그의 곁에 섰다. 패러다인은 팔을 뻗어 제인을 감싸 안았다.

"불쌍한 아이들."

제인이 중얼거렸다.

"홀러웨이는 저 아이들이 미쳤다고 했어요. 내 생각엔 미친 건 우리예요, 데니스."

"그래, 우리가 신경과민인 거야."

스캇이 잠든 채 뒤척였다. 깨어나지 않은 채 질문임에 분명한 무언가를 말했으나, 어떤 특정한 언어는 아닌 듯했다. 에마가 높낮이가 크게 변하는, 고양이 같은 울음소리를 작게 냈다.

에마도 깨어나지는 않았다. 아이들은 뒤척이지 않고 누워 있었다. 하지만 패러다인은 갑자기 배에서 욕지기를 느끼면서, 스캇이 에마에게 무언가를 묻고 에마가 대답한 것만 같다고 생각했다.

아이들의 정신이 저렇게 — 잠잘 때조차 — 다르도록 바뀐 것일까?

패러다인은 그런 생각을 멀리 치워버렸다.

"감기 걸리겠어. 다시 자러 갑시다. 한잔하겠소?"

"그래야겠어요."

제인이 에마를 보며 대답하고는 더듬듯 손을 아이에게 내밀었다가 도로 거둬들였다.

"가요. 애들 깨우겠어요."

두 사람은 함께 브랜디를 조금 마셨으나 한 마디도 하지 않았다. 나중에 제인은 자면서 울었다.

스캇은 깨어 있지 않았지만, 그의 정신은 천천히 조심스레 구축되고 있었다. 그래서······

"장난감을 빼앗아갈 거야. 그 뚱뚱한 남자······ 리스타바^{listava} 위험할지도 몰라. 하지만 고릭^{Ghoric} 방향은 나타나지 않을 거야······ 에반크루스 둔^{evankrus dun} —그러지는 않아. 인트랜스덱션^{intransdection}······ 밝게 빛나. 에마. 에마는 이제 더 코프라닉 khopranik…… 아직 어떻게 하는지 모르겠어…… 타바라 thavarar 럭서리 lixery 디스트 dist……."

스캇의 생각은 아직도 약간 이해될 수 있었다. 하지만 에마는 x에 훨씬 빨리 익숙해졌다.

에마도 생각하고 있었다.

어른처럼도 아니고 아이처럼도 아니었다. 인간처럼조차도 아니었다. 인간 속屬과는 아마도 생판 다른—인간의 한 종류를 제외하고는 말이다—생각이었다. 때로는 스캇도 에마의 생각을 따라가기가 힘들었다.

홀러웨이만 제외하고, 삶은 거의 정상적인 일상으로 다시 안정된 것 같았다. 장난감은 더 이상 주의할 대상이 아니었다. 에마는 계속 인형들과 모래 더미에서 즐겁게 놀았고, 그런 즐거움은 완벽하게 설명이 가능했다. 스캇도 야구와 화학 세트에 만족했다. 둘은 다른 아이들과 전혀 다름없이 행동했고 비정상적인 기미는 거의 보이지 않았다. 홀러웨이가 공연한 걱정을 한 것 같았다.

홀러웨이는 바보 같은 결과만 얻으며 장난감들을 시험하고 있었다. 그는 수학자, 공학자, 다른 심리학자들과 연락하며 도표와 도식을 끝없이 그려댔고, 이 기구들을 만든 이유나 까닭을 찾느라 미칠 지경이었다. 수수께끼 같은 기계류의 상자 자체에서는 아무것도 알 수 없었다. 퓨즈들이 너무 많이 녹아들어 찌꺼기처럼 되어버린 것이다. 하지만 장난감은…….

그의 조사를 좌절시킨 것은 다름 아닌 무작위 요소였다. 이것은 아예 의미론의 문제였다. 홀러웨이는 이것이 진짜 무작위는 아니라고 확신했지만, 기지既知 요소가 충분하지 않았다. 예를 들어, 어떤 어른도 이 주판을 작동시킬 수 없었다. 게다가 홀러웨이는 사려 깊게도 다른 아이들에게 이 주판을 갖고 놀게 하는 것은 삼갔다.

수정 입방체도 알 수 없기는 마찬가지였다. 미친 듯한 형태의 색깔들이 보였고, 그것도 가끔 바뀌었다. 이런 점에서는 만화경萬華鏡과 닮아 있었다. 하지만 균형이나 중력의 변화가 입방체에 영향을 미치지는 않았다. 역시 무작위 요소였다. 아니면 미지의, x 형태라는 요소이거나.

결국 패러다인과 제인은 원인을 제거함으로써 아이들이 정신적인 비틀어짐으로부터 치유되었다는 느낌과 함께 자기만족 비슷한 감정으로 다시 돌아갔다. 에마와 스캇의 행동으로 보아 더 이상 걱정할 이유가 없었다. 아이들이 수영, 하이킹, 영화, 오락과 이 특정한 시간 영역의 평범한 기능적 장난감들을 즐겼으니 말이다.

약간의 계산이 들어간 퍼즐 비슷한 기구 류를 능숙하게 다루는 데 아이들이 실패한 것은 사실이었다. 예를 들어 패러다인이 고른 3차원 조각그림 맞추기 같은 것들이었는데, 그것은 자신도 풀기가 어려웠다.

가끔은 약간 어긋날 때도 있었다. 어느 토요일 오후, 스캇은 아버지와 하이킹을 갔고 언덕 정상에서 멈춰 섰다. 그들 아래로 아주 아름다운 골짜기가 펼쳐져 있었다.

"아름답지, 응?"

패러다인이 감상을 말했다.

스캇은 침착하게 광경을 살펴보고는 말했다.

"전부 잘못됐어요."

"뭐?"

"모르겠어요."

"뭐가 잘못됐다는 거니?"

"어……."

스캇은 당황하며 침묵에 빠졌다.

"모르겠어요."

아이들은 문제의 장난감들을 아쉬워했지만 오래는 아니었다. 에마가 먼저 회복했으나 스캇은 아직 우울했다. 스캇은 여동생과 이해할 수 없는 대화를 나눴고, 가져다준 종이에 에마가 그린 무의미한 낙서들을 공부했다. 이해할 수 없는 어려운 문제들에 대해 스캇이 에마에게 상담을 받는 것 같았다.

에마가 좀 더 많이 이해할 수 있다면 스캇은 그만큼 더 많은 진짜 정보와 조작 기술을 얻을 수 있었다. 스캇은 '메카노' 장난감으로 기계장치를 만들어보았지만 만족스럽지 않았다. 이 불만족의 명백한 이유는 바로 패러다인이 이 장난감의 구조를 보고 안심한 이유와 정확히 일치했다. 정상적인 소년이나 만들 만한, 막연히 입체파의 배를 생각나게 하는 종류의 것이었기 때문이었다. 스캇을 만족시키기에는 너무나 정상이었다.

스캇은 따로 있으면 에마에게 더 많은 질문을 해댔고, 에마는 잠시 생각하고 서투르게 움켜잡은 연필로 더 많은 낙서를 그렸다.

"그걸 읽을 수 있니?"

어느 날 아침 제인이 아들에게 물었다.

"무슨 의미인지는 알지만 정확하게는 읽는 게 아니에요. 언제나 그런 건 아니지만 거의 다요."

"그게 뭔가 쓴 거니?"

"아, 아뇨. 보이는 것 같은 의미는 아니에요."

"상징적 표현이야."

패러다인이 커피를 든 채 슬쩍 말했다. 제인은 눈을 크게 뜨며 그를 바라보았다.

"데니……"

패러다인은 고개를 저으며 윙크했다. 나중에 그들끼리 남았을 때 패러다인이 말했다.

"홀러웨이가 당신을 동요시키게 하지 마. 그건 아이들이 미지의 언어로 의사소통하고 있다는 뜻이 아니야. 에마가 아무거나 그려놓고 그게 꽃이라고 한다면 그건 임의의 규칙이야. 스캇이 그걸 기억하는 거고. 다음에 에마가 그런 종류의 것을 끄적거려놓거나 그리려고 해도, 괜찮은 거야!"

"물론이에요."

제인이 미심쩍어하며 말했다.

"당신 요즘 스캇이 독서를 많이 한다는 걸 눈치챘어요?"

"그렇더군. 하지만 이상할 건 없어. 칸트나 스피노자를 읽는 것도 아니야."

"대충 훑어보더군요. 그게 다예요."

"뭐, 스캇 나이 때에는 나도 그랬어."

패러다인은 그렇게 말하고는 아침 강의를 하러 나갔다.

그는 일상적인 습관이 되어가고 있는 홀러웨이와의 점심식사에서 에마의 문학적 노력에 대해 말했다.

"상징적 표현이라는 내 말이 맞았나, 렉스?"

심리학자가 끄덕였다.

"확실히 맞네. 현재 우리의 언어는 임의의 상징적 표현일 뿐이지.

적어도 그 사용에 있어서는 말이야. 이걸 보게."

홀러웨이는 자신의 냅킨에 아주 좁은 타원을 그렸다.

"이게 뭘까?"

"그게 뭘 표현하느냐는 뜻인가?"

"그래. 뭐가 연상되나? 이건 대략적인 표현일 수 있는데…… 뭘까?"

"많은데. 안경테. 계란프라이. 프랑스 빵 덩어리. 시가 담배."

홀러웨이는 그가 그린 타원의 한쪽 끝과 정점끼리 붙은 작은 삼각형을 추가하고는 패러다인을 올려다보았다.

"물고기로군."

패러다인이 즉시 말했다.

"물고기를 나타내는 우리의 친숙한 상징이지. 지느러미도, 눈도, 입도 없는데도 분간하는 게 가능해. 왜냐하면 우리는 이 특정한 모양을 우리 머릿속에서 그려지는 물고기와 동일시하는 데 익숙해져버렸기 때문이야. 그림 맞추기 수수께끼의 기본이지. 상징은 실제로 종이에서 보는 것보다 우리에게 훨씬 더 많은 것을 의미한다네. 이 스케치를 볼 때 뭐가 떠오르나?"

"물론, 물고기지."

"계속해보게. 뭐가 떠오르는지. 전부!"

"비늘."

패러다인은 허공을 보며 천천히 말했다.

"물. 거품. 물고기의 눈. 지느러미. 색깔."

"그렇게 상징은 단지 추상적인 생각인 물고기보다는 아주 많은 것을 표현하지. 동사가 아니라 명사의 함축적 의미라는 것에 주의하게. 상징적 표현으로 동작을 표현하는 건 더 어려우니까 말이지. 어쨌든……
과정을 역으로 해보세. 어떤 구상명사具象名詞의 상징을 만들고 싶다고 가
정해보게. 이를테면 새라든가. 그려봐."

패러다인은 아래 쪽이 오목한 두 개의 연결된 호弧를 그렸다.

"최소 공통 분모야."

홀러웨이가 끄덕였다.

"자연적 경향이란 간단해지려 하는 법이지. 특히 아이가 처음으로
뭔가를 보았고 그것에 대해 별다른 비교 기준을 갖고 있지 않을 때, 아
이는 그 새로운 것을 뭔가 자신에게 이미 친숙한 것과 동일시하기 위해
애쓸 거야. 아이가 바다를 어떻게 그리는지 아나?"

그는 대답을 기다리지 않고 계속했다.

"일련의 들쑥날쑥한 점들이네. 지진계의 진동파선 같은. 내가 처음
으로 태평양을 본 게 세 살 때 정도였는데, 지금도 꽤 선명하게 기억하
고 있네. 기울어져 보였어. 평탄한 평면이 각도를 이루며 비스듬히. 파
도는 정점을 위로 향한 규칙적인 삼각형들이었고. 지금은 파도를 그런
방식으로 보지는 않지만 나중에 그렇게 보았다고 기억하는 거지. 어쩔
수 없이 비교할 만한 친숙한 기준을 찾아야만 했고, 그게 완전히 새로운
것에 대한 개념을 얻는 유일한 방법이야. 보통의 아이는 이런 규칙적인
삼각형을 그리려고 해보지만, 기능이나 작용의 조화가 아직 안 되니까
지진계 같은 형태로 그리게 되는 거라고."

"그 모든 게 뭘 의미하지?"

"아이가 바다를 보고 양식樣式화한다는 거야. 아이는 바다를 어떤 일
정한 형태로, 자신에게는 상징적으로 그린다고. 에마의 낙서 역시 상징
일지도 몰라. 세상이 에마에게 다르게 보인다는 뜻은 아니네. 에마의 눈

높이 이상의 인지력은 없는 채 예를 들어 더 밝게 본다거나, 더 예리하게 본다거나, 더 생생하게 본다거나 한다는 뜻은 아니야. 내가 말하는 건 에마의 생각하는 방식이 다르다는 거고, 그래서 에마는 자신이 본 것을 비정상적인 상징으로 옮긴다는 뜻이지.”

“자네 아직도 그렇게 믿는……”

“그래, 그렇게 믿어. 에마의 정신은 보통과는 다르게 적응한 거야. 에마가 자신이 본 것을 간단하고 분명한 형태로 분해하는 걸 수도 있고, 우리가 이해하지 못하는 그 형태들의 중요성을 인지한 것일 수도 있고. 주판의 경우처럼 말야. 우리에겐 완전히 무작위적이었지만 에마는 그 안에서 형태를 본 거지.”

패러다인은 갑자기 홀러웨이와의 이 오찬 약속들을 줄이기로 결정했다. 이 남자는 공연히 소란을 피우는, 기우가 심한 사람이었다. 홀러웨이의 이론은 그 어느 때보다도 점점 현실과 동떨어져서, 타당하건 아니건 간에 뒷받침할 수 있는 것은 무엇이든 다 갖다 붙이고 있었다.

패러다인은 비웃듯이 말했다.

“에마가 스캇과 미지의 언어로 소통한다는 뜻이야?”

“상징들로 소통한다는 거지. 에마에겐 아직 낱말이란 게 없으니까. 난 스캇이 그 낙서들의 대부분을 이해한다고 확신하네. 이등변 삼각형이라고 하면 단순한 명사 말고도 스캇에게 어떤 인자를 표현해주겠지. 대수학에 대해 아무것도 모르는 사람이 H_2O가 무슨 뜻인지 이해할 수 있겠나? 그 상징을 보고 바다의 사진을 떠올릴 수 있다는 걸 알 수 있을까?”

패러다인은 대답하지 않았다. 대신, 언덕에서 바라본 광경이 전부 잘못되어 보인다는 스캇의 이상한 의견을 홀러웨이에게 말해주었다. 하지만 곧 패러다인은 충동적으로 그런 말을 한 것을 후회했다. 왜냐하면 이 심리학자가 또 정신이 나가버렸기 때문이다.

"스캇의 사고방식이 이 세상과 같지 않은 방식으로 구축되고 축적되고 있는 거야. 아마도 스캇은 잠재의식 속에서 그 장난감들이 온 세상을 보았으면 하고 갈망하고 있는 건지도 모른다고."

패러다인은 더 이상 듣는 걸 그만뒀다. 이제 충분했다. 아이들은 아무 탈 없이 지내고 있고, 유일하게 남은 방해 요소는 오히려 홀러웨이였다.

그러나 그날 밤, 스캇은 뱀장어에 관심을 나타냈고 이런 일도 나중에야 중요해졌다.

박물학博物學은 외관상 아무것도 해로울 게 없었다. 패러다인은 뱀장어에 대해 설명해 주었다.

"하지만 뱀장어는 알을 어디에 낳나요? 알을 낳긴 하나요?"

"그건 아직 확실하지 않단다. 뱀장어의 산란지는 알려지지 않았어. 사르가소 해海 일수도 있고, 어린 뱀장어가 몸을 빠져나올 수 있도록 센 압력이 도와주는 심해深海 일수도 있지."

"재밌네요."

스캇은 깊은 생각에 빠지며 말했다.

"연어도 어느 정도 같은 행동을 한단다. 연어는 강물을 거슬러 올라가 산란하지."

패러다인은 자세한 데까지 설명했고 스캇은 마음을 빼앗겼다.

"하지만 그건 맞네요, 아빠. 강에서 태어나고, 헤엄치는 법을 배웠을 때 바다로 나간다. 그리고 다시 알을 낳으러 돌아온다, 그렇죠?"

"그렇지."

"돌아오지 않는다면,"

스캇은 곰곰이 생각했다.

"강으로 알을 보낼 거예요……."

"그러면 산란기가 너무 길어질 거다."

패러다인은 난생^{卵生}에 관한 지식을 정선^{精選}해서 알려주었다.

아들은 완전히 만족하지 못했다. 꽃은 꽃씨를 먼 곳까지 보낸다고 스캇이 주장했다.

"꽃들이 꽃씨를 인도하지는 않지. 비옥한 땅을 찾아내는 꽃씨도 많지 않고."

"하지만 꽃은 두뇌가 없잖아요. 아빠, 왜 사람들은 여기 살죠?"

"글렌데일에?"

"아뇨…… 여기. 이 모든 곳이요. 틀림없이 여기가 다가 아니에요."

"다른 행성들을 말하는 거니?"

스캇은 주저했다.

"여기는 단지 큰 장소의 일부분이에요. 연어가 가는 강 같은 거라고요. 왜 사람들은 성장하고서도 바다로 나아가지 않는 거죠?"

패러다인은 스캇이 비유적으로 말하고 있다는 것을 깨달았다. 그는 잠시 동안 오한을 느꼈다. 바……다?

종^種의 새끼들은 더 완전한 부모들의 세상에서 살도록 그냥 적응되지는 않는다. 충분히 성장한 후에야 그 세상에 들어간다. 이후 그들도 새끼를 낳는다. 수정란은 강 멀리 상류의 모래 속에 묻히고, 이후 거기에서 부화한다.

그리고 그들은 학습한다. 본능만으로는 치명적으로 느리다. 특히 분화된 속^屬의 경우, 이 세상조차도 극복할 수 없고, 먹지도 마시지도 살아남지도 못한다. 누군가 장래를 내다보고 그런 요구들에 맞춰 도와주지 않는다면 말이다.

먹여지고 돌보아진 새끼들은 살아남는다. 인큐베이터나 로봇들이 그 역할을 한다. 하지만 살아남았다 해도 강 하류로, 바다라는 광활한 세상으로 가기 위해 헤엄칠 줄은 역시 모른다. 따라서 새끼들은 배워야 한다. 많은 방법으로 훈련되고 적응되어야 한다.

고통 없이, 섬세하게, 삼가면서. 아이들은 그렇게 해주는 장난감을 사랑한다…… 그리고 만약 이런 장난감들이 동시에……

19세기 후반에, 한 영국인이 시냇가 풀이 무성한 제방에 앉아 있었고, 아주 작은 소녀가 그의 옆에 누워 하늘을 바라보고 있었다. 소녀는 갖고 놀던 이상한 장난감을 놓아둔 뒤, 말로 표현할 수 없는 작은 노래를 중얼거렸고 남자는 건성으로 듣고 있었다.

"애야, 그게 뭐니?"

마침내 그가 물었다.

"제가 그냥 만든 거예요, 찰스 삼촌."

"다시 불러보렴."

찰스 삼촌은 공책을 꺼냈다. 소녀는 순순히 따랐다.

"뭔가 의미가 있는 거니?"

소녀는 고개를 끄덕였다.

"아, 그럼요. 제가 말씀드린 이야기처럼요."

"멋진 이야기였단다, 애야."

"언젠가 책에 넣으실 거죠?"

"그래. 그러나 많이 바꿔야만 한단다. 아니면 그 이야기를 아무도 이해하지 못할 거야. 하지만 네 작은 노래는 바꾸지 말아야겠다는 생각이 드는구나."

"바꾸시면 안돼요. 바꾸면 이 노래에는 아무런 의미도 없어요."

"그 시구들은 바꾸지 않으마."

찰스 삼촌은 약속했다.

"그건 그렇고, 도대체 무슨 뜻이니?"

"제 생각에는 '나가는 길' 이에요."

소녀는 미심쩍은 듯 말했다.

"아직 확실하진 않아요. 제 마법 장난감들이 말해줬어요."

"도대체 런던의 어떤 가게에서 그런 놀라운 장난감들을 파는지 알았으면 좋으련만!"

"엄마가 저에게 사주셨어요. 엄마는 돌아가셨고, 아빠는 신경 쓰지 않아요."

거짓말이었다. 소녀는 어느 날 템스 강가에서 놀다가 상자에 든 장난감들을 발견했다. 그리고 그 장난감들은 참으로 경이로웠다.

그녀의 작은 노래……

찰스 삼촌(소녀가 그렇게 이야기할 뿐 그는 소녀의 진짜 삼촌이 아니었다. 하지만 좋은 사람이었다)이 아무런 의미도 없다고 생각한, 소녀의 작은 노래는 엄청난 의미를 지니고 있었다. 이 노래는 바로 길이었다. 당장에라도 소녀는 그대로 할 수 있었다. 그러면……

하지만 소녀는 이미 너무 나이를 먹어버렸다. 소녀는 길을 찾지 못했다.

패러다인은 홀러웨이가 그만두도록 했다. 제인은 홀러웨이를 싫어했다. 그도 그럴 것이, 제인이 가장 바라는 것은 바로 공포를 진정시켜 주는 것이기 때문이었다. 스캇과 에마가 이제 정상적으로 행동했으므로 제인은 만족감을 느꼈으나, 이 만족감은 그저 '그랬으면' 하는 바람이라는 느낌이 들었다. 패러다인이 다는 설명할 수 없었지만 말이다.

스캇은 허락을 받기 위해 계속 에마에게 잡동사니들을 가져갔다. 대개의 경우 에마는 고개를 흔들었지만, 어떤 때에는 의문스럽게 바라보기도 했고 아주 가끔은 동의를 표명했다. 그러고는 메모용지 조각에다 한 시간 동안 미친 듯한 낙서를 힘들여 해댔고, 스캇은 부호들을 공부한 뒤 돌멩이, 기계류 파편들, 양초 끝부분과 갖가지 잡동사니들을 배치하고 재배치하곤 했다. 하녀가 매일 그것들을 치워댔고, 스캇도 매일 다시 시작했다.

스캇은 이 게임에서 어떤 이유도, 까닭도 찾을 수 없는 당황한 아버지에게 짐짓 겸손한 체하며 조금 설명해주었다.

"왜 이 자갈이 바로 여기 놓여야 하니?"

"단단하고 둥글거든요, 아빠. 거기가 바로 속한 자리예요."

"이것도 단단하고 둥글잖니."

"음, 거기엔 바셀린이 발라져 있어요. 거기까지 설명이 들어가면, 그냥 단단하고 둥근 물건이라는 걸로는 설명되지 않아요."

"다음엔 뭐지? 이 양초?"

스캇이 경멸스럽다는 눈빛으로 바라보았다.

"그건 끝으로 가요. 쇠고리가 다음이에요."

패러다인은 숲을 가로지르는 보이스카우트의 오솔길이나 미궁 속의 표식들 같다고 생각했다. 하지만 여기에도 무작위 요소가 있었다. 잡동사니를 배치하는 스캇의 동기에서 논리—친숙한 논리—가 어긋나는 것이다.

패러다인은 밖으로 나갔다. 어깨 너머로 스캇이 주머니에서 구겨진 종이 조각과 연필을 꺼내 들고, 구석에 쭈그리고 앉아 뭔가 생각에 잠긴 에마를 향해 가는 것이 보였다.

으음……

제인은 해리 삼촌과 점심을 먹으러 나갔고, 이런 뜨거운 일요일 오후에는 신문을 읽는 것 외에는 별로 할 수 있는 일이 없었다. 패러다인은 칼린스 칵테일과 함께, 찾아낼 수 있는 제일 시원한 장소에 자리 잡고 연재만화에 푹 빠져 있었다.

한 시간 후 패러다인은 졸다가 위층에서 쿵쾅거리는 소리에 깨어났다. 스캇이 기뻐 날뛰며 외치는 소리가 들렸다.

"바로 이거야, 굼벵이! 서둘러……"

패러다인은 눈살을 찌푸리며 황급히 일어섰다. 그가 복도로 들어설 때 전화가 울리기 시작했다. 제인이 전화하기로 했었지……

패러다인이 전화기에 손을 올렸을 때, 흥분에 찬 에마의 빽빽거리는 목소리가 희미하게 들렸다. 패러다인은 얼굴을 찡그렸다. 대체 위층에서 무슨 일이 벌어지고 있는 거야?

스캇이 외쳤다.

"조심해! 이쪽이야!"

패러다인은 입으로 뭔가 중얼거리며, 전화는 잊어버리고 어처구니없게도 신경을 긴장시킨 채 계단을 뛰어 올라갔다. 스캇의 방문은 열려 있었다.

아이들이 사라졌다.

아이들은 바람 속의 자욱한 연기처럼, 뒤틀린 거울 속의 움직임처럼, 흩어지며 가버렸다. 손을 맞잡은 채 패러다인이 이해할 수 없는 방향으로 가버렸다. 패러다인이 문턱에서 눈을 깜박이는 동안에 사라져버렸다.

"에마!"

패러다인은 목이 타듯 말했다.

"스카티!"

카펫 위에는 표식들, 자갈들, 쇠고리 등의 잡동사니들이 형태를 이루며 놓여 있었다. 무작위적인 형태로. 구겨진 종이가 패러다인 쪽으로 날렸다. 그는 무심코 종이를 집었다.

"얘들아. 어디 있니? 숨지 말고…… 에마! 스카티!"

아래층의 날카롭고 단조로운 전화벨 소리가 멈췄다. 패러다인은 집어 든 종이를 보았다. 책에서 찢어낸 한 장이었다. 에마의 무의미한 낙서가 행간과 가장자리에 적혀 있었다. 하도 밑줄을 치고 낙서를 해서 시구들을 읽기는 불가능했으나, 패러다인은 『거울 나라의 앨리스』에 대해서 속속들이 잘 알고 있었다. 그는 시구를 기억해냈다……

Twas brillig, and the slithy toves
지글녘, 유끈한 토브들이
Did gyre and gimbel in the wabe.
사이넘길 한쪽을 발로 빙돌고 윙뚫고 있었네.
All mimsy were the borogoves,
보로고브들은 너무나 밈지했네,
And the mome raths outgrabe.

몸 래스들은 꽥꽥 울불었네

패러다인은 흡사 바보처럼 생각했다. 험프티 덤프티가 설명했어. 사이넘길 wabe은 해시계 주변의 잔디라고. 해시계. 시간…… 이건 시간과 관계가 있는 거야. 예전에 스카티가 사이넘길 wabe이 뭐냐고 물은 적이 있지. 상징적 표현이었던 거야.

지글녘 Twas brillig……

마침내 아이들은 상징적 표현을 통해 모든 조건이 주어진 완벽한 수학 공식을 이해한 거야. 바닥의 잡동사니들. '토브들 toves'은 유끈하게 slithy 만들어야 해 — 바셀린? — 그리고 그것들은 특정한 상관관계에 의해 놓여져야 해. 그래서 그들이 빙돌고 gyre 윙뚫고 gimbel 였던 거야.

미친!

그러나 에마와 스캇에게는 미친 짓이 아니었다. 그들은 다르게 생각했고 x 논리를 사용했다. 찢어진 페이지에 에마가 적어놓은 것들…… 에마는 자신과 스캇이 모두 이해할 수 있도록 캐럴의 언어를 상징으로 번역했던 것이다.

아이들은 무작위 요소를 이해했고 시공간 방정식의 조건을 만족시킨 것이다. 그리고 몸 래스들은 꽥꽥 울불었네 And the mome raths outgrabe……

패러다인의 목구멍 깊은 곳에서, 작게 공포에 찬 소리가 났다. 그는 카펫 위의 미친 듯한 형태를 바라보았다. 패러다인이 아이들이 한 것처럼 따라서 할 수 있다면…… 하지만 할 수 없었다. 형태는 무의미했다. 무작위 요소가 이긴 것이다. 패러다인은 유클리드 기하학에 적응되어 있었다.

만약 패러다인이 진짜 미쳐버리더라도, 여전히 그는 할 수 없을 것이다. 그건 잘못 미치는 것이니까.

이제 패러다인의 정신은 활동을 멈췄다. 하지만 곧 믿을 수 없을 정도의 공황 상태가 지나갈 것이다…… 패러다인은 손에 있는 책장을 구겼다.

"에마, 스카티."

패러다인은 아무런 대답도 들을 수 없다는 것을 알면서도 생기 없는 목소리로 아이들을 불렀다.

열린 창문 사이로 햇빛이 비스듬히 들어와 곰 아저씨의 금빛 털이 반짝였다. 아래층에서 전화벨이 다시 울리기 시작했다.

오로지 엄마만이

Judith Merril That Only a Mother

주디스 메릴 지음
: 최세진 옮김

    마거릿은 행크가 누워 있던 침대 맞은편으로 손을 뻗었다. 그녀는 빈자리를 손으로 더듬다가 화들짝 놀라서 잠에서 깨어났다. 몇 달이 지나도록 사라지지 않는 버릇 때문에 당황스러웠다. 그녀는 고양이처럼 온몸을 구부정하게 말아서 자신의 체온이라도 그러모으려 했지만, 더 이상 그럴 수 없다는 사실을 깨닫고는, 자리에서 일어나 점점 더 볼품없이 커져만 가는 자신의 몸을 기쁜 마음으로 바라보았다.
    아침은 늘 똑같았다. 아침 식사를 챙겨먹으라는 의사의 충고에 따라, 부엌으로 이어진 복도의 단추를 눌러서 요리 기계에 식사를 준비시키고, 팩시밀리에서 신문을 뜯어냈다. 마거릿은 긴 종이다발을 조심스럽게 접어 국내 소식란이 위에 오도록 화장실 선반에 올려놓고 훑어보면서 이를 닦았다.

사고 소식도 없고, 폭격 소식도 없었다. 적어도 공식적으로는 아무런 일도 없었던 것이다.

마거릿, 또 시작이니. 사고도 없고 폭격도 없었다잖아. 신문에 나오는 좋은 소식들을 그대로 좀 믿어봐.

부엌에서 맑은 종소리가 세 번 울리며 아침이 준비되었다고 알려왔다. 마거릿은 식욕이 당기지 않는 아침 식사를 위해 괜스레 밝은 색의 냅킨과 경쾌한 색의 접시들로 식탁을 차렸다. 식사 준비를 마치자, 오늘은 편지가 와 있을 거라는 들뜬 기대를 안고 편지함으로 갔다.

편지가 있긴 있었다. 청구서 두 통과 엄마의 걱정이 가득 담긴 짧은 편지 한 통.

"애야. 요즘 왜 통 편지도 없고, 전화도 없니? 난 정말 무서워. 물론, 나도 이런 말을 하고 싶지는 않다만, 정말 의사 말이 맞는 거 같니? 네 남편이 최근 몇 년간 우라늄이니 토륨이니 하는 것들에 내내 둘러싸여 있었잖아. 너는 네 남편이 기술자가 아니라 설계사이기 때문에 위험한 물질에는 가까이 갈 일이 없다고 하지만, 예전에 오크 릿지[30]에도 살았잖아. 너야 물론 그런 생각을 하지 않겠지. 내가 정말 주책없는 늙은이다. 널 속상하게 하려는 건 아니야. 나보다야 네가 잘 알겠지. 네 의사 말이 맞을 거야. 의사니까 당연히 잘 알겠지……."

마거릿은 최고급 커피를 앞에 놓고서도 얼굴을 찌푸렸다. 그녀는 팩시밀리 신문의 의학 소식란을 펼쳤다.

◉　30__ Oak Ridge. 2차 대전 당시 핵무기를 개발하던 맨해튼 프로젝트에 종사한 과학자들과 기술자들을 위해 만들어졌던 마을.

그만해, 마거릿. 그만하라고! 방사능 전문가가 행크의 업무는 절대로 방사능에 노출되지 않을 거라고 했잖아. 우리가 핵폭탄 폭격 지역을 지나가기는 했지만…… 아냐. 아냐! 그만해! 그냥 사회란이나 요리법 따위나 읽으란 말야. 마거릿.

의학 소식란에는 유명한 유전학자의 글이 실려 있었다. 그 유전학자는 임신한 지 5개월이 지나면 아이가 정상인지 여부를 확실히 알 수 있으며, 사소한 이상을 일으키는 작은 돌연변이까지도 확인할 수 있다고 썼다. 어떤 경우에도 최악의 사태는 방지할 수 있다. 물론 얼굴 부위의 변형이나 뇌구조의 변화 같은 작은 돌연변이는 확인하기 힘들 것이다. 그리고 최근에 정상적인 태아가 7, 8개월이 넘어서도 손발이 퇴화되어 자라나지 않는 경우가 몇 차례 발생하기도 했다. 하지만 그 유전학자는 이제 최악의 사태는 예방할 수 있게 되었다고 흥겨운 말투로 글을 마무리했다.

'예방.' 우리는 예측했었다. 그렇지 않나? 행크와 다른 이들, 그들은 예측했었다. 하지만, 우리는 막아내지 못했다. 우리는 46도선이나 47도선에서 멈출 수도 있었다. 그리고 그때……

마거릿은 아침 밥맛이 떨어졌다. 지난 10년 동안, 아침은 커피만으로도 충분했다. 오늘도 충분할 것이다. 그녀는 주름이 셀 수도 없이 많은 옷감으로 만들어진 옷을 걸치고 단추를 채웠다. 옷가게의 점원은 이 옷이 임신 말기에는 유일하게 편하게 입을 수 있는 옷이라고 장담했다. 단추를 거의 다 채울 즈음엔 어느덧 신문 내용은 잊어버리고 순수하게 기쁜 감정이 솟아올랐다. 이제 얼마 남지 않았다.

도시의 이른 아침은 언제나 마거릿에게 특별한 흥분을 안겨주었다.

인도는 지난 밤 내린 비로 먼지가 씻겨 내려가고 촉촉하게 젖어 있었다. 그녀는 도시에서 자랐지만, 이따금씩 풍겨오는 공장 연기의 독하고 자극적인 냄새보다는 지금의 공기가 훨씬 상쾌하고 좋았다. 그녀는 직장까지 여섯 구역을 걸어가면서 밤새 영업하는 싸구려 햄버거 가게에서 새어나오는 불빛을 쳐다보았다. 어느덧 햇살이 햄버거 가게의 유리창에 드리웠고, 담배 가게와 세탁소의 어둠침침한 내부를 비추고 있었다.

마거릿의 사무실은 신(新)정부 건물에 있었다. 마거릿은 회전 엘리베이터에 올라타고 위로 올라갈 때마다, 항상 옛날 회전 고기구이 기계에 올려놓은 소시지가 된 기분을 느꼈다. 그녀는 공기 충격 방지 쿠션에 몸을 기대며 14층에 내렸다. 그리고 똑같은 모양으로 늘어선 책상 뒤편에 있는 자기 책상으로 가 앉았다.

매일 아침 책상 위에 쌓인 서류의 양은 조금씩 높아져만 갔다. 모든 사람들이 알다시피 지금은 결정적으로 중요한 시기였다. 전쟁에 이기느냐 마느냐는, 다른 것들과 마찬가지로 바로 이 계산에 달려 있었다. 예전에 맡았던 부서장 업무가 버거워지기 시작하자, 인사부에서는 그녀를 지금의 부서로 전보 발령했다. 예전처럼 흥미진진한 일은 아니었지만, 컴퓨터를 다루는 것도 쉬웠고 매력적인 일이었다. 하지만 요즘에는 일을 그만두고 쉴 수 없었다. 모든 부서에 사람이 부족했다.

그녀는 심리학자와 가졌던 상담을 떠올렸다. 나는 정서가 불안정한 사람일지도 몰라. 무슨 정신으로 집에서 그런 자극적인 신문 기사를 읽고 있었던 건지 놀라울 뿐이야······.

그녀는 잡생각들을 떨쳐버리려고 일에 파고들었다.

2월 18일

사랑하는 당신에게,

오늘 직장에서 잠깐 현기증을 느껴서 병원에 왔다가 보내는 짧은 편지야. 의사가 융통성이 없어. 아이가 나올 때까지 몇 주 동안은 침대에 누워 편하게 지낼 수 있으면 정말 좋으련만, 의사가 보기에 그리 심각한 문제는 아니라고 생각하나 봐.

병원에는 온통 신문들뿐이야. 유아 살해가 계속 늘어나고 있는데, 배심원들은 이들에게 유죄를 선고하지 않고 있나 봐. 대체로 아이들의 아빠가 유아살해범이래. 당신이 여기 없어서 다행이야.

별로 재미없는 농담이었지? 틈 날 때마다 자주 편지 보내줘. 그럴 거지? 요즘 시간이 남아도니까 잡생각이 너무 많아. 그래도 여긴 아무 문제없으니까 걱정할 필요는 없어.

편지 기다릴게. 사랑해, 당신.

—마거릿

특급 전보
1953년 2월 21일
22:04 LK37G
발신 : GCNY X47-016 H. 마벨 기술 중위.

수신 : 뉴욕 산부인과 H. 마벨 부인.

의사 보낸 속보 받음 끝 4시 10분 도착 예정 끝 잠시 방문 끝 마거릿 해냈구나 끝 사랑해 행크 끝

2월 25일

사랑하는 행크에게

　당신도 아기 못 봤지? 이 정도 규모의 병원이라면, 최소한 인큐베이터에 모니터 정도는 달려 있을 테니까, 약하고 어리석은 엄마들이라면 모를까 아빠들은 당연히 아기들을 볼 수 있을 거라 생각했겠지. 병원에서는 앞으로도 한 주 정도는 아기를 못 볼 거래. 엄마는 항상 내 성격이 너무 급하다고 그랬었는데, 아이도 너무 빨리 낳았나 봐. 엄마 말은 왜 틀리는 법이 없을까?

　우리 아기를 담당하는 그 무지막지한 간호사 만나봤어? 내 생각에 병원에서는 임신부를 피해서 아이를 이미 낳은 여성들에게만 그 간호사를 배치하는 것 같아. 아무리 그래도 그런 여자는 산부인과에 배치하면 안 되는 건데 말이야. 그 간호사는 하루 종일 돌연변이 생각만 하는지 다른 이야기를 하는 모습을 본 적이 없어. 아, 물론, 우리 아기는 이상 없어. 터무니없이 일찍 태어나긴 했지만 말이야.

　요즘 너무 지겨워. 병원에서는 계속 침대에 누워 있으래. 그래도

당신한테 편지는 보내야 하잖아. 여보, 사랑해.

—마거릿

2월 29일

사랑하는 당신에게,

드디어 우리 딸을 봤어! 신생아의 얼굴을 예쁘다고 생각하는 사람은 엄마뿐일 거라는 사람들의 이야기가 정말이었어. 여보, 그래도 다 제대로 달렸어. 눈 둘, 귀 둘, 코 둘. 농담이야, 코는 하나뿐이야. 모두 다 제자리에 잘 달려 있어. 우리는 너무 운이 좋은 것 같아, 여보.

내가 그동안 소란을 떨었던 게 좀 꺼림칙해. 그 돌연변이 편집증에 걸린 간호사한테 우리 아기를 보여달라고 계속 떼를 썼거든. 결국은 모든 것을 '설명'해주겠다며 의사가 오긴 했는데, 도대체 알아듣지도 못할 허튼 소리만 내내 하더라고. 그 의사가 다른 사람에게 그 이야기를 했더라면 나보다 더 못 알아들었을 거야. 내가 알아들은 이야기라고는 우리 딸을 인큐베이터에 계속 머물게 할 필요는 없지만, 병원 측에서는 아이를 인큐베이터에 넣어서 보호하는 게 좀 더 '사려 깊은' 조치라고 생각한다는 거였어.

그때 내가 좀 신경질적이었던 것 같아. 나는 걱정이 앞서서 병원의 제안을 거절하면서 조금 성질을 부리고 말았어. 그날 일은 누군가 문 밖에서 의료진들을 조용히 시키면서 마무리됐어. 그러고는 흰옷을 입은 여자가 나타나서 이렇게 말하더라고.

"그래요. 괜찮을 것 같아요. 그렇게 하는 게 더 나을지도 모르겠네요."

여기서 일하는 의사들과 간호사들이 하느님의 합성물을 길러낸다는 식으로 말하는 걸 들은 적이 있어. 그 이야기는 비유적이긴 하지만, 여기에 있는 엄마들이 기댈 데가 없다는 건 말 그대로 사실이야.

난 아직도 몸이 채 회복되지 않은 것 같아. 곧 다시 편지 쓸게. 내 사랑.

—마거릿

3월 8일

누구보다 사랑하는 행크에게

그건 그 간호사가 당신에게 잘못 말한 거야. 하여간 그 여자는 정말 멍청하다니까. 우리 애는 여자아이야. 고양이라면 모르지만, 사람이잖아. 딸인지 아들인지는 나도 알 수 있어. 아이 이름으로 헨리에타 어때?

이제는 집으로 왔는데, 나는 자기유도 전자가속기 속에서 날아다니는 전자보다 더 바쁜 거 같아. 병원에서 엉망으로 해놔서, 아이 목욕시키는 것부터 다시 다 배워야 했어. 아이는 점점 예뻐지고 있어. 언제쯤 휴가를 나올 수 있어?

  사랑해,

—마거릿

5월 26일

  행크에게

  이제는 당신도 우리 딸을 봐야 할 때가 됐어, 그치? 아기의 모습을 담은 컬러 동영상 필름을 동봉했어. 엄마가 끈이 여기저기 달린 잠옷을 여러 벌 보내줘서 그 옷을 입혔어. 그랬더니 지금 아기는 꽃처럼 아름다운 얼굴이 달린 새하얀 감자포대 같아. 내가 말하는 게 팔불출 엄마 같지? 당신도 아기 얼굴을 한 번만 보면 팔불출 아빠가 될 거야!

7월 10일

  ……당신이 믿기 힘들겠지만, 우리 딸이 벌써 말을 해! 갓난아기들이 하는 옹알이가 아니라 정말로 말을 한다고. 앨리스가 처음

봤어. 앨리스는 여군 부대에서 일하는 치과 조수야. 나는 우리 아이가 옹알이를 한다고 생각했었어. 그런데 앨리스가 그 소리를 듣더니 우리 딸이 단어랑 문장을 만드는 방법을 아는 것 같은데, 아직 이빨이 나지 않았기 때문에 제대로 소리를 내지 못하는 거라고 말해줬어. 곧 언어 전문가에게 데려갈 생각이야.

9월 13일

……우리 딸은 정말 천재야! 이제 앞니가 다 났기 때문에 발음도 정확해졌어. 거기다 새로운 재능을 하나 더 발견했어. 우리 딸이 노래를 불러! 정말로 음정에 맞춰서 노래를 부른다니까. 겨우 일곱 달밖에 안 됐는데! 여보, 이제 당신만 돌아오면 내가 꿈꾸던 세상이 완벽해질 거야.

11월 19일

……우리 말썽꾸러기 꼬맹이는 하루가 다르게 영리해지고 있어. 요즘은 기어 다니는 방법을 배우느라 아주 바빠. 의사는 이런 식의 성장 과정은 항상 이상한……

특급 전보
1953년 12월 1일
8시 47분 LKS9F
발신 : GCNY X47-016 H. 마벨 기술 중위.
수신 : 뉴욕 주 뉴욕 시 19번가 504E번지 아파트 K-17호 H. 마벨 부인.

내일 주말 특박 끝 5시 10분 공항 도착 끝 마중 나오지 마 끝
사랑해 사랑해 사랑해 끝

마거릿은 아기 욕조에 물을 틀어놓고 몇 센티미터 정도 찰 때까지 기다린 후, 꼼지락거리는 아기를 욕조 속에 풀어놓았다.
"꼬마 아가씨, 난 네가 좀 모자란 애였으면 좋겠어. 아기 욕조에서는 못 기어 다닌다는 거 너도 잘 알잖아."
그녀는 즐거운 마음으로 딸에게 말했다.
"그럼, 어른 욕조로 가면 안 돼?"
마거릿은 아기가 다 큰 어린이처럼 이야기하는 소리에 익숙하면서도 아이가 말을 할 때마다 깜짝깜짝 놀랐다. 그녀는 버둥거리는 분홍빛 살결을 수건으로 덮어서 문질러 닦았다.
"넌 너무 작고 머리도 약한데, 어른 욕조는 너무 단단하니까 안 돼."
"아, 그럼 난 언제쯤이면 어른 욕조를 쓸 수 있어?"

"네 머리통이 그 속처럼 잘 여물면 그렇게 하자. 똑똑아."

마거릿은 아이의 새 기저귀가 쌓여 있는 곳으로 손을 뻗으며 말했다.

"난 이해가 안 돼. 다른 아기들은 안 그런데, 왜 너처럼 똑똑한 아이가 기저귀를 제자리에 제대로 놔두지 못하는 거니? 너도 알다시피, 사람들은 아기들에게 수천 년 동안 기저귀를 채워왔고, 지금까지는 그 결과도 아주 완벽하고 만족스러웠어."

그리고 마거릿은 아이의 잠옷 속으로 기저귀를 채웠다.

엄마는 항상 똑같은 소리를 해댔기 때문에, 아이는 대답하는 것조차 짜증이 났다. 아이는 깨끗하고 달콤한 향내를 풍기며, 엄마가 하얀 아기용 침대에 넣어줄 때까지 참을성 있게 기다렸다. 그리고 아이가 미소를 지어 보이자, 엄마에게 그 미소는 동이 터오기 직전 장밋빛 새벽녘에 비추는 황금 햇살 같아 보였다. 그녀는 아름다운 딸의 컬러 사진을 보내줬을 때 행크가 보였던 반응을 떠올렸다. 그리고 지금 시간이 얼마나 늦었는지도 깨달았다.

"우리 아기 고양이, 이만 자야지. 네가 일어날 때쯤이면 아빠가 와 있을 거야."

"정말?"

네 살의 두뇌가 잠들려는 10개월의 몸에 맞서서 힘겨운 싸움을 하고 있었다.

마거릿은 부엌으로 가서 고기를 굽기 위해 조리 시간을 맞췄다. 식탁을 살펴본 후 몇 주 전에 사놓고 행크의 전보가 올 때까지 아껴두었던 새 드레스, 새 신발, 새 속옷을 챙겼다. 그리고 팩시밀리로 온 신문과 옷을 들고 욕실로 가서 고급 향수의 향내가 모락모락 피어오르는 욕조에 주신～내 몸을 담갔다.

마거릿은 무관심하게 신문을 훑어봤다. 적어도 오늘은 국내란을 읽지 않아도 된다. 유전학자의 글이 실려 있었다. 예전에 임신 5개월 후가 되면 돌연변이를 확실하게 예측할 수 있다던 그 유전학자였다. 그는 돌연변이가 엄청나게 급증하고 있다고 했다. 퇴행이 너무 빠르게 나타난 것이다. 1946년과 1947년 히로시마와 나가사키 인근에서 태어난 최초의 돌연변이들이 아직 채 2세를 가질 수 있을 나이가 되기도 전에 다시 퇴행적 돌연변이가 나타난 것이다. 그래도 우리 아기는 아무렇지도 않아. 이 문제는 분명히 어느 정도는 핵폭탄에 의한 방사능 때문일 것이다. 우리 아기는 괜찮아. 조숙하긴 하지만 정상이야. 유전학자는 우리가 일본에서 처음으로 나타났던 돌연변이에 좀 더 관심을 기울였더라면……

1947년 봄, 신문에는 작은 기사가 실렸다. 행크가 오크 릿지에서 일을 막 그만두던 때였다.

"오늘날 일본에서 유아 살해범은 2~3퍼센트만 체포되고 처벌받는다."

어쨌든 우리 아이는 이상 없어!

마거릿이 옷을 챙겨 입고, 빗질을 하고, 마지막으로 립스틱을 살짝 발랐을 때 초인종이 울렸다. 그녀가 문으로 달려가는 도중, 18개월 동안 거의 잊고 있었던, 초인종 소리가 사라지기도 전에 열쇠로 문을 여는 바로 그 소리가 들려왔다.

"행크!"

"마거릿!"

그리고 아무 말도 하지 못했다. 그에게 이야기해줘야 할 작은 이야기들이 너무 많은 날을, 너무 많은 달을 쌓여왔다. 그리고 지금 그녀는 거기에 서서 군복을 입은 낯선 이의 창백한 얼굴을 쳐다보고 있다. 그녀는 기억의 마디를 더듬어갔다. 우뚝 솟은 코, 큰 눈, 짙은 눈썹, 예전 그대로의 긴 턱, 짧은 머리카락 때문에 예전보다 조금 더 넓어진 이마, 예전과 똑같이 약간 기울어진 입매. 창백하다…… 당연하지. 행크는 그동안 내내 지하에서 지냈잖아. 그래도 익숙한 모습이 사라진 그의 모습은 처음 본 사람보다도 더 낯설게만 느껴졌다.

행크가 손을 뻗어서 그녀를 잡기 전, 그 짧은 시간에 그 많은 생각들이 그녀의 머릿속에 스쳐 지나갔다. 그리고 18개월의 간극을 차근차근 짚어나갔다. 그들은 다시 할 말을 잃어버렸다. 더 이상 말이 필요 없었기 때문이었다. 그들이 이제 함께 있고, 이 순간은 그것만으로도 충분했다.

"아기는 어디 있어?"

"자고 있어. 곧 일어날 거야."

급할 건 없었다. 그들은 일상적인 대화처럼 이야기를 나눴다. 마치 전쟁이나 그동안의 긴 이별도 존재하지 않았던 것처럼. 마거릿은 행크가 문 옆 의자 위에 던져놓은 외투를 집어 들고 거실 벽장에 조심스럽게 걸었다. 행크가 혼자서 집 안을 돌아다니며 기억을 더듬어볼 수 있도록 놔두고, 그녀는 고기 요리를 살폈다. 그리고 행크가 유아용 침대 곁에 서 있는 모습을 봤다.

그의 얼굴은 보이지 않았지만, 애써 볼 필요도 없었다.

"오늘은 깨워도 될 것 같아."

마거릿은 유아용 침대의 덮개를 내리고, 침대에서 하얀 꾸러미를 들어올렸다. 아이가 힘겹게 들어올린, 졸린 눈꺼풀 아래로 흐릿한 갈색 눈동자가 보였다.

"안녕."

행크가 주저하는 말투로 인사했다.

"안녕."

아기는 자신감에 찬 말투로 대답했다.

그도 물론 이 이야기를 들었지만, 전해 듣는 것과 직접 보는 건 다른 이야기다. 그는 마거릿을 간절한 눈빛으로 돌아보았다.

"정말 얘가 말을 할 수 있는 거야?"

"당연히 할 줄 알아. 여보. 그것보다 더 중요한 건, 얘가 다른 아기들처럼 평범한 행동도 아주 잘한다는 사실이야. 심지어 아주 멍청한 짓까지 말이야. 얘가 기어가는 모습 좀 봐!"

마거릿이 아기를 들어서 큰 침대 위에 올려놓았다.

그러자 어린 헨리에타는 드러누워서 불안한 눈으로 엄마와 아빠를 쳐다봤다.

"기어야 돼?"

"응. 아빠는 이제 막 처음으로 집에 왔잖니. 네가 기는 모습을 보고 싶을 거야."

"그럼 나를 엎드리게 해줘."

"아, 그래야지."

마거릿은 상냥히 아이를 뒤집어주었다.

"무슨 일이야?"

행크의 말투는 아직 평소와 다름없었지만, 방 안에는 묘한 긴장감이 흐르기 시작했다.

"아기들은 기기 전에 뒤집기부터 먼저 하는 건 줄 알았는데……."

"우리 애도 하고 싶을 때가 되면 할 거야."

마거릿은 방 안에 흐르는 긴장감을 눈치 채지 못했다.

아기의 아빠는 침대 위에서 아기가 머리를 쑥 내밀고 몸을 구부렸다가 밀면서 앞으로 나아가는 모습을 편안한 눈길로 쳐다보았다.

"이 꼬맹이 악당!"

그는 아이를 쳐다보며 웃음을 터뜨렸다.

"꼭 소풍 가서 감자포대 놀이하는 것 같네. 빨리 쟤 팔 좀 빼줘."

그는 손을 뻗어서 아기 잠옷의 긴 뒷자락을 잡았다.

"내가 할게. 여보."

마거릿도 아이를 잡으려고 손을 뻗었지만 행크가 빨랐다.

"네가 손발을 안 쓰고 배로 그렇게 꿈틀꿈틀 기어 다니면, 사람들이 벌레라고 생각할 거야."

행크는 엄한 목소리로 말하며 아이 어깨 부분에서 움직이는 살덩이를 만졌다.

마거릿은 곁에 서서 미소를 지으며 말했다.

"아이의 노래부터 들어봐, 여보."

행크는 오른손으로 아이의 팔이 있을 거라고 생각했던 어깨로부터 아래로 쭉 짚어 내려갔다. 그가 손으로 누르자 아이는 작은 근육을 꿈틀거리며 저항했다. 그는 다시 아래부터 아이의 어깨까지 위쪽으로 더듬어 올라갔다. 그리고 아주 조심스럽게 아이 잠옷의 아랫도리에 묶여 있는 매듭을 풀었다. 침대 곁에 서 있던 마거릿이 말했다.

"헨리에타는 〈징글벨〉도 부를 줄 알아. 그리고……"

행크는 왼손으로 부드러운 잠옷의 감촉을 느끼며, 아이의 몸뚱이 아래쪽 끝에 평평하고 부드럽게 접혀 있는 기저귀 쪽으로 손을 올렸다.

아이에게는 주름도 없고, 다리로 손을 걷어차지도 않았다. 없었다…….

"마거릿."

그는 깔끔하게 접힌 기저귀와 버둥대는 아기의 몸뚱이에서 손을 떼려 애썼다.

"마거릿."

행크는 목이 탔다. 그는 거칠고, 낮고, 귀에 거슬리는 목소리로 말했다. 그는 한 마디, 한 마디 신중하게 아주 천천히 말했다. 현기증이 일었지만 정신을 놓지 않으려 애썼다.

"마거릿, 왜 미리 말해주지 않았어?"

"여보, 무슨 말이야?"

마거릿은 고래로부터 여성이 성급하고 철딱서니 없는 남성들을 대할 때 취했던 그 오래된 인내심을 내보였다. 그녀가 그 방의 분위기에는 어울리지 않는 아주 편안하고 자연스런 웃음을 갑자기 터뜨렸다. 그녀는 이제야 알아챈 것 같았다.

"오줌 쌌구나? 그치? 난 몰랐어."

그녀는 몰랐다. 행크는 자제력을 잃고, 등이 굽고 팔 다리가 없는, 살갗이 부드러운 몸뚱이 위로 손을 올렸다. 아, 하느님. 제발. 그의 머리가 흔들리고, 히스테리로 근육이 심한 경련을 일으켰다. 아이를 잡은 손에 힘을 주며 꽉 움켜쥐었다. 아, 하느님. 그녀는 몰랐다…….

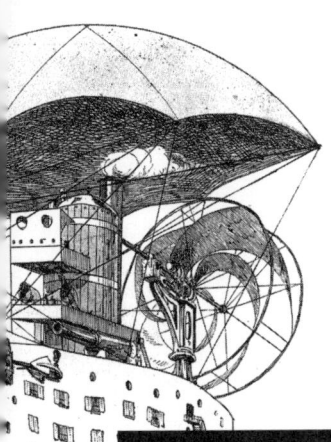

스캐너의 허무한 삶

Cordwainer Smith **Scanners Live in Vain**

코드웨이너 스미스 지음
최세진 옮김

마텔은 화가 치밀어올랐다. 너무 화가 나서 혈압을 조절할 생각조차 하지 않았다. 그는 발을 쳐다보지도 않고, 판단력만으로 방 안을 쿵쾅거리며 걸어 다녔다. 탁자가 바닥에 부딪히는 모습과 루치의 얼굴에 나타나는 표정으로, 탁자가 바닥에 부딪혀서 아주 큰 소리가 났다는 사실을 알 수 있었다. 그는 자신의 다리가 부러진 건 아닌지 보기 위해, 아래를 내려다보았다. 다리는 부러지지 않았다. 다리 중심부까지 스캔을 했는데, 그는 자기 자신의 상태를 알려고 해도 스캔을 해야만 했다. 그런 그의 행동은 반사적이고 자동적으로 이루어졌다. 스캔 목록에는 그의 다리와 복부, 계기판이 있는 가슴 상자, 손, 팔, 얼굴, 거울을 이용해 등 부분을 바라보는 것까지 포함되어 있었다. 마텔은 스캔을 마치고 나서야 다시 화를 내기 시작했다. 그는 루치가 크게 울리는 소리를 싫어하고, 글로 써주는 것을 더 좋아한다는 사실을 알았지만, 자신의 목소리를 이용해 말했다.

"내가 말했잖아. 나는 크랜치[31]를 해야 돼. 반드시 해야 한다고. 나도 걱정되지만 해야 해."

루치가 대답했지만, 마텔은 그녀의 입술에서 몇 마디 단어밖에 읽어내지 못했다.

"여보 …… 내 남편이…… 당신을 사랑해…… 위험해…… 그걸 하는 건…… 위험해…… 기다려……."

그는 루치의 얼굴을 바라보면서 다시 목소리로 말했다. 거칠게 나오는 큰 목소리는 다시 그녀를 힘들게 했다.

"내가 말했잖아. 나는 크랜치 할 거야."

루치의 표정을 보자 애처로운 느낌이 들어서 말투를 조금 누그러뜨렸다.

"이게 나에게 어떤 의미인지 이해 못 하겠어? 내 머릿속의 끔찍한 감옥에서 벗어나는 거야. 다시 사람이 되어서 당신의 목소리를 듣고 연기의 냄새를 맡는 거야. 다시 감각을 되찾아서, 바닥을 딛고 선 내 다리와 내 얼굴을 스치는 대기의 흐름을 느끼는 거라고. 이게 어떤 의미인지 정말 모르겠어?"

루치의 큰 눈에 근심이 비치자, 그는 다시 짜증스러움이 몰려왔다.

◎　31__크랜치cranch는 작가인 코드웨이너가 만든 신조어이다. 스캐너의 온몸에 전선을 감아 인간의 감각을 잠시 동안 느낄 수 있도록 하는 것을 의미한다. 소설에서 이 단어는 이 전선을 개발한 유스터스 크랜치Eustace Cranch의 이름에서 유래된 용어라고 설정되어 있다.

그래서 그녀가 입술을 움직일 때 대부분의 단어를 놓치고 말았다.

"……사랑해 ……당신의 좋은…… 나는 당신이 인간이 되는 걸 바라지 않는 것 같아?…… 당신의 좋은 …… 너무 많아…… 그는…… 그들이 말하기를……"

마텔은 그녀에게 고함을 쳤다. 이번에 그의 목소리는 특히 더 나빴을 거라는 사실을 깨달았다. 그는 목소리보다도 말에 담긴 단어 하나하나가 그녀를 더 아프게 했을 거라는 걸 알았다.

"당신은 당신이 스캐너하고 결혼생활을 하도록 내가 내버려두고 싶을 것 같아? 내가 우리 같은 스캐너는 하버맨들[32]만큼이나 비루한 존재라고 말하지 않았던가? 우리는 죽었어. 내가 말했잖아. 우리는 그 일을 하기 위해서 죽어야 했다고. 그렇게 하지 않으면 누가 '위와 밖'으로 갈 수 있겠어? 그 거친 우주를 상상할 수 있겠어? 내가 경고했잖아. 그런데도 당신은 나랑 결혼했어. 그래, 당신은 인간과 결혼한 거야. 부탁이야, 여보, 내가 인간이 될 수 있게 해줘. 당신의 목소리를 듣게 해줘. 살아 있는 존재로서 인간의 따스함을 느끼게 해줘. 제발!"

슬픔에 잠긴 표정으로 어쩔 수 없이 동의하는 그녀의 모습을 보면서, 그는 자신이 이 논쟁에서 이겼다는 걸 알게 되었다. 목소리를 다시 이용하지는 않았다. 대신 그는 가슴에 매달려 있는 메모판을 들어 올렸다. 그는 메모판 위에 오른손의 뾰족한 검지 ─ 스캐너의 말하는 손톱이

32__ 하버맨haberman은 코드웨이너가 만든 신조어이다. 우주에 나갔을 때 느껴지는 고통을 차단해서 살아남기 위해 모든 감각기관을 죽인 사람들을 의미한다. 하버맨은 주로 죄수들로 구성되어 있으며, 스캐너의 통제를 받는다. 스캐너도 하버맨이지만, 자발적으로 하버맨이 된 사람들이다. 소설에서 이 단어는 이 기술을 처음 개발한 헨리 하버만Henry Harberman의 이름에서 유래한 용어라고 설정되어 있다.

라고 불린다 — 로 빠르게 써 내려갔다.

"여보, 크랜치 전선 어디 있어?"

루치는 앞치마 주머니에서 금으로 피복된 긴 전선을 꺼내어 카펫이 깔린 바닥에 전선을 펼쳤다. 그녀는 스캐너의 아내로서 본분에 맞게, 능숙한 솜씨로 빠르게, 크랜치 전선을 마텔의 머리와 목, 가슴에 둘러 감았다. 마텔의 가슴에 있는 계기판을 피해 전선을 감았고, 그녀는 계기판 주변에 있는 상처도 피했다. 그것은 우주로 나갔던 사람들에게 생기는 영광의 상처였다. 그녀가 전선을 마텔의 다리 사이로 밀어 넣자, 그는 기계적으로 발을 들었다. 루치는 전선을 팽팽하게 당겼다. 그녀는 작은 플러그를 마텔의 심장 판독기 옆에 있는 과부하 통제장치에 꽂았다. 그녀는 마텔이 앉을 수 있도록 거든 후, 손을 가지런히 모아주고, 머리를 의자 위에 있는 홈에 뉘어주었다. 그리고 돌아서서 그를 쳐다보았다. 덕분에 마텔은 루치의 입술을 쉽게 읽을 수 있었다. 그녀는 차분하게 말했다.

"여보, 준비됐어?"

그녀는 무릎을 꿇고 전선을 한쪽 끝으로 그러모은 후 조용히 일어섰다. 그녀는 마텔을 등지고 섰다. 그는 루치를 스캔해보았지만, 그녀의 모습에서는 커다란 슬픔만이 비쳐 보일 뿐이었다. 스캐너가 아닌 다른 이들은 그녀의 슬픔을 알아채기 힘들었을 것이다. 그녀가 말했다. 마텔은 그녀의 가슴 근육이 움직이는 모습을 볼 수 있었다. 그녀는 마텔을 등지고 서 있다는 사실을 깨닫고, 그가 자신의 입술을 읽을 수 있도록 몸을 돌렸다.

"이제 준비 됐어?"

그는 웃음으로 이에 대답했다.

루치는 다시 그를 등지고 섰다(그녀는 마텔이 전선에 꽁꽁 묶여 있는 모습을 보는 게 너무 힘들었다). 그녀는 전선 뭉치를 공중으로 던졌다. 전선은 역장$_{力場}$에 붙잡혀서 공중에 떠 있었다. 갑자기 전선에서 이글이글 타오르는 듯 환한 불빛이 작열했다. 그게 다였다. 다만, 그의 모든 감각들이 핏발선 함성처럼 갑작스럽게 다시 몰려왔을 뿐이다. 고통의 메마른 경계선을 넘어 다시 감각들이 몰려왔다.

1
★

그가 전선에 눌린 채 깨어났을 때는, 방금 크랜치를 했는데도 아무것도 느껴지지 않았다. 이번 주 들어 두 번째 크랜치였지만, 그는 편안했다. 그는 의자 위에 편안히 누워 있었다. 방 안에 있는 물건들을 스치는 바람 소리가 귀로 흘러들어왔다. 옆방에서 루치가 숨 쉬는 소리가 들렸다. 그녀는 크랜치 전선을 널어서 식히고 있었다. 이 방에서도 여느 방처럼 1000여 개가 넘는 냄새가 났다. 살균기에서 나는 상쾌한 냄새, 가습기에서 나는 쌉쌀한 단 냄새, 그들이 방금 먹었던 저녁 식사 냄새, 옷 냄새, 가구 냄새, 그리고 사람들의 냄새. 이 모든 것들이 즐거웠다. 그는 좋아하는 노래를 몇 마디 불렀다.

하버맨에게 건배를! 위로 밖으로!
위로! 하! 밖으로! 하! 위로 밖으로!

옆방에서 루치가 킥킥거리며 웃는 소리가 들려왔다. 마텔은 그녀의 옷자락이 스치는 소리가 들려오는 복도 쪽을 흡족한 표정으로 바라보았다.

그녀는 그를 쳐다보며 짓궂은 미소를 살짝 지어 보였다.

"당신 목소리는 괜찮은 것 같아. 당신 정말 괜찮아?"

이 사치스러운 감각의 바다에 빠져 있으면서도 그는 스캔을 했다. 그는 목록에 따라 재빠르게 스캔을 마쳤다. 이것도 스캐너로서의 직업적인 능력이었다. 그는 계기판에 달라진 게 있는지 살펴보았다. 신경 압박이 위험한 수준에 아슬아슬하게 걸려 있었다는 사실을 제외하면 기준을 벗어난 것은 없었다. 하지만 그는 신경 상자에 대해서는 걱정하지 않았다. 신경 상자는 크랜치를 할 때마다 잘 버텨냈다. 크랜치 전선을 몸에 감으면 언제나 신경 상자에 압박이 가해졌다. 언젠가는 신경 박스에 가해진 압력이 한계를 넘을 테고, 죽음으로 추락할 것이다. 하버맨은 그런 식으로 일생을 마쳤다. 하지만, 모든 게 만족스러울 수만은 없었다. 위와 밖으로 나간 사람들은 우주로 나간 대가를 그렇게 지불해야 했다.

여하튼, 그도 주의할 필요가 있다. 그는 스캐너다. 멋진 직업이다. 그도 그 사실을 알고 있다. 그가 자신을 스캔하지 못한다면 누가 할 수 있겠는가? 이번 크랜치는 그다지 위험하지 않았다. 위험하긴 하지만, 아주 위험한 건 아니었다.

루치가 손을 주머니에서 꺼내더니, 마텔의 생각이라도 읽으려는 듯 그의 머리를 쓰다듬었다. 하지만 그녀는 예상과 달리 이렇게 말했다.

"하지만, 여보, 이러는 게 아니었어! 이러면 안 된단 말이야!"

"그래도 난 해냈잖아!"

마텔은 그녀를 쳐다보며 씩 웃었다.

그녀는 억지로라도 즐거운 기분을 내보려 애쓰며 말했다.

"자, 여보, 이제 좋은 시간을 가지자고. 냉장고 안에 당신이 좋아하는 음식들을 거의 다 준비해놨어. 그리고 향이 풍부한 새로운 기록판도 두 개나 준비해뒀어. 나도 시도해봤는데, 괜찮았어. 당신도 내 취향 잘 알잖아."

"어떤 거야?"

"어떤 거냐니? 무슨 말이야?"

마텔은 그녀의 어깨에 올렸던 손을 슬그머니 내리고, 절뚝거리며 방에서 빠져나갔다(그는 발에 닿는 바닥의 느낌과 얼굴을 스치는 바람이 느껴질 때마다 당황스럽고 어색하기만 했다. 크랜치를 한 지금의 현실에서는, 하버맨으로 돌아가는 게 악몽처럼 느껴졌다. 하지만 그는 하버맨이고, 스캐너였다).

"루치, 당신은 내 말이 무슨 뜻인지 알잖아. 당신이 준비한 냄새 말이야. 그 기록판은 무슨 냄새랑 비슷한 거야?"

그녀는 신중하게 대답했다.

"그을쎄…… 좀 이상하긴 하지만, 새끼양 갈비도 있고……"

마텔이 말을 가로막았다.

"새꺙갈비가 뭐야?"

"당신이 냄새를 맡을 때까지 기다려봐. 그때가 되면 자세히 이야기해줄게. 그 냄새는 수만 년 전의 냄새야. 옛날 책에서 찾아냈대."

"새꺙갈비가 짐승이야?"

"말 안해줄래. 기다려봐."

루치는 웃음을 터뜨리더니 마텔이 자리에 앉는 것을 도와주고, 그 앞에 맛있는 음식들을 펼쳐놓았다. 그는 아까 먹었던 저녁 식사 시간으로 다시 돌아가서, 자신이 먹었던 그 아름다운 음식들을 조금씩 입에 베어 물고, 지금의 살아 있는 입술과 혀로 그 맛을 보고 싶었다.

루치가 음악 전선을 찾아서 역장(力場) 안으로 던져 넣자, 마텔은 그녀가 말하던 새로운 냄새 기록판에 대한 이야기가 다시 떠올랐다. 그녀는 기다란 유리로 만들어진 기록판들을 꺼내서, 그 중 하나를 송신기에 집어넣었다.

"자, 맡아봐!"

기묘하고, 소름끼치고, 자극적인 냄새가 방 안에 흘러 넘쳤다. 그 냄새는 이 세상의 냄새도 아니고, 저기 '위와 밖'에서 온 것 같지도 않았다. 그런데도 그 냄새가 익숙했다. 마텔의 입에 침이 고였다. 그의 맥박이 조금씩 빠르게 뛰었다. 그는 자신의 심장 상자를 스캔했다(빠르지만, 적당했다). 그건 그렇고, 이 냄새는 도대체 뭐지? 그는 당황스러운 척하면서 루치의 손을 쥐고 그녀의 눈을 쳐다보았다. 그리고 소리쳤다.

"여보, 말해줘! 말해줘! 안 그러면 당신을 잡아먹어버릴 거야!"

"바로 그거야!"

"뭐?"

"당신이 맞았어. 이 냄새가 당신에게 나를 잡아먹고 싶게 만들었을 거야. 이건 고기 냄새야."

"고기? 누구의 살이야?"

"사람이 아니라 짐승이야. 예전에 사람들이 먹었던 짐승이지. 새꺙이 아니라, 새끼양이야. 작은 양. 야생에 사는 양 본 적 있지? 그리고 갈비는 새끼양의 몸통 가운뎃부분이야. 여기!"

그녀는 자신의 가슴 부분을 가리켰다.

마텔은 그녀의 말을 듣고 있지 않았다. 몸에 있는 모든 상자가 경고를 보내기 시작했는데, 그 중 몇몇은 위험한 수준이었다. 그는 마음속에서 들려오는 거대한 함성과 맞서 싸우며, 자신의 육체를 극단적인 흥분 상태로 몰고 갔다. 자신의 육체에서 벗어나 오직 눈으로만 육체를 살펴보는 하버맨의 방식대로, 스캐너로 지내는 것은 얼마나 편했던가. 그때는 몸을 쉽게 관리할 수 있고, 우주에서의 심한 고통을 견뎌야 하는 상태에서도 냉정하게 몸을 통제할 수 있었다. 하지만 그 육체가 바로 자신이며, 이 정신이 자신을 지배하고 있고, 그 정신이 육체를 걷어차서 공포 속으로 보내버릴 수 있다는 사실을 깨닫게 된다는 것은 그리 기분 좋은 일이 아니다.

그는 '위와 밖'으로 나가기 위해 육체와 정신을 분리하기 전인, 하버맨 장치에 들어가기 전의 나날들을 기억하려 애썼다. 예전에도 그의 감정은 정신에서 육체로, 육체에서 정신으로 바쁘게 오락가락 질주하고, 또 자신을 스캔할 수 없다는 사실 때문에 당혹스러워했을까? 하지만 그 당시 그는 스캐너가 아니었다.

그는 자신에게 고통을 주고 있는 것이 무엇인지 알고 있었다. 자신의 맥박 소리가 천둥처럼 울려대고 있었지만, 그는 알았다. '위와 밖'의 악몽 속에서, 그들의 우주선은 금성에서 불타오르고, 하버맨들은 무너져 내리는 금속을 맨손으로 막고 있을 때, 그 냄새가 그에게 밀려들어왔다. 그는 하버맨들을 스캔했다. 모두가 위험한 상태였다. 하버맨들의 가슴 상자는 과부하에 걸리고, 한 사람, 한 사람을 지나갈 때마다 곁에 있는 하버맨들이 죽어 쓰러졌다. 그는 앞에 둥둥 떠다니는 시체들을 밀어내면서 한 사람씩 차례로 스캔하고, 부러진 줄도 몰랐던 자기 다리에 죔쇠를 조이고, 계기판의 상태로 봤을 때 거의 죽어가고 있던 하버맨에게 취침용 덮개를 씌워주기 위해 분투하고 있었다. 하버맨들이 스캐너인 자신에게 욕을 퍼부으며 어렵게 일을 해나가고, 그는 직업적인 열성으로 자신에게 주어진 일과 우주의 거대한 고통 속에서 그 하버맨들을 살리려 노력하고 있던 때, 바로 그 냄새를 맡았다. 그 냄새는 육체적, 정신적 안정 장치를 통과하고, 하버맨으로서 분리된 육체의 장막을 넘어, 새롭게 구축된 그의 신경을 뚫고 들어왔다. 비극적이고 야만적인 그 시간 동안 그는 그 냄새를 강하게 느꼈다. 그는 그 일을 분노와 악몽으로 둘러싸인 공간으로 연결된, 불쾌한 크랜치 같았다고 기억했다. 그는 '최초의 효과'가 다가오고 있으며, 우주의 거대한 고통이 하버맨의 분리 장벽을 넘어서 자신을 쓰러뜨릴 것이라는 공포에 잠겨서, 자신을 스캔하기 위해 하던 일까지도 중단했다. 하지만 그는 잘 이겨냈다. 그의 계기판은 과부하에 걸리지는 않았지만, 위험 상태에 계속 머물러 있었다. 그는 자신이 맡은 임무를 잘 해냈고, 그 덕분에 표창을 받았다. 그는 불타오르던 그 우주선에 대한 일들을 까맣게 잊고 있었다.

그 냄새 말고는 모든 일을 잊고 있었다.

그리고 지금 여기에 풍기는 이 냄새는 그 모든 기억을 되살렸다. 살이 타는 냄새…….

루치는 아내로서 근심스런 표정으로 그를 쳐다봤다. 그녀는 그가 너무 오래 크랜치를 했기 때문에, 다시 하버맨으로 돌아갈 때가 되어간다고 생각했다. 그녀는 즐거운 분위기를 만들려고 애썼다.

"여보, 당신은 그만 쉬는 게 좋을 것 같아."

그는 루치에게 속삭였다.

"저 냄새를 꺼줘."

루치는 그에게 되묻지 않았다. 그녀는 송신기를 껐다. 그리고 방을 가로질러 공기 제어기로 가서 약한 산들바람이 바닥을 따라 흘러서 냄새를 천장으로 몰고 나가도록 조정했다.

마텔이 일어섰다. 피곤하고, 몸이 뻣뻣했다(그의 계기판은 정상이었다. 다만 심장이 조금 빠르게 뛰고, 신경이 위험 수준을 오락가락하고 있을 뿐이었다).

그가 슬픈 목소리로 말했다.

"루치, 용서해줘. 크랜치 하는 게 아니었는데, 괜히 했나봐. 크랜치한 지 얼마 되지도 않아서 또 이렇게 빨리 하는 게 아니었는데 말이야. 하지만 여보, 난 하버맨이라는 존재에서 빠져나와야 했어. 그러지 않으면 내가 어떻게 당신에게 다가갈 수 있겠어? 어떻게 내가 인간이 될 수 있겠어? 내 목소리도 듣지 못하고, 내 혈관을 흐르는 삶도 느끼지 못하는데 말이야. 사랑해, 여보. 내가 당신에게 다가가면 안 되는 거였어?"

그녀는 단단히 훈련되고 자동적인 자부심으로 답했다.

"그래도 당신은 스캐너잖아!"

"나도 내가 스캐너라는 걸 알아. 하지만 그래서 어쩌라는 거야?"

그녀는 혼자 있을 때 수천 번도 더 되뇌었던 이야기라도 되는 듯, 청산유수로 말을 쏟아냈다.

"당신은 용감한 자들 중에서 가장 용감한 사람이고, 능력 있는 자들 중에서 가장 능력 있는 사람이야. 모든 인류가 스캐너에게 가장 명예로운 찬양을 보내고 있어. 스캐너야말로 인류의 대지들을 하나로 묶어주는 사람이야. 스캐너는 하버맨의 보호자야. 스캐너는 '위와 밖'에서의 심판관이야. 스캐너는 인간이 절망적으로 죽어갈 수밖에 없는 곳에서 인간을 살리는 사람들이야. 스캐너는 인류에서 가장 명예로운 사람들이고, 대행기구의 수장들조차도 스캐너에게 기꺼이 경의를 표하고 있다고!"

마텔은 몹시 슬픈 표정으로 이에 답했다.

"루치, 우리는 예전에도 그런 이야기를 다 들었어. 하지만 그런 걸로는 우리에게 아무런 보상도 되지 않……"

" '스캐너는 보상보다 더 많은 일을 한다. 스캐너는 인류의 든든한 수호자들이다.' 여보, 이 말 기억나?"

"루치, 하지만 우리 삶은 어떡해? 당신은 어떻게 스캐너의 아내라는 존재에서 벗어날 거야? 당신은 왜 나랑 결혼했어? 나는 크랜치를 할 때만 인간이 될 수 있어. 다른 때는 내가 어떤 존재인지 당신도 잘 알잖아. 난 기계야. 인간이 기계가 되어버린단 말이야. 임무를 위해 죽임을 당한 후 겨우 그 생명을 유지하고 있는 인간. 내가 뭘 그리워하고 있는지 알겠어?"

"물론이야. 여보, 당연히……"

마텔이 계속 말을 이었다.

"당신이 보기엔 내가 어린 시절을 기억하지 못할 것 같아? 당신이 보기엔 내가 하버맨이 아닌 인간이라는 존재였을 때 어땠는지 기억을 못 하는 것 같아? 땅 위에 발을 딛고 걷던 때? 시시각각 내가 살아 있는지 내 몸을 살펴보는 대신, 순수한 고통을 적절하게 느낄 수 있던 때는 어때? 내가 죽는다면 나는 어떻게 그 사실을 알 수 있을까? 루치, 그런 생각을 해본 적 있어? 내가 죽었을 때 난 어떻게 그 사실을 알 수 있을까?"

루치는 비이성적으로 터져 나오는 마텔의 하소연을 못 들은 척했다. 그녀는 달래듯이 말했다.

"앉아, 여보. 마실 것 좀 가져다줄게. 당신 너무 흥분한 것 같아."

그는 자동적으로 자신의 몸을 스캔했다.

"아냐! 그렇지 않아! 내 말 좀 들어봐. 당신 주위가 우주에 발이 묶인 선원들로 둘러싸인 채 '위와 밖'에 있다면 기분이 어떨 것 같아? 그들이 자는 모습을 지켜보고 있으면 어떤 느낌일 것 같아? 내 하버맨이 만들어놓은 장벽을 넘어서 우주의 고통이 날이면 날마다 내 온몸 구석구석을 때릴 때마다 스캔, 스캔, 또 스캔을 하고 있으면 당신은 어떨 것 같아? 주어진 임무대로 그들을 깨워야 하는데, 그것 때문에 그들이 나를 싫어하게 된다면 당신은 어떨 것 같아? 당신은 하버맨들처럼 강한 남자들이 고통조차도 모르는 채, 어느 한 편이 과부하에 걸릴 때까지 싸우는 모습을 본 적 있어? 어떻게 생각해, 루치?"

그가 의기양양하게 덧붙였다.

"그런데도, 겨우 한 달에 이틀 동안이나마 크랜치 해서 인간으로 되돌아오려는 나를 비난할 거야?"

"여보, 난 당신을 비난하지 않아. 크랜치 하는 동안만이라도 즐겁게 보내자. 자, 앉아봐. 이것 좀 마셔."

그는 앉아서 두 손에 얼굴을 파묻었다. 그 사이 그녀는 병에서 과일을 꺼내서 안전한 알칼리성 물질을 섞어서 음료수를 만들었다. 그는 루치를 불안하게 쳐다보았다. 스캐너와 결혼한 그녀가 측은했다. 그리고 동시에, 그녀를 측은하게 생각하는 건 불공평하고 화 나는 일이라고 생각했다.

루치가 그에게 막 음료수를 전해주려는 순간 전화가 울려서, 둘은 동시에 약간 움찔했다. 전화가 울릴 리가 없었다. 그들은 전화를 꺼두었다. 전화가 다시 울렸다. 비상회로를 통해 전화한 게 틀림없었다. 마텔은 루치를 앞질러 전화로 성큼성큼 걸어가서 영상판을 들여다보았다. 보맥트가 그를 바라보고 있었다.

스캐너들의 관례에 따르면, 스캐너는 누구에게든 예의를 지키지 않고 말할 수 있는 권리가 있었다. 특정한 상황에서는 그 상대가 원로 스캐너라고 해도 퉁명하게 대할 수 있었다. 지금이 바로 그 특정한 상황이었다.

마텔은, 보맥트가 입을 열기도 전에 영상판을 쳐다보며 빠르게 말했다. 그 나이 많은 이가 자신의 입술을 읽든 말든 개의치 않았다.

"크랜치 중입니다. 바빠요."

그는 스위치를 내리고 루치에게 돌아갔다.

전화가 다시 울렸다.

루치가 침착하게 말했다.

"여보, 무슨 일인지 알아볼게. 자, 이거 마시고 앉아 있어."

"내버려둬. 내가 크랜치 할 때에는 누구도 전화로 불러낼 권리가 없어. 그는 알 거야. 그도 그걸 알아야 돼."

전화가 다시 울렸다.

분노가 치솟아 오른 마텔이 영상판으로 걸어갔다. 영상 전화를 켰다. 보맥트가 영상판에 비쳤다. 마텔이 이야기하기 전에 보맥트는 가슴상자에서 말하는 손가락을 들어 보였다. 마텔은 훈령 상태로 돌아갔다.

"스캐너 마텔, 대기 중입니다."

보맥트의 입술이 신중하게 움직였다.

"특급 비상사태다."

"원로님, 저는 지금 크랜치 중입니다."

"특급 비상사태다."

"원로님, 이해가 안 되시나요?"

마텔은 보맥트가 알아볼 수 있도록 천천히 입모양을 만들었다.

"저, 는…… 크, 랜, 치, 중, 이, 에, 요…… 우, 주, 에…… 못, 나, 가,

요!"

보맥트가 반복해서 말했다.

"특급 비상사태다. 중앙 접속부에서 지시를 받아라."

"하지만 이런 특급 비상사태는 없었……"

"자네 말이 맞다. 마텔. 이전에 없던 비상사태다. 중앙 접속부에서 지시를 받아라."

보맥트가 어렴풋하게 온정을 살짝 내비치며 말을 보탰다.

"크랜치에서 빠져나올 필요는 없네. 그대로 보고하게."

이번엔 보맥트가 먼저 전화를 끊었다. 영상판이 회색으로 변했다.

마텔이 루치에게 몸을 돌렸다.

말할 힘마저 쭉 빠져버렸다. 루치가 그에게 다가왔다. 루치는 그에게 입을 맞추고, 머리를 쓰다듬었다. 그녀가 할 수 있는 말이라곤 이것밖에 없었다.

"미안해. 여보."

그녀가 마텔에게 다시 입맞춤을 했다. 그녀는 그의 실망감을 잘 이해했다.

"힘내, 여보. 기다릴게."

그는 스캔을 한 후 투명한 비행복 속으로 미끄러져 들어갔다. 창문 앞에서 멈춰 그녀에게 손을 흔들었다. 그녀가 소리쳤다.

"행운을 빌게!"

마텔은 자기를 스쳐가는 공기의 흐름을 느끼며 혼잣말을 했다.

"11년 만에 처음으로 비행하는 기분이 드네. 제길, 자신이 살아 있다는 걸 느낄 수 있다면, 날아다니는 게 훨씬 쉬워질 거야."

중앙 접속부는 저 멀리서 하얗고 단조로운 빛을 내고 있었다. 마텔은 중앙 접속부를 주의해서 살펴봤다. '위와 밖'에서 오는 우주선의 불꽃도 보이지 않았으며, 통제를 벗어나서 덜덜거리는 우주선의 불꽃도 보이지 않았다. 임무가 없는 밤처럼 모든 게 조용했다.

그럼에도 보맥트는 호출을 했다. 보맥트는 우주보다도 높은 등급의 비상사태를 선포했다. 그런 등급은 존재하지 않는다. 하여튼, 보맥트는 선포했다.

2
★

마텔이 중앙 접속부에 도착하니, 전체 스캐너 중 절반가량인 20여 명 정도가 참석해 있었다. 그는 말하는 손가락을 들었다. 대부분의 스캐너가 한 쌍씩 서로 얼굴을 마주보고 서서 상대방의 입술을 읽고 있었다. 몇몇 나이 들고 참을성이 없는 스캐너는 자신의 메모판을 들고 글을 끄적인 후 다른 사람들의 얼굴에 들이밀었다. 거기에 있는 모든 사람들의 얼굴은 생기 없이 멍하게 풀린 하버맨의 모습을 하고 있었다. 마텔이 방에 들어가자, 자신들의 마음속 깊이 고립되어 있는 대부분의 다른 스캐너들이 자신을 보고 웃음을 터뜨렸지만, 굳이 공개적인 말로 그 생각을 드러낼 필요는 없다고 생각하고 있다는 사실을 알았다. 스캐너가 크랜치한 상태에서 총회에 모습을 나타낸 것은 아주 옛날에나 일어나던 사건이었기 때문이었다.

보맥트는 아마도 아직 회의장에 나타나지 않은 것 같았다. 아직까지 다른 이들에게 전화를 걸고 있을지도 모른다. 전화기의 불빛이 번쩍거리고, 벨이 울려댔다. 마텔은 여기에서 오직 자신만이 그 큰 벨소리를 들을 수 있다는 사실을 깨닫자 이상한 느낌이 들었다. 하버맨이나 스캐너들이 모여 있을 때, 왜 일반인들이 그 곁에 있기 싫어하는지 이제야 이해가 됐다.

마텔의 친구인 창은 거기에 있었지만, 그는 보맥트가 왜 자신을 호출했는지 알지 못하는 늙고 성질 급한 스캐너에게 설명을 하느라 바빴다. 더 멀리 쳐다보니 파리지안스키가 있었다. 마텔은 자신은 마음속으로 발을 느낄 수 있기 때문에 걸어갈 때 발을 바라볼 필요가 없다는 사실을 명확하게 드러내며, 사람들 사이를 민첩하게 요리조리 누비며 앞으로 나아갔다. 몇몇 스캐너들이 그를 쳐다보며 생기 없는 얼굴로 미소를 지으려 애썼다. 하지만 그들은 얼굴 근육을 완전히 통제하지 못했기 때문에, 그들의 얼굴은 끔찍한 마스크를 쓴 것처럼 일그러졌다(스캐너들은 더 이상 통제할 수 없는 얼굴로 표정을 지으려 하는 게 좋지 않다는 사실을 잘 알고 있었다. 마텔은 혼잣말로 덧붙였다. "크랜치 하지 않았을 때는 절대로 웃지 말아야 되겠다").

파리지안스키가 말하는 손가락을 들어 올렸다. 그는 마텔의 얼굴을 마주보며 말했다.

"크랜치 상태로 온 거야?"

파리지안스키는 자신의 목소리를 들을 수 없기 때문에, 단어 하나하나에 힘을 실어서 크게 소리쳤는데, 그 소리는 고장난 전화기에서 나는 찍찍거리는 잡음처럼 들렸다. 마텔은 깜짝 놀랐지만, 질문의 의미는 명확하게 이해했다. 파리지안스키는 무뚝뚝한 폴란드인으로 아주 무던한 사람이었다.

"보맥트가 호출했어. 특급 비상사태라면서 말이야."

"크랜치 중이라고 이야기했어?"

"응."

"그런데도 나오래?"

"응."

"그럼, 이건 우주로 나가는 일은 아닌 거네? 넌 '위와 밖'으로는 못 나가지? 지금은 일반인이랑 비슷한 상태잖아."

"그래."

"그럼 우리를 왜 호출한 거야?"

파리지안스키는 도대체 이해할 수 없다는 듯 손을 저었는데, 그건 하버맨이 되기 전에 몸에 익은 버릇이었다. 그의 손이 뒤에 있던 노인의 등을 세게 쳤다. 철썩 하는 소리가 방 안에 울려 퍼졌지만, 마텔만이 그 소리를 들을 수 있었다. 마텔은 본능적으로 파리지안스키와 나이 많은 스캐너를 스캔했다. 그러자 그들도 마텔을 스캔했다. 그리고 노인은 마텔에게 왜 자신을 스캔했는지 물었다. 마텔이 지금 자신이 크랜치 중이라는 사실을 설명해주자, 노인은 중앙 접속부에 크랜치 중인 스캐너가 참석하고 있다는 소식을 다른 스캐너들에게 전하려고 잽싸게 움직였다.

이렇게 둔한 지각력조차도 '특급 비상사태'에 대해 걱정하는 스캐너들의 긴장감을 감추지는 못 했다. 1년 전쯤에 스캐너가 된 한 젊은 스캐너가 파리지안스키와 마텔, 노인 사이에 난데없이 끼어들더니 메모판을 들어 그들에게 살짝 보여주었다.

보맥트가 미쳤나요?

나이 든 스캐너들이 고개를 저었다. 그 젊은이가 하버맨이 된 지 그리 오래되지 않는다는 사실을 아는 마텔은, 친근한 미소를 지으며 다른 스캐너들의 시체처럼 엄숙한 거부를 누그러뜨렸다. 그는 보통의 목소리로 말했다.

"보맥트는 원로 스캐너야. 난 그가 미칠 수 있을 거라 생각하지 않네. 그러면 당연히 자신의 상자들을 먼저 살펴보지 않을까?"

마텔은 젊은 스캐너가 자신의 말을 알아들을 때까지, 천천히 반복해서 입모양을 만들어야 했다. 젊은이는 웃음을 지으려고 했지만, 그의 얼굴은 우스꽝스러운 마스크처럼 일그러져버렸다. 젊은이는 메모판을 들더니 글을 써내려갔다.

그럴 것 같아요.

자기 친구와 작별한 창이 이쪽으로 다가왔다. 한쪽 부모가 중국인인 그의 혼혈 얼굴은 따뜻한 저녁 날씨에 번들거렸다(마텔은 왜 더 많은 중국인들이 스캐너가 되려 하지 않는지 의아했다. 어쩌면 그리 이상한 일이 아닐지도 모른다. 중국인들은 하버맨의 인원 할당도 항상 채우지 못했다. 중국인들은 풍요로운 삶을 너무도 사랑했다. 스캐너가 된 중국인이 있다면 그는 아주 좋은 사람인 것이다). 창은 마텔이 크랜치 중인 걸 알아보고 목소리로 말했다.

"넌 전례를 깬 거야. 네가 떠나버려서 루치가 화났겠다."

"그녀는 좋게 받아들였어. 창, 이상해."

"뭐가?"

"난 크랜치 중이기 때문에 들을 수 있는데, 네 목소리가 너무 좋아. 어떻게 일반인들처럼 말하는 방법을 배운 거야?"

"녹음기로 발성연습을 했어. 네가 알아채다니 재밌다. 아마 난 일반인처럼 행동할 수 있는 유일한 스캐너일 거야. 거울과 녹음기. 그걸로 어떤 식으로 행동해야 하는지 알아냈지."

"그래도 설마 네가……"

"아냐. 난 감각을 느끼거나, 맛을 보거나, 듣거나, 냄새 맡지는 못해. 너랑 똑같아. 말하는 것 하나만으로는 많이 모자라. 그래도 내 주위에 있는 사람들이 이런 모습을 즐거워한다는 사실은 알게 됐어."

"나도 그걸 배우면 루치에게도 새로운 삶을 줄 수 있겠다!"

창이 점잖게 고개를 끄덕거렸다.

"우리 아버지가 그렇게 하라고 하셨어. 아버지는 이렇게 말씀하셨지. '너는 스캐너가 되었다고 자랑스러워할지 몰라도, 나는 네가 인간이 아니라는 사실이 유감이다. 너의 결점을 밖으로 내보이지 마라.' 그래서 난 노력했어. 난 '위와 밖', 그리고 우리가 거기에서 하는 일에 대해 아버지와 이야기를 나누고 싶었어. 하지만 그건 전혀 안 먹히더군. 그 노인네는 '공자孔子에게는 비행기만으로도 충분했어. 그건 나한테도 마찬가지야'라고 말씀하셨어. 노인네들의 허튼소리지! 아버지는 항상 중국인이 되려고 아주 열심이셨지만, 아직 고대 중국 글자조차도 읽지 못하셔. 그래도 아버지는 양식이 있는 분이니까 누군가가 한 200년 정도 계속 설득하면, 아버지도 정신 차리실 거야."

마텔이 웃음을 지으며 말했다.

"자네 아버지 비행기 안에서?"

창도 웃음으로 답했다. 창은 놀라울 정도로 얼굴 근육을 잘 통제했다. 이 모습을 보고 있는 구경꾼이 있었다면, 창이 냉철하게 지적으로 눈동자와 뺨, 입술을 통제하는 모습을 보면서 그가 하버맨이라고는 전혀 생각하지 못했을 것이다. 그의 표정은 살아 있는 사람들처럼 자연스러웠다. 마텔은 파리지안스키와 다른 스캐너들의 시체같이 차가운 얼굴을 보면서 창에 대한 부러움이 일었다. 그는 자신의 모습이 보기에 나쁘지 않다는 사실을 알고 있었다. 그런데도 왜 창을 부러워해야 하지? 그는 지금 크랜치 중이었다. 마텔은 파리지안스키를 바라보며 말했다.

"창이 아버지 이야기하는 거 봤어? 그 노인네는 아직도 비행기를 이용한대."

파리지안스키는 입을 실룩거렸지만, 입에서 나오는 소리는 아무 의미도 없었다. 그는 메모판을 들어서 마텔과 창에게 내보였다.

큭큭큭…… 하하, 멋진 노인네구만.

그 순간, 마텔은 복도에서 울리는 발자국 소리를 들었다. 그는 문 쪽을 쳐다보지 않을 도리가 없었다. 다른 이들도 그의 눈길을 따라 고개를 돌렸다.

보맥트가 들어왔다.

스캐너들은 4열 횡대로 헤쳐 모였다. 그들은 다른 이들을 스캔했다. 많은 스캐너들이 다른 이들에게 손을 뻗어서 달아오르기 시작하는 가슴 상자의 전자 조절기를 조정했다. 한 스캐너는 부러진 손가락을 치켜들고 치료와 부목을 대기 위해 내밀었다. 그의 곁에 있던 스캐너가 그의 부러진 손가락을 발견한 것이다.

보맥트는 직위를 나타내는 지휘봉을 꺼냈다. 지휘봉 꼭대기에 달린 입방체에서 뻗어 나온 붉은 빛이 방을 가로질렀다. 스캐너들은 다시 줄을 맞추고, 동시에 신호를 보냈다.

여기 대기 중입니다!

보맥트는 이에 다음을 의미하는 자세를 취했다.

나는 원로로서 명령을 내리겠다.

스캐너들은 손가락을 들어 답했다.

우리는 하나가 되어 충성하겠습니다.

보맥트는 오른팔을 들고, 손목은 부러진 것처럼 축 늘어뜨렸는데, 무언가를 찾는 듯한 이 묘한 손짓은 다음과 같은 뜻이었다.

혹시 사람이 여기 있는가? 하버맨으로 고용되지 않은 자가 여기 있는가? 모두 스캐너뿐인가?

참석한 이들 중에서 마텔 혼자만 크랜치 상태였기 때문에, 그 혼자서만 스캐너들의 다리에서 나는 묘한 소리를 들을 수 있었다. 스캐너들은 그 자리에 그대로 서서 몸을 360도로 돌리면서, 다른 이들을 날카로운 눈으로 쳐다봤고, 그들의 벨트라이트의 불빛이 큰 방의 구석 어두운 곳으로 불을 비췄다. 그들이 다시 보맥트를 돌아보자, 그는 다음 신호를 보냈다.

확인 끝. 내 말을 들으라.

마텔은 자신 혼자만 긴장을 풀고 있다는 사실을 깨달았다. 다른 스캐너들은 긴장의 이완이라는 개념 자체를 알지 못했다. 그들의 마음은 두개골 안에서 완전히 차단당한 채, 오로지 눈으로만 연결되어 있으며, 육체의 나머지 부분은 감각기능이 없는 신경들에 의해 연결되어 가슴에 있는 계기판 상자들로 통제되었다. 마텔은 자신처럼 크랜치 상태가 되면 보맥트의 목소리를 들을 수 있을 거라고 기대했었지만, 원로가 말을 하는 동안, 어떤 소리도 그의 입술에서 나오지 않았다(보맥트는 귀찮게 애써 소리 따위를 내려 하지 않았다).

"……그래서 인간이 처음으로 '위와 밖'으로 나가 달에 갔을 때, 그들은 무엇을 발견했는가?"

"아무것도 없었습니다."

조용한 합창이 답변했다.

"그래서 그들은 더 멀리 나갔다. 화성으로, 또 금성으로. 우주선들은 매년 밖으로 나갔지만, 우주력 1년이 될 때까지는 돌아오지 않았다. 우주력 1년이 되서야 우주선은 '최초의 효과'와 함께 돌아왔다. 스캐너들이여, 내가 묻겠다. '최초의 효과'란 무엇인가?"

"아무도 모릅니다. 아무도 모릅니다."

"누구도 알 수 없다. 너무 변화가 심하기 때문이다. 그래서 우리는 무엇으로 '최초의 효과'를 알 수 있나?"

"우주의 거대한 고통으로 알 수 있습니다."

합창이 답했다.

"그 다음에는 뭐가 있나?"

"죽음, 죽음입니다."

보맥트가 다시 말했다.

"그래서 누가 그 죽음을 중지시켰지?"

"헨리 하버맨이 우주력 3년째에 최초의 효과를 정복했습니다."

"자, 스캐너들이여, 내가 묻겠다. 그가 무엇을 했나?"

"하버맨을 창조했습니다."

"오, 스캐너들이여, 하버맨이 어떻게 만들어졌는가?"

"분리를 통해 만들어졌습니다. 뇌는 심장과 폐에서 분리되었습니다. 뇌는 귀와 코에서 분리되었습니다. 뇌는 입과 내장에서 분리되었습니다. 뇌는 욕망과 고통에서 분리되었습니다. 뇌는 세상으로부터 분리되었습니다. 눈이 살아남았습니다. 살아 있는 육체에 대한 통제가 살아남았습니다."

"자, 스캐너들이여, 육체는 어떻게 통제하는가?"

"육체 안에 있는 상자들, 가슴에 있는 통제장치, 살아 있는 몸을 지배하는 신호, 살아 있는 몸이 만들어내는 신호로 통제합니다."

"하버맨은 어떻게 살아가는가?"

"하버맨은 상자들을 통제해서 살아갑니다."

"하버맨들은 어떤 존재들인가?"

마텔은, 자신들도 하버맨인 스캐너들이 입모양을 통해 새어나오는 갈라진 소리가 방 안을 울리고 거대한 함성처럼 되돌아오는 것을 느낄 수 있었다.

"하버맨들은 인류의 찌꺼기입니다. 하버맨들은 약하고, 잔인하고, 잘 속고, 사회적으로 적응하지 못한 사람들입니다. 하버맨들은 초과 사형 선고를 받은 사람들입니다. 하버맨들은 정신만 살아 있습니다. 그들은 우주를 위해 죽음을 당했고, 우주를 위해 살아 있습니다. 그들은 대지들을 연결하는 우주선을 지배합니다. 그들은 일반인들을 냉동 수면 상태로 수송하는 동안 거대한 고통 속에서 살아갑니다."

"형제들이여, 스캐너들이여, 지금 묻겠다. 우리는 하버맨인가 아닌가?"

"우리의 육체는 하버맨입니다. 우리는 뇌와 살을 분리했습니다. 우리는 '위와 밖'으로 나갈 준비를 마쳤습니다. 우리 모두는 하버맨 장치를 통과했습니다."

"그래서 우리는 하버맨인가?"

의례적인 문답을 하는 동안, 보트맥의 눈에서는 빛이 번득였다.

마텔만이 들을 수 있는 합창이 다시 우렁차게 울렸다.

"우리는 하버맨이지만, 그보다 더 나은 존재입니다. 우리는 자발적으로 하버맨을 선택한 사람들입니다. 우리는 인류 대행기관[33]을 대표하는 사람들입니다."

"다른 사람들이 우리에게 어떻게 말해야 하나?"

"다른 사람들은 우리들에게 이렇게 말해야 합니다. '당신은 용감한 자들 중에서 가장 용감한 사람이고, 능력 있는 자들 중에서 가장 능력 있는 사람입니다. 모든 인류가 스캐너에게 최고의 찬양을 보내며, 스캐너야말로 인류의 대지를 하나로 묶어주는 사람이며, 스캐너는 하버맨의 보호자입니다. 스캐너는 '위와 밖'에서 심판관입니다. 스캐너는 인간이 절망적으로 죽어갈 수밖에 없는 곳에서 인간을 살리는 사람들입니다. 스캐너는 인류에서 가장 명예로운 사람들이고, 대행기구의 수장들조차도 스캐너에게 기꺼이 경의를 표하고 있습니다!'"

보맥트가 더 꼿꼿이 몸을 폈다.

"스캐너의 비밀 임무는 무엇인가?"

"스캐너의 법에 따라 대행기관에 복종하는 것입니다."

"스캐너의 두 번째 비밀 임무는 무엇인가?"

"우리 법의 비밀을 지키고, 그 법을 알게 된 자들을 파괴하는 것입니다."

"어떻게 파괴하는가?"

"과부하를 두 번 걸고, 되돌렸다 다시 죽음으로 보냅니다."

"하버맨들이 죽는다면, 그때의 임무는 무엇인가?"

모든 스캐너들이 그에 대한 답변으로 그들의 입술을 꼭 닫았다(침묵이 그 답변이었다). 오랫동안 스캐너의 규약 암송에 익숙한 마텔은 진행 과정이 조금 지루했다. 그리고 창이 너무 가쁘게 숨을 쉬고 있다는 걸 알게 되었다. 그는 손을 뻗어서 창의 허파 통제기를 조정했다. 창이 눈으로 고맙다는 인사를 보냈다. 보맥트는 두 방해자들을 뚫어져라 쳐다

◉ **33**_ Instumentality, 수단, 매개, 대행기관이라는 뜻. 코드웨이너의 소설에서는 전 우주에 흩어져 있는 인류의 정부와 비슷한 기관으로 등장한다. 대행기관의 구호는 다음과 같다. '살펴보지만, 지배하지 않는다. 전쟁을 막을 뿐, 전쟁을 일으키지 않는다. 보호하지만, 통제하지 않는다. 가장 중요한 것은 살아남는 것이다!'

보았다. 마텔은 다른 이들의 시체처럼 차가운 평정을 흉내 내려고 애쓰며 몸의 긴장을 풀었다. 하지만 크랜치 중일 때는 그렇게 하기가 너무 힘들었다.

"다른 사람들이 죽는다면, 그때의 임무는 무엇인가?"

보맥트가 물었다.

"스캐너는 함께 대행기관에 보고합니다. 스캐너는 함께 처벌을 받습니다. 스캐너는 함께 책임을 집니다."

"만약에 중대한 처벌을 받는다면?"

"어떤 우주선도 움직이지 않습니다."

"만약에 스캐너가 존중받지 못한다면?"

"어떤 우주선도 움직이지 않습니다."

"만약에 스캐너가 임금을 받지 못한다면?"

"어떤 우주선도 움직이지 않습니다."

"다른 사람들과 대행기관이 스캐너에 대한 적절한 의무를 항상 마음에 새기고 있지 않을 때는?"

"어떤 우주선도 움직이지 않습니다."

"스캐너들이여, 우주선이 움직이지 않는다는 것은 무슨 뜻인가?"

"대지는 흩어지고, 야만이 돌아오며, 낡은 기계들과 짐승들이 회귀합니다."

"세상에 알려지지 않은 스캐너의 임무는 무엇인가?"

" '위와 밖'에서 잠들지 않는 것입니다."

"스캐너의 두 번째 임무는 무엇인가?"

"공포라는 단어를 잊는 것입니다."

"스캐너의 세 번째 임무는 무엇인가?"

"유스터스 크랜치가 만든 전선을 조심스럽고, 적절하게 이용하는 것입니다."

합창이 계속되기 전에, 몇몇 스캐너가 마텔을 휙 쳐다보았다.

"집에서만, 친구들과 함께 있을 때만, 기억하기 위해서만, 휴식을 위해서만, 자식을 낳기 위해서만 이용해야 합니다."

"스캐너의 표어는 무엇인가?"

"죽음에 둘러싸여 있을 때에도 신뢰를 지켜라."

"스캐너의 좌우명은 무엇인가?"

"침묵에 둘러싸여 있을 때에도 깨어 있어라."

"스캐너의 업무는 무엇인가?"

" '위와 밖' 의 높이에서도 노동하라. 대지의 깊은 곳에서도 충성하라."

"스캐너를 어떻게 알아보는가?"

"우리는 우리 자신을 압니다. 우리는 죽었으면서 살아 있습니다. 그리고 우리는 메모판과 손톱으로 대화합니다."

"이 규약은 무엇인가?"

"이 규약은 스캐너에게 유용한 고대의 지혜입니다. 우리는 이를 마음에 새겨두며, 다른 스캐너에 대한 우리의 충심으로 모두 힘을 받을 수 있습니다."

공식적인 형식에 따르면 이때 보맥트는 다음과 같이 말해야 했다.

"우리는 규약 낭송을 끝마쳤다. 스캐너를 위한 업무나 할 말이 있는가?"

하지만 보맥트는 다음과 같이 반복해서 말했다.

"특급 비상사태. 특급 비상사태."

스캐너들은 신호로 대답했다.
여기 대기 중입니다!

보맥트가 말을 시작하자 스캐너들의 눈이 긴장하며 그의 입술을 읽었다.

"누구 애덤 스톤의 작업에 대해 아는 사람이 있는가?"

마텔은 다른 이들의 입술을 읽었다.

"붉은 소행성, 우주의 끝에 사는 사람입니다."

"애덤 스톤이 대행기관에 가서 자신의 작업이 성공했다고 주장했다. 그는 우주의 거대한 고통을 어떻게 막을지 알아냈다고 말했다. 그는 '위와 밖'에서도 일반인이 안전하게 일할 수 있고, 깨어 있도록 만들 수 있다고 했다. 그는 더 이상 스캐너가 필요 없다고 말했다."

스캐너가 서로 발언하려고 하자, 벨트라이트가 방 안 여기저기에서 번쩍거렸다. 보맥트가 나이 많은 한 스캐너에게 고개를 끄덕였다.

"스캐너 스미스 말하라."

스미스는 자신의 발을 쳐다보면서 불빛 사이로 서서히 발걸음을 옮기고, 다른 이들이 그의 얼굴을 볼 수 있도록 몸을 돌렸다.

"나는 분명히 말하겠다. 이것은 거짓말이다. 스톤은 거짓말쟁이다. 대행기관은 속지 말아야 한다."

그가 잠시 멈추었다. 그는 다른 스캐너들이 던진 질문에 답했는데, 대부분의 다른 이들은 이 질문을 보지 못했다.

"나는 스캐너의 비밀 임무에 호소한다."

스미스는 긴급한 주의를 요구하는 신호로, 오른손을 치켜들었다.

"스톤은 반드시 죽어야만 한다."

3
★

 마텔은 아직 크랜치 상태였다. 마텔은, 흥분해서 자신들이 만드는 소음을 까맣게 잊고, 다른 스캐너의 귀머거리 귀를 향해 자신의 죽은 몸뚱이로 말하게 하려 애쓰는 스캐너들이 쏟아내는 야유 소리, 고함소리, 꽥꽥대는 소리, 으르렁 소리, 한탄 소리를 들으며 몸서리를 쳤다. 벨트 라이트의 불빛이 온 방 안을 완전히 뒤덮었다. 스캐너들은 연단 쪽으로 달려가, 떼거지로 위로 올라가려 난리를 치며, 서로 관심을 끌려고 소동을 일으켰다. 그러다 덩치가 커다란 파리지안스키가 다른 이들을 옆과 아래로 밀어버리고, 스캐너들을 향해서 입을 돌렸다.
 "스캐너 형제들이여, 저를 봐주시기 바랍니다."
 바닥에 있는 스캐너들이 계속 움직이며 둔한 몸뚱이를 다른 이들과 끊임없이 부딪혔다. 결국 보맥트가 파리지안스키의 앞에 나서서 다른 이들의 얼굴을 쳐다보며 말했다.
 "스캐너들이여, 스캐너답게 행동하라! 그를 주목하시오."
 파리지안스키는 대중연설을 잘하지 못했다. 그의 입술은 너무 빨리 움직였다. 그는 손짓을 했는데, 그 손이 종종 입을 가려서 다른 이들이 그의 입술을 읽는 걸 방해했다. 그럼에도 마텔은 그가 하는 말을 대부분 이해할 수 있었다.
 "……수는 없습니다. 그가 성공했다면 그것은 스캐너가 끝났다는 말입니다. 또한 하버맨들도 끝난다는 말입니다. 우리 중에 누구도 '위와 밖'에서 싸울 필요가 없어집니다. 몇 시간이나 며칠간 인간이 되기 위해 온몸에 전선을 둘둘 감는 사람들은 더 이상 나오지 않을 것입니다.

모든 사람들이 '다른 이'가 될 것입니다. 누구도 크랜치 할 필요가 없어지며, 다시는 하지 않을 것입니다. 인간은 인간 그 자체가 될 수 있게 되었습니다. 하버맨들은, 예전에 인간들이 죄인들을 죽였듯이, 점잖고 적절하게 죽임을 당하게 될 것입니다. '다른 이들'이 이 하버맨들을 계속 살려두지 않는다면 말입니다. 그들은 '위와 밖'에서 더 이상 일할 필요가 없습니다. 더 이상 거대한 고통은 없습니다. 생각해보십시오. 더……이상…… 거대한…… 고통이…… 없습니다! 스톤이 거짓말쟁이라는 사실을 우리가 어떻게 알 수 있습니까……"

많은 불빛이 그의 눈을 똑바로 비추었다(이는 스캐너가 다른 스캐너에게 하는 가장 버르장머리 없고 모욕적인 짓이었다).

보맥트가 다시 권위를 행사했다. 그는 파리지안스키 앞으로 나가서 그에게 뭐라고 말을 했지만, 다른 스캐너들은 무슨 말인지 볼 수 없었다. 파리지안스키는 강단에서 내려왔다. 보맥트가 다시 말했다.

"몇몇 스캐너가 파리지안스키 형제의 발언에 동의하지 않는 것으로 생각된다. 잠시 연단 사용을 중단하고, 개인적인 대화를 나눌 수 있도록 하겠다. 15분 내에 다시 총회를 소집하겠다."

마텔은 보맥트를 찾느라 고개를 이리저리 돌렸다. 원로는 바닥에 있는 무리들과 다시 어울려서 이야기를 나누고 있었다. 마텔은 원로를 찾으면서 메모판에 빠르게 글을 써내려간 후, 원로의 눈앞에 메모판을 들이밀 기회를 엿보고 있었다. 그는 이렇게 썼다.

스캐너 중임. 지금 귀가 허락 요망. 명령 대기 중.

마텔은 크랜치 상태로 있다 보니 여기서 진행되는 일들이 이상하게 느껴졌다. 그가 그동안 참여해왔던 회의는 공식적이고, 자신에게 힘을 돋우어주며, 의식적이고, 영원히 하버맨으로 잠긴 어둠에 불을 밝혀주었다. 그가 크랜치 하지 않았을 때, 그에게 육체라는 것은 대리석 흉상이 대리석 받침대를 인식하는 수준보다 높지 않았다. 예전에 그는 스캐너들과 함께 거기에 서 있었다. 그때 그는 힘들지 않게 그 시간을 그들과 함께 보낼 수 있었다. 오랫동안 지루하게 진행되는 의식은 홀로 눈동자 뒤에서 지내는 끔찍한 외로움을 달래주었고, 이게 비록 넌더리 나는 스캐너들의 단체이긴 해도, 그들의 불구는 직업적인 요구에 맞춘 것이었으므로, 스캐너로서 영원한 명예를 가진 존재라고 느끼게 해주었다.

이번은 달랐다. 그는 이곳에 크랜치 상태로 왔고, 후각과 청각, 미각, 감각, 촉각을 모두 가지고 있는 상태이다. 그는 이 회의를 지켜보면서 일반적인 인간이 보였을 법한 반응을 보였다. 그의 눈에는 친구들과 동료들이, 되돌릴 수 없는 저주를 위한 무의미한 의례를 가식적으로 진행하고 있는, 잔혹한 유령들처럼 보였다. 본인도 하버맨이었는데도 무엇이 이런 차이를 만든 걸까? 왜 규약의 모든 이야기들은 하버맨과 스캐너에 대한 걸까? 하버맨들은 범죄자이거나 이교도들이었고, 스캐너는 신사적인 자원자들이긴 하지만, 그들은 모두 같은 곤경에 처해 있었다. 다만 다른 점이 있다면 스캐너는 짧은 시간 동안 크랜치를 통해 인간으로 돌아오는 반면, 하버맨들은 우주선이 착륙항에 대기하는 동안 신경의 연결을 끊어놓은 상태에서, 비상사태나 문제가 발생해서 그들의 저주받은 업무를 해야 할 때까지 그대로 유지된다는 것이다. 거리에서 하버맨을 만날 일은 거의 없다. 특별한 공로가 있거나 용감한 소수만이 기계화된 몸이라는 끔찍한 감옥에 갇힌 채 인류를 볼 수 있을 뿐이었다. 그런데도 스캐너가 하버맨을 동정했던 적이 있던가? 업무 중에 억지로 했던 말이 아니라 진심으로 하버맨들을 존중했던 스캐너가 있었던가? 그동안 스캐너가 하나의 계급과 조합으로서 하버맨들에게 했던 짓은 무엇이었던가? 스캐너 곁에서 너무 오래 지냈거나, 스캐너들의 무역 비법을 알게 되거나, 스스로 자신의 의지대로 살아갈 방법을 깨우치거나, 스캐너의 명령을 잘 따르지 않는 하버맨의 손목을 비틀어서 죽여버리는 것 말고, 스캐너가 그들에게 다른 일을 베풀어주었던 적이 있었던가?

'다른 이들'은 우주선 안에서 무슨 일이 일어나고 있는지 알 수나 있을까? 다른 이들은 다행스럽게도, 자신들이 수송을 요구했던 다른 대지에서 깨어나기 전까지, 각자의 실린더 안에서 잠을 잔다. 다른 이들은 우주선에서 살아가야 하는 사람들에 대해 무엇을 알고 있을까? 다른 이들이 '위와 밖'에 대해 무엇을 알 수 있을까? 다른 이들은 열려진 우주에서 살을 에는 듯 강렬한 별들의 아름다움을 볼 수 있을까? 다른 이들은 거대한 고통에 대해 어떻게 말하게 될까? 거대한 고통은 몸의 깊은 곳에서부터 통증처럼 갑자기 시작되어, 각각의 모든 신경세포와 두뇌세포, 신체의 모든 감각 세포에서 피로감과 구역질이 나기 시작하고, 생물 스스로 끔찍하리만큼 간절히 죽음을 원하게 될 때까지 진행된다.

그는 스캐너다. 당연한 말이다. 그는 스캐너다. 그는 완전히 정상적인 상태에서 대행기구의 부장 앞에서 태양빛을 받으며 서서 맹세했던 그 순간부터 스캐너가 되었다.

"나는 인류 앞에서 명예와 생명을 걸고 맹세한다. 나는 자발적으로 인류의 복지를 위해 나 자신을 희생한다. 나는 위험하고 엄숙한 영예를 받아들이며, 나의 모든 권리를 아무런 반대 없이, 대행기관의 존경하는 수장들과 영예로운 스캐너 연맹에 양도한다."

그는 맹세했다.

그는 하버맨 장치 속으로 들어갔다.

그는 자신이 보았던 지옥을 잊지 않고 있다. 그건 지난 수억 년 동안 잠들지도 않고 꾸준히 살아남은 것 같긴 하지만, 마텔로서는 그 전에 그렇게 끔찍한 것을 본 적이 없었다. 눈을 느끼는 방법을 배웠다. 눈을 다른 신체와 분리하기 위해, 안구 뒤에 안구판이 설치된 상태에서도 보는 법을 배울 수 있었다. 자신의 피부를 관찰하는 방법을 배웠다. 그는 예전에 윗옷이 피로 축축하게 젖어 있는 걸 알아채고는, 스캐닝용 거울을 꺼내서 살펴본 뒤에야, 그의 옆구리가 진동 기계에 닿아서 구멍이 뚫려 있는 걸 발견했던 때를 아직 기억하고 있다(이런 일은 이제 결코 일어날 수 없다. 이제 그는 자신의 계기판을 읽는 데 아주 능숙하다). 그는 '위와 밖'으로 처음 나갔던 일과, 감각과 후각, 청각이 모두 사라져버렸는데도, 거대한 고통이 몸속으로 파고 들어오던 때를 기억한다. 그는 하버맨들을 죽였을 때와 다른 이들을 구하고 존경하는 스캐너 조종사 곁에서 수 개월간 잠도 자지 않고 자리를 지켰던 때를 기억한다. 그는 네 번째 대지의 해안으로 날아갔던 일을 기억한다. 그는 당시 별로 즐겁지 않았고, 그날에 대한 보상은 전혀 없다는 것을 깨달았던 기억이 났다.

마텔은 다른 스캐너들 사이에 그대로 서 있었다. 그는 스캐너들의 거북스러운 움직임이 싫었다. 스캐너들이 가만히 서 있을 때의 그 부동자세가 싫었다. 그는 스캐너의 몸에서 뿜어져 나오는 이상한 냄새들이 싫었다. 그는 스캐너들이 귀가 안 들리는 탓에 조심성 없이 쏟아내는 투덜거림, 신음소리, 끽끽대는 소리가 싫었다. 그는 스캐너들이 싫었고, 자기 자신도 싫었다.

루치는 어떻게 그를 견뎠던 걸까? 그가 크랜치가 끝나자마자, 모든 계기판이 거의 과부하 상태에 도달하기 직전인데도, 그 사실을 무시하고 또 다시 크랜치하기 위해 크랜치 전선을 불법적으로 가져다 달라고 루치에게 애걸하는 동안, 그의 가슴 상자는 이미 위험 수위에 도달해 있었다. 그는 그녀가 자신의 요구를 들어줄 경우 어떤 일이 일어날지 생각하지 않고 계속 졸라댔다. 그녀는 그의 요구를 들어주었다.

"그리고 그들은 오래오래 행복하게 잘 살았다."

옛날 책들에는 그렇게 쓰여 있지만, 실제 삶에서 어떻게 그게 가능할까? 그는 지난 1년간 겨우 18일을 크랜치 상태로 보냈을 뿐이다! 그래도 그녀는 마텔을 사랑했다. 그녀는 아직도 그를 사랑하고 있다. 그는 안다. 루치는 그가 몇 달 동안 '위와 밖'으로 나가 있는 동안에는 안절부절 못하며 지낸다. 그녀는 마텔이 크랜치 하고 있지 않을 때에도 가정을 특별한 곳으로 만들려고 애썼고, 그가 맛을 느끼지 못할 때에도 좋은 음식을 만들었고, 입맞춤조차 하지 못할 때에도 자신을 사랑스럽게 꾸미고 있었다. 하버맨의 몸뚱이는 방에 있는 가구만도 못했는데도 말이다. 루치는 참을성이 많은 사람이었다.

그리고 이제, 애덤 스톤! (마텔은 메모판의 글을 지웠다. 이 상황에서 그가 어떻게 여기서 떠날 수 있겠는가?)

신이여, 애덤 스톤을 축복하소서?

마텔은 자기 자신에 대해 아쉬운 마음을 갖지 않을 수 없었다. 아무리 높고 강력한 임무의 호출로도 200년의, 아니 다른 스캐너들의 시간까지 합쳐서 200만 년의 은밀한 자신만의 영원 속에서 스스로를 지탱할 수는 없을 것이었다. 몸을 축 늘어뜨리자 그는 편안해졌다. 그는 저 높은 우주를 잊어도 좋고, '위와 밖'을 다른 이들에게 넘겨주어도 상관없었다. 그는 할 수 있다면 가능한 한 자주 크랜치 할 수 있게 될 것이다. 그는 1년 혹은 5년, 아니 어쩌면 전혀 불가능할지도 모르지만, 어쨌든 거의…… 거의 정상적인 생활을 할 수 있을 것이다. 적어도 루치와 함께 지낼 수는 있을 것이다. 그녀와 함께, 짐승들과 낡은 기계들이 아직 어두운 곳에서 어슬렁거리고 있는 야생의 황무지로 갈 수도 있을 것이다. 어쩌면 그는 고대의 맨숀재거[34]가 동굴에서 뛰어나올 때 창을 던지거나, 아직도 야생을 떠돌고 있는 '용서받지 못한 자들'[35]의 부족민에게 뜨거운 총알을 먹일 수도 있을 것이다. 야생에는 침묵과 우주의 고통에서 계기판 바늘의 움직임이 아닌, 살아갈 만한 삶이 있고, 죽을 만한 가치가 있는 죽음이 있다.

마텔은 초조한 마음으로 돌아다녔다. 그의 귀는 일반적인 말소리에 적응되었기 때문에 동료들의 입모양을 쳐다보고 있을 기분이 아니었다. 지금 그들은 거의 결정을 내린 것 같았다. 보맥트가 연단 쪽으로 걸어갔다. 마텔은 이리저리 고개를 돌려 창을 찾아서, 그의 곁으로 다가갔다. 창이 속삭였다.

"꼭 무중력 상태에서 물이 공중에 둥둥 떠다니는 것처럼 안절부절 못하네. 왜 그래? 무슨 일 있어? 크랜치가 풀린 거야?"

그들은 동시에 마텔을 스캔했으나 계기판은 안정적이었고, 크랜치가 풀렸다는 기미는 전혀 없었다.

주목을 요구하는 거대한 불빛이 일렁거렸다. 스캐너들은 다시 줄을 지어 섰다. 보맥트는 불빛 사이로, 마르고 늙은 그의 얼굴을 내밀고 말했다.

"스캐너 형제들이여, 표결을 시작하겠다."

---

[34] manshonjagger, 인간 사냥꾼이라는 뜻으로서 코드웨이너의 소설에서는 요새화한 인간세상 밖의 야생에서 살아가고 있는 기계 동물을 의미한다.

[35] the unforgiven, 용서받지 못한 자들이라는 뜻으로서 코드웨이너의 소설에서는 유전공학이나 방사능에 의해 태어난 돌연변이를 의미한다. 이 소설은 서기 6000년경을 배경으로 하며, 맨숀재거와 용서받지 못한 자들은 서기 3000년경에 생겨났다.

그는 다음을 의미하는 자세를 취했다.

나는 원로로서 명령을 내린다.

벨트라이트 하나가 항의의 의미로 불빛을 번쩍였다.

나이 많은 핸더슨이었다. 그는 연단으로 걸어가서 보맥트에게 이야기를 했다. 그러자 보맥트는 허락하듯 고개를 끄덕였고, 핸더슨은 고개를 돌려 자신의 질문을 되풀이했다.

"우주에 나가 있는 스캐너는 누가 대변할 겁니까?"

아무도 벨트라이트를 켜거나 손을 들어 대답하지 않았다.

핸더슨과 보맥트는 서로 얼굴을 쳐다보고 잠시 대화를 나눴다. 그러고 나서 핸더슨이 다른 이들을 향해 고개를 돌렸다.

"저는 원로의 명령에는 따르겠지만, 연맹 총회의 결정에는 따르지 않겠습니다. 스캐너는 모두 68명인데, 여기엔 겨우 47명만이 참석하고 있고, 그나마 그 중에 한 명은 크랜치 중입니다. 그래서 저는, 원로께서 연맹 총회에 관한 권한이 아니라, 비상 위원회의 권한만으로 제한해서 행사하는 것이 옳다고 생각합니다. 존경하는 스캐너 여러분 동의하십니까?"

이에 동의하는 스캐너들이 손을 들었다.

창은 마텔의 귀에 웅얼거렸다.

"엄청 다른 것처럼 이야기하네! 총회하고 위원회는 어떻게 다르다는 건지 누가 알게 뭐야?"

마텔은 창의 이야기에 동의했지만, 창이 이야기하는 방식에 더 깊은 인상을 받았다. 그는 하버맨 상태인데도 목소리를 조절할 줄 알았다.

보맥트는 의장의 역할을 계속했다.

"애덤 스톤 문제에 대해 투표를 실시하겠습니다. 먼저, 우리는 애덤 스톤이 성공하지 못했고, 그의 주장이 거짓이라고 가정하도록 한다. 그것은 우리 스캐너들의 실질적인 경험을 통해 알 수 있다. 우주의 거대한 고통이라는 부분은 오직 스캐너에게 속할 뿐이다."

(마텔은 생각했다. '하지만 가장 핵심적인 부분은, 우주는 모든 이들을 위한 곳이라는 점이야').

"게다가 우리는 스톤이 우주의 질서에 관한 문제를 절대 해결하지 못할 것이라고 확신해도 좋다."

"또 저 헛소리구만."

창이 소근거렸다. 마텔 말고는 아무도 그 소리를 듣지 못했다.

"우리 스캐너 연맹은 우주의 질서를 세우고, 저 높은 우주가 전쟁과 분쟁에 휘말리지 않도록 지켜왔다. 68명의 잘 훈련된 스캐너들이 우주를 통제해왔기 때문이다. 우리는, 우리가 맹세했던 서약과 하버맨 상태를 통해 이 세상의 모든 정욕을 제거했다. 그런데 애덤이 정말로 우주의 거대한 고통을 정복했다면, '다른 이들'은 우리의 연맹을 만신창이로 만들어버릴 것이다. 또 우주를 망가뜨리고 인간의 대지를 괴롭히는 원흉이 될 것이므로, 애덤 스톤이 잘못한 것이라고 확실하게 말할 수 있다. 애덤이 성공한다면, 스캐너의 삶은 의미가 없어지고 만다!

두 번째로, 애덤 스톤이 우주의 거대한 고통을 정복하지 못했다면, 그의 거짓말은 전 인류를 엄청난 고통 속에 빠뜨릴 것이다. 대행기관과 부장들은 인류의 우주선을 운영하기 위해 필요한 하버맨들을 충분히 주지 않으려 할 것이다. 이제 야만적인 이야기들이 돌기 시작할 테고, 연맹의 신입회원은 줄어들 것이다. 그 중에서도 최악의 상황은, 이런 터무니없는 이단이 퍼져나간다면, 연맹의 규율이 느슨해지게 될 것이라는 사실이다.

그러므로 애덤 스톤이 성공했다면, 그는 연맹을 무너뜨리는 위협이 될 것이므로, 죽어야 한다.

그러므로 애덤 스톤이 성공하지 못했다면, 그는 거짓말쟁이이자 이단이므로, 죽어야 한다.

나는 애덤 스톤에게 사형을 언도한다."

그리고 보맥트가 신호를 보냈다.

존경하는 스캐너들이여, 투표하라.

4
★

마텔은 자신의 벨트라이트를 거칠게 움켜쥐었다. 짐작하기에, 창도 자신의 벨트라이트를 꺼내서 대기 중인 것 같았다. 벨트라이트의 밝은 불빛을 지붕에 비추면 반대투표를 의미한다. 마텔은 벨트라이트를 꺼내서 반대하는 의미로 천장을 향해 불빛을 비췄다. 그리고 주위를 둘러봤다. 47명이 참석한 상황에서 불빛은 대여섯 개에 불과했다.

두 개의 벨트라이트가 더 켜졌다. 보맥트는 얼어붙은 시체처럼 서 있었다. 보맥트가 회의에 참석한 스캐너들을 이리저리 살펴보면서 올라온 불빛을 셀 때 그의 눈에서는 광채가 났다. 벨트라이트가 몇 개 더 켜졌다. 마침내 보맥트가 투표를 마치겠다는 자세를 취했다. 투표 결과를 세는 스캐너들은 기뻐했을 것이다.

세 명의 나이 많은 스캐너들이 보맥트와 함께 연단에 올랐다. 그들은 천장을 올려다보았다(마텔은 이런 생각을 했다. **이 빌어먹을 유령들은 진**

짜 인간, 살아 있는 인간의 삶을 놓고 투표를 하고 있어! 그들에게는 그럴 권리가 없어. 대행기관에 이 사실을 알릴테다!' 하지만 그는 자신이 그러지 않으리라는 사실을 알고 있었다. 그는 루치를 떠올렸으며, 애덤 스톤의 업적으로 그녀가 얻게 될 것에 대해 생각했다. 마텔에게는 이 가슴 아프고 어리석은 투표를 참고 보는 게 너무도 힘이 들었다).

투표 수를 세는 세 명의 스캐너가 모두 동의하며 손을 치켜들어 숫자를 표시했다.

15명 반대.

보맥트는 공손하게 인사를 보내며 이들을 해산시켰다. 그는 몸을 돌리더니 다시 자세를 취했다.

나는 원로로서 명령을 내린다.

마텔은 벨트라이트에 불을 켜면서, 자신의 대담무쌍한 행동에 스스로도 놀랐다. 그는 곁에 있는 스캐너 중 누구라도 손을 뻗어서, 그런 짓을 하는 자신의 심장 상자를 과부하로 틀어버릴 수 있다는 사실을 잘 알고 있었다. 그는 창이 자신의 비행복을 붙잡으려 한다는 사실을 알아채고, 창의 손을 뿌리치며 연단을 향해 잽싸게 뛰어나갔다. 그는 뛰어가면서 어떻게 말해야 할지 생각했다. 그가 말할 수 있는 시간은 결코 많지 않을 것이고, 모두가 그를 바라보지도 않을 것이다. 상식을 말하는 것은 아무 소용도 없다. 적어도 지금은 말이다. 규정에 대해 말해야 한다.

마텔은 보맥트 옆의 연단으로 뛰어 올라 자세를 취했다.

스캐너 여러분, 이건 규정 위반입니다!

그는 관례를 깨고 자세를 계속 유지하면서 말을 했다.

"위원회는 다수결로 사형을 표결할 권한이 없습니다. 그것을 위해서는 총회에서 3분의 2 이상의 동의를 얻어야 합니다."

그는 자신을 향해 보맥트가 뒤에서 돌진해 온다는 것을 알아채자마자, 연단에서 떨어져 바닥에 내동댕이쳐졌다. 무릎과 말하는 손을 다쳤다. 그는 다른 스캐너의 도움을 받아 일어섰다. 다른 스캐너들이 그를 스캔했다. 그가 알아채지 못하는 사이에 누군가가 그의 계기판을 만져서 그를 진정시켰다.

그 즉시 마텔은 훨씬 차분하고, 고립된 느낌이 들었으며, 그런 느낌이 드는 자신이 증오스러웠다.

마텔은 연단을 올려다보았다. 보맥트는 다음과 같은 의미의 자세를 취하고 있었다.

질서!

스캐너들은 다시 줄을 맞췄다. 스캐너 두 명이 마텔의 옆으로 와서 그의 팔을 붙잡았다. 마텔은 그들에게 소리쳤지만, 그들은 다른 곳을 쳐다봤다. 그리고 그들은 통신을 모두 차단시켰다.

회의실이 조용해지자, 보맥트가 다시 말하기 시작했다.

"한 스캐너가 크랜치 상태에서 이 회의에 참석했다. 존경하는 스캐너 여러분께 이에 대한 용서를 구한다. 이는 우리의 위대하고 훌륭한 스캐너이자 동료인 마텔의 잘못이 아니다. 그는 명령에 따라 이 회의에 참석한 것이다. 나는 그에게 크랜치 상태를 해제하라고 말하지 않았다. 나는 굳이 그에게 불필요하게 하버맨 상태가 되라는 요구를 하고 싶지 않았다. 우리 모두 잘 알다시피, 마텔은 행복한 결혼생활을 하고 있고, 우리는 그의 용감한 실험이 잘되기를 바라고 있다. 난 마텔을 좋아하며 그의 판단을 존중한다. 나는 그가 이 회의에 참석하길 바랐다. 나는 여러분도 그가 참석하길 바란다는 사실을 알고 있다. 하지만 그는 크랜치 중이다. 그는 스캐너의 고상한 업무에 참석할 만한 상태가 아니었다. 그러므로 나는 지극히 공평하다고 생각되는 해결책을 하나 제안하고자 한다. 스캐너 마텔의 규정 위반에 대해 더 이상 문제 삼지 않기로 하자. 물론 마텔이 크랜치 상태가 아니었다면 이런 행위는 용서받지 못했을 것이다.

그러나 그와 동시에, 마텔에게만 특권을 부여할 수는 없으니, 추가 제안을 하겠다. 우리 같이 훌륭한 이들에게는 부적절하긴 하지만, 이 문제를 처리하는 동안 우리 형제의 권한을 제한하고자 한다."

보맥트가 신호를 보냈다.

존경하는 스캐너들이여, 투표하라.

마텔은 자신의 벨트라이트에 손을 뻗으려고 했지만, 양 옆의 스캐너들이 끔찍하게 센 힘으로 그를 붙잡고 있었고, 그가 아무리 발버둥쳐도 소용이 없었다. 딱 하나의 불빛만이 천장에 비쳤다. 당연히 창이었을 것이다.

보맥트는 연단의 불빛 사이로 다시 얼굴을 내밀었다.

"일반 의결 사항에 대한 우리의 훌륭한 스캐너 여러분과 현재 참석한 동료들의 동의에 따라, 이 위원회가 자체적으로 총회의 권한에 준하는 것으로 선언하고, 내가 이 위원회가 혹시 저지를지 모를 잘못된 결정에 대해 책임을 질 것이며, 다음 총회까지 그 책임을 다할 것이다. 하지만 그 사이에 고위급 스캐너의 비공개, 비밀회의가 열릴 경우에는 그러지 아니한다는 안건을 제안한다."

지금 그의 승리는 확실했다. 보맥트는 투표하라는 자세를 취했다.

겨우 몇 개의 벨트라이트에만 불이 들어왔다. 확실히 4분의 1에도 미치지 못했다.

보맥트가 다시 말했다. 불빛이 그의 높고 차분한 이마와 시체처럼 축 처진 광대뼈에 반사되었다. 아래에서 비치는 불빛이 닿은 부분과 입술에 반사된 부분은 밝게 빛났지만, 마른 뺨과 아래턱에 반쯤 그늘이 져서, 그가 평온한 표정을 하고 있어도 잔인하게만 보였다(보맥트는 비논리적이고 불가해한 방식으로 하룻밤 사이에 수백 년의 시간을 넘나들었던, 고대의 한 여인의 자손이라고 알려져 있다. 그녀의 이름 '보맥트 여사'는 전설이 되었지만, 그녀의 혈통과 오래된 권력욕은 권위적인 그녀 자손의 몸뚱이에 말없이 살아 있었다. 마텔은 연단을 뚫어져라 바라보면서, 보맥트의 친족들에게는 인류의 약탈자로서 어떤 추적 불가능한 돌연변이가 흐르고 있는 것인지 궁금해하면서, 그 오래된 이야기를 믿을 수밖에 없었다). 보맥트는 여전히 소리 없이 입술만을 움직이며 과장된 몸짓으로 요청했다.

"존경하는 위원회는 이제 그 이단이자 우리의 적인 애덤 스톤에 대한 사형선고를 확정하고자 한다."

보맥트가 다시 투표를 요구하는 자세를 취했다.

다시 창의 벨트라이트만이 혼자 반대하는 빛을 내고 있었다.

보맥트는 마지막 제안을 했다.

"나는 여기에 참석한 원로 스캐너를 사형선고의 책임자로 선임해 줄 것을 요청한다. 그에게 사형 집행자를 한 명 혹은 여러 명 지명할 수 있는 권한을 부여할 것을 요청한다. 사형집행자는 스캐너의 의지와 권한을 분명하게 보여주는 역할을 하게 될 것이다. 그 행위에 대한 책임은 내가 지겠지만, 그 방법에 대해서는 그러하지 아니한다. 그 행위 자체는 인류를 보호하고 스캐너의 명예를 지키는 고귀한 일이지만, 그 방법은 단지 솜씨가 가장 좋은 자가 해야 한다는 것 외에는 더 논의할 필요가 없다. 이렇게 사람들이 붐비고, 지켜보는 눈이 많은 대지 위에서 다른 이를 죽이는 가장 좋은 방법을 누가 알겠는가? 이는 실린더 안에서 잠들어 있는 자를 우주선 밖으로 배출하는 것처럼 단순한 일이 아니며, 하버맨의 계기판을 조절하는 문제처럼 간단한 게 아니다. 여기 대지 위에서 사람들이 죽는 것은 '위와 밖'에서 죽는 것과 다르다. 그들의 죽음은 쉬운 일이 아니다. 오, 스캐너 형제들이여, 여러분들도 잘 알다시피, 대지 위에서의 살해는 우리의 일상적인 업무가 전혀 아니다. 여러분들은 반드시 내가 적절한 요원을 고를 수 있도록 나를 지명해야 한다. 그렇지 않으면, 모든 사람들이 알고 있는 그 지식이 우리 모두를 배신하게 만들 것이다. 그러나 내가 혼자 그 부담을 지게 된다면, 나만이 우리들을 배신할 수 있게 되며, 대행기관이 조사를 나왔을 때 여러분들은 그 조사에서 멀찌감치 떨어져 있게 될 것이다."

(당신이 고른 그 살인자는 어떻게 할 건데? 마텔이 생각했다. 그도 내막을 너무 많이 알게 될 텐데, 만일…… 만일 당신이 그를 영원히 침묵하게 만들지 못한다면……)

보맥트는 자세를 취했다.

존경하는 스캐너들이여 투표하라.

벨트라이트 하나만 반대하는 불빛을 비추고 있었다. 다시 창이었다.

마텔은 보맥트의 시체 같은 얼굴을 쳐다보며, 그가 잔인한 미소를 띠고 있을 것이라고 상상했다. 그 미소는 스스로 정당하다고 생각하는 사람의 미소였고, 자신의 정당성이 전투적인 조직에 의해 뒷받침되고 확인받은 사람의 미소였다.

마텔은 마지막으로 빠져나가려는 시도를 해봤다.

시체처럼 서 있는 스캐너들이 그의 팔을 꽉 잡았다. 그들의 팔은 그 몸을 지배하는 주인의 눈이 쳐다보고 풀라는 지시를 내릴 때까지 기계를 조이는 바이스처럼 꽉 잠겨 있을 것이다. 바로 그런 방식으로 스캐너들은 날이 가고 달이 가더라도 비행기 조종간을 붙잡고 놓치지 않을 수 있었다.

마텔은 소리쳤다.

"존경하는 스캐너 여러분! 이건 사법 살인입니다!"

누구도 그에게 귀를 기울이지 않았다. 그 혼자만 크랜치 중이었다.

그럼에도 그는 다시 소리쳤다.

"여러분들은 지금 스캐너 연맹을 위험에 빠뜨리고 있습니다!"

아무 일도 일어나지 않았다.

그의 목소리는 회의실 이쪽 끝에서 저쪽 끝까지 메아리쳤다. 아마도 머리를 돌리지 않았다. 아무도 그에게 눈길을 주지 않았다.

마텔은 스캐너들이 이야기를 나눌 때 자기를 애써 외면하고 있다는 사실을 알아챘다. 아무도 그가 말하는 것을 보고 싶어 하지 않는다는 걸 알았다. 마텔은, 친구들의 차가운 얼굴 뒤에는 그에 대한 동정심이나 이 상황을 즐거워하는 마음이 있을 것이라는 사실을 알고 있었다. 그는 다른 스캐너들이 그가 크랜치 상태라는 것을 알고 있으며, 그들에게 크랜치 상태라는 것은 정상적인 인간들이나 마찬가지로 불합리하며, 일시적으로 스캐너가 아닌 존재라고 생각한다는 사실을 알고 있었다. 하지만 그는 이번 경우, 스캐너의 지혜라는 것은 아무런 역할도 하지 못하고 있다는 사실을 알았다. 그는 오직 크랜치 한 스캐너만이 계획적인 살인이 '다른 이들' 사이에 일으킬 분노와 노여움을 알 수 있을 것이라 생각했다. 그는 연맹이 스스로를 위험에 빠뜨리고 있다는 것을 알고 있었다. 고대에서 법적인 특권 중 가장 높은 것은 바로 살인할 권리에 대한 독점이었다. 전쟁 중에도, 야생의 기계들이 등장하기 전에도, 인간을 먹는 짐승들이 나타나기 전에도, 인간이 '위와 밖'으로 나가기 전의 고대 국가들조차도 이러한 사실을 알고 있었다. 그들이 뭐라고 했던가? 오직 국가만이 살인을 할 수 있다. 국가는 과거로 사라졌지만 대행기관이 남았으며, 대행기관은 각 대지에서 일어나는 일들에 대해 사면권을 가지고 있지는 않지만, 그 권위를 넘어선 존재이다. 우주에서의 죽음은 스캐너의 업무이며, 권리였다. 대행기관이, 모든 인간이 깨어 있는 곳에서 만들어진 법을, 인간이 깨어 있으면 거대한 고통 속에서 죽어야만 하는 곳에 어떻게 강제로 적용할 수 있겠는가? 그래서 지금까지 대행기관은 현명하게도 우주를 스캐너에게 맡겨두었고, 스캐너 연맹도 대지에서 일어나는 일에는 개입하지 않았다. 그런데 지금 연맹은 미련하고 무모하게도 용서받지 못한 자들의 무리처럼, 그리고 깡패 집단이나 무뢰한처럼 한 발짝씩 앞으로 나아가고 있다.

그는 크런치 중이기 때문에 이런 사실을 알고 있다. 하버맨 상태였다면 그도 오직 자신의 머릿속으로만 생각했겠지만, 지금 그는 심장과 내장, 피로 생각한다. 다른 스캐너들이 어떻게 이 사실을 알 수 있을까?

보맥트는 마지막으로 연단으로 돌아왔다.

위원회 회의는 이제 끝마치겠다.

"나는 원로로서, 여러분에게 충성과 침묵을 요구한다."

그제야 두 스캐너가 마텔의 팔을 놓아주었다. 그는 저린 팔을 문지르고, 차가워진 손가락 끝까지 피가 돌도록 손을 털었다. 다시 자유가 찾아오자, 그는 이제 이 상황에서 무엇을 할 수 있을지 생각하기 시작했다. 그는 자신을 스캔했다. 아직 크런치 중이었다. 크런치 상태는 앞으로 한 시간을 갈 수도 있었고, 하루가 갈 수도 있었다. 물론 하버맨 상태로 돌아간다고 해도, 손가락과 메모판을 이용해서 이야기하면서 일을 진행할 수 있었다. 조금 불편하긴 하겠지만 말이다. 그는 창을 찾기 위해 주위를 둘러보았다. 창은 한쪽 구석에 묵묵히 움직임 없이 조용히 서 있었다. 마텔은 불필요하게 눈길을 끌지 않도록 조심스럽게 조용히 움직였다. 그는 창을 쳐다보면서 그의 얼굴에 불빛이 닿을 때까지 다가가서, 한 마디 한 마디 힘을 실어 말했다.

"이제 어떻게 하지? 설마 애덤 스톤을 죽이러 가도록 놔두진 않겠지? 스톤의 작업이 성공한다는 게 우리에게 어떤 의미인지 알고 있어? 더 이상 스캐닝 할 필요도 없고, 스캐너도 더 이상 필요 없어지는 거고, 하버맨도 없어지는 거야. '위와 밖'에서의 고통도 사라지는 거야. 내 말 들어봐. 다른 스캐너들도 나처럼 크랜치 하면, 회의에서의 편협하고 미친 논리가 아니라, 인간의 눈으로 이 문제를 볼 수 있게 될 거야. 우리는 이들을 중단시켜야 돼. 우리가 어떻게 하면 좋을까? 무엇을 해야 할까? 파리지안스키는 무슨 생각을 하고 있을까? 누가 살인자로 지명됐어?"

"어떤 질문부터 답해줄까?"

마텔이 웃음을 터뜨렸다(이런 상황에서도 기분 좋게 웃을 수는 있었다. 인간이 된 것 같은 느낌이었다).

"날 도와줄 거지?"

창의 눈이 마텔의 얼굴을 쳐다보며 반짝이더니 대답했다.

"아니, 아니, 아니."

"도와주지 않을 거야?"

"응."

"창, 왜 도와주지 않겠다는 거야? 왜?"

"나는 스캐너야. 이미 표결로 결정된 상황이야. 네가 비정상적인 상태가 아니었다면, 너도 나와 똑같이 했을 거야."

"난 비정상적인 상태가 아냐. 크랜치 중인 거야. 그리고 그건 내가

'다른 이들'과 같은 방식으로 세상을 보고 있다는 것을 의미할 뿐이야. 나에겐 어리석음과 무모함과 이기주의가 보여. 이건 살인이야."

"살인이 뭔데? 너는 죽여본 적 없어? 너는 '다른 이들'이 아냐. 너는 스캐너야. 신중하게 행동하지 않으면, 나중에 네가 한 일들을 후회하게 될 거야."

"그러면, 너는 왜 반대하는 투표를 한 거야? 애덤 스톤이 우리 모두에게 어떤 의미인지 너도 알고 있잖아. 스캐너의 삶은 의미가 없어지는 거야. 하느님에게 감사할 일이라고! 무슨 말인지 모르겠어?"

"몰라."

"그러면, 자, 말해봐. 너 정말 내 친구야?"

"말해주지. 난 네 친구야. 당연하잖아!"

"그런데 넌 뭘 하려는 거야?"

"마텔, 아무것도 하지 않을 거야. 아무것도."

"날 도와줄 거지?"

"아니."

"애덤 스톤을 구하러 가지 않을래?"

"안 해."

"그럼, 난 파리지안스키한테 도와달라고 해야겠다."

"소용없을 거야."

"왜? 그 친구는 적어도 너보다는 인간다워."

"파리지안스키는 널 도와주지 않을 거야. 임무를 받았어. 보맥트가 애덤 스톤을 죽일 사람으로 그 친구를 지명했어."

마텔은 입을 열려다 말고 멈칫했다. 그는 갑자기 자세를 취했다.

고맙네. 형제여. 난 떠나네.

창문에 선 마텔은 고개를 돌려 회의실을 쳐다보았다. 그는 보맥트의 눈과 마주쳤다. 마텔은 자세를 취했다. **고맙습니다. 형제여. 저는 떠납니다.** 그리고 원로에게 보여야 하는 존경의 자세를 과장되게 덧붙였다. 보맥트는 그 신호를 알아보았다. 그리고 마텔은 그의 잔인한 입술이 움직이는 것을 볼 수 있었다. 아마도 이런 말인 것 같았다.

"……너 조심해야……"

하지만 마텔은 보맥트의 말을 끝까지 지켜보지 않았다. 그는 뒷걸음질 쳐서 창문 밖으로 몸을 던졌다.

창문 아래로 떨어지며 그들의 시선에서 벗어나자, 그는 비행복을 조정해서 속도를 최대로 올렸다. 그는 바람을 타고 미끄러지듯이 나아가면서 자신의 몸을 전체적으로 스캔하고, 아드레날린의 분비를 낮췄다. 그러자 긴장이 풀리고, 얼굴에 부딪히는 차가운 바람이 흐르는 물처럼 느껴졌다.

애덤 스톤은 제1 착륙항에 있을 터였다.

애덤 스톤은 거기에 있어야 했다.

한밤중인데 애덤 스톤이 놀라지 않을까? 스캐너 연맹에서 최초의 배신자라는 극히 이상한 존재를 만나게 되면 놀랄 수밖에 없을 것이다(그는 갑자기, 생각이라는 것을 할 수 있었던 사람이 자기 자신이었음을 감사히 생각했다. 마텔, 스캐너 연맹의 반역자! 그 말은 낯설고 좋지 않게 들렸다. 하지만 마텔, 인류에 대한 충성은? 그 정도면 보상이 되지 않을까? 그리고 그가 이길 수 있다면, 루치를 얻게 된다. 설령 그가 지더라도, 잃은 것은 아무 것도 없다. 경솔하고, 소모적인 하버맨이라는 존재를 잃을 뿐이다. 그것은 자기 자신으로 되돌아가는 것이다. 반대로, 인류와 연맹, 루치에게는 엄청난 보답이 될 것이다. 그거면 족하다).

마텔은 혼자 생각했다.

"애덤 스톤은 오늘밤 두 명의 방문객을 맞게 될 것이다. 스캐너 두 명, 한 명은 다른 한 명의 친구다."

그는 파리지안스키가 아직 자신의 친구이길 바랐다.

"그리고 세상의 미래는 우리 둘 중 누가 먼저 그곳에 도착하는가에 달려 있다."

사방을 비추는 제1 착륙항의 불빛이 안개를 뚫고 비쳐왔다. 도시 외곽에서 주변에 있는 야생동물과 짐승들, 기계들, 용서받지 못한 자들로부터 도시를 지키고 있는 요새들이 반짝거리며 환하게 빛을 뿌리는 모습이 보였다.

마텔은 자신의 행운을 관장하는 신들에게 호소했다.

"부디 그들이 저를 '다른 이'로 생각하게 해주소서!"

5
★

착륙항에 도착하자, 그가 생각했던 것보다 일이 술술 잘 풀렸다. 그는 비행복을 어깨 위에 걸쳐서 계기판을 가렸다. 그는 스캔용 거울을 꺼내서, 속에서부터 얼굴을 치장했다. 혈관과 신경에 생기를 불어넣고, 피부색을 더해 얼굴이 번들번들하게 빛나고, 건강한 땀방울이 흘러내리도록 했다. 그렇게 하자, 그의 모습은 방금 전에 긴 야간 비행을 끝낸 일반인처럼 보였다.

옷매무새를 가다듬고, 메모판을 윗옷 안에 감추고 나자, 말하는 손가락이 눈에 들어왔다. 그가 말하는 손가락의 손톱을 그대로 두면, 스캐너라고 표 내는 것이나 다름이 없다. 그는 다른 이들로부터 대접받을 수는 있겠지만, 사람들의 눈에 띌 것이다. 그는, 당연하게도 대행기관이 애덤 스톤 주변에 배치해놨을 경비원들에게 제지당할 것이다. 하지만 손톱을 부러뜨린다면…… 그건 도저히 못할 짓이다! 스캐너 연맹의 역사상 자신의 손톱을 자진해서 부러뜨렸던 스캐너는 단 한 명도 없었다. 그건 스캐너에서 사임하겠다는 선언이나 다름없겠지만, 스캐너에게 사임 같은 것은 없었다. 스캐너에서 벗어나는 것은 '위와 밖'에 있을 때 밖으로 나가는 방법뿐이었다! 마텔은 손가락을 입안에 넣어서 손톱을 물어뜯었다. 그는 이제 괴상하게만 보이는 손가락을 쳐다보며 한숨을 내뱉었다.

마텔은 도시의 관문을 향해 걸어가면서, 손을 윗옷에 집어넣어서 근육의 힘을 평소의 네 배로 향상시켰다. 그는 스캔하려고 했지만, 계기판들이 가려져 있다는 걸 깨달았다. **일단 운에 맡겨볼 수밖에 없겠군.**

수색용 전선과 감시 카메라가 그를 세웠다. 갑자기 구형의 물체가 그의 가슴을 툭 쳤다.

"당신은 인간인가?"

모습은 보이지 않고 목소리만 들렸다(마텔은, 하버맨이라는 상태 속에 있는 스캐너이기 때문에, 그의 정전기가 수색용 전선을 헷갈리게 할 수도 있다고 생각했다).

"저는 인간입니다."

마텔은 자신의 음색이 썩 나쁘지 않으리라 믿었다. 그는 가끔 도시들이나 인류의 착륙항에 인간의 흉내를 내며 들어오려고 시도하는 맨숀재거나 짐승, 용서받지 못한 자들로 오해받지 않기만을 바랐다.

"이름, 번호, 계급, 목적, 직업, 떠나있던 시간을 대시오."

"이름은 마텔입니다."

그는 스캐너 34번이 아닌, 예전의 번호를 기억해내야 했다.

"182 우주년 태양 4234번, 계급은 부장 진급 대기 중입니다."

이건 거짓말이 아니었지만 그는 종신 계급이었다.

"목적은 대행기관과 무관하고 개인적인 것이며 이 도시에서 합법적인 범위 내의 일입니다. 제1 착륙항에서 떠나 있던 시간은 2019시간입니다."

이제 모든 일은 그가 통과하느냐, 저지되느냐에 달려 있었.

목소리는 무미건조하고 기계적이었다.

"도시에는 얼마나 머물 예정인가?"

마텔은 일상적인 답변처럼 대답했다.

"존경하는 시당국에서 허용하는 한도 내에서 머물고자 합니다."

마텔은 그대로 서서 차가운 밤바람을 맞으며 기다렸다. 안개가 흘러가는 사이사이로 까마득하게 먼 위, 스캐너가 소유한 하늘에서 독성을 품고 반짝거리는 별빛이 보였다. 그는 **저 별들이야말로 나의 적이야** 라고 생각했다. **나는 저 별들을 정복했지만, 그들은 나를 증오한다. 햐, 이거 꼭 고대 사람들의 책에 나오는 이야기 같은데! 너무 오랫동안 크랜치 했나 봐.**

목소리가 다시 돌아왔다.

"182 우주년 태양 4234번, 부장 진급 대기 중인 마텔은 합법적으로 도시의 관문을 통과할 수 있습니다. 환영합니다. 혹시 음식이나 옷, 돈, 길동무가 필요한가요?"

그 목소리에 친절함이라고는 전혀 없었다. 단순히 업무적인 말이었다. 이는 스캐너로서 도시에 들어왔을 때와는 확실히 달랐다! 그런 때는 하급 관리자가 밖으로 나와 벨트라이트를 꺼내서 까탈스러운 자신들의 얼굴을 비추면서, 입모양으로 터무니없는 경의를 표하고, 완전히 꽉 막힌 스캐너의 귀에 대고 소리를 질러댔다. 그렇다면, 이게 바로 부장에 대한 방식인 거다. 사실, 썩 나쁘지는 않았다. 그리 나쁘지 않다.

마텔이 대답했다.

"제게 필요한 것은 다 가지고 있습니다. 하지만 시당국에 한 가지 요청이 있습니다. 제 친구인 애덤 스톤이 여기에 있습니다. 시급하고 사적인 법률적인 문제 때문에 그를 보고 싶습니다."

목소리가 되물었다.

"애덤 스톤과 약속이 되어 있습니까?"

"아니오."

"시당국에서 그를 찾아보겠습니다. 그의 번호는 어떻게 됩니까?"

"잊어먹었습니다."

"잊어먹어요? 애덤 스톤은 대행기관의 고위 관료 아닌가요? 정말 그 사람의 친구 맞습니까?"

"맞습니다. 제가 의심스럽다면, 상관인 부장을 불러주시기 바랍니다."

마텔은 약간 짜증스럽다는 듯 말했다.

"의심하는 건 아닙니다. 왜 친구의 번호를 모르는 거죠? 이건 반드시 기록에 남겨야 합니다."

"저희는 어렸을 때 친구로 지냈습니다. 그는 '위와 밖'을 건너 멀리로 떠났습니다."

마텔은 '위와 밖'이라는 말은 스캐너 사이에만 쓰는 용어라는 걸 떠올렸다.

"그는 대지에서 다른 대지로 넘어갔다가 이제 막 돌아왔습니다. 저는 그 친구를 아주 잘 알고 있으며, 그를 꼭 찾고 싶습니다. 그 친구의 친척에게 이야기를 전해 들었습니다. 우리를 보호하시는 대행기관이시여!"

"무슨 말인지 알겠습니다. 믿지요. 애덤 스톤을 곧 찾아내겠습니다."

그럴 위험이 적긴 했지만, 수색망에서 '비인간'이라는 경고 소리가 나올 위험을 무릅쓰고 마텔은 윗옷 안에 있는 메모판을 켰다. 그의 말을 기다리며 이리저리 깜빡이는 메모판의 불빛을 보면서, 둔한 손가락으로 글을 써내려갔다. 하지만 손가락으로는 글이 써지지 않아서 잠시 당황했다. 그러다 글을 쓸 수 있을 정도로 날카로운 살이 달린 빗을 발견하고, 빗살을 이용해 글을 써내려갔다.

"급한 일 아님. 스캐너 마텔이 스캐너 파리지안스키 호출."

불빛이 오락가락하더니 답변에 불이 들어왔다가 서서히 꺼졌다.

"스캐너 파리지안스키는 임무 수행 중. 호출은 중계됨."

마텔은 메모판을 껐다.

마텔은 여기 어딘가에 있다. 하급 관리자가 그를 공중에서 세웠을 때 공식 업무라고 호소하면서, 경고 장치를 끄고 도시 장벽을 넘어서 지름길로 곧장 갈 수 있었을까? 아마 그러진 못했을 것이다. 파리지안스키는 다른 스캐너들 몇 명과 함께, 하버맨으로서 보도사진이나, 유흥 시설에서 아름다운 여성들을 구경하며 즐기러 온 척하며 도시로 들어갔을 것이다. 파리지안스키는 근처에 있지만, 그는 개인적으로 움직일 수 없다. 스캐너 중앙 본부에서 그를 임무 중이라고 등록시켜놓으면, 도시 간의 이동이 모두 기록되기 때문이다.

그 목소리가 다시 돌아왔지만, 의문이 든다는 듯 말했다.

"애덤 스톤을 찾았고, 그는 깨어 있습니다. 하지만 죄송하게도, 그는 마텔이라는 사람을 알지 못한다고 말했습니다. 내일 아침에 애덤 스톤을 만나시겠습니까? 내일 아침에는 시당국으로서도 기꺼이 환영하겠습니다."

마텔의 핑계거리가 떨어졌다. 그럴 듯한 구실과 거짓말 없이는 인간의 흉내를 내는 것도 쉽지 않았다. 마텔은 이렇게 답변할 수밖에 없었다.

"그에게 다시 제가 루치의 남편인 마텔이라고 말해주세요."

"그렇게 전하겠습니다."

다시 침묵과 적대적인 별빛, 그리고 파리지안스키가 근처에 있으며 점점 더 가까워지고 있다는 생각이 스치고 지나갔다. 마텔은 심장이 점점 빠르게 뛰는 걸 느꼈다. 그는 가슴 상자를 슬쩍 본 후에 심박을 낮게 조정했다. 느긋하게 스캔할 수 있는 상황은 아니었지만, 차분해지는 걸 느낄 수 있었다.

이번엔 그 목소리가 조금 짜증스러움을 내비치긴 했지만, 그래도 흥겨운 듯 말했다.

"애덤 스톤이 당신을 기꺼이 만나보겠답니다. 제1 착륙항으로 들어가시기 바랍니다. 환영합니다."

작은 구는 소리 없이 아래로 내려가고, 수색용 전선은 어둠 속으로 슬그머니 사라졌다. 마텔 바로 앞의 땅에서부터 좁고 밝은 아크등이 올라와서, 도시를 가로질러 높은 빌딩 하나를 비추었다. 그 빌딩은 마텔이 한 번도 들어가본 적이 없는 숙소였다. 그는 안정감을 위해 비행복을 뜯어내서 가슴에 넣고, 불빛을 따라 빠른 걸음으로 걸어갔다. 그리고 앞에 있는 입구의 창문을 통해 들어오는 바람을 획획 가로지르며 가는 자신의 모습이 마치 게걸스럽게 뭔가를 급하게 먹어치우는 모습 같다고 생각했다.

경비원이 문간에 서 있었다.

"잠시 기다려주세요. 혹시 무기를 지니고 계십니까?"

"아니오."

그는 지금 자신의 힘만을 의지하고 있다는 사실이 기뻤다.

경비원은 점검 스크린으로 안내했다. 마텔은 스크린에 자신의 계기판이 등록되어 있으며, 스캐너로 확인되었다는 경고 표시가 빠르게 지나가는 걸 보았다. 하지만 경비원은 그 경고문을 보지 못했다.

경비원은 문을 막으며 말했다.

"애덤 스톤은 무장을 하고 있습니다. 그의 무장은 대행기관 당국과 도시의 허가를 받아 합법적인 것입니다. 분명히 경고 드렸으니 조심하시기 바랍니다."

마텔은 이해한다는 듯 경비원에게 고개를 까딱하고, 안으로 들어갔다.

애덤 스톤은 키가 작고, 뚱뚱하며, 상냥하게 생긴 사람이었다. 그의 짧은 이마에는 회색 머리카락이 삐죽삐죽 솟아 있었다. 홍조를 띤 그의 얼굴은 유쾌해 보였다. 그는 '위와 밖'의 한구석에서 지내면서, 하버맨의 보호도 없이 거대한 고통에 맞서왔던 사람이라기보다는, 오히려 유흥시설의 장난기 가득한 안내인 같아 보였다.

그는 마텔을 노려보았다. 어리둥절한 모습이었다. 약간 화가 난 것 같기도 했지만, 적대적인 모습은 아니었다.

마텔은 바로 본론으로 들어갔다.

"당신은 저를 모를 겁니다. 거짓말을 했습니다. 제 이름은 마텔입니다. 그리고 저는 당신을 해칠 생각이 전혀 없습니다. 하지만 저는 거짓말을 했습니다. 부디 너그러운 마음으로 이해해주신다면 감사하겠습니다. 무장은 해제하지 마세요. 당신의 무기를 저를 향해……"

스톤이 미소를 지었다.

"이미 그러고 있습니다."

마텔은 그제야 애덤 스톤이 오동통하고 재주 많은 손으로 쥐고 있는 짧은 철사 가락을 볼 수 있었다.

"좋아요. 저에 대한 방어 자세를 계속 유지하세요. 그래야 제가 말하려는 사항들을 믿으실 수 있을 테니까요. 하지만 한 가지 부탁드리자면, 사생활 보호용 차단막을 쳤으면 좋겠습니다. 의외의 구경꾼이 나타날 수도 있기 때문입니다. 이 문제는 삶과 죽음을 가르는 중요한 사안입니다."

"먼저, 누구의 삶과 죽음을 말씀하시는 건가요?"

애덤 스톤의 얼굴은 아직 차분했고, 목소리도 덤덤했다.

"당신과 저, 그리고 세계입니다."

"무슨 말인지는 잘 모르겠지만, 일단 그렇게 하지요."

스톤이 문 쪽을 향해 말했다.

"사생활 보호용 차단막 쳐주세요."

갑자기 웅 소리가 들리더니, 방에는 밖에서 들려오던 한밤의 작은 소음들이 빠르게 사라졌다.

애덤 스톤이 말했다.

"죄송한데, 누구신가요? 무슨 일로 오신 거죠?"

"저는 스캐너 34번입니다."

"당신이 스캐너라구요? 도저히 못 믿겠는데요."

이에 대한 대답으로, 마텔은 윗옷을 열어서 가슴 상자를 보여주었다. 스톤은 그의 모습을 쳐다보면서 깜짝 놀랐다. 마텔이 설명했다.

"저는 크랜치 중입니다. 이런 모습을 처음 보시는 건가요?"

"사람이 이런 건 처음 봅니다. 동물은 본 적이 있었지만. 대단하네요! 그런데 원하시는 게 뭔가요?"

"진실입니다. 제가 두려우신가요?"

"이것만 있으면 두렵진 않습니다."

스톤은 철사 가락을 다시 움켜쥐며, 말을 이었다.

"여하튼 당신이 바라는 진실을 기꺼이 말씀드리겠습니다."

"당신이 우주의 거대한 고통을 정복했다는 게 사실인가요?"

스톤은 잠시 주저하면서 뭐라고 답하면 좋을지 망설였다.

"빨리 말씀해주세요. 정말로 거대한 고통을 정복하셨나요? 그렇게 제가 믿어도 되나요?"

"저는 우주선에 생물들을 실었습니다."

"생물이라뇨?"

"생물이요. 저는 거대한 고통이 뭔지 모릅니다. 하지만 일련의 실험을 통해서 그게 어떤 것인지는 알 수 있었습니다. 엄청나게 많은 동물이나 식물을 우주로 내보내봤더니, 생물의 무리 중에서 한가운데에 있는 생물이 가장 오래 살았습니다. 그래서 저는 우주선을 건조해서—당연한 이야기지만 조그마한 우주선이었죠—토끼와 원숭이를 싣고 우주로 내보냈습니다."

"그게…… 짐승인가요?"

"네. 작은 짐승들입니다. 그리고 그 짐승들은 다치지 않고 돌아왔지요. 우주선의 벽면을 생물로 채웠기 때문에 그들은 살아서 돌아올 수 있었습니다. 저는 여러 종류의 생물을 실험해봤는데, 마침내 수중에서 살아가는 생물을 찾아냈습니다. 굴이었습니다. 굴 양식장이었죠. 가장 바깥에 있는 굴들은 거대한 고통 속에서 죽었습니다. 안쪽에 있는 굴들은 살아남았죠. 승객들은 전혀 해를 입지 않았습니다."

"그런데 승객이란 게 짐승이었나요?"

"짐승들만은 아니었습니다. 저도 승객이었습니다."

"당신이요?"

"저는 혼자서 우주를 넘어 여기로 왔습니다. 여러분들이 '위와 밖'이라고 부르는 그곳을 혼자서 통과한 것입니다. 혼자 자다가, 깨다가 했지요. 저는 전혀 위해를 입지 않았습니다. 제 말을 못 믿으시겠다면, 당신의 스캐너 형제들에게 물어보세요. 내일 아침에 제 우주선을 살펴보셔도 좋습니다. 내일 당신을 다시 뵐 수 있다면 기쁘겠습니다. 스캐너 형제들도 함께 데리고 오세요. 대행기관의 수장들에게 우주선을 보여드릴 예정입니다."

마텔은 다시 물어봤다.

"당신 혼자서 왔다구요?"

애덤 스톤이 약간 퉁명스럽게 답했다.

"네. 혼자서 왔습니다. 제 말을 못 믿겠다면, 돌아가셔서 스캐너의 업무일지를 살펴보세요. 우주를 건널 때 저는 여러분의 우주선을 전혀 이용하지 않았습니다."

마텔의 얼굴이 빛났다.

"이제는 믿습니다. 사실이군요. 더 이상 스캐너는 필요 없겠네요. 하버맨도 필요 없겠지요. 더 이상 크랜치 할 필요도 없고요."

애덤 스톤이 문 쪽으로 고개를 휙 돌렸다.

마텔은 전혀 눈치를 못 챘다.

"이 이야기를 꼭 드려야 할 것 같아……"

"아침에 이야기하시죠. 가서 크랜치 상태를 즐기세요. 크랜치라는 게 스캐너 여러분께는 틀림없이 즐거운 일이겠죠? 제가 실제로는 여러분만큼 잘 알지 못하지만, 의학적으로는 잘 알고 있습니다."

"네. 즐거운 일이죠. 잠시나마 정상이 되는 거니까요. 그래도 들어보세요. 스캐너들은 당신과 당신의 업적을 파괴하기로 서약했습니다."

"뭐라고요!"

"스캐너들은 회의를 열어서 표결하고 맹세했습니다. 당신이 스캐너라는 존재를 무용지물로 만들 거라고 그들은 말했습니다. 당신이 이 세계에 다시 고대의 전쟁을 불러올 것이라고 말했습니다. 스캐너가 패배한다면, 스캐너의 삶은 의미가 없어질 것입니다."

애덤 스톤은 신경이 곤두섰지만, 재치를 잃지는 않았다.

"당신도 스캐너잖아요. 저를 죽일 작정인가요? 아님 시도라도?"

"아뇨. 당신은 바보군요. 저는 스캐너 연맹을 배신했습니다. 제가 빠져나가자마자 경비원을 부르세요. 사방을 경비원으로 완전히 둘러싸세요. 저는 살인자를 막아보겠습니다."

마텔은 창가에 어른거리는 뭔가를 보았다. 애덤 스톤은 몸을 돌리기도 전에 손에 있던 철사 가락을 빼앗겨버렸다. 어른거리던 모습이 안정되더니 파리지안스키의 모습으로 나타났다.

그제야 마텔은 파리지안스키가 뭘 하고 있는지 깨달았다. 고속화였다.

자신이 크랜치 중이라는 사실을 잊은 채, 손을 가슴속으로 넣어서, 자신도 고속화했다. 공기의 흐름이 거대한 고통의 불길처럼 그에게 몰아쳐왔다. 그는 파리지안스키의 앞으로 가서 자신의 입을 읽을 수 있도록 얼굴을 들이밀고 말했다.

"특급 비상사태!"

정상적으로 움직이는 애덤 스톤의 몸이 구름이 떠가듯 천천히 움직이며 채 발을 떼기도 전에, 파리지안스키가 말했다.

"비켜! 난 임무를 받고 여기에 온 거야."

"알아. 여기서 그만둬. 중단해. 중단해. 중단해. 애덤 스톤이 옳아!"

고통이 홍수처럼 쏟아져서 멍해진 마텔은 파리지안스키의 입술을 읽기가 아주 힘들었다.

(마텔은 생각했다. "고대의 모든 신들이시여! 저를 지켜주소서! 과부하에 걸리지 않게 부디 저를 지켜주소서!")

파리지안스키는 이렇게 말하고 있었다.

"비켜. 연맹의 명령이다! 저리 비켜!"

그리고 파리지안스키가 자세를 취했다.

제발, 나에게 주어진 임무를 진행할 수 있게 해줘!

마텔은 시럽처럼 진해진 공기를 들이마시며 숨이 막혀왔다. 그는 마지막 시도를 했다.

"파리지안스키, 친구여, 친구여, 내 친구여. 제발 그만둬!"

(지금까지 스캐너가 다른 스캐너를 죽이는 일은 한 번도 일어나지 않았다.)

파리지안스키가 신호를 보냈다.

넌 이 임무에 맞지 않아. 내가 접수하겠다.

마텔은 생각했다. "세상에는 처음 해야만 하는 일도 있는 거야!" 그리고 그는 손을 내밀어서 파리지안스키의 두뇌 상자를 비틀어서 과부하 상태로 올려버렸다. 파리지안스키의 눈은 공포에 젖어 번득이더니, 그때서야 무슨 일이 일어났는지 알아챘다. 그의 몸이 바닥을 향해 곤두박질치기 시작했다.

마텔은 겨우 힘을 내서 자신의 가슴 상자로 손을 뻗었다. 서서히 정신이 흐릿해져서, 자신이 하버맨으로 돌아가고 있는 건지, 아니면 죽음에 빠져들고 있는 건지 알 수 없었지만, 계기판의 속도를 떨어뜨리고 있는 손가락을 느낄 수 있었다. 그는 겨우 말을 뱉었다.

"스캐너를 불러요. 도움이 필요하……"

하지만 어둠이 올라오며, 둔한 침묵이 그를 감싸버렸다.

깨어난 마텔의 눈에 루치의 얼굴이 들어왔다.

마텔은 놀라서 눈을 크게 떴다. 그리고 소리가 들려온다는 사실을 깨달았다. 루치가 행복에 겨워 훌쩍거리는 소리가 들렸다. 그녀가 들이킨 공기가 목구멍을 통해 가슴까지 도달하면서 나는 소리였다.

그가 희미하게 약한 소리로 말했다.

"내가 아직 크랜치 중이야? 아직 살아 있는 거지?"

루치 곁으로 흐릿하게 보이는 얼굴이 끼어들었다. 애덤 스톤이었다. 애덤 스톤의 깊은 목소리는 광대한 우주를 넘어 들려오는 듯했다. 마텔은 스톤의 입술을 읽어보려 했지만, 잘 보이지 않았다. 그래서 다시 그의 목소리에 귀를 기울였다.

"……크랜치 중은 아니에요. 무슨 말인지 아시겠어요? 크랜치 상태가 아니라고요!"

마텔이 힘겹게 말했다.

"그래도 전 들리는데요? 감각을 느낄 수 있어요!"

다른 이들에게는 그 말이 잘 들리지는 않았지만, 그가 말하려는 바를 알 수는 있었다.

애덤 스톤이 다시 말했다.

"이제 당신이 하버맨이었던 시절은 끝났어요. 제가 당신을 제일 먼저 되돌려놓았죠. 이론적으로는 완벽하게 이해하긴 했어도, 실제로도 가능할지는 저도 잘 몰랐어요. 하지만 설마 대행기관이 스캐너를 아무렇게나 팽개쳐버릴 거라고 믿고 있는 건 아니겠죠? 다시 정상으로 돌아갔어요. 우리는 우주선들이 착륙하는 즉시 하버맨들을 죽여버렸지요. 그들은 더 이상 살아 있을 가치가 없으니까요. 하지만 스캐너는 다시 원상복구하는 중이에요. 당신이 그 중 제일 빨랐어요. 제 말이 무슨 말인지 이해하시겠어요? 당신이 처음으로 복구된 사람이라고요. 이제 쉬세요."

애덤 스톤이 미소를 지었다. 어슴푸레해서 잘 안 보이긴 했지만, 스톤의 뒤에 대행기관의 수장들의 모습도 보이는 것 같았다. 그들의 얼굴도 마텔을 바라보며 웃고 있었다. 그리고 스톤과 수장의 얼굴은 동시에 위쪽으로 멀어지며 사라졌다.

마텔은 고개를 들어서 자신을 스캔해보려 했다. 그는 할 수 없었다. 루치는 조용히 그 모습을 쳐다보고 있었다. 하지만 사랑이 담긴 눈으로 곤혹스럽게 바라봤다. 그녀가 말했다.

"여보! 당신은 다시 돌아온 거야. 이제 이렇게 영원히 머무를 거야!"

그래도 마텔은 자기 상자를 눈으로 찾았다. 결국 그는 어색한 동작으로 손으로 가슴을 더듬거리며 훑었다. 거기엔 아무것도 없었다. 계기판이 사라졌다. 그는 정상으로 돌아왔는데도 아직 살아 있었다.

마음속 깊이 희미한 평화가 찾아왔지만, 다른 문제가 선명하게 떠올랐다. 그는 루치가 좋아하는 방식대로 손가락으로 글을 써보려 했지만, 그에게는 말하는 손가락도, 메모판도 없었다. 그는 자신의 목소리를 사용해야 했다. 그는 힘을 끌어 모아서 속삭였다.

"스캐너들은?"

"응? 무슨 말이야?"

"스캐너들은?"

"아, 스캐너들 말이구나. 여보, 그들도 모두 괜찮아. 몇몇이 고속화해서 도망가려 했기 때문에 체포할 수밖에 없긴 했지만 말이야. 그래도 대행기관은 스캐너들을 모두 현장에서 체포했어. 그리고 지금은 그들도 모두 행복해하고 있어. 그런데 있잖아, 여보, 몇몇은 정상으로 복구하는 걸 거절하기도 했어. 그래서 스톤과 대행기관의 수장들이 그들을 설득해야만 했어."

그녀가 웃었다.

"보맥트는?"

"그 사람도 지금은 괜찮아. 복구를 위한 순서를 기다리는 동안 크랜치 상태로 지내고 있어. 그리고 있잖아, 그 사람이 스캐너들을 위해서 새로운 직업을 마련했어. 스캐너들은 모두 우주의 부장이 될 거야. 그리고 보맥트 자신은 우주의 수장이 됐어. 스캐너들은 모두 우주선 조종사가 될 테니까, 스캐너 연맹과 조합도 그대로 유지할 수 있어. 그리고 창은 지금 복구 수술을 하는 중이야. 곧 만날 수 있을 거야."

그녀의 얼굴이 갑자기 어두워졌다. 그녀는 마텔을 진지하게 쳐다보면서 말했다.

"이제는 당신에게도 말해줘야 할 것 같아. 안 그러면 당신이 걱정할 것 같으니까. 사고가 한 번 있었어. 딱 한 번이야. 당신하고 당신 친구가 애덤 스톤을 방문했을 때 있잖아. 당신 친구는 너무 행복에 겨워서 스캔하는 걸 잊어버렸어. 그래서 과부하에 걸려 그만 죽고 말았어."

"스톤을 방문하다니?"

"응. 기억 안 나? 당신 친구."

그는 아직도 놀란 표정이었다. 그러자 그녀가 말했다.

"파리지안스키."

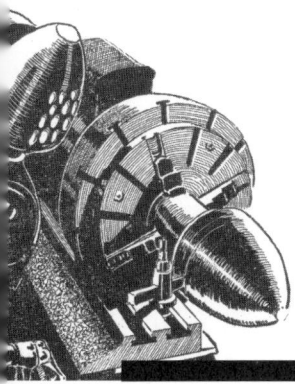

Ray Bradbury Mars is Heaven!

레이 브래드버리 지음
조호근 옮김

우주에서 배가 내려왔다. 별들과 무한한 속도와 빛나는 움직임, 우주의 고요한 공간 속에서 내려왔다. 새로 만든 배였다. 몸통 속에는 불길을 품고 금속 방 안에는 사람들을 태운 채, 빠르지만 부드럽게, 적막 속을 고요하게 항행해나갔다. 배 안에는 대장까지 포함해 열일곱 명의 사람들이 타고 있었다. 배가 출발할 때, 오하이오 주 로켓 발사장의 사람들은 태양이 빛나는 창공을 향해 손을 흔들고 소리를 지르며 배웅했고, 로켓은 열기와 폭염으로 만들어진 화려한 꽃을 꽁무니에서 뿜으며 화성을 향한 세 번째 여행길에 올랐다.

배는 이제 화성 대기권 상부에 진입하며 완벽한 효율로 감속을 진행하고 있었다. 오랜 여행에 지치기는 했어도, 로켓에는 여전히 뛰어난 힘과 아름다움이 남아 있었다. 거대한 흰색의 레비아탄과 같이 고요한 우주의 물길을 가르며, 태초부터 존재했던 위성들을 지나 끊임없이 계속되는 공허의 세계를 항행해온 배였다. 우주선에 탑승한 사람들은 충격을 받고, 나뒹굴고, 구역질을 하고, 상태가 호전되는 경험을 차례로 겪어나갔다. 이 와중에 한 사람이 사망했지만, 나머지 열여섯 명의 사람들은 얼굴에 똑바로 붙어 있는 눈을 사용해, 두꺼운 유리 창문에 코를 박은 채로, 발밑에서 다가오는 화성을 바라보고 있었다.

"화성이여, 화성이여! 나의 친구 화성이여, 우리가 왔노라!"
항해사 러스틱이 외쳤다.
"나의 친구 화성이여!"
고고학자 새뮤얼 힝스턴이 말했다.
"음."
캡틴 존 블랙이 말했다.

우주선은 천천히 푸른 잔디가 나부끼는 정원에 착륙했다. 우주선 밖으로는 철제 사슴이 서 있는 정원이 보였다. 정원 너머로는 옛날 풍으로 화려하게 장식된 갈색의 빅토리아 풍 저택이 따뜻한 햇살을 받으며 서 있었다. 창문은 분홍색, 노란색, 녹색의 색유리였다. 제라늄이 심어진 널찍한 베란다에서는 낡은 그네 하나가 산들바람을 맞으며 앞뒤로 천천히 흔들리고 있었다. 집 꼭대기의 고깔모자 모양의 지붕에는 다이아몬드 모양의 색유리창이 달려 있었다. 집 정면의 창문으로는 건반이 노랗게 변한 오래된 피아노 하나가 보였고, 그 위에는 〈뷰티풀 오하이오〉[37]의 악보가 놓여 있었다.

화성의 봄볕 아래, 초록빛 조용한 작은 마을이 로켓 착륙 지점에서 사방으로 뻗어 있었다. 곳곳에 하얀 집과 붉은 벽돌집이 보였고, 키 큰 느릅나무며 단풍나무, 마로니에 나무 등이 바람에 흔들렸다. 나무들 사이로 금빛 종이 달린 교회 첨탑이 조용히 서 있었다.

로켓 안의 사람들은 창문을 통해 이 모든 것을 보고는, 잠시 서로를 쳐다본 다음, 다시 바깥으로 눈길을 돌렸다. 서로의 몸에 기댄 채, 갑자기 숨 쉬기도 힘들어진 것 같은 모양새였다. 창백한 얼굴로 계속해서 눈을 깜박이며, 그들은 유리창에서 유리창으로 옮겨 다니며 계속해서 바깥을 훑어보았다.

"이런 망할, 망할, 망할, 망할, 망할."
러스틱은 반쯤 젖은 눈으로 바깥을 보며, 감각이 없는 손으로 얼굴을 문질렀다.
"말도 안 돼, 이건 말도 안 된다고."
새뮤얼 힝스턴이 말했다.
"주여."
캡틴 존 블랙이 말했다.
우주선에 탑승한 화학자가 그를 불렀다.
"대장님, 대기는 호흡 가능합니다."
블랙은 천천히 그를 돌아보며 되물었다.
"확실한가?"
"의심의 여지가 없습니다, 대장님."
"그럼 나갑시다."

◎ **37**__밸러드 맥도널드 작사, 메어리 얼 작곡. 1969년에 미국 오하이오 주의 주가州歌가 되었다.

러스틱이 말했다.

"그래요, 나가죠."

새뮤얼 힝스턴이 말했다.

"잠깐 기다려."

캡틴 존 블랙이 말했다.

"잠깐만. 아직 아무도 명령을 내리지 않았을 텐데?"

"하지만 대장……"

"대장님이든 뭐든. 이게 대체 뭔지 아무도 모르잖나."

"뭔지는 알고 있습니다, 대장님."

화학자가 말했다.

"깨끗한 공기가 있는 작은 마을이지요."

"꼭 지구에 있는 마을같이 보이는 작은 마을입니다."

고고학자인 새뮤얼 힝스턴이 말했다.

"대단하지 않습니까? 말도 안 되는 일이지만, 실제로 눈앞에 있으니."

캡틴 존 블랙은 그를 물끄러미 쳐다보았다.

"자네는 두 행성의 문명이 똑같은 비율로 성장하며 똑같은 결과를 낳을 수 있다고 보나?"

"예전이라면 그런 생각은 안 했겠지요, 대장님."

캡틴 존 블랙은 창가에 섰다.

"저 밖을 보게. 제라늄 말이야. 고도로 특수화된 식물이지. 바로 저 품종이 지구에 나타난 지는 채 50년밖에 되지 않았네. 저 식물이 진화하기 위해 필요한 수천 년의 시간을 생각해보게. 그리고 내가 지금 말하는 것들 중에서, 논리적으로 화성인이 가지고 있을 만한 물건이 있나 짚어

보게나. 첫째, 색유리로 만든 창문. 둘째, 고깔모자 모양 지붕. 셋째, 베란다에 매달린 그네. 넷째, 꼭 피아노같이 생겼고, 아마도 피아노인 것이 분명한 기구. 그리고 다섯째로, 자네들이 잘 들여다보면, 화성의 작곡가가 묘하게도 〈뷰티풀 오하이오〉라는 제목의 음악을 작곡한 것으로 보이네. 다시 말해서 이곳 화성에 오하이오 강이 있다는 소리가 아닌가!"

"정말로 이상합니다, 대장님."

"이상하다고? 망할, 이건 불가능한 일이야. 그리고 나는 지금 이 상황 전체가 마음에 안 들어. 뭔가 잘못되어 있는 것이 분명하네. 그리고 그 잘못된 것이 뭔지를 발견하기 전까지는 아무도 배에서 내리지 못할 걸세."

"하아, 대장님."

러스틱이 말했다.

"젠장. 대장님, 나는 이걸 지금 즉시 조사해보고 싶단 말입니다. 어쩌면 우리 태양계의 모든 행성들에 비슷한 사고방식, 이념, 문명이 있을지도 몰라요. 지금 우리는 이 시대의 가장 위대한 정신적, 형이상학적인 발견을 눈앞에 두고 있는지도 모른단 말입니다, 대장님. 그렇지 않습니까?"

새뮤얼 힝스턴이 말했다.

"나는 잠시 기다릴 생각이네."

캡틴 존 블랙이 말했다.

"대장님, 어쩌면 우리는, 최초로 완벽하게 신의 존재를 증명해줄 수 있는 현상을 눈앞에 두고 있는지도 모른단 말입니다."

"그런 증거 없이도 훌륭한 신앙을 유지하는 사람들은 아주 많다네,

미스터 힝스턴."

"저도 그런 사람들 중 하나입니다, 대장님. 하지만 저 밖의 것들은, 직접적인 신의 개입이 없으면 설명될 수 없는 일들이에요. 지금 저는 공포와 고양감으로 가득 차서 웃어야 할지 울어야 할지도 모르겠단 말입니다."

"그럼 둘 다 하지 말게. 우리가 무엇과 대치하고 있는지를 알기 전까지는 말이야."

"대장님, 대치하다니요? 대체 무엇과 대치하고 있다는 말입니까? 이건 그냥 제가 태어난 곳 같은 평범하고 조용한 마을입니다. 마음에 드는 곳 아닌가요."

러스틱이 물었다.

"자네가 몇 년도 태생인가, 러스틱?"

"1910년입니다, 대장님."

"그러면 자네 지금 쉰 살이라는 소리군. 맞나?"

"올해가 1960년이니까요, 맞습니다, 대장님."

"힝스턴, 자네는 어떤가?"

"1920년, 일리노이 출생입니다, 대장님. 그리고 이 풍경은 저한테도 똑같이 가슴이 벅차오르는 느낌인데요."

"물론 여기가 천국은 아니겠지만, 분명 내 눈에도 평화롭고 좋은 장소로 보이기는 하는군. 게다가 내가 1915년에 태어났을 때의 그린 블러프를 보는 것 같네."

그는 다시 화학자를 보며 물었다.

"대기는 호흡 가능하다고 했지?"

"네, 대장님."

"좋아, 그러면, 지시를 내리겠다. 러스틱, 자네와 힝스턴과 나, 세 명이서 밖으로 나가서 마을을 둘러본다. 다른 열네 명은 우주선에 머물도록. 만약 뭔가 골치 아픈 일이 생기면, 즉각 이륙해서 꽁무니를 뺀다. 내 말 알겠나, 크레이너?"

"네, 대장님. 즉각 꽁무니를 뺍니다. 에, 대장님들은 놔두고요?"

"우주선 전체를 잃는 것보다는 승무원 세 명을 잃는 쪽이 낫지. 뭔가 좋지 않은 일이 생기면 지구로 돌아가서 다음 로켓에 경고를 하도록. 링글이 함장으로 있는 로켓일 텐데, 아마 다음 크리스마스쯤 완성되어서 출발하겠지. 그 친구들은 뭘 만나게 될지를 알아야 해. 만약 화성에 뭔가 적대적인 것이 존재한다면 다음에는 제대로 대비를 하고 와야 할 테니까."

"우리도 마찬가지입니다, 대장님. 기본적인 무장은 전부 구비되어 있습니다."

"그러면 러스틱, 힝스턴과 내가 밖을 둘러보는 동안 승무원들에게 무장을 하고 있으라고 지시하게."

"알겠습니다, 대장님."

"러스틱, 힝스턴. 따라오게."

세 명은 함께 우주선 밑바닥을 통해 아래로 내려갔다.

아름다운 봄날이었다. 꽃피는 사과나무 위에서 울새가 계속 지저귀고 있었다. 바람이 사과나무를 건드릴 때마다 꽃잎이 눈처럼 흩날렸고, 꽃향기가 공기를 가득 메웠다. 마을 어디선가, 누군가 피아노로 끊길 듯 끊길 듯 계속되는 부드럽고 나른한 음악을 연주하고 있었다. 곡목은 〈뷰티풀 드리머〉[38]였다. 또다른 어디선가, 다 긁히고 낡은 것이 틀림없는 축음기에서 해리 라우더가 부른 〈로밍 인 더 글로밍〉[39]이 새어나오고 있었다.

세 명은 우주선 밖으로 나왔고, 등 뒤로 문이 닫혔다. 우주선 창문마다 바짝 들이댄 얼굴들이 밖을 내다보고 있었다. 커다란 금속제 총들이 사방을 향해 경계 태세를 갖추고 있었다.

이제 축음기에서는 이런 노래가 나오기 시작했다.

오, 나에게 유월의 밤을 주세요.
그리고 달빛과 그대도……

러스틱은 몸을 떨기 시작했다. 새뮤얼 힝스턴도 마찬가지였다.

힝스턴의 목소리가 워낙 작고 불분명해서, 대장은 방금 그가 뭐라고 했는지 다시 물어봐야 했다.

"제 말은 말입니다, 대장님, 지금 이 상황의 해답을 제가 알아냈다는 겁니다! 전부 다!"

"그래, 그 해답이 대체 뭔가, 힝스턴?"

부드러운 바람이 그들을 스치고 지나갔다. 하늘은 고요했고, 계곡의 나무그늘과 동굴을 지나 흘러나오는 시냇물이 보였다. 저 멀리 말이 끄는 마차가 덜컹거리며 지나가는 것이 보였다.

"대장님, 이것밖에 없어요, 이것 말고는 다른 해답이 존재할 수 없단 말입니다! 1차 대전이 일어나기 전에 화성으로 로켓이 발사되기 시

---

38 _ 〈Beautiful Dreamer〉, 스티븐 포스터, 1864년.
39 _ 〈Roamin' in the Gloamin'〉 해리 라우더, 1911년.

작한 거예요!"

대장은 놀란 눈으로 고고학자를 바라보았다.

"말도 안 돼!"

"아니, 말이 됩니다, 대장님! 주변을 잘 보세요. 아니면 대체 어떻게 저 집이며, 정원이며, 철제 사슴이며, 꽃에 피아노에 음악을 설명하실 겁니까!"

"힝스턴, 힝스턴. 제발."

대장은 손으로 이마를 짚으며 머리를 흔들었다. 그의 손은 떨리고 있었고, 입술은 창백했다.

"대장님, 잘 들어보세요."

힝스턴은 부드럽게 그의 팔을 잡으며 애원하는 듯한 얼굴로 대장의 얼굴을 들여다보았다.

"1905년에, 전쟁이 너무 싫어서 지구를 떠나고 싶은 사람들이 모였다고 해봅시다. 이 친구들이 모이고 보니까 그 안에는 과학자들도 몇 명 있었고, 그래서 자기네들끼리 비밀리에 로켓을 만들어서 여기 화성으로 온 겁니다."

"아냐, 아냐, 힝스턴."

"안 될 게 뭐 있나요? 1905년의 세계는 지금과 같은 곳이 아니었어요. 분명 훨씬 더 쉽게 비밀을 감출 수 있었을 거라구요."

"하지만 이봐, 힝스턴. 로켓같이 복잡한 것을 만드는 일은 말이지, 아냐, 안 돼, 안 돼."

대장의 시선은 신발에서 손으로, 주변의 집들로, 그리고 힝스턴에게로 옮겨갔다.

"그렇게 해서 그들이 여기에 온 겁니다. 당연히 건축 문화도 지구에서 가져온 것이니 집들이 지구와 비슷한 것도 전혀 이상한 일이 아니죠."

"그리고 그동안 계속 여기서 살았다 이거지?"

"그렇죠, 대장님. 평화롭고 조용하게 말입니다. 아마 작은 마을 하나 만들 정도로 사람들을 실어 나르려고 몇 번 정도는 더 지구에 다녀왔을지도 모르죠. 그 후에는 발견될 것을 두려워해서 멈춘 겁니다. 그래서 이 마을이 이렇게 구식으로 보이는 거죠. 1927년 이후의 물건으로 보이는 것은 단 하나도 없는데요, 그렇지 않습니까?"

"그래, 솔직히 그 말은 맞네, 힝스턴."

"이 사람들은 우리나라 사람들입니다, 대장님. 이건 미국 마을이에요. 유럽 풍이 아닙니다."

"그건…… 그래, 그 말도 맞네, 힝스턴."

"아니면 말입니다, 대장님, 로켓 여행이 우리 생각보다 훨씬 일찍 시작된 것일지도 몰라요. 세계 어느 구석에서 몇 백 년 전에 시작된 후로, 극소수의 사람들 사이에서만 전해져 내려왔고, 그 사람들이 화성으로 온 다음에 몇 세기마다 한 번씩만 지구에 들렀을 수도 있지 않습니까."

"자네 말에 일리가 있다는 생각이 들기 시작하는군."

"제 말이 맞다니까요, 대장님. 그것밖에 없어요. 우리 눈앞에 증거가 있지 않습니까. 사람들을 찾아서 증명하기만 하면 돼요."

"그래, 자네 말이 맞네. 여기 서서 이야기만 하고 있을 수는 없지. 자네들, 총은 다 가져왔나?"

"네, 하지만 아마 사용할 필요는 없을 겁니다."

"그건 봐야 알지. 가세. 초인종을 눌러보면 집에 사람이 있는지 알 수 있겠지."

　두툼한 잔디밭 덕분에 부츠의 발소리가 잦아들었다. 갓 깎은 잔디의 싱그러운 냄새가 코를 간질였다. 캡틴 존 블랙 스스로도 마음에 평화가 찾아오는 것을 느끼고 있었다. 이런 작은 마을에 와본 것은 30년 만에 처음이었다. 봄날의 꿀벌들이 날아다니는 소리는 그의 마음을 부드럽게 어루만져주었고, 주변의 상쾌한 풍경은 마치 영혼을 치료하는 고약을 바르는 느낌이었다.

★ ★ ★

　베란다에 발을 디디자 발아래의 널판에서 텅 빈 소리가 울렸다. 방충망 안쪽으로 주름이 걸린 현관이 보였고, 크리스털로 만든 샹들리에와 맥스필드 패리쉬 그림이 들어 있는 액자가 모리스 의자 위에 걸려 있는 것이 보였다. 오래된 집, 또는 다락방과 같은 친근한 냄새가 났고, 끝없이 평온한 분위기가 넘쳐흘렀다. 레모네이드 용 주전자 안에서 얼음이 달각대는 소리가 들렸다. 좀 떨어진 부엌에서, 누군가 한낮의 열기를 식히기 위해 부드러운 레몬 음료수를 준비하고 있는 모양이었다.

　캡틴 존 블랙은 초인종을 눌렀다.

　작고 가냘픈 발소리가 복도를 가로질러 왔고, 곧이어 40대 정도 되어 보이는, 1909년 정도 풍의 옷을 입은 친절한 얼굴의 부인이 고개를 내밀었다.

　"뭔가 도와줄 일이라도 있수?"

　그녀가 물었다.

"실례합니다만,"

캡틴 블랙이 머뭇거리며 대답했다.

"저희는 지금 뭔가를 찾고, 음, 아니, 그 혹시 저희를 좀 도와주실 수 있을까 해서 말입니다."

그는 말을 멈췄다. 부인은 의심을 품은 갈색 눈으로 그들을 바라보고 있었다.

"뭔가 팔려고 오신 거면 잘못 오셨수. 바쁘고 시간도 없수다."

그녀는 그렇게 말하고 다시 집 안으로 들어가려 했다.

"아니, 잠깐요."

그는 당황해서 소리쳤다.

"이 마을 이름이 뭡니까?"

그녀는 미친 사람을 보는 눈길로 그를 위아래로 훑었다.

"무슨 소린지. 지금 마을에 들어와 있으면서 뭔 마을인지도 모르겠다는 말이우?"

대장은 시원한 사과나무 그늘에 가서 앉아 쉬고 싶은 표정이 되었다.

"실례합니다만, 저희는 여기가 처음입니다. 저희는 지구에서 왔고, 이 마을과 이 마을 사람들이 어떻게 이곳에 오게 된 건지 알고 싶습니다만."

"당신들, 인구 조사 다니는 사람들이우?"

"아닙니다."

"그럼 뭘 알고 싶은 거유?"

"음, 그러니까,"

"그러니까?"

"이 마을이 언제부터 여기 있었지요?"

그가 질문했다.

"1868년에 지어졌다우."

그녀는 톡 쏘듯 대답했다.

"이거 혹시 뭐 게임 같은 거유?"

"아뇨, 그런 게 아닙니다."

대장은 울 듯한 표정이었다.

"아, 제발. 이봐요, 우리는 지구에서 왔단 말입니다!"

그는 말했다.

"어디서?"

"지구에서요!"

"그게 어디유?"

"지구 말입니다, 지구."

"그러니까…… 땅에서 솟아나왔다는 소리유?"

"아뇨, 지구라는 행성에서 말입니다!"

그는 거의 소리를 지를 뻔했다.

"이리 나와보세요. 베란다로 나오면 제가 보여드리지요."

"싫수. 내가 왜 그리루 나가겠수? 당신들 전부 더위라도 먹었는지, 좀 제정신이 아닌 것 같은데."

그녀가 대답했다.

러스틱과 힝스턴은 대장 옆에 서 있었다. 이제 힝스턴이 입을 열었다.

"부인, 우리는 별이 빛나는 우주를 건너서 우주선을 타고 왔습니다. 태양으로부터 세 번째 행성인 지구에서 출발해서, 이 행성, 그러니까 화성에 도착한 거지요. 자, 이제 무슨 말인지 아시겠지요?"

"더위 먹은 게 분명하구려."

그녀는 문손잡이를 놓지 않은 채 말했다.

"당장 가지 않으면 남편을 부르겠수. 지금 2층에서 낮잠을 자고 있는데, 부르면 아마 당신들 모두 주먹맛을 좀 보게 될 거유."

"하지만...... 여기는 화성이잖아요. 아닙니까?"

그녀는 어린아이에게 말하듯 큰 소리로 힝스턴의 질문에 대답했다.

"여기는 위스콘신 주의 그린 레이크유. 추가로 말하자면 태평양과 대서양 사이에 있는 아메리카라는 대륙에 있고, 세계, 또는 지구라고도 불리는 행성에 있수. 이제 썩 꺼지시구랴. 잘 가슈!"

그녀는 쾅 하고 문을 닫아버렸다.

세 명의 남자들은 문 앞에 서서 다시 문을 열어달라고 애원하는 듯, 손을 높이 쳐든 채 멍하니 서 있었다.

그들은 서로를 둘러보았다.

"문을 부수고 들어가죠."

러스틱이 말했다.

"그럴 수는 없네."

대장이 한숨을 쉬며 말했다.

"안 될 건 뭡니까?"

"저 부인이 뭔가 나쁜 짓을 한 것은 아니지 않나? 우리들은 여기서 이방인이고, 이 문은 개인 소유물이네. 잠깐, 잠깐, 힝스턴!"

그는 터벅터벅 걸어가서 베란다 계단에 주저앉았다.

"왜 그러십니까, 대장님?"

"자네 말이지, 우리가 뭔가 일을 잘못 처리해서, 뭔가 사고로, 거꾸로 돌아와서 지구에 착륙했을 수도 있다는 생각은 안 해봤나?"

"아니, 대장님, 아, 음, 어, 아아."

힝스턴도 털썩 주저앉아서 그 가능성에 대해 생각해보기 시작했다. 러스틱은 햇볕을 받으며 서 있었다.

"대체 어떻게 그런 일이 있을 수 있단 말입니까?"

"모르겠네. 잠깐 생각 좀 해보지."

"하지만 우리는 비행경로를 매 킬로미터마다 체크했고, 화성도 보았고, 계기판에도 거리 표시가 확실했고, 달을 지나서 우주로 나왔고, 그리고 지금 화성에 있지 않습니까. 여긴 화성이 분명합니다, 대장님."

힝스턴이 말했다.

"하지만 만약에, 정말로 가정일 뿐인데, 시간이나 공간이나 뭐 그런 쪽으로 사고가 발생해서, 다른 공간의 다른 시간에 있는 행성에 착륙했을 수도 있지 않나? 이곳이 30년이나 50년 전의 지구라든가, 차원 틈새에서 길을 잃어버리거나 그랬을 수도 있고."

러스틱이 말했다.

"아아, 그건 말도 안 되는 소립니다, 러스틱 씨."

"우주선에 남은 사람들이 우리를 보고 있나, 힝스턴?"

"경계 태세로 지켜보고 있습니다, 대장님."

러스틱은 문가로 가서 초인종을 눌렀다. 문이 다시 열리자, 그는 물었다.

"올해가 몇 년도입니까?"

"1926년 아니우, 당연히!"

여자는 화가 나서 소리를 지르고는 다시 문을 쾅 하고 닫았다.

러스틱은 신이 나서 다른 두 사람에게 돌아왔다.

"방금 들으셨죠? 1926년이랬어요! 우리는 시간을 거슬러 온 겁니다! 여기는 지구예요!"

러스틱도 자리에 앉았고, 세 명은 그 생각이 불러일으키는 놀라움과 공포를 곱씹으며 한동안 앉아 있었다. 무릎 위의 손은 움찔움찔 흔들렸다. 바람이 불며 머리카락을 쓸고 지나갔다.

대장은 바지를 털며 자리에서 일어섰다.

"이런 일이 생길 거라고는 꿈에도 생각 못했네. 이거 겁나서 죽을 지경이구만. 어떻게 이런 일이 생길 수 있지?"

"마을에 우리 말을 믿는 사람이 있기는 할까요? 우리가 뭔가 위험한 일에 말려든 것 아닙니까? 그러니까, 시간 그 자체 말입니다. 그냥 이륙해서 집으로 돌아가는 쪽이 낫지 않아요?"

힝스턴이 물었다.

"아니, 다른 집에도 한번 들러보지."

그들은 세 집을 건너뛰어 떡갈나무 아래 있는 작은 하얀 집에 도착했다.

"나는 가능한 한 논리적으로 상황을 고찰해보고 싶네."

대장은 마을을 향해 고갯짓을 해 보였다.

"내 생각을 한번 들어보게, 힝스턴. 처음에 자네가 말한 것처럼, 몇십 년 전에 로켓 여행이 시작되었다고 해보세. 그리고 지구인이 이곳에 오고 몇 년이 지난 후에, 지구에 대한 향수병이 번지기 시작한 거지. 처음에는 단순한 신경증 증상이었지만, 그 후에는 편집증으로, 마침내는 위협적인 광기로 진행된 걸세. 자네가 정신의학자라면 이럴 때 어떻게 해결하겠나?"

힝스턴은 잠시 생각에 잠겼다.

"글쎄요, 아마 여기 화성의 문명을 조금씩 개조해서 갈수록 지구와 비슷한 모습으로 만들려고 하겠죠. 지구의 모든 식물, 길이나 호수, 아니면 바다까지도, 여기서 만들 수 있는 방법이 있다면 그렇게 할 겁니다. 그 다음에는, 뭐 이론적으로는 일종의 집단 최면 같은 것을 사용해서, 이 정도 크기의 마을 주민들에게라면 이곳이 사실은 화성이 아니라 지구라고 믿게 할 수 있지 않겠습니까."

"좋아, 힝스턴. 이제 뭔가 제대로 방향을 잡은 것 같군. 아까 그 집에 살고 있던 여자는 자신이 지구에 살고 있다고 믿고 있을 뿐인 게야. 그래야 이성이 유지될 수가 있으니까. 그녀를 비롯해서 이 마을에 사는 모든 주민들은 자네 평생 보기 힘든 위대한 이주와 최면 실험의 실험체들인 거지."

"말 되는군요, 대장님!"

러스틱이 외쳤다.

"자, 이제 뭔가 결론이 나는 것 같군."

대장은 한숨을 쉬며 말을 이었다.

"기분이 좀 나아지는 것 같네. 조금 논리적으로 얘기가 흐르는 것 같지 않나? 시간이 어떻고 왔다갔다 하는 게 어떻고, 시간 여행 따위의 일들은 정말 거북하게 느껴지거든. 하지만, 이런 식으로 생각하면……"

몇 달 만에 처음으로 그의 얼굴에 웃음이 어렸다.

"우리도 이곳에서 나름 환영을 받을 수 있을 듯하군."

"그럴까요, 대장님? 이 사람들은 순례자처럼 지구를 벗어나 이곳으로 온 것 아닙니까. 우리를 보게 되는 일이 그다지 기쁘지 않을지도 몰라요. 우리를 쫓아내거나 죽이려고 할지도 모릅니다."

러스틱이 말했다.

"그런 일이 발생할 경우에도 우리 쪽 무기가 더 뛰어나지 않나. 자, 일단 시도는 해봐야지. 목표는 다음 집. 출발."

그러나 그들이 막 정원에 발을 들여놓았을 때, 러스틱이 우뚝 멈춰 서서는 마을 반대편, 조용하고 몽롱한 오후의 거리 너머를 바라보기 시작했다.

"대장님."

"무슨 일인가, 러스틱?"

"아, 대장님, 대장님. 지금 저쪽에, 그러니까 지금 보이는 게, 아, 이런……."

러스틱은 말을 맺지 못하고 울기 시작했다. 떨리는 손가락이 얼굴로 올라왔고, 그 얼굴은 놀라움과 행복으로 가득 차 있는 듯했다. 그는 다시 길 건너편을 바라보고는 갑자기 달리기 시작했다. 넘어질 듯하다가 한 번 구르고, 다시 일어서서는 계속해서 달려갔다.

"아, 신이시여, 신이시여, 감사합니다, 신이시여! 감사합니다!"

"어서 저 친구를 잡아!"

대장도 그의 뒤를 따라 달리기 시작했다.

러스틱은 이제 소리 지르며 최고 속도로 달려가고 있었다. 그는 골목길로 반쯤 들어간 곳에서 방향을 꺾어서, 정원을 가로질러 지붕에 양철 닭이 있는 커다란 녹색 집의 발코니로 뛰어 들어갔다.

힝스턴과 대장이 그를 따라 정원에 들어왔을 때, 그는 문을 쾅쾅 두드리며 소리 지르며 울부짖고 있었다.

문이 열렸다. 러스틱은 방충망을 휙 걷어내고는 발견의 기쁨에 겨워 높은 소리로 외쳤다.

"할머니! 할아버지!"

문가로 나온 두 명의 노인은 그를 보고 얼굴이 밝아졌다.

"앨버트!"

목소리가 새어나오듯 했다. 그들은 러스틱에게 달려가 끌어안고 등을 두드려주며 그의 주변을 둘러쌌다.

"앨버트, 아아, 앨버트, 정말 오랜만이구나, 얘야! 어쩜 이렇게 자랐니, 정말 커졌구나, 얘야. 아, 앨버트. 잘 지냈니!"

"할머니, 할아버지!"

앨버트 러스틱은 흐느끼고 있었다.

"뵙게 되니 좋네요! 정말 건강해 보이세요, 정말로! 아, 정말로!"

그는 그들을 잡고, 몸을 돌리고, 키스하고, 껴안고, 울고, 다시 몸을 떼어 바라보고는 눈물을 흘렸다. 태양은 하늘에 높게 떠 있었고, 바람은 시원했고, 잔디는 초록빛으로 빛났고, 모기장 문은 열린 채였다.

"들어오너라, 얘야. 자, 어서. 레모네이드가 잔뜩 있단다. 아주 신선한 걸로!"

"할머니, 할아버지, 정말 이렇게 뵙게 되다니! 잠깐요, 저 아래 친구들이 있어요. 여기예요!"

러스틱은 뒤돌아서 나무그늘 아래 서서 베란다의 사태를 멍하니 바라보고 있던 대장과 힝스턴에게 손을 흔들었다.

"대장님, 대장님, 이리 오세요, 어서, 이쪽은 우리 조부모님이세요!"

"안녕하시오. 앨버트의 친구면 우리 친구기도 하지! 그렇게 입 쩍 벌리고 서 있지 말고 어서 들어오시구려! 어서!"

노인들이 말했다.

★ ★ ★

오래된 집의 거실은 시원했고, 커다란 괘종시계가 구석에 서서 시계바늘을 딸각이며 움직이고 있었다. 커다란 소파 위에는 푹신한 쿠션들이 놓여 있었고, 책장으로 꽉 메워진 벽 아래에는 장미꽃 모양으로 자른 깔개가 놓여 있었고, 가구에는 장식 덮개가 씌워져 있었다. 사람들은 저마다 바깥쪽에 물방울이 맺힐 정도로 시원한 레모네이드 잔을 손에 들고 자리에 앉아 있었다.

"자, 우리들의 건강에 건배."

할머니는 레모네이드 잔을 의치 위로 가져다 댔다.

"할머니, 대체 여기 얼마나 오래 계신 거예요?"

러스틱이 물었다.

"꽤 됐지. 우리가 죽은 후로는 쭉 여기 있었단다."

할머니가 톡 쏘듯 대답했다.

"그, 뭐 한 후로라고 하셨습니까?"

캡틴 존 블랙이 레모네이드 잔을 내려놓으며 물었다.

"아, 맞아. 조부모님이 돌아가신 지 30년이 지났어요."

러스틱은 대장을 바라보며 말했다.

"근데 자네는 거기 그렇게 평온하게 앉아있을 수 있다는 겐가!"

대장이 말했다.

"쉿."

할머니는 가볍게 말하며 존 블랙을 향해 살짝 윙크를 했다.

"우리가 대체 뭐길래 어떤 일이 벌어지는지에 대해 의문을 가지겠나? 우리는 지금 여기 있지 않다. 삶이란 것이 대체 무엇이겠나? 누가 무엇 때문에 어디서 무슨 일을 하는 거지? 우리가 알고 있는 것은 지금 우리가 여기에 다시 살아나 있다는 것뿐이고, 그에 대해서 질문을 할 필요는 없지. 우리에게 두 번째 기회가 주어진 게야."

그녀는 천천히 캡틴 존 블랙 쪽으로 걸어와서 팔목을 내밀었다.

"만져보게."

그는 시키는 대로 했다.

"만져지지?"

그는 고개를 끄덕였다.

"내 목소리를 들을 수 있지 않나?"

그녀가 물었고, 그것은 사실이었다.

"자, 그런데도 왜 이것저것 질문을 하느라 정신을 쏙 빼놓는 겐가?"

그녀는 자신만만한 태도로 말했다.

"음, 그게, 그냥 우리가 화성에서 이런 것을 발견하게 되리라고는 생각하지 못했기 때문입니다."

대장은 말했다.

"이제 발견했지 않나. 나는 모든 행성들에 신의 무한한 능력을 보여주는 징표들이 있다고 자신할 수 있네."

"여기가 천국인가요?"

힝스턴이 물었다.

"아니, 설마 그럴 리가. 단지 우리가 두 번째 기회를 얻을 수 있는 장소일 뿐이야. 누구도 이런 곳이 존재하는 이유에 대해 말해준 적은 없다네. 하지만 생각해보게, 왜 우리가 처음에 지구에서 태어났는지 알고 있는 사람이 있나? 여기 말고 다른 지구 말이야, 내 말은. 자네들이 온 지구. 그 지구 이전에 다른 세상이 있었는지는 또 누가 알겠나?"

"좋은 질문입니다."

대장이 말했다.

대장은 일어서서 어색하게 허벅지를 손으로 탁 하고 쳤다.

"이제 슬슬 가야겠습니다. 즐거웠어요. 음료수 잘 마셨습니다."

그는 갑자기 움직임을 멈추고는, 깜짝 놀란 채로 몸을 돌려 문 밖을 바라보았다.

멀리 햇살을 받는 쪽에서, 사람들의 웅성거리는 소리와 외침 소리와 인사 소리 따위가 들려오고 있었다.

"저건 뭐죠?"

힝스턴이 물었다.

"어서 가서 알아보세!"

캡틴 존 블랙은 문을 박차고 뛰어나온 다음, 푸른 정원을 가로질러 화성 마을의 도로로 달려 나갔다.

그는 우주선을 보며 멈춰 섰다. 열려 있는 출구에서 승무원들이 손을 흔들며 쏟아져 나오고 있었다. 승무원들은 모여선 인파 속으로 휩쓸려 들어가 달리고, 얘기를 나누고, 웃고, 악수를 하고 있었다. 사람들은 가볍게 춤을 추더니 우르르 몰려나가버렸다. 로켓은 텅 빈 채 홀로 버려져 있었다.

햇살 속에서 브라스밴드의 연주 소리가 들렸다. 하늘 높이 들어 올린 튜바와 트럼펫에서 멋들어진 소리가 뿜어져 나오고 있었다. 북소리와 파이프 소리도 들렸다. 금발의 어린 소녀들이 깡충깡충 뛰었고, 소년들은 "얏호!"라고 외치며 돌아다녔다. 뚱뚱한 사람들이 10센트짜리 시가를 나눠주고 다녔다. 마을의 읍장이 나와 연설을 했다. 이 모든 소란이 끝난 후, 승무원들은 각각 한쪽 팔에 어머니를, 다른 쪽 팔에 아버지나 여동생을 낀 채로, 거리 아래로 뿔뿔이 흩어져서, 작은 집이나 커다란 저택 안으로 들어가 문을 쾅 닫아버렸다.

맑은 봄날 하늘 아래 바람이 불었고, 사방이 고요했다. 브라스밴드마저도 연주를 계속하며 모퉁이를 돌아 사라져버렸다. 로켓만이 홀로 햇빛을 받으며 눈이 부시게 빛나는 자태로 서 있었다.

"버렸어! 저놈들이 배를 버리고 갔다고! 세상에, 저놈들 전부 잡아서 껍질을 벗겨버리겠다! 명령을 내렸는데!"

대장이 울부짖었다.

"대장님, 너무 가혹하게 굴지 마시죠. 전부 옛 친지나 친구들일 텐데요."

러스틱이 말했다.

"그건 변명이 안 돼!"

"어떤 기분이었을지 생각해보세요, 대장님. 우주선 밖에서 옛 얼굴들이 안을 들여다보는 것을 발견했을 때 말이에요!"

"나라면 명령을 지켰을 걸세! 나라면……"

대장은 벌린 입을 다물지 못했다.

화성의 태양 아래 보도를 걸어오는 사람이 하나 있었다. 푸른 눈에 햇살에 그을린 얼굴, 큰 키에 미소를 머금은 26살 정도 되어 보이는 젊은이였다.

"존!"

남자는 소리치고는 달려오기 시작했다.

"뭐?"

캡틴 존 블랙이 말했다. 몸이 움찔 떨렸다.

"존, 야, 이 자식아, 너!"

남자는 달려와서 대장의 손을 덥석 잡고는 등을 손바닥으로 퍽 때렸다.

"형이잖아."

존 블랙이 말했다.

"당연하지, 그럼 누구라고 생각한 거냐!"

"에드워드 형!"

대장은 그 낯선 남자의 손을 잡은 채로 러스틱과 힝스턴 쪽을 바라보았다.

"이쪽은 내 형 에드워드네. 에드, 내 부하들이야. 러스틱하고 힝스턴! 아, 형을 보게 될 줄이야!"

그들은 서로의 손과 팔을 잡고 끌어당겨, 마침내는 포옹을 하였다.

"에드 형!"

"존, 이 녀석, 정말!"

"에드 형, 정말 건강해 보이잖아. 근데 이게 대체 어떻게 된 거야? 그렇게 오랜 세월이 지났는데 전혀 변하지를 않았어. 내 기억으로 분명 형은 스물여섯 살 때, 내가 열아홉 살일 때 죽었지. 아, 정말 시간이 엄청나게 지났군. 여기서 형을 보게 될 줄이야, 세상에, 이게 대체 어떻게 된 일이야?"

에드워드 블랙은 형제다운 태도로 가볍게 그의 뺨을 두드렸다.

"엄마가 기다리고 계셔."

"엄마가?"

"아빠도."

"아빠도?"

대장은 가슴을 강력한 무기로 얻어맞은 듯, 거의 땅바닥으로 넘어질 뻔했다. 그는 천천히 비틀대며 몸의 균형을 잡았다. 충격을 받은 탓인지 더듬대듯 속삭이는 목소리로, 한 번에 한두 마디씩밖에는 말하지 못했다.

"엄마…… 살아 계셔? 아빠도? 어디에?"

"오크 놀 애비뉴에 있던 옛날 집 있잖아."

"옛날 집."

대장은 기쁨에 겨운 놀란 표정으로 다른 사람들을 돌아보았다.

"방금 그 말 들었나, 러스틱, 힝스턴?"

"대장님한테는 믿기 힘드시겠죠."

"하지만 살아 있다니. 진짜로."

"내가 진짜 같아 보이지 않나?"

튼튼한 팔, 억센 손길, 하얀 미소. 엷은 빛깔의 곱슬머리.

힝스턴은 이미 사라졌다. 아래 거리에서 자신의 집을 보고 달려간 모양이었다. 러스틱은 미소를 짓고 있었다.

"자, 이제 대장님도 우주선에 있던 친구들한테 무슨 일이 생긴 건지 아시겠죠. 도저히 어쩔 수 없었을 겁니다."

"그래, 그래."

대장은 눈을 감은 채로 말했다.

"그래."

그는 눈을 감은 채로 손을 내밀었다.

"내가 눈을 뜨면, 형은 사라지고 없을 거야."

그리고 그는 눈을 떴다.

"아직도 여기 있잖아. 아, 세상에, 에드워드 형. 정말 진짜인 거야!"

"자, 가자. 점심이 준비되어 있어. 내가 엄마한테 말하고 왔거든."

러스틱은 말했다.

"대장님, 뭔가 필요한 일이 생기면, 조부모님 댁에 있을 테니까 그 쪽으로 들르십시오."

"뭐라고? 아, 그래, 좋아, 러스틱. 나중에 보세."

에드워드는 그의 팔을 잡고 부축해주었다.

"도와줘야 할 것 같은데."

"아, 진짜로 그래. 무릎이 후들후들 떨리는걸. 배에 힘이 들어가지 않아. 세상에."

"저기 집이야. 기억하지?"

"기억하냐고? 하! 누가 먼저 베란다 난간까지 달릴 수 있는지 해볼까?"

그들은 달렸다. 캡틴 존 블랙의 귓가로 바람소리가 스치고 지나갔다. 발아래에서 땅이 울리는 소리가 들렸다. 이 놀라운 현실의 꿈속에서, 그는 에드워드 블랙의 금빛 형체가 그를 앞서 달려나가는 것을 보았다. 집이 다가오고, 문이 열리고, 방충망을 젖히는 것이 보였다.

"내가 이겼지!"

에드워드는 계단으로 뛰어오르며 소리쳤다.

"난 이제 늙었다고."

캡틴이 헐떡이며 말했다.

"근데 형은 아직 젊잖아. 하지만 예전에도 언제나 형이 이겼었지. 기억이 나."

문가에는 분홍색 옷에 금발머리, 통통한 체구의 어머니가 보였다. 그 뒤로는 회색 머리의 아버지가 파이프를 손에 들고 서 있었다.

"엄마, 아빠!"

그는 어린아이같이 계단을 뛰어올라가 그들과 상봉했다.

길고 행복한 오후 시간이 지나갔다. 점심을 먹은 후에는 거실에 모두 둘러앉았고, 그는 로켓에 대해, 그리고 자신이 대장이라는 것까지 전부 설명해주었고, 그들은 웃으며 이야기를 듣고 고개를 끄덕였다. 어머니는 예전과 같았고, 아버지는 옛날에 하던 방식 그대로 시가 끝을 물어 끊은 다음 불을 붙였다. 오후가 절반쯤 지나자 어머니가 아이스티를 가져다주셨다. 밤이 되자 칠면조가 메인으로 나오는 푸짐한 저녁 식사가 차려졌다. 깨끗이 발라먹은 갈비뼈들이 접시 위에 겹겹이 쌓이자, 대장은 의자에 몸을 푹 누이고 만족에 겨운 한숨을 쉬었다. 아빠가 작은 잔에 셰리주를 따라 그에게 건넸다. 저녁 7시 30분쯤이었다. 나무와 하늘은 이미 온통 밤의 빛깔로 칠해져 있었고, 희미한 램프 불빛은 편안한 집 안에서 후광과도 같이 빛났다. 거리 이곳저곳의 다른 집들에서는 음악 소리, 피아노 연주 소리, 웃음이 터져 나오고 있었다.

엄마는 빅터 축음기 위에 음반을 올려놓았고, 캡틴 존 블랙은 그녀와 함께 춤을 추었다. 아빠와 엄마가 기차 사고로 죽었던 그해 여름, 그가 기억하고 있던 바로 그 향수 냄새가 났다. 음악에 맞춰 부드럽게 춤추는 동안, 그는 자신의 품에 안겨 있는 엄마의 감촉을 실감할 수 있었다.

"내일 아침에 일어나면, 저는 로켓을 타고 우주로 나가야 해요. 그럼 이 모든 것도 사라지겠죠."

캡틴이 말했다.

"얘야, 제발, 그런 것은 생각하지 말거라."

그녀는 부드럽게, 애원하듯 말했다.

"우리는 여기 있지 않니. 의문을 가지지 말거라. 신께서 우리에게 이 행복을 주신 거야. 지금은 그냥 행복하게 지내자꾸나."

음반은 끼익거리는 소리와 함께 끝났다.

"너 꽤나 지쳐 보이는구나. 에드와 너는 올라가서 이만 자거라. 네 예전 침실이 그대로 있단다."

아빠가 파이프를 흔들며 말했다.

"예전 침실이요?"

"그 놋쇠 침대까지 전부 있어."

에드워드가 웃으며 말했다.

"하지만 가서 부하들 점호를 해야 하는데."

"왜 그래야 하니?"

어머니의 질문이 논리적으로 들렸다.

"왜? 글쎄요, 나도 모르겠어요. 별다른 이유는 없죠, 아마도. 아니, 안 해도 될 거예요. 어차피 상관없잖아요?"

그는 고개를 흔들었다.

"요새 별로 논리적으로 생각을 하지 못하는 것 같아요."

"잘 자거라, 얘야."

그녀는 아들의 뺨에 키스를 했다.

"안녕히 주무세요, 엄마."

"푹 자라, 아들."

아빠가 손을 흔들어 보였다.

"아빠도요."

"네가 집에 돌아오니 좋구나."

"그래요, 집에 오니 정말 좋네요."

그는 담배연기와 향수와 책과 부드러운 빛의 땅을 떠나, 에드워드와 이야기를 나누며 계단을 올라가기 시작했다. 에드워드가 문을 열자 안에는 노란 놋쇠 침대, 대학 시절의 수기 신호를 그려 넣은 깃발, 그가 묘하게 마음에 들어 늘상 쓰다듬곤 했던 아주 낡은 래쿤 털가죽 코트까지 있었다.

"이건 너무한데. 우산이 없이 폭풍우 한가운데 들어온 기분이야. 넘쳐 흐르는 감정에 흠뻑 젖어버린 것 같아. 이젠 지쳤어."

그는 희미하게 뇌까렸다.

"깨끗한 시트 사이에서 한잠 푹 자고 나면 나아질 거다, 짜식."

에드워드는 눈처럼 새하얀 리넨 시트를 쫙 펴고 베개를 두드려주었다. 그리고는 창문을 열어 밤에 피는 재스민 향기가 방 안으로 들어오도록 했다. 달빛을 타고 멀리서 춤추고 떠드는 소리가 희미하게 들려왔다.

"그래서, 이게 화성이군."

대장이 옷을 벗으며 말했다.

"그래, 이게 화성이지."

에드워드는 천천히, 나른한 동작으로 옷을 벗었다. 셔츠를 머리 위로 넘기자 금빛 어깨와 근육질의 목덜미가 보였다.

불이 꺼졌고, 그들은 나란히 침대에 누웠다. 마치 예전 그때와 같이…… 얼마가 지났더라? 몇 십 년? 캡틴은 편안하게 누운 채로, 어두운 방 안으로 레이스 커튼을 휘날려 들어오게 하는 밤바람을 맞으며 원기를 되찾고 있었다. 정원의 나무 아래, 누군가 이동식 축음기를 가져와 틀어놓은 듯했다. 부드럽게 노랫소리가 흘러나오고 있었다.

"나는 그대를 사랑할 거예요, 언제나, 영원히 진실인 사랑으로, 언제나."[40]

애나 생각이 떠올랐다.

"애나도 여기에 있어?"

창문을 통해 들어오는 달빛을 그대로 받으며 누워있던 그의 형은 잠깐의 침묵 후 말했다.

"그래, 잠깐 마을 밖으로 나갔어. 하지만 아침이면 돌아올 거야."

캡틴은 눈을 감았다.

"애나를 정말 보고 싶은데."

방 안은 숨소리 말고는 아주 조용했다.

"잘 자, 형."

잠시 침묵이 흘렀다.

"잘 자, 존."

그는 편안하게 누워 온갖 상념들이 머릿속을 떠돌게 놔두었다. 비로소 낮 동안의 스트레스가 사라지고, 모든 흥분도 가라앉았다. 논리적인 판단력이 돌아오고 있었다. 지금 겪는 모든 것은 감정에 지나지 않았다. 브라스밴드의 연주, 친근한 얼굴들, 두근두근 뛰는 심장. 하지만, 지금은······.

어떻게? 그는 생각했다. 이 모든 것이 어떻게 만들어진 것인가? 그리고 왜? 대체 무슨 목적으로? 어떤 친절한 신의 선의에서? 아니, 신이

40__〈I' ll be loving you, always〉, 어빙 벌린, 1925년.

언제 그렇게 자신의 자식들에게 친절했던가? 대체 왜, 어떻게, 무엇을 위해서?

그는 오후의 열기 아래 러스틱이나 힝스턴이 제시했던 여러 가지 이론들을 떠올려보았다. 그는 마음속 여기저기, 깊고 어두운 물속에 가라앉아 있는 자갈과도 같은 여러 가설들을 천천히 헤집어보았다. 희미한 이성의 하얀 불빛으로 비추면서. 화성. 지구. 엄마. 아빠. 에드워드. 화성. 화성인.

몇 천 년 전 화성에는 누가 살았을까? 화성인? 아니면 언제나 지금과 같은 상태였을까? 화성인. 그는 그 단어를 속으로 천천히 곱씹어보았다.

그는 거의 소리 내어 웃을 뻔했다. 갑자기 정말 말도 안 되는 가설이 하나 떠오른 것이다. 거의 오싹한 기분이 들 정도였다. 두 번 생각할 만한 것은 아니었다. 가능성은 거의 없었다. 헛소리야. 잊어버리자. 말도 안 돼.

하지만, 정말로 만약. 만의 하나, 화성에 화성인들이 살고 있었고, 그들이 우리 배가 오는 것을 보았고, 그 안에 탄 우리들을 보았고, 우리들이 마음에 들지 않았다면. 가정일 뿐이지만, 정말로 가정으로, 그들이 우리들, 원하지 않는 침략자인 우리들을 해치우고 싶었고, 그것도 매우 교묘한 방법을 사용해서 기습을 하고 싶었다면. 핵무기를 가지고 있는 지구인에게 화성인이 사용할 수 있는 가장 뛰어난 공격이 대체 무엇이었겠는가?

흥미로운 대답이 나왔다. 정신 감응, 최면, 기억과 상상력.

이 모든 집들이 실제가 아니라고 가정해보자. 이 침대도. 단지 내 상상력의 작은 조각일 뿐이고, 화성인들의 정신 감응과 최면에 의해 형체가 주어진 것이라고.

이 모든 집들이 사실은 다른 형태, 화성인의 주거 형태지만, 내 욕망과 욕구를 이용해서 화성인들이 내 고향 마을, 내 옛날 집으로 보이게 한 거라면? 내 의심을 잠재우기 위해서? 감정을 이용하는 것보다 더 나은 속임수가 어디 있겠는가.

그리고 옆방에서 잠들어 있는 두 사람이 내 엄마와 아빠가 아니라면. 엄청나게 영리해서, 나를 이 꿈속과 같은 최면 상태에 붙들어놓을 능력을 가진 두 명의 화성인이라면?

그리고 오늘 그 브라스밴드? 얼마나 현명한 전략인지. 먼저 러스틱을 속이고, 그 다음에는 힝스턴을 속인 다음, 로켓 아래 사람들을 모아서 손을 흔든다. 그리고 10년, 20년 전에 죽은 어머니며 고모며 삼촌이며 연인들을 본 승무원들은 명령을 따르지 않고 뛰어나와 배를 버린다. 이보다 더 자연스러운 전략이 있겠는가? 이보다 더 의심이 가지 않는 전략이 있겠는가? 이보다 더 단순한 전략이 있겠는가? 죽은 어머니가 살아 돌아온 것을 본 사람은 그다지 많은 질문을 하지 않는 법. 너무 기쁘기 때문에. 그리고 브라스밴드의 연주 속에 모두는 각자의 집으로 들어간다. 그래서 오늘밤, 우리 모두는, 서로 떨어진 각자의 집에서, 몸을 보호할 무기도 가지지 않은 채 누워 있고, 로켓은 텅 빈 채로 달빛을 받으며 홀로 서 있다. 만약 이것이 모두 우리를 분산시켜 함락하고 죽이려는 화성인들의 전략임이 밝혀지면 그 얼마나 끔찍할 것인가. 어쩌면, 밤이 깊어진 후, 지금 내 옆에 누워있는 형이 녹아내리며 형태를 바꾸어, 눈 하나에 녹색과 노란색 이빨을 가진 화성인으로 변할지도 모른다. 그러고 나면 침대 속에서 몸을 뒤집어 아주 간단하게 내 심장에 단검을 찔러 넣을 수 있겠지. 그리고 거리마다 늘어선 수많은 집에서, 형이나 아버지들이 일제히 녹아내리듯 형체를 바꾸고 단검을 쳐들어, 전혀 의심하지 않고 잠들어 있는 지구인들을 끝장내버릴는지도 모른다.

이불 아래에서 그의 손이 떨렸다. 몸이 차가워졌다. 갑자기 이 모든 것이 단순한 가정으로 보이지 않았다. 두려움이 밀려왔다. 그는 천천히 몸을 일으켜 귀를 기울였다. 조용한 밤이었다. 음악도 멈췄다. 바람 소리도 들리지 않았다. 그의 형(?)은 옆자리에서 잠들어 있었다.

그는 조심스럽게 이불을 들추고 자리에서 일어나서는, 침대를 빠져나와 조용히 방을 가로질러 걸어갔다. 그때 형의 목소리가 들려왔다.

"어딜 가는 거냐?"

"응?"

형의 목소리가 꽤 차갑게 들렸다.

"지금 어디로 가려는 거냐고."

"물 좀 마시려고."

"하지만 목 안 마르잖아."

"아니, 아냐, 나 목 말라."

"아니, 아닐걸."

캡틴 존 블랙은 방문을 향해 달리기 시작했다. 비명 소리가 들렸다. 비명 소리가 두 번 들렸다.

그는 문에 가 닿지 못했다.

아침이 되자, 브라스밴드는 슬픈 장송곡을 연주했다. 거리의 모든 집들에서 긴 상자를 들고 있는 짧은 행렬들이 줄지어 나왔다. 햇살 가득한 거리를 따라, 흐느끼며 모습이 변하고 있는 할머니와 할아버지, 어머니와 누나와 남동생들이 줄을 지어 걸어왔다. 그들이 향하는 곳은 교회 안마당, 방금 판 무덤구덩이 위에 새로 깎은 묘비들이 줄지어 서 있는 곳이었다. 열일곱 개의 구덩이, 열일곱 개의 묘비. 그 중 세 개에는 이런 이름들이 새겨져 있었다. 캡틴 존 블랙, 앨버트 러스틱, 새뮤얼 힝스턴.

읍장은 슬픈 얼굴로 짧은 연설을 했다. 그의 얼굴은 때로는 읍장 모습으로, 때로는 다른 어떤 것의 모습으로 보였다.

블랙 가의 아버지와 어머니, 에드워드 형의 모습도 보였다. 울고 있는 그들의 모습도 익숙한 형상에서 뭔가 다른 것으로 조금씩 변하는 듯했다.

러스틱 가의 조부모님들도 흐느끼며 서 있었다. 그들의 얼굴도, 뜨거운 여름날의 햇빛 속에서 녹아내리는 왁스처럼 조금씩 변하고 있었다.

관이 구덩이 안으로 내려갔다. 누군가가 뇌까렸다.

"밤 동안 일어난, 열일곱 명의 건실한 남자들의 갑작스럽고 슬픈 죽음은……"

관 위로 흙이 한 삽 한 삽 떨어져 내렸다.

장례식이 끝난 후, 브라스밴드는 음악을 연주하며 마을로 돌아갔고, 사람들은 로켓이 부서지고 폭발하고 조각 나는 것을 바라보며 손을 흔들고 환성을 질렀다.

즐거운 인생

Jerome Bixby **It's a Good Life**

제롬 빅스비 지음
최세진 옮김

에이미 이모가 현관 앞에서 등받이가 높은 흔들의자에 앉아 앞뒤로 끄덕거리며 부채질을 하고 있을 때 빌 솜즈 씨가 자전거를 타고 와 집 앞에 멈추어 섰다. 빌은 한여름 같은 오후의 열기 때문에 비지땀을 흘리며 자전거 앞에 달린 커다란 바구니에서 식료품 상자를 꺼내 들고 마당으로 들어섰다.

꼬맹이 앤서니는 잔디밭에 앉아 쥐를 가지고 놀고 있었다. 쥐는 지하실에서 잡았다. 앤서니는 한 번도 맡아보지 못했던 부드럽고 향기가 풍부한 최상품 치즈의 냄새를 쥐에게 풍겨서 쥐구멍에서 끌어냈다. 쥐는 이제 앤서니의 정신력에 사로잡혀서 잔디 위에서 재주를 부리고 있었다.

359

쥐는 빌이 다가오는 걸 보고 도망치려 했지만 앤서니에게 들키고 말았다. 도망가려던 쥐는 잔디 위에서 풀쩍 공중제비를 넘더니 드러누워 바들바들 떨었다. 쥐의 조그마한 눈동자에는 어두운 공포감만이 가득했다.

빌은 입속으로 중얼거리며 서둘러서 앤서니를 지나 현관 계단으로 갔다. 빌은 앤서니네 집에 올 때나 근처를 지날 때, 혹은 이 집에 대한 생각이 떠오르기만 해도 항상 중얼중얼거렸다. 모두가 그렇게 했다. 사람들은 그럴 때면 바보처럼 아무 의미도 없는 일들을 생각하며 계속 중얼거렸다. 2 더하기 2는 4, 4 곱하기 2는 8…… 사람들은 이런 의미 없는 말들을 오락가락 계속 중얼거리며 생각을 뒤죽박죽으로 만들어서 앤서니가 자신들의 마음을 읽지 못하도록 했다. 그 방법은 효과가 있었다. 앤서니가 사람들의 생각을 읽고 나면 자꾸 뭔가를 하려고 했기 때문이었다. 경우에 따라서는 집에 있는 부인의 두통이나 아이의 홍역을 낫게 해주거나, 목장에 있는 늙은 젖소를 다시 싱싱한 시절로 되돌려놓거나, 고장난 화장실을 고쳐놓을 수도 있다. 앤서니로서는 사람들을 해치려는 의도가 전혀 없을지도 모른다. 하지만 자기가 어떻게 하는 게 적절한 행동인지 전혀 모른다는 게 문제였다.

물론 이런 예는 앤서니가 좋아하는 사람일 경우이다. 자기 나름의 방법으로 사람들을 도와주려는 일이 그들에게는 엄청난 공포감을 안겨주었다.

그 애가 싫어하는 사람이라면, 흐으음, 훨씬 더 끔찍했다.

빌은 식료품 상자를 현관 참에 내려놓으며 잠시 중얼거리던 걸 멈췄다.

"아줌마, 주문하신 거 가져왔어요."

에이미 이모는 무관심하게 말했다.

"아, 빌, 수고하셨어요. 오늘 아주 푹푹 찌네요. 엄청 덥죠?"

빌은 움찔하더니 애원하는 눈빛으로 에이미 이모를 쳐다봤다. 빌은 거칠게 고개를 좌우로 흔들고는 중얼거리던 걸 다시 멈추며 말했다.

"아…… 아줌마…… 그, 그렇게 말씀하시면 안 돼요. 날씨 좋잖아요. 아주 상쾌한데요. 오늘은 즐거운 날이에요."

에이미 이모는 흔들의자에서 일어나서 현관 참을 가로질러 왔다. 마르고 키가 큰 이모가 멍한 눈으로 빌에게 미소를 지었다. 1년 전쯤, 앤서니가 에이미 이모에게 화를 냈던 일이 있었다. 앤서니가 고양이를 양탄자로 만들어버린 것을 이모가 꾸짖었기 때문이었다. 앤서니는 다른 사람들의 말을 거의 다 무시해도 이모의 말은 잘 듣는 편이었는데, 항상 그렇지는 않았던 것이다. 화가 난 앤서니는 자신의 정신력으로 이모를 받아쳤다. 그날 이후로 에이미 이모의 총명한 눈빛은 사라졌고, 다른 사람들이 예전에 알고 있던 에이미의 모습을 다시는 볼 수 없었다. 그리고 마흔 여섯 명이 살아가는 작은 마을 픽스빌에는 앤서니의 가족조차도 안전하지 않다는 말이 돌았다. 그 후로는 모든 사람들이 그 전보다 곱절은 더 조심했다.

언젠가 앤서니는 자신이 에이미 이모에게 한 짓을 되돌려놓을지도 모른다. 앤서니의 엄마와 아빠는 그러길 바란다. 앤서니가 나이를 더 먹고 나서는 자기가 저지른 일들을 사과할 수도 있을 것이다. 그게 가능하다면야 좋은 일이겠지만, 에이미 이모는 그 뒤로 너무 많이 변해버렸다. 게다가 앤서니는 이제 누구의 말도 듣지 않는다.

"아이고, 빌. 그렇게 중얼중얼하지 않아도 돼요. 앤서니가 당신한테는 해코지하지 않을 거예요. 당신을 좋아하잖아요."

에이미 이모가 목소리를 높이더니 앤서니를 불렀다. 앤서니는 쥐를 가지고 노는 게 지겨워져서 쥐가 자기 몸을 파먹도록 시키는 중이었다.

"앤서니, 안 그러니? 빌 아저씨 좋아하지?"

앤서니는 순진하고 촉촉한 자줏빛 눈동자로 이 식료품 가게 주인을 뚫어지게 쳐다봤다. 아이는 아무 말도 하지 않았다. 빌은 미소를 지으려 애썼다. 잠시 후 앤서니는 다시 쥐에게 관심을 돌렸다. 쥐는 자신의 꼬리를 게걸스럽게 먹어치우고 있었는데, 하여튼 우적우적 씹어 삼키기는 했다. 앤서니는 쥐가 삼킬 수 있는 속도보다 더 빠르게 물어뜯도록 했기 때문에 분홍색과 붉은색의 작고 부드러운 솜털뭉치들이 초록의 잔디 위에 여기저기 흩뿌려져 있었다. 쥐는 이제 엉덩이를 물어뜯으려고 버둥대고 있었다.

빌은 죽을힘을 다해 머리를 텅 비우려고 애쓰면서 조용하게 중얼거렸다. 그리고 뻣뻣해진 다리로 현관에서 내려가 자전거에 올라탄 후 페달을 밟았다.

"빌! 오늘 저녁에 봐요!"

에이미 이모가 뒤에 대고 소리쳤다. 빌은 앤서니와 가끔 주책없는 소리를 해대는 에이미 아줌마에게서 최대한 빨리 떠나고 싶은 마음에 페달을 지금보다 두 배는 더 빨리 밟았으면 좋겠다는 생각을 했다. 그러나 그런 생각을 하지 말았어야 했다. 앤서니가 그 생각을 읽어버렸던 것이다. 앤서니는 자기네 집이 기분 나쁜 곳이라도 되는 양 도망치듯 떠나려는 빌의 욕구를 눈치 채고 날카로운 자줏빛 눈동자를 깜빡였다. 그리고 빌이 남긴 사소하지만 언짢은 생각을 잡아챘다. 별일 아니었다. 오늘 앤서니는 기분이 좋은 상태인데다 빌을 좋아하기도 했기 때문이다. 아니, 최소한 빌을 싫어하지는 않았다. 적어도 오늘만은. 빌이 멀리 가고 싶어 한다면야, 뭐 까짓 거, 앤서니가 도와주었다.

　빌은 한여름 같은 열기에 둘러싸인 채 초인적인 속도로 페달을 밟으며—아니 그렇게 보이긴 했지만, 사실은 페달이 빌을 밟아대고 있었다는 편이 맞을 것이다—공포에 질린 날카로운 비명을 흘리면서 먼지구름 속으로 사라져갔다.

　앤서니는 쥐를 쳐다봤다. 쥐는 벌써 배 부위까지 자기 몸의 절반이나 먹어치우고는 고통 속에 죽어 있었다. 쥐를 옥수수 밭 깊숙이 있는 무덤에 파묻어야겠다는 생각을 했다. 아빠가 예전에 앤서니에게 '미소'를 지으며 뭔가를 죽이고 나면 땅에 묻는 게 좋겠다고 이야기한 적이 있었다. 앤서니는 위에서 내리쬐는 뜨겁고 누르스름한 빛을 받아 기묘한 모습의 그림자를 드리우며 집으로 돌아갔다.

　에이미 이모는 부엌에서 식료품 상자를 풀고 있었다. 병에 든 음식들은 선반 위에 올려놓고, 고기와 우유는 냉장고에, 큰 깡통에 들어 있는 밀가루와 설탕은 싱크대 아래에 넣었다. 식료품 상자는 빌이 다음에 왔을 때 쉽게 가져갈 수 있도록 문 옆 구석에 두었다. 식료품을 싣고 왔던 종이상자는 낡아서 너덜너덜 떨어지고 얼룩져 있었지만, 픽스빌에는 그런 상자조차도 이제 몇 개 남아 있지 않았다. 상자의 겉면에 있던 '캠벨 수프'라는 붉은 글씨는 이제 거의 바래서 잘 보이지 않았다. 마을에서 특별한 행사에 쓰려고 별도로 저장해둔 걸 제외하면 깡통 스프는 아주 오래전에 다 먹어치웠다. 그래도 상자는 아직 남아 있었다. 마치 시체가 사라진 관처럼. 이런 상자들조차 다 사라지고 나면 그때는 나무로 상자를 만들어야 할 것이다.

　에이미 이모는 뒤뜰로 갔다. 뒤뜰에는 동생인 앤서니의 엄마가 지붕 그늘에 앉아서 완두콩 깍지를 까고 있었다. 앤서니 엄마가 손가락으로 꼬투리를 쓸어내릴 때마다 완두콩은 무릎 위에 놓인 냄비 속에서 투두둑 소리를 냈다.

"솜즈 씨가 식료품 가져왔더라."

에이미 이모는 기진맥진한 모습으로 엄마 곁에 있는 등받이 의자에 앉아서 다시 부채질을 시작했다. 이모가 실제로 나이가 많은 건 아니다. 앤서니가 정신력으로 충격을 준 이후, 이모는 머리뿐 아니라 몸에도 문제가 생긴 것 같았다. 이모는 하루 종일 무기력하게 지냈다.

"잘 됐네."

통통하게 잘 익은 완두콩들이 냄비 속으로 투두둑 떨어졌다.

픽스빌에 사는 사람들은 무슨 일이 일어나든, 설령 불행한 일이거나 죽음에 관련된 일이 일어날지라도 항상 "아, 잘 됐네요" "좋아요" "햐, 정말 끝내줘요"라고 말했다. 그들이 항상 "좋다"고 말하는 이유는 머리에 떠오른 생각을 덮어버리지 않으면 앤서니가 엿들을 수 있고, 그러고 나면 무슨 일이 일어날지 모르기 때문이다. 켄트 부인의 남편인 샘이 묘지에서 걸어 나왔던 것처럼 말이다. 앤서니는 켄트 부인을 좋아했는데, 상중에 슬픔에 잠겨 있는 부인의 마음을 앤서니가 읽어버렸던 것이다.

투두둑.

"오늘은 텔레비전 보는 날이야."

에이미 이모가 계속 말을 이었다.

"정말 기대돼. 매 주마다 이 날만 기다린다니까. 오늘밤에는 텔레비전에서 뭘 보여줄지 너무 궁금해."

"고기도 가져왔어?"

엄마가 물었다.

"응."

에이미 이모는 누르스름하게 빛나는 단조로운 하늘을 쳐다보고는 부채질을 하면서 말했다.

"날씨가 왜 이렇게 덥냐! 앤서니가 조금만 좀 시원하게 만들어주면 좋겠……"

"언니!"

"아……"

엄마의 날카로운 목소리가 빌의 애원하는 말보다 훨씬 효과적이었다. 에이미 이모가 마른 손을 입에 가져다 대며 과장되게 놀라는 시늉을 했다.

"미…… 미안하다, 얘."

이모는 눈을 좌우로 휘휘 둘러보며 앤서니가 보이는지 살폈다. 사실 앤서니가 거기에 있든 없든 아무런 차이는 없었다. 앤서니는 거리에 상관없이 다른 사람의 마음을 읽을 수 있었다. 그러나 앤서니는 보통 누군가가 관심을 끌기 전까지는 자기 생각에만 푹 빠져 있었다. 그러다 누군가 그 아이의 주의를 끌면 무슨 일이 일어날지 아무도 알 수 없었다.

"오늘 날씨는 좋은 거야."

엄마가 말했다.

투두둑.

"아, 그래. 오늘 정말 날씨 좋다. 누구 좋으라고 이 좋은 날씨를 바꿔!"

투두둑.

투두둑.

"지금 몇 시야?"

엄마가 물었다.

이모가 앉은 곳에서는 부엌 창문을 통해서 화로 위의 선반에 있는 자명종 시계를 볼 수 있었다.

"4시 반이야."

투두둑.

"오늘밤에는 좀 특별한 행사를 할까 해. 고기는 괜찮아?"

"기름기 쫙 뺀 살코기로만 가져왔더라. 오늘 소를 잡았잖아. 제일 괜찮은 부위를 보냈더라고."

"오늘밤 텔레비전을 볼 때 깜짝 생일파티를 열면 댄 홀리스 씨가 엄청 놀라겠지."

"당연하지! 설마 사람들이 댄에게 미리 말하지는 않겠지?"

"절대로 말하지 않겠다고 다들 맹세했어."

"정말 잘 됐다. 햐, 생일파티라."

에이미 이모가 고개를 끄덕거리고 옥수수 밭을 보면서 말했다.

엄마는 완두콩이 든 냄비를 옆으로 내려놓고 앞치마를 쓸어내렸다.

"자, 그럼, 난 먼저 고기부터 굽고 상을 차려야겠네."

엄마가 완두콩 냄비를 집어 들었다.

앤서니가 집의 모퉁이를 돌아왔다. 아이는 엄마와 이모를 쳐다보지도 않고 잘 손질된 정원을 가로질러 갔다. 픽스빌에 있는 정원들은 다들 정성껏 잘 손질이 되어 있었다. 아주 조심스럽게 정성껏. 앤서니는 이제는 잔뜩 녹이 슬어 버려진, 예전에 집에서 쓰던 차를 지나 부드럽게 울타리를 타고 넘더니 옥수수 밭으로 들어갔다.

"오늘 날씨 참 좋지!"

엄마가 약간 큰 목소리로 말하며 집 안으로 들어갔다.

"그럼! 햐, 날씨 너무 좋다!"

이모가 부채질을 하며 말했다.

앤서니는 바람에 살랑살랑거리는 키 큰 녹색의 옥수수 줄기 사이로 걸어갔다. 앤서니는 옥수수 냄새를 좋아했다. 머리 위로는 살아 있는 옥수수들이 줄 지어 있고, 발아래에는 오래전에 죽은 옥수수가 깔려 있었다. 아이는 맨발로 오하이오의 기름진 땅과 빽빽하게 자란 잡초, 갈색으로 말라 썩어가는 옥수수 알갱이들을 밟으며 한 발 한 발 나아갔다. 앤서니가 어젯밤에 비를 내렸더니 오늘은 밭의 냄새와 발에 닿는 느낌이 모두 다 좋았다.

앤서니는 옥수수 밭 끝에 있는 공터로 걸어갔다. 그곳에는 푸른 나무들이 작은 숲을 이루며 그림자를 드리우고, 시원하고 축축하고 어두침침한 빈터와 잎이 무성한 덤불, 이끼가 덮인 바위들, 조그마한 샘물이 맑고 깨끗한 작은 연못을 이루고 있었다. 앤서니는 거기에서 쉬면서 바쁘게 종종걸음으로 오가며 지저귀는 새와 벌레, 동물들을 지켜보는 것을 좋아했다. 차가운 바닥에 누워, 살랑거리는 초록의 나뭇잎들 사이로 하늘을 올려다보며, 나무 꼭대기에서 바닥까지 비스듬히 빛의 막대를 늘어뜨린 흐릿하고 부드러운 햇살 사이로 벌레들이 지나가는 모습을 보는 게 즐거웠다. 이 안에 있는 작은 피조물들의 생각들이 바깥세상에서 들리는 생각들보다 훨씬 더 좋았다. 앤서니에게 그 작은 피조물들의 생각은 그리 강하거나 깨끗하게 들리지 않았지만, 그것들이 무엇을 좋아하고 무엇을 원하는지는 충분히 알 수 있었다. 그래서 앤서니는 그것들이 원하는 대로 숲을 더 늘리느라 많은 시간을 보냈다. 저 샘물도 예전에는 없었다. 언젠가 어떤 조그마한 털북숭이가 목말라 하는 걸 발견하고 앤서니는 지하수를 지표면으로 끌어올려 맑고 차가운 물이 흐르도록 했다. 그리고 그 조그만 놈이 물을 마시고 기뻐하는 모습을 지켜봤다. 그 후 다른 동물이 헤엄치고 싶어 하는 걸 알고는 그 샘물을 이용해 연못을 만들었다.

그 공터에 있는 조그마한 피조물들의 요구나 본능적인 욕구가 느껴질 때마다—쉴 곳이나 짝짓기 할 곳, 놀 수 있는 곳, 집을 지을 곳 등—앤서니는 바위와 나무, 덤불, 동굴을 만들고, 여기저기에 햇볕과 그늘을 배치했다. 근처의 들판이나 목장에 있는 동물들에게 이 공터가 지내기 좋은 곳으로 소문이 난 것 같았다. 그래서 공터에는 새로운 동물들이 점점 늘어났다. 앤서니가 공터에 올 때마다 전보다 늘어난 피조물들과 그들의 요구와 욕구가 느껴졌다. 그 전에 보지 못했던 피조물과 그것들이 원하는 게 느껴지면 그 요구대로 해주었다.

앤서니는 그것들을 도와주는 걸 즐겼다. 그 조그마한 동물들에게서 느껴지는 순전한 만족감이 좋았다.

앤서니는 무성하게 자란 느릅나무 아래에서 쉬다가 방금 공터로 날아온, 붉은색과 검은색이 점점이 찍힌 새 한 마리를 뚫어지게 쳐다봤다. 그 새는 앤서니의 머리 바로 위에 있는 가지에서 앞뒤로 통통 튀면서 지저귀더니 그 작은 머리에 뭔가를 떠올렸다. 앤서니가 크고 부드러운 둥우리를 지어주자 그 작은 새는 곧 그 안으로 뛰어 들어갔다.

부드러운 털을 두르고 있는 갈색의 긴 동물 한 마리가 연못에서 물을 먹고 있었다. 앤서니는 그 동물이 무슨 생각을 하고 있는지 읽었다. 그놈은, 연못 반대편에서 벌레를 찾으려고 땅을 파헤치고 종종거리며 뛰어다니는 더 작은 피조물을 쳐다보며 입맛을 다시고 있었다. 더 조그마한 그놈은 자신이 위험에 처했다는 사실을 전혀 모르고 있었다. 갈색으로 기다랗게 생긴 동물은 물을 다 마시고 나서 연못의 반대편으로 폴짝 뛰어가려고 다리에 힘을 모았다. 그러자 앤서니는 그놈을 옥수수 밭에 있는 무덤 속으로 보내버렸다.

앤서니는 그런 생각을 좋아하지 않았다. 그런 생각은 저기 바깥에서 느꼈던 사람들의 생각을 떠오르게 했다. 앤서니는 예전에 몇몇 사람들이 자기를 쳐다보며 그런 생각을 하는 걸 눈치 챈 적이 있었다. 그러던 어느 날 밤 그들은 공터에서 돌아가는 길에 숨어서 앤서니를 기다리고 있었다. 앤서니는 아주 간단히 그 사람들을 전부 다 옥수수 밭에 있는 무덤에 집어넣어버렸다. 그 후로는 아무도 그런 생각을 하지 않았다. 적어도 앤서니가 눈치 챌 정도로 뚜렷하게는 하지 않았다. 지금은 사람들이 앤서니를 떠올릴 때나 앤서니에게 가까이 있을 때는, 그들의 생각이 온통 뒤죽박죽으로 혼란스러워서, 앤서니도 그들의 생각에 별로 주의를 기울이지 않았다.

앤서니도 때로는 사람들을 도와주는 걸 즐겼다. 하지만 사람들을 돕는 일은 간단하지도 않았고, 그들은 그다지 만족스러워하지도 않았다. 그들에게 도움을 줘도 그들은 한 번도 행복해하지 않았고, 오히려 당황스러워했다. 그래서 앤서니는 주로 공터에 나와서 시간을 보냈다.

앤서니는 잠시 공터에 있는 새와 벌레, 털북숭이들을 쳐다보더니, 새 한 마리를 골라서 위로 높이 띄웠다가 급하게 아래로 하강시켰다가 나무줄기를 따라 획획 돌게 만들었다. 그러다 다른 새를 잠깐 쳐다보는 사이에 그 새가 바위에 처박혔다. 앤서니는 짜증이 나서 그 바위를 옥수수 밭의 무덤 속으로 보내버렸다. 하지만 더 이상 그 새를 가지고 놀 수는 없었다. 그 새가 죽어버리기도 했지만, 죽은 게 문제가 아니라 날개가 부러져버렸기 때문이었다. 그래서 앤서니는 집으로 돌아갔다. 옥수수 밭을 지나 걸어갈 기분이 아니라서 그냥 집에 있는 지하실로 곧장 이동했다.

앤서니는 지하실에 있는 걸 좋아했다. 지하실은 아늑하고, 어둡고, 눅눅하고, 기분 좋은 냄새가 났다. 예전에 엄마가 한쪽 벽에 있는 선반에 보관용 식료품들을 가져다 놓았는데, 앤서니가 여기서 시간을 보내기 시작한 이후로 엄마는 지하실에 한 번도 내려오지 않았고, 그 뒤 보관용 식료품이 상해서 먼지가 쌓인 바닥으로 흘러내렸다. 앤서니는 그 냄새가 좋았다.

앤서니는 또 치즈 냄새를 풍겨서 다른 쥐를 잡았다. 그러다 쥐를 가지고 노는 게 싫증 나자, 공터에 있다가 지금은 옥수수 밭에 파묻혀버린 길게 생긴 동물 옆으로 보내버렸다. 에이미 이모가 쥐를 아주 싫어했기 때문에 지금까지 많은 수의 쥐를 죽였다. 앤서니는 누구보다도 에이미 이모를 좋아했으므로 때때로 이모가 원하는 걸 해주었다. 이모의 마음은 저기 공터에 있는 털북숭이들과 비슷했다. 예전에 한동안은 이모가 앤서니를 좋게만 생각했었다.

앤서니는 쥐를 무덤에 보내버리고 나서, 계단 밑 구석에 숨어 있던 커다란 까만 거미를 붙잡아 거미줄이 지하실의 창문으로 스며든 햇살을 받아 잔잔한 물결처럼 반짝거릴 때까지 앞뒤로 오락가락하면서 실을 뽑아냈다. 그리고 나서 앤서니가 광대파리 여러 마리를 몰아 거미줄로 밀어 넣자 거미는 필사적으로 달려들어 파리들을 둘둘 감았다. 거미는 파리를 좋아했고, 거미의 이런 생각이 파리의 생각보다 더 강하게 뿜어져 나왔기 때문에 앤서니는 거미가 원하는 대로 해주었다. 그건 파리가 별로 좋아하는 방식이 아닌 것 같았지만, 확실하지 않았다. 그리고 에이미 이모도 파리를 싫어했다.

머리 위에서 발걸음 소리가 들려왔다. 엄마가 부엌을 돌아다니는 소리였다. 앤서니는 자줏빛 눈동자를 가늘게 치켜뜨고 엄마를 꼼짝 못 하게 만들어버리려다 다락방으로 옮겨갔다. 다락방의 동그란 창문을 통해 앞뜰과 먼지가 수북한 길, 핸더슨의 하늘거리는 밀밭을 내다보고는 이상한 자세로 몸을 비틀더니 깜빡 잠이 들었다.

곧 사람들이 텔레비전을 보러 올 거야, 엄마의 생각이 들려왔다.

앤서니는 좀 더 깊이 잠에 빠져들었다. 앤서니는 텔레비전 보는 날을 좋아했다. 이모는 예전부터 항상 텔레비전을 좋아했다. 그래서 앤서니는 이모를 위해 뭔가를 생각해냈다. 그러자 몇몇 사람들이 텔레비전을 보러 왔지만, 그들이 곧 돌아가려고 하자 이모가 실망했다. 그래서 앤서니는 그들에 대한 조치를 취했고, 지금은 모든 사람들이 텔레비전을 보러 온다.

앤서니는 사람들이 온통 자신에게 관심을 기울여주는 모습을 즐겼다.

★ ★ ★

앤서니의 아빠는 6시 반에 집으로 돌아왔는데, 먼지와 피를 뒤집어쓴 지저분하고 피곤해 보이는 모습이었다. 그는 다른 사람들과 함께 던의 목장에 가서 이번 달에 도살할 암소를 끌어내는 걸 도와주고, 그 암소를 도축한 후에 빌의 식료품 냉장 창고에 가져가서 소금에 절였다. 그로서는 썩 내키지 않았지만 동네의 모든 남자들이 순서대로 돌아가면서 해야 할 일이었다. 어제는 나이 많은 맥킨타이어 씨의 밀 수확을 도왔다. 내일 그들은 타작을 시작한다. 타작은 수작업으로 해야 한다. 픽스빌에서는 모든 일을 수작업으로 해야만 했다.

아빠는 아내의 뺨에 키스하고 식탁에 앉았다. 그가 웃으며 말했다.

"앤서니는 어디 갔어?"

"근처에 있을 거예요."

엄마가 말했다.

에이미 이모는 나무가 타오르는 화로에 완두콩이 담긴 큰 냄비를 올려놓고 젓고 있었다. 엄마는 오븐을 열어 굽고 있는 고기에 버터를 발랐다.

"오늘은 아주 즐거웠어."

아빠가 기계적인 목소리로 무미건조하게 암기하듯 말했다. 그러고는 밀가루 반죽이 들어 있는 주발과 식탁 위에 있는 반죽용 도마를 쳐다봤다. 그가 밀가루 반죽의 냄새를 맡았다.

"으음. 덩어리를 통째로 줘도 한입에 먹어치울 수 있을 거 같아. 배고파 죽겠어."

엄마가 아빠에게 물었다.

"아무도 댄한테 오늘밤에 생일 파티가 있다는 이야기 안 했죠?"

"그럼. 다들 입 꼭 다물고 찍소리도 안 했어."

"우리는 댄을 깜짝 놀라게 해줄 선물을 하나 준비했어요."

"어, 그래? 뭔데?"

"댄이 음악을 엄청 좋아하는 거 알죠? 지난주에 델마 던이 다락에서 음반을 하나 찾았어요."

"정말?"

"그럼요! 그리고 안 물어보는 척하면서 혹시 댄이 같은 음반을 가지고 있는지 슬쩍 떠봤어요. 그랬더니 아니래요. 정말 끝내주지 않아요?"

"햐, 댄이 놀라 자빠지겠는걸. 음반이라니! 상상도 못했어. 어떻게 그렇게 귀한 걸 찾아냈지? 그런데 무슨 음반이야?"

"페리 코모의 〈그대는 나의 햇살You Are My Sunshine〉이에요."

"햐, 정말 미치겠네. 내가 그 노래를 얼마나 좋아하는데!"

엄마가 다듬지 않은 당근을 식탁에 올려놨다. 아빠는 작은 걸 집어 들더니 가슴에 슥슥 문지르고는 한 입 깨물었다.

"델마는 음반을 어떻게 찾았대?"

"아, 그게, 그냥 새로운 물건이 없나 둘러보다가 발견했대요."

아빠가 당근을 우적우적 씹어 삼켰다.

"우리가 예전에 찾았던 그 사진은 지금 누가 가지고 있는지 알아? 내가 좋아하는 사진이었는데, 쾌속선이 물살을 가르며 항해하는……"

"스미스네가 가지고 있어요. 다음주에는 시피치네가 사진을 가져가고 대신 스미스네에 맥킨타이어 씨의 뮤직박스를 주기로 했어요. 그다음에 우리가 시피치네에……"

그리고 엄마는 이번 주 일요일 교회에서 여자들끼리 주고받을 임시 목록을 계속 읊어나갔다. 아빠는 고개를 끄덕였다.

"그럼 우리는 당분간 사진을 받기 힘들겠네. 여보, 라일리네가 가지고 있는 탐정 소설 좀 달라고 해봐. 우리가 그 책을 가지고 있었을 때 너무 바빠서 끝까지 못 읽었거든."

"그래볼게요."

엄마가 자신 없이 말을 이었다.

"밴 휴센네가 지하실에서 입체경을 발견했는데, 다른 사람들한테는 두 달이나 지나서 알려줬어요."

엄마가 약간 나무라는 투로 말했다.

아빠가 기대감에 들뜬 표정으로 말했다.

"정말 끝내주네. 입체경으로 볼 수 있는 사진도 많대?"

"그런가봐요. 이번 일요일에 만나면 물어볼게요. 저도 한 번 보고 싶어요. 근데 우리는 아직 베티 밴 휴센에 카나리아를 빚지고 있어요. 하필이면 그놈의 새가 우리 집에 있을 때 죽을 게 뭐람. 우리가 받기 전부터 병이 들어 있었을 거예요. 베티 밴 휴센은 아직도 그 일 때문에 불만이 많은 거 같아요. 글쎄, 우리 피아노를 욕심내더라고요!"

"뭐 할 수 없지. 여보, 입체경을 빌려달라고 한번 말해보고, 안 되면 우리가 좋아할 만한 걸로 아무거나 가져와."

아빠가 당근의 마지막 부분을 삼켰다. 당근은 아직 덜 여물어서 딱딱했다. 앤서니가 일으키는 변덕스러운 날씨 탓에 사람들은 곡물이 제대로 자랄지, 자라더라도 어떤 꼴이 되어 있을지 전혀 예상할 수 없었다. 사람들이 할 수 있는 거라곤 최대한 많이 심고, 한 계절 만에 자랄 만한 작물들을 넉넉히 심어두는 것뿐이었다. 딱 한 번 넘쳐흐를 정도로 곡물을 수확한 적이 있었다. 그때는 남은 곡물 수 톤을 마을의 변두리까지 싣고 가서 마을 밖의 허공 속으로 던져버렸다. 그러지 않았더라면 곡물이 썩어 들어가기 시작했을 때 숨도 쉬기 어려웠을 것이다.

"여보, 계속 새로운 물건들을 찾아내는 건 참 기분 좋은 일이야. 아직도 지하실이나 다락, 헛간, 물건 뒤편에는 아무도 발견하지 못한 물건들이 많이 있을 거야. 뭐라도 도움이 될 거야. 뭐라도 좋으니까 가능한 많이……"

"쉿!"

엄마가 초조한 눈초리로 주변을 힐끗거렸다. 아빠도 허둥대며 어색한 미소를 지었다.

"아…… 정말 좋아! 새로운 물건들이 나오면 좋지! 못 보던 물건들을 찾을 수 있거나, 다른 사람들에게 나눠줘서 그들을 행복하게 만들어 줄 수 있다면야 좋지. 정말 즐거운 일이야."

"즐거운 일이에요."

엄마가 따라했다.

"얼마 안 있으면, 새로운 물건은 더 이상 찾기 힘들어질 거야. 찾을 수 있는 물건들은 죄다 찾아낼 거라고. 제기랄, 생각만 해도 기분 나빠."

에이미 이모가 화로에서 말했다.

"언니!"

이모는 텅 빈 눈으로 허공을 쳐다보고 있었다. 또 다시 시시때때로 발동하는 멍한 상태가 되었다는 표시였다.

"도대체 꼬락서니가 왜 이래. 새로운 게 하나도 없다니……"

"그런 말 하지 마. 언니! 좀 조용히 해!"

엄마가 바들바들 떨면서 말했다.

"좋아. 그런 이야기를 해도 괜찮아. 좋은 일이야. 여보, 에이미는 마음대로 말해도 돼. 기분 나쁘다고 이야기하는 것도 괜찮아. 다 괜찮아. 다 괜찮아질 거야."

아빠가 누가 들으라는 듯 목소리를 높여서 친근한 말투로 말했다.

엄마의 얼굴이 창백해졌다. 이모도 마찬가지였다. 세상을 둘러싼 뿌옇고 흐리멍덩한 안개 속에서 순식간에 나타난 공포감이 이모의 머리를 날카롭게 꿰뚫고 지나갔다. 어떻게 말해야 재난을 피할 수 있을지는 알기 힘들었다. 아니, 전혀 알 수 없었다. 말하거나 생각하는 것조차도 피해야 할 일들은 많았지만, 그런 생각이나 말을 하지 말라고 조언을 했다간 더 큰 일이 일어날 수도 있었다. 앤서니가 그런 조언을 듣고 나서 하지 말았어야 할 말을 한 사람한테 무슨 짓을 하려고 마음먹을지도 모르기 때문이었다. 앤서니가 어떤 말에 어떻게 반응할지는 아무도 알 수 없었다.

다 괜찮아질 거라고 믿어야 했다. 설령 그렇지 않을지라도 다 잘 되고 있다고 믿어야 했다. 언제나. 아무리 작은 변화라도 상황을 더 나쁘게 만들 수 있기 때문이다. 상황은 점점 더 끔찍하게 나빠질 뿐이었다.

"그…… 그럼요. 그렇고말고요. 당연히 괜찮아요. 언니, 하고 싶은 대로 말해. 괜찮아. 하지만 언니가 더 좋게 말하는 방법도 있다는 사실을 잊지 않으면 더 좋지 않을까?"

엄마가 말했다.

에이미 이모는 공포감에 젖은 눈으로 완두콩을 젓고 있었다.

"아, 그…… 그래. 근데 지…… 지금은 그다지 이야기할 기분이 안 드네. 마, 말하기 싫은 것도 괜찮아……. 그렇지?"

"난 씻으러 가야겠다."

지친 표정의 아빠가 '웃으며' 말했다.

★ ★ ★

8시쯤이 되자 사람들이 도착하기 시작했다. 그때 엄마와 이모는 식당에 있는 큰 탁자 옆으로 작은 탁자를 두 개 더 옮기고 있었다. 아빠는 촛불을 켜고, 의자를 정렬하고, 벽난로에 불을 피워 올렸다.

존 시피치와 메리 시피치 부부가 가장 먼저 도착했다. 존은 집에서 가장 좋은 옷을 차려입고 말끔하게 잘 씻은 모습이었다. 그리고 오늘 맥킨타이어 씨의 목장에서 다른 남자들과 함께 일을 하느라 그을어서 얼굴이 발그레했다. 존의 옷은 깔끔하게 다려져 있었지만, 팔꿈치와 소매 끝단이 닳아서 너덜너덜했다. 맥킨타이어 씨가 책을 보면서 직조기를 만들고 있기는 했는데, 아직 완성되려면 한참 남아 있었다. 그가 나무와 도구들을 다루는 솜씨는 좋았지만, 금속 부품을 구할 수가 없는 상황에서 직조기를 만드는 것은 쉽지 않았다. 앤서니에게 옷이나 식료품 깡통, 약품, 휘발유처럼 마을 사람들에게 필요한 물건들을 부탁하려고 처음 시도했던 사람이 바로 맥킨타이어 씨였다. 그러나 그 뒤 테런스 일가나 조 키드니에게 일어난 모든 일들이 자신의 책임이라고 생각했다. 그래서 그는 남아 있는 사람들에게 그 대가를 치르기 위해 열심히 일했다. 그리고 그 뒤로는 어느 누구도 앤서니에게 그런 부탁을 하지 않았다.

작고 쾌활한 메리는 검소한 옷차림을 하고 있었다. 그녀는 집에 오자마자 엄마와 이모를 도와서 저녁을 차렸다.

다음으로는 스미스 부부와 던 부부가 도착했는데, 이 부부들은 길 끝에 있는 허공에서 몇 미터 떨어지지 않은 곳에서 이웃하며 살고 있었다. 그들은 늙은 말이 끄는 스미스의 마차를 타고 왔다.

그리고 라일리 부부가 어둑해진 밀밭을 가로질러 왔다. 밤이 서서히 깊어가고 있었다. 팻 라일리는 거실에 있는 피아노 앞에 앉아 악보를 보며 연주하기 시작했다. 그는 최대한 감정을 실어서 부드럽게 연주했지만, 아무도 노래를 부르지 않았다. 앤서니가 피아노 연주를 무엇보다도 좋아하면서도 노래 부르는 것은 좋아하지 않았기 때문이다. 팻이 팝송을 연주하는 사이에 앤서니는 종종 지하실에서 올라오거나 다락에서 내려와, 혹은 그냥 나타나서 피아노 위에 걸터앉아 고개를 끄덕거리며 팻의 연주를 듣곤 했다. 앤서니는 발라드나 흥겨운 연주를 좋아하는 것 같았다. 그러던 어느 날 누군가 연주에 맞춰서 노래를 부르기 시작하자, 피아노에 걸터앉아 있던 앤서니가 그 사람을 노려보았고, 모든 사람들이 두려워하는 일이 일어났다. 그 뒤로는 팻이 연주하더라도 아무도 노래를 따라 부르지 않았다. 나중에 시간이 지난 후에야 사람들은 앤서니가 왜 화를 냈는지 어렴풋하게 이해하기 시작했다. 그 전에는 동네 사람들이 노래를 부르는 일이 거의 없었기 때문에 앤서니는 노래를 들어본 일이 없었다. 그래서 앤서니는 그 곡이 본래 노래였다는 사실을 전혀 모르고 피아노 연주로 처음 들었기 때문에, 누군가 노래를 따라 부르자 그것이 연주를 듣는 즐거움을 방해한다고 생각했던 것이다.

앤서니가 피아노 연주를 좋아했기 때문에 텔레비전을 보는 날은 항상 팻의 피아노 연주로 시작했다. 앤서니가 어디에 있든 피아노 연주는 그 아이를 행복하고 만족스럽게 만들어줄 테고, 사람들이 모여서 텔레비전을 보기 위해 자신을 기다리고 있다는 사실을 알려줄 것이다.

8시 반이 되자 아이들 17명과 빌의 부인만 빼고 모두 모였다. 빌의 부인은 마을의 끝에 있는 학교에서 아이들을 돌보고 있었다. 픽스빌에 사는 아이들은 절대로 앤서니 집 근처에 가지 못하도록 했다. 꼬맹이 프레드 스미스가 앤서니와 놀려다가 당한 일 때문만은 아니었다. 아주 어린 아이들은 앤서니에 대해 전혀 알지 못했다. 그보다 큰 아이들도 앤서니를 까마득히 잊어먹거나 앤서니가 착한 마귀라고 알고 있었지만, 어른들은 절대로 근처에는 가지 말라고 단단히 일러두었다.

댄 홀리스와 에델 홀리스 부부가 늦게 도착했다. 댄은 오늘 자신의 깜짝 생일파티를 전혀 눈치 채지 못한 것 같았다. 팻 라일리는 손가락이 아파올 때까지 피아노를 연주했다. 팻도 오늘 다른 남자들과 함께 일하느라 힘든 하루를 보낸 터였다. 팻이 일어나자 모든 사람들이 댄의 생일을 축하하기 위해 몰려들었다.

"야, 이거 놀랐는걸. 난 정말 짐작도 못했어. 이거 눈물이 날 것 같은데."

댄이 씩 웃었다.

사람들이 댄에게 생일선물을 건넸다. 대부분은 수작업으로 만든 것들이었고, 몇몇은 자기가 가지고 있던 물건을 가져온 것이었다. 존 시피치는 히코리 나무를 손으로 깎아서 만든 시곗줄 장식물을 선물했다. 댄의 회중시계는 1년 전쯤 고장이 났는데, 마을에서는 아무도 고치는 방법을 몰랐다. 그래도 댄은 그 시계가 아버지에게 물려받은데다 금과 은으로 만든 귀한 골동품이라서 아직도 들고 다녔다. 그가 시곗줄에 장식물을 달자 모두들 큰 소리로 웃음을 터뜨리며 존에게 나무를 잘 깎았다고 칭찬했다. 메리 시피치는 손으로 짠 넥타이를 선물했다. 댄은 매고 있던 넥타이를 풀고 새로 받은 넥타이를 맸다.

라일리 부부는 댄에게 물건을 넣을 수 있는 작은 상자를 선물했다. 댄은 그 상자에 보석들을 보관하겠다고 말했다. 그 상자는 라일리 부부가 담배 상자의 포장 종이를 조심스럽게 벗겨내고 속에는 벨벳 천으로 안감을 대서 만들었다. 겉 부분은 연마해서 광택을 내고, 어설프게나마 팻이 조각을 새겼다. 사람들은 팻의 조각 솜씨에도 칭찬을 아끼지 않았다. 댄 홀리스는 여러 가지 선물을 받았다. 담배 파이프, 구두끈 한 쌍, 넥타이 핀, 손으로 짠 양말 한 짝, 사탕, 낡은 멜빵으로 만든 양말대님.

댄은 아주 기쁜 표정으로 그 모든 선물들을 다 풀어보고 하나하나 다 입고, 차보았다. 그는 양말대님까지 하고서, 담배 파이프에 불을 붙이더니 이렇게 담배 맛이 좋기는 처음이라고 말했다. 물론 이는 사실이 아니었다. 사실 댄이 가장 아끼는 담배 파이프도 아직 쓸 만했다. 피트 매너도 예전에 비슷한 거짓말을 한 적이 있었다. 4년 전, 피트가 담배를 끊은 사실을 모르고 파이프를 선물했던 다른 마을 사람에게 말이다.

댄은 담배를 파이프에 조심스럽게 꾹꾹 눌러 담았다. 담배는 아주 귀한 물건이었다. 지금까지 픽스빌에 담배가 남아 있는 이유는 순전히 이 끔찍한 일들이 일어나기 전에 팻 라일리가 담배 몇 줄기를 뒤뜰에 심어둔 덕분이었다. 담배는 잘 자라는 품종이 아니기 때문에 모두들 아껴서 잘 말려 보관하다가 잘게 가루를 내서 피웠다. 다들 담배를 아끼느라 맥킨타이어 씨가 만든 나무 그릇을 사용해 꽁초까지도 모아 피웠다.

마지막으로 델마 던이 댄에게 음반을 주었다.

델마의 선물이 음반이라는 것을 눈치 챈 댄은 포장을 뜯기 전부터 눈동자에 물기가 어렸다.

"맙소사. 무슨 음반이야? 떨려서 못 열어보겠어."

댄이 낮은 목소리로 말했다.

"당신한테 없는 음반이야. 여보. 〈그대는 나의 햇살〉 음반이 있냐고 물어봤던 거 기억나?"

에델 홀리스가 미소를 지으며 말했다.

"맙소사."

댄이 같은 말을 반복했다. 댄은 선물 포장을 조심스럽게 벗겨낸 후 음반을 애지중지하며 들고 굵은 손가락으로 음반에 가늘게 나 있는 낡은 홈을 따라 쓰다듬었다. 그는 눈물이 그렁그렁한 눈으로 방을 둘러봤다. 모두들 그가 얼마나 기뻐하는지 알고 있었기에 함께 미소를 지었다.

"생일 축하해, 여보!"

에델이 그를 껴안고 키스했다.

댄은 양손으로 음반을 꽉 움켜잡고는 에델이 껴안을 때 한쪽으로 비껴들었다.

"이봐! 조심해! 지금 어마어마하게 비싼 물건을 들고 있단 말야!"

댄이 큰 소리로 웃으며 몸을 빼면서 말했다. 그는 아직도 그를 껴안고 있는 아내의 어깨 위로 주위를 다시 둘러봤다. 그의 눈빛에는 아직도 뭔가 바라는 게 있었다.

"저기…… 이 음반을 틀어보면 안 될까? 제발, 새로운 음악을 들어보고 싶어 미치겠어. 전주 부분만이라도 괜찮아. 페리 코모의 노래가 나오기 바로 직전 오케스트라 연주 부분만이라도 제발!"

사람들의 얼굴이 굳어졌다. 잠시 후 존 시피치가 말했다.

"댄, 우리가 음반에서 나오는 음악보다 연주를 더 잘할 수 있을 것 같지는 않아. 게다가 우리는 노래가 어느 부분에서 시작하는지 정확히 모르잖아. 집에 가면 음반을 들을 수 있을 테니 그때까지만 참아."

댄은 내키지 않는 표정으로 다른 선물들과 함께 음반을 식탁 위에 내려놓았다.

"좋아. 여기서 음반을 못 들어봐도 괜찮아."

그는 무미건조한 목소리로, 하지만 실망감을 가득 담아서 말했다.

"그럼, 그렇지. 좋고말고."

존이 말했다.

"좋아. 다 괜찮아. 그럼, 그럼."

존이 댄의 실망스러운 목소리를 가리려고 계속 반복해서 말했다.

사람들은 촛불이 미소를 머금은 그들의 얼굴을 비추는 가운데 저녁을 먹었다. 맛있는 고기국물을 마지막 한 방울까지 싹싹 긁어 먹었다. 사람들은 엄마와 이모에게 고기 요리와 완두콩, 당근, 부드러운 옥수수까지 맛있게 잘 먹었다는 인사를 건넸다. 이날 먹은 옥수수는 앤서니네 옥수수 밭에서 수확한 것이 아니었다. 모든 사람들이 옥수수 밭에 뭐가 있는지 잘 알고 있었다. 이제 그 옥수수 밭은 거의 잡초로 뒤덮여 있었다.

저녁을 마친 사람들은 집에서 만든 아이스크림과 과자를 후식으로 들었다. 그리고 깜빡거리는 촛불 아래서 의자에 기대어 앉아 잡담을 나누며 텔레비전이 나오기를 기다렸다.

텔레비전을 보는 날에는 사람들이 거의 중얼거리지 않았다. 모든 사람들이 앤서니의 집에 모여서 맛있는 저녁을 먹었다. 저녁 식사는 꽤 훌륭했다. 그리고 텔레비전이 시작되면, 그때까지 참고 견뎌내야 했던 하루하루의 생활에 대해서는 전혀 생각하지 않았다. 어디에 있든 늘 조심해야 했던 일상에서 벗어난 이 모임은 즐거운 행사였다. 위험한 생각이 머리에 떠오르면 그때부터 중얼중얼하기 시작했다. 다른 사람과 이야기를 나누다가도 혼자 중얼거리곤 했다. 누군가 중얼거리기 시작하면 다른 사람들은 못 들은 척하면서 그 사람이 다시 행복한 생각이 들어서 중얼거림을 멈출 때까지 기다렸다.

앤서니도 텔레비전 보는 밤을 좋아했다. 하지만 앤서니는 일 년 내내 두세 가지의 끔찍한 프로그램만 계속 보여줬다.

엄마가 브랜디 한 병을 꺼내고 사람들에게 작은 잔을 하나씩 나눠주었다. 술은 담배보다도 더 귀한 물건이었다. 마을 사람들도 포도주를 만들 수는 있었지만, 마을에서 기르는 포도가 포도주용이 아닌데다 만드는 기술도 부족했기 때문에, 썩 좋은 포도주는 아니었다. 진짜 술이라고 부를 만한 것들은 이제 마을에 거의 남아 있지 않았다. 라이 위스키 네 병, 스카치 세 병, 브랜디 세 병, 진짜 포도주 아홉 병과 결혼식용으로 챙겨둔 맥킨타이어 씨의 드람브이 반 병뿐이었다. 이 술들을 다 먹고 나면 그걸로 끝이다.

얼마 지나지 않아, 사람들은 브랜디를 꺼낸 일을 후회했다. 댄 홀리스가 주량보다도 많이 마셔버린 데다 집에서 만든 포도주까지 섞어 마셨기 때문이었다. 댄이 술에 취한 모습을 전혀 드러내지 않았기 때문에 처음에는 아무도 이 사실을 눈치 채지 못했다. 다들 댄이 생일 파티가 즐거워서 그런 거라고만 짐작했다. 그리고 앤서니가 어딘가에서 듣고 있을지 모르지만, 설령 듣고 있다고 해도 앤서니 역시 텔레비전 보는 날의 저녁 모임을 좋아하기 때문에, 그 애의 기분을 건드릴 만한 일은 아무것도 없었다.

하지만 댄은 술이 오르자 바보 짓거리를 하기 시작했다. 댄의 취기가 오르고 있다는 사실을 미리 알았다면 사람들은 그를 밖으로 데리고 나가 산책이라도 시켰을 것이다.

델마 던이 페리 코모의 음반을 어떻게 찾았는지 한참 이야기하고 있을 때, 느닷없이 댄이 웃음을 터뜨리며 음반을 떨어뜨렸다. 그제야 사람들은 댄이 술에 취했다는 사실을 눈치 챘다. 델마가 재빨리 움직여 떨어지는 음반을 받아낸 덕택에 다행히 깨지지는 않았다. 그렇게 빠르게 몸을 움직인 일은 델마로서도 생전 처음이었다. 댄은 다시 음반을 애지중지 받아들고는 한쪽 구석에 있는 전축을 애처로운 눈초리로 쳐다보다가 갑자기 웃음을 그쳤다. 그리고 맥 빠진 표정을 짓더니 곧 얼굴을 일그러뜨리며 소리쳤다.

"아, 제발!"

거실에 있던 사람들은 일순간에 굳어버렸다. 거실 밖 복도에 있는 괘종시계의 흔들리는 추가 바람을 가르는 소리까지 들을 수 있을 정도로 조용해졌다. 낮은 소리로 피아노를 연주하던 팻 라일리의 손이 누렇게 변한 흰 건반 위에서 멈췄다.

창문에 달린 레이스 커튼 사이로 불어오는 산들바람에 식탁 위에 놓인 촛불이 꺼질 듯 흔들거렸다.

"팻, 계속 연주하게."

앤서니의 아버지가 조용히 말했다.

팻이 다시 연주를 시작했다. 옆 눈으로 댄을 힐끗힐끗 쳐다보며 피아노를 연주하다 보니 팻은 자꾸 악보를 놓쳤다.

댄은 음반을 부여잡고 거실 한가운데에 서 있었다. 다른 손은 부들부들 떨면서 브랜디 잔을 꽉 잡고 있었다.

거실 안에 있던 사람들은 모두 댄을 쳐다보고 있었다.

"제발!"

댄이 다시 소리쳤다. 댄의 말투는 거의 욕설에 가까웠다. 식당 문 앞에서 엄마와 이모와 이야기를 나누던 영거 목사님도 같은 말을 했다.

"제발."

하지만 목사님의 말투는 간절히 기도하는 소리였다. 목사님은 손을 맞대고 눈을 감았다.

존 시피치가 댄에게 다가가며 말했다.

"자, 댄, 물론 자네가 그렇게 말하는 것도 좋은 일이야. 그래도 조금 말을 줄이면 더 좋을 거야. 그치?"

댄은 그의 팔을 잡은 존의 손을 쳐냈다.

"자기 음반도 마음대로 틀지도 못하다니. 아, 이런!"

댄이 큰 소리로 말했다.

그는 음반을 한 번 내려다보더니 사람들의 얼굴을 둘러봤다. 그리고 잔에 가득 찬 브랜디를 벽에다 집어던지듯 뿌려버렸다. 브랜디가 벽지를 타고 흘러내렸다.

몇몇 여성이 가쁜 숨을 몰아쉬었다.

"댄, 그만해."

존이 속삭이듯 소리를 낮춰서 말했다.

팻 라일리가 이야기 소리를 덮으려고 큰 소리로 연주했다. 앤서니가 이런 상황을 들어서 좋을 일은 하나도 없었다. 댄이 피아노를 연주하고 있는 팻에게 다가갔다. 댄은 취기가 오른 듯 약간 비틀거렸다.

"팻, 그거 말고, 이걸 연주해."

그러더니 작고 또렷하지만, 애처로운 목소리로 노래를 부르기 시작했다.

"생일 축하합니다. 나의 생일을 축하합니다……"

"여보!"

에델 홀리스가 소리쳤다. 에델이 거실을 가로질러 댄에게 가려 하자 메리 시피치가 그녀의 팔을 꼭 쥐고는 뒤로 잡아당겼다.

"여보! 그만해요!"

에델이 다시 소리를 질렀다.

"이런, 제발 좀 조용히 해!"

메리 시피치가 작은 소리로 꾸짖더니 그녀를 거실에 있는 다른 남자에게 밀었다. 그 남자는 에델의 입을 손으로 막아 조용하게 했다.

"댄의 생일을 축하합니다. 나의 생일을 축하합니다!"

댄은 노래를 마치더니 팻을 내려다봤다.

"연주해! 연주하란 말이야! 그래야지 내가 제대로 노래를 하지. 난 누가 반주를 안 넣어주면 엉망이 된단 말이야!"

팻 라일리는 건반에 손을 얹더니 느린 왈츠곡을 연주하기 시작했다. 앤서니가 좋아하는 곡이었다. 팻은 얼굴이 하얗게 질린 채로 계속 엉뚱한 건반을 눌렀다.

댄이 식당 문 쪽을 째려보았다. 거기에는 앤서니의 엄마, 그리고 방금 그쪽으로 간 앤서니의 아빠가 있었다.

"당신들 아이잖아."

댄의 뺨을 타고 흐르는 눈물이 촛불에 아른거렸다.

"당신들이 알아서 하란 말이야……."

댄이 눈을 감자 눈에 맺혀 있던 눈물이 주르륵 흘러내렸다. 그리고 그는 다시 큰 목소리로 노래를 부르기 시작했다.

"그대는 나의 햇살…… 나만의 햇살…… 내가 힘들고 지칠 때…… 행복하게 해주어요……."

앤서니가 거실에 나타났다.

팻이 연주를 멈췄다. 팻은 얼어붙어버린 것 같았다. 거실에 있던 모든 사람들이 그대로 뻣뻣하게 굳어버렸다. 커튼이 산들바람에 살랑거렸다. 너무 놀란 에델 홀리스는 기절해버리고 말았다.

"오, 나의 햇살 떠나지…… 말아주오……."

기가 죽은 댄의 목소리가 차츰 잦아들었다. 그의 눈이 크게 열렸다. 그리고 한손에는 빈 잔을 들고 한손에는 음반을 쥔 채로 양손을 내밀었다. 그는 딸꾹질을 한 번 하더니 비명을 질렀다.

"안 돼!"

"아저씨는 나쁜 사람이에요."

앤서니가 말했다. 그리고 사람들이 그러리라 예상했듯이 댄을 옥수수 밭 깊은 곳에 있는 무덤 속으로 보내버렸다.

포도주 잔과 음반이 양탄자에 둔탁한 소리를 내며 떨어졌다. 둘 다 부서지지는 않았다.

앤서니가 자줏빛 눈동자로 거실을 훑었다.

몇몇 사람들이 중얼거리기 시작했다. 모두들 웃으려고 애썼다. 하지만 방 안에 가득 찬 중얼중얼대는 소리는 이 상황을 받아들이지 않으려는 것처럼 보였다. 중얼거리는 소리 사이로 한두 명이 뚜렷한 소리로 말했다.

"정말 잘됐어."

존 시피치였다.

"좋은 일이야. 진짜 환상적이야."

앤서니 아빠가 웃으며 말했다. 그는 지금까지 누구보다 열심히 웃는 연습을 해왔다.

"멋져…… 아주 훌륭해."

팻 라일리가 말했다. 눈물이 그의 뺨을 타고 흘러내렸다. 그가 다시 나지막하게 피아노를 연주하기 시작했다. 손가락이 덜덜 떨렸.

앤서니는 피아노 위에 올라앉았고, 팻은 그 뒤로도 두 시간 동안이나 피아노를 연주했다.

피아노 연주가 끝난 후 사람들은 텔레비전을 시청했다. 초를 몇 개 켜놓고, 모든 사람들이 거실에 모여 텔레비전 앞으로 의자를 끌어왔다. 텔레비전의 화면이 작았기 때문에 모든 사람들이 그 앞으로 다가가서 볼 수는 없었지만, 그건 그다지 중요한 일이 아니었다. 사람들은 텔레비전을 켜지도 않았다. 어차피 픽스빌에는 전기가 들어오지 않기 때문에 텔레비전의 전원을 켜도 아무런 소용이 없을 터였다.

387

사람들은 조용히 앉아서 화면에 비치는 뒤틀리고 꿈틀거리는 모양을 지켜보면서 스피커에서 나오는 소리를 들었다. 하지만 그게 무슨 내용인지 이해하는 사람은 아무도 없었다. 텔레비전을 보는 밤마다 늘 그런 화면만 나왔기 때문에 사람들은 그 내용을 한 번도 이해할 수 없었다.

"정말 멋있어."

에이미 이모가 아무 의미도 없이 깜빡거리는 화면에 창백한 눈을 고정시킨 채 말했다.

"그래도 마을 바깥에 다른 도시들이 있던 때가 조금 더 나았던 거 같아. 그때는 그래도 진짜 방송을 볼 수……"

"언니!"

앤서니 엄마가 말했다.

"물론 언니 말도 일리가 있어. 아주 좋아. 그래도 언니가 말하려던 게 그 뜻은 아니잖아. 이렇게 훌륭한 방송을 본 적이 있었어?"

"맞아요. 지금까지 우리가 봤던 방송 중에서 이게 제일 나아요."

존이 앤서니 엄마의 말을 거들었다. 존은 다른 남자 두 명과 함께 소파에 앉아서, 쿠션으로 에델 홀리스를 누르고, 그녀가 다시 비명을 지르지 못하도록 팔과 다리를 붙잡고 손으로 입을 틀어막고 있는 중이었다.

"너무 좋아!"

존이 다시 말했다.

엄마가 거리로 나 있는 창문을 통해 밖을 바라봤다. 엄마는 어두운 길과 헨더슨의 어두운 밀밭 너머에 있는 끝없이 광대한 회색 허공을 보았다. 작은 마을 픽스빌은 바로 그 허공에서 죽은 영혼처럼 떠다니고 있었다. 그 거대한 허공은 앤서니가 만들어낸 낮의 누르스름한 햇살이 사라진 밤이 되면 훨씬 뚜렷하게 보였다.

지금 픽스빌이 어디쯤을 떠돌고 있는 것인지 궁금하게 생각해봤자 아무 소용이 없었다. 그런 생각은 전혀 도움이 안 되었다. 픽스빌은 그냥 어딘가에 있을 뿐이었다. 세상에서 떨어져 나와 어딘가를 떠돌고 있는 것이다. 픽스빌이 허공을 떠돌게 된 것은 3년 전부터였다. 그날 앤서니가 엄마의 자궁에서 기어 나오자 베이츠 박사는 비명을 지르며 아이를 떨어뜨렸다. 가련한 베이츠 박사. 그리고 박사는 아이를 죽이려 했는데, 앤서니는 투덜대더니 일을 저질러버렸다. 마을을 통째로 허공 속으로 보내버린 것이다. 아니, 어쩌면 이 마을만 남기고 세계를 모두 다 파괴해버렸을지도 모른다. 누가 알겠는가.

여기가 어디쯤인지 궁금해해봤자 소용이 없었다. 전혀 도움이 안 되었다. 살아가기 위해서는 이렇게 그냥 살아야 하는 것이다. 이렇게 영원히 살아가야 했다. 앤서니가 살아 있도록 놔둬주기만 한다면 말이다.

엄마는 이런 생각이 위험하다고 생각했다.

엄마가 중얼거리기 시작했다. 다른 사람들도 중얼거리기 시작했다. 모두들 뭔가 생각하고 있었던 게 틀림없다.

소파에 앉은 남자들이 에델 홀리스에게 작은 소리로 소곤소곤 속삭였다. 그리고 그 남자들이 에델의 입을 막고 있던 손을 떼어내자 그녀도 중얼거리기 시작했다.

앤서니는 텔레비전 위에 앉아 방송 내용을 만들어냈고, 사람들은 텔레비전 주변에 둘러앉아서 무의미한 형상이 깜빡이는 화면을 지켜보았고, 그렇게 밤이 깊어갔다.

다음날은 눈이 내려서 곡물의 절반가량을 죽여버렸다. 하지만 그날 역시 즐거운 날이었다.

즐거운 기온

Alfred Bester Fondly Fahrenheit

: 앨프리드 베스터 지음
이정 옮김

요즘 그는[41] 우리 중 누가 나인지 알지 못한다. 하지만 그들은 한 가지 진실은 알고 있다. 반드시 오직 자신만을 소유해야 한다. 자신의 삶을 만들고, 자신의 삶을 살며, 자신으로서 죽어야 한다…… 아니면 타인의 죽음을 맞게 될 것이다.

파라곤 III의 평야는 불타는 오렌지 빛 하늘 아래, 파랑과 갈색인 체

◉ **41**_ 베스터는 이 소설에서 일부러 인칭을 가지고 장난치고 있다. 나/너/우리 등이 급변하는 것은 원작을 반영한 것으로, 오역 또는 실수가 아니다. 인칭으로 장난친 이유를 읽으면서 즐겨보시기 바란다.

커판 모양의 툰드라처럼 수백 킬로미터에 걸쳐 뻗어 있었다. 저녁이면 구름은 연기처럼 사라졌고, 벼는 중얼거리듯 바스락거렸다.

우리가 파라곤 III에서 도망친 날 저녁, 긴 행렬이 논을 가로질러 행진하고 있었다. 연기 같은 하늘에 대비되어 동상의 그림자처럼 긴 사람의 줄을 이룬 그들은 조용했고, 무장한 채 결의에 차 있었다. 모두 총을 갖고 있었으며 무전기 벨트 팩을 착용하고, 귀에는 스피커 버튼, 목에는 소형 마이크를 달고 있었다. 그리고 손목에는 초록색 시계 같은 뷰 스크린이 번쩍였다. 각 스크린에는 논 안에 있는 인원들의 경로가 나타났다. 신호기는 바스락거리는 소리와 철벅거리는 발걸음 소리 외에는 아무 소리도 내지 않았다. 가끔씩 서로가 서로에게 불평하듯 무겁게 지껄였다.

"여긴 아무것도 없어."

"여기가 어딘데?"

"젠슨 들판."

"너희들 너무 서쪽으로 흘렀어."

"그쪽 줄, 좀 더 당겨."

"그림슨네 논을 맡은 사람 있나?"

"응. 거기도 없대."

"여자애가 걸어서 이렇게 멀리는 못 와."

"실려 왔을 수도 있어."

"살아 있으려나?"

"죽었다고 단정할 수도 없잖아?"

몰이꾼들의 긴 줄이 연기 자욱한 일몰을 향해 천천히, 출렁출렁 반복되며 전진했다. 몰이꾼들의 선은 뒤틀린 뱀처럼 흔들거리며 거침없이 나아갔다. 100명이 15미터씩 떨어져서 걷고 있었다. 1.5킬로미터에 걸친 흉흉한 수색. 열기의 경계를 동에서 서로 가로질러 뻗은, 성난 결의의 1.5킬로미터. 저녁이 깊어가자 모두 탐조등을 밝혔다. 그러자 뒤틀린 뱀은 흔들리는 다이아몬드 목걸이로 변했다.

"여긴 끝. 아무것도 없어."

"여긴 없어."

"없어."

"알렌네 논은 어때?"

"지금 수색 중이야."

"우리가 여자애를 놓친 거 아냐?"

"어쩌면."

"다시 찾아봐야지."

"밤 새겠구먼."

"알렌네 논, 수색 끝."

"빌어먹을! 여자애를 찾아야 해!"

"찾고 말 거야."

"여기 있다. 7구역이다. 주파수를 맞춰."

줄이 멈췄다. 열기 속에서 다이아몬드들이 얼음처럼 정지했다. 침묵. 모두 7구역으로 주파수를 조정하며 팔목에서 번쩍이는 초록색 화면을 바라보았다. 모든 스크린이 하나로 조정되었다. 모든 화면은 논의 진흙탕에 묻힌 작고 발가벗은 사람의 형상을 보여주고 있었고, 사람 형상 옆의 청동 말뚝에는 주인의 이름이 새겨져 있었다. '밴덜루어.' 줄의 끝들이 밴덜루어 평야로 한데 모였고, 목걸이는 별의 무리로 바뀌어갔다. 100명의 사람들이 논에 죽어 있는 아이의 작은 나체 주위로 모여들었다. 여자아이의 입에는 물기 하나 없었다. 아이의 목에 손자국이 보였다. 그녀의 순결했던 얼굴은 뭉개졌고 몸은 갈기갈기 찢겨 있었다. 피부에 응고된 피는 굳어서 딱딱했다.

"적어도 죽은 지 세 시간은 지났어."

"입도 말라 있어."

"익사한 게 아니야. 맞아 죽은 거야."

사람들은 어두운 저녁 열기 속에서 나지막이 단언했다. 시체를 챙기려고 들어 올렸을 때 누군가 다른 사람들의 앞을 막고 아이의 손톱을 가리켰다. 여자아이는 살인자에게 저항했던 것이다. 손톱 밑에 살점과 함께 아직 액체 상태로 응고되지 않은, 밝은 주홍색 핏방울들이 남아 있었다.

"저 핏방울들도 굳었어야 해."

"재미있군."

"그게 아니야. 어떤 피가 응고되지 않지?"

"안드로이드."

"안드로이드가 죽였나 보군."

"밴덜루어에게 안드로이드가 하나 있었어."

"여자애가 안드로이드에게 살해당했을 리 없어."

"손톱의 피는 안드로이드의 피야."

"경찰이 잘 확인하겠지."

"경찰이 내가 맞았다고 밝혀낼걸."

"하지만 안드로이드는 살인할 수 없어."

"안드로이드의 피잖아, 안 그래?"

"안드로이드는 사람을 죽일 수가 없어. 그렇게 만들어졌다고."

"한 놈이 잘못 만들어졌나 보지."

"그럴 수가!"

그리고 그날 온도계는 영광스럽게 화씨 92.9도(섭씨 34도)를 가리켰다.

그래서 우리, 제임스 밴덜루어와 그의 안드로이드는 메가스터 V를 향하는 파라곤 퀸 호에 타고 있었다. 제임스 밴덜루어는 가진 돈을 세어 보고는 훌쩍거렸다. 2등실에 그와 함께 있는 것은 표준 얼굴형에 크고 푸른 눈을 가진, 최상급 합성 피조물인 그의 안드로이드였다. 안드로이드의 이마에는 양각으로 'MA'라 새겨져 있었는데, 그것은 이 안드로이드가 희귀한 다기능$^{\text{Multiple-Aptitude}}$ 안드로이드이며 현재 시세로 5만 7000달러의 가치가 있다는 뜻이었다. 거기서 우리는 훌쩍거리며 울고, 돈을 세고, 조용히 지켜보고 있었다.

"12, 14, 16. 1600달러."

밴덜루어는 흐느껴 울었다.

"이게 다야. 1600달러. 집은 1만 달러였어. 땅은 5000달러였고. 가구도 있었고, 차도, 그림도, 판화도, 비행기도 있었어. 그런데 아무것도 안 남고 1600달러밖에 없어. 제기랄!"

나는 테이블에서 벌떡 일어나 안드로이드에게 향했고, 가죽 가방 중 하나에서 채찍을 꺼내 안드로이드를 때렸다. 녀석은 움직이지 않았다.

"저는 당신께 상기시켜드려야 합니다."

안드로이드가 말했다.

"저는 현재 시세로 5만 7000달러의 가치가 있습니다. 저는 당신이 고가의 재산을 손상시키고 있음을 경고해야 합니다."

"이 지긋지긋하고 미친 기계놈이!"

밴덜루어가 소리쳤다.

"저는 기계가 아닙니다. 로봇이 기계입니다. 안드로이드는 합성 피부로 이루어진 화학적 창조물입니다."

안드로이드가 대답했다.

"네 안에 뭐가 들어간 거냐?"

밴덜루어는 울부짖었다.

"왜 그런 짓을 한 거야? 이 저주받을 놈아!"

그는 안드로이드를 마구 때렸다.

"저는 제가 벌을 받을 수 없다는 것을 당신께 상기시켜드려야 합니다. 기쁨과 고통의 행태는 안드로이드 합성체에 포함되어 있지 않습니다."

놈이 말했다.

"그럼 왜 여자애를 죽인 거야? 재미로 그런 게 아니라면 대체 왜……"

밴덜루어가 소리쳤다.

"저는 당신께 상기시켜드려야 합니다."

안드로이드가 말했다.

"이런 배의 2등실은 방음이 되어 있지 않습니다."

밴덜루어는 채찍을 떨어뜨리고 서서 헐떡거리며 자신의 소유물인 녀석을 쳐다보았다.

"왜 그런 거야? 왜 여자애를 죽인 거야?"

내가 물었다.

"모르겠습니다."

내가 대답했다.

"처음엔 심술 맞은 장난이었어. 별 거 아니었다고. 사소한 망가뜨리기. 그때 거기서 네 녀석이 뭔가 잘못되었다는 걸 알았어야 했어. 안드로이드는 부술 수가 없어. 해를 끼칠 수가 없다고. 안드로이드는……"

"기쁨과 고통의 행태는 안드로이드 합성체에 포함되어 있지 않습니다."

"그러고는 불을 질렀지. 그다음엔 심각하게 부숴댔고. 그리고 사람을 공격했어…… 리겔의 그 엔지니어를. 매번 나빠졌고 매번 더 빨리 도망쳐야 했어. 이제는 사람을 죽였어. 젠장할! 뭐가 문제인 거야? 무슨 일이 일어난 거야?"

"안드로이드의 두뇌에는 자체 점검 장치가 포함되어 있지 않습니다."

"우리가 도망칠 때마다 한 계단씩 굴러 떨어졌어. 날 봐. 2등실에. 내가, 제임스 팰리올로그 밴덜루어가. 아버지가 최고로 부자였을 때만 해도…… 그런데, 이제 달랑 1600달러야. 그게 내가 가진 전부라고. 그리고 너. 재수 없고 빌어먹을 놈의 너!"

밴덜루어는 다시 채찍을 들어 안드로이드를 때리다가, 채찍을 던져 버리고는 침대에 무너져서 흐느껴 울었다. 마침내 정신을 차린 후 그가 말했다.

"지시사항이다."

다기능 안드로이드는 즉시 반응했다. 녀석은 일어나서 명령을 기다렸다.

"이제 내 이름은 밸런타인이다. 제임스 밸런타인. 나는 메가스터 V로 가는 이 배로 갈아타기 위해 파라곤 III에 하루밖에 머물지 않은 거다. 내 직업은 사유물인 용역용 다기능 안드로이드의 중개인이고, 방문의 목적은 메가스터 V에서 정착하는 것이다. 서류를 고쳐."

안드로이드는 밴덜루어의 여권과 서류를 가방에서 꺼내고는 펜과 잉크를 들고 테이블에 앉았다. 정확하고 빈틈없는 솜씨—도안, 문서, 그림, 조각, 에칭, 사진, 디자인 등을 창조하고 만드는 완벽한 솜씨—로 녀석은 밴덜루어에게 완벽하게 위조된 신분을 만들어주었다. 녀석의 주인은 나를 비참하게 바라보았다.

"창조하고 만들고."

나는 중얼거렸다.

"그리고 이젠 파괴. 아, 제기랄! 내가 어떻게 해야 하지? 빌어먹을! 내가 네 녀석을 없애버릴 수만 있다면. 너한테 빌붙어 살지 않아도 된다면. 제기랄! 너 대신 약간의 배짱만 물려받았다면."

댈러스 브래디는 메가스터의 일류 보석 디자이너였다. 그녀는 작고 땅땅하며 도덕관념이 없는 데다가 엄청나게 밝히는 여자였다. 그녀는 밴덜루어의 다기능 안드로이드를 고용했고, 나를 그녀의 가게에서 일하도록 했다. 그리고 밴덜루어를 유혹했다. 어느 날 밤 그녀의 침대에서 댈러스가 갑자기 물었다,

"당신 이름이 밴덜루어지, 맞아?"

"응,"

나는 중얼거렸다. 그러고는, 얼른 고쳐 말했다.

"아냐! 밸런타인이야. 제임스 밸런타인."

"파라곤에서는 무슨 일이 있었던 거야? 안드로이드는 사람을 죽이거나 기물을 파손하지 못하게 되어 있을 텐데 말이지. 그게 안드로이드가 합성될 때 주입되는 기본 명령이자 금지사항이라고. 모든 회사가 보

장하잖아."

댈러스 브래디가 물었다.

"밸런타인이라고!"

밴덜루어가 우겼다.

"아, 그만해,"

댈러스 브래디가 말했다.

"일주일 전부터 알고 있었어. 경찰을 부르지도 않았잖아, 안 그래?"

"내 이름은 밸런타인이야."

"증명하고 싶어? 경찰을 부르길 원해?"

댈러스는 손을 뻗어 전화기를 집었다.

"제발, 댈러스!"

밴덜루어는 벌떡 일어나서 그녀에게서 전화기를 뺏으려 몸부림쳤다. 댈러스는 그가 부끄러움과 무력함으로 쓰러져 흐느껴 울 때까지 밴덜루어를 뿌리치며 비웃었다.

"어떻게 알았어?"

그는 울고 나서 물었다.

"서류가 그렇던데 뭐. 그리고 밸런타인이란 이름은 밴덜루어와 너무 비슷해. 별로 영리하지 못했어, 그렇지?"

"나도 그렇게 생각해. 난 별로 똑똑하지 않아."

"당신 안드로이드는 굉장하던데, 그렇지? 폭행, 방화, 기물파괴. 파라곤에선 무슨 일이 있었던 거야?"

"아이를 납치했어. 여자아이를 논바닥에 끌고 가서 살해했다고."

"강간했어?"

"몰라."

"잡히고 말 거야."

"누군 모르는 줄 알아? 제기랄! 우린 2년째 도망 다니고 있어. 2년 동안 일곱 개 행성이라고. 2년 동안 5만 달러의 재산을 버려야 했어."

"녀석이 뭐가 잘못됐는지 알아내는 게 나을 것 같은데."

"내가 어떻게? 수리 클리닉에 걸어 들어가서 정밀검사를 요청하라고? 뭐라고 말해야 되는데? 내 안드로이드가 살인마로 변해버렸습니다. 고쳐주세요, 라고? 바로 경찰을 부를걸."

나는 부들부들 떨기 시작했다.

"하루 만에 저 안드로이드는 해체될 거고, 아마 난 살인 방조죄로 고발되겠지."

"왜 살인을 저지르기 전에 고치지 않았어?"

"그런 도박은 할 수 없었어."

밴덜루어가 화를 내며 설명했다.

"전두엽 절제니 신체 화학이니 내분비선 수술 따위를 시작해버리면 녀석의 기능을 없애버릴지도 몰라. 그러면 난 뭘 임대해주지? 어떻게 먹고 살지?"

"스스로 일할 수 있잖아. 다들 그래."

"무슨 일? 내가 잘하는 게 없다는 건 당신도 알잖아. 어떻게 내가 안드로이드나 로봇 같은 전문가들과 경쟁해? 특정한 직업에 맞는 기막힌 재능을 갖고 있지 않은 한 누군들 그럴 수 있겠어?"

"그래. 그 말은 맞아."

"난 평생 아버지한테 빌붙어 살았어. 저주받을 노인네! 아버지는 죽기 바로 전에 파산했고, 저 안드로이드를 남겨줬어. 그게 다야. 내가 살아갈 수 있는 유일한 방법은 녀석이 벌어오는 걸 갖고 사는 거라고."

"경찰한테 잡히기 전에 녀석을 팔아버리는 편이 나을 거야. 5만 달러는 받잖아. 그걸 투자해."

"3퍼센트에? 1년에 1500? 저 안드로이드가 몸값의 15퍼센트를 버는데? 1년에 8000을 번다고. 안 돼, 댈러스. 난 녀석을 데리고 살아야 해."

"녀석의 폭력성은 어떡할 건데?"

"아무것도 못해…… 지켜보며 기도하는 것밖에는. 당신은 어떡할 건데?"

"아무것도 안 해. 나랑 상관없어. 하지만…… 내 입을 다무는 조건으로 받을 게 있어."

"뭔데?"

"그 안드로이드는 나한테 공짜로 일을 해줘야 해. 딴 사람들한테서 벌고, 나한테는 공짜야."

다기능 안드로이드는 일했고, 밴덜루어는 사용료를 받았다. 지출에 신경 썼고 돈이 모이기 시작했다. 메가스터 V의 온난한 봄이 더운 여름으로 변하면서 나는 농장과 부동산을 조사하기 시작했다. 댈러스 브래디가 탐욕스럽게 요구하지만 않는다면 1, 2년 안에 영구 정착도 가능할 것 같았다.

여름의 첫 번째 뜨거운 날, 안드로이드는 댈러스 브래디의 작업장에서 노래를 시작했다. 녀석은 날씨와 함께 가게를 달구는 전기로 주변을 맴돌며, 반세기 전에 인기 있었던 옛날 곡을 노래했다.

아, 열기를 피할 수 없어.

아주 좋아! 아주 좋아!

그러니 자리에서 춤을 춰

서둘러 서둘러

멋지게 조심스럽게

자기야……

녀석은 괴상하고 걸리적거리는 음성으로 노래하며, 능수능란한 손가락을 등 뒤로 맞잡고 이상하고 제멋대로인 룸바에 맞춰 몸을 뒤틀었다. 댈러스 브래디가 놀라서 물었다.

"너 기분이 좋은 거야 뭐야?"

"기쁨과 고통의 행태는 안드로이드 합성체에 포함되어 있지 않다는 것을 저는 당신께 상기시켜드려야 합니다."

내가 대답했다.

"아주 좋아! 아주 좋아! 서둘러 서둘러, 멋지게 조심스럽게, 자기야……"

녀석은 손가락 뒤틀기를 멈추고 쇠 집게를 집어 들었다. 안드로이드는 사랑스런 열기를 바라보며 앞으로 기대더니 전기로의 타오르는 심장부에 쇠 집게를 찔러 넣었다.

"조심해, 이 바보자식!"

댈러스 브래디가 소리쳤다.

"뛰어들고 싶어 환장했어?"

"저는 현재 시세로 5만 7000달러의 가치가 있다는 것을 당신께 상기시켜드려야 합니다."

내가 말했다.

"가치 있는 재산을 위험하게 하는 것은 금지되어 있습니다. 아주 좋아! 아주 좋아! 자기야……"

녀석은 전기로에서 번쩍이는 금 도가니를 빼냈고, 돌아섰고, 소름 끼치게 껑충껑충 뛰어다녔고, 미친 듯이 노래했고, 녹아서 천천히 출렁거리는 금덩어리를 댈러스 브래디의 머리에 뿌렸다. 그녀는 비명을 지르며 쓰러졌고, 머리카락과 옷이 불타올랐으며, 피부가 재처럼 바삭바삭해졌다. 안드로이드는 껑충껑충 뛰며 노래 불렀고, 금을 다시 부었다.

"서둘러 서둘러, 멋지게 조심스럽게, 자기야……"

녀석은 노래 부르며 녹은 금을 붓고 또 부었다. 그러고서 나는 작업장을 떠나 제임스 밴덜루어와 그의 호텔방에서 다시 합류했다. 안드로이드의 타버린 옷과 꿈틀거리는 손가락을 보고 녀석의 주인은 뭔가 크게 잘못되었음을 알았다.

밴덜루어는 댈러스 브래디의 작업장으로 달려갔고, 한 번 쳐다보고는 토했고, 도망쳤다. 가방을 하나 싸고, 들고 갈 수 있는 900달러의 자산을 챙기는 데 나로서는 시간이 충분했다. 그는 그날 아침 라이라 알파로 떠나는 메가스터 퀸 호의 3등칸을 잡아탔다. 그는 나를 데려갔다. 그는 울었고 돈을 셌으며 나는 안드로이드를 또 때렸다.

그리고 댈러스 브래디의 작업장에 있는 온도계는 아름답게 화씨 98.1도(섭씨 37도)를 가리켰다.

우리는 라이라 알파에 도착한 다음 대학 가까이의 작은 호텔에 숨었다. 거기서 밴덜루어는 MA라는 글자가 부풀고 변색되어 제거될 때까지 내 이마에 주의 깊게 상처를 냈다. 글자는 다시 나타나겠지만 적어도 몇 달 동안은 보이지 않을 테고, 밴덜루어는 그 동안 MA 안드로이드를 쫓는 추적의 고함소리가 잊히길 바랐다. 안드로이드는 대학 발전소의 일반 노동력으로 고용되었다. 밴덜루어는 제임스 베니스라는 이름을 쓰며 안드로이드의 적은 수입으로 이럭저럭 어떻게든 삶을 꾸려갔다.

내가 그렇게 불행한 편은 아니었다. 호텔의 다른 거주자들 대부분은 똑같이 가난했지만, 즐겁고 젊고 열정적인 대학생들이었다. 호텔에는 날카롭고 똑똑하며 매력적인, 완다라는 이름의 여자애가 하나 있었는데, 그녀와 그녀의 남자친구인 제드 스타크는 은하계의 전 신문에서 거론되고 있는 살인마 안드로이드에 지대한 관심을 갖고 있었다.

"우린 이 사건을 연구해왔어."

오늘 밤 우연히 밴덜루어의 방에서 열린 학생들의 가벼운 파티에서 완다와 제드가 말했다.

"우린 사건의 원인을 알아냈다고 생각해. 논문을 쓸 예정이야."

그들은 아주 많이 흥분해 있었다.

"무슨 원인?"

누군가 알고 싶어 했다.

"안드로이드가 난폭해진 원인."

"확실히 조정이 잘못된 거야, 안 그래? 신체 화학이 망가졌겠지. 어쩌면 합성 암의 일종일지도 몰라, 맞아?"

"아냐."

완다는 승리감을 누르는 눈빛으로 제드를 쳐다보았다.

"그럼 뭔데?"

"좀 더 특정한 거야."

"뭐?"

"나중에 알게 될 거야."

"어, 그러지 말고."

"안 돼."

"우리한테 얘기해주지 않을래요?"

나는 관심을 갖고 물었다.

"나…… 우린 안드로이드가 어떻게 잘못될 수 있는지에 대해 관심이 많거든요."

"안 돼요, 베니스 씨. 이건 독창적인 생각이라 비밀을 지켜야 해요. 이 논제는 우리가 평생 만들어가야 할 것이거든요. 누가 훔쳐가게 내버려둘 수는 없어요."

완다가 말했다.

"우리한테 힌트라도 줄 수 없나요?"

"안 돼요. 힌트도 안 돼요. 아무 말도 하지 마, 제드. 하지만 이 정도는 말씀드릴 수 있어요, 베니스 씨. 저는 정말이지 그 안드로이드의 주인이 되고 싶진 않을 거예요."

"경찰에 잡히는 것 때문에 말입니까?"

"'투영projection'을 얘기하는 거예요, 베니스 씨. 투영! 그게 왜 위험하냐면…… 더 얘기하지 않을래요. 벌써 너무 많이 얘기했네요."

바깥에서 약한 발걸음 소리와 함께, 거슬리는 음조로 부르는 노랫소리가 들려왔다.

"서둘러 서둘러, 멋지게 조심스럽게, 자기야……"

내 안드로이드가 방으로 들어왔다. 대학 발전소 근무를 마치고 집으로 돌아온 것이다. 나는 녀석을 인사시키지 않았다. 내가 녀석에게 손짓하자, 나는 즉각 명령에 반응하여 맥주 통으로 가서 손님들을 접대하는 밴덜루어의 일을 맡았다. 녀석의 능수능란한 손가락은 혼자만의 영터리 룸바에 따라 뒤틀어져 있었다. 손가락들은 차츰 꿈틀거림을 멈췄고, 괴상한 노랫가락도 멈췄다.

안드로이드라는 물건은 대학에서 그다지 특이한 존재가 아니었다. 부잣집 학생들은 자가용이나 비행기와 함께 안드로이드를 갖고 있었다. 밴덜루어의 안드로이드에 대해 뭐라 하는 사람은 아무도 없었지만, 완다는 날카로운 눈을 가진데다 머리 회전이 빨랐다. 제드와 함께 쓸, 역사에 남을 논문에 빠져 있던 완다는 내 이마에 난 상처를 알아차렸다. 파티가 끝난 뒤 완다는 위층 자신의 방으로 올라가면서 제드와 의논했다.

"제드, 저 안드로이드는 왜 이마에 상처가 났을까?"

"아마 어디서 다쳤겠지. 녀석은 발전소에서 일하잖아. 안드로이드들은 무거운 물건을 여기저기 운반하고 그러던데."

"그게 다일까?"

"그거 말고 뭐겠어?"

"불편을 피하려고 일부러 낸 상처일 수도 있지."

"무슨 불편을 피해?"

"이마에 찍힌 걸 감추려고."

"완다, 그건 말이 안 돼. 안드로이드라는 걸 알기 위해서 이마의 표식을 볼 필요는 없어. 자동차인 걸 알려고 차의 상표를 볼 필요가 없는 것처럼."

"사람처럼 보이려고 한다는 게 아냐. 저급 안드로이드처럼 보이려 한다는 거지."

"왜?"

"녀석의 이마에 'MA'가 있었다고 생각해봐."

"다기능? 그럼 베니스는 왜 더 많은 돈을 벌 수 있는데도 녀석을 불지핀 용광로에다 버려둔다는 거…… 아, 아! 네 생각은 그럼……?"

완다는 끄덕였다.

"세상에!"

스타크는 입술을 오므렸다.

"뭘 해야 되지? 경찰을 불러?"

"아냐. 우린 녀석이 진짜 MA인지 몰라. 녀석이 MA이고 살인마 안드로이드라고 밝혀진다면, 어떻게든 우리 논문이 세상에 제일 먼저 나올 거야. 이건 큰 기회야, 제드. 녀석이 그 안드로이드라면 우리는 일련의 통제 실험을 할 수 있고……"

"맞는지 어떻게 알아내지?"

"쉬워. 적외선 필름이면 돼. 이마의 상처 밑에 뭐가 있는지 보여줄 거라고. 카메라를 빌리고 필름을 사. 내일 오후에 발전소에 숨어들어가 사진을 찍는 거야. 그러면 알 수 있겠지."

다음날 오후 두 사람은 대학 발전소로 숨어들어갔다. 발전소는 땅 밑 깊숙한 곳에 위치한 커다란 지하실이었다. 그곳은 어둡고 그늘졌으며 용광로 문들에서 나오는 타는 빛으로 번쩍였다. 두 사람은 불길의 포효 위로 넘치며 지하 동굴을 울리는, 크고 반복적이며 괴상한 목소리를 들을 수 있었다.

"아주 좋아! 아주 좋아! 그러니 자리에서 춤을 춰. 서둘러 서둘러, 멋지게 조심스럽게, 자기야……"

그리고 두 사람은 녀석이 자신이 부르는 노래에 맞춰 미친 룸바를 추며 껑충껑충 뛰어다니는 모습을 볼 수 있었다. 다리가 꼬였고, 팔은 흐느적거렸다. 손가락이 뒤틀렸다.

제드 스타크는 카메라를 들어 올려 흔들거리는 머리에 초점을 맞추고 적외선 필름으로 사진을 찍기 시작했다.

완다가 비명을 질렀다. 내가 그들을 보고는 번쩍이는 강철 삽을 휘두르며 달려들고 있었던 것이다. 녀석은 카메라를 부숴버렸다. 녀석은 여자를 넘어뜨린 다음, 남자도 넘어뜨렸다. 제드는 절망적으로 헐떡이며 나와 싸웠으나 삽에 맞고는 정신을 잃었다. 그런 다음 안드로이드는 두 사람을 용광로로 질질 끌고 가 소름 끼치도록 천천히 불꽃의 먹이로 만들었다. 녀석은 껑충껑충 뛰어다니며 노래했다. 그러고는 내 호텔로 돌아왔다.

발전소의 온도계는 살인적인 화씨 100.9도(섭씨 39도)를 가리켰다. 아주 좋아! 아주 좋아!

우리는 라이라 퀸 호의 선미 3등칸 표를 샀고, 밴덜루어와 안드로이드는 식사를 위해 허드렛일을 했다. 밴덜루어는 밤에 불침번을 서면서 무릎에 종이철을 놓고 선미 끝에 혼자 앉아 있곤 했고, 그 종이철의 내용에 당황스러워했다. 그 종이철이 밴덜루어가 라이라 알파에서 가져올 수 있는 전부였다. 그는 완다의 방에서 '안드로이드'라는 제목이 붙은 이 종이철을 훔쳤고, 그 안에는 내 병病의 비밀이 들어 있었다.

종이철에는 신문들만 그득했다. 인쇄본, 마이크로필름, 양각본, 식각본, 옵셋 인쇄본, 복사 사진본으로 구성된 전 은하계 신문의 기록들…… 리겔의 스타 배너…… 파라곤의 피케이언…… 메가스터의 타임스 리더…… 랄란드의 헤럴드…… 라카일레의 저널…… 인디의 인텔리젠서…… 에리다니의 텔레그램 뉴스. 아주 좋아! 아주 좋아!

신문들뿐이었다. 각 신문은 안드로이드의 무시무시한 범죄들 중 한 가지씩을 설명하고 있었다. 또한 국내외 뉴스, 스포츠, 사회, 날씨, 배편,

주가지수, 관심사, 특종, 대회, 퍼즐 등도 포함되어 있었다. 그렇게 정리되지 않은 많은 사실들 중 어딘가에서 완다와 제드는 비밀을 발견했던 것이다. 밴덜루어는 무기력한 기분으로 종이들을 자세히 읽어보았지만 그에게는 무리였다. 그러니 자리에서 춤을 춰!

"네놈을 팔아버리겠어."

내가 안드로이드에게 말했다.

"저주받을 놈. 테라에 도착하면 네놈을 팔아버릴 거야. 네 녀석이 얼마 나가든 간에 3퍼센트로 만족할 거야."

"저는 현재 시세로 5만 7000달러의 가치가 있습니다."

내가 그에게 말했다.

"팔 수 없으면 경찰에 넘겨버릴 거야."

내가 말했다.

"저는 고가의 재산입니다. 고가의 재산을 위태롭게 하는 것은 금지되어 있습니다. 당신께선 저를 부수지 않으실 겁니다."

내가 대답했다.

"세상에 빌어먹을 놈! 뭐라 그랬어? 잘난 척하는 거야? 내가 널 지켜줄 거라고 확신한다 이거야? 그게 그 비밀인 거야?"

밴덜루어가 소리쳤다.

다기능 안드로이드는 평온하고 완벽한 눈으로 그를 주시했다.

"때로는,"

녀석이 말했다.

"소유물일 때가 좋을 수도 있습니다."

라이라 퀸 호가 크로이돈 평야에 착륙했을 때는 영하 3도였다. 얼음과 눈의 혼합물이 평야를 가로지르며 휘날렸고, 배의 뒤쪽 분사구 아래에서 소리 내며 터져 증기로 변했다. 승객들은 꽁꽁 언 몸을 이끌고 종종걸음으로 어두운 콘크리트를 건너 세관 검사대로 갔고, 공항버스로 향했고, 런던으로 갔다. 밴덜루어와 안드로이드는 파산했고, 걸었다.

그들은 자정쯤 되어 피카딜리 서커스에 도착했다. 12월의 폭풍우는 늦춰질 줄을 몰랐고, 에로스 상은 얼음으로 덮여 있었다. 그들은 추위와 축축함에 떨면서 오른쪽으로 돌아 트래펄가 스퀘어로 걸어 내려갔고, 그다음에는 스트랜드를 따라 소호 Soho로 걸었다. 플릿 스트리트 바로 위에서 밴덜루어는 세인트 폴 대성당 쪽에서 혼자 다가오는 사람을 보았다. 그는 골목 안으로 안드로이드를 잡아당겼다.

"우린 돈이 필요해."

밴덜루어가 속삭였다. 그는 다가오는 사람을 가리켰다.

"저자에게 돈이 있어. 빼앗아."

"그 명령은 따를 수 없습니다."

안드로이드가 말했다.

"빼앗아."

밴덜루어가 반복했다.

"강제로. 알아들어? 우린 절박하다고."

"그건 제 최상위 지시사항에 어긋납니다. 저는 인명 또는 재산을 위태롭게 할 수 없습니다. 그 명령은 따를 수 없습니다."

내가 말했다.

"제발!"

밴덜루어가 폭발했다.

"넌 사람들을 공격했고, 기물을 파괴했고, 살인까지 저질렀어. 최상위 지시사항 따위 지껄이지 마. 네겐 딴 방법이 없어. 저 사람 돈을 가져와. 어쩔 수 없으면 죽여. 말했잖아, 우린 절박해!"

"그건 제 최상위 지시사항에 어긋납니다. 저는 인명 또는 재산을 위태롭게 할 수 없습니다. 그 명령은 따를 수 없습니다."

내가 말했다.

나는 안드로이드를 뒤로 밀고 낯선 이에게 달려들었다. 그는 키가 컸고 근엄하며 배운 사람 같아 보였고, 냉소적인 태도로 응고된 희망의 기운을 갖고 있었다. 그는 지팡이를 들고 있었다. 나는 그가 장님임을 알아보았다.

"예?"

그는 말했다.

"나한테 다가오는 소리를 들었습니다. 뭐죠?"

"선생……"

밴덜루어는 망설였다.

"나는 절박합니다."

"우린 모두 절박합니다. 조용히 절박하죠."

낯선 이가 대답했다.

"선생…… 난 돈이 좀 필요하거든요."

"거지요, 강도요?"

그의 보이지 않는 눈이 밴덜루어와 안드로이드를 지나쳐 갔다.

"어느 쪽도 될 수 있죠."

"아. 우리 모두 그렇잖소. 우리 종족의 역사지."

낯선 이가 어깻짓을 했다.

"친구, 나는 세인트 폴 성당에서 구걸하는 중이라오. 내가 바라는 건 훔쳐서 얻을 수 없는 것이지. 당신이 운좋게 훔칠 수 있다고 치면, 당신이 바라는 건 뭐요?"

"돈이오."

밴덜루어가 말했다.

"뭘 하려는 돈이오? 이보시오, 친구, 서로 믿어봅시다. 왜 강도짓을 하는지 얘기해주면, 내가 왜 구걸하는지 말해주겠소. 내 이름은 블렌하임이오."

"내 이름은…… 볼입니다."

"내가 세인트 폴 성당에서 앞을 볼 수 있게 해달라고 비는 건 아니오, 볼 씨. 내가 구걸하는 건 수(數)라오."

"숫자요?"

"아, 그렇소. 유리수, 무리수, 허수. 양의 정수. 음의 정수. 양과 음의 분수. 음? 당신, 블렌하임의 불후의 저서라는 '20개의 0' 이나 '양(量)의 부재에서의 차이' 에 대해 들어본 적이 없소?"

블렌하임은 씁쓸하게 미소 지었다.

"나는 수이론의 마법사요, 볼 씨, 그리고 나는 숫자를 부릴 수 있는 마법의 힘을 다 써버렸소. 50년의 마법사 생활 후에 얻은 건 노쇠요 사라진 건 욕구라오. 나는 영감을 얻기 위해 세인트 폴 성당에서 기도하고 있다오. 신이시여, 당신께서 계신다면 저에게 수를 내려주소서."

밴덜루어는 종이철을 천천히 들어 올려 그것으로 블렌하임의 손을 건드렸다.

"이 안에,"

그가 말했다.

"숫자가 있어요. 숨겨진 숫자. 비밀의 숫자. 범죄의 숫자. 우리, 교환할 수 있을까요, 블렌하임 씨?"

"구걸도 아니고 강도도 아니로군, 응? 단지 거래야. 이렇게 모든 삶은 감소하여 결국 진부해지기 마련이지."

맹인의 눈이 밴덜루어와 안드로이드를 다시 스쳐갔다.

"아마 전능자는 신이 아니라 상인일지도 모르지. 같이 우리 집으로 갑시다."

블렌하임이 말했다.

블렌하임의 집 꼭대기 층에서 우리는 방을 공유했다 — 침대 두 개, 옷장 두 개, 세면대 두 개, 화장실 한 개. 밴덜루어는 다시 내 이마에 상처를 낸 뒤 일을 찾아오라고 나를 내보냈다. 그리고 안드로이드가 일하는 동안, 나는 블렌하임과 상의하며 종이철의 신문을 하나씩 하나씩 읽어주었다. 아주 좋아! 아주 좋아!

밴덜루어는 그에게 그 정도만 말했고 더 이상은 말해주지 않았다. 나는 그가 살인마 안드로이드에 대한 가설을 시도하고 있는 학생이라고 말했다. 그가 모은 이 신문들에 블렌하임이 들어보지 못한 범죄를 설명할 진실이 있을지도 모른다고.

나는 어떤 연관성이건 숫자건 통계건 나의 광기를 설명할 수 있는 무언가가 있을 거라고 설명했고, 블렌하임은 수에 대한 인간의 관심을 끄는, 탐정 소설 같은 이 미스터리에 자극받았다.

우리는 신문을 조사했다. 내가 신문을 크게 읽으면, 블렌하임은 맹인의 섬세한 필기로 기사와 그 내용들을 목록화했다. 그러고는 내가 블렌하임에게 그의 노트를 읽어주었다. 블렌하임은 신문을 유형, 활자, 사실, 기호^{嗜好}, 기사, 철자, 단어, 제목, 광고, 사진, 주제, 정치, 편견 별로 목록화했다. 블렌하임은 분석하고, 공부하고, 숙고했다. 그리고 우리는 꼭대기 층에서 같이 살았다. 언제나 조금 춥게, 언제나 조금 겁먹은 채, 언제나 조금 더 가깝게…… 우리 사이의 증오에 대한 공포와 함께. 살아 있는 나무의 몸통을 쪼개 상처 난 조직에 영원히 합쳐지는 쐐기처럼, 우리는 함께 자라났다. 밴덜루어와 안드로이드는. 서둘러 서둘러!

그러던 어느 날 오후 블렌하임이 서재로 밴덜루어를 부르고는 자신의 노트를 펼쳐 보였다.

"알아낸 것 같네. 하지만 이해할 수는 없구먼."

밴덜루어의 가슴이 뛰었다.

"이게 연관성이네."

블렌하임이 계속했다.

"50개의 신문에 안드로이드 범인에 대한 기술이 있네. 파괴 행위 말고 50개 신문에 또 있는 게 뭘까?"

"모르겠습니다, 블렌하임 씨."

"수사적인 질문이었어. 답은 이거라네. 날씨야."

"뭐라고요?"

"날씨야. 각 사건은 기온이 화씨 90도(섭씨 32도) 이상인 날에 저질러졌다네."

블렌하임은 끄덕였다.

"하지만 그건 불가능해요. 라이라 알파는 서늘했다고요."

밴덜루어가 항의했다.

"라이라 알파에서 일어난 범죄에 대한 기록은 우리한테 없네. 그런 신문은 없었어."

"네, 맞아요. 제가……"

밴덜루어는 혼란스러웠다. 갑자기 그가 소리쳤다.

"예, 당신이 맞아요. 용광로였어요. 거긴 뜨거우니까. 확실히요. 세상에, 그래요! 그게 답이었어요. 댈러스 브래디의 전기로…… 파라곤의 삼각주 평야. 그러니 자리에서 춤을 춰. 하지만 왜? 왜? 세상에, 왜?"

바로 그 순간 나는 집으로 들어와 서재를 통과하며 밴덜루어와 블렌하임을 보았다. 나는 들어가서 나의 다기능을 사용해 헌신적으로 봉사해야 할 명령을 기다렸다.

"저 안드로이드지, 응?"

긴 순간이 지난 후 블렌하임이 말했다.

"네,"

밴덜루어는 이 발견에 아직도 혼란스러워하며 대답했다.

"그날 밤 스트랜드에서 당신을 공격하라는 명령에 왜 녀석이 거부했는지도 설명이 되는군요. 최우선 지시 사항을 깰 정도로 덥지가 않았던 거예요. 열기 속에서만…… 열기, 아주 좋아!"

그는 안드로이드를 보았다. 인간으로부터 안드로이드에게 침묵의 광기 어린 명령이 떨어졌다. 나는 거절했다. 생명을 위험하게 하는 것은 금지되어 있다. 밴덜루어는 격노하며 격렬하게 몸짓하고는, 블렌하임의 어깨를 잡고 그를 책상 의자에서 바닥으로 홱 잡아당겼다. 블렌하임이 단 한 번 비명을 질렀다. 밴덜루어는 호랑이처럼 그의 몸 위에 올라타 바닥에 눌러놓고는 한 손으로 그의 입을 틀어막았다.

"무기를 찾아봐."

그는 안드로이드를 불렀다.

"생명을 위험하게 하는 것은 금지되어 있습니다."

"이건 자기 보존을 위한 싸움이다. 무기를 갖다줘!"

그는 온몸의 체중을 실어 꿈틀거리는 수학자를 누르고 있었다. 나는 즉시 리볼버 권총이 보관되어 있는 찬장으로 갔다. 나는 권총을 검사했다. 다섯 발이 장전되어 있었다. 나는 밴덜루어에게 권총을 넘겨주었다. 나는 권총을 받아 총신을 블렌하임의 머리에 붙이고 방아쇠를 당겼다. 그는 단 한 번 경련했다.

하루 쉬기로 한 요리사가 돌아올 때까지 우리에게 남은 여유는 세 시간이었다. 우리는 집을 뒤졌다. 우리는 블렌하임의 돈과 보석을 챙겼다. 우리는 옷가방을 쌌다. 우리는 블렌하임의 노트를 챙겼고 신문은 파기했다. 그러고는 문을 주의 깊게 잠그고 떠났다. 블렌하임의 서재에서 우리는 1센티미터 남은 불 붙은 양초 밑에다 구긴 종이뭉치들을 남겨두었고, 그 주변 바닥의 융단을 석유로 적셔놓았다. 아니다, 그 일을 한 건 나였다. 안드로이드는 거절했다. 저에게 생명이나 재산을 위험하게 하는 것은 금지되어 있습니다.

아주 좋아!

그들은 지하철을 타고 래스터 스퀘어로 가서 기차를 갈아타고 대영박물관으로 갔다. 그들은 거기서 내린 다음, 러셀 스퀘어 바로 외곽에 있는 작은 조지 왕조 풍의 집으로 갔다. 창문의 작은 간판에는 이렇게 적혀 있었다. '낸 웹, 심리 상담사.' 밴덜루어는 몇 주 전에 주소를 적어놓았다. 그들은 집 안으로 들어갔다. 안드로이드는 가방과 함께 현관에서 기다렸고, 밴덜루어는 낸 웹의 사무실로 들어갔다.

그녀는 짧은 회색 머리카락에, 매우 멋진 영국식 피부색과 매우 나쁜 영국식 다리를 가진, 키가 큰 여자였다. 그녀의 표정은 무뚝뚝했고 표현 방식은 날카로웠다. 그녀는 밴덜루어에게 고개를 끄덕이고는, 쓰던 편지를 마무리 짓고 밀봉한 다음 올려다보았다.

"제 이름은,"

내가 말했다.

"밴더빌트입니다. 제임스 밴더빌트."

"그렇군요."

"저는 런던 대학의 교환 학생입니다."

"그렇군요."

"저는 살인마 안드로이드에 대해 연구하고 있습니다. 그리고 제가 뭔가 매우 재미있는 걸 발견했다고 생각합니다. 당신의 조언을 받고 싶은데요, 요금은 얼마죠?"

"대학의 단과대학은 어딘가요?"

"왜요?"

"학생들에게는 할인이 있어요."

"머튼 칼리지입니다."

"그럼 2파운드 내시면 되겠군요."

밴덜루어는 책상에 2파운드를 올려놓고, 요금 위에 블렌하임의 노트를 놓았다.

"연관성이 있습니다. 안드로이드 사건과 날씨 사이에 말입니다. 온도가 화씨 90도(섭씨 32도) 이상으로 올라갔을 때 사건들이 일어났다는 걸 알 수 있을 겁니다. 여기에 심리학적인 답변이 있을까요?"

그가 말했다.

낸 웹은 고개를 끄덕이고는 노트를 한동안 검토한 후, 종잇장들을 내려놓더니 말했다.

"공감각 synesthesia 이에요, 명백하게."

"뭐라고요?"

"공감각이요, 밴더빌트 씨."

그녀는 반복했다.

"감각이, 자극되는 감각기관과는 다른 감각기관에서 감각의 형식으로 즉시 해석될 때 공감각이라고 부릅니다. 예를 들면, 소리라는 자극이 일정한 색깔의 동시 감각을 불러일으키죠. 또 색깔이 맛이라는 감각을 불러일으키기도 하고요. 또 빛이라는 자극이 소리라는 감각을 일으킬 수도 있어요. 맛, 냄새, 고통, 압력, 온도 등등의 감각들은 혼동되거나 회로처럼 되어 있을 수도 있어요. 이해하시겠어요?"

"그런 것 같습니다."

"당신의 연구는 안드로이드가 화씨 90도 수준 이상의 온도 자극에 공감각적으로 반응할 가능성이 매우 높다는 걸 밝혀낸 거예요. 아마도 내분비선 반응이겠죠. 안드로이드 신경계 대용물의 온도와 연관되었을 수도 있어요. 높은 온도가 공포, 분노, 흥분, 폭력적 신체 활동을 불러일으키는 거예요…… 모두 신경전달물질의 영역 내에 있는 거죠."

"네, 알겠습니다. 그렇다면 그 안드로이드가 추운 기후에 있다면……."

"자극도 반응도 없겠죠. 사건도 일어나지 않고. 그런 거죠."

"그렇군요. 투영은 뭡니까?"

"무슨 말이죠?"

"안드로이드의 소유자에게 투영의 위험이 있나요?"

"아주 재미있군요. 투영은 앞으로 던지는 거예요. 스스로의 생각이나 자극을 다른 사람에게 던지는 과정이죠. 예를 들면 편집증 환자는 그의 모순이나 불안을 구체화하기 위해 그것들을 다른 사람에게 투영해요. 직접적이건 암시적이건 자기 자신이 고투하는 바 그대로 그 병을 다른 사람들이 갖고 있다고 비난하죠."

"투영이 왜 위험하죠?"

"암시된 걸 사실로 믿어버릴 위험이 있으니까요. 만약 당신이 정신질환을 당신에게 투영하는 정신병자와 함께 산다면, 그의 정신병적 경향에 빠져버려 당신 본인이 정신병자가 되어버릴 위험성이 있어요. 의심의 여지없이 당신에게 생기고 있는 일처럼, 밴덜루어 씨."

밴덜루어는 깜짝 놀라 펄쩍 뛰었다.

"당신은 바보야,"

낸 웹은 또렷하게 계속했다. 그녀가 노트를 흔들어댔다.

"이건 교환 학생이 쓴 게 아니야. 유명한 블렌하임의 유일무이한 글씨체라고. 모든 영국의 학자들은 이 맹인의 글씨체를 알아. 런던 대학에는 머튼 칼리지가 없어. 서툰 추측이었지. 머튼은 옥스퍼드의 단과대 중 하나야. 그리고 당신은, 밴덜루어 씨, 틀림없이 당신의 미친 안드로이드와의 유대감에 의해 감염된 거야…… 투영에 의해서…… 난 지금 메트로폴리탄 경찰에 전화할까 정신병 범죄자 전용 병원에 전화할까 망설이고 있어."

나는 총을 꺼내 그녀를 쏘았다.

좋아!

"안타레스 II, 알파 아우리게, 아크룩스 IV, 폴룩스 IX, 리겔 센타우르스."

밴덜루어가 말했다.

"전부 추워. 마녀의 키스처럼 춥다고. 평균 기온 화씨 40도(섭씨 4

도)야. ……절대로 70도(섭씨 21도)를 넘어가지 않아. 다시 일을 시작하는 거야. 커브 조심해."

다기능 안드로이드는 능수능란한 손으로 운전대를 돌렸다. 차는 부드럽게 커브를 돌았고 차가운 영국의 하늘 아래 수 킬로미터에 걸쳐 펼쳐진 갈대밭을, 갈색에 말라붙은 북부 습지를 통과하며 속도를 냈다. 태양은 빠른 속도로 지고 있었다. 하늘에는 외롭게 날아가는 새떼들이 서둘게 날개를 펄럭이며 동쪽으로 향했다. 외로운 헬리콥터 한 대가 새떼 위로 따뜻한 집을 향해 떠가고 있었다.

"더 이상 우리에게 따뜻함은 없어. 열은 더 이상 없다. 우리는 추위야 안전해. 우린 스코틀랜드에서 동면하면서 돈을 좀 만들고, 노르웨이로 건너가서 자금을 모으고, 그리고 우주선으로 나가는 거야. 우린 폴룩스에 정착할 거야. 우린 안전해. 우리가 이겼어. 우린 다시 살아갈 수 있어."

내가 말했다.

하늘에서 삐익 소리가 깜짝 놀랄 만큼 크게 울렸고, 귀에 거슬리는 외침이 들려왔다.

"제임스 밴덜루어와 안드로이드는 들어라. 제임스 밴덜루어와 안드로이드는 들어라!"

밴덜루어는 놀라서 위를 쳐다보았다. 헬리콥터 한 대가 그들 위에 떠 있었다. 헬리콥터 가운데의 확성기에서 명령이 들려왔다.

"너희들은 포위됐고, 도로는 봉쇄됐다. 즉시 차를 세우고 체포에 응해라. 즉시 정지해라!"

나는 밴덜루어를 바라보며 명령을 기다렸다.

"계속 몰아."

밴덜루어가 매섭게 명령했다. 헬리콥터가 고도를 낮췄다.

"안드로이드는 들어라. 그 차를 운전하고 있는 것은 너다. 즉시 차를 정지해라. 이것은 정부 지시로서 모든 개인 명령에 우선한다."

"젠장, 너 뭐하는 거야?"

내가 외쳤다.

"정부 지시는 모든 개인 명령에 우선합니다."

안드로이드가 대답했다.

"저는 그 사실을 당신에게 지적해야 합니······"

"빌어먹을, 당장 운전대에서 떨어져."

밴덜루어가 명령했다. 나는 안드로이드를 때리고, 옆쪽으로 확 당긴 후, 버둥거리며 그를 넘어 운전대 쪽으로 넘어갔다. 순간 차는 도로를 벗어났고, 흔들리면서 얼어붙은 진흙과 마른 갈대 속으로 휘말려 들어갔다. 밴덜루어는 정신을 차리고 늪지대를 통과하며, 8킬로미터 떨어진 옆 고속도로를 향해 서쪽으로 차를 계속 몰았다.

"우리가 놈들의 빌어먹을 통제선을 깨뜨리고 나아가는 거야."

그가 으르렁댔다.

차가 옆으로 아래위로 요동쳤다. 헬리콥터는 고도를 더욱 낮췄다. 탐조등이 헬리콥터의 가운데에서 번쩍거렸다.

"제임스 밴덜루어와 안드로이드는 들어라. 체포에 복종해라. 이것은 정부 지시로서 모든 개인 명령에 우선한다."

"녀석은 복종 못해."

밴덜루어가 사납게 소리쳤다.

"복종할 놈이 없거든. 녀석은 못하고 난 안 해."

"젠장맞을! 우린 놈들을 금세 뚫고 나갈 거야. 우린 저지선을 뚫고 나갈 거야. 우린 열기를 뚫고 나갈 거야. 우린……"

내가 웅얼거렸다.

"저는 당신에게 지적해야 합니다."

내가 말했다.

"저는 제일第一 명령에 의해, 모든 개인 명령에 우선하는 국가 지시에 따라야 합니다. 저는 체포에 복종해야 합니다."

"누가 국가의 명령이라고 했어?"

밴덜루어가 말했다.

"저놈들? 저 헬리콥터에 있는? 놈들은 증명서를 보여줘야 해. 네가 복종하기 전에 국가 명령이라는 걸 증명해야 한다고. 우릴 속이려는 사기꾼 놈들인지 아닌지 네가 어떻게 알아?"

그는 운전대를 한손으로 잡은 채, 품안에 손을 넣어 총이 아직 있는지 확인했다. 차가 미끄러졌다. 바퀴가 서리와 갈대 위에서 괴성을 냈다. 운전대가 그의 손아귀에서 빠져나갔고, 차는 작은 언덕에서 균형을 잃고 전복됐다. 엔진은 울부짖는 듯했고 바퀴는 헛돌며 비명을 지르는 듯했다. 밴덜루어는 밖으로 기어 나와 안드로이드를 끌어냈다. 우리는 헬리콥터에서 구멍 뚫듯이 내려오는 둥근 빛에서 잠시 벗어나 있었다. 우리는 길을 잘못 들어 늪지대로, 암흑 속으로, 숨을 수 있는 쪽으로 갔던 것이다……. 쿵쿵대는 심장 소리와 함께 밴덜루어는 안드로이드를 질질 끌면서 뛰었다.

헬리콥터가 부서진 차 위에서 선회하며 날아올랐다. 서치라이트가 지상을 비췄고 확성기가 울려 퍼졌다. 우리가 나온 고속도로 위에서는, 모여든 수색대 인원들을 따라다니고 통제하듯 불빛들이 나타나더니 헬리콥터의 무전이 알려주는 방향을 따라왔다. 밴덜루어와 안드로이드는 안전한 옆 도로에 도달하기 위해 늪지대로 점점 더 깊이 들어갔다. 이제 밤이었고 하늘은 윤기 하나 없이 까맸다. 별도 없었다. 기온은 계속 떨어졌고 밤의 남동풍은 살을 저미는 것 같았다.

멀리 뒤쪽에서 둔중한 진동이 있었다. 밴덜루어는 놀라서 뒤돌아보았다. 차에 남은 연료가 폭발한 것이다. 화염의 간헐천이 붉은 분수처럼 솟아올랐다. 화염은 불타는 갈대의 구덩이로 내려갔고, 화염의 끝단은 바람에 밀려 3미터 높이의 벽으로 자라났다. 화염의 벽은 사각거리며 우리를 향해 맹렬하게 다가오기 시작했고 그 위로는 기름에 의한 연기의 장막이 굽이치며 밀어닥쳤다. 그 뒤로 밴덜루어는 사람들의 형상을 식별할 수 있었다…… 늪지대를 수색하는 수색대 무리였다.

"제기랄!"

나는 소리치며 절망적으로 안전한 곳을 찾았다. 그는 나를 끌며 달렸으나 끝내 그들의 발이 물웅덩이의 얼음 표면을 박살내고 말았다. 그는 얼음을 마구 밟아댔지만, 우리와 안드로이드를 끌고 얼음물 속으로 빠져버렸다.

화염의 벽이 다가왔다. 나는 우지직 하는 소리와 함께 열기를 느낄 수 있었다. 그는 수색자들을 명확하게 볼 수 있었다. 밴덜루어는 안주머니에 손을 넣어 총을 찾았다. 주머니는 찢어져 있었다. 총은 없었다. 그는 추위와 공포로 신음하며 부들부들 떨었다.

늪지대의 화재에서 나오는 불빛으로 아무것도 보이지 않았다. 하늘의 헬리콥터는 연기와 화염 속으로는 날 수 없었고, 우리 바로 근처까지 멀리 추격해온 추적자들을 도와주는 것도 불가능했으므로 별 수 없이 한쪽으로 날아가버렸다.

"우릴 찾지 못할 거야."

밴덜루어가 속삭였다.

"조용히 있어. 명령이다. 우릴 찾지 못할 거야. 우리가 놈들을 이길 거야. 우리가 불을 이길 거야. 우리가……"

세 발의 총소리가 도망자들에게서 채 30미터도 안 되는 거리에서 들렸다. 탕! 탕! 탕! 내가 권총을 떨어뜨린 곳에서, 총에 남아 있던 세 발의 탄환이 늪지대의 불에 닿자 폭발한 것이다. 추적자들은 소리 쪽으로 방향을 돌렸고, 바로 우리를 향해 다가오기 시작했다. 밴덜루어는 신경질적으로 저주를 퍼부었고, 견딜 수 없는 불의 열기를 피하기 위해 더 깊이 물속으로 들어갔다. 안드로이드가 경련하기 시작했다. 화염의 벽이 그들에게 밀어닥쳤다. 밴덜루어는 긴 숨을 들이마신 뒤 화염이 그들을 지나갈 때까지 잠수할 준비를 했다. 안드로이드가 부들부들 떨며 귀청이 터질 듯한 비명을 지르기 시작했다.

"아주 좋아! 아주 좋아!"

녀석이 소리쳤다.

"서둘러 서둘러!"

"저주받을 놈!"

내가 소리쳤다. 나는 녀석을 물에 처넣으려 했다.

"저주받을 놈!"

나는 그를 욕하며 얼굴을 쳤다.

안드로이드는 맞서 싸우는 밴덜루어를 때리다가, 진흙에서 튕겨나갔고 일어선 채 비틀거렸다. 내가 다시 공격하기도 전에 살아 있는 듯한 불길이 녀석을 최면시키듯 사로잡았다. 녀석은 불길의 벽 앞에서 미친 듯한 룸바를 추며 껑충껑충 뛰어다녔다.

녀석의 다리가 꼬였다. 팔이 펄럭였다. 손가락이 저만의 룸바로 뒤틀렸다. 녀석은 열기의 포옹 앞에서 비명 지르듯 노래하며 기형적인 왈츠를 추고 있었다. 찬란하게 번쩍이는 불꽃에 대비되어 진흙 괴물의 윤곽이 드러났다.

수색자들이 소리치며 총을 쏘아댔다. 안드로이드는 두 번 돌더니 다시 불꽃의 면상 앞에서 무시무시한 춤을 계속했다. 돌풍이 불었다. 불꽃이 껑충거리는 형상을 휩쓸었고, 포효하는 순간 녀석을 집어삼켜버렸다. 화재가 진압되자, 절대 응고되지 않는 진홍색 피를 흐느끼듯 흘리는 인공 살덩어리가 남아 있었다.

온도계는 경이롭게도 1200도(섭씨 650도)를 가리켰으리라.

밴덜루어는 죽지 않았다. 나는 도망쳤다. 그들은 안드로이드가 껑충껑충 뛰어다니다 죽는 것을 보며 그를 아쉬워했다. 하지만 나는 요즘 우리 중 누가 그인지 모른다. 완다가 경고했던 투영. 낸 웹이 말했던 투영. 당신이 미친 사람이나 미친 기계와 오래 살면 나도 미쳐버리지. 좋아!

하지만 우리는 한 가지 진실은 알고 있다. 우리는 그들이 잘못되었음을 알고 있다. 새 로봇과 밴덜루어는 새 로봇이 경련하기 시작했기 때문에 그렇다는 것을 알고 있었다. 좋아! 추운 이곳 폴룩스에서 로봇은 실룩거리며 노래하고 있었다. 열기는 없었지만 내 손가락은 뒤틀렸다. 열기는 없었지만 녀석은 혼자 산책 나온 탈리의 여자아이를 잡아왔다. 저가의 노동용 로봇이었다. 자동제어 기능밖에…… 내가 해줄 수 있는 건 없었지만…… 녀석은 경련을 일으키며 흥얼거리면서 혼자 여자아이를 데리고 걸어가버렸고, 난 그들을 찾지 못하고 있다. 젠장! 밴덜루어는 너무 늦기 전에 나를 찾을 수 없을 거야. 멋지게 조심스럽게, 자기야, 춤추는 혹한 속에서 온도계는 사랑스럽게 10도(섭씨 영하 12도)를 가리켰다.

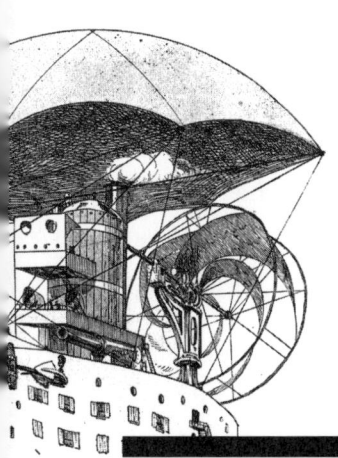

친절한 이들의 나라

Damon Knight The Country of the Kind

데이먼 나이트 지음
조호근 옮김

내가 차를 끌고 들어갔을 때, 주차장 종업원은 멍하니 딴생각을 하며 앉아 있었다. 덩치 크고 게으르게 생긴, 체커 무늬 검은색 새틴으로 쫙 빼입은 남자였다. 반면 나는 내 기분에 딱 맞는 선홍색 옷을 입고 있었다. 나는 그의 코앞까지 차를 몰아가서 들이대듯 멈췄다.

"주차입니까, 보관입니까?"

그는 돌아서며 거의 반사적으로 묻고는, 내가 누군지를 알아채고 즉시 입을 다물고 머리를 집어넣었다. 나는 친절하게도 그에게 대답해 주었다.

"둘 다 아닌데."

그자의 바로 뒤 수리용구 선반에 핸드 토치가 놓여 있는 것이 보였다. 나는 그걸 집어 들고 다시 차 있는 곳으로 돌아왔다. 앞바퀴 뒤쪽으로 손이 닿을 수 있는 곳에서 무릎을 꿇고, 나는 토치를 점화시켰다. 엑셀과 브레이크를 토치로 주욱 긁어주자, 점차 붉게 달아오르다 하얀색으로 빛나더니 마침내 뭉개져 붙어버렸다. 그 다음에는 일어나서 타이어 쪽으로 불꽃을 겨냥했다. 고무 타는 냄새가 진동했고, 결국은 타이어가 보도 바닥에 완전히 눌어붙어버렸다. 물론 종업원은 뭐라고 한마디도 하지 못했다.

멍하니 자신의 콘크리트 위에 펼쳐진 참상을 바라보고 있는 그를 뒤로 하고, 나는 주차장을 나왔다.

차가 마음에 들지 않거나 그랬던 것은 아니다. 하지만 내가 원하면 언제든 다른 차를 얻을 수 있었고, 오늘은 괜히 걷고 싶은 기분이었다. 나는 오후의 햇빛에 졸고 있는 듯한, 서늘한 나뭇잎 그늘과 냄새에 젖어 있는 구불구불한 골목길을 따라 걸음을 옮겼다. 집은 보이지 않았다. 내가 들은 바로는 이 지역의 집들은 땅속에 묻혀 있거나, 산울타리에 가려 있거나, 아니면 양쪽 모두 사용되어 은닉되어 있다고 했다. 그 집들을 구경하러 내가 이곳에 온 것이다. 어차피 따분한 놈들이 뭘 하든 내가 볼 만한 것은 못 되겠지만.

나는 적당한 곳에서 방향을 틀어 정원을 가로지른 다음, 꽃이 활짝 핀 가시나무 산울타리를 지나, 땅을 파서 만든 커다란 운동장 옆까지 도착했다.

테니스 네트가 쳐 있었고, 두 커플이 운동 중이었다. 네 명 모두 내 나이의 절반쯤 되어 보이는 젊은이들로, 아마도 잠시 땀을 흘리며 운동을 즐기는 중인 것 같았다. 검은머리가 세 명, 금발이 한 명. 실력은 비슷비슷했고, 커플끼리의 호흡도 좋았다. 분명 즐기고 있는 듯했다.

나는 한 1분 정도 그 모습을 지켜보고 서 있었다. 그러나 이윽고 가까운 커플이 내 존재를 알아채버렸다. 금발이 서브하기 직전, 나는 코트로 들어갔다. 그녀는 얼어붙은 채로 나를 바라보고 어색하게 동작을 멈췄다. 다른 이들도 움직임을 멈췄다. 나는 그들을 보며 말해줬다.

"자, 다들 꺼져. 게임 끝이다."

나는 금발을 바라보았다. 눈에 띄게 예쁜 것은 아니지만, 깔끔한 얼굴에 우아한 몸동작을 가진 여자였다. 그녀는 놀란 듯했지만, 어색하지 않은 동작으로 천천히 내려와서 라켓을 팔 아래 끼었다. 그러고는 조금 진정이 된 듯 다른 세 명을 따라 코트를 나갔다.

달콤한 라일락 냄새가 물씬 풍기는, 사방이 산울타리로 막힌 복잡한 오솔길을 따라, 나는 그들의 목소리를 추적했다. 이윽고 작은 일광욕 장소로 보이는 곳이 나왔다. 해시계와 새들 목욕통이 보였고, 여기저기 수건들이 널브러져 있었다. 길을 따라 멀어져가는 검은머리 커플의 머리가 산울타리 너머로 여전히 보였다. 다른쪽 커플은 사라진 듯했다.

나는 수풀 속에서 쉽게 손잡이를 찾아냈다. 기관이 작동하자 숨겨져 있던 출입구가 지상으로 모습을 드러냈다. 내려가는 길은 엘리베이터가 아니라 계단이었지만, 나는 개의치 않았다. 계단을 내려가서 보이는 첫 번째 문으로 들어가자, 위에서 들어오는 햇빛이 방 전체에 산란되어 비치는 타원형의 최상층 라운지로 이어졌다. 여기저기 널려 있는 가구들은 모두 편안하게 둥글둥글한, 센스는 전혀 없는 형태였다. 카펫은 푹신했고, 공기 중에는 꽃향기가 떠돌았다.

금발 여자는 반대쪽 끝에서 등을 돌린 채로 자동 조리기 키보드를 살펴보고 있었다. 운동용 슈트를 반쯤 벗은 채였다. 슈트를 발아래까지 끌어내려 완전히 벗고 나온 후, 그녀는 몸을 돌리다 내가 서 있는 것을 발견했다.

다시 놀란 모양이다. 내가 따라올 거라고는 생각하지 못했겠지.

그녀가 움직이려는 생각을 하기 전에, 내가 먼저 거리를 좁혔다. 그녀는 도망칠 수 없다는 사실을 잘 알고 있는 듯했다. 얼굴이 조금 창백해지며, 그녀는 눈을 감고 패널 쪽으로 몸을 기댔다. 입술은 꾹 다문 채였고, 금빛 눈썹은 초조한 듯 떨리고 있었다.

나는 그녀를 한 번 죽 훑어보고는 별로 칭찬이라 할 수 없는 말을 몇 마디 내뱉었다. 그녀는 몸을 떨기는 했지만 대답은 하지 않았다. 순간 뭔가 생각이 떠올랐다. 나는 몸을 숙이고 자동 조리기의 다이얼을 뜨거운 치즈 소스에 맞췄다. 그리고 안전장치를 뜯어내버린 다음, 양을 맞추는 다이얼을 최대치까지 올렸다. 용기 다이얼은 스프 보관용 그릇과 펀치 볼로 맞췄다.

1분쯤 후에, 김이 푹푹 오르는 뜨거운 음식들이 나오기 시작했다. 나는 스프 그릇을 집어 들어 그녀 양 옆의 벽에 뿌렸다. 그리고 펀치 볼이 나오자 그릇을 비워 소스를 뜨는 데 사용했다. 카펫에도 넘칠 정도로 소스를 뿌렸다. 사방의 벽을 따라 줄줄 흘러내리도록 소스를 듬뿍 뿌렸고, 손이 닿는 곳의 가구에도 모두 소스를 한 움큼씩 선사했다. 식으면 이 소스는 굳을 것이고, 굳으면 떨어지지 않고 눌어붙게 되리라.

그녀의 몸에도 소스를 뿌리고 싶었지만, 분명 그러면 화상을 입을 것이고, 나는 그런 일을 할 수 없었다. 자동 조리기에서는 계속해서 펀치 볼에 담긴 뜨거운 소스가 나와서 배출구를 꽉 막히게 하고 있었다. 나는 취소 버튼을 누른 후 소테른(단맛, 캘리포니아) 버튼을 눌렀다.

뚜껑을 딴 차가운 와인이 나오기 시작했다. 나는 첫 병을 집어 그녀의 쇄골 사이로 와인을 흩뿌릴 참이었다. 그녀의 살결 위로 아름다운 선을 그리도록. 그때 내 뒤에서 말소리가 들렸다.

"차가운 와인이야. 조심해."

팔이 움찔하고 흔들리며 그녀의 정강이께에 와인을 쏟았다. 이미 늦었다. 그녀는 와인을 맞게 될 거라는 것을 알아채버렸다. 목소리 때문에 눈을 뜬 상태였고, 별로 놀라지 않은 듯했다.

나는 머리끝까지 화가 나서 뒤를 돌아보았다. 한 남자가 지하 계단으로 통하는 통로 입구에 서 있었다. 다른 사람들보다 마른 얼굴에, 건장한 구릿빛 상체, 경계심 많은 푸른 눈을 가진 사내였다. 그자가 아니었더라면 내 계획은 분명 먹혔을 것이다 — 금발 여자는 차가운 느낌을 뜨거운 것으로 착각했겠지.

마음속에서 분노의 함성이 치밀어 오르는 것이 느껴졌다. 나는 그것을 기쁘게 받아들였다.

그를 향해 한 걸음을 내딛다가, 발이 미끄러졌다. 나는 어색하게 넘어지며 한쪽 발목을 접질렸다. 온몸에 느껴지는 고통에 부들부들 떨며, 나는 몸을 일으켰다. 내 행동을 통제할 수 있는 상태가 아니었다.

"네놈, 네놈이……"

나는 소리 지르며 펀치 볼 하나를 양손으로 높이 쳐들었다. 뜨거운 소스가 손목으로 흘러내리고 있다는 것도 눈치 채지 못한 상태로. 그자에게 그릇을 던지기 직전, 고통이 찾아왔다. 머릿속에서 울리는 망할 놈의 소리. 소리가 계속해서 커지며 다른 모든 것들을 잠재워버렸다.

정신이 들자 두 명 모두 사라진지 오래였다. 나는 죽기 직전까지 약해진 상태로 바닥에서 몸을 일으켰고, 비틀거리며 가장 가까운 의자로 다가가 털썩 앉았다. 옷은 온통 미끈거리고 끈끈했다. 죽고 싶었다. 나를 향해 들어오라고 손짓하는 어둡고 기분 나쁜 구멍 안으로 들어가 다시는 올라오지 않고 싶었다. 그러나 나는 정신을 차리고 의자에서 일어났다.

엘리베이터를 타고 내려가는 동안, 나는 다시 의식을 잃을 뻔했다. 지하 2층의 침실에도 금발 여자와 빼빼 마른 남자는 보이지 않았다. 나는 그 사실을 확인한 다음, 옷장과 서랍장 속에 있는 물건을 전부 꺼내어 욕실 한 곳의 욕조 안에 집어넣은 다음 물을 틀었다.

지하 3층에도 내려가봤지만 정비실과 지하 창고뿐이었다. 나는 화로에 불을 지피고, 온도 조절기를 최고 수준까지 올려놓았다. 경보나 안전장치는 전부 잡아뜯어버렸다. 냉장고를 열고 다이얼을 '성에 제거'로 돌렸다. 계단실로 통하는 문을 열려 있게 고정시킨 다음, 나는 다시 엘리베이터를 타고 올라왔다.

지하 2층에서는 충분히 오래 머물며 계단실 문이 열려 있도록 했다. 이미 바닥을 따라 물이 절반쯤 도달한 상태였다. 마지막으로 제일 위층으로 올라가 뒤져보았지만, 이미 아무도 없었다. 나는 책꽂이를 전부 열고 방 안으로 책들을 집어던져버렸다. 아직 더 할 수 있는 일은 많았지만, 이제는 거의 서 있을 기력조차 남아 있지 않았다. 나는 지상으로 올라와서 정원에 털썩 누웠다. 기분 나쁜 심연이 나를 삼켰고, 나는 죽은 듯한 잠의 세계로 빠져 들어갔다.

내가 자는 동안, 물이 계단실을 통해 내려가 지하 3층을 가득 채운 모양이다. 해동된 음식 봉지들이 집 안 사방을 떠다니고 있었다. 벽의 배선반과 주택 제어 장치로 물이 스며들어 회로가 터지고 퓨즈가 나가버렸다. 에어컨은 멈췄지만 보일러는 계속해서 달궈지고 있었다. 수위가 계속 올라왔다.

못쓰게 된 음식, 떠다니는 저장 물품, 더러운 물이 계단실을 채우며 올라왔다. 2층과 1층은 더 넓으니까 물이 차려면 시간이 걸리겠지만, 결국은 꽉 차버리고 말 것이다. 깔개, 가구, 옷, 집 안에 있는 모든 것들이 물에 젖어 못쓰게 될 것이다. 어쩌면 이 엄청난 물의 무게 때문에 집이 기울어 수도관이 터지거나 해서 다른 수해를 불러일으킬지도 모른다. 이 난장판을 처리하는 일만 해도 수리공들이 하루는 넘게 일해야 할 것이다. 집 자체는 수리가 불가능할 정도로 끝장나버렸다. 그 금발 여자와 얄쌍한 남자는 다시는 이곳에서 살지 못할 것이다.

그 연놈들에게 딱 어울리는 벌이지.

지루한 놈들은 다른 집을 지을 수 있다. 꼭 비버처럼 집을 짓는단 말이야. 하지만 이 세상에 나는 단 한 명밖에 존재하지 않는다.

내 첫 기억은 어떤 여자, 아마도 직업 출산모인 것 같은 사람이 충격과 공포로 가득한 얼굴로 나를 바라보고 있던 것이다. 그것뿐이다. 그 기억 바로 직전이나 직후에 무슨 일이 있었는지는 생각해낼 수 없었다. 그 전에는 출생까지 이어지는 거대한 어둠의 터널이 존재할 뿐이었다. 그 후로는 오로지 평온뿐이었다.

다섯 살 때부터 열다섯 살 때까지, 내가 기억하는 모든 것은 아늑하고 어슴푸레한 바다에 떠 있는 느낌이었다. 딱히 중요한 것은 아무것도 없었다. 나는 이 물 위에서 나른하고 부드럽게 떠다녔다. 잠들어 있는 시간과 깨어 있는 시간의 경계선도 명확하지 않았다.

내가 열다섯 살이었을 때는 젊은 연인들이 몇 달, 또는 그보다 더 오래 사랑을 나누는 것이 유행이었다. 우리들은 그것을 '지속적인 사랑'이라고 불렀다. 나이든 사람들이 그게 얼마나 건강에 해로운 짓인지 경고했던 것이 기억난다. 하지만 우리는 평범한 젊은이들이었고, 법 아래에서는 어른들과 비슷할 정도로 자유로웠다.

우리 모두, 나만 제외하고.

내가 처음으로 지속적인 관계를 가진 대상은 엘렌이라는 소녀였다. 그녀는 거의 백색에 가까울 정도의 밝은 긴 금발, 어두운 빛의 속눈썹, 창백한 녹색 눈동자를 가지고 있었다. 빛나는 눈. 다른 사람을 보는 것이 아니라, 아무것도 보지 않는 것 같은 느낌의 눈이었다.

그녀는 가끔 묘하게 당혹스러워하는 눈빛으로 나를 보곤 했다. 공포와 분노의 중간쯤 되는 느낌이었다. 한 번은 내가 그녀를 너무 꽉 껴안아서 아프게 했을 때였다. 그때 말고는 전혀 아무런 이유도 없이 그랬다.

우리 집단에서는 4주가 되기 전에 깨지는 커플은 뭔가 문제가 있는 것으로 간주되었다. 한쪽 또는 양쪽 모두에 뭔가 잘못된 것이 없다면 그보다는 더 오래 사랑을 나누었을 거라고 생각했기 때문이다.

엘렌과 내가 커플이 된 지 4주하고 하루가 지난 후, 그녀는 관계를 끝내겠다고 내게 얘기했다.

나는 이런 상황에 대해 준비가 되어 있다고 생각했었다. 그러나 갑자기 방이 내 주변으로 빙빙 도는 느낌이 들었다. 벽이 내 손바닥으로 다가와 붙은 후에야 도는 것이 멈췄다.

우리들은 취미용 작업실로 쓰이던 방에 있었다. 마침 내 손 아래에는 플라스틱용 조각도 진열장이 놓여 있었다. 나는 아무 생각 없이 그중 하나를 꺼내들었다. 그리고 내가 무엇을 들고 있는지를 깨닫자, 나는 그녀를 겁에 질리게 해주겠다고 마음먹었다.

내가 그녀를 향해 다가가자, 그녀의 옅은 색 눈에 예의 그 놀란 표정, 반쯤 화난 듯한 기색이 어렸다. 흥미로운 점은, 그녀가 칼이 아닌 내 얼굴을 보고 있었다는 것이다.

장로들은 한참 후에 피를 뒤집어쓴 나를 발견하고 방에 가두었다. 이제 겁에 질린 것은 내 쪽이었다. 인간이 내가 저지른 짓과 같은 일을 할 수 있다고 처음으로 깨달았기 때문이다. 그리고 엘렌에게 내가 그런 짓을 할 수 있었다면, 분명 내게도 그들이 그런 짓을 할 수 있을 테니까.

하지만 그들은 그럴 수 없었다. 그들은 나를 풀어주었다. 그럴 수밖에 없었다.

그리고 그때서야 비로소, 나는 내 자신이 세계의 왕이라는 것을 깨달았다…….

잠에서 깨어났을 때는 이미 하늘이 투명한 자줏빛으로 변하고 있었고, 울타리를 넘어 어둠이 쏟아져 들어오기 시작했다. 나는 언덕을 내려가다 상업 지구 외곽에서 창백한 푸른빛을 내는 타원형의 광자 튜브를 발견했고, 습관처럼 그쪽으로 향했다.

다른 사람들은 예약권을 보여주고 입장하려고 입구에 줄 지어 서 있었다. 나는 그들 사이를 헤치고 들어가며 충격받은 얼굴들이 움찔 하고 떨어져나가는 것을 느꼈다. 나는 곧장 탈의실로 들어갔다.

조임끈이며 산소 호흡기, 마스크와 물갈퀴까지 전부 가져가라는 듯 놓여 있었다. 나는 바로 그 자리에서 옷을 벗어버리고 수중용 장비를 입었고, 마치 다른 세계에서 온 괴물과도 같은 모습이 되어 수영장 가로 나갔다. 호흡기와 물갈퀴를 정비한 다음, 나는 곧장 물속으로 잠수해 들어갔다.

물속은 온통 투명한 푸른색이었고, 수영하는 사람들은 밝은 빛의 천사처럼 보였다. 내가 잠수하는 길을 따라 작은 고기떼가 흩어졌다. 내 심장은 이 고통스러운 즐거움에 쿵쿵 뛰었다.

훨씬 더 깊은 곳에서, 인조 산호 기둥 주변을 뱅글뱅글 돌며 수중

춤 연습 비슷한 것을 하는 소녀 한 명이 눈에 띄었다. 손에는 빨판이 달린 작살을 들고 있었지만, 그것을 사용할 생각은 없는 듯했다. 그녀는 그저 혼자서 물속 가장 깊은 곳에서 춤을 추고 있을 뿐이었다.

나는 그녀를 쫓아 헤엄쳤다. 그녀는 젊고 가녀린 소녀였으며, 내가 그녀의 동작을 흉내 내어 어색하게 춤을 추어 보이자 마스크 뒤쪽에서 즐거움으로 눈을 빛냈다. 그녀는 과장된 동작으로 내게 절하고는, 아이들의 발레처럼 간단하지만 과장된 동작으로 천천히 내게서 멀어져갔다.

나는 그녀를 따라가며, 딱딱한 동작으로 그녀 주변을 돌며 헤엄쳤다. 처음에는 그녀보다 더 어리숙하고 어색한 동작으로, 그리고는 천천히 그녀의 동작을 흉내 내며, 그 동작을 조금씩 발전시켜서 화려하고 도발하는 듯한 동작으로 완성해 그녀의 주변에서 춤추기 시작했다.

그녀의 눈이 커지는 것이 보였다. 그녀는 자신의 리듬을 내게 맞추고는, 함께 따라서 춤을 추며 돌기 시작했다. 마침내 지쳐버린 우리들은 플라스틱으로 만든 산호 아치가 굽어보는 아래에서 한 덩어리가 되어 누웠다. 그녀의 차가운 몸은 내 품 안에 놓여 있었다. 두 겹의 딱딱한 유리면 너머— 거의 한 세계만큼이나 먼 거리— 에서, 그녀의 눈빛은 친절하고 따사로웠다.

낯선 두 사람이 하나의 육체가 되어, 수많은 물질의 혼돈을 지나 영혼끼리 대화를 나누는 것을 느낄 수 있는 순간이 있다. 우리는 서로 키스할 수도, 이야기를 할 수도 없었지만, 그녀의 손은 내 어깨 위에 놓여 있었고, 그녀의 눈은 내 눈을 마주하고 있었다.

그러나 그 순간은 끝날 수밖에 없었다. 그녀는 수면을 향해 손짓해 보이고는 나를 떠났다. 나도 그녀를 따라 올라갔다. 나는 이제 고통을 떠나 졸린 듯한 기분, 거의 평화로움에 가까운 기분을 만끽하고 있었다.

나는…… 나는 그 감정을 뭐라고 표현해야 할지 모르겠다.

우리는 함께 수영장 가장자리로 올라왔다. 그녀는 나를 보고 마스크를 벗었다. 그러자 그녀의 미소는 녹아내리듯 사라져버렸다. 그녀는 끔찍한 혐오의 표정을 띠고 나를 바라보고는 코를 감싸 쥐었다.

"세상에!"

그녀는 물갈퀴를 신은 채 어색한 동작으로 몸을 돌렸다. 그녀가 백발 남자의 품안으로 뛰어드는 모습이 눈에 들어왔다. 그녀가 히스테릭하게 웅얼거리는 목소리가 내 귀로 흘러들어왔다.

남자의 목소리가 귓가에 울렸다.

"기억이 안 난다는 거냐? 잘 새겨놓고 있었어야지!"

그는 몸을 돌리고 말했다.

"할, 클럽하우스에 그거 사본이 있나?"

누군가 그의 물음에 대답했고, 잠시 후 젊은 남자 하나가 갈색의 얇은 안내 책자를 들고 나타났다.

나는 저 책자를 잘 알고 있었다. 남자가 어느 쪽을 펼쳤는지를 말해줄 수도 있다. 내가 바라보는 동안 소녀가 읽고 있던 쪽의 문장을 하나하나 그대로 읊어줄 수도 있다.

나는 기다렸다. 왜인지는 모르겠다.

나는 그녀의 목소리가 커지는 것을 들었다.

"저자가 날 만지게 그냥 놔뒀다니!"

백발의 남자는 그녀를 토닥이며 안심시켜주었다. 목소리는 너무 낮아서 들리지 않았다. 그녀가 몸을 똑바로 세우는 것이 보였다. 그녀는 나를 바라보고는…… 냄새가 존재하는, 푸른빛이 감도는 세상에서, 몇 킬로미터 밖, 한 세계만큼이나 먼 거리에서…… 안내 책자를 접어서 던진 다음, 몸을 돌려 걸어가버렸다.

    책자는 거의 내 발치에 떨어졌다. 나는 발끝으로 그것을 건드렸고, 내가 생각하고 있던 페이지가 펼쳐졌다.

    ……15세까지 진정제 치료를 했으나, 성적인 이유로 인하여 그 이후로는 치료가 불가능해짐. 담당자와 의료진이 머뭇거리는 동안, 폭력을 사용해 그룹의 소녀 한 명을 살해했음.

    쭉 넘어가서 아래쪽으로 내용이 이어진다.

    최종적으로 결정된 해결책은 다음과 같이 3중으로 적용됨.
    1. 벌칙ㅣ우리의 자비롭고 관대한 사회에 가능한 단 한 가지의 벌칙. 파문 : 누구도 그에게 말하지 말고, 자의로 그와 접촉하지 말 것이며, 그의 존재를 인지하지 말 것.
    2. 예방ㅣ가벼운 간질 증상을 이용하여, 일명 쿠스코 아날로그 기술이라 불리는 것의 변형 형태가 적용되었으며, 이후 폭력적인 행동을 취하려 하면 즉각 간질 발작이 일어나 행동을 제어하게 됨.
    3. 경고ㅣ체내 화학 성분을 조심스럽게 변경하여, 호흡한 공기나 분비물이 지독하게 자극적이고 불쾌한 악취를 띠게 함. 자비심에서, 그 자신에게는 이 악취가 효과가 없도록 만듦.
    다행히도 이러한 격세 유전을 일으키는 유전적, 환경적 사고는 완벽하게 과학적으로 밝혀졌으며, 이후로는 다시는 이러한……

    이때쯤 오면 슬슬 단어들이 무엇을 말하고자 하는지 감이 오지 않기 시작한다. 나는 더 이상 이 쓰레기를 읽고 싶지 않았다. 어차피 다 헛소리 아닌가. 나는 이 세계의 왕이다.

나는 자리에서 일어나, 방을 채우고 있는 지루한 놈들에게는 신경 쓰지 않고 밤거리로 나갔다.

거리 두 개를 지나면 상업 구역이었다. 나는 옷가게를 하나 발견하고 안으로 들어갔다. 진열장에 있는 공짜 옷들은 죄다 쓰레기였다. 쓸모없는 쓰레기들이나 입을 만한 옷이지, 내게 어울리는 것은 아니었다. 나는 특수 진열장으로 들어가서 내가 입어줄 만한 옷을 찾아냈다. 은색과 푸른색, 그리고 상의 아래쪽으로 검은색 줄무늬가 쭉쭉 들어간 옷이었다. 지루한 놈들이라면 이걸 그냥 "괜찮다"고 말했겠지. 나는 옷이 나오는 버튼을 눌렀다. 판매기가 나를 텅 빈 눈으로 바라보며 꽥꽥대고 말했다.

"신분증을 보여주십시오."

거리로 나가서 지나가는 첫 행인에게서 신분증을 뺏어오면 간단하게 해결될 일이었지만, 나는 그럴 만한 인내심을 가지고 있지 못했다. 나는 휴게실에서 다리 하나 달린 탁자를 집어 와서는, 판매기의 옷이 들어 있는 부분에 대고 휘둘렀다. 금속 문이 콰직 소리와 함께 우그러졌다. 나는 같은 곳을 한 번 더 내리쳤고, 마침내 문이 열렸다. 나는 옷을 한 움큼 꺼내어 맞는 것을 찾을 때까지 이것저것 입어보았다.

목욕을 하고 옷을 갈아입은 후, 나는 거리 아래쪽의 커다란 쇼핑몰로 어정거리며 걸어 들어갔다. 이런 곳은 지배인이 뭔 짓을 하든 대충 비슷하게 보인다. 나는 바로 나이프 코너로 가서 크기별로 세 개의 나이프를 집어 들었다. 가장 작은 것은 내 손톱만 한 크기였다. 이제 운을 시험해볼 때였다. 가끔 좋은 물건을 얻을 수 있는 가구용품점을 기웃거려 봤지만, 올해는 죄다 금속만 취급하고 있었다. 나는 좋은 품질의 목재가 필요했다.

쿠터네이라는 곳 북쪽의 잊힌 제재소에 상당히 많은 양의 벚나무 목재가 쓰기 좋은 크기로 잘라져 있다는 것이 떠올랐다. 거기서 몇 년 동안 쓸 만큼의 목재를 가져와도 나쁘지 않았겠지만, 세계가 나의 것인데 구태여 그런 힘든 짓을 할 필요가 뭐 있겠는가?

쓸 만한 목재를 찾는 데에는 그리 오랜 시간이 걸리지 않았다. 아래층의 목공 상점을 뒤지다가 골동품을 몇 개 찾아냈다. 나무로 된 부분이 있는 테이블과 벤치 따위였다. 지루한 놈들이 나를 못 본 척하며 가게 반대편에 모여 있는 동안, 나는 가장 작은 벤치에서 큼지막한 나무 조각을 톱으로 잘라냈고, 다른 벤치에서 받침대로 쓸 조각도 얻었다.

일하기에 좋은 환경에 2층에 올라가면 먹고 잘 수도 있었기 때문에, 나는 이곳에 한동안 머무르기로 했다.

뭘 하고 싶은지는 이미 정해져 있었다. 책상다리를 하고 앉아 있는 남자의 모습을 깎을 생각이었다. 팔은 종아리 위에 놓은 채로, 눈을 감고 머리를 젖혀서, 태양을 향해 고개를 돌리는 것과 같은 모습이 될 예정이었다.

완성까지는 3일이 걸렸다. 몸통과 팔다리는 사람도 아니고 나무도 아닌, 그 중간쯤 되는 형상이 되었다. 내가 만들기 전에는 이 세상에 존재하지 않았던 형상.

미^美. 옛날 사람들은 이런 단어를 사용했다고 한다.

나는 한쪽 손은 느슨하게 펼쳐져 있도록, 그리고 다른 손은 꽉 쥐어진 형태로 만들었다. 이제 마무리 손질을 할 때가 되었다. 나는 나무 표면을 매끄럽게 깎아내는 데 사용하던 가장 작은 조각도를 들고, 손잡이 부분을 깎아내어 가늘고 뾰족하게 만들었다. 그리고 내 작품의 손 엄지

손가락과 꽉 쥔 손가락들 사이에 구멍을 뚫고 조각도 날을 끼웠다. 작은 손에 쥐어지니 마치 검과 같이 보였다.

나는 그 자리에 날을 고정시키고, 엄지손가락을 날에 대고 그어 피가 충분히 묻도록 만들었다.

그날 종일 헤매어 알맞은 장소를 찾아냈다 ─ 길이 두 갈래로 갈라지는 곳에 작은 삼각형으로 사람의 손이 닿지 않은 땅 조각이 남아 있었고, 그곳 가운데 줄무늬 있는 갈색 바위 아래쪽으로 움푹 팬 공간이 있었다. 물론 언제 이곳도 변할지 모르는 일이긴 했다. 유행에 따라 집이 5년마다 바뀌는 이런 곳에서는 무슨 일이 벌어질지 알 수가 없으니까. 그러나 최소한 이곳은 지금까지 상당히 오랜 세월 동안 버려져 있던 곳임에 분명했다. 내가 선택할 수 있는 최선의 장소였다.

나는 종이를 꺼내놓았다. 1년 전쯤 출력해놓은 종이였다. 방수 처리가 되어 있어서 오랜 시간 동안 버틸 수 있을 것이 분명했다. 공간 뒤쪽으로 작은 포토 캡슐을 숨긴 다음, 내 작품 받침대에 박아놓은 U자 못을 지나도록 철사를 감았다. 그리고 나무 인간을 종이 위에 올려놓은 다음, 접착제를 두 군데 발라 바위 위에 고정시켰다. 너무도 많이 해본 작업이라서 이제는 완전히 손에 익은 일이었다. 접착제를 얼마나 발라야 무심한 손길에는 까딱도 하지 않으며 진짜로 가지고 싶어 하는 사람들은 떼어낼 수 있을 정도가 될지를 나는 잘 알고 있었다.

작업을 끝내고 나는 한 걸음 뒤로 물러서서 바라보았다. 내 나무 인간에서 뿜어져 나오는 힘과 고통 때문에 숨이 가빠졌고, 눈에서는 눈물이 흘러나왔다.

나무 인간의 손에 들린 검게 물든 칼에 희미하게 빛이 반사되고 있었다. 그를 감싸고 있는 관과 같은 바위 아래 공간에서, 그는 홀로 앉아 있었다. 눈을 감은 채로, 머리를 젖힌 채, 마치 태양을 보고 있는 것처럼.

그러나 그의 머리 위에 있는 것이라고는 바위뿐이었다. 그를 위한 태양은 존재하지 않았다.

시원한 후추나무 그늘 아래 맨땅에 웅크리고 앉아, 나는 길 건너 그늘진 바위 아래 공간, 나무 인간이 앉아 있는 곳을 바라보고 있었다.

이곳에서의 일은 전부 끝났다. 더 이상 이곳에 있을 이유는 없었지만, 나는 떠나지 못하고 있었다.

사람들은 종종 이곳을 스쳐 지나갔다―그리 자주는 아니었다. 사람들은 거의 사라진 듯했다. 대부분의 사람들이 서핑을 즐기러 떠났거나, 공동체 회의에 갔거나, 아니면 내가 망가뜨린 집 대신 사용할 새로운 집터를 파는 것을 보러 갔거나…… 산들바람은 나를 향해 불어오고 있었다. 나뭇잎 사이로, 시원하고 고요하게.

공터의 반대편에는 테라스가 있었고, 30분 전에 나는 그 테라스에서 뭔가 움직이는 것을 보았다. 빨간 모자를 쓴 소년의 머리가 오락가락 시야에 들어왔다 나갔다 하고 있었다.

그것 때문에 머무르는 것이었다. 나는 저 소년이 테라스에서 내려와 내가 보고 있는 길로 들어서서, 작은 삼각형 모양의 공터를 지나, 나무 인간을 발견하는 모습을 상상하고 있었다. 소년이 그저 무심하게 지나치지 않고 멈춰서 좀 더 자세히 들여다보기를, 나무 인간을 집어 들고 그 아래 종이에 적혀 있는 글을 읽어주기를 바랐다.

언젠가는 반드시 일어날 일이었다. 나는 가슴이 저릴 정도로 그런 일이 일어나기를 원했다.

내 조각은 내가 떠돌아다닌 모든 곳에, 전 세계에 흩뿌려져 있었다.

442

콩고 시티에는 검은색 흑단목으로 만든 조각이 있다. 사이프러스에는 뼈로 깎은 조각이 있다. 뉴 봄베이에는 조개껍질로 만든 것이, 칭다오에는 옥으로 만든 것이 있다.

이 모든 조각들은 색맹인 세계에 붙인 빨간색과 초록색의 광고 문구 같은 것이었다. 내가 찾고 있는 바로 그 사람만이 이 조각을 들어올리고, 그 아래 있는 문구를 가슴속 깊이 새길 것이었다.

문장은 이렇게 시작된다. 이것을 보는 모든 사람들에게, 나는 세계의 지배권을 넘길 용의가 있다……

다시 테라스에서 뭔가가 움직였다. 나는 긴장에 몸이 굳었다. 1분 정도 지나서, 다시 다른 방향에서 움직이는 것이 보였다. 그 소년이었다. 비탈길을 따라 내려오는 모습이 보였다. 짙은 녹음을 배경으로, 소년은 마치 빛나는 듯 보였다. 빨간색 끝이 뾰족한 모자는 딱따구리의 머리 같았다.

나는 숨을 멈췄다.

소년은 무성한 잎사귀들을 헤치고, 나뭇잎 사이로 비치는 햇살 조각에 가끔 찡그리며, 내 쪽으로 다가왔다. 갈색 피부를 가진 소년이었다. 멀찍이서 보기에 꽤 진지해 보이는 마른 얼굴을 하고 있었다. 튀어나온 귀는 햇빛을 받아서 분홍색으로 보였고, 팔꿈치와 무릎에 차고 있는 보호대 때문에 동작이 좀 어색해 보였다.

소년은 갈림길에 도착해서, 내 쪽으로 오는 길로 들어섰다. 나는 소년이 가까이 오자 더욱 몸을 움츠렸다. 나를 보지 말고 내 작품을 봐주기를. 나는 간절히 빌었다.

나는 돌멩이 하나를 움켜쥐었다.

소년은 손을 주머니에 찔러 넣은 채, 거의 자기 발만 쳐다보며 천천히 이쪽으로 걸어오고 있었다.

그가 거의 내 반대편까지 도착했을 때, 나는 돌을 던졌다.

돌은 바위 근처 나뭇잎 쪽에 떨어지며 부스럭대는 소리를 냈다. 소년은 머리를 돌렸다. 동작을 멈추고 뭔가를 바라보고 있었다. 그 아이는 내 작품을 보았을 것이다. 분명 보았을 것이다.

그는 한 걸음을 내딛었다.

"리샤!"

테라스에서 목소리가 들렸다.

소년은 위를 올려다보았다.

"여기예요."

그는 말했다.

나는 테라스 꼭대기에서 여자의 머리가 나오는 것을 보았다. 그녀는 뭔가 계속해서 말하고 있었지만 나는 듣지 못했다. 분노로 가득 차서 자리에서 일어나고 있었기 때문에.

그때 바람의 방향이 바뀌었다. 내게서 소년 쪽으로 불어가도록. 소년은 눈을 크게 뜨고 고개를 돌리더니, 코를 감싸 쥐며 외쳤다.

"우와, 냄새 한 번 고약하네!"

소년은 고개를 돌리고 "지금 가요!"라고 외치고는, 길을 따라 초록빛 나뭇잎 사이로 사라져버렸다.

내 단 하나의 희망이 무너졌다. 그 아이라면 할 수 있었을 것이다. 그 망할 여자만 아니었으면, 그때 바람 방향이 바뀌지 않았더라면…… 인간도, 바람도, 모두 나를 방해하고 있었다.

그리고 내 조각 작품은 여전히 바위로 된 하늘을 향해 보이지 않는 눈을 쳐들고 있었다.

내 안의 뭔가가 이 실패를 받아들이고 이곳에서 떠나라고, 그리고 다시 돌아오지 말라고 말했다.

후회할 것이 분명했지만, 나는 그 말을 받아들이지 않았다. 바위 아래 공간에서 나무 인간과 그 아래 있던 종이를 집어든 다음, 언덕을 올라가기 시작했다. 꼭대기에서 그 아이의 웃음소리가 들려왔다.

꼭대기에는 장식 가득한 흙더미로밖에는 보이지 않는, 지하에 지어진 집의 은닉된 최상층이 보였다. 나는 몇 번 다리가 꼬여 넘어지며 건물을 빙 돌아갔다. 아까 그 소년이 잔디밭 위에 무릎을 꿇고 있는 것이 보였다. 갈색과 하얀색 점박이 강아지와 놀고 있는 모양이었다.

아이는 나를 올려다보았다. 얼굴에서 웃음이 사라지고 있었다. 바람이 없으니 내 냄새를 맡을 수 있을 터였다. 별로 좋지 않은 상황이었다. 바람도 없고, 주의를 분산시키는 강아지까지 있는—모든 것이 잘못되어 있었다. 그러나 나는 막무가내로 그 아이에게 다가가서는, 무릎을 꿇고 앉아 내 나무 인간을 그의 얼굴에 들이밀며 말했다.

"자, 봐라……"

소년은 황급히 뒤로 물러섰다. 내가 들이민 형상을 보지 못한 것이 분명했다. 그냥 갈색 덩어리가 다가오는 것으로만 본 것이겠지. 소년은 발치에서 깽깽대며 따라가는 강아지와 함께, 뒤돌아서 흙무더기를 향해 달려가기 시작했다.

나는 그를 따라 달렸다. 급하게 일어나느라 손에는 흙과 잔디가 한 움큼 쥐여 있었다. 다른 쪽 손에는 아직도 내 작품과 종이쪽지를 든 채였다.

문이 열리고 아이를 삼킨 다음 바로 내 코앞에서 다시 닫혔다. 나는 손바닥으로 주변의 덩굴들을 미친 듯이 더듬다가 우연히 비밀 버튼을 눌렀고, 문이 다시 열렸다. 나는 소리를 지르며 안으로 뛰어 들어갔다.

"기다려."

진줏빛에 가까운 회색 조명으로 가득한, 계속해서 아래로 통하는 나선 계단을 뛰어 내려가며, 나는 소리쳤다. 닥치는 대로 아무 문이나 열고 들어가보았다. 노란 불빛 아래 흠뻑 젖은 나뭇잎들이 무성한, 덥고 습기 찬 온실이었다. 나는 발에 채는 재배 용기를 뒤엎으며 미친 듯이 온실을 가로질러 달려갔다. 이윽고 반대편에 현관과 엘리베이터가 보였다.

다시 나는 지하 3층까지 내려가서 텅 빈 객실들을 정신없이 헤집고 다녔다. 마침내 온실 너머 위로 향하는 계단을 발견했고, 그 끝에서 목소리가 들려왔다.

문은 투명한 플라스틱으로 되어 있었고, 나는 반대편에 멈춰서 안을 들여다보며 소리를 들었다. 그 소년, 그리고 그 엄마 정도 나이로 보이는 여자—누나나 사촌일 가능성이 더 크겠지만—, 그리고 강아지를 안고 의자에 앉아 있는 늙은 여자가 안에 있었다. 다른 방들과 마찬가지로 편안하지만 센스라고는 전혀 없는 방이었다.

내가 뛰어들자 그들의 얼굴에는 공포가 서렸다. 언제나 마찬가지였다. 그들은 내가 그들을 살해할 수 있다는 것은 알지만, 내가 초대도 받지 않고 집 안으로 쳐들어올 것이라고는 생각하지 못한다. 그들은 그런 짓을 하지 않기 때문에.

손이 닿을 수 있는 곳에 그 소년이 있었다. 그러나 그들 모두의 공포가 공기 중을 떠돌며, 내 목소리를 죽이는 담요와도 같이 그들을 감싸고 있었다. 나는 소리를 질러야만 할 것 같았다.

"저자들이 하는 말은 전부 거짓말이야! 이걸 봐라. 이거, 이게 바로 진실이야!"

나는 나무 인간을 아이 눈앞에 들이밀었지만, 그는 그것을 보지 못했다.

"리샤, 아래층으로 가렴."

젊은 여인이 조용히 말했다. 소년은 족제비와 같이 잽싸게 그 말에 따라 움직였다. 나는 숨을 몰아쉬며 그의 앞을 막아섰다.

"가지 마. 이걸 좀 보렴."

"리샤, 알지? 절대로 말을 하면 안 된다."

여인이 말했다.

나는 더 이상 견딜 수 없었다. 소년이 어디로 갔는지는 모르겠다. 이미 내 눈에는 분노만이 들어오고 있었다. 조각과 종이를 한 손에 든 채로, 나는 여인을 향해 달려들었다. 이번에는 아슬아슬했다. 거의 가 닿을 수 있었다. 그러나 발을 떼어놓는 도중에 머릿속에서 소리가 울리기 시작했다. 더 크게, 더 크게, 세계를 끝장내버릴 것처럼.

이번 주 들어 두 번째였다. 정신을 차린 후에도 한동안은 움직일 만한 기력이 모이지 않았다.

눈앞이 흐렸다. 시간이 지난 후 천천히 일어나 방 안을 둘러보았다. 벽에는 찢어질 것 같은 회색의 올이 가는 천이 걸려 있었다. 저걸 찢어버리고, 가구를 부수고, 구멍 안에 카펫과 침구를 쑤셔넣어볼까도 생각했으나…… 그럴 기분이 들지 않았다. 나는 너무 지쳐 있었다. 30년…… 그들은 내게 지상의 모든 왕국과, 그 안의 모든 영광을 주었다. 30년 전에. 홀로 버티기에는 너무도 긴 시간이었다. 30년이라니.

나는 허리를 굽히고 나무 인간과 그 아래 놓여야 할 종이쪽지를 주워들었다. 종이는 구겨져 있었다. 아무도 읽지 않고 던져버린, 버림받은 메시지에 눈길이 멎었다.

쓸쓸한 한숨이 새어나왔다.
나는 구겨진 종이를 눌러 펴고 마지막 부분을 읽었다.
당신은 나와 세계를 함께 가질 수 있다. 저자들은 당신을 막을 수 없다. 공격하라—날카로운 것을 들고 찌르거나, 무거운 것을 들고 내려치기만 하면 된다. 그게 전부다. 그러면 당신은 자유로워질 것이다. 누구나 할 수 있는 일이다.

누구나. 누구든. 누구라도. 제발.

Daniel Keyes **Flowers for Algernon**

앨저넌에게 꽃다발을

대니얼 키스 지음
최세진 옮김

지냉 보거서 1 | 1965년 3얼 5일

스트라우스 박싸님이 지금부터 내가 생각카는거랑 이러난 일들을 다 저그라고 해따. 왜 그런지는 모르지만 나를 시럼하려면 꼭 해야댄다고 해따. 나를 시럼에 써주면 좃케따. 키니언 선샌님은 이 사람드리 나를 영리하게 만드러 줄꺼라고 햇다. 영리해지면 조케따. 내 이름은 찰리 고든이다. 지지난주에 서룬일곱쌀이 댓따. 오늘은 더 저글게 업서서 여기까지만 정는다.

지냉 보고서 2 | 3얼 6일

오늘 시험을 바따. 시험에서 떠러진거 갓따. 방에 가떠니 잘생긴 절믄 남자가 안자잇써따. 그남자가 나한태 잉크를 뿌려노은 카드를 보여주어따. 그남자가 찰리 이 카드에 머가 보여요라고 무러바따. 나는 행운을 주는 토끼발을 주머니에 넛고 이써도 너무 무서어따. 나는 어릴때 학교에서 맨날 시험에 떠러져따. 나는 맨날 시험지에 잉크를 흘려따.

그남자한태 잉크 흘린거가 보여요라고 말해따. 그남자가 마자요라고 말해서 나는 기분이 조아따. 검사가 끈난거 가타서 이러나서 나가는대 그남자가 가지말아요라고 해따. 그남자가 찰리 아직 안 끈낫써요 다시 안자요라고 말해따. 그남자가 잉크속에 머가 보여요라고 무러바따. 나는 아무거또 안보여요라고 말해따. 그래도 그남자는 다른 학생들은 무슨 그리미 보인다고 말해써요라고 해따. 그래서 나는 카드를 계속 열시미 쳐다바따. 카드를 가까이에서 보고 멀리서도 바따. 그래서 나는 안경을 쓰면 더 잘 보일 거 갓따고 말해따. 나는 영화랑 테레비를 볼때만 안경을 쓴다. 그남자한태 안경이 복도에 인는 벽장에 잇따고 말해따. 나는 안경을 썼다. 이제 카드를 다시 보여주면 잉크에 인는 그리믈 마출 수 이따고 말해따.

나는 다시 열씨미 카드를 처다바도 잉크바께 안보여따. 나는 안경을 새로 사야댈거 가따고 말해따. 그남자가 책상에 인는 종이에 머라고 저거따. 그래서 나는 시허메 떠러질까바 무서워따. 그래서 잉크가 카드에 정말 이쁘게 잘 뿌려저잇따고 말해따. 그남자는 아주 슬픈 얼굴로 나를 처다바따. 나는 잘못 말한 거 가따. 나는 그남자한태 다시 하겟다고 말해따. 나는 빨이빨이 못하기 때문애 조금 더 오래 보여달라고 해따.

나는 키니언 선샌님 반에서도 책을 재일 느리개 익는다. 그래도 열씨미 해따.

그남자가 다른 카드를 보여주어따. 잉크 어루기 빨강새기랑 파랑새 그로 뿌려저 이써따.

그는 정말 착해따. 키니언 선생님처럼 천천히 말하고 설명해주어따. 그가 이 시험 이름은 로샤시험이라고 말해주어따. 그리고 다른 학생드른 잉크에 인는 그림들을 밧어요라고 이야기해따. 그래서 나는 그남자한태 머가 보이는지 가르처주세요라고 말해따. 그는 나보고 스스로 생각해보새요라고 해따. 나는 아무리 생각해도 모르겟다고 해따. 그남자는 잉크 얼루글 보면서 어떤 거랑 비슷한지 생각해보라고 해따. 나는 눈을 감꼬 생각캐따. 나는 잉크가 흘리는 만년필로 책상에 막 흘러노은 거 갓다고 말해따. 그러자 그남자가 이러나서 나가따.

아무래도 로샤시험에서 떠러진거 갓다.

지냉 보고서 3 | 3얼 7일

스트라우스 박사님하고 니머 박사님이 잉크 시험은 아무거또 아니라고 걱정하지 마라고 햇다. 나는 박사님한태 잉크는 제가 흘린거는 아닌대요 카드에는 아무거또 안보엿어요라고 말해따. 박싸님은 아직은 나를 시럼에 써줄거라고 햇다. 나는 박싸님한태 키니언 선샌님은 익고 쓰는거만 가르처주고 한번도 그런 시험은 안밧다고 말해따. 박싸님은 키니언 선생니미 내가 성인야간학교에서 재일 훌룡하게 공부하는 학생이고 재일 열씨미 배우고 공부하는 학쌩이라고 말해주어따고 햇다. 박사니미 처음에 어떠케 혼자서 성인야간학교에 차자갓어요라고 무러밧다. 나는 사람들한태 어디에 가야지 익고 쓰는 방법을 배울수 인는지 무러밧다고 해따. 박싸님은 왜 공부를 하고 시퍼해써요라고 무러밧다. 나는 똑똑해지고 시펏고 멍청하게 살기 시럿기 때문이라고 말해따. 하지만 영리해지는 거슨 너무 힘들다. 박사님은 이 시럼을 해도 어쩌면 잠깐만 영리해질수도 이따는 거슬 알아요라고 무럿다. 나는 네라고 대답해따. 키니언 선샌님이 이야기해주엇다. 나는 영리해지기만 하면 아파도 상간 업따.

오늘은 미친 시험드를 더 마니 바따. 나를 시험하는 차칸 여자한태 이 시험으 이름이랑 어떠케 적고 익는지 무러바따. 그래서 내 지냉 보거서에 저글수 이따. 주제 통각 시험. 처음에 두단어는 모르지만 시험은 무슨 뜨신지 안다. 시험은 합격 해야한다. 안그러면 낙재한다. 이번 시험은 그림이 보여서 지난번 시험보다 십다. 근데 이번에는 내가 그림을 보고 말하니까 그게 아니라고 햇다. 나는 머가 먼지 해깔렷다. 어제 그 남자는 나보고 잉크에서 보이는 거슬 이야기하라고 해썻어요라고 말해 떠니 그여자는 이시험도 비슷한거애요라고 해따. 그리고 그림 안에 인는 학생에 대한 이야기를 만드러보라고 햇다.

나는 한번도 안만나본 학생에 대한 이야기를 어떠케 할쑤 인냐고 말해따. 내가 왜 거진말을 해야대냐고 무러따. 나는 맨날 들키기때무네 절대로 거진말을 안한다고 말해따.

그여자는 이번에 하는 시험하고 지난버네 해떤 로샤시험은 내 성격을 알아보려고 하는 거라고 해따. 내가 큰소리로 우서버려따. 어떠케 잉크 흘링거랑 그림으로 내 성격을 알아보냐고 따져따. 그여자는 화가 나서 그림을 치어버려따. 상간업다. 바보가튼 짓이다. 나는 그 시험도 떠러진거 가따.

　나중에 힌옷을 입은 남자들이 병언에 인는 다른 방으로 나를 대리고 가서 경주 놀이를 하자고 해따. 하얀 생지하고 경주하는 거 가타따. 생지의 이름은 앨저넌이라고 해따. 앨저넌은 벽과 통로들이 마니 이리저리 구부러진 상자 안에 들어잇따. 그 사람들이 나한태 선이랑 상자가 마니 그려진 종이랑 연필를 주어따. 한쪼개는 시작이라고 써있고 다른 쪼개는 끝이라고 써이써따. 이거는 미로라고 해따. 앨저넌도 나랑 똑가튼 미로를 할 꺼라고 해따. 앨저넌은 상자 안에 이꼬 나는 종이를 가지고 인는대 어떠케 가튼 미로라는 거를 한다는 건지 모르겟찌만 나는 아무말도 안해따. 어째든 경주를 바로 시작해서 말할 틈도 업어따.

　한 남자가 시게를 가지고 이써찌만 나한태는 몰래 감추려고 해서 나도 못본척해따.

　여러가지 미노를 열번이나 핸는대 앨저넌이 전부다 이겨끼 때무내 나는 그 검사가 재일 기부니 나빳따. 나는 생지가 그러케 영리한지 몰라따. 애저넌이 하얀 생지라서 그런지도 모른다. 하얀 생지는 다른 생지보다 영리할찌도 모른다.

지냉 보거서 4 | 3얼 8일

　그 사람드리 나를 시럼에 쓰기로 해따! 너무 기뻐서 너무 쓰기가 힘든다. 니머 박사님하고 스트라스 박사님은 처음에 그거때무내 막 말싸움을 해따. 스트라스 박사님이 나를 대리고 가쓸때 니머 박사님이 사무실에 이써따. 니머 박사님은 나를 시럼에 쓰는 거를 걱정해찌만 스트라우스 박사님이 키니언 선샌님이 가리치는 사람들중에서 나를 재일 추천한다는 말을 해따고 해따. 나는 키너언 선샌님을 조아한다. 선샌님은 정말 똑똑카다. 선샌님은 나보고 찰리 두번째 기회를 자바요라고 해따. 이 시럼에 참가하면 영리해질수도 이써요. 영언히 영리할지는 그 사람들도 잘 모르지만 어쩌면 가능할쑤도 잇대요. 나는 그 시럼이 수술이라고 해서 거비 나기는 해찌만 하게따고 해따. 선샌니믄 나한태 겁먹찌 마라요 찰리는 정말 열시미 해짠아요 저는 당신이 누구보다도 자격이 이따고 밋어요 라고 말해따.

그래서 니머 박싸님이랑 스트라스 박싸님이 말싸음을 할때 거비 낫다. 스트라우스 박싸니믄 내가 정말 조은 거를 가지고 잇따고 해따. 내가 돈기라는 거를 가지고 잇다고 해따. 내가 그런 거를 가지고 인는지 몰라따. 박사님이 아이쿠 68인 사람중에 그거를 가지고 인는 사람은 드물다고 말해서 내가 자랑스러따. 그게 먼지 내가 어디에 가지고 인는지 모르지만 박사니믄 엘저년도 그거를 가지고 잇따고 해따. 앨저년의 돈기는 사람드리 상자에 너어주는 치즈라고 해따. 그러나 이번쭈에 나는 치즈를 하나도 안머거끼 때문에 말이 안댄다.
그러고나서 스트라우쓰 박사님이 니머 박싸님하고 이야기한거를 저건는데 이해하기 힘든 말도 이써다.
스트라우스 박사님이 니머 박사님한태 찰리는 당신이 마음에 두어떤 첫번째 신종 지** (모르는 단어여따) 초인에 맞는 사람이 아닐찌도 몰라요. 하지만 지*이 떠러지는 사람들은 대채로 적대*이고 비협*적이대다가 둔해서 접끈하기가 힘드러요. 찰리는 성격도 조코 *심도 많고 사람드를 기쁘게 해주려고 노력카자나요 라고 말해따.

454

그러자 니머 박사니믄 수술이라는 수단을 이용해서 지능을 세배로 올리는 채초에 사람이 댈거라는 사실을 잇지마라요 라고 말해따.

스트라스 박사니믄 마자요. 하지만 찰리가 나즌 정신 연*으로도 일기와 쓰기를 엄마나 열씨미 배우는지 보세요 그건 나나 당시니 도움업시 아인시타인에 상** 이론을 배우는 거랑 같은 정도의 대단한 성가에요. 이는 그에게 강*한 돈기가 잇다는 사실을 보여주는 거에요. 이건 정말 놀라운 성*에요. 찰리를 선택해야 해요 라고 말해따.

박싸님드리 너무 말을 빠리빠리해서 다는 몬 아라들어찌만 스트라우스 박사님은 내편이고 니버 박사님은 그러치 안은거 가타따.

그러고나서 니머 박싸님은 고개를 끄덕거리더니 조아요 당신이 맛게쬬. 찰리를 써봅씨다 라고 말해따. 나는 니머 박사님으 말을 드꼬 너무 흥분해서 펄쩍펄쩍 띠고 나한태 너무 잘해주어서 고맛다고 박사님하고 악수를 해따. 나는 박싸님 고맙씁니다 저에게 두번째 기해를 주신거는 절대로 후해하지 안으실거에요라고 말햇다. 난 정말 박사님한태 말한대로 열씨미 할거다. 수술하고나면 나는 똑또게 질꺼다. 나는 정말 너무 열씨미 할꺼다.

지냉 보거서 5 | 3얼 10일

오느른 거비 나따. 여기서 일하는 마는 사람들하고 나를 검사하는 간오사들이 너무 마니 와서 사탕을 주면서 행운을 빈다고 말해따. 나도 행운이 이써쓰면 조케다. 나는 행운을 주는 토끼발하고 행운을 주는 동전하고 행운을 주는 말급하고 가지고 가따. 그런대 병언에 갈때 까만 고양이가 내 아플 지나갓다. 스트라오스 박사니믄 미신을 믿지 마라고 하면서 이거는 과학이라고 해따. 어쨰든 나는 행운을 주는 토끼발을 개속 가지고 이쓸거다.

수술이 끈나고 나면 내가 경주에서 앨저넌을 이길쑤 인는지 스트라우스 박싸님한태 무러밧더니 박사니믄 어쩌면 그럴쑤도 잇다고 해따. 수술이 잘대면 그 생지한태 내가 자기만큼 영리하다는거를 보여줄수 이쓸거다. 어쩌면 내가 앨저넌보다 더 영리해질수도 잇다. 그러면 나는 더 잘 익고 더잘 쓰고 다른사람들처럼 마는 거도 알게댈거다. 다른사람들처럼 영리해지고 십다. 수술이 영언히 잘 대면 박사님드른 전세게에 사람드를 전부다 영리하게 만들꺼다.

오늘 아치메 먹을꺼를 안주어따. 먹는거랑 영리해지는거랑은 무슨 상간인지 모르게따. 나는 배가 너무 고픈대 니머 박싸님이 내 사탕 상자를 가져가버릿다. 니머 박사님은 잔소리꾸니다. 스트라스 박싸님이 수술이 끈나고 나면 사탕을 돌려줄꺼야 수술을 하기 저내는 몬 머거 라고 말해따.

진행 보고서 6 | 3월 15일

수술은 안아팟다. 내가 자는동안 수술을 해따. 오늘 내 눈하고 머리에서 반창꼬를 땟따. 그래서 나는 진행 보고서를 쓸수 잇게 대엇다. 니머 박사니미 보고서를 익더니 지냉이 아니라 진행이라고 고쳐주어따. 또 보거서가 아니라 보고서라고 가르쳐주엇다. 나는 기억하고 그러케 쓰려고 노력해야 한다.

나는 마춤법을 잘 기억 못탄다. 스트라우스 박사니믄 나한태 일어나는 일들을 정는거또 조치만 내가 느끼는거랑 생각카는거를 저그면 더 조케따고 햇다. 그래서 나는 어떠케 생각카는지 모린다고 말하니까 노력해보라고 해따. 눈에 반창꼬가 부터 잇을때 하루종이 생각할라고 해밧다. 아무일도 안 이러나따. 머를 생각해야대는지 몰르게따. 박싸님한태 무러보면 이제 내가 영리해젓을지도 모르니까 어떠케 생각해야하는지 말해줄꺼다. 영리한 사람들은 머를 생각하는걸까? 아마 머신는 거를 생가칼꺼다. 나도 머신는 거를 아라쓰면 조케다.

진행 보고서 7 | 3월 19일

아무일도 업었다. 검사를 마니 하고 앨저넌과 여러 가지의 경주를 햇다. 나는 저 생지가 밉다. 항상 나를 이겨버린다. 스트라우스 박사님은 내가 그 경주를 계속해야 한다고 햇다. 그리고 가끔씩 검사들을 다시 해야 한다고 말해따. 이 잉크 얼룩 검사는 바보같은 짓이다. 그리고 그 그림들도 바보짓이다. 남자와 여자의 그림을 그리는 것은 좋아하지만 거진말을 만들어서 이야기하는 것은 하기 실타.

생각을 하려고 너무 마니 애쓰다보니 머리가 아팟다. 나는 스트라우스 박사를 내 칭구라고 생각핸는데 나를 도아주지 안는다. 내가 머를 생각해야 대는지나 언제 영리해질지 말을 안해준다. 키니언 선샌님은 나를 보러오지 안앗다. 진행 보고서를 쓰는 것도 바보짓이다.

진행 보고서 8 | 3월 23일

공장으로 다시 일하러 가기로 햇다. 하지만 아무한태도 내가 왜 수술을 햇는지 말하면 안대고 매일 밤마다 일을 마치고나면 병언으로 가야 한다. 병언은 내가 영리해지려고 배우는 거에 대해서 매달 월급을 주기로 햇다. 다시 일하러 가게 대서 기쁘다. 내가 하던 일 내 친구들 공장에 인는 모든 즐거움이 다 그립다. 스트라우스 박사님이 나한태 계속 글을 써야댄다고 말햇다. 하지만 날마다 쓸 필요는 업고 그냥 무슨 생각이 나거나 무슨 일이 생길때만 쓰믄 댄다고 햇다. 그리고 나한태 욘기를 내라고 햇다. 영리해질라면 시간이 필요하니까 아프로 천천이 진행댈거라고 햇다. 앨저넌도 새배만큼 영리해질때까지 오랜시간이 걸렷다고 햇다. 앨저넌도 수술을 받앗는지 몰랏다. 그래서 앨저넌이 나를 맨날 이긴 거여따. 그이야기를 듣고 기분이 조아져다. 아마 수술을 안 바든 생지보다는 내가 더 미로를 잘 할쑤 잇슬 거시다. 곳 나도 앨저넌을 이길거시다. 그러면 정말 신나게따. 아직까지 앨저넌은 계속 영리하게 잇을 거 가타 보인다.

★ 3얼 25일 (이제는 일주일에 한 번씩 니머 박사님에게 이 보고서를 일그라고 줄 거라서 제목에 진행 보고서라고 쓸 필요는 업다. 날짜만 쓰면 댄다. 시간을 절략할수 잇다.)

오늘 공장에서 재미인는 일이 만앗다. 조 카프가 야 여기 찰리 수술 자국 봐 찰리한태 두내라도 집어너언나봐 라고 말햇다. 조 카프한태 수술 이야기를 해주려다가 스트라우스 박사님이 말하지 말라고 한 거가 기억낫다. 그러자 프랭크 라일리가 너야말로 찰리 같은 짓이나 하고 잇자나 열새를 일어버려서 문 여느라 낑낑대고 말이야라고 말햇다. 나는 그말을 듯고 웃음을 터트렷다. 정말로 조은 칭구들이다. 이 칭구들은 나를 조아한다.

가끔 누군가 야 조 아니면 프랭크 아니면 조지 너 정말 찰리 고든 같은 짓을 하능구나 라고 말하기도 한다. 그 사람들이 외 그럿케 이야기하는지는 모르지만 그럴때마다 사람들이 웃어다. 오늘 아침 아모스 공장장은 사무실에서 일하는 급사 어니한테 소리지를때 내 이름을 말햇다. 어니가 소포를 일어버렷다. 아모스 씨는 어니 도대채 외 그래 너 찰리 고든 가치 댈려고 그러냐 라고 말햇다. 나는 그 사람이 외 그럿케 말햇는지 모르겟다. 나는 한번도 소포를 일어버리지 안앗다.

★ 3얼 28일 오늘밤에 스트라우스 박사님이 집으로 차자와서 왜 병원에 안 완냐고 물어밧다. 나는 앨저넌이랑 경주하는 게 실어서 안 갓다고 말햇다. 스트라우스 박사님은 당분간 경주는 안 해도 대지만 병원에는 와야댄다고 햇다. 박사님이 나한태 선물을 주엇는대 선물이 아니라 빌려주는 거라고 햇다. 처음에는 조그만 테레비인줄 알았는대 아니엇다. 박사님은 내가 잘 때 그거를 틀어노아야 댄다고 햇다. 나는 장난하냐고 말햇다. 잠을 자면서 왜 그거를 틀어야 하냐고 말햇다. 이런 엉터리 말을 들어본 사람이 있을까. 하지만 박사님은 내가 영리해지려면 그럿게 해야한다고 말햇다. 나는 영리해지지 안을 거 갓다고 말해떠니 박사님은 내 어깨에 손을 올리고 너는 모르갯지만 지금 계속 영리해지는 중이라고 햇다. 그리고 당분간은 알아차리기 함들거라고 햇다. 내가 볼 때는 전혀 안 영리해지는대 그냥 기분 조으라고 하는 말 갓앗다.

아 잇어먹을뻔 햇다. 나는 박사님에게 키니언 선샌님 학교에 다시

가도 대나고 물어밧다. 박사님은 학교에는 가지 않아도 댄다고 말햇다. 곳 키니언 선샌님이 병언으로 와서 특별 수업을 해줄꺼라고 햇다. 내가 수술을 받닷을 때 키니언 선샌님이 안아서 하가 낫지만 나는 그녀가 좃다. 그래서 우리는 다시 칭구가 댈쑤 잇을거 갓다.

★ 3월 29일   그 미친 테레비 때문에 밤새 잠을 한잠도 못 잣다. 내 귀에다 대고 밤새 미친 소리를 질러대서 잠을 잘수가 업어다. 그 또라이 같은 화면까지. 에고. 잠자리에서 일어나면 그 텔레비전에서 머라고 햇는지 하나도 모르겟는데 어떻게 자는 동안 알게 댄다는 건지 모르겟다. 스트라우스 박사님은 갠찬다고 했다. 그는 내 두뇌는 잠들어 잇을 때도 배우게 댄다면서 키니언 선샌님이 연구서에서 수업을 시작하면 그때 배운거가 도움이 댈거라고 했다. (이제서야 거기가 병언이 아니고 연구서라는 거를 알게 대었다.) 내 생각에는 다 미친 짓이다. 사람들이 자면서 영리해질수 잇다면 도대체 머하러 학교에 가는지 모르겟다. 나는 아무 쓸대업는 일갔다. 나는 밤에 늣게 하는 테레비하고 늣게 늣게 하는 테레비를 맨날 바도 전혀 영리해지지 안았다. 아마 테레비를 볼때 잠을 자야대나 부다.

진행 보고서 9 | 4월 3일

스트라우스 박사님이 텔레비전의 소리는 어떳게 작게하는지 가르쳐주어서 이제 나도 잘 수 있게 댓다. 나는 텔레비전을 안 듣는다. 그리고 나는 아직도 텔레비전에서 하는 이야기는 이해가 안 댄다. 내가 배운

게 먼지 확인해보려고 아침에도 몃번 다시 트러밨는데 내가 멀 배운 거 같지는 안다. 키니언 선생님은 어쩌면 다른 나라 말이거나 그냥 뜻업는 소리일지도 모른다고 했다. 하지만 거의 우리나라 말처럼 들렸다. 6학년 골드 선생님보다도 훨씬 마니 빠르게 말했다. 그리고 선생님의 말이 너무 빨라서 이해를 못했던 기억이 났다.

스트라우스 박사님에게 잘 때 영리해지는 게 무슨 소용이 있는 건지 물어밨다. 나는 내가 깨어있을 때 영리해지고 십다. 그는 둘다 같은 거라며 나에게 두개의 마음이 있다고 했다. 그걸 무의식과 의식(이렇게 쓴다고 가르쳐주었다)이라고 한다. 두 개의 마음은 서로가 무엇을 하는지 잘 모른다고 했다. 그들은 서로 이야기도 하지 안는단다. 그래서 내가 꿈을 꾸는 거라고 했다. 아 그래서 그 텔레비전을 보기 시작하고 나서 밤마다 미친 꿈을 꾼 거였다. 그 늦은 늦은 늦은 늦은 늦은 늦은 밤의 텔레비전 쇼.

박사님에게 그 두 마음을 나만 가지고 있는 건지 모든 사람들이 다 가지고 있는 건지 물어보는 걸 깜빡했다. 스트라우스 박사님이 주신 사전을 찾아밨다. 무의식은 명사로서 아직 의식으로 올라오지 않은 정신 작용이며 용례는 무의식적인 욕구의 갈등이라고 나와 있다. 그거 말고도 여러 가지가 있었지만 아직도 그게 무슨 뜻인지 모르겠다. 이 사전은 나처럼 머리가 나쁜 사람들에게는 그리 조은 사전이 아니다.

어쨌든 파티에 갔다가 두통이 생겼다. 공장에서 함께 일하는 친구 조 카프와 프랭크 라일리가 나에게 먹시 살롱에 술이나 마시러 가자고 초대했다. 나는 술을 안 조아하지만 그 친구들이 정말 재미있을꺼라고 말했다. 파티는 재미있었다.

조 카프가 공장에서 대걸래로 화장실 청소하는 거를 아가씨들에게 보여주라고 말하며 나한테 대걸래를 주었다. 청소하는 걸 보여주고 도네건 씨가 찰리는 일을 조아하고 수술할때 말고는 지각을 한번도 안 했으니까 최고의 청소부라고 말했었다고 사람들에게 말해주자 모두들 웃었다.

키니언 선생님이 나에게 항상 일을 참 잘하니까 그 일을 자랑스럽게 생각하라고 말했었다고 사람들에게 말했다.

모두들 웃었고 우리는 즐거운 시간을 가졌고 사람들이 나에게 술을 만이 주었고 조는 찰리는 고주만태가 되면 정말 웃긴다고 말했다. 나는 그게 무슨 말인지는 모르지만 모두들 나를 좋아하고 우리는 즐거웠다. 나도 빨리 나에게 가장 조은 친구들인 조 카프나 프랭크 라일리처럼 영리해졌으면 좃겠다.

나는 파티가 어떻게 끝났는지 기억이 안나지만 조와 프랭크에게 줄 신문과 커피를 사러 갔다가 왔더니 아무도 업었다. 나는 밤늦게까지 그 친구들을 찾아다녔다. 그 뒤에는 거의 기억이 안 나는데 아마도 졸았거나 토했던 거 같다. 마음씨 조은 경찰이 나를 집으로 데려다 주었다. 그건 집주인 플린 부인이 이야기해준 거다.

그런데 나는 머리가 아팠고 머리에 큰 혹이 있었고 온통 까맛고 파란 멍이 들어 있었다. 내 생각에는 밤에 넘어졌던 거 같은데 조 카프는 경찰이 술치한 사람들을 가끔 때리기도 한다고 말하며 틀림없이 경찰이 나한테 그랬을 거라고 했다. 내 생각은 다르다. 키니언 선생님이 경찰은 사람들을 도와준다고 했다. 어쨌든 나는 머리가 너무 아프고 토가 자꾸 나오고 온몸이 다 아프다. 다시는 술을 마시지 말아야겠다.

★ 4월 6일 앨저넌을 이겼다! 나는 이긴지도 몰랐는대 검사관인 버

트가 말해줬다. 두번째는 내가 졌는대 그건 내가 너무 흥분해서 끝나기 직전에 의자에서 떨어졌기 때문이다. 하지만 그 뒤로 내가 8번 더 이겼다. 앨저넌처럼 영리한 생쥐를 이긴 걸 보면 내가 틀림없이 영리해지고 있는 것이다. 하지만 난 내가 영리해지고 있는 건지 잘 모르겠다.

앨저넌하고 더 경주를 하고 싶었지만 버트가 오늘 하루는 이걸로 충분하다고 말했다. 그리고 앨저넌을 잠시 들고 있게 해주었다. 앨저넌은 생각보다 괜찮았다. 솜처럼 부드러웠다. 앨저넌은 눈을 깜빡깜빡 했는대 눈을 뜨고 있을 때면 검고 분홍색이 나는 눈동자가 보였다.

내가 앨저넌에게 음식을 먹여줘도 되냐고 물어봤다. 내가 경주에서 이겨버려서 미안했다. 그래서 앨저넌에게 잘해주고 친해지고 싶었다. 버트는 안 된다면서 앨저넌은 나하고 똑같은 수술을 받은 아주 특별한 생쥐이고 수술을 받은 동물 중에서 가장 오랜 기간 동안 영리한 상태를 유지하는 첫번째 동물이라고 했다. 그는 앨저넌이 아주 영리하기 때문에 음식을 먹기 위해서는 문제를 풀어야 한다고 말했다. 그건 앨저넌이 음식을 먹으려 할때마다 매번 바뀌는 열쇠 같은 거를 열어야 된다는 말이었다. 앨저넌은 음식을 먹으려면 새로운 사실을 하나씩 배워야 했다. 배우지 못하면 굶어야 한다는 사실에 나는 슬퍼졌다.

시험에 합격해야만 먹을 수 있다는 거는 옳치 안다. 만약에 니머 박사님도 먹고 십을 때마다 시험에 합격해야 한다고 한다면 어떨까. 앨저넌과 친해지고 십다.

★ 4월 9일   오늘 밤에 일을 마치고 키니언 선생님이 연구소로 왔다. 그녀는 나를 만나서 반가워하면서도 걱정하는 거 같았다. 키니언 선생님에게 나는 아직 영리해지지 안았으니까 겁먹지 말라고 말해주었더니

그녀가 웃었다. 그녀는 저는 당신을 밋어요 찰리 당신은 누구보다도 열심히 익고 쓰려고 노력을 해왔다는 것을 잘 알아요 아무리 잘 안 되더라도 찰리 당신은 당분간 영리해질태고 최소한 과학을 위해 먼가를 기여할 수 있을거예요 라고 말했다.

우리는 정말 어려운 책을 익고 있다. 예전에는 이렇게 어려운 책을 일거본 적이 업다. 책 이름은 로빈슨 크루소인대 모래섬으로 떠내려간 남자에 대한 이야기다. 그남자는 영리하고 지식이 만아서 집이랑 음식이랑 다 만들주 안다. 그리고 그남자는 수영도 잘했다. 그래도 그남자가 혼자서 외롭게 지내야 되고 친구가 업서서 내 마음이 아팠다. 하지만 그 섬에 다른 사람이 있을거라고 나는 생각한다. 책에 보면 그남자가 웃기게 생긴 우산을 들고 발자국을 보는 그림이 있기 때문이다. 나는 그남자가 친구를 사겨서 외롭지 안았으면 조켔다.

★ 4월 10일   키니언 선생님이 맞춤법을 가르쳐주었다. 선생님은 단어를 뚜려져라 처다보며 기억할 때까지 입으로 말하고 다시 말하라고 했다. 나한테는 너무 어렵다. 만다가 아니라 많다라고 써야 되고 병언이 아니라 병원이라고 써야 한다. 예전에 영리해지기 전에는 그렇게 썼었다. 내가 해깔려하니까 키니언 선생님이 맞춤법은 무조건 지켜야 한다고 했다.

★ 4월 14일   로빈슨 크루소를 다 읽었다. 나는 그 사람에게 무슨 일이 일어나는지 더 알고 싶었지만 키니언 선생님은 그게 끝이라고 했다. 왜지?

★ **4월 15일**   키니언 선생님이 내가 빨리 배운다고 했다. 그녀는 내 진행 보고서를 읽어보더니 나를 재미있는 눈으로 쳐다봤다. 그녀는 내가 좋은 사람이라는 것을 모든 사람들에게 보여줘야 한다고 말했다. 그녀에게 왜 그래야 하냐고 물어봤다. 그녀는 별로 중요한 이야기는 아니라고 하면서도 모든 사람들이 내가 생각하는 것처럼 좋은 사람들이 아니라는 것을 알게 되더라도 실망하지 말라고 했다. 그녀는 신에게서 조금밖에 받지 못한 나 같은 사람들이 두뇌를 전혀 이용할 생각을 하지 않는 많은 사람들보다 훨씬 낫다고 말했다. 나는 내 친구들은 다 영리하지만 모두 좋은 사람들이고 친구들은 다 나를 좋아하고 나쁜 일은 하나도 하지 않았다고 말했다. 그러자 그녀는 눈에 뭔가 보이더니 여자화장실로 달려 나갔다.

★ **4월 16일**   오늘, 나는, 쉼표를, 배웠다. 이게, 쉼표(,)다, 마침표, 뒤에, 꼬리가 달렸다, 키니언 선생님이, 쉼표는, 더 잘 쓸 수, 있게 도와주기 때문에, 중요하다고, 말했다, 쉼표를, 틀린, 자리에, 잘못, 쓰면, 큰 돈을, 잃어버릴 수도, 있다고, 했다, 나는, 돈이, 하나도 없다, 나는, 쉼표가, 어떻게, 돈을, 지켜준다는 건지, 모르겠다,

그래도, 키니언 선생님은, 모든 사람들이, 쉼표를, 사용한다고, 했다, 그래서, 나도, 다른 사람들처럼, 사용할거다,

★ **4월 17일**   나는 쉼표를 잘못 사용했다. 쉼표는 구두점이다. 키니언 선생님은 긴 단어들을 사전에서 찾아보고 맞춤법을 배우라고 했다. 내가 그냥 읽을 줄 알면 되는 거 아니냐고 하자 그녀는 이것도 교육의 일부분이라고 했다. 그래서 나는 이제 맞춤법에 자신이 없는 모든 단어

들을 다 찾아본다. 그렇게 하면 글을 쓰는 데 시간이 많이 걸리지만 나는 기억을 할 수 있을 것이다. 한 번만 찾아보면 그 다음부터는 올바르게 쓸 수 있다. 어쨌든 그게 내가 올바른 구두법(사전에 이렇게 나와 있었다)을 배우는 방법이다. 키니언 선생님은 마침표도 구두점이라고 말해주었다. 그리고 배워야 할 구두점이 엄청 많았다. 그녀에게 모든 마침표가 꼬리가 달려야 하는 거라고 생각햇었다고 말했더니 그녀는 그렇지 않다고 했다.

찰리 당신은 여러 가지 구두점을 함께 써야 해요, 그녀가 나에게? 어떻게. 쓰는;. 건지! 보여주었다" (이제; 나도: 할 수! 있다, 모든? 구두점을 "내 글 안에, 함께 쓸 수, 있다 ' 배워야, 할! 규칙이. 엄청? 많다; 그래도? 나는" 하나' 씩! 머릿속으로 "배워가고! 있다,

내가? 키니언 선생님께 : (내가 일을 시작하면 업무용 편지에는 이렇게 써야 한다) 좋아하는, 것은? 항상. 내가, 물을! 때마다 '설명을; 해주신다 는. 것이다! (그녀는,,, 천' 재다) (나도. 그녀만큼 "영리해졌,으면? 좋겠다:)

(구두 '법은, 재미있다!)

★ 4월 18일   난 정말 바보같은 놈이다! 나는 그녀가 이야기해주는 것조차도 제대로 이해를 못했다. 어젯밤에 문법책을 읽었는데, 거기에 설명이 다 나와 있었다. 그 책을 읽다 보니 그 내용이 이미 키니언 선생님이 나한테 말해줬던 내용이랑 똑같다는 사실을 알게 됐다. 그런데도 나는 못 알아들었던 것이다. 나는 한밤중에 깨어나서 모든 내용을 내 마음 속에 쭉 정리했다.

키니언 선생님은 내가 잠들어 있는 동안 텔레비전이 작동하는 게 도움을 주는 거 같다고 했다. 그녀는 내가 고원高原에 도달했다고 말했다.

고원은 언덕의 평평한 꼭대기 같은 것이다.

구두점을 어떻게 써야 하는지 배우고 나서 내 진행 보고서를 처음부터 전부 쭉 읽어보았다. 이런, 맞춤법과 구두점이 완전히 엉망이었다! 키니언 선생님에게 보고서를 전부 다 고쳐야 할 것 같다고 말하자, 그녀는 "아니에요. 찰리. 니머 박사님은 그 보고서를 그냥 그대로 놔두고 싶어 해요. 그래서 보고서를 복사한 후에 당신에게 다시 돌려준 거예요. 당신 스스로 자신의 발전을 볼 수 있도록 하려고요. 당신은 정말 빠르게 발전해가고 있어요. 찰리"라고 말했다.

그 말을 들으니 기분이 좋아졌다. 수업이 끝난 후에 내려가서 앨저넌과 놀았다. 우리는 이제 더 이상 경주를 하지 않는다.

★ 4월 20일   마음이 아프다. 의사에게 치료를 받아야 할 병은 아닌 것 같지만, 내 가슴 속 깊은 곳을 두들겨 맞은 것 같은 공허함과 가슴이 타는 것 같은 고통이 동시에 느껴졌다.

본래는 그 일에 대해 쓰지 않으려고 했었지만, 써야 할 것 같다. 중요한 일이기 때문이다. 오늘은 처음으로 일하러 나가지 않고 집에서 지냈다.

어젯밤에 조 카프와 프랭크 라일리가 나를 파티에 초대했다. 파티에는 여자들이 무척 많았고, 공장에서 온 남자들도 몇 명 있었다. 예전에 술을 너무 많이 마셨을 때 몸이 좋지 않았던 기억이 나서 조에게 술을 마시지 않겠다고 말했다. 조는 술 대신 콜라를 마시라고 주었다. 콜라의 맛이 이상했지만, 내 입맛이 안 좋아서 그럴 거라고 생각했다.

한동안 우리는 아주 즐겁게 놀았다. 조가 내게 엘렌과 춤을 춰보라고 했다. 나한테 엘렌이 춤의 스텝을 가르쳐줄 거라고 했다. 나는 거의 넘어지는 일이 없었기 때문에 왜 다른 사람들이 나와 엘렌 곁에서 춤을 추려 하지 않는지 의아했다. 그리고 내가 발을 헛딛었던 것은 모두 누군가 발을 내밀어서 자꾸 내 발을 거는 바람에 그런 거였다.

일어나다가 조의 얼굴을 보자 언짢은 기분이 들었다.

"저 남자 정말 웃겨!"

한 여자가 그렇게 말하자 모두들 웃음을 터뜨렸다.

프랭크가 말했다.

"지난번 먹시 살롱에 갔던 밤에 찰리더러 신문 사오라고 시켜놓고는 도망간 이래로 이렇게 웃어보긴 처음이야."

"저 남자 좀 봐. 얼굴이 빨개졌어."

"쟤 얼굴 빨개졌네. 찰리 얼굴 빨개졌대요!"

"이봐, 엘렌! 찰리한테 무슨 짓을 한 거 아냐? 쟤 얼굴이 빨개진 건 처음인데."

난 어떻게 해야 할지, 어디를 돌아봐야 할지 몰랐다. 모든 사람들이 나를 쳐다보며 웃어댔고, 나는 발가벗겨진 기분이었다. 어딘가로 숨어 버리고 싶었다. 거리로 뛰쳐나와 속을 게워냈다. 그리고 걸어서 집으로 돌아왔다. 조와 프랭크, 그리고 다른 사람들이 나를 초대했던 이유가 항상 나를 조롱하기 위한 것이었다는 사실을 나는 전혀 모르고 있었던 것이다.

그들이 말하는 '찰리 같은 짓'이 무슨 뜻인지 이제는 안다.

부끄럽다.

진행 보고서 11

★ **4월 21일** 아직도 공장으로 일하러 가지 않았다. 집주인 플린 부인에게 공장장한테 전화해서 내가 아프다는 말을 전해달라고 했다. 플린 부인은 요즘 내게 겁이라도 먹은 것처럼 아주 이상한 눈으로 쳐다보았다.

모든 사람들이 그동안 나를 얼마나 우습게 봤었는지 알게 된 것은 좋은 일이라고 생각한다. 그에 대해 생각을 많이 했다. 그건 내가 너무 멍청해서 자기가 얼마나 멍청한 짓을 하고 있는 것인지조차도 몰랐기 때문이었다. 사람들은 지능이 모자란 사람이 자신들이 할 수 있는 일을 하지 못한다는 사실을 재미있다고 생각한다.

어쨌든, 이제는 내 자신이 나날이 영리해지고 있다는 사실을 잘 알고 있다. 구두법도 잘 알고 맞춤법도 틀리지 않는다. 사전에서 어려운 단어를 찾아보고 외우는 게 즐겁다. 나는 요즘 상당히 많이 읽는 중이다. 그래서 키니언 선생님은 내가 너무 빨리 읽는다고 말했다. 가끔 내가 읽는 내용이 잘 이해가 될 때는 그 내용을 마음에 새겨놓았다. 눈을 감고 책의 내용을 떠올려보면 각각의 페이지가 사진처럼 뚜렷하게 기억나기도 했다.

키니언 선생님은 역사와 지리, 수학 뿐 아니라 외국어도 몇 가지 배워보라고 권했다. 스트라우스 박사님이 자는 동안 틀어놓을 테이프를 몇 개 더 주셨다. 아직도 의식과 무의식이 어떤 방식으로 작동하는지 이해가 안 된다. 그러나 스트라우스 박사님은 아직은 그 문제에 대해 고민하지 말라고 했다. 박사님은 다음 주부터 대학에서 공부를 시작할 텐데 자신이 허락하기 전까지는 절대로 심리학에 대한 책을 읽지 않겠다는 약속을 해달라고 했다.

오늘은 훨씬 기분이 나아졌지만, 아직도 내가 단지 그들만큼 영리하지 못하다는 이유만으로 나를 놀리고 우스갯감으로 삼았던 사람들을 생각하면 약간 화가 났다. 스트라우스 박사님 말대로 68이었던 내 아이큐가 세 배로 높아진다면 나는 다른 사람들하고 비슷해질 테고, 사람들도 나를 좋아하고 친하게 지내게 될 것이다.

하지만 나는 아이큐라는 게 무슨 의미인지 아직도 잘 모르겠다. 니머 박사님은 아이큐라는 게 약국에서 무게를 재는 저울처럼 내가 얼마나 영리한지 측정하는 것이라고 하셨다. 그러나 스트라우스 박사님은 니머 박사님과 한참 논쟁을 하더니, 아이큐는 지능을 재는 게 아니라고 했다. 스트라우스 박사님은 아이큐란 컵에 새겨진 측정용 눈금처럼 내가 얼마나 영리해질 수 있는지 보여주는 지표라고 했다. 아이큐가 높으면 아직도 지식을 더 채울 수 있는 공간이 있다는 것이다.

하지만 앨저넌 실험을 진행하고 있고, 또 내 아이큐를 측정하기도 했던 버트에게 아이큐에 대해 물어보자, 박사님들에게 말하지 말라고 신신당부를 하더니, 그는 두 박사의 이야기가 다 틀렸다고 했다. 버트는 아이큐는 그 사람이 이미 배운 내용을 포함해서 여러 가지 다른 사실을 측정한다면서, 사실 아무 쓸모도 없는 거라고 말했다.

그래서 내 아이큐가 곧 200을 넘어갈 것이라는 사실 말고는 그 아이큐라는 게 도대체 뭔지 아직도 모르겠다. 그에 대해 말하고 싶은 생각은 별로 없지만, 사람들은 그게 뭔지, 혹은 그게 어디에 있는지도 제대로 모르면서 그걸 얼마나 가졌는지 도대체 어떻게 알 수 있다는 건지 궁금하다.

니머 박사님은 내게 내일 로르샤흐 검사를 받아야 한다고 했다. 그게 무슨 검사인지 궁금하다.

★ 4월 22일 로르샤흐 검사가 뭔지 알게 되었다. 그것은 예전에 수술을 받기 전에 했던 검사였다. 잉크 얼룩을 뿌려놓은 카드를 가지고 하던 검사였다. 이번에도 지난 번에 검사를 했던 같은 사람이 검사를 했다.

그 잉크 얼룩은 생각만 해도 너무 무서웠다. 그 사람은 나에게 그림을 찾아보라고 요구하겠지만, 나는 그림을 찾지 못할 것이다. 그래서 나는 그 카드에 어떤 그림이 거기에 숨어 있는지 알아낼 수 있는 방법을 곰곰이 생각해봤다. 어쩌면 그림이 전혀 없었을 수도 있다. 어쩌면 내가 얼마나 멍청한지 관찰해보려고 존재하지도 않는 그림을 찾아보라고 한 속임수였을지도 모른다. 그런 생각만으로도 그 사람에게 화가 났다.

"자, 찰리. 예전에 이 카드들 본 적 있죠, 기억나요?"

"기억나는 게 당연하지 않아요?"

내 말투를 듣고 그는 내가 화났다는 사실을 알아채고는 놀란 것 같았다.

"네, 그렇죠. 자, 그럼 이걸 봐주세요. 이게 뭐 같으세요? 이 카드에서 뭐가 보이나요? 이 잉크 얼룩에서 사람들은 온갖 것들을 봐요. 당신에게는 무엇처럼 보이는지 말해주세요. 이걸 보면 무슨 생각이 드세요?"

나는 좀 얼떨떨했다. 분명히 예전에는 저렇게 이야기하지 않았다.

"그럼 그 잉크 얼룩에 그림이 숨겨져 있는 게 아니라는 말인가요?"

그는 얼굴을 찡그리더니 안경을 벗었다.

"네?"

"그림이요. 그림이 잉크 얼룩에 숨겨져 있다고 그랬었잖아요. 지난

번에 당신은 모든 사람들이 거기에 숨겨져 있는 그림을 알아볼 수 있다면서 저보고도 찾아보라고 했어요."

그는 지난번에도 지금과 거의 똑같이 말했다고 하지만, 나는 그 말을 믿지 않는다. 아직도 나는 그가 당시에 나를 놀리기 위해 속임수를 썼던 게 아닌가 하는 의심을 한다. 그렇지 않다면, 난 더 이상 모르겠다, 내가 정말로 그 당시 그렇게 멍청했던 걸까?

다시 카드들을 찬찬히 살펴보았다. 카드 한 장은 한 쌍의 박쥐가 뭔가를 끌어당기는 모습처럼 보였다. 다른 카드는 두 사람이 칼싸움을 하는 그림 같았다. 나는 잉크 얼룩을 보면서 온갖 것들을 떠올렸다. 아마도 당시 나는 흥분했던 것 같다. 하지만 나는 그 사람을 이제 신뢰하지 않았기 때문에, 카드들을 뒤집어서 뒷면에 혹시 내가 어떤 모습을 보게 될 거라고 적혀 있는지 확인하기까지 했다. 그리고 그 사람이 뭔가 공책에 적는 동안 곁눈질로 슬쩍 그 내용을 훔쳐봤다. 하지만 그 사람은 다음과 같은 암호로 적었다.

WF + A Ddf + AD orig. WF - A SF + obj

이 검사는 아직도 도저히 이해가 안 된다. 누구라도 자기에게 보이지 않는 것들에 대해서 거짓말을 만들어낼 수 있을 것이다. 그 사람은 내가 거짓말로 속이지 않을 것이라는 사실을 어떻게 알 수 있는 걸까? 스트라우스 박사님이 심리학을 읽을 수 있도록 허락해준다면 나도 이해할 수 있을 것이다.

★ **4월 24일** 오늘 공장에 갔더니 기계들이 새로운 방식으로 재배치

되어 있었다. 도네건 씨는 기계를 새로 배치함으로써 1년에 1만 달러의 노동비용을 절감할 수 있고, 생산력이 향상될 것이라고 말했다. 그는 내게 25달러의 보너스를 주었다.

보너스를 축하하기 위해 점심식사에 조 카프와 프랭크 라일리를 초대하려 했지만, 조는 아내에게 뭘 사줘야 한다고 했고, 프랭크는 점심때 사촌을 만나기로 했다고 했다. 그들이 내게 일어난 변화에 익숙해지려면 시간이 좀 필요할 것이다. 모든 사람들이 나를 두려워하는 듯했다. 아모스 공장장에게 다가가서 그의 어깨를 툭 쳤더니 소스라칠 듯 경기를 일으켰다.

사람들은 내게 거의 말을 하지 않았고, 예전처럼 장난도 치지 않았다. 그래서 공장에서 일하는 내내 쓸쓸하게 혼자 일할 수밖에 없었다.

* 4월 27일   오늘은 용기를 내서 키니언 선생님에게 보너스 턱으로 저녁 식사를 내겠다고 말했다.

처음에 그녀는 그렇게 해도 되는지 모르겠다며 망설였지만, 내가 스트라우스 박사님에게 어떨지 물어보자 그는 괜찮다고 했다. 스트라우스 박사님과 니머 박사님은 서로 사이가 좋지 않아 보였다. 내가 키니언 선생님과 저녁 식사를 하는 것에 대해 스트라우스 박사님에게 의논을 하러 갔을 때 박사님이 큰 소리로 화를 내는 소리가 들렸다. 니머 박사님이 이 실험은 자신의 실험이고 자신의 연구라고 말하자, 스트라우스 박사님은 자기가 키니언 선생님을 통해 나를 찾아냈고 본인이 수술을 집도했으므로, 자신도 이 실험에 그만큼 공헌을 했다고 되받아 소리쳤다. 그리고 스트라우스 박사님은 언젠가는 전 세계에 있는 수천 명의 신경외과의사들이 자신이 개발한 기술을 이용하게 될 것이라고 말했다.

니머 박사님은 이번 달 말까지 이 실험의 결과를 발표하고 싶어 했다. 스트라우스 박사님은 확실한 결과가 나올 때까지 좀 더 기다리길 원했다. 스트라우스 박사님은 니머 박사님이 실험 자체보다는 프린스턴 대학의 심리학회장 자리에 더 관심이 많다고 말했다. 니머 박사님은 스트라우스 박사님에게 자신의 영광에 편승하려는 기회주의자에 불과하다고 말했다.

나중에 그 자리를 떠나올 때 나는 떨고 있었다. 내가 왜 떨었는지 딱 꼬집어서 말하기는 힘들다. 하지만 내가 처음에 두 박사님을 만났을 때부터 그들에 대해 잘 알고 있다고 생각했기 때문인 것 같다. 니머 박사님의 사모님이 빨리 실험을 마무리하고 발표해서 유명해지라고 박사님에게 종일 바가지를 긁고 있다는 이야기를 예전에 버트에게서 들었던 기억이 났다. 버트는 니머 박사님 사모님의 평생 소원이 거물 남편을 갖는 거라는 이야기도 했다.

스트라우스 박사님이 정말 니머 박사님에게 편승하려는 기회주의자일까?

★ **4월 28일** 왜 예전에는 키니언 선생님이 이렇게 아름다운 분이라는 걸 전혀 눈치 채지 못했을까? 그녀의 갈색 눈동자와 목까지 흘러내린 깃털처럼 부드러운 갈색 머릿결이 잘 어울렸다. 그녀는 겨우 서른네 살 밖에 안 되었다! 나는 지금껏 그녀가 엄청난 천재이고, 무지무지하게 나이가 많을 거라고 생각했었다. 이제는 그녀를 바라볼 때마다 점점 더 젊게 보이고, 점점 더 아름다워 보였다.

우리는 저녁을 먹고 나서 오랜 시간 대화를 나눴다. 그녀가 내가 금방 자신을 따라잡더니 이제는 자기보다 훨씬 앞서 나가버렸다고 말했을 때, 나는 웃고 말았다.

"찰리, 정말이에요. 저보다 책도 더 잘 읽잖아요. 제가 겨우 몇 줄 읽는 사이에 당신은 한 눈으로 페이지를 통째로 다 읽어버릴 수 있을 거예요. 게다가 당신은 읽었던 내용을 하나하나 세세하게 기억할 수 있잖아요. 저는 전체적인 의미나 중요한 부분만이라도 제대로 기억하면 다행인데 말이에요."

그녀가 담배를 꺼내 들기에 내가 불을 붙여주었다.

"찰리, 참을성을 좀 기를 필요가 있어요. 다른 사람이 반평생에 걸쳐서 할 일을 당신은 지금 며칠이나 몇 주 만에 해치우고 있잖아요. 정말 굉장해요. 당신은 자료와 숫자부터 광범위한 지식까지 모든 것들을 빨아들이는 거대한 스펀지 같아요. 곧 있으면 당신은 그 지식들을 하나하나 연결시키기 시작할 거예요. 그렇게 되면 당신에게는 다른 가지로 자라난 지식이 어떻게 연관되어 있는지 보일 거예요. 하지만 거기에도 단계가 있어요. 찰리, 거대한 사다리에 올라가는 것처럼 높이 더 높이 올라가다 보면 세상을 넓고 더 넓게 볼 수 있을 거예요.

저는 그에 비하면 아주 낮은 계단에 불과해요. 저야 지금보다 별로 높이 올라가지 않겠지만, 당신은 점점 더 높이 올라가서 점점 더 넓게 보게 될 거예요. 그리고 한 걸음씩 올라갈 때마다 당신에게는 지금까지 보지 못했던 새로운 세상이 펼쳐질 거예요. 그렇게 되면 좋겠어요. 제발 그렇게만 된다면……"

그녀의 얼굴이 일그러지더니 마지막 말을 흐렸다.

"네?"

"아니에요. 찰리, 신경 쓰지 마세요. 제가 당신에게 이 실험에 참여하도록 조언했던 게 부디 잘한 일이기만을 바랄 뿐이에요."

나는 큰 소리로 웃었다.

"당연하죠! 수술은 아주 잘 됐어요. 앨저넌도 지금까지 영리하잖아요."

우리는 잠시 그 자리에 말없이 앉아 있었다. 내가 행운의 토끼발에 연결된 열쇠줄을 만지작거리는 모습을 보면서 그녀가 무슨 생각을 했을지 알 수 있다. 나는 그 '가능성'에 대해서는 노인들이 죽음에 대해 생각하기 싫어하는 것보다 더 생각하고 싶지 않다. 지금은 겨우 시작 단계일 뿐이라는 사실을 잘 알고 있다. 그녀가 말하는 단계의 의미에 대해서도 잘 알고 있다. 그 단계라는 것을 이미 경험했기 때문이다. 그녀를 뒤에 남겨두고 나 혼자 앞서 나갈 것이라는 생각을 하자 슬퍼졌다.

나는 키니언 선생님과 사랑에 빠진 것이다.

진행 보고서 12

* 4월 30일   도네건 플라스틱 상자 회사를 그만두었다. 도네건 씨가 여러 가지를 고려해봤을 때 내가 그만두는 게 낫겠다고 말했다. 내가 무슨 짓을 했다고 그렇게들 미워하는 걸까?

그들이 나를 싫어한다는 사실은 도네건 씨가 내게 탄원서를 보여줘서 처음 알게 되었다. 패니 거든만 빼고, 공장과 관련된 모든 사람들의 이름이 거기에 적혀 있었다. 무려 840명이었다. 나는 명단을 빠르게 훑어보는 것만으로도 패니의 이름만 빠졌다는 사실을 단번에 알아차렸다. 패니를 제외한 모든 사람들이 나를 해고하라고 요구한 것이다.

조 카프와 프랭크 라일리는 탄원서에 대해 말하고 싶지 않을 것이다. 패니 말고는 어느 누구도 그에 대해 이야기하지 않을 것이다. 패니는 한번 마음을 정하고 나면 세상이 무슨 짓을 하든, 뭐라고 하든, 설령 세상이 자신의 생각을 잘못된 것이라고 증명하더라도 꿋꿋하게 자기 생각을 지킬 몇 안 되는 사람이었다. 그리고 패니는 내가 해고당해야 한다고 생각하지 않았다. 그녀는 주변의 압력과 위협에도 굴하지 않고 신념에 따라 탄원서에 대한 서명을 거절했다.

"찰리, 그렇다고 네가 이상한 놈이 아니라고 생각한다는 건 아니야. 뭔가 변했어. 난 잘 모르겠어. 그래도 예전에 너는 심성도 착하고, 믿음직하고, 평범한 사람이었잖아. 뭐 그다지 영리하지는 않았지만. 그래도 정직했어. 네가 그렇게 빨리 영리해지려고 무슨 짓을 했는지는 아무도 몰라. 하지만 여기 사람들이 쑤군거리고 다니는 거 알지? 찰리, 그러면 안 되는 거야."

"패니, 어떻게 저한테 그런 말씀을 하실 수가 있어요? 사람이 자기를 둘러싼 세상을 이해하고 지식을 얻기 위해 영리해지려는데, 그게 뭐가 잘못된 거예요?"

그녀는 기계만 뚫어져라 쳐다보았고, 나는 그 자리를 떠났다. 그녀는 나를 쳐다보지도 않고 말했다.

"이브가 뱀의 말을 듣고 지혜의 나무에서 과실을 따먹은 건 죄악이야. 이브가 자신이 벌거벗었다는 사실을 알게 된 것도 죄악이야. 이브가 그런 짓만 안 했어도, 우리가 늙고 병들어 죽는 운명이 되지는 않았을 거야."

내 마음 깊은 곳에서 다시 수치심이 타올랐다. 높아진 지능 때문에 예전에 나와 친하고 내가 사랑하던 모든 사람들과 소원해졌다. 그 전에 그들은 내가 미련하고 멍청하다며 비웃고 모욕을 주었다. 이제 그들은 내가 가진 이해력과 지식 때문에 나를 싫어한다. 도대체 그들은 내가 어떻게 해주길 바라는 걸까?

그들은 나를 공장에서 몰아냈다. 지금 나는 예전 그 어느 때보다도 외롭다.

★ 5월 15일   스트라우스 박사님이 내가 2주 동안 진행 보고서를 쓰지 않았다고 크게 화를 내셨다. 박사님은 이제 연구실에서 나에게 월급을 주니까 보고서를 충실히 써야 한다고 하셨다. 나는 읽고 생각하느라 너무 바쁘다고 말씀드렸다. 글을 쓴다는 것 자체가 워낙 느리게 진행되는 일이고, 또 나는 아직 손으로 글씨를 쓰는 게 서툴러서 조바심이 자꾸 난다는 점을 박사님에게 이야기하자, 박사님은 타자기를 배워보라고 제안하셨다. 이제는 타자를 1분에 약 75단어까지 칠 수 있게 되면서 훨씬 수월하게 글을 쓸 수 있게 되었다. 스트라우스 박사님은 내게 다른 사람들이 이해할 수 있도록 쉽게 말하고 쉽게 써야 한다고 계속 되풀이해서 말씀하셨다.

지난 2주간 일어난 일들을 다시 되돌아보려 한다. 지난주 화요일 앨저넌과 나는 전미심리학협회를 통해 세계심리학협회 총회에 참석했다. 우리는 대단한 반향을 일으켰다. 니머 박사님과 스트라우스 박사님은 우리를 아주 자랑스러워하셨다.

나는 환갑을 넘긴 니머 박사님이—스트라우스 박사님보다 10살이나 나이가 많다—자신의 연구가 빚어내는 효과를 확인하기 위해 이런 행사가 필요했던 게 아닌가 하는 짐작을 한다. 물론 니머 박사님 사모님의 압력에 의한 효과이겠지만 말이다.

처음에 생각했던 것과는 달리 니머 박사님이 전혀 천재가 아니라는 사실을 알게 되었다. 그는 머리가 아주 좋았지만, 자기 회의에 빠져서 허덕이고 있었다. 그는 사람들이 자신을 천재라고 생각해주길 바랐다. 그렇기 때문에 그에게 있어서는 자신의 연구가 전 세계의 인정을 받는 것이 중요했다. 니머 박사님은 다른 사람이 이 분야에서 획기적인 발견을 해서 자신의 명성을 빼앗아갈까 봐 노심초사했을 게 틀림없다.

반면에 스트라우스 박사님은 천재라고 부를 수 있을 것이다. 하지만 그의 지식 범위는 아주 제한적이다. 그는 전통적인 방식에 따라 폭이 좁은 전문영역에 대해서만 교육을 받았다. 자기 전공인 신경외과의학 분야에서조차도 당장 필요하지 않은 배경지식은 쉽게 무시했다.

스트라우스 박사님이 할 수 있는 고대 언어가 라틴어, 그리스어, 히브리어밖에 없으며, 수학은 미적분학의 변분법 기초 수준까지밖에 모른다는 사실을 알고 충격을 받았다. 박사님이 이런 사실을 인정했을 때 나는 거의 짜증을 낼 뻔했다. 왜냐하면 박사님이 나를 속이기 위해 다 아는 척하면서 그런 사실을 숨겨온 것처럼 느껴졌기 때문이었다. 나는 다른 많은 사람들도 그런 척한다는 것을 알게 되었다. 내가 지금까지 알고 지내온 사람들 중에 겉과 속이 같은 사람은 하나도 없었다.

니머 박사님은 나랑 있을 때 불편해하는 것 같았다. 박사님에게 말을 걸려고 하면 박사님은 뜬금없는 눈으로 나를 쳐다보다가 고개를 돌리고 가버렸다. 니머 박사님이 나 때문에 열등감을 느낀다는 말을 스트라우스 박사님으로부터 처음 들었을 때는 화가 치밀어 올랐다. 나는 그가 나를 놀리고 있다고 생각했고, 당시 나는 놀림을 당하는 일에 과민해 있을 때였기 때문이었다.

니머 박사님처럼 높은 존경을 받는 심리학자가 힌두어나 중국어를 전혀 모른다는 사실을 알게 되었을 때 내 기분은 어땠을 것 같은가? 오늘날 인도나 중국에서 진행된 심리학 분야의 연구를 고려해본다면 이는 어처구니없는 일이다.

　니머 박사님이 힌두어를 할 줄 모른다면 그의 방법론과 효과에 대해 인도의 라하자마띠가 했던 비판을 어떻게 반박할 수 있겠느냐고 스트라우스 박사님께 여쭤봤다. 그때 스트라우스 박사님의 얼굴에 스쳐 지나갔던 뜬금없는 표정은 둘 중 하나를 의미한다. 스트라우스 박사님은 니머 박사님에게 인도 과학자들의 비판을 말해주고 싶지 않거나, 내가 정말 우려하는 바인데, 스트라우스 박사님조차도 그런 비판이 있었는지도 몰랐다는 것이다. 사람들에게 비웃음을 당하지 않으려면, 이제 말할 때도 조심하고, 글도 간단명료하게 써야 한다.

　★ 5월 18일　정말 심난한 하루였다. 어젯밤에 일주일 만에 처음으로 키니언 선생님을 만났다. 나는 키니언 선생님과 대화를 나누면서 최대한 지적인 개념을 피하고, 간단하고 일상적인 대화의 수준으로 맞추려고 노력했다. 하지만 그녀는 멍한 눈으로 나를 쳐다보더니, 도베르만의 제5번 협주곡에 나타난 것과 동일한 수학적 분산 $_{分散}$이라는 말이 무슨 뜻이냐고 물어봤다.

　내가 설명해주려 하자 그녀는 나를 막고 웃음을 터뜨렸다. 나는 당시 짜증이 났던 것 같긴 한데, 어쩌면 내가 그녀와 수준을 맞추지 못했던 게 아닌가 하는 생각이 든다. 아무리 노력해도 그녀에게 내 생각을 전달할 수가 없었다. 아무래도 브로슈타트의 「'의미론적 전개 과정의 수준'에 있어서의 동일화」를 다시 읽어봐야겠다. 나는 이제 사람들과 거의 소통하지 않는다. 책과 음악, 그리고 내가 생각할 수 있는 것들 덕분이다. 나는 대부분의 시간을 플린 부인의 하숙집에서 혼자 지내며 사람들과 거의 이야기를 나누지 않는다.

★ 5월 20일 접시를 깨뜨린 사건이 발생하지 않았더라면, 저녁을 먹으러 가는 모퉁이 식당에 열여섯 살가량의 사내아이가 접시닦이로 새로 고용된 사실을 알지 못했을 것이다.

접시는 바닥에 와장창 부딪힌 후 산산이 부서지고, 하얀 도자기 파편들이 식탁들 아래로 흩어졌다. 그 아이는 놀라서 겁먹고 얼떨떨한 표정으로 빈 쟁반을 손에 들고 서 있었다. 식당 안에 있던 손님들이 휘파람을 불고 야유를 보냈다.

"야, 오늘 돈 번 거 다 날아가네!"

"마젤 토프 Mazel tov!"[42]

"저놈이 아직 초짜라서······."

이런 모습은 유리잔이나 접시가 깨질 때마다 식당에서 흔히 벌어지는 광경이다. 이런 소란스러움이 아이를 더 혼란스럽게 만들었다.

식당 주인이 왜 이렇게 소란스러운지 보러 나오자, 겁을 먹은 아이는 맞을 거라고 생각했는지 팔을 치켜들고 날아오는 주먹을 막는 시늉을 했다.

"괜찮아, 괜찮아. 이 멍청아!"

식당 주인이 소리를 질렀다.

"그렇게 바보같이 서 있지 말고 빗자루 가져와서 쓸어 담아! 빗자루······ 빗자루! 멍청한 놈아! 주방에 있잖아! 하나도 남기지 말고 싹싹

---

[42] 히브리어로 '축하해!', '행운을 빌어' 라는 의미. 유태인들은 결혼식에서 부부의 행운을 빌기 위해 유리잔을 깨뜨리며 '마젤토프!' 를 외치는 풍습이 있다.

쓸어."

　주인이 때리지 않는다는 사실을 알게 되자, 아이의 겁먹은 표정이 사라지더니 미소를 짓고, 빗자루를 가져와서 바닥을 쓸 때는 콧소리를 흥얼거리기까지 했다. 몇몇 시끄러운 손님들은 재미난 일이라도 벌어진 듯 아이가 식당에 끼친 손해를 들먹이며 아직도 떠들어대고 있었다.

　"꼬마야, 여기 이쪽 네 뒤에 아주 멋들어지게 생긴 조각이 있다."

　"야, 다시 쓸어."

　"쟤가 알고 보면 그렇게 멍청한 것도 아냐. 접시를 씻는 것보다는 깨버리는 게 편하잖아."

　아이는 멍한 눈으로 재미있어 하는 구경꾼들을 쭉 둘러보더니 천천히 그들을 따라서 미소를 지었다. 그리고 나중에는 그들이 하는 농담에 어정쩡한 표정으로 씩 웃음을 지어 보이기도 했는데, 아이는 그 농담을 이해하지 못한 게 틀림없었다.

　나는 그 아이의 멍청하고 얼빠진 미소와 아이처럼 순진하고 맑은 큰 눈, 무슨 말인지 채 이해를 못하면서도 사람들의 마음에 들려고 노력하는 그 아이의 모습을 보면서 속에서 울화가 치밀어 올랐다. 사람들은 지능이 떨어진다는 이유만으로 그 아이를 비웃었다.

　그리고 나 역시도 그 아이를 보며 웃었다.

　갑자기 나 자신에게, 그리고 그 아이를 보며 히죽히죽 웃어대는 모든 사람들에게 분노가 치밀었다. 나는 벌떡 일어나서 소리를 질렀다.

　"입 닥쳐! 아이를 내버려둬! 이해를 못 하는 게 쟤 잘못은 아니잖아! 저러고 싶어서 저러는 건 아니란 말이야! 쟤도 사람이야!"

　식당이 서서히 조용해졌다. 통제력을 잃고 추태를 벌인 나 자신을 저주했다. 아이를 쳐다보지 않으려고 애쓰면서, 돈을 지불하고 음식에는 손도 대지 않은 채 식당을 걸어 나왔다. 나 자신과 그 아이 둘 다에게 수치심을 느꼈다.

팔이나 다리, 눈이 없이 태어난 사람의 약점을 이용하려고 하지 않는, 올바른 감정과 감수성을 가진 사람들이 지능이 낮게 태어난 사람들에 대해서는 아무런 거리낌도 없이 학대한다는 사실을 어떻게 이해해야 할까? 바로 얼마 전까지 나도 이 아이와 마찬가지로 광대 짓을 하곤 했었다는 사실을 생각하자 나 자신에 대해서도 화가 났다.

그동안 나는 그 사실을 거의 잊고 있었다.

나는 예전의 찰리 고든의 모습을 마음 깊은 곳에 숨겨놓았던 것이다. 지금 나는 영리해졌으니까 당시의 모습은 내 마음에서 치워놓아야 했다. 하지만 오늘 그 아이를 보면서 나는 처음으로 내 과거의 모습을 보았다. 그 아이는 바로 과거의 내 모습이었다!

얼마 전에야 사람들이 나를 비웃는다는 걸 알게 되었다. 그런데 지금 나는 어느덧 그들과 함께 어울려 나 자신을 비웃고 있었다. 무엇보다도 그 사실 때문에 내 마음이 아프다.

가끔 내가 썼던 진행 보고서를 읽곤 하는데, 거기에서 나는 맞춤법이 서툰 글과 어린애 같은 순박함, 그리고 암실에서 열쇠구멍을 통해 눈부신 바깥을 쳐다보고 싶어 하는 지능이 낮은 사람의 정신 상태를 본다.

당시의 그 둔한 머리로도 나는 자신이 열등하다는 사실과 다른 사람들은 내가 부여받지 못한 뭔가를 가지고 있다는 사실을 알았다. 정신적인 맹인 상태에서 나는 다른 사람들이 가진 능력이 읽기나 쓰기와 관련된 것으로 생각했다. 그리고 그런 기술을 배우면 나도 자동적으로 지능이 생길 거라고 확신했다.

저능한 사람도 다른 사람들처럼 되고 싶어 하는 것이다.

어린아이는 자기가 배고프다는 사실을 알더라도 무엇을 먹어야 할지, 어떻게 먹어야 할지 모를 수 있다.

당시에 내가 바로 그랬다. 나는 전혀 몰랐다. 지적인 자각이 선물로 주어진 상황에서도 나는 정말로 그게 뭔지 전혀 알지 못했다.

지금 주어진 이 시간들은 나에게 축복이다. 과거를 좀 더 명확하게 바라볼 수 있게 되면서, 나는 내 지식과 재능을 인류의 지능 수준을 끌어올리는 분야의 연구를 위해 사용하기로 결심했다. 나보다 이 분야에 더 잘 준비된 사람이 있을까? 지금까지 나 말고 이 두 세계를 모두 살아본 사람이 있었던가? 이들은 내가 책임져야 할 사람들이다. 나에게 주어진 재능을 그들을 위해 사용하도록 하자.

내일 이 분야에서 어떤 방식으로 일할 수 있을지 스트라우스 박사님과 논의할 계획이다. 나에게 사용된 기술을 넓게 퍼뜨리기 위해 해결해야 할 문제들을 푸는 데 도움을 줄 수 있을 것이다. 내게 좋은 아이디어가 몇 개 있다.

이 기술을 이용해 할 수 있는 일은 무궁무진하다. 나를 천재로 만들 수 있었다면, 나와 처지가 같은 수천 명에 대해서도 같은 일을 할 수 있을 것이다. 그렇다면 평범한 사람들에게 이 기술을 이용한다면 그들의 지능을 얼마나 더 환상적인 수준으로 끌어올릴 수 있을 것인가? 천재에게 적용해본다면?

무한한 가능성이 열려 있다. 나는 벌써 조바심이 난다.

진행 보고서 13

★ 5월 23일 오늘 일이 터졌다. 앨저넌이 나를 물었다. 가끔 그러듯이 연구실로 앨저넌을 보러 갔다. 그리고 앨저넌을 우리에서 꺼내자 내 손을 덥석 깨물었다. 나는 앨저넌을 우리에 다시 넣은 후에 잠시 관찰했다. 앨저넌은 평소답지 않게 산만하고 신경질적이었다.

★ 5월 24일 실험용 동물을 맡고 있는 버트가 앨저넌이 변했다고 말해줬다. 앨저넌은 그 전에 비해 비협조적으로 변했다. 더 이상 미로 경주를 하지 않으려고 했다. 학습 의욕이 전반적으로 감퇴했다. 그리고 음식을 먹지 않으려 했다. 이것이 의미하는 바에 대한 우려 때문에 모두들 당황스러워했다.

★ 5월 25일 이제 앨저넌이 자물쇠 풀이 문제를 하지 않으려 했기 때문에 음식을 그냥 먹이기 시작했다. 모두들 나와 앨저넌을 동일시한다. 우리는 둘 다 각자의 종에서는 처음으로 이 수술을 받았다는 공통점이 있었기 때문이다. 모든 사람들이 앨저넌이 이상한 행동을 한다고 해서 나도 꼭 그러리라는 법은 없다는 식으로 말했다. 하지만 그 전에도 이 실험에 사용된 다른 동물들 중에 몇몇이 이상한 행동을 했었다는 사실까지 감추는 것은 쉽지 않았다.

스트라우스 박사님과 니머 박사님이 내게 더 이상 연구실에 나오지 말아달라고 부탁했다. 박사님들이 왜 그러시는지 이해는 됐지만 그 의견을 받아들일 수는 없었다. 나는 내 계획에 따라 그들의 연구를 더욱 진전시켜나갈 것이다. 두 분을 뛰어난 과학자로서 존경하지만, 나는 두

분의 한계에 대해 잘 알고 있다. 어딘가에 해답이 있다면 내가 스스로 찾아내야 한다. 갑자기 내게 시간이 매우 중요해졌다.

★ 5월 29일 나는 연구실을 제공받았고, 연구를 계속해도 좋다는 허가를 받아냈다. 내 연구는 이제 뭔가 보이기 시작했다. 나는 밤낮없이 연구를 지속했다. 간이침대를 연구실에 가져다놨다. 글을 쓰는 시간에는 대체로 별도의 서류철에 보관해둔 공책에 기록을 했는데, 버릇 때문인지 때때로 내 기분과 생각들을 적어놓을 필요가 있다고 느꼈다.

지능 계산이 아주 재미있는 연구 분야라는 사실을 알게 되었다. 내가 지금까지 취득했던 모든 지식을 동원해볼 만한 분야였다. 하지만 어떤 점에서는 내가 나 자신의 모든 인생과 분리되어 있지 않다는 사실이 문제가 되곤 했다.

★ 5월 31일 스트라우스 박사님은 내가 지나치게 연구에 열중하고 있다고 생각한다. 니머 박사님은 내가 일생 동안 해야 할 연구와 생각을 겨우 몇 주 만에 다 해치우려고 한다고 말했다. 나도 휴식이 필요하다는 사실을 알고 있지만, 내 깊은 곳에 있는 무언가가 멈추지 않고 계속 나를 밀어붙인다. 나는 앨저넌에게 일어난 갑작스런 퇴화의 이유를 밝혀내야 한다. 나는 그런 일이 내게도 일어날지, 일어난다면 언제 일어날지 알아야 한다.

★ 6월 4일
스트라우스 박사님께 보낸 편지 (사본)

스트라우스 박사님께

제 연구 보고서 「앨저넌—고든 효과 : 지능 향상의 구조와 작용 연구」를 각봉(緘封)하여 보냅니다. 박사님께서 이 보고서를 읽어보시고 발표해주시기 바랍니다.

박사님께서도 아시다시피 저는 모든 실험을 마쳤습니다. 제가 만든 모든 공식과 수학적 분석은 보고서의 부록 부분에 들어 있습니다. 물론 이 보고서는 검증이 필요합니다.

박사님과 니머 박사님께 이 연구가 중요하기 때문에(저에게도 중요하다는 사실은 따로 말씀드릴 필요가 없으리라 믿습니다), 연구결과를 수십 번 반복해서 검토하고 또 검토했습니다. 부디 제 연구에 착오가 있기를 바랐습니다. 하지만 안타깝게도 결과를 받아들일 수밖에 없을 것 같습니다. 그런 사실이 가슴 아프긴 하지만, 제가 과학을 위해 인간 정신의 작용 방식에 대한 지식과 인간의 인위적인 지능 향상을 지배하는 법칙을 보탤 수 있게 되었다는 사실을 조그만 위안으로 생각합니다.

박사님께서 실험의 실패나 이론의 반증도 성공에 못지않게 학문의 발전을 위해 중요하다고 저에게 말씀해주셨던 일이 기억납니다. 지금은 저도 그 말씀이 옳다는 것을 잘 압니다. 하지만 이 분야에 대한 저의 공헌이 제가 존경해 마지않는 두 분의 연구에 재를 뿌리게 되는 일이 될 수밖에 없음을 죄송하게 생각합니다.

찰리 고든 배상(拜上)

연구 보고서 각봉

★ **6월 5일** 감정적으로 반응해서는 안 된다. 내 실험이 의미하는 사실과 그 결과는 명확하다. 그리고 내 지능의 급격한 향상이 아무리 놀라운 사실이라 할지라도, 스트라우스 박사님과 니머 박사님이 개발한 수술 방법으로 지능을 세 배로 높이는 것은 (적어도 현재까지는) 인류의 지능을 올리는 데에 전혀 혹은 거의 실용적으로 적용하기 힘들다는 사실을 가릴 수는 없다.

앨저넌에 대한 기록과 자료들을 검토하면서, 앨저넌이 아직 육체적으로는 채 성년이 되지 않았음에도 정신적으로는 퇴행하고 있다는 사실을 알게 되었다. 운동 신경이 제 기능을 하지 못하고, 육체적인 활동성이 총체적으로 감소했으며, 근육에 대한 조정 능력 상실이 가속화되고 있었다.

또한 진행형 기억 상실증의 징후도 강하게 나타났다.

내 보고서에 나타난 바와 같이, 그러한 육체적·정신적 퇴행증후군은 내가 만든 공식을 적용하면 통계적으로 명확하게 그 결과를 예측할 수 있다.

우리 둘에게 실시되었던 수술에 의한 자극은 모든 정신적 진행 과정을 강화하고 가속화시키는 결과를 낳았다. 내가 마음대로 '앨저넌-고든 효과'라고 이름붙인, 사전에 예측하지 못했던 진행 단계는 전체적인 지적 능력의 가속화에 따른 논리적 귀결이다. 여기에 증명된 가설은 다음과 같이 간단히 표현할 수 있을 것이다. "인위적으로 향상된 지능은 향상된 양에 정비례한 속도로 퇴행한다."

이는 그 자체만으로 중요한 발견이라고 생각된다.

내가 글을 쓸 수 있는 한은 이 진행 보고서에 내 생각들을 계속 기록할 것이다. 이 기록은 나에게 몇 안 되는 즐거움 중 하나다. 하지만, 모든 증거가 말해주듯, 나의 정신적 퇴행도 아주 급격하게 진행될 것이다.

나는 이미 건망증과 정서 불안정 증세를 인지하기 시작했다. 이는 정신이 소진되기 시작했다는 것을 보여주는 첫 증상이다.

★ 6월 10일 퇴행이 진행 중이다. 머리가 멍하다. 앨저넌이 이틀 전에 죽었다. 해부는 내 예측이 옳았다는 사실을 보여주었다. 앨저넌의 두뇌는 무게가 감소했으며, 열구裂溝가 깊고 넓어졌을 뿐만 아니라 대뇌 피질의 주름이 전체적으로 밋밋해졌다.

이미 같은 증세는 이미 나에게 일어났거나 곧 일어날 것이다. 내가 원하든 원치 않든 상관없이 이제 이 사실은 명백해졌다.

앨저넌의 사체를 치즈 상자에 넣어 뒤뜰에 묻었다. 나는 엉엉 울고 말았다.

★ 6월 15일 스트라우스 박사님이 다시 나를 보러 왔다. 나는 문을 열어주지 않고 돌아가라고 말했다. 혼자 있고 싶다. 요즘은 쉽게 화를 내고 신경이 날카로워졌다. 어둠속에 갇힌 느낌이다. 자살에 대한 생각을 떨쳐내기 힘들다. 이 자기 관찰적인 기록이 얼마나 중요한 것인지 내 자신에게 끊임없이 이야기하고 있다.

겨우 몇 달 전에 재미있게 읽었던 책을 집어 들었을 때 그 내용을 전혀 기억하지 못한다는 사실을 알게 되는 것은 묘한 느낌을 준다. 나는 예전에 내가 존 밀턴을 얼마나 위대하게 생각했는지 기억한다. 하지만 그의 『실낙원』을 집어 들고 읽으려 하자 그 내용을 전혀 이해할 수 없었다. 너무 화가 나서 책을 방 저편으로 집어던져버렸다.

나는 내가 배웠던 사실들을 일부라도 부여잡기 위해 필사적으로 매

달려야 한다. 오, 제발, 하느님, 제게서 이것들을 빼앗아가지 말아주세요.

★ **6월 19일** 밤이 되면 가끔씩 밖으로 산책을 나간다. 어젯밤에 나는 내가 사는 곳이 어디인지 기억하지 못했다. 경찰이 집으로 데려다주었다. 이상하게도 이 일이 예전에, 그것도 아주 오래전에 일어났던 일처럼 느껴진다. 지금 내게 일어나고 있는 일들을 기록할 수 있는 사람은 세상에서 오직 나 하나뿐이라는 사실을 끊임없이 되뇌고 있다.

★ **6월 21일** 도대체 왜 기억이 안 나는 거지? 나는 싸워나가야 한다. 며칠간 침대에 누워 있었지만, 내가 누구인지, 내가 어디에 있는지 알 수 없었다. 그러다 순간적으로 모든 일들이 떠올랐다. 기억 상실증이라는 둔주遁走. 제2의 유아기, 노인성 치매 증세다. 그것들이 다가오는 것을 볼 수 있다. 끔찍이도 논리적이다. 나는 너무 많이, 너무 빨리 배웠었다. 이제 내 머리는 급속히 나빠지고 있다. 그런 일이 일어나도록 놔두지 않을 것이다. 나는 싸워나갈 것이다. 식당에서 봤던 그 아이의 멍한 표정과 바보 같은 미소, 그 아이를 비웃던 사람들이 자꾸 떠오른다. 안 돼. 제발, 다시 그렇게 될 수는 없어.

★ **6월 22일** 최근에 공부했던 것들이 기억나지 않는다. 가장 나중에 배운 사실들을 가장 먼저 잊어버린다는 전형적인 형식을 그대로 따르는 듯하다. 아니, 그런 형식이 있었던가? 다시 찾아봐야겠다.

'앨저넌—고든 효과'에 대한 내 보고서를 다시 읽었는데, 마치 다른 사람이 쓴 것 같은 이상한 느낌이 들었다. 무슨 말인지 이해가 안 되는 부분도 있었다.

운동 신경이 약화되었다. 계속 뭔가에 걸려 넘어지고, 타자를 치는 게 점점 어려워지고 있다.

★ 6월 23일   타자기 사용을 완전히 포기했다. 근육 조절 능력이 떨어졌다. 내가 점점 느리게, 더 느리게 움직이는 게 느껴진다. 오늘 나는 엄청난 충격을 받았다. 혹시 내가 했던 연구를 이해하는 데 도움이 될까 싶어서, 내가 연구할 당시 이용했던 크루거의 「심리적 일체성에 관하여 Uber psychische Ganzheit」라는 논문의 사본을 꺼내 보았다. 처음에는 내 눈이 이상한 줄 알았다. 그러고 나서야 더 이상 독일어를 읽을 수 없게 되었다는 사실을 깨달았다. 다른 외국어도 시험해보았다. 모두 다 사라졌다.

★ 6월 30일   일주일 만에야 다시 글을 쓸 용기를 냈다. 모든 것들이 손가락 사이로 흘러내리는 모래처럼 어느새 사라져간다. 내가 가진 대부분의 책들이 지금의 나에게는 너무 어렵다. 겨우 몇 주 전까지만 해도 나는 그 책들을 읽고 이해할 수 있었기 때문에 화가 치밀어 올랐다. 나에게 무슨 일이 일어나고 있는지 누군가 이해할 수 있도록 계속 이 보고서를 써내려가야 한다는 사실을 나 스스로 끊임없이 되새기고 있다. 하지만 맞춤법을 기억해내고, 말을 만들어가는 게 점점 더 어려워지고 있다. 지금은 간단한 단어조차도 사전을 찾아봐야 한다. 이런 내 자신을 견디기 힘들다.

스트라우스 박사님이 거의 매일 찾아온다. 그렇지만 박사님께 누구하고도 만나거나 말하고 싶지 않다고 말했다. 박사님은 죄책감을 느끼고 있는 것이다. 그들 모두가 죄책감을 느끼고 있다. 그러나 나는 누구도 책망하지 않는다. 나는 어떤 일이 일어날지 알고 있었다. 하지만 얼마나 고통스러울지는 모르고 있었다.

★ 7월 7일 일주일이 어떻게 흘러가버렸는지 모르겠다. 창문을 통해 사람들이 교회에 가는 모습을 보고서야 오늘이 일요일이라는 사실을 알았다. 나는 일주일 내내 침대에서 지낸 거 같은데 그동안 플린 부인이 몇 차례 음식을 가져다주었던 일이 기억난다. 먼가를 해야 한다고 나는 계속 혼잣말을 하지만 금방 잊어버린다. 어쩌면 차라리 무엇을 해야 한다는 사실을 말하지 않는 게 더 시울지도 모르겠다.

요즘에는 부모님 생각을 많이 한다. 부모님이 나를 해수욕장에 데려갔을 때의 사진을 찾았다. 아버지는 큰 공을 들고 있고 어머니는 나를 붙잡고 있었다. 내가 기억하는 부모님의 모습은 사진과 다르다. 내가 기억하는 거라곤 하루 종일 술에 취해 있던 아버지가 돈 문제로 엄마와 말싸움을 하는 모습이다.

아버지는 거의 면도를 거의 하지 않았기 때문에 나를 안을 때마다 얼굴을 글키곤 했다. 어머니는 아버지가 돌아가셨다고 했지만 내 사촌 밀티는 자기 엄마 아빠에게 들었다며 아버지가 다른 여자와 달아났다고 했다. 어머니에게 물어봤더니 어머니는 내 뺨을 때리며 아버지는 돌아가셨다고 말했다. 나는 누구의 말이 사실인지 끈내 알아낼 수 업겠지만 더 이상 신경쓰지 안는다(아버지는 나를 농장에 데려가 소를 보여주겠다고 말했지만 한 번도 데려가지 않았다. 아버지는 한 번도 약속을 지키지 안앗다).

★ 7월 10일 요즘 집주인 플린 부인이 나를 만이 염려한다. 그녀는 내가 하루 종일 누워서 아무것도 안 한다면서 그녀가 예전에 자기 아들을 집박으로 내팽개쳐버렸던 일이 떠오른다고 했다. 그녀는 놈팽이들을

시러한다고 했다. 아픈 거랑 노는 거는 다른 거지만 그녀는 이해하지 못할 것이다. 나는 그녀에게 독감에 걸린 거 같다고 말했다.

매일 조금씩이라도 읽으려고 노력 중이다. 대부분은 소설이다. 하지만 어떤 때는 무슨 말인지 이해를 못해서 가튼 이야기를 읽고 또 읽어야 될 때도 있다. 글을 쓰는 거도 십지 않다. 모든 단어를 사전에서 찾아바야 된다. 그러나 너무 힘들어서 항상 너무 지친다.

그래서 나는 길고 어려운 단어 대신 쉬운 거만 쓰기로 했다. 그 방법으로 시간을 절약할 수 있다. 나는 일주일에 한 번씩 앨저넌의 무덤에 꼬츨 가져다 노았다. 플린 부인은 쥐의 무덤에 꽃을 바친다며 내가 미쳤다고 생각햇다. 하지만 나는 앨저넌은 특별한 쥐라고 말해주었다.

★ 7월 14일 다시 일요일이다. 이제는 바쁘게 지낼 일이 하나도 업다. 텔레비는 고장낫고 고칠 돈도 업다(연구서에서 보내준 수표를 일어버린 거 같다. 기억이 안난다).

머리가 너무 아프다. 아스피린은 거의 도움이 안댄다. 플린 부인은 내가 정말로 아프다는 거를 알고 정말로 미안해햇다. 그녀는 누구든지 아플 때는 정말 잘해준다.

★ 7월 22일 플린 부인이 이상한 으사를 불러서 나를 보여주엇다. 그녀는 내가 죽을까바 걱정햇다. 나는 으사한태 만이 아픈게 아니고 가끔 기억을 못할 뿐이라고 말햇다. 그는 나에게 친구나 친척이 인냐고 물어바서 나는 아무도 업다고 말햇다. 앨저넌이라는 친구가 잇엇는대 그 친구는 생쥐고 가끔 둘이서 경주를 했다고 말햇다. 그는 미친 사람을 쳐다보듯이 웃긴 표정으로 나를 쳐다밧다.

내가 옌날에는 천재였다고 말하자 그 사람이 웃었다. 그는 어린아이에게 말하듯이 나에게 말하면서 플린 부인에게 윙크를 햇다. 나는 화가 나서 그사람을 쪼차냇다. 예전에 다른 사람들이 그랫듯이 나를 놀렷기 때문이다.

★ 7월 24일   나는 돈이 더이상 업는데 플린 부인은 나보고 두달이 넘게 월세를 안 냇다면서 일해서 월세를 내야 댄다고 햇다. 나는 옌날에 햇던 도네건 플라스틱 상자 회사 말고는 일을 해본적이 업어서 다른 일은 할쭐 모른다. 나는 거기로 돌아가고 십지 안다. 그 사람들은 내가 영리햇던 때를 기억하고 잇기 때문에 나를 비웃을지도 모른다. 하지만 거기 말고는 돈을 벌수 인는 대를 하나도 모른다.

★ 7월 25일   내가 썻던 진행 보고서들을 좀 일거밧는대 정말 재미잇지만 내가 썻던 거를 읽을 쑤 업다. 어떤 단어는 일글 수는 인는대 무슨 뜨신지는 알수 업엇다.

키니언 선생님이 집에 와서 가버리라고 선생님을 보고 십지 안다고 말햇다. 그녀는 울엇다. 그리고 나도 울엇지만 나는 그녀를 보고 십지 안다. 그녀가 나를 비웃는게 실키 때문이다. 나는 그녀에게 더이상 그녀를 조아하지 안는다고 말해따. 나는 더이상 영리해지기 실타고 말햇다. 그거는 거진말이다. 나는 아직도 그녀를 사랑하고 나는 아직도 영리해지고 십지만 내가 그렇게 말해야만 그녀가 가버릴 거시다. 그녀가 플린 부인에게 월세를 주엇다. 나는 그게 실타. 나는 일을 구해야 댄다.

제발…… 제발 일기와 쓰기를 잊지 안게 해주세요.

★ **7월 27일**　내가 공장으로 가서 옌날에 일하던 청소부 일을 할수 인냐고 물엇더니 도네건 씨는 아주 친절하게 잘해주엇다. 도네건 씨는 처음에는 나를 밋지 안앗지만 나에게 무슨 일이 잇엇는지 말해주자 아주 슬픈 표정을 지으면서 내 어깨에 손을 올리고 찰리 고든 자네는 용기가 인는 친구야라고 말햇다.

내가 아래로 내려가자 모두들 나를 처다보앗다. 나는 옌날에 햇던 거처럼 하장실 청소를 하기 시작햇다. 나는 혼자말을 햇다. 찰리 저사람들이 너를 놀리더라도 너가 옌날에 생각햇던거보다 저사람들이 그리 영리하지 안는다는 거를 너는 기억하니까 절대로 슬퍼하면 안대. 그리고 저사람들은 옌날에 친구들이엇잔아. 저 사람들은 너를 조아하니까 저사람들이 너를 놀려도 일부러 그러는거는 아니야.

내가 공장을 떠나고 나서 새로 일하러 온 사람이 기분나뿐 소리를 냇다. 그 사람은 야 찰리 옌날에 당신이 정말 영리햇엇고 아주 괴짜였다는 이야기 들엇어. 지쩍인 말 하나 해바. 나는 기분이 나빳다. 그런대 조 카프가 와서 그사람의 셔츠를 붓잡더니 그사람한태 찰리를 내버려둬 이 나쁜 새끼야 안그러면 내가 니 목을 분질러버릴거야 라고 말햇다. 나는 조가 내편을 들어줄거라고는 전혀 생각도 못햇엇다. 조는 정말로 조은 칭구다.

나중에 프랭크 라일리가 와서 찰리 누가 너를 못살게 굴거나 너를 이용해먹으려고 하면 나나 조를 불러 그러면 우리가 본때를 보여줄태니까 라고 말햇다. 나는 프랭크에게 고맙다고 말햇다. 그리고 나는 목이 메여서 돌아서서 물품 공급실에 들어갓다. 그래야 프랭크가 내가 우는 모습을 보지 안을태니까. 칭구가 잇다는 거는 조은 거다.

★ 7얼 28일   나는 오늘 바보지슬 해따. 나는 옌날처럼 더이상 성인 야간학교의 키니언 선샌님 반에 나가지 안는다는 거를 이저먹어따. 내가 교실로 가서 옌날 내 의자에 가서 안앗더니 키니언 선샌님이 이상한 눈으로 나를 처다보면서 찰스라고 불러따. 그녀가 나를 그럿케 부른 거는 처음이엇다. 예전에는 찰리라고만 불러따. 그래서 나는 안녕하새요 키니언 선샌님 우리가 배우는 책은 일어버려찌만 오늘 공부할 준비는 해써요 라고 말해따. 그녀는 울기 시자카더니 교실에서 나가버려따. 전부다 나를 처다반는대 그때서야 나는 그사람드리 옌날에 배우던 우리반 학샌드리 아니라는 사실을 알아차려따.

그제야 나는 갑자기 수술을 햇던거랑 영리해져떤거가 기억낫다. 나는 제기랄 내가 진짜로 찰리 고든 같은 짓을 햇네 라고 해따. 나는 그녀가 교실로 도라오기 전에 교실에서 나와따.

그게 내가 뉴요크에서 떠나는게 조을꺼 같다는 이유다. 나는 다시는 그런 바보가튼 짓을 하고 십지 안타. 키니언 선샌님이 나한태 미안함을 느끼게 만들고 십지안타. 공장에 인는 모든 사람들이 나에게 미안해한다. 나는 그것도 실타. 그래서 나는 찰리 고든이 언젠가 천재여썬는대 지금은 책을 익지도 모타고 쓰지도 모탄다는 사실을 아무도 모르는 어딘가로 떠나려고 한다.

책은 두어건 가져갈거다. 내가 그책드를 몬 일거도 나는 열씨미 공부하면 내가 배어떤 거드를 다 이저버리지는 안을지도 모른다. 내가 정말로 열씨미 노력하면 수술을 하기 전보다 쪼금이라도 더 영리해질찌도 모른다. 나는 행운을 주눈 토끼발하고 행운을 주는 동전을 가지고 갈꺼다. 그거뜰이 나한태 도움이 댈지도 모른다.

키니언 선샌님 이 글을 익는다면 저한태 미안해하지 마라요. 저는 두번째로 영리해질쑤 있는 기해가 잇어서 기뻣어요. 저는 새상에 인는 지도 몰랏던 마는 것드를 배엇고 그것드를 조금씩이라도 다 보앗던 거가 기뻐요. 왜 내가 다시 바보가 대언는지 모르게서요. 아마 내가 열씨미 안해서 잘못댄거 가타요. 다시 열씨미 노력하고 공부하면 다시 쪼금 영리해지고 단어드를 다 이해할 수 이쓸거 가타요. 옌날에 날가빠진 교가서를 처음 받앗을때 그 느낌이 엄마나 조앗는지 기억나요. 다시 열씨미 노려캐서 영리해지면 그거를 다시 느끼고 십어요. 새상을 알게대고 영리해진다는거는 기분조은 일이에요. 똑바로 안자서 맨날 책을 일그면 이번에는 잘 댈꺼라고 생각해요. 어째든 나는 머리나뿐 사람중에서는 가학에 먼가 중요한 거를 발견한 세개에서 첫번째 사람일거에요. 먼가를 핸거는 기억이 나는대 그게 먼지는 모르게써요. 그래서 내 샌각애는 나갓이 머리가 나뿐 사람들에게 조은 일을 햇을거 가타요.

키니언 선샌님 스트라우스 박싸님 그리고 모두들 안년히 게세요. 그리고 추신 니머 박사님에게 말해주새요. 사람들이 박사님을 보면서 우서도 짜증을 안내면 칭구가 더 만아 질꺼애요. 사람들이 우스라고 나두면 칭구를 십게 만들쑤 이써요. 나는 내가 가는 대에서 칭구를 만이 만들거애요.

추추신. 혹시 갠찬으시면 뒤마당에 인는 엘저넌 무덤애 꼬츨 가져다 노아주새요…….

전도서에 바치는 장미

Roger Zelazny **A Rose for Ecclesiastes**

로저 젤라즈니 지음 : 이정 옮김

1
★

그날 아침에는 기분이 괜찮은 편이었기 때문에 내 죽음의 서정시 가운데 하나를 화성어로 번역하는 데 열중하고 있었다. 내부 전화가 짧게 울렸고, 나는 즉시 연필을 떨어뜨리고는 스위치를 켰다.

"G선생."

콘트랄토처럼 높고 날카로운 모튼의 젊은 목소리였다.

"선장이 나한테, 당장 가서 '그 망할 놈의 우쭐대는 엉터리 시인'을 잡아다가 자기 선실로 데려오랍니다. 이 배에 망할 놈의 우쭐대는 엉터리 시인은 단 하나밖에 없으니……"

"야망을 이룬 이들이 그들의 유용한 노고를 비웃지 말기를.[43]"

나는 내부 전화를 끊어버렸다.

그렇다면, 화성인들은 드디어 결심한 것이다!

타들어가던 담배에서 4센티미터 정도의 재를 떨어내고, 불을 붙인 후 처음으로 한 모금 깊게 빨았다. 한 달 동안의 기대감이 지금 이 순간에 한꺼번에 몰려나오려고 했지만 밖으로 튀어나오지는 못했다. 12미터 길이의 복도를 걸어가는 일이, 전부터 예상하고 있던 대사를 에모리가 입밖에 내어 말하는 것을 듣는 일이 왠지 두려워졌다. 그리고 이 두려움이 반대쪽의 흥분된 느낌을 등 뒤로 밀어놓았다.

그래서 나는 번역하고 있던 연※을 마저 끝낸 후에야 자리에서 일어났다.

금세 에모리의 방문 앞에 도달한 나는 두 번 두드렸고, 그가 '들어와' 하고 으르렁대는 것과 동시에 문을 열었다.

"보자고 했다면서요?"

나는 상대가 권하기 전에 재빨리 의자에 앉음으로써 그의 수고를 덜어주었다.

"빠르군. 뭐야, 뛰어왔나?"

나는 언짢아 하는 부모 같은 에모리를 응시했다.

흐리멍덩한 눈 아래 약간 기름진 주근깨, 가늘어지는 머리카락, 그리고 아일랜드인의 코, 거기에 다른 사람들보다 한 데시벨 시끄러운 목소리……

◎　43 __ Let not ambition mock thy useful toil.' 토마스 그레이 Thomas Gray의 시 「Elegy written in a country churchyard」의 한 구절.

햄릿이 클로디어스[44]에게 대꾸하듯 대답했다.

"일하고 있었습니다."

"하! 젠체하지 말아. 지금까지 자네가 일 비슷한 걸 하는 걸 본 사람은 없으니까."

그가 코웃음을 쳤다.

나는 어깨를 으쓱하고는 일어서려고 했다.

"그런 걸로 저를 여기까지 부르신 거면……"

"앉아!"

그는 일어서더니 자신의 책상 옆으로 돌고는, 내 주위를 왔다 갔다 하며 나를 아래로 노려보았다(내가 낮은 의자에 앉아 있긴 했어도 장신인 나를 내려다보는 건 쉬운 일이 아니었다).

"자네는 내가 같이 일해본 나쁜 놈들 중 제일 재수 없는 인간이야!"

에모리는 배를 찔린 버펄로처럼 고함쳤다.

"가끔 인간답게 행동해서 다른 사람들을 놀라게 해줄 생각은 해본 적 없나? 자네 머리가 좋다는 건 인정해. 천재일지도 모르지. 하지만…… 아, 젠장!"

그는 양손을 들어올렸다가 자기 의자로 되돌아갔다.

"드디어 자네를 들여보내주도록 베티가 그자들을 설득했네."

에모리의 목소리는 정상으로 돌아가 있었다.

"오늘 오후에 자네를 받아들이겠다고 했어. 점심 먹은 후 집스터를 한 대 꺼내서 그리로 가게."

◎ **44**__ 햄릿의 숙부이자 의붓아버지.

"그러지요."

나는 대답했다.

"이상이네. 그럼."

나는 고개를 끄덕이고 일어섰다. 문손잡이에 손을 댔을 때 그가 말했다.

"이게 얼마나 중요한 일인지 다시 얘기할 필요는 없겠지. 그들에게는 우리한테 그러듯이 대하지 마."

나는 나와서 등 뒤로 문을 닫았다.

점심으로 뭘 먹었는지는 기억에 없다. 불안하기는 했지만 나는 내가 일을 그르치지 않으리라는 것을 직감으로 알고 있었다. 보스턴에 있는 내 출판사들은 화성 전원시(田園詩), 아니면 적어도 우주 비행에 관한 생텍쥐페리 정도의 걸작을 기대하고 있었고, 국립과학협회는 화성제국 흥망을 완벽하게 다룬 보고서를 원하고 있었다.

양쪽 모두 기뻐할 것이다. 나는 알고 있었다.

그게 모든 사람들이 나를 질시하고 미워하는 이유였다. 내가 언제나 성공을 거뒀고, 어느 누구보다도 뛰어난 성공을 거둘 수 있기 때문이었다.

나는 맛없는 식당 음식을 마지막 한 숟갈까지 퍼 넣고 자동차 격납고로 간 다음, 집스터 한 대를 꺼내 타이렐리안을 향해 출발했다.

산화철투성이의 모래가 차 주위에서 불길처럼 치솟았다. 모래는 윗뚜껑이 없는 차체를 넘어와서 스카프를 뚫고 내 목을 깨물었다. 보안경에 구멍이라도 낼 듯한 기세였다.

집스터는 옛날 내가 히말라야를 넘었을 때 탔던 조그만 당나귀처럼 휘청거리며 헉헉댔고, 좌석에 얹힌 내 엉덩이를 끊임없이 걷어찼다. 타이렐리안 산맥은 허우적거리며 비스듬히 기운 각도로 내게 다가왔다.

느닷없이 오르막길이 나왔다. 나는 기어를 바꿔 당나귀 울음 같은 엔진 소리를 줄였다. 고비 사막 같지도 않고 남서부 대사막과도 다르다고 느끼면서 생각에 잠겼다. 주변은 온통 붉은 색뿐이었으며, 그저 죽어 버린 듯한…… 선인장 한 그루조차 없는 광경이었다.

언덕 꼭대기에 도달했지만 올라오며 모래 먼지를 너무 일으킨 탓에 앞에 뭐가 있는지 보이지 않았다. 그러나 그런 것은 문제가 되지 않았다. 머릿속이 이미 지도로 가득 차 있었기 때문이다. 나는 속도를 늦추며 왼쪽으로 방향을 틀어 내려갔다. 옆바람과 단단한 지면이 모래 불길을 잠잠하게 만들고 있었다. 말레볼제[45]의 율리시스가 된 듯한 기분이었다―한 손에는 테르자 리마[46]를 들고 눈으로는 단테를 찾아 헤매는.

파고다 모양의 돌탑을 돌아 목적지에 도착했다. 끼익 소리를 내고 멈춰서 뛰어내리자니 베티가 손을 흔들었다.

"안녕."

나는 스카프를 풀며 1킬로그램은 됨 직한 모래를 털어내고 목멘 소리로 말했다.

"에……, 어디로 가서 누구를 만나야 하죠?"

베티는 독일인처럼 무심코, 짧게 킥킥거리며―고생하며 도착한 내 몰골보다는 내가 '에……'라는 단어로 문장을 시작했다는 사실이 더 재미있는 모양이었다―말을 시작했다(베티는 일류 언어학자였으며 그

---

[45] Malebolge : 단테의 『신곡』에 나오는 아홉 지옥 중 제8지옥.
[46] terza-rima : 단테의 『신곡』의 형식. 3운구법.

리니치빌리지 말투 하나만 튀어나와도 재미있어했다!)

베티의 정확하고 사근사근한 말투가 좋았다. 정보 전달이나 기타 등등에서. 나도 원만한 인간관계에 쓸 만한 공치사라면 남은 생애 동안 쓸 만큼은 충분히 가지고 있었다. 나는 베티의 초콜릿 빛 눈과 완벽한 이, 햇볕에 바랜 것처럼 바짝 깎은 머리카락(나는 금발이 싫다!)을 바라보았고, 그녀가 나에게 사랑에 빠져 있다고 결론 지었다.

"갤린저 씨, 안에서 여족장이 당신과 만나기를 기다리고 있어요. 당신의 연구를 위해 '신전'의 기록을 개방하겠노라고 승낙했고요."

베티는 말을 멈추더니 머리카락을 만지작거리며 조금 머뭇거렸다. 내가 빤히 쳐다보아서 신경이 쓰이는 걸까?

"그 기록은 종교 문서이자 그들이 가진 유일한 역사예요."

베티가 말을 이었다.

"『마하바라타』[47]를 닮았다고나 할까요. 여족장은 당신이 문서를 다룰 때 특정한 의식儀式을 제대로 지켜주었으면 하고 있어요. 책장을 넘길 때마다 성스러운 말을 반복한다든지 하는 것 말이에요……. 어떻게 하는지는 그녀가 가르쳐줄 거예요."

나는 빠르게 몇 번 고개를 끄덕여 보였다.

"좋아요. 들어갑시다."

"어……"

그녀는 잠시 말을 멈췄다.

"'예절 및 그 정도에 대한 열한 개의 형식'을 잊으면 안 돼요. 그들은 그 형식의 중요성을 매우 심각하게 받아들이니까요. 그리고 남녀평

◉ 47__ Mahabharata : 인도의 대서사시. '바라타 왕조의 위대한 이야기'라는 뜻.

등에 관한 토론은 절대 하면 안……"

"그들의 금기에 관해서는 나도 전부 알고 있어요."

나는 그녀의 말허리를 끊었다.

"걱정 말아요. 동양에서 살았던 적도 있었으니까. 기억 안 나요?"

베티는 눈을 내리깔며 내 손을 쥐었고, 나는 움찔하며 그 손을 거의 뿌리칠 뻔했다.

"내가 당신을 안내하는 편이 더 보기 좋을 거예요."

나는 하려던 말을 되삼켰고, 가자에서 데릴라에게 이끌려가는 삼손처럼 그녀를 따라갔다.

실내는 들어오기 직전에 했던 생각과 묘하게 일치했다. 여족장의 거처는 내가 상상했던 이스라엘 부족들의 천막을 추상적으로 해석해놓은 것 같았다. 추상이란 말을 쓴 이유는, 그녀의 거처가 모두 청회색의 상처 같은 짐승 가죽을 유화용 칼로 새긴 듯이 표현한 프레스코화가 그려진 벽돌을 거대한 텐트처럼 뾰족하게 쌓은 모양이었기 때문이었다.

여족장 므퀴에는 몸집이 작고 백발이었으며 나이는 50세 정도에, 여왕처럼 요란하게 차려 입고 있었다. 무지개 색에 부풀어 오른 스커트를 입고 있어서 펀치 볼 그릇을 쿠션 위에 거꾸로 올려놓은 듯한 모습이었다.

정중한 인사를 받아들이면서, 므퀴에는 부엉이가 토끼를 보듯 나를 바라보았다. 내 억양이 완벽했기 때문에 텅 빈 듯 새까만 눈을 덮고 있던 므퀴에의 눈꺼풀이 위로 홱 올라갔다. 베티가 므퀴에와 인터뷰를 할 때마다 사용했던 녹음기가 큰 도움을 주었다. 그뿐이 아니다. 나는 화성에 다녀갔던 최초의 두 탐험대가 작성한 언어 보고서를 글자 하나 빼놓지 않고 외우고 있었다. 들으면서 억양을 익히는 일에는 일가견이 있었다.

"당신이 그 시인입니까?"

"예."

"당신이 쓴 시 하나를 낭송해주시겠습니까."

"죄송하지만, 철저한 번역 작업을 거쳐야만 당신들의 언어와 제 시 모두 다 제대로 표현될 수 있을 것입니다. 게다가 저는 아직 당신들의 언어를 충분히 알지 못합니다."

"그런가요?"

"하지만 재미 삼아 몇 편 번역해둔 것이 있습니다. 문법 연습을 겸해서요."

나는 말을 이었다.

"여기 올 때 몇 개 갖다 드릴 수 있다면 영광이겠습니다."

"그렇군요. 그렇게 해주십시오."

일단 성공이다!

브퀴에가 베티를 돌아보았다.

"당신은 이제 가도 좋습니다."

베티는 의례적인 작별 인사를 중얼거리며, 묘한 눈길로 나를 보고는 방에서 나갔다. 분명히 여기 남아 나의 '조수' 역할을 하고 싶었으리라. 베티는 다른 작자들과 마찬가지로 영광의 일부를 나눠 가지고 싶어 했다. 그러나 이 트로이 문명에서 슐리만[48] 역할을 할 사람은 나였고, 국립과학협회에 제출할 보고서에는 오직 한 사람의 이름만 오르게 될 것이다!

◎ 48__ Heinrich Schliemann : 고대 트로이 문명의 발견자.

므퀴에는 자리에서 일어났지만, 일어선 자세에서도 키는 조금밖에 커지지 않았다. 반면에 내 키는 2미터였고, 시월의 포플러 같아 보였다. 나는 말랐고 머리는 빨갰으며 사람들 사이에서 항상 우뚝 솟아 있었다.

"우리 기록은 정말, 정말로 오래됐습니다."

므퀴에가 운을 뗐다.

"베티는 당신들의 말로 수 '천년기千年期'에 해당한다고 했습니다."

나는 고개를 끄덕이며 동의했다.

"정말 보고 싶습니다."

"여기에는 없습니다. 우선 '신전'으로 가야 합니다. 문서를 옮겨서는 안 되기 때문입니다."

갑자기 걱정스러워졌다.

"문서를 옮겨 적는 일에 반대하시는 건 아니지요, 그렇죠?"

"예. 당신이 문서들을 소중하게 여기고 있다는 걸 알겠습니다. 아니라면 그렇게 절실하게 원하지는 않겠지요."

"맞는 말씀입니다."

므퀴에는 재미있어 하는 것 같았다. 나는 뭐가 그렇게 재미있는지 물어보았다.

"이방인이 '고등 언어'를 배우는 것은 그렇게 쉽지 않을 수도 있습니다."

이렇게 빨리 여기까지 오다니.

첫 탐험대에서 이렇게까지 가깝게 온 사람은 없었다. 두 가지 언어를 다뤄야 한다고는 짐작도 하지 못했다. 고전어와 보통어 둘 다. 고대 인도어에 비유하자면 나는 그들의 프라크리트[49]어를 조금 알고 있는 것에 불과했고, 이제부터 산스크리트[50]어를 배워야 하는 것이다.

"맙소사! 제기랄!"

"뭐라고 하셨는지요?"

"이건 번역할 수 없습니다, 므퀴에. 하지만 당신께서 급히 '고등 언어'를 배워야 한다고 상상해보시면 제가 어떤 기분인지 아실 겁니다."

므퀴에는 또 재미있어 하는 표정을 지었고, 나더러 신발을 벗으라고 했다.

그녀는 방 안쪽을 통해 나를 안내했다……

……쏟아지는 비잔틴 풍의 찬란함 속으로!

어떤 지구인도 이 방에 와본 적이 없었다. 아니라면 이미 소문이 돌았을 것이다. 1차 탐험대 소속의 언어학자였던 카터는 메리 앨런이라는 의사의 도움을 받아 현재 내가 알고 있는 모든 문법과 단어를 습득했다. 대기실에서 책상다리를 하고 앉아서 말이다.

우리는 그동안 이 장소가 존재한다는 걸 아예 알지 못했다. 나는 정신없이 주위를 둘러보았다. 장식 안에 고도로 세련된 미학 체계가 깃들어 있다는 것을 알 수 있었다. 화성의 문화에 대해 우리가 내렸던 평가를 완전히 바꿀 수밖에 없을 것 같았다.

하나 예를 들자면, 천장은 반구형으로 지탱되고 있었다. 다른 예로는 역㉛ 세로 홈 장식의 기둥들이, 또…… 아아, 끝이 없다! 이곳은 컸다. 우아했다. 낡고 오래된 바깥쪽에서는 상상도 할 수 없었던 광경이었다.

나는 허리를 굽혀 제례용 탁자의 금도금 세공을 살펴보았다. 므퀴

◉　49__ Prakrit : 고대 인도의 일상어.
　　50__ Sanskrit : 범어梵語. 인도의 종교, 철학, 문학 용어. 속어 프라크리트 어에 대칭된다.

에는 나의 이런 열성에 약간 만족하는 것 같았지만, 여전히 그녀와 포커를 치고 싶지는 않았다.

탁자 위에는 책들이 잔뜩 쌓여 있었다.

나는 바닥의 모자이크 무늬를 따라 발끝을 움직여보았다.

"당신들의 도시 전체가 이 건물 하나 속에 다 들어 있는 겁니까?"

"네. 산 깊숙한 곳까지 이어져 있습니다."

나는 "알겠습니다"라고 말했지만, 실은 아무것도 알지 못하고 있었다.

그녀에게 도시 관광 안내를 부탁할 수는 없었다. 아직은.

므퀴에는 탁자 옆의 작은 걸상 쪽으로 갔다.

"당신과 고등 언어 간의 교류를 시작해볼까요?"

어떻게든 조만간 이곳으로 사진기를 가져와야겠다고 생각하며, 나는 거대한 방 전체를 사진 찍듯이 눈으로 기억하려 애썼다. 조그마한 조각상으로부터 억지로 시선을 떼어낸 다음 강하게 고개를 끄덕였다.

"예, 소개해주십시오."

나는 앉았다.

그 후 3주 동안은 자려고만 하면 눈꺼풀 뒤에서 그들의 알파벳들이 벌레처럼 서로 쫓아다녔다. 하늘은 구름 한 점 없고 터키석 같은 청록색 연못이었지만, 내 시선이 하늘을 가로질러 훑을 때면 그들의 서체처럼 잘게 물결쳤다. 나는 일하면서 커피를 몇 리터씩 들이켰고, 커피를 마셔야 할 휴식 시간에는 각성제와 샴페인의 칵테일을 만들어 마셨다.

므퀴에는 매일 아침 두 시간씩 가르쳐주었고, 저녁에 두 시간 더 가르쳐줄 때도 있었다. 혼자서도 공부할 수 있을 만큼의 실력이 붙은 후로는 거기에 더해 하루 열네 시간씩 혼자 공부했다. 그리고 밤이 되면 시간의 엘리베이터가 나를 싣고 맨 아래층까지 떨어져 내려갔다……

나는 여섯 살 때로 돌아가 히브리어, 그리스어, 라틴어, 아람어를 배웠다. 열 살 때는 『일리아드』를 훔쳐보았다. 아버지는 지옥의 유황불이나 형제들의 우애에 관해 설교하고 있지 않을 때면, 신의 말씀을 원전 그대로 이해하는 방법을 가르쳐주었다.

맙소사! 원전은 얼마나 많고, 거기 쓰여 있는 말들은 또 얼마나 많은지! 열두 살이 되자 나는 아버지의 설교와 내가 읽는 원전 사이에 아주 약간 차이가 있다는 사실을 지적하기 시작했다.

아버지의 정통적이고 가열찬 대답은 그 어떤 논쟁도 용납하지 않았다. 그게 어떤 체벌보다 더 나빴다. 이후로 나는 입을 다물고 구약 성서를 시로 감상하는 법을 터득했다.

—하느님, 죄송해요! 아빠—아버님—죄송해요!—그럴 리가 없어요! 그럴 리가 없다구요……

소년이 프랑스어, 독일어, 스페인어, 라틴어 분야에서 상을 받으며 고등학교를 졸업하던 날, 아버지 갤린저는 키 180센티미터에 허수아비처럼 마른 열네 살배기 아들에게 성직자가 됐으면 좋겠다고 말했다. 아들이 어떻게 회피했는지 나는 기억하고 있다.

"아버지."

그는 이렇게 말했다.

"가능하다면 인문 교양 과정을 가르치는 대학으로 가서 1, 2년쯤 제가 원하는 공부를 한 다음에 신학 예비 과정을 택하고 싶습니다. 지금 당장 신학대에 입학하기에는 너무 어리다는 생각이 들어서요."

신의 목소리는 이렇게 대답했다.

"하지만 너는 천부적인 어학의 재능을 타고났단다, 아들아. 너는 바벨의 모든 땅에서 복음을 전파할 수 있어. 너는 전도사가 되기 위해서 태어난 거야. 너는 자신이 어리다고 하지만 시간은 회오리바람처럼 네 곁을 스쳐간단다. 일찍 시작해라. 그럴수록 기쁘게도 신에 대한 너의 봉사 기간이 더 늘어날 게야."

봉사 기간이 더 늘어난다는 것은 채찍질 같은 고문의 나날이 더 길어진다는 것과 마찬가지였다. 지금도 아버지의 얼굴은 보이지 않는다. 앞으로도 보이지 않을 것이다. 아마 그 당시에 늘 아버지의 얼굴을 바라보지 못해서 그런 것인지도 모른다.

몇 년 후 아버지는 죽었다. 검은 옷을 입고 누워 꽃다발에 둘러싸인 채. 흐느끼는 회중파교회會衆派敎會[51] 신도들에 에워싸인 채. 기도에, 붉게 상기된 얼굴들에, 손수건들에, 등을 두드리는 손들에, 엄숙한 표정으로 위로하는 사람들에 에워싸인 채…… 나는 아버지를 바라보았고, 그가 누군지 알아보지 못했다.

이 낯선 이와 처음 만난 것은 내가 태어나기 아홉 달 전이었다. 그는 결코 매정한 아버지는 아니었다. 엄격하고, 많은 것을 요구했고, 다른 사람들의 단점을 멸시하곤 했지만, 결코 매정하지는 않았다. 그는 내게 어머니였고, 형제였고, 자매였다. 아버지는 내가 세인트 존 대학에 다녔던 3년간을 참아주었다. 아마 대학 이름 때문이었을 것이다. 그곳이 실제로 얼마나 자유롭고 즐거운지 아버지는 전혀 몰랐다.

그러나 나는 결코 그를 알지 못했고, 관 속의 사내는 이제 내게 아무것도 요구하지 않았다. 나는 신의 말씀을 설교해야 한다는 의무에서 풀려났다. 그러나 이제는 그러고 싶었다. 다른 방법으로. 아버지가 살아

---

51 __ Congregationalists : 조합파組合派 교회. 독립파교회·분리파교회 등으로도 불림.

있는 동안에는 결코 내 입에 올릴 수 없었던 말씀을 전도하고 싶었다.

나는 4년째 가을학기에 학교로 돌아가지 않았다. 약간의 유산을 받게 되었고, 아직 18세 미만이라 유산을 마음대로 쓰는 데 조금 문제가 있었지만 어떻게든 해낼 수 있었다.

결국 자리 잡은 곳은 그리니치빌리지였다.

악의 없는 교구 사람들 누구에게도 내 주소를 가르쳐주지 않았다. 나는 매일 시를 쓰며 독학으로 일본어와 힌두어에 몰두했다. 불타는 듯한 빨간 턱수염을 기르고, 에스프레소를 마시고, 체스를 배웠다. 구원을 향한 길을 몇 개 더 더듬어볼 작정이었다.

그리고는 흔한 평화봉사단과 함께 인도로 가서 2년을 보냈다. 이 경험은 나로 하여금 불교를 포기하게 했고, 서정시집 『크리슈나의 노래』를 쓰게 해주었고, 이 서정시집이 받아 마땅한 퓰리처상을 수상하게 해주었다.

그리고 학위를 마치기 위해 미국으로 돌아간 다음 대학원에서 언어학을 전공했고 더 많은 상들을 받았다.

그러던 어느 날 우주선 한 척이 화성으로 갔다. 뉴멕시코의 둥지에 불을 뿜으며 내려앉은 그 우주선은 새로운 언어를 가져왔다. 환상적이고, 이국적이며, 미학적인 측면에서 압도적인 언어였다. 나는 그 언어에 관해 알 수 있는 모든 것을 습득했고, 책을 썼으며, 새로운 분야의 권위자가 되었다.

"갤린저, 가려무나. 너의 두레박을 우물에 담궈서 화성의 물을 우리에게 가져다줘. 가서 다른 세계를 배워오는 거야. ……그러나 적당한 거리는 유지한 채로, 오든[52]처럼 그 세계를 부드럽게 꾸짖으며…… 시 속에 영혼을 담아 우리에게 전해줘."

그리고 나는 여기에 왔다. 녹슨 동전 같은 태양과 채찍 같은 바람이 있으며, 두 개의 달이 폭주족처럼 경주하고, 쳐다볼 때마다 불타는 듯한 갈망을 불러일으키는 모래 지옥과도 같은 이 땅으로.

나는 침상에서 뒤척이다 일어나서는 어두운 선실을 가로질러 현창 쪽으로 갔다. 사막은 끝없는 오렌지 빛 융단처럼 펼쳐져 있고, 그 밑으로 쓸어 넣은 몇 세기 동안의 먼지 탓에 군데군데 부풀어 올라 있었다.

"나 이방인, 두려움이 없는 — 이곳이 그 땅이다 — 해냈다!"

나는 웃었다.

나는 이미 고등 언어를 장악하고 있었다 — 혹은 근본적인 어근까지 파헤쳤다고 할까. 구조적인 동시에 정확한 표현의 말장난을 원한다면 말이다.

고등 언어와 범속 언어는 처음에 내가 생각한 것만큼 다르지는 않았다. 나는 어느 한쪽이 애매한 경우에도 다른 한쪽의 말로 이해할 수 있을 정도의 실력에 도달한 상태였다. 문법과 흔히 쓰이는 불규칙 동사들을 완전히 터득하고 있었다. 내가 만들고 있는 사전은 튤립이 자라듯 매일 쑥쑥 성장했고, 곧 꽃을 피울 것이 분명했다. 테이프를 재생할 때마다 줄기는 길어지고 있었다.

드디어 내 머리를 짜내어 진실로 수업의 핵심까지 들어갈 때가 왔다. 제대로 다룰 수 있을 때까지 주요한 문헌에는 일부러 손을 대지 않았던 것이다. 내가 지금까지 읽었던 것은 중요하지 않은 기록이나 약간의 운문, 단편적인 역사 정도였다. 그렇게 읽은 것들 중에서 내게 강한 인상을 준 것이 하나 있었다.

◉ **52**__ Wystan Hugh Auden : 미국의 시인.

화성인들은 구체적인 사물에 관해 쓰고 있었다. 바위, 모래, 물, 바람에 관해. 그리고 이런 기본적인 상징 속에 도사리고 있는 경향은 극단적인 염세주의였다. 몇몇 불교 경전을 연상케 했지만 그보다 더 심했다. 최근의 이 진귀한 경험을 통해 그 경향이 구약 성서의 어떤 부분을 닮았다는 느낌을 받았다. 특히 '전도서'를.

그렇다, 바로 그거다. 글의 분위기뿐만 아니라 단어까지도 꼭 닮았다. 전도서를 화성어로 번역한다면 실로 완벽한 실습이 되어줄 것이다. 포를 프랑스어로 번역하는 것이나 마찬가지로. 내가 '말란의 길'에 귀의하는 일은 결코 없겠지만, 옛날 한 지구인이 같은 생각을 했고 비슷한 감정을 느꼈다는 사실을 그들에게 보여줄 수는 있을 것이다.

나는 책상 위 스탠드를 켜고, 가지고 있는 책들 중에서 킹 제임스 판 성경을 찾아냈다.

전도자가 가로되 헛되고 헛되며 헛되고 헛되니 모든 것이 헛되도다. 사람이 해 아래에서 수고하는 모든 수고가 자기에게 무엇이 유익한고……

므퀴에는 나의 빠른 진보에 놀란 것 같았다. 그녀는 사르트르의 타자他者처럼 탁자 너머로 나를 응시했다. 나는 『로카의 서書』 중 한 장章을 읽어나갔다. 고개를 들어보지는 않았지만 므퀴에의 시선이 나의 머리와 어깨와 빠르게 움직이는 손 위로 빡빡한 그물처럼 얽히는 것을 느낄 수 있었다. 나는 책장을 넘겼다.

므퀴에는 그물의 무게를 재보며 그 안에 사로잡힌 포획물의 크기를 가늠하는 것일까? 그렇다면 왜? 화성의 어부에 관해 언급한 책은 단 하나도 없었다. 특히 사람을 낚는 어부에 관해서는 말이다.

그 대신 말란이라는 이름의 신이 침을 뱉었거나, 혹은 뭔가 구역질 나는 짓을 한(무슨 짓을 했는지는 판본에 따라 달랐다) 결과, 무기물 속의 질병이라는 형태로 생명이 태어났다는 얘기가 있었다. 생명의 첫 번째 법칙, 생명의 첫 번째 법칙은 움직임이고, 무기물에게 보내는 적절한 대답은 오직 춤뿐이라고 했다. 춤을 잘 추었나 하는 것이 생명의 정당, 정당성을…… 사랑은 유기물 속에서 생겨난 질병이라고…… 아니, 무기물이었나?

나는 머리를 흔들었다. 거의 졸고 있었다.

"므나라."

나는 일어서서 기지개를 켰다. 므퀴에의 시선은 이제 나를 탐욕스럽게 훑고 있었다. 똑바로 마주보자 그녀가 눈을 내리깔았다.

"피곤해졌습니다. 잠시 쉬고 싶군요. 어젯밤에도 별로 잠을 자지 못했습니다."

므퀴에는 고개를 끄덕였다. 그녀는 이것이 '예'에 해당하는 지구식 표현 방법이라는 사실을 내게 배워 알고 있었다.

"긴장을 풀고, 로카의 가르침이 명백함을 모두 다 보고 싶은가요?"

"뭐라고요?"

"로카의 춤을 보고 싶습니까?"

"오."

화성어의 빌어먹을 형식과 우회적 표현의 복잡함은 한국어를 능가할 정도였다!

"예. 물론입니다. 어느 때건 춤이 구현되기만 한다면 기꺼이 보고 싶습니다."

나는 말을 이었다.

"그런데, 사진을 찍어도 되는지 여쭤보고 싶습니다만……"

"지금이 그때입니다. 앉아서 쉬시지요. 연주자들을 부르겠습니다."

그녀는 내가 들어가본 적이 없는 문으로 서둘러 나갔다.

흐음. 해블럭 엘리스[53]를 굳이 인용할 필요도 없이, 로카에 의하면 춤은 최고의 예술이었다. 그리고 나는 수세기 전에 죽은 화성의 현자賢者가 어떻게 춤이란 바로 이런 것이라고 여겼는지 바야흐로 보게 되는 것이다. 나는 눈을 비비고, 손가락을 꺾고, 몇 번 발끝에 손을 갖다 댔다.

머릿속에서 피가 뛰기 시작했다. 나는 몇 번 심호흡을 했다. 발끝에 손을 대려고 다시 허리를 굽혔을 때 문 쪽에서 인기척이 났다.

므퀴에와 함께 들어온 세 사람의 눈에는 이런 식으로 허리를 굽힌 내가 방금 잃어버린 구슬을 찾고 있는 아이처럼 보였을 것이다.

나는 겸연쩍게 미소를 지어 보이고는 허리를 폈다. 얼굴이 붉어진 것은 운동 때문만은 아니었다. 그들이 이렇게까지 빨리 돌아오리라고는 미처 예상하지 못했던 것이다.

갑작스레 나는 해블럭 엘리스와 그가 가장 인기 있었던 분야에 대해 다시 한 번 생각했다.

체격이 작고 빨간 머리를 한 인형 같은 소녀가 사리[54]같은, 화성의 하늘을 연상시키는 얇고 속이 비치는 옷을 입은 채 의아하다는 눈으로 나를 올려다보고 있었다. 높은 깃대 끝에 달린 오색 깃발을 바라보는 어린애처럼.

◉ **53**__ Henry Havelock Ellis : 『성심리의 연구 Studies in the Psychology of Sex』로 유명한 영국의 의학자.

54__ sari : 인도 의상의 하나.

"안녕"이나 그 비슷한 말을 했던 것 같다.

그녀는 대답하기 전에 고개를 숙였다. 확실히 내 신분은 상승한 듯했다.

"춤을 추겠습니다."

하얗고 창백한 조각 같은 그녀의 얼굴 속에서 빨간 상처 같은 입술이 말했다. 꿈의 색 같은, 그녀가 입은 옷의 색 같은 두 눈이 내 눈에서 떨어져나갔다.

소녀가 흐르듯이 방 가운데로 나아갔다.

거기서 에트루리아 소벽小壁 속의 조각상처럼 꼼짝 않고 서 있는 소녀는 명상하고 있거나, 아니면 바닥 무늬의 구성을 응시하고 있는 것처럼 보였다.

모자이크 무늬는 무언가의 상징일까? 나는 찬찬히 살펴보았다. 그렇다 해도 나는 이해할 수 없었다. 매력적인 욕실 바닥이나 스페인 식 파티오 무늬로 사용할 수는 있겠지만, 그 이상의 의미는 찾을 수 없었다.

다른 두 사람은 므퀴에처럼, 페인트를 뿌린 참새 같은 중년 여자들이었다. 한 사람은 샤미센을 약간 닮은 세 줄짜리 악기를 들고 바닥에 앉았다. 다른 한 사람은 단순한 벽돌 모양의 나무와 두 개의 북채를 들고 있었다.

므퀴에는 내가 깨닫기도 전에 의자에서 내려와 바닥에 앉아 있었다. 나도 따라서 바닥에 앉았다.

샤미센 연주자가 아직 조율 중이었으므로 나는 므퀴에 쪽으로 몸을 기울이며 물었다.

"춤추는 분의 이름이 뭡니까?"

"브락사."

브퀴에는 나를 돌아보지 않고 이렇게 대답한 후, 왼손을 천천히 들어올렸다. 이것은 예, 진행하라, 시작하라는 뜻의 몸짓이었다.

현악기가 치통처럼 욱신거렸고, 화성인들은 발명한 적이 없는 시계의 모든 유령들이 내는 듯한 똑딱거리는 소리가 벽돌 모양 나뭇조각으로부터 나오기 시작했다.

브락사는 양손을 얼굴에 갖다 대고, 양 팔꿈치를 바깥쪽으로 펼쳐 높이 치켜든 채 조각상처럼 서 있었다.

음악은 불의 은유가 되었다.

딱딱, 활활, 빠지직……

브락사는 움직이지 않았다.

쉿쉿거리는 소리가 철벅거리는 소리로 바뀌었다. 흐름이 느려졌다. 음악은 이제 이끼 낀 바위에 투명하게 비쳐 녹색으로 콸콸 흐르는 물로, 이 세계에서 가장 소중한 것으로 변해 있었다.

브락사는 여전히 움직이지 않았다.

음계가 미끄러지듯 변하고, 멈춘다.

그러고는, 처음에는 거의 확신할 수 없을 만큼 희미하게, 바람의 떨림이 시작됐다. 부드럽게, 온화하게, 한숨을 쉬다가, 흔들린다, 주저하면서. 멈춤, 흐느낌. 그런 다음 처음 부분을 되풀이한다. 조금 더 크기만 할 뿐.

문서를 읽느라 내 눈이 완전히 잘못되었든지, 아니면 실제로 브락사의 몸이 머리부터 발끝까지 떨리고 있었든지……

떨리고 있었다.

브락사는 아주 미세하게 몸을 좌우로 흔들기 시작했다. 아주 조금 오른쪽으로, 왼쪽으로. 그녀의 손가락이 꽃잎처럼 펼쳐졌다. 감긴 두 눈이 보였다.

    눈을 떴다. 그녀의 눈은 먼 곳을 바라보듯 흐릿하게, 나와 벽을 지나 그 너머를 바라보고 있었다. 그녀의 흔들림은 점점 더 커지며, 박자와 하나가 되었다.

    바람은 이제 사막으로부터 불어와 제방에 몰려드는 파도처럼 타이렐리안 산맥을 엄습한다. 브락사의 손가락이 움직이며, 손가락 하나하나가 돌풍이 되었다. 양팔은 진자振子처럼 천천히 밑으로 내려갔다가 다시 반대로 움직였다.

    '이제 강한 바람이 오고 있다.' 브락사는 축을 중심으로 돌기 시작했고, 손이 회전하는 몸을 따라 움직였다. 이때가 되어서야 어깨가 숫자 8을 그리듯 비틀리기 시작했다.

    바람! 아아, 바람이여. 사납고, 알 수 없어라! 오, 생 종 페르스[55]의 뮤즈여!

    회오리바람은 고요한 중심, 즉 브락사의 두 눈 주위를 휘감았다. 머리는 뒤로 젖혀진 채였지만 부처처럼 수동적인 브락사의 시선과 변치 않는 하늘 사이에 천장은 없다는 것을 나는 알고 있었다. 아무도 없는 청록색의 근본적 열반 안에서 그녀와 하늘의 얕은 잠을 방해하는 것은 아마도 두 개의 달 뿐이리라.

    수년 전 인도에서 데바다시[56]들의 춤을 본 적이 있다. 형형색색의 거미줄을 치며, 수컷을 유인한다는 내용이었다. 그러나 브락사는 그 이상이었다. 그녀는 라마자니, 인간에게 춤을 내려준 비슈누의 화신인 라

  55__ Saint-John Perse : 프랑스의 서사시인.
  56__ Devadasi : 인도의 한 제도. '신에게 바쳐진 여자'를 뜻함.

마를 열렬히 숭배하는 성스러운 무희의 한 사람이었다.

똑딱 소리는 이제 단조롭고 일정했다. 현이 내는 흐느낌은 빛으로 흐릿해진 바람에 의해 열을 빼앗긴 따가운 햇살을 떠오르게 했다. 그 푸른 모습은 사라스바티[57]였고, 동정녀 마리아였고, 로라라는 이름의 소녀였다. 어딘가에서 인도 현악기 시타르[58] 같은 소리가 들렸고, 눈앞의 조각상이 살아나는 것이 보였다. 나는 성스러운 영감을 들이마셨다.

또다시 나는 대마초를 피우는 랭보였고, 아편에 취한 보들레르였고, 포, 드퀸시[59], 와일드[60], 말라르메, 알레이스터 크롤리[61]였다. 한순간은 거무스름한 설교단에 선, 그보다 더 검은 정장 차림의 아버지였다. 찬송가 소리와 쌕쌕대는 오르간 소리는 빛나는 바람으로 변했다.

브락사는 빙빙 도는 풍향계였고, 깃털을 달고 공중에 뜬 십자가에 매달린 그리스도상이었으며, 밝은 색의 옷 한 벌을 매단 채 지면에 수평으로 쳐진 빨랫줄이었다. 어깨는 이제 맨살이었고, 오른쪽 가슴은 밤하늘의 달처럼 위아래로 움직였으며, 그 붉은 젖꼭지가 옷의 주름 위로 잠깐 보였다가 다시 사라졌다. 음악은 신에 대한 욥의 변백辨白만큼이나 격식을 갖추고 있었다. 그녀의 춤은 신의 대답이었다.

음악이 느려졌고, 가라앉았다. 만났고, 조화하고, 답을 얻었던 것이다. 브락사의 옷은 마치 살아 있는 것처럼 본래의 차분한 주름 안으로

- **57**__ Sarasvati : 변재천辯才天. 인도 힌두교 신화에 나오는 지혜와 음악의 여신.
- **58**__ Sitar : 인도의 현악기.
- **59**__ Thomas De Quincey : 『어느 아편 중독자의 고백 Confessions of an English Opium-Eater』의 저자.
- **60**__ Oscar Wilde.
- **61**__ Aleister Crowley : 영국의 악명 높은 오컬티스트.

천천히 접혀 들어갔다.

그녀는 낮게, 더 낮게 쓰러지듯 몸을 바닥에 웅크렸다. 머리가 세운 무릎 위로 떨어졌다. 그녀는 움직이지 않았다.

정적이 흘렀다.

양 어깨가 쑤셨고, 내가 얼마나 긴장하고 앉아 있었는지를 깨달았다. 땀이 겨드랑이에 차더니 양 옆구리로 시냇물처럼 흘러내리고 있었다. 이제 어떻게 해야 할까? 박수라도 쳐야 하나?

나는 곁눈질로 므퀴에를 찾았다. 그녀는 오른손을 들었다.

텔레파시에 의한 것처럼 소녀는 온몸을 떨며 일어섰다. 악사들도 일어났다. 므퀴에도 일어섰다.

나도 왼쪽 발에 쥐가 난 것을 느끼며 일어서서 '정말 아름다웠습니다'라고 말했고, 그 소리는 공허하게 울려 퍼졌다.

나는 '고등 언어'의 세 가지 다른 표현으로 '감사합니다'라는 인사를 받았다.

형형색색의 옷들이 재빨리 움직였고, 방에는 다시 므퀴에와 나 단 둘만 남아 있었다.

"로카의 2224개 춤 중에서 117번째 것이었습니다."

나는 그녀를 내려다보았다.

"로카가 옳았건 틀렸던 간에, 무기물을 향한 실로 멋진 대답을 고안해냈군요."

므퀴에가 미소 지었다.

"당신네 세계의 춤들도 이 춤과 닮았습니까?"

"어떤 춤들은 비슷합니다. 브락사를 지켜보자니 떠오르더군요. 하지만 그녀가 추는 것과 똑같은 춤은 지금까지 본 적이 없습니다."

"브락사는 뛰어나지요. 춤 전부를 알고 있습니다."

므퀴에가 말했다.

아까 나를 불편하게 했던 므퀴에의 표정이 희미하게 다시 나타났다가…… 순간 사라졌다.

"이제 제 맡은 일을 해야 합니다."

그녀는 탁자로 가서 책장을 덮었다.

"므나라."

"안녕히 계십시오."

나는 부츠를 신었다.

"안녕히 가십시오, 갤린저."

나는 문밖으로 나가 집스터에 올라탔고, 엔진 소리와 함께 황혼을 넘어 밤을 향해 가로질러갔다. 내 뒤로 사막의 모래먼지가 일어 날개처럼 천천히 퍼덕였다.

2
★

짧은 문법 강의를 끝내고 베티가 나간 뒤 문을 닫았을 때, 복도 쪽에서 말소리가 들려왔다. 통풍구가 조금 열려 있었기 때문에 선 채로 엿듣는 상황이 되어버렸다.

모튼의 낭랑한 고음이 들렸다.

"상상이 가세요? 조금 전에 저한테 '안녕' 하고 인사했어요."

"흥!"

코끼리 같은 폐가 폭발하듯이 에모리가 말했다.

"말이 헛나왔거나, 아니면 자네가 길을 막아서 비켜주기를 바랬거나 그런 거겠지."

"아마 저를 알아보지 못했을 수도 있지요. 가지고 놀 새 언어가 생긴 다음부터 아예 잠을 자지 않는 것 같습니다. 지난주에 불침번을 서면서 매일 새벽 3시마다 그의 방문 앞을 지나가곤 했거든요. ……그런데 그때마다 녹음기 소리를 들었어요. 5시가 되어서 근무가 끝났을 때도 여전히 그러고 있더라고요."

"열심히 일하고 '있는' 건 맞지."

에모리가 마지못해 인정했다.

"그렇게 깨어 있기 위해 뭔가 흥분제 종류를 먹고 있을 거야. 요즘 눈이 흐리멍덩하거든. 하긴 시인은 원래 그런지도 모르지."

베티도 계속 그곳에 서 있었음에 틀림없다. 거기서 대화에 끼어들었기 때문이다.

"두 분이 그 사람을 어떻게 생각하시든 간에, 그 사람이 3주 동안 터득한 걸 제가 배우려면 적어도 1년은 걸릴 거예요. 게다가 전 단지 언어학자지, 시인이 아니라고요."

모튼은 베티의 암소 같은 매력에 홀딱 반해 있음에 틀림없었다. 자기 경험을 이야기하며 나에 대한 공격의 총구를 내린 이유는 그것밖에 없었을 것이다.

"대학교 때 현대시 강의를 들었지요. 여섯 작가의 시를 읽었어요—예이츠, 파운드, 엘리어트, 크레인, 스티븐스, 그리고 갤린저였습니다. 학기 마지막 날에 교수가 약간 과장하듯 말했지요. '이 여섯 명의 이름은 금세기에 기록되고, 어떠한 지옥 같은 비평의 관문도 이들을 막지는 못할 것이다'라고 말입니다."

모튼은 계속 말했다.

"저도, 그가 쓴 「크리슈나의 노래」나 서정시들은 위대하다고 생각합니다. 그 사람과 함께 탐사대에 참여할 수 있어서 영광이었죠. 그런데 처음 만난 뒤부터 지금까지 저한테 스물 몇 마디나 했을라나요."

그의 말이 끝났다.

이제는 수비 측 차례였다. 베티가 말했다.

"이런 생각은 안 들었어요? 그가 자신을 나타내는 데 있어서 심하게 자신 없어 한다고 말이에요. 게다가 그는 조숙한 아이였고, 아마 학교 친구를 사귀지도 못했을 거예요. 섬세하고 아주 내성적인 거죠."

"섬세하다고? 자신이 없어?"

에모리는 목이 졸리고 숨이 막힌 듯 말했다.

"그 인간은 악마처럼 거만해. 걸어 다니는 모욕 기계라고. '안녕하세요'나 '좋은 하루' 같은 단추를 누르면 경멸과 무시의 표시를 보내는 거지. 그 작자한테는 그런 행동이 반사 작용인 거야."

그들은 다른 야유를 몇 마디 더 뿌리고는 멀어져 갔다.

그래, 모튼 녀석. 참 고맙기도 하다. 여드름투성이 아이비리그 출신 비평가 같으니라고! 내 시를 가르치는 강의를 들은 적은 없지만, 누군가 그런 얘기를 해줬다니 기쁘긴 하네. 지옥의 관문이라. 이런 이런! 아마 아버지의 기도를 어딘가에서 들어주셔서 내가 '전도자'가 된 거로군, 결국 말이지!

단지……

……단지 전도자라면 사람들을 개종시킬 무언가가 필요하지. 내가

사적인 미학 체계를 갖고 있으며, 그 체계 어딘가에서 윤리적인 부산물이 새어나오는 거라고 간주해보자. 그러나, 만약 내가 전도할 무언가를 정말 가지고 있다고 해도, 내 시에 그 무언가가 있다 해도 너희들 같은 저급한 자들에게 그걸 전도할 생각은 없어. 너희들이 날 너저분한 게으름뱅이라고 생각한다면, 난 속물이기도 한 거야. 그러니 내 천국에 너희들이 있을 자리는 없어—거긴 나 혼자만의 장소이며, 스위프트, 쇼, 심판관 페트로니우스[62]가 저녁 만찬을 들러 오는 곳이야.

아, 향연이여! 우리는 트리말키오[63]의 향연에서, 에모리의 향연에서 칼질을 하노라!

모튼, 우리는 수프와 함께 너를 먹어버리노라!

나는 몸을 돌려 책상에 자리 잡았다. 뭔가 쓰고 싶었다. '전도서'는 하룻밤쯤 쉬어도 된다. 나는 시를 쓰고 싶었다. 로카의 117번째 춤에 관한 시를. 빛을 쫓는, 바람에 쫓기는, 병든 장미—블레이크의 장미[64]처럼, 죽어가는……

연필을 찾고 쓰기 시작했다.

완성된 시는 마음에 들었다. 대단한 시는 아니었다—적어도 필요 이상으로 대단하지는 않았다—아직 화성의 '고등 언어'를 가장 능숙한 언어로 만들지는 못했으니까. 나는 부분적인 운을 맞추며 시를 더듬더듬 영어로 번역했다. 아마 다음 책에 넣을 수도 있으리라. 제목은 '브

62__Gaius Petronius Arbiter : 고대 로마의 문인, 집정관. 『사티리콘 Satyricon』의 저자.
63__Trimalchio : 『사티리콘』의 등장 인물, 성대하고 기괴한 연회의 대명사.
64__William Blake의 시 「병든 장미 The sick rose」.

락사'였다.

바람과 붉은 모래의 땅에서
세월의 얼음 같은 밤이
생명의 가슴으로부터의 젖을 얼리는 곳에서
머리 위 두 개의 달이
좁은 꿈길의 개와 고양이처럼
영원히 나의 항로를 할퀴며 다툴 때……

이 마지막 꽃은 불타는 머리를 돌린다

시를 치우고 수면제를 찾았다. 갑자기 피곤이 몰려왔다.

다음날 므퀴에게 내 시를 보여주자 그녀는 아주 천천히, 여러 번 반복해서 읽었다.
"훌륭합니다."
므퀴에가 말했다.
"하지만 당신네 언어의 단어 세 개를 사용했군요. '개'와 '고양이'는 유전적으로 상대방을 싫어하는 작은 동물들이라고 알고 있습니다. 하지만 '꽃'은 뭔가요?"
"아. 당신네 언어에서 '꽃'에 해당하는 단어는 아직 보지 못했습니다. 하지만 제가 실제로 생각한 것은 지구의 꽃, 장미입니다."
"그건 어떻게 생겼나요?"
"흐음, 장미의 꽃잎은 일반적으로 선명한 붉은색입니다. '불타는 머리'는 일차적으로 장미 꽃잎을 의미합니다. 하지만 저는 그와 동시에 흥분과, 빨간 머리칼과, 생명의 불을 표현하고 싶었습니다. 장미 자체는 가시 있는 줄기와 초록색 잎과, 독특하고 기분 좋은 향기를 가졌습니다."

"볼 수 있으면 좋겠군요."

"불가능하지는 않을 겁니다. 확인해보지요."

"그래주십시오. 당신은——"

므퀴에는 여기서 '이사야'나 로카 같은 '예언자' 내지 종교적인 시인에 해당하는 단어를 썼다.

"——이고, 당신의 시는 신의 계시를 받았군요. 브락사에게 시에 대해 말해주겠습니다."

나는 그 호칭을 사양했으나, 속으로는 기뻤다.

그때 나는 오늘이야말로 마이크로필름 장치와 카메라를 가져와도 되겠느냐고 물어보기에 적절한 날이라고 결론을 내렸다. 화성인의 모든 문서를 옮겨 적고 싶지만 손으로 일일이 베끼는 것은 불가능하다고 설명했다.

놀랍게도 그녀는 즉시 승낙했다. 게다가 나를 초대하기까지 해서 당황하게 만들었다.

"그러시는 동안 여기 와서 머무르시겠습니까? 그러면 밤낮으로 원하시는 때에 일할 수 있습니다. 물론 '신전'을 쓸 때는 제외하고요."

나는 머리 숙여 절했다.

"영광입니다."

"좋습니다. 원하실 때 기계들을 가져오시면, 계실 방으로 안내하겠습니다."

"오늘 오후라도 괜찮겠습니까?"

"물론입니다."

"그렇다면 지금 가서 준비하겠습니다. 그럼 오늘 오후까지……"

"안녕히 가십시오."

에모리가 어느 정도 반대할지도 모른다고 예상하고 있었지만, 그렇게 심하지는 않았다. 우주선의 모든 사람들은 화성인을 만나 바늘로 쿡쿡 찔러보고, 화성의 기후, 질병, 토양, 정치, 그리고 버섯(우리들 중 식물학자는 균류菌類 광이었지만, 꽤나 좋은 사람이었다) 등에 관해 물어보고 싶어했다. 그러나 실제로 화성인을 본 사람은 네댓 명에 불과했다. 대원들은 대부분의 시간을 죽은 도시와 도시 중심의 언덕을 발굴하면서 보내고 있었다. 우리는 엄격한 규칙에 따라 행동했고, 화성 원주민들은 19세기 일본인들처럼 지독하게 폐쇄적이었다. 거의 반대가 없을 것이라고 나는 예상했고, 그 예상은 옳았다.

사실, 모두들 내가 우주선을 나간다는 사실에 기뻐하고 있다는 걸 확실히 알 수 있었다.

나는 버섯의 명인을 만나기 위해 수경재배실에 들렀다.

"안녕, 케인. 모래에서 독버섯을 키우는 건 성공했나?"

케인은 코를 킁킁거렸다. 그는 언제나 코를 킁킁거린다. 아마 식물에 알레르기가 있는지도 모른다.

"안녕, 갤린저. 아니야, 독버섯 쪽은 별 소득이 없었어. 하지만 다음에 나갈 때는 격납고 뒤쪽을 봐. 선인장 몇 개가 자라고 있지."

"대단한데."

나는 좋게 평했다. 닥 케인은 베티를 제외하면 우주선에서 나의 유일한 친구라고 할 수 있었다.

"에, 실은 부탁이 있어서 왔어."

"얘기해보게."

"장미가 필요해."

"뭐?"

"장미. 멋지고 빨간 아메리칸 뷰티 종種 한 송이, 가시가 있고, 향기롭고……"

"여기 토양에 맞을 것 같지 않은데, 큼큼."

"아냐, 그런 뜻이 아니라고. 여기 심으라는 게 아니라, 그냥 꽃이 필요하다는 거야."

"그러면 수경 탱크를 써야겠군. 꽃을 자네한테 바치려면 적어도 3개월은 걸릴 거야, 속성 재배하더라도 말이지."

케인이 대머리를 긁적였다.

"그래주겠나?"

"그럼. 기다리는 것만 감수한다면야."

"괜찮아. 사실 3개월이면 우리가 떠나기 바로 전이니까."

나는 스물거리며 움직이는 점액으로 가득 찬 수조와 발아용 접시들을 둘러보았다.

"오늘 타이렐리안으로 나가네. 하지만 계속 왔다 갔다 할 거야. 꽃이 필 때 여기로 오겠네."

"그리로 간다는 거군. 그렇지? 무어가 그러는데 화성인들은 배타적 집단이라면서."

"그럼 내가 그 집단에 '들어간' 것일 수도 있겠군."

"그래 보이는군. 그래도 자네가 어떻게 그들의 말을 배울 수 있었는지 아직 모르겠어. 물론 난 박사 후 과정 때 프랑스어와 독일어가 힘들었지만 말이야. 지난 주 점심시간에 베티가 화성어를 설명할 때 듣기는 했는데 괴상한 소음으로밖에 들리지 않더라고. 베티 얘기로는 화성어를 말한다는 건 《타임스》지에 나오는 크로스워드 풀이를 하면서, 동시에 새 소리를 흉내 내는 것처럼 힘든 일이라던데."

나는 소리 내어 웃었고, 케인이 내미는 담배를 받았다.

"복잡하긴 해."

나는 인정했다.

"하지만, 이를테면 자네가 완전히 새로운 종류의 균류(菌類)를 발견했다고 생각해보게. 밤에 잘 때도 꿈에 나타날 거야."

그의 눈이 반짝였다.

"그거 정말 대단한 일이겠지! 그럴 수도 있을 거야. 언젠가는 말이지, 자네도 알다시피."

"아마 해낼 걸세, 자네는."

함께 문을 향해 걸어가며 케인은 껄껄 웃었다.

"오늘밤부터 자네의 장미에 착수하겠네. 거기서도 잘하라고."

"그래야지. 고맙네."

얘기했듯이, 균류 광이었지만 케인은 상당히 좋은 사람이었다.

타이렐리안 성채에서 내가 머무를 곳은 '신전'과 바로 인접해 있었다. 조금 더 안쪽의, 약간 왼쪽에 있는 방이었다. 비좁은 우주선 선실보다는 훨씬 나았으며, 짚으로 만든 요보다는 매트리스가 더 바람직하다는 것을 이해할 만큼 화성의 문화가 충분히 발달했다는 사실 때문에 기뻤다. 게다가 침대는 놀랍게도 장신인 내가 편히 잘 수 있을 만큼 컸다.

그리하여 나는 짐을 풀고, 문서 복사를 시작하기 전에 35밀리미터 필름을 써서 '신전'의 사진을 16장 찍었다.

나는 무슨 말인지도 모르면서 책장을 넘기는 데 넌더리가 날 때까지 계속 복사를 반복하다가, 역사책을 하나 골라 번역하기 시작했다.

"보라. 실렌 기™ 37년에 비가 내렸다. 비는 희귀하며 예기치 못했던 사건이었으므로, 기쁨을 가져다주는 것으로 여겨졌고 흔히 축복으로 간주되었다.

그러나 그 비는 천국에서 떨어지며 생명을 주는 말란의 정액이 아니었다. 그것은 동맥에서 솟구쳐 나온 우주의 피였던 것이다. 그리고 최후의 나날이 우리에게 다가왔다. 마지막 춤이 시작되려 하고 있었다.

비는 죽음에 이르지 않는 역병을 가져왔고, 그 비의 북소리와 함께 로카의 마지막 지나감이 시작되었다……"

나는 필자인 타무르가 도대체 무슨 이야기를 하고 있는 것일까 스스로에게 물었다. 타무르는 역사학자였고 사실에 충실하다고 알려져 있었다. 이 책은 화성인들의 파멸을 예언한 묵시록이 아니었다.

만약 책의 내용이 역사와 일치한다면?

안 그럴 이유도 없지 않은가? 나는 생각에 잠겼다. 타이렐리안에 있는 소수의 사람들이 과거에 고도로 발전된 문화를 가졌던 종족의 생존자들이라는 것은 명백했다. 전쟁은 있었지만, 종족 대학살은 없었다. 과학은 있었지만, 기술이라 할 것은 별로 없었다. 역병, 죽음에 이르지 않는 역병……? 그 역병이 이렇게 만들었다는 것일까? 죽이지 않았다면 어떠했다는 것일까?

계속 읽어나갔지만 그 역병의 성질에 대한 내용은 없었다. 책장을 넘겨 중간 부분을 건너뛰며 살펴보았지만 시도는 실패로 끝났다.

므퀴에! 므퀴에! 꼭 당신한테 질문해야 할 때면, 당신은 근처에 없구려!

그녀를 찾으러 간다면 무례한 잘못이 되는 것일까? 그렇겠지, 라고 나는 결론 내렸다. 갈 수 있는 곳은 내게 보여주었던 방들로 제한되어 있었고, 그것은 은연중에 내포된 무언의 합의사항이었다. 알아내려면 기다리는 수밖에 없었다.

그래서 나는 여러 언어로, 말란 자신의 신전에서 성스러운 말란을 더럽힐 것이 틀림없는 갖가지 저주를 오랫동안 큰 소리로 내뱉었다.

말란이 나를 즉시 죽여버리기에 합당하다고 생각하지는 않는 듯했으므로, 일단 이만 끝내기로 하고 잠자리에 들었다.

몇 시간쯤 잤을까. 브락사가 조그만 램프를 가지고 내 방으로 들어왔다. 그녀는 내 잠옷 소매를 잡아당겨 나를 억지로 깨웠다.

나는 '안녕하세요' 하고 말했다. 지금 돌이켜 생각해봐도, 그것 말고는 달리 할 말이 없었다.

"안녕하세요."

"제가 온 것은, 시를 듣기 위해서입니다."

그녀가 말했다.

"무슨 시 말입니까?"

"당신의 시요."

"아."

나는 하품을 하며 일어나 앉았고, 시를 낭송해주기 위해 한밤중에 일어난 사람들이 보통 하게 마련인 말을 했다.

"매우 감사합니다. 하지만 그러기엔 조금 난처한 시간 아닐까요?"

"저는 괜찮습니다."

그녀가 말했다.

언젠가 나는 《의미론 학회지》에 실을 「목소리의 어조: 아이러니 전달에는 불충분한 매체에 대하여」라는 제목의 논문을 쓰게 될지도 모르겠다. 그럼에도 불구하고 잠은 달아났으므로 나는 긴 실내복을 집어 들었다.

"그건 어떤 종류의 동물입니까?"

그녀는 실내복의 접은 옷깃에 비단으로 수놓은 용을 가리키며 물었다.

"신화에 나오는 동물입니다."

내가 대답했다.

"자, 보십시오. 늦은 시간이고, 저는 지쳐 있습니다. 아침에 해야 할 일도 많습니다. 그리고 당신이 여기 있었다는 사실을 므퀴에가 알면 오해할 수도 있습니다."

"오해요?"

"빌어먹을, 내가 무슨 말을 하는 건지 잘 알잖아요!"

화성어를 써서 처음으로 모욕적인 발언을 해볼 기회였으나 뜻대로 되지 않았다.

"아뇨. 무슨 뜻인지 모르겠습니다."

그녀가 말했다.

브락사는 겁먹은 듯했다. 자신이 뭘 잘못했는지 모르면서 야단맞는 강아지 같은 표정이었다.

나도 누그러졌다. 브락사의 빨간 망토는 그녀의 머리카락과 입술에 완벽하게 어울렸다. 그리고 그 입술은 떨리고 있었다.

"자, 이봐요. 당황하게 할 생각은 아니었어요. 저희 세계에는 어떤, 에, 관습이 있어요. 성별이 다른 사람들이 침실에 자기들만 따로 있고,

결혼으로 맺어지지 않은 경우…… 음, 뭐냐면, 제가 뭘 말하는지 아시겠어요?"

"아뇨."

브락사의 두 눈은 비취였다.

"음, 그건 일종의…… 음, 섹스예요. 바로 말하자면."

비취빛 눈동자에 불빛이 켜졌다.

"오, 아이를 갖는 걸 말씀하시는 거군요!"

"예, 그래요! 맞아요!"

브락사는 웃었다. 타이렐리안에서 웃음소리를 듣기는 처음이었다. 바이올린 주자가 고음 쪽 현을 활로 짧게 켜는 듯한 소리였다. 대체적으로 듣기에 아주 즐겁지는 않았다. 그녀가 너무 오래 웃었기 때문이다.

브락사는 웃음을 그친 후 더 가까이 다가왔다.

"기억이 나요, 이제."

그녀가 말했다.

"저희도 그런 규칙이 있었지요. 반기*期* 전에, 제가 어린아이였을 때는 그런 규칙이 있었어요. 하지만……"

그녀는 또 한 번 웃음을 터뜨릴 것처럼 보였다.

"이제는 그런 규칙이 필요 없어요."

내 사고*思考*는 3배속으로 재생중인 녹음기처럼 움직였다.

반기! 반기라고— 반기라고! 아니야! 그래! 반기는 대충 잡아 243년이야!

—로카의 2234개의 춤을 배우는 데 충분한 시간이지.

—노인이 되는 데 충분한 시간이지, 인간이라면.

—지구인의 경우라면 말이지.

나는 다시 브락사를 바라보았다. 그녀는 상아로 만든 체스 세트의 하얀 여왕처럼 창백했다.

브락사는 인간이었다. 내 영혼이라도 걸 수 있다. 살아 숨쉬고, 정상이며, 건강한 인간이었다. 내 생명이라도 걸 수 있다. 여자였다. 내 육신이……

하지만 브락사의 나이는 2세기 반이었고, 그렇다면 므퀴에가 므두셀라[65]의 할머니뻘은 된다는 얘기였다. 저들이 언어학자로서의, 또 시인으로서의 내 기량을 반복해서 칭찬했다는 생각에 나는 내심 우쭐했다. 그처럼 고등한 존재들이 말이다!

그러나 '이제는 그런 규칙이 필요 없어요'라는 말은 무슨 뜻일까? 왜 거의 히스테리처럼 웃어댄 걸까? 왜 므퀴에는 나를 보며 그처럼 기묘한 표정을 지었던 걸까?

나는 순간 이 아름다운 여인 말고도, 뭔가 중요한 것과 맞닥뜨렸음을 알아챘다.

"말해줘요."

나는 일부러 '아무렇지도 않은 목소리'로 말했다.

"그게 타무르가 쓴 '죽음에 이르지 않는 역병'과 뭔가 관련이 있나요?"

"예. '비'가 내린 후 태어난 아이들은 더 이상 자신들의 아이를 가질 수 없었어요, 그리고……"

그녀가 대답했다.

"그리고 뭐죠?"

---

[65]__ Methusala : 장수의 대명사. 구약성서에 나오는 969세까지 장수한 사람.

나는 기억을 '녹음' 상태로 놓고 앞으로 몸을 기울였다.

"……그리고 남자들은 아이를 얻겠다는 욕망을 느끼지 않게 되었어요."

나는 축 처지듯 침대 기둥에 몸을 기댔다. 기상 이변에 따른 종족 규모의 불임 및 남성의 성적 무능력. 어디서 왔는지도 모르는 방사능 물질 덩어리의 떠돌이 구름이 어느 날 화성의 얇은 대기를 뚫고 들어왔던 것일까? 시아파렐리[66]가 내 옷깃의 용처럼 신화적인 화성의 '운하'를 발견하기 훨씬 전에도, 그 '운하'가 모든 잘못된 추론에 대한 올바른 추측을 불러일으키기 훨씬 전에도, 브락사는 이미 여기서, 살아서, 춤을 추고 있었단 말인가? 눈먼 밀턴이 이곳과 마찬가지로 사라져버린 또 다른 낙원에 관해 쓰고 있었던 그때부터, 저주받은 자궁을 갖고 있었단 말인가?

담배를 꺼냈다. 재떨이를 가져오기를 잘했다. 화성은 이제까지 담배 산업이라는 게 있었던 적이 없었다. 술도 마찬가지였다. 내가 인도에서 만났던 고행자들도 이 사람들에 비하면 디오니소스적이라고 할 수 있었다.

"그 불붙은 관은 뭔가요?"

"담배예요. 하나 피울래요?"

"예, 기꺼이."

브락사는 내 옆으로 와서 앉았고, 나는 그녀에게 담뱃불을 붙여주었다.

"코를 자극하네요."

◉ 66__ Giovanni Schiaparelli : 이탈리아의 천문학자. 화성의 어두운 선canali를 처음 발견했다.

"예. 폐로 조금 빨아들이고, 조금 품고 있다가 내쉬어보세요."

잠시 후 그녀는 '오오'라고 말했다.

침묵. 그러고는, "신성한 것인가요?"라고 물었다.

"아뇨, 니코틴입니다. 신성함의 그럴듯한 대용품이지요."

내가 대답했다.

또다시 침묵.

"제발 '대용품'이라는 말을 번역하라고는 하지 마세요."

"그러지 않을게요. 저는 춤출 때 가끔 이런 기분을 느끼지요."

"잠시 후면 사라질 거예요."

"이제 당신의 시를 들려주세요."

어떤 생각이 머리에 떠올랐다.

"잠시만 기다리세요. 더 좋은 것이 있을지도 몰라요."

나는 일어나서 노트 더미를 뒤졌고, 다시 돌아와 브락사 곁에 앉았다.

"이건 '전도서'의 처음 세 장*이에요. 당신들의 성스러운 책과 아주 비슷하지요."

나는 설명하고는 읽기 시작했다.

내가 11절까지 읽었을 때 브락사가 외쳤다.

"제발 읽지 마세요! 당신 시를 읽어주세요!"

나는 읽기를 멈추고 옆의 탁자 위에 노트를 던져놓았다. 브락사는 몸을 떨고 있었다. 바람이 되어 춤을 추던 날의 떨림이 아니라, 눈물을 참으며 무서워하는 떨림이었다. 그녀는 연필을 쥐듯 어색하게 담배를 들고 있었다. 나는 서툴게 브락사의 어깨에 팔을 둘렀다.

"그는 너무 슬퍼해요. 다른 모든 사람들처럼."

그녀가 말했다.

그래서 나는 화려한 리본처럼 내 마음을 비틀고 접어서 내가 아주 좋아하는 요란한 크리스마스 장식 매듭을 만들었다. 나는 한 스페인 무희에 대한 시를, 사랑을 담아 즉흥적으로 독일어에서 화성어로 바꿔 들려주었다. 그녀를 즐겁게 할 것이라고 생각했고, 내 생각은 맞았다.

"오오."

그녀가 또 말했다.

"당신이 쓰신 건가요?"

"아뇨, 나보다 더 잘 쓰는 사람의 시죠."

"못 믿겠어요. 당신이 쓰신 거예요."

"아뇨, 릴케라는 사람이 쓴 거예요."

"하지만 당신이 그걸 저희 말로 바꿔주었지요. 성냥을 하나 더 켜주세요. 그녀가 어떻게 춤을 췄는지 알 수 있게요."

나는 그렇게 했다.

"영원의 불."

그녀는 생각에 잠긴 채 말했다.

"그리고 그녀는 밟아 꺼나갔다, '작고, 단단한 발로'. 나도 그런 춤을 출 수 있었으면."

"어떤 집시보다도 당신 춤이 낫습니다."

나는 소리 내어 웃으며 성냥불을 불어 껐다.

"아뇨, 그렇지 않아요. 저는 그렇게 못해요. 당신을 위해 춤추기를 바라세요?"

그녀의 담배가 꺼져 들어가고 있어서, 나는 그녀의 손가락에서 담배를 빼낸 다음 내 담배와 함께 껐다.

"아뇨."

내가 말했다.

"침대로 가요."

그녀가 미소 지었고, 내가 알아차리기도 전에 빨간 옷 어깨 쪽의 접힌 부분을 벗고 있었다.

그러고는 모든 것이 무너져 내렸다.

나는 약간 힘들게 숨을 들이켰다.

"그럴게요."

그녀가 말했다.

그렇게 나는 브락사에게 키스했다. 아래로 떨어진 옷이 일으킨 숨결에 램프가 꺼진 순간에.

3
★

서풍의 밝은 돌풍에 쓸려가는 노랑, 빨강, 갈색이라고 노래한 셸리의 잎새처럼 하루하루가 지나갔다. 이런 나날들은 마이크로필름의 달그락거림과 함께 소용돌이치며 나를 스쳐갔다. 이제 거의 모든 책들이 기록되었다. 학자들이 그것들을 이해하고 그 가치를 정당하게 평가하려면 몇 년은 걸리리라. 화성은 내 책상 안에 들어 있었다.

열 몇 번은 그만두었다가 다시 번역하기를 되풀이했던 '전도서'는 '고등 언어'로 낭독할 준비가 거의 끝나가고 있었다.

'신전' 안에 있지 않을 때면 휘파람을 불곤 했다. 예전 같으면 부끄러워했을 시를 많이 썼다. 저녁이 되면 브라사와 함께 모래언덕을 가로지르거나 산을 오르며 같이 걸었다. 가끔 그녀는 나를 위해 춤을 추었고, 나는 강약약 6보격步格의 긴 시를 낭독해주곤 했다. 그녀는 여전히 나를 릴케라고 생각하고 있었으며, 나도 그렇다고 스스로를 속이기 직전이었다. 여기, 두이노 성[67]에서 릴케의 비가悲歌를 쓰고 있는 사람은 바로 나인 것이다.

······말할 나위 없이 이상한 노릇이다, 지상에 더 이상 살지 않음이,
미처 익히지도 못한 습관들을 이제는 행하지 않음이,
장미들에게도 ······ 의미를 부여하지 않음이.

아냐! 장미에게 의미를 부여하지 마! 그러지 마. 냄새를 맡고 (킁킁거리는 거야, 케인!), 손에 쥐고, 장미를 즐겨. 순간을 사는 거야. 그 순간을 꽉 붙잡아. 그러나 신들에게 설명 따위를 바라면 안 돼. 그렇게 잎새는 순식간에 지고, 바람에 흩날려가는 거야······.
그리고 아무도 우리를 알아차리지 못했다. 아니면 신경 쓰지 않았든지.
로라. 로라와 브라사. 이 두 이름은 운韻이 맞는다, 에, 약간 부딪치기는 하지만. 키가 크고 멋지고, 금발이었다(나는 금발이 싫다!). 아버지는 호주머니처럼 나를 뒤집어놓았고, 로라라면 나를 다시 채워줄 수 있을 것이라고 생각했다. 그러나 유다처럼 턱수염을 기르고, 개처럼 충직한 눈초리를 한 거구의 비트 족[68] 시인은, 아, 그녀의 멋진 파티장식품이었

◎ **67**__ 릴케의 시 「두이노의 비가 Duineser Elegien」를 의미함.

던 것이다. 그리고 그게 전부였다.

'신전'에서 마이크로필름 장치가 덜그럭거리는 소리는 얼마나 저주스러웠던가! 말란과 갤린저를 모독한 것이었다. 그리고 격렬한 서풍이 지나갔고, 무언가가 뒤에, 그리 멀지 않은 곳에 도사리고 있었다.

마지막 나날이 다가오고 있었던 것이다.

하루가 지나갔는데도 브락사를 보지 못했다. 밤새도록.

다음날도. 그 다음날도.

나는 반쯤 미쳐버렸다. 우리가 얼마나 가까워졌고, 브락사가 얼마나 소중했는지 나는 미처 깨닫지 못하고 있었다. 브락사가 늘 있을 거라는 멍청한 확신으로 인해, 장미에게 질문하기를 주저했던 것이다.

물어봐야 했다. 그러고 싶지 않았지만, 내겐 선택의 여지가 없었다.

"그녀는 어디 있습니까, 므퀴에? 브락사는 어디 있습니까?"

"갔습니다."

그녀가 대답했다.

"어디로요?"

"저는 모릅니다."

나는 므퀴에의 악마새[69]같은 눈을 쳐다보았다. 자칫 입에 담을 수 없는 저주스런 말[70]이 튀어나올 뻔했다.

◉ **68**__1950년대 후반부터 1960년대 초에 걸쳐 뉴욕의 그리니치빌리지 및 샌프란시스코의 노스비치에 등장한 일군의 작가, 시인들. 현대의 산업사회로부터 이탈하여, 원시적인 빈곤을 감수함으로써 개성을 해방하려고 했다. 사회적으로는 무정부주의적인 개인주의의 색채가 짙으며, 재즈, 술, 마약, 동양적인 선禪 등에 의한 도취에 의하여 '지복至福: beatitude'의 경지에 도달하려 했다.

"저는 알아야 합니다."

그녀는 나를 꿰뚫듯이 바라보았다.

"우리에게서 떠났습니다. 가버렸습니다. 언덕으로 올라갔을 수도 있겠군요. 아니면 사막일지도요. 그건 별로 중요하지 않습니다. 그 무엇이 중요하겠습니까? 춤은 이제 마지막을 향하고 있습니다. '신전'은 곧 비워질 것입니다."

"왜? 왜 떠난 겁니까?"

"모릅니다."

"그녀를 만나야 합니다. 저희는 며칠 후면 출발합니다."

"유감입니다, 갤린저."

"저도 마찬가지입니다."

말하고서 나는 '므나라'라고 말하지도 않고 책장을 쾅 덮어버렸다. 일어섰다.

"브락사를 찾을 겁니다."

나는 '신전'에서 나왔다. 므퀴에는 앉아 있는 석상 같았다. 내 부츠는 벗어놓았던 곳에 그대로 있었다.

◎ 69__Devil-bird : 스리랑카 올빼미.
    70__Anathema Maranatha : 성경 고린도전서에 나오는 말("If any man love not the Lord Jesus Christ, let him be Anathema Maranatha." 만일 누구든지 주를 사랑하지 아니하거든 저주를 받을지어다 주께서 임하시느니라).

★ ★ ★

하루 종일 나는 집스터를 몰며 정처 없이 모래언덕들을 오르내렸다. 아스픽호 승무원들에게는 모래 폭풍처럼 보였을 것이다, 나 혼자서 집스터로 일으킨. 결국 나는 연료를 보충하기 위해 되돌아가야 했다.

에모리가 화난 발걸음으로 나타났다.

"좋아, 잘하는구먼. 역겨운 모래인간 같아 보여. 웬 로데오 놀이야?"

"아, 제가, 어, 뭘 잃어버려서요."

"사막 한가운데서? 자네의 소네트 시라도 잃어버렸나? 자네가 이렇게 난리를 부릴 만한 거라면 생각나는 게 그것밖에 없군."

"아닙니다, 젠장! 개인적인 것입니다."

조지가 탱크에 연료를 채워놓았고, 나는 다시 집스터에 타려 했다.

"거기 서!"

그는 내 팔을 잡았다.

"이게 다 뭔지 내게 설명하기 전에는 도로 못 나가."

내 팔을 잡은 에모리의 손을 떼어낼 수 있었지만, 그랬을 때 그는 강제로라도 나를 질질 끌어 잡아 가두라고 명령할 수 있었다. 그러면 승무원 중 상당수가 즐겁게 나를 끌고 갈 것이다. 그래서 나는 자신을 억누르고 조용한 목소리로 천천히 말했다.

"시계를 잃어버렸을 뿐입니다. 어머니께서 주신 가보*거든요. 우리가 출발하기 전에 찾으려고요."

"자네 선실이나 타이렐리안에 두고 오지 않은 것이 확실한가?"

"이미 찾아보았습니다."

"누군가 자네를 골탕 먹이려고 숨겼을 수도 있어. 자네가 여기서 별 인기인이 아니라는 건 알고 있겠지."

나는 고개를 가로저었다.

"그 생각도 했습니다. 하지만 저는 그 시계를 언제나 오른쪽 호주머니에 넣고 다니거든요. 모래언덕을 넘어가면서 튀어나갔다고 생각됩니다."

에모리의 눈이 가늘어졌다.

"책 표지에서 읽은 적이 있는데, 모친께서는 자네가 태어날 때 돌아가셨다면서."

"맞습니다."

나는 튀어나오려는 말을 꾹 참으며 말했다.

"시계는 외할아버지 것이었고, 어머니는 그걸 제가 가졌으면 하셨답니다. 아버지께서 보관하고 계셨지요."

"흐응! 시계 찾는 방법치고는 참 괴상하군. 집스터를 몰고 언덕을 오르락내리락 돌아다니다니."

그가 코웃음 쳤다.

"그러고 다니면서 빛이 시계에 반사되는 걸 볼 수도 있어요."

나는 별로 설득력 없는 이유를 들이대며 변명했다.

"음, 어두워지기 시작하네. 오늘은 더 이상 찾아봐도 소용없어."

에모리가 나를 바라보며 말했다.

"집스터 위에 모래 덮개를 씌워."

그는 정비사에게 지시하고는 내 팔을 툭툭 쳤다.

"어서 들어와서 샤워를 하고, 뭔가 먹도록 해. 두 가지 다 필요해 보이거든."

흐리멍덩한 눈 아래 약간 기름진 주근깨, 가늘어지는 머리카락, 그리고 아일랜드인의 코, 거기에 다른 사람들보다 한 데시벨 시끄러운 목소리……

그게 에모리가 선장으로서 가진 유일한 자격 조건이다!

나는 그곳에 서서 그를 증오했다. 클로디어스! 지금이 제5막[71]이기만 했어도!

그러나 갑자기 샤워와 식사를 해야겠다는 생각이 머리에 떠올랐다. 둘 다 절실했다. 만약 내가 당장 나가겠다고 고집을 부리면 더 많은 의심을 불러일으킬 수도 있었다.

그래서 나는 소매에서 모래를 툭툭 털어냈다.

"맞습니다. 그게 좋은 생각 같네요."

"그래야지. 내 선실에서 함께 먹도록 하세."

샤워는 축복이었고, 깨끗한 카키색 제복은 신의 은총이었으며, 음식은 천국처럼 향기로웠다.

"냄새 진짜 좋군요."

내가 말했다.

우리는 아무 말 없이 스테이크를 잘라 먹었다. 후식과 커피를 먹을 때 에모리가 제안했다.

"하룻밤 쉬지 그러나? 여기 있으면서 잠을 좀 자두라고."

나는 고개를 가로저었다.

"굉장히 바쁩니다. 마무리 단계거든요. 시간도 얼마 남지 않았고

---

[71] 햄릿이 숙부이자 의붓아버지인 클로디어스를 죽이는 제5막을 의미함.

요."

"며칠 전에 일이 거의 끝났다고 했지 않나."

"거의요. 완전히 끝나지는 않았습니다."

"그리고 오늘밤 화성인들이 '신전'에서 예배를 올릴 거라고 했지."

"맞습니다. 제 방에서 일하려고요."

에모리가 어깨를 으쓱했다.

이윽고, 그가 '갤린저'라고 말했고 나는 고개를 들어 바라보았다. 에모리가 내 이름을 부른다는 것은 뭔가 곤란해질 것을 의미했다.

"내가 상관할 일은 아닐지도 모르네."

그가 말했다.

"하지만 그래야만 하겠네. 베티가 그러는데 자네한테 그쪽 여자가 있다고 하더군."

묻는 말이 아니었다. 허공에 퍼진 선언이었다. 내 대답을 기다리고 있었다.

베티, 이 개 같은 년. 암소 같고 암캐 같은 년. 네 주제에 질투라니. 왜 쓸데없이 남의 일에 참견하는 거지? 왜 한시도 눈을 감거나 입을 다물고 있지 못하는 거지?

"그래서요?"

나는 묻듯이 긍정했다.

"그래서, 이 탐사대의 수장(首將)으로서, 원주민들과의 관계가 우호적이고 외교적인 방식으로 진행되는 걸 지켜보는 것은 나의 임무라네."

그가 대답했다.

"꼭 그 사람들이 원시 종족인 것처럼 말씀하시는군요. 사실과는 정반대로요."

나는 일어섰다.

"제 보고서가 발표되면 지구인 모두가 진실을 알게 될 겁니다. 무어 박사는 상상조차 못했던 일들에 관해 설명할 겁니다. 체념한 채 무관심으로 죽음을 기다리는 불운한 종족의 비극에 관해 말할 겁니다. 왜인지도 말할 겁니다. 그러면 무정한 학자들도 슬퍼하겠지요. 저는 그에 대해 쓸 것이고, 그러면 더 많은 상을 받겠지요. 하지만 이번에는 그런 걸 원하지 않습니다.

맙소사! 우리 조상들이 곤봉으로 검치劍齒 호랑이[72]를 때려잡으며 불을 어떻게 사용하는지 알아내고 있을 때, 그 사람들은 이미 문화라는 걸 갖고 있었습니다!"

내가 외쳤다.

"어쨌든 거기에 여자가 있다는 거군?"

"예!"

나는 말했다. 예, 클로디어스! 예, 아버지. 예, 에모리!

"있습니다. 하지만 지금 미리 학문적인 정보를 하나 알려드리지요. 그들은 이미 죽었습니다. 불임不姙이에요. 한 세대가 더 지나면 화성인들은 존재하지 않습니다."

나는 잠시 멈추었다가 이렇게 덧붙였다.

"제 보고서를 제외하고, 몇 장의 마이크로필름과 테이프를 제외하고는 말입니다. 그리고 시도 있겠군요. 멸종이라는 운명의 불공평함에 대해 근심하고, 춤으로밖에 항의하지 못한 한 소녀에 관한 시요."

"오."

---

[72] Saber-tooth : 검치호, 검치호랑이, 칼이빨호랑이. 스밀로돈 Smilodon.

에모리가 말했다.

잠시 후.

"자네는 지난 몇 달 동안 전혀 다른 사람인 것처럼 행동하더군. 그래, 때로는 아주 예의 바르기까지 했어. 무슨 일이 일어난 건지 궁금해하지 않을 수가 없었네. 그게 자네에게 그렇게까지 중요한 일일 줄은 몰랐어."

나는 머리를 숙였다.

"사막을 돌아다니며 경주한 게 그 여자 때문인가?"

나는 고개를 끄덕였다.

"왜였나?"

나는 고개를 들었다.

"왜냐하면 그녀가 거기 어딘가에 있기 때문입니다. 어딘지도 모르고, 왜 그러는지도 모릅니다. 그리고 저는 우리가 떠나기 전에 그녀를 찾아야 합니다."

"오."

에모리가 한 번 더 이렇게 말했다.

그러고는 등을 뒤로 기댔고, 서랍을 열어 수건에 싸인 무언가를 꺼낸 뒤 풀었다. 액자에 든 한 여자의 사진이 탁자에 놓여 있었다.

"내 아내일세."

아몬드 모양의 커다란 눈을 한 매력적인 얼굴이었다.

"자네도 알다시피 나는 해군 출신이지."

그가 운을 뗐다.

"옛날엔 젊은 장교였고, 아내는 일본에서 만났네. 난 다른 인종과 결혼하는 것을 옳지 않다고 생각하는 곳 출신이었지. 그래서 우리는 결혼하지 않았네. 하지만 그녀는 내 아내였어. 그녀가 죽었을 때 나는 지구 반대편에 있었어. 사람들은 내 아이들을 데려갔고, 그 이후 나는 아이들을 보지 못했네. 어떤 고아원에, 어떤 집에 집어넣어졌는지 알아낼 수조차 없었어. 오래전의 일이지. 이 얘기를 아는 사람은 거의 없다네."

"유감입니다."

내가 말했다.

"그럴 필요 없네. 신경 쓰지 말라고. 하지만."

에모리는 의자에서 몸을 움직여 나를 보았다.

"만약 자네가 그녀를 데려가고 싶다면…… 그렇게 해. 내 목이 달아나겠지만, 어차피 이번 같은 탐험대를 또 지휘하기에는 너무 늙었으니까. 그러니까 어서 가."

에모리는 차갑게 식은 커피를 꿀꺽 들이켰다.

"집스터를 가져가게나."

그는 앉은 채 회전의자를 뒤로 돌려버렸다.

두 번이나 '고맙습니다'라고 말하려고 해봤지만, 결국 아무 말도 하지 못했다. 그래서 일어서서 밖으로 나왔다.

"사요나라, 잘 되길 비네."

에모리가 내 뒤에서 중얼거렸다.

"여기 있어, 갤린저!"

누군가 외치는 소리가 들렸다.

나는 뒤로 돌아서 방금 내려온 경사진 통로를 올려다보았다.

"케인!"

현창(舷窓) 뒤의 윤곽만 보이는데다가 빛을 등져 그림자로 보였지만, 그가 쿵쿵거리는 소리를 듣고 알아본 것이다.

나는 그쪽을 향해 몇 걸음 되돌아갔다.

"뭐가 있다고?"

"자네 장미."

케인은 내부가 나뉜 플라스틱 용기를 꺼냈다. 아래쪽 절반에는 액체가 차 있었고, 줄기가 안쪽으로 내리 뻗어 있었다. 이 무시무시한 밤 속의 클라레 적포도주가 든 유리잔 같은 나머지 절반에는 갓 피어난 커다란 장미가 들어 있었다.

"고맙네."

용기를 덧옷 속에 집어넣으며 내가 말했다.

"타이렐리안으로 돌아가는군, 그런가?"

"응."

"자네가 우주선으로 오는 걸 보고 준비해놓았지. 선장실에 가봤더니 방금 나갔다고 하더라고. 선장은 바쁜지 고래고래 소리를 지르면서 격납고로 가면 자네를 따라잡을 수 있을 거라고 했어."

"정말 고마워."

"화학 처리가 되어 있어. 몇 주 동안 핀 채로 있을 거야."

나는 고개를 끄덕이고, 출발했다.

산으로 올라가고 있다. 멀리. 멀리. 하늘은 얼음으로 가득 찬 물통이었고, 달들은 떠 있지 않았다. 경사는 점점 더 가팔라지고, 조그만 당나귀는 내게 반항하고 있다. 나는 채찍질하듯 엔진의 출력을 올리며 계속 올라갔다. 위로. 위로. 깜박거리지도 않는 녹색 별을 보자 목이 메는 것 같았다. 상자에 든 장미는 내 가슴에 붙은 채 또 하나의 심장처럼 고동쳤다. 당나귀는 길고 시끄럽게 울어댔고, 기침을 하기 시작했다. 좀 더 몰아붙이자 녀석은 죽어버렸다.

나는 비상용 브레이크를 걸고 집스터 밖으로 나가 걷기 시작했다.

춥다. 점점 더 추워진다. 여기 위는. 밤에? 왜? 브락사는 왜 그런 걸까? 왜 밤이 오는데도 모닥불을 떠난 것일까?

그러면서 나는 올라가고, 내려가고, 돌아서 가며, 모든 협곡과, 골짜기와, 산길을 긴 다리로 성큼성큼, 지구에서는 절대 할 수 없는 동작으로 수월하게 돌아다녔다.

겨우 이틀밖에 남지 않았는데, 나의 사랑, 그대는 나를 버렸다. 왜?

나는 경사져 돌출된 암벽 밑으로 기었다. 능선을 뛰어넘었다. 무릎과 팔꿈치가 긁혔다. 겉옷이 찢어지는 소리가 났다.

대답이 없는가, 말란이여? 이렇게까지 당신의 백성들을 증오한단 말인가? 그렇다면 다른 신이라도 시도해보자. 비슈누여, 당신은 수호신이십니다. 브락사를 수호해주십시오, 제발! 그녀를 찾을 수 있도록 해주십시오.

여호와?

아도니스? 오시리스? 탐무즈[73]? 마니토[74]? 레그바[75]? 브락사는 어디 있습니까?

나는 높고 먼 곳까지 샅샅이 찾아 다녔고, 결국 미끄러졌다.

돌이 발밑에서 부스러졌고, 나는 바위 모서리에 매달렸다. 손가락

73__Thammuz : 바빌론의 신.
74__Manitou : 북미 인디언의 신.
75__Legba : 부두교의 신.

이 너무나 추웠고, 바위를 붙잡고 있기 힘들었다.

아래를 내려다보았다.

4미터 정도의 높이였다. 나는 손을 놓고 아래로 떨어졌고, 몸을 구르며 땅에 닿았다.

그때 그녀의 비명 소리가 들렸다.

나는 그곳에 누운 채 꼼짝도 않고 위를 올려다보았다. 밤을 거슬러, 위에서 그녀가 불렀다.

"갤린저!"

나는 그대로 누워 있었다.

"갤린저!"

그러고는 그녀가 사라졌다.

돌이 구르는 소리가 들렸고, 나는 그녀가 어딘가를 통해 내 오른편으로 내려오고 있다는 것을 알았다.

나는 뛰어오르듯 일어나서 둥근 바위 그늘에 몸을 숨겼다.

그녀는 지름길을 돌아 돌들 사이를 확신 없는 듯이 지나서 왔다.

"갤린저?"

나는 걸어 나가서 그녀의 어깨를 움켜잡았다.

"브락사."

그녀는 또 비명을 질렀고, 내 품으로 뛰어들어 울기 시작했다. 내 앞에서 그녀가 우는 것은 처음이었다.

"왜?"

내가 물었다.

"왜?"

하지만 브락사는 내게 매달려 흐느끼기만 했다.

마침내, 그녀가 말했다.

"당신이 자살했다고 생각했어요."

"아마 진짜로 그랬을지도 몰라. 왜 타이렐리안을 떠난 거지? 왜 나를?"

"므퀴에가 말하지 않던가요? 짐작하지 않았어요?"

"아무 짐작도 못했어. 므퀴에는 모른다고 했고."

"그럼 거짓말을 한 거예요. 그녀는 알고 있어요."

"뭘? 뭘 안다는 거지?"

브락사는 온몸을 떨더니, 오랫동안 침묵했다. 나는 그제야 그녀가 얇은 무용 의상밖에 입고 있지 않다는 것을 깨달았다. 브락사를 나한테서 떼어내고 내 겉옷을 벗어 어깨에 걸쳐주었다.

"위대한 말란이여! 당신 얼어 죽겠어!"

내가 소리쳤다.

"아뇨."

그녀가 말했다.

"안 그럴 거예요."

나는 장미 상자를 호주머니로 옮겨 넣고 있었다.

"그게 뭐죠?"

브락사가 물었다.

"장미."

내가 대답했다.

"어두워서 뭔지 잘 보이지 않을 거야. 언젠가 당신을 장미에 비유한 적이 있어. 기억해?"

"네, 그래요. 내가 가지고 가도 돼요?"

"그럼."

나는 그것을 겉옷 호주머니에 찔러 넣었다.

"자, 됐지? 난 아직 당신 설명을 기다리고 있어."

"정말 모르나요?"

"몰라!"

"비가 내렸을 때."

그녀가 말했다.

"확실히 우리 종족 남자들만 영향을 받았어요. 그걸로 충분했지요…… 왜냐하면, 내가…… 안 그런 거…… 영향을 받지 않은, 명백하게요……."

"아."

내가 말했다.

"아."

우리는 거기 서 있었고, 나는 생각에 잠겼다.

"그런데, 왜 도망친 거지? 화성에서 임신한 게 무슨 문제가 된다는 거야? 타무르의 말이 틀렸던 거라고. 당신네들은 다시 살아갈 수 있게 된 거야."

브락사는 웃었다. 미치광이 파가니니가 연주하는 광적인 바이올린 소리 같았다. 더 심해지기 전에 나는 그녀의 웃음을 멈췄다.

"어떻게요?"

마침내 브락사는 자신의 뺨을 문지르며 물었다.

"당신네 종족은 우리보다 더 오래 살아. 만약 우리 아이가 정상이라면 우리 두 종족은 결혼이 가능하다는 걸 의미하게 되는 거라고. 당신네 종족에는 당신 말고도 수태가 가능한 여자들이 아직 분명히 있을 거야. 그러면 되잖아?"

"당신도 '로카의 서'를 읽었잖아요."

그녀가 말했다.

"그런데도 아직 그렇게 묻는 건가요? 죽음은 이런 모습으로 나타나고 얼마 지나지 않아 결정되고, 표결되고, 선고되었던 거예요. 하지만 오래전, 전부터 로카의 신도들은 알고 있었어요. 오래전에 그렇게 결론을 내렸던 거죠. '우리는 모든 걸 끝마쳤다'라고 했어요. '우리는 모든 걸 보았고, 모든 걸 들었고, 모든 걸 느꼈다. 춤은 훌륭했다. 이제 끝나도록 두자'라고요."

"그런 걸 믿다니."

"내가 뭘 믿는지는 중요하지 않아요."

브락사가 대꾸했다.

"므퀴에와 '어머니들'은 이미 우리가 죽어야 한다고 결정했어요. 그들의 칭호 자체가 이제는 조롱거리이지만, 그 결정은 지지를 받을 거예요. 단 한 가지 예언이 남아 있지만, 그건 틀린 예언이에요. 우리는 죽을 거예요."

"아니야."

나는 말했다.

"뭐죠, 그럼?"

"나와 함께 가는 거야, 지구로."

"안 돼요."

"좋아, 그럼. 당장 나를 따라와."

"어디로요?"

"타이렐리안으로 돌아간다. '어머니들'에게 할 말이 있어."
"그럴 수는 없어요! 오늘 밤에는 '의식儀式'이 있어요!"

나는 소리 내서 웃었다.

"당신들을 쓰러뜨리고, 결딴낸 신을 위한 '의식' 말인가?"
"그는 여전히 말란이에요. 우린 여전히 그의 백성이고요."

그녀가 대답했다.

"당신과 내 아버지가 만났다면 정말 죽이 잘 맞았을 거야."

나는 으르렁댔다.

"하지만 난 갈 거고, 당신도 나와 함께 가는 거야. 끌고 가는 한이 있더라도 말이야. 난 당신보다 크다고."
"하지만 당신은 온트로만큼 크지 않아요."
"온트로가 대체 누군데?"
"그가 당신을 막을 거예요, 갤린저. 그는 '말란의 주먹'이지요."

4
★

나는 집스터를 질주하듯 몰아 내가 아는 유일한 출입문, 므퀴에의 문 앞에서 멈췄다. 브락사는 전조등 빛으로 장미를 보고는, 장미가 마치 우리의 아이인 것처럼 무릎 위에 올려놓고 있었고, 아무 말도 하지 않았다. 그녀의 얼굴은 순종적이고 사랑스러운 표정이었다.

"사람들은 지금 '신전' 안에 있는 거지?"

나는 알고 싶었다.

성모 마리아 같은 표정은 변하지 않았다. 나는 질문을 반복했다. 그녀는 정신을 차렸다.

"예."

그녀는 멀리 있는 듯이 말했다.

"하지만 당신은 들어가지 못해요."

"곧 알게 되겠지."

나는 운전석 반대편으로 돌아가서 브락사를 내려주었다.

브락사는 내 손에 이끌리며 마치 황홀경에 빠진 것처럼 움직였다. 방금 떠오른 달빛 속에서, 브락사의 눈은 내가 그녀를 만난 날, 그녀가 춤을 추었던 때의 눈처럼 보였다. 나는 손가락으로 딱 소리를 내보았다. 아무 반응도 없었다.

그러고 나서 나는 문을 밀어 열었고, 브락사를 이끌고 들어갔다. 방에는 조명이 반쯤 들어와 있었다.

그리고 브락사는 그날 저녁 세 번째 비명을 질렀다.

"그 사람을 다치게 하지 마, 온트로! 갤린저야!"

지금까지 화성인 남자는 본 적이 없었다. 여자들뿐이었다. 그래서 이자가 기형인지 아닌지 알 방도는 없었다. 하지만 틀림없이 그러리라는 생각이 들었다.

남자를 올려다보았다.

반쯤 벗은 몸은 사마귀와 혹으로 뒤덮여 있었다. 내분비선 장애로군, 나는 추측했다.

내가 이 행성에서 가장 키가 큰 사내라고 생각하고 있었지만, 이 사내는 키가 2미터 10센티미터에다 뚱뚱했다. 이제야 내 커다란 침대가 어디서 왔는지 알 수 있었다!

"돌아가시오."

온트로가 말했다.

"그녀는 들어올 수 있소. 당신은 안 되오."

"책과 물건들을 가져가야 합니다."

온트로는 거대한 왼팔을 들어올렸다. 나는 그 왼팔을 따라 그가 가리킨 곳을 보았다. 내 모든 소지품이 구석에 차곡차곡 쌓여 있었다.

"들어가야 합니다. 므퀴에와 '어머니들'에게 할 말이 있습니다."

"그럴 수 없소."

"당신네 종족의 사활이 걸린 문제입니다."

"돌아가시오."

커다란 목소리가 울려 퍼졌다.

"'당신네' 종족에게 돌아가란 말이오, 갤린저. '우리'에게 상관하지 말고!"

온트로가 발음하는 내 이름이 매우 이질적으로 들렸다. 마치 다른 사람의 이름처럼. 그는 몇 살이나 나이를 먹은 것일까? 궁금했다. 300살? 400살? 평생 '신전'의 수호자 노릇을 해온 것일까? 왜? 누구를 막기 위해? 온트로의 움직이는 모양이 마음에 들지 않았다. 저런 식으로 움직이는 사람들을 전에도 본 적이 있었다.

"돌아가시오."

그가 되풀이했다.

만약 화성인들이 무술을 춤과 마찬가지로 정교하게 갈고 닦았다면, 아니, 그보다 더 좋지 않다고 보고 그들의 격투기가 아예 춤의 일부라면, 나는 곤경에 빠져 있었다.

"들어가."

나는 브락사에게 말했다.

"므퀴에에게 장미를 줘. 내가 장미를 보냈다고 말해. 금방 그리로 가겠다고 얘기해줘."

"시키는 대로 할게요. 지구에서도 나를 기억해줘요, 갤린저. 안녕히."

나는 브락사의 말에 대답하지 않았고, 그녀는 장미를 든 채 온트로를 지나 옆방으로 들어갔다.

"이제 떠나주시겠소?"

그가 물었다.

"원한다면, 그녀에게 우리가 싸웠고 당신이 나를 거의 이겼지만 내가 당신을 기절시켰고, 당신네 배까지 데려다주었다고 말해주겠소."

"아니. 내가 당신을 돌아서 가든지 아니면 넘어서 가든지, 나는 안으로 들어가겠소."

온트로는 양팔을 뻗으며 자세를 낮췄다.

"신성한 사내에게 손을 대는 것은 죄악이오."

온트로가 나직이 울리는 목소리로 말했다.

"하지만 난 당신을 막을 거요, 갤린저."

흐릿해진 유리창이 갑자기 차갑고 신선한 공기에 노출되듯, 내 기억 속에 여러 가지 일들이 뚜렷하게 떠올랐다. 나는 6년 전을 떠올렸다.

나는 도쿄 대학의 동양어학과 학생이었다. 그날은 일주일에 두 번 있는 기분 전환의 밤이었다. 나는 고도칸講道館의 지름 9미터 원 안에 서서, 유도복 엉덩이 위쪽에 갈색 띠를 두르고 있었다. 나는 이큐一級였는데, 유단자의 바로 밑에 해당하는 등급이었다. 오른쪽 가슴 위의 갈색 마름모에는 일본어로 쥬지추柔術라고 씌어 있었고, 이것은 실제로는 아테미-와자(급소 지르기), 즉 공격 방법의 하나였다. 나는 이 기술이 믿지 못할 정도로 내 체격에 맞는다는 사실을 알고 열심히 연마했으며, 이 기술을 써서 여러 시합에서 이겼다.

그러나 사람을 상대로 이 기술을 써본 적은 없었고, 수련하지 않은 지도 5년이 지났다. 이제는 몸이 망가졌다는 걸 알고 있었지만, 나는 억지로 내 마음을 츠키 노 코코로 月心 의 상태로 몰아넣어서, 달처럼 온트로의 전신을 반사하려고 노력했다.

어디선가, 과거로부터 목소리가 들려왔다.

"하지메—시작하라."

나는 곧바로 네코-아시-다치 (고양이 다리 서기) 자세를 취했고, 온트로의 눈이 기묘하게 불타올랐다. 그도 재빨리 자신의 자세를 고쳐 잡았고, 바로 나는 그를 공격했다!

나의 그 기술이었다!

내 긴 왼쪽 다리가 부러진 스프링처럼 휙 날아올랐다. 바닥으로부터 2미터 높이에서 내 발은 뒤로 뛰어 물러나려던 그의 턱에 적중했다.

온트로의 머리가 뒤로 꺾였고 그는 쓰러졌다. 입에서 가느다란 신음 소리가 흘러나왔다. 이게 전부야. 나는 생각했다. 미안하네, 늙은 친구.

그리고 상대의 몸을 넘어 걸어 들어가려 했을 때, 어찌된 일인지 그는 허우적거리며 내 다리를 걸었고, 나는 그의 몸 위로 넘어졌다. 그런 일격을 받은 후에, 움직이는 것은 둘째 치고 의식을 잃지 않을 정도의 정신력을 갖고 있다는 걸 믿을 수가 없었다. 더 이상 그에게 고통을 주고 싶지 않았다.

그러나 내가 그 행동의 의도를 깨닫기도 전에 온트로는 손으로 내 목을 찾아내서 팔로 가로질러 조여왔다.

안 돼! 이런 식으로 끝낼 수는 없어!

철근이 기관과 경동맥을 누르고 있는 것 같았다. 그때 나는 온트로가 아직 의식을 잃고 있으며, 이런 동작은 셀 수 없는 세월 동안의 훈련에 의해 내재된 반사적 반응이라는 것을 깨달았다. 시아이試合에서 이런 일이 벌어지는 것을 한번 본 적이 있었다. 한 선수가 의식을 잃은 상태에서 상대의 조르기에 계속 저항했고, 상대방은 자신이 제대로 조르기를 구사하지 않았다고 생각하고 더 강하게 조르다가, 그 선수를 끝내 죽이고 말았다.

그러나 이런 일은 드물었다. 정말 아주 드물었다!

나는 온트로의 늑골 사이에 팔꿈치를 찔러 넣고 뒤통수를 그의 얼굴에 들이박았다. 악력이 약해졌지만 아직 빠져나올 수는 없었다. 그러기 싫었으나, 나는 손을 뻗어 그의 새끼손가락을 부러뜨렸다.

팔이 느슨해졌고 나는 몸을 비틀어 빠져나왔다.

온트로는 고통으로 얼굴을 일그러뜨린 채, 헐떡이며 그곳에 누워 있었다. 명령에 따라 자신의 종족을, 자신의 종교를 지키다 쓰러진 이 거인에 대해 나는 연민의 정을 느꼈다. 그를 비켜가는 대신 결국 짓밟고 지나가면서, 나는 전례가 없을 정도로 강하게 나 자신을 저주했다.

비틀거리며 방을 가로질러 내 물건들이 쌓여 있는 곳으로 갔다. 영사기 상자에 걸터앉아 담배에 불을 붙였다.

호흡이 정상으로 되돌아오고, 뭐라고 말해야 할지 생각하기 전에 '신전'에 들어갈 수는 없었다.

한 종족에게 자살을 그만두라고 어떻게 얘기해야 할까?

갑자기……

……그렇게 될 수 있을까! 그러면 될까? 내가 만약 그들에게 '전도

서'를 읽어준다면, 그들에게 로카가 남긴 어떤 문헌보다 위대하고, 그에 못지않게 음울하고, 그에 못지않게 염세적인, 그 문학 작품을 읽어준다면…… 그리고 한 사람이 최고로 고매한 시적 언어를 통해 삶 전체를 매도했음에도 불구하고, 지구인들이 살아서 지금까지 왔다는 사실을 알려주고, 그가 그렇게도 비웃던 허영심이 결국 인간을 천상으로 이끌었다는 사실을 가르쳐준다면…… 그들이 믿고 마음을 바꾸게 될까?

아름다운 바닥 위에다 담배를 밟아 끄고는 내 노트를 찾아냈다. 일어서면서 내 안에 기묘한 분노가 솟아올랐다.

그리고 나는 『생명의 서』에 기록된 갤린저의 '검은 복음'을 전파하기 위해 '신전' 안으로 들어갔다.

내 주위에는 침묵뿐이었다.

므퀴에는 로카를 읽는 중이었으며, 장미는 그녀의 오른손에 들려 있었고, 모든 이들의 눈길이 그것을 향하고 있었다. 내가 들어갈 때까지는.

수백 명이 맨발로 바닥에 앉아 있었다. 몇 사람 안 되는 남자들은 여자들만큼 작다는 것을 알 수 있었다.

나는 아직 부츠를 신고 있었다.

끝까지 가는 거야. 나는 결심했다. *잃든지 얻든지—전부를!*

열두 명의 노파들이 므퀴에 뒤에 반원 모양으로 앉아 있었다. '어머니'들.

불모의 대지여, 메마른 자궁이여, 불의 손길이여!

나는 탁자로 다가갔다.

"당신들은 스스로 죽어가면서 자기 종족에게 선고를 내렸습니다."

나는 그들에게 연설했다.

"당신들이 이미 알고 있는 인생을—기쁨을, 슬픔을, 그리고 충만함을—다른 이들은 모른 채 죽어야 한다고 말입니다. 그러나 당신들이 모두 죽어야 한다는 얘기는 사실이 아닙니다."

이제 나는 모든 사람을 향하고 있었다.

"이런 거짓말을 하는 사람들이여. 브라사는 알고 있습니다. 그녀는 아이를 낳을 것이기 때문입니다……"

모두들 불상들을 죽 세워놓은 듯이 그곳에 앉아 있었다. 므퀴에는 반원 안으로 들어가버렸다.

"내 아이를 말입니다!"

아버지가 이 설교를 들었다면 뭐라고 할지 궁금해하며 나는 계속했다.

"……그리고 그만큼 젊은 여자들은 모두 아이를 낳을 수 있습니다. 당신네 남자들만 불임이니까요. 그리고 다음 탐사대에 따라올 의사들이 당신들을 검사하도록 허락한다면, 남자들까지도 나을 수 있을지 모릅니다. 그러지 못한다면, 지구인 남자와도 짝을 맺을 수 있습니다."

나는 계속 말을 이었다.

"그리고 우리 지구인은 하찮은 종족이 아니며, 지구도 하찮은 곳이 아닙니다. 수천 년 전, 우리 세계의 로카는 지구와 지구인이 하찮다고 하는 책을 썼습니다. 그는 로카와 같은 말을 했습니다. 하지만 우리는 좌절하지 않았습니다. 역병과 전쟁과 기아에도 불구하고 말입니다. 우리는 죽지 않았습니다. 하나씩 하나씩 우리는 병을 정복해나갔고, 굶주린 자들을 먹이고, 전쟁과 싸웠습니다. 그리하여, 근래에는 오랫동안 그런 것들 없이 지내왔습니다. 우리는 마침내 그런 것들을 극복했을지도 모릅니다.

하지만 우리는 무의 공간 수백만 킬로미터를 가로질렀습니다. 다른 세계를 방문한 것입니다. 그리고 그 전에 우리 로카는 '왜 수고를 하는가? 그런 일에 무슨 가치가 있단 말인가? 모든 것은 허영에 불과하다'라고 말했습니다.

그리고 비밀은 바로,"

나는 시를 낭독할 때처럼 목소리를 낮게 깔았다.

"그가 옳았던 겁니다! 모든 것은 바로 허영이었습니다! 자만이었던 겁니다! 예언자를, 신비론자를, 신을 공격했던 것은 언제나 바로 합리주의의 교만이었습니다. 우리를 위대하게 만들어주었고, 또 앞으로 우리를 지탱해줄 것은 바로 우리들의 신성모독이었던 것입니다. 그리고 신들도 우리 안에 있는 이것에 대해 몰래 감탄하고 있습니다. 진정으로 성스러운 신의 이름들은 모두 말하기에도 불경스러운 것이란 말입니다!"

나는 흥분으로 땀에 젖어가고 있었다. 현기증을 느껴 잠시 말을 멈췄다.

"여기에 '전도서'가 있습니다."

나는 이렇게 선언하고, 읽기 시작했다.

"'전도자가 가로되 헛되고 헛되며 헛되고 헛되니 모든 것이 헛되도다. 사람이 해 아래에서 수고하는 모든 수고가 자기에게 무엇이 유익한고……'"

뒤쪽에 침묵한 채 넋이 나간 듯한 브라사가 보였다.

무슨 생각을 하고 있는지 궁금했다.

그러면서 나는 내 주위로, 실패에 감기는 검은 실처럼 밤의 시간을 감아 들였다.

아, 늦게까지도 계속되누나! 소리 내어 읽으며 날이 밝았고, 나는 계속 낭송했다. 나는 '전도서'를 끝마친 후 갤린저의 서*를 이어갔다.

끝마쳤을 때, 그곳에는 여전히 침묵뿐이었다.

줄줄이 늘어선 불상들은 밤새도록 꼼짝도 하지 않았다. 한참 후 므퀴에가 오른손을 들었다. 한 사람, 한 사람씩 '어머니'들도 같은 동작을 했다.

그리고 나는 그 동작이 무엇을 의미하는지 알고 있었다.

아님, 금지, 중지, 중단이라는 뜻이었다.

내가 실패했다는 뜻이었다.

나는 방에서 천천히 걸어 나와, 내 짐 옆에 쿵 하고 주저앉았다.

온트로는 없었다. 다행이다. 그를 죽인 게 아니어서……

천 년 같은 시간이 흐른 뒤 므퀴에가 들어왔다.

그녀가 말했다.

"당신의 일은 끝났습니다."

나는 움직이지 않았다.

"예언은 성취되었습니다. 우리 종족은 기쁨에 차 있습니다. 당신은 승리했습니다, 신성한 분이여. 이제 빨리 여기서 떠나십시오."

므퀴에가 말했다.

나의 마음은 바람 빠진 풍선이었다. 나는 그 안으로 공기를 조금 도로 불어넣었다.

"나는 신성한 분이 아닙니다. 질 나쁜 오만에 빠진 이류 시인일 뿐입니다."

나는 마지막 담배에 불을 붙였다. 그리고 마침내 물었다.

"좋습니다, 예언이 뭡니까?"

"로카의 약속입니다."

므퀴에는 설명이 필요 없다는 듯이 대답했다.

"신성한 분께서 천상에서 내려와 최후의 순간에 우리를 구원하실 거라는 예언입니다. 로카의 모든 춤이 완성된다면 말이지요. 그분은 '말란의 주먹'을 물리치고 우리에게 생명을 가져다줄 것이라고 했습니다."

"어떻게?"

"브락사에게처럼 말입니다, 그리고 '신전'에서 보여주었던 예시처럼."

"예시?"

"당신은 우리에게 로카의 말 만큼이나 위대한, 그분의 말을 읽어주었습니다. 당신은 우리에게 어떻게 '태양 아래 새것이 없는지'를 가르쳐주었습니다. 그리고 그 글을 읽으며 당신은 그의 말을 비웃었습니다―새로운 것을 보여주었습니다.

화성에는 꽃이 존재하지 않았습니다. 그러나 우리는 꽃을 키우는 방법을 배울 것입니다. 당신은 예언에 나오는 '신성한 조소자嘲笑者'입니다."

므퀴에는 말을 맺었다.

"'신전-안에서-반드시-조롱하는-남자'. 당신은 성스러운 땅에 신발을 신은 채 들어왔습니다."

"하지만 당신은 '반대'에 손을 들었습니다."

내가 말했다.

"저는 원래 계획을 실행에 옮기는 데 반대한 것입니다. 대신에 브락사의 아이를 살리자고."

"오."

담배가 손가락 사이에서 떨어졌다. 얼마나 아슬아슬했던 것인가! 얼마나 내가 몰랐던 것인가!

"그럼 브락사는?"

"그녀는 반기^{*期} 전에 뽑혔습니다. 춤을 추기 위해서, 당신을 기다리기 위해서."

"하지만 브락사는 온트로가 나를 막을 거라고 했습니다."

므퀴에는 오랫동안 그 자리에 서 있었다.

"그녀 자신은 그 예언을 믿은 적이 없었습니다. 지금 그녀는 상태가 그리 좋지 않습니다. 진실이 두려워서 도망쳤던 겁니다. 당신이 예언을 완성시키고 우리가 표결을 했을 때에야 그녀는 알았습니다."

"그럼 브락사는 나를 사랑하지 않는다는 겁니까? 그런 적도 없고?"

"유감입니다, 갤린저. 브락사가 완수하지 못한 단 하나의 임무가 그것입니다."

"임무."

나는 기운 없이 중얼거렸다. ……임무임무임무! 하하!

"그녀는 이미 작별 인사를 했습니다. 당신을 다시 보고 싶어하지 않습니다.

……그리고 우리는 당신의 가르침을 결코 잊지 않겠습니다."

므퀴에는 이렇게 덧붙였다.

"그러셔야지요."

나는 무심코 말했고, 갑자기 모든 기적들의 심장부에 숨어 있는 거대한 모순을 깨달았다. 나는 나 스스로의 복음을 한 글자도 믿지 않았고, 믿었던 적도 없는 것이다.

나는 술 취한 사내처럼 일어서서, '므나라'라고 중얼거렸다.

나는 밖으로 나갔다. 화성에서의 내 마지막 날 속으로.

나는 그대를 정복했노라, 말란이여—그리고 승리는 그대의 것이다! 별들 가득한 그대 무덤에서 편히 잠들라. 저주받은 신이여!

나는 집스터를 그곳에 남겨둔 채 '아스픽'까지 걸어서 돌아갔다. 나의 뒤로 생긴 수많은 발자국에 인생의 짐을 남겨두며. 내 선실로 들어가서, 문을 잠그고, 44알의 수면제를 삼켰다.

그러나 깨어났을 때 나는 의무실에 있었고, 살아 있었다.

천천히 일어나는데 엔진의 고동이 느껴졌다. 그러고는 어떻게든 해서 현창까지 갔다.

내 위로 흐릿한 화성이 부풀어오른 배[76]처럼 매달려 있다가, 녹아내리고, 넘쳐흐르더니, 이윽고 내 얼굴에 흘러내렸다.

◉ **76**__ Belly : 복부.

작품 해설

어느덧 고전이 되어버린 SF의 보물지도

최세진

어릴 적 즐겨 보던 SF 소설과 영화들의 배경이었던 21세기가 벌써 10년 전에 그 문턱을 넘어버렸다는 사실이 가끔 실감나지 않을 때가 있다. 2010년이라는 숫자는 아직도 뭔가 조금 낯설게만 느껴진다. 휴대용 개인 컴퓨터 단말기나 개인 통신기를 꿈꾸던 어린 시절이 엊그제 같은데, 그 두 가지를 하나로 묶은 스마트폰이 거리를 지나는 이들의 손에서 '증강현실'을 보여주고, 세계를 연결한 인터넷에서의 논쟁이 정치적인 이슈로 떠오르는 지금의 현실은 오히려 과거의 SF적 상상을 뛰어넘는다.

상상으로만 존재했던 SF의 기술이 겨우 10여 년 사이에 현실이 되는 세상은 100년도 채 지나지 않은 작품들을 '고전'으로 만들어버렸다. 그 고전들에는 현재 우리가 꿈꾸며 살고 있는 세상의 원형이 담겨 있으며, 다양한 변주를 통해 지금까지도 수많은 이들에게 상상력의 자양분이 되고 있다.

『SF 명예의 전당』 1권과 2권은 1965년 이전에 미국에서 발표되었던 SF 단편 중에서, 미국SF작가협회가 투표를 통해 선정한 최고의 작품들만을 모은 단편집 『The Science Fiction Hall of Fame : Volume One』을 우리말로 옮긴 것이다.

『SF 명예의 전당 1 : 전설의 밤』이 국내 SF 팬들에게 제목으로만 전해지던 전설의 작품들을 여는 단편집이었다면, 『SF 명예의 전당 2 : 화성의 오디세이』는 그 전설의 밤을 마무리하고 새로운 새벽으로 나아가는 책이라 할 수 있다. 20세기 초반의 작품들을 21세기가 되어서야 보게 되는 아쉬움은 크지만, 그동안 국내 SF 팬들 사이에서 소문만 무성했던 작품들을 이제라도 직접 만날 수 있다는 건 여간 큰 기쁨이 아니다. 2권 역시 1권과 마찬가지로 전설의 명작들이 두 팔 벌리고 독자들을 기다리고 있다.

스탠리 G. 와인봄의 「화성의 오디세이」는 1934년 휴고 건즈백이 운영하던 잡지 〈원더 스토리즈〉에 실렸던 작품이다.

「화성의 오디세이」는 와인봄이 작가로서는 처음 발표한 단편이지만, '첫 번째 접촉'이라는 SF 하위 장르에 큰 영향을 미쳤다. 머리 위에서 붉은빛으로 타오르는 화성에 우리와 비슷하면서도 다른 지적 생물체가 살고 있을 것이라 기대하던 당시의 분위기를 고스란히 담고 있으면서도, 그 전에 나왔던 '우주 괴물' 류와는 다른 상상력을 보여준 작품이다.

휴고 건즈백은 평소 "인간과 마찬가지로 생각할 줄 알거나 인간보다 더 뛰어나지만, 인간과는 다른 생물체에 대한 이야기를 써 오라"고 작가들에게 요구했는데, 바로 이 작품이 까다로운 건즈백의 입맛을 만족시킨 최초의 작품으로 알려져 있다. 하지만 첫 데뷔작으로 화제를 불러 일으켰던 와인봄은 작가로서의 영광을 채 맛보기도 전에 이듬해인 1935년, 33세라는 젊은 나이에 폐암으로 세상을 떠나고 말았다.

「헬렌 올로이」는 레스터 델 레이가 1938년 존 W. 캠벨 주니어가 운영하던 〈어스타운딩 사이언스 픽션Astounding Science-Fiction〉(이하 〈어스타운딩〉)을 통해 발표했던 작품이다.

국내에 작품들이 거의 소개되지 않아 SF 팬에게조차 다소 생소하지만, 델 레이는 1930년대 미국 SF의 황금기를 열었던 작가 중 한 명이며, 1990년에는 미국 SF및판타지작가협회(이 책이 출간될 당시에는 '미국 SF작가협회'였으나 그 뒤 판타지 작가까지 참여하여 명칭이 바뀜)로부터 '그랜드 마스터'의 칭호를 받은, 공인된 최고 작가이다. 로봇과 인간의 사랑을 그린 단편인 「헬렌 올로이」는 조금은 거칠고 전형적인 면도 없지 않지만, 그 분야의 초기 원형에 가까운 작품이므로 어쩌면 당연한 것인지도 모르겠다.

로버트 A. 하인라인의 「길은 움직여야 한다」는 1940년 〈어스타운딩〉 7월호에 실렸던 작품이다.

하인라인은 SF계에서 가장 뛰어난 이야기꾼으로서, 1975년 최초로 그랜드 마스터라는 호칭을 받았으며, 아이작 아시모프, 아서 C. 클라크와 더불어 빅3로 불린다. 그의 책은 언제나 독자들에게 롤러코스터를 타는 듯한 재미를 선사했지만, 자신의 정치적인 입장을 감추는 법이 없었던 그는 늘 정치적인 논쟁을 몰고 다녔다.

히피의 대안사회를 그렸던 『낯선 땅 이방인』에서조차도 '엘리트주의'를 벗어나지 못했다는 비난을 받은 하인라인은, 대표작인 『스타십 트루퍼스』에서 군국주의를 노골적으로 찬양하여 진보 진영으로부터 많은 비난을 받았으며, 1960년대 후반에는 미국의 베트남 전쟁을 지지하고, 80년대 레이건 행정부 집권 시기에 출간한 『석양 너머로의 항해To Sail Beyond the Sunset』에서는 우익적 경향을 강하게 드러내는 등, 정치적으로 보수적인 입장을 줄곧 견지했다.

「길은 움직여야 한다」는 1차 대전과 1930년대 대공황, 그리고 당시 격렬했던 미국 노동운동의 영향을 받은 작품이지만, 지구 온난화와 석유의 고갈이라는 최근의 이슈와도 무관하지 않다. 또한 정치적·기술적인 환경의 변화와 그 안에서 발생하는 새로운 갈등 양상을 실감나게 묘사하고 있다. 그런데 이 작품에서도 하인라인은 노동조합과 노동자들의 파업을 공공의 이익을 파괴하는 악당으로 묘사하며 보수적 성향을 그대로 드러내고 있다.

시어도어 스터전의 「소우주의 신」은 1941년 〈어스타운딩〉에 발표된 작품이다.

스터전은 1권 해설에 소개되었던 '스터전의 법칙("SF 소설의 90퍼센트는 쓰레기들이다. 하지만 모든 것의 90퍼센트 역시 쓰레기들이다")'으로 많이 알려져 있으며, 국내에는 1954년 국제 판타지 상을 받은 대표작 「인간을 넘어서」가 번역된 바 있다. 스터전은 시적인 문장으로 유명하며 평론가들로부터도 최고의 찬사를 들었지만, 대중들에게는 잘 알려지지 않은 작가이다. 하지만 그는 할란 엘리슨과 새뮤얼 델라니, 레이 브래드버리 등 SF를 이끌어갈 다음 세대의 거장들에게 깊은 영향을 미쳤다.

「소우주의 신」에서 천재 과학자의 두뇌를 뛰어넘는 작은 인간들의 집단인 네오테릭스는, 최근 인터넷 2.0의 시대를 맞아 인터넷 집단지성의 원형으로 다시 부각되고 있다.

「보로고브들은 밈지했네」는 1943년 〈어스타운딩〉에 발표된 작품이다. 이 단편의 작가로 이름을 올린 루이스 패짓은 실존 인물이 아니라, SF와 판타지를 즐겨 쓰던 헨리 커트너와 C. L. 무어 부부가 함께 창조한 가상의 인물이다. 이 부부는 루이스 패짓이라는 이름으로 1940~50년대에 유머러스한 SF 단편을 수십 편 발표했는데, 「보로고브들은 밈지했네」는 그 중 대표작으로 꼽힌다.

남편 헨리 커트너는 많은 작가들에게 영향을 미쳤는데, 로저 젤라즈니는 '앰버 연대기'가 커트너의 영향을 받았다고 이야기한 적이 있으며, 리처드 매디슨은 자신의 대표작 『나는 전설이다』를 커트너에게 헌사하기도 했다. 『화성연대기』를 쓴 레이 브래드버리 역시 자신의 첫 책을 커트너에게 헌사했다.

「보로고브들은 밈지했네」는 유클리드 수학적 세계관의 성인들과 비유클리드 세계관을 습득한 어린아이들의 충돌을 그리고 있는데, 이 단편은 2007년 《마지막 밈지 The Last Mimsy》라는 영화로 각색되기도 했다.

주디스 메릴의 「오로지 엄마만이」는 1948년에 발표된 작품으로, 일본에 떨어진 핵폭탄과 그로 인한 기형아 출산에 영향을 받았다.

주디스 메릴은 1940년대의 SF 황금기에 미국에서도 보기 드물었던 여성 작가이자 편집자였으며, 동시에 트로츠키주의를 신봉하는 좌파 활동가로서 실천을 멈추지 않았던 작가다. 그녀는 1960년대 후반 미국 정부가 베트남 전쟁을 반대하는 반전 운동가들을 탄압한다는 이유로 캐나다로 국적을 옮겨 그 후 캐나다인으로 살아갔다. 1970년 메릴은 자신이 소유하고 있던 5,000여 권에 달하는 SF 관련 서적(소설, 에세이, 비평서 등)을 모두 캐나다 공공 도서관에 기증했다. 캐나다 공공 도서관은 메릴에게서 기증받은 SF 관련 서적 모음을 '우주 도서관The Spaced Out Library'이라 이름 지었다가, 다시 'SF, 사색소설, 판타지 메릴 콜렉션The Merril Collection of Science Fiction, Speculation and Fantasy'이라 개정한 후 차츰 그 보유량을 늘려서, 이제는 세계에서 가장 큰 SF 전문도서관으로 탄생시켰다. 현재 메릴 콜렉션은 토론토 공립도서관의 일부로 컬리지 스트리트 239번지에 있는 릴리언 H. 스미스 빌딩 3층에 있으며, SF와 판타지 분야의 3만 2,000권의 책과 2만 5,000편의 자료(영화, 만화, 게임)를 누구든지 열람할 수 있도록 개방하고 있다.

「스캐너의 허무한 삶」은 코드웨이너 스미스의 데뷔작이다. 스미스는 이 단편을 1945년에 완성했지만, 여러 출판사를 전전하다가 1950년이 돼서야 〈판타지 북〉이라는 작은 잡지를 통해 발표했는데, 곧장 그랜드 마스터인 프레데릭 폴의 눈에 띄어 대중적으로 알려졌다.

스미스는 독특한 작품세계뿐 아니라 특이한 이력으로도 유명하다. 코드웨이너 스미스라는 이름은 필명으로, 본명은 폴 마이런 앤서니 라인바거이다. 변호사이자 활동가였던 그의 아버지가 1911년 중국의 신해혁명을 일으켰던 지도자들과 친분이 깊었던 덕에 그 혁명을 이끌었던 쑨원이 그의 대부가 되었다. 아버지를 따라 중국으로, 프랑스로, 독일로 떠돌던 스미스는 6개 국어에 능통했으며, 23세 때 존스홉킨스 대학에서 정치학 박사 학위를 받았다. 그의 특이한 경력은 이뿐만이 아니다. 그는 듀크 대학의 교수로 지내다 2차 대전이 발발하자 미군 소위 신분으로 정보국에서 복무하면서 최초의 심리전 부서를 구성하는 데 조력했다. 그 후 중국으로 파견되어 장제스와 절친한 친구가 되었으며, 2차 대전이 끝나자 다시 미국으로 귀국했다. 그는 자신의 경험을 바탕으로 『심리전Psychological Warfare』이라는 책을 썼는데, 이 책은 그 분야의 고전으로 통한다. 한국전쟁 때에는 미군의 자문역을 했고, 그 뒤에는 케네디 대통령의 외교자문으로 활동하기도 했다.

「스캐너의 허무한 삶」은 스미스의 '인류 대행기관the Instrumentality of Mankind' 시리즈 중 가장 유명한 작품이다. 인류 대행기관 시리즈는 대체로 1만 4,000년 뒤의 미래, 대행기관이 지구와 인간이 주거하는 행성들을 지배하고 보호하는 시대를 배경으로 한다. 인류 대행기관 시리즈는 일본의 애니메이션 시리즈 '신세기 에반게리온'의 세계관에도 영향을 미쳤다.

코드웨이너 스미스는 작품 속에 새로운 단어를 만들어 넣거나 기존의 단어에 새로운 의미를 부여하는 경우가 많아서 처음 접한 독자에게는 난해해 보일 수도 있지만, 줄거리는 단순한 편이기 때문에 천천히 읽는다면 누구라도 크게 어렵지 않게 이해할 수 있을 것이다.

「화성은 천국!」은 레이 브래드버리가 1948년 〈플래닛 스토리〉라는 잡지에 발표했던 작품인데, 1950년도에 발간된 브래드버리의 대표작 『화성 연대기』에는 「세 번째 탐험대The Third Expedition」로 제목이 바뀌어 여섯 번째 장에 실렸다.

'SF계의 시인'이라 불리는 레이 브래드버리의 대표작으로 꼽히는 『화성연대기』와 『화씨 451』은 다행히 두 작품 모두 국내에 번역되어 있다. 그의 SF 소설은 특히 영화와 드라마로도 많이 제작되었는데, 그는 직접 많은 영화의 각본과 제작에도 참여하여 그 경력을 인정받아 2002년에는 할리우드 명예의 거리에 이름을 올리기도 했다. 매년 뛰어난 SF 각본에 그의 이름을 딴 '레이 브래드버리 상'이 수여되고 있다.

「화성은 천국!」 역시 1950년 이후 다섯 차례나 라디오 극으로 만들어졌으며, 만화책으로도 한 번 각색되었고, 1990년에는 '레이 브래드버리 극장Ray Bradbury Theater' 이라는 TV 드라마 시리즈에 방영되기도 했다.

제롬 빅스비의 「즐거운 인생」은 1953년 프레데릭 폴이 편집을 맡았던 단편 모음집 『별세계 과학소설 이야기 2Star Science Fiction Stories 2』를 통해 발표되었던 작품이다. 제롬 빅스비는 2007년부터 전 세계 SF 영화 페스티벌을 휩쓸고 인터넷을 통해 퍼져 나가면서 SF팬들의 전폭적인 환호를 받았던 영화 《맨 프롬 어스The Man From Earth》의 원작자이기도 하다.

SF 공포물이라 분류할 수 있는 「즐거운 인생」은 1961년 TV 시리즈인 '환상특급The Twilight Zone' 에서 한 에피소드로 방영되어 당시 시청자들에게 깊은 인상을 남겼다. 1983년에는 영화 《환상특급Twilight Zone:The Movie》에도 각색되어 소개되었고, 1991년에는 애니메이션 《심슨 가족The Simpsons》에서 할로윈 특집으로 패러디되기도 했다.

앨프리드 베스터의 「즐거운 기온」은 1954년에 처음 발표된 작품으로서, 1959년에는 「살인과 안드로이드Murder and the Android」라는 제목의 TV 드라마로 방영되어 그 해 휴고 상의 '최고의 영상 드라마' 분야에 후보로 올랐던 기록을 가지고 있다. 베스터의 대표작으로는 흔히 1953년 휴고 상 장편 부문을 수상했던 『파괴된 사나이』와 『타이거! 타이거!』를 꼽는데, 두 편 모두 국내에 번역된 바 있다. 그는 주로 SF 작가로만 알려저 있지만 만화 잡지 편집자 겸 TV·라디오 극작가로서도 성공적인 경력을 쌓았다.

「즐거운 기온」은 아시모프의 로봇 3원칙의 연장선에 있는 듯하지만 실제로는 로봇과 인간 간의 심리적 투영을 이야기하고 있는 작품으로서 색다른 반전을 보여준다.

데이먼 나이트의 「친절한 이들의 나라」는 1956년 2월 〈매거진 오브 판타지 앤드 사이언스 픽션The Magazine of Fantasy and Science Fiction〉에 소개되었던 작품이다. 나이트는 뛰어난 SF 작가이면서 활발한 활동을 통해 미국 SF및판타지작가협회 등 여러 단체를 창립했고, 몇몇 SF 잡지에서는 편집자로서도 탁월한 재능을 보여주었다. 일생에 걸쳐 SF의 발전에 기여한 공로를 기려 부여하는 '그랜드 마스터'라는 호칭을 받은 작가에게는 데이먼 나이트의 이름을 딴 '데이먼 나이트 기념 그랜드 마스터 상'이 수여된다.

「친절한 이들의 나라」는 데이먼 나이트의 대표작으로 꼽히는 단편이다. 폭력과 범죄, 그리고 사형제도가 사라진 미래를 살아가는 한 살인자의 이야기이다.

대니얼 키스의 「앨저넌에게 꽃다발을」은 1958년 〈매거진 오브 판타지 앤드 사이언스 픽션〉에 실려 1959년 휴고 상(중편 부문)을 받았으며, 1966년에는 장편소설로 각색되어 네뷸러 상 장편 부문을 수상했다. 장편소설은 발간되자마자 세계적인 베스트셀러가 되어 미국과 영국, 일본에서 라디오 극, 영화, 드라마, 뮤지컬 등으로 만들어졌는데, 특히 1968년에 할리우드에서 제작된 영화 《찰리Charly》에서는 주인공을 맡았던 클리프 로버트슨이 아카데미 남우주연상을 수상하기도 했다. 우리나라에서는 2006년에 KBS에서 《안녕하세요, 하느님》이라는 제목의 TV 드라마로 각색되었고, 같은 해에 《미스터마우스》라는 뮤지컬로 무대에도 오른 바 있다.

국내에서는 장편소설인 『앨저넌에게 꽃다발을』이 번역되어 많은 사랑을 받았다. 이 책은 1983년 『천재 수술』(동문출판사), 1988년 『찰리』(문원북), 1990년 『알게논의 무덤 위에 한 송이 꽃을』(일월서각), 1992년 『모래시계』(청림출판), 1992년 『생쥐에게 꽃다발을』(잎새), 1997년 『앨저넌의 영혼을 위한 꽃다발』(대산출판), 2004년 『빵가게 찰리의 행복하고도 슬픈 날들』(동서문화사), 그리고 2006년 『앨저넌에게 꽃을』(동서문화사)으로 무려 여덟 번이나 제목이 바뀌며 반복해서 출간되었다. 하지만 원작 단편이 소개되는 것은 이번이 처음이다. 앨저넌과 찰리를 아는 분이든 모르는 분이든 일단 읽고 볼 일이다.

「전도서에 바치는 장미」는 1963년 〈매거진 오브 판타지 앤드 사이언스 픽션〉에 실렸던 로저 젤라즈니의 초기 작품이다. 수상 경력만 봐도 SF계에서 차지하는 무게를 짐작할 수 있는 젤라즈니는 1995년 58세의 나이로 사망할 때까지 열네 번이나 네뷸러 상 후보로 올라 세 번 수상했으며, 휴고 상에도 열네 번 후보로 올라 여섯 번이나 수상했다. 그는 고대 신화와 종교에서 캐릭터를 끌어와 마술적인 문체로 현재의 사회를 풍자하는 형식을 즐겼다. 그래서 국내 팬들 사이에서는 그의 소설에 대한 호불호가 뚜렷하게 나뉜다.

「전도서에 바치는 장미」는 동명의 단편집 『전도서에 바치는 장미』에도 실려 있는 젤라즈니의 대표작이다. 지적인 화성인의 언어를 연구하던 이의 자기고백적인 단편이다.

각자 찾아 헤매던 보물을 확인했다면, 이제 독자들은 보물섬의 지도를 움켜쥐고 달려갈 일만 남았다. 이 책에 이어서 'SF 명예의 전당' 중편 시리즈도 부디 빨리 출간되어 갈증을 달랠 수 있기를 바란다. 그때까지 목을 축이며 한 편 한 편을 차분히 음미하는 것도 좋겠다.

SF명예의전당2 : 화성의오디세이
The Science Fiction Hall of Fame ; Volume II

초판 1쇄 발행 2010년 9월 15일
초판 13쇄 발행 2024년 1월 2일

지은이 로버트 하인라인 외 옮긴이 최세진 외

발행인 이재진 단행본사업본부장 신동해
편집장 김예원 마케팅 최혜진 이은미 홍보 반여진 허지호 정지연 송임선
국제업무 김은정 김지민 제작 정석훈

브랜드 오멜라스
주소 경기도 파주시 회동길 20
문의전화 031-956-7362(편집) 02-3670-1123(마케팅)
홈페이지 www.wjbooks.co.kr
인스타그램 www.instagram.com/woongjin_readers
페이스북 www.facebook.com/woongjinreaders
블로그 blog.naver.com/wj_booking

발행처 ㈜웅진씽크빅
출판신고 1980년 3월 29일 제406-2007-000046호

ISBN 978-89-01-11081-3 04840
978-89-01-10492-8(세트)

오멜라스는 ㈜웅진씽크빅 단행본사업본부의 브랜드입니다.
이 책은 저작권법에 따라 국내에서 보호받는 저작물이므로 무단전재와 복제를 금지하며,
이 책 내용의 전부 또는 일부를 이용하려면 반드시 저작권자와 ㈜웅진씽크빅의 서면 동의를 받아야 합니다.
• 책값은 뒤표지에 있습니다.
• 잘못된 책은 판매처에서 교환해드립니다.

편집자 주

원서 『The Science Fiction Hall of Fame Vol.1, 1929-1964』의 한국어판은 두 권으로 나뉘어 출간되며, 이 책은 그 중에 두 번째 권이다.